Emily Schwing
FOLLOW ME TO THE RIVER
Der Turm

AF287744

Emily Schwing lebt mit ihrer Familie in Hamburg, wo sie ihr Studium mit einem Master in französischer, italienischer und deutscher Literatur abschloss. Sie schreibt seit ihrer frühesten Kindheit Geschichten und liebt es, die Handlungsstränge zu verflechten und überraschende Plot-Twists einzubauen. Zahlreiche Reisen in die USA sowie die High School Zeit ihres Sohnes in Illinois inspirierten sie zu den *Follow me to the River* Bänden. Die wunderbare Natur, die Weite und Wildheit der Landschaften schufen den Rahmen zu Raes Erlebnissen, die im zweiten Teil der Dilogie *Follow me to the River – Der Turm* ihren Abschluss finden.

Weiteres zur Autorin:
www.emilyschwing.de

EMILY
SCHWING

FOLLOW ME TO THE RIVER

DER TURM

Roman

Von Emily Schwing sind bei Books on Demand erschienen:
Follow me to the River, Band 1, Der Narr.
Follow me to the River, Band 2, Der Turm.

Bibliografische Information der Deutschen Nationalbibliothek:
Die Deutsche Nationalbibliothek verzeichnet diese Publikation in der
Deutschen Nationalbibliografie; detaillierte bibliografische Daten sind im
Internet über http://dnb.dnd.de abrufbar.

Die automatisierte Analyse des Werkes, um daraus Informationen
insbesondere über Muster, Trends und Korrelationen gemäß §44b UrhG
zu gewinnen, ist untersagt.

Verlag: BoD · Books on Demand GmbH, Überseering 33, 22297 Hamburg, bod@bod.de
Druck: Libri Plureos GmbH, Friedensallee 273, 22763 Hamburg
ISBN: 978-3-8192-0762-4

Für Suni, Nils, Finn
und Tony

Am Ufer
des eisbedeckten Flusses
weiß ich,
wer du bist.

PROLOG

Niemand hörte das leise Seufzen des Rotkehlchens, das erstarb, sobald ihm der kleine Kehlkopf tief in den Hals gepresst worden war. Es zuckte nicht mehr. Sein Gefieder schimmerte sanft im fahlen Licht, sein kleiner Hals neigte sich schlaff zur Seite.

Wie leicht war es gewesen. Ein Kinderspiel für geschickte Hände, ein kurzer Moment der Erregung. Es hätte länger dauern sollen, wie bei dem halb verhungerten Kätzchen. Man musste sich Zeit nehmen, genau hinschauen, die Dinge studieren. Nur so erlangte man Kenntnis über die Anatomie eines Lebewesens, nur so war man am Ende zufrieden.

Ein lauter Ruf zerriss die Stille. Die Ufervögel stoben erschrocken in die Höhe.

Wer zur Hölle kam in diese Einsamkeit, bei Wind und Regen? Weit weg von der Stadt, durch dieses Dickicht? Niemand verirrte sich gewöhnlich hierher. Niemand störte das Spiel. Die Zweige wiegten sich im Wind, knisterten leise, nur wenige Meter entfernt. Jetzt ließ sich etwas erkennen. Erst eine Hand, dann eine zweite. Vorsichtig schoben sie das Grün auseinander, schufen einen Weg, einen Durchschlupf, tasteten sich heran.

Ein Mädchen stand dort. Ganz allein. Mit glänzendem schwarzen Haar. Regennass. Die Wangen rot vor Kälte. Bedächtig ging sie weiter, trat auf die kleine Lichtung, zog einen dünnen Stock hervor und streckte ihn wie ein Schwert in die Luft. Sie murmelte etwas dazu. Geflüsterte Worte, die nicht zu verstehen waren. Es klang wie eine Zauberformel. Geheimnisvoll. Ernsthaft. Magisch.

Die Fee des Waldes mit ihrem treuen Gefährten, dem mörderischen Biest. Sie strahlte durch die Trübnis der kürzer werdenden Tage. Scheu und wild. Schwer zu bezwingen.

Ein herrlich schillerndes Rotkehlchen.

Teil 1

Verwaist

*Es hat keinen Sinn ins Gestern zurückzukehren,
denn damals war ich ein anderer Mensch.
(Alice im Wunderland)*

1

Ich entzünde das Feuer.

Nichts ändert sich je daran. In einem wiederkehrenden Traum durchlebe ich Nacht für Nacht, was damals geschah. Manchmal beginnt er verheißungsvoll, führt mich zum Abend des Schulballs, zeigt mir die Sterne und den Sichelmond. Glückliche Rae. Bis sich die Bilder verschieben, die Kälte in Harpers Zimmer schleicht, die Rosenknospen auf ihrer Bettdecke welken. Es ist bedrohlich kalt – eine gespenstische Szenerie, die mich in Panik versetzt, die mich zum Äußersten treibt. Ich suche nach den Streichhölzern, will das tödliche Eis schmelzen, sehe Harper durch den Rauch, höre, wie meine Mutter singt.

Was davon sind Visionen? Was davon ist real?

Das Haus brennt.

Ich entzünde das Feuer.

Als ich unter den Sandsäcken lag, hörte ich irgendwann auf zu atmen. Obwohl ich einen Hauch frischer Luft durch den kleinen Spalt unter der Tür einsaugen konnte, brannte es, als wäre es Rauch. Es tat weh. Es schmeckte wie Gift. Und meine Gedanken verwirrten sich. War ich noch immer im Keller oder war ich längst gestorben?

Ich begann zu zählen. Zehn Sekunden, zwanzig, dreißig, vierzig, einundfünfzig, zweiundfünfzig ... noch ein kleines bisschen länger ... halt die Luft an, Rae, unter Wasser bist du sicher.

Plötzlich trieb ich nach oben, wie ein mit Helium gefüllter Ballon. Das Gewicht der Sandsäcke war fort, ein kühler Windhauch zog über meinen Körper. Blacky bellte.

Das war der Augenblick, an dem ich einatmete, tief und gierig, auch wenn es grell in meine Lunge stach. Ich hob den Kopf.

So viele Menschen standen in unserer Straße, so viele Fahrzeuge, so viele Lichter schwirrten durch die Nacht, als wäre ein Fest im Gange. Ein grauenvolles Spektakel, das sie gebannt beobachteten, in dessen Mitte das Haus der Bakers stand.

Jetzt erst sah ich, wie schlimm das Feuer war. Unser blaues Haus brannte lichterloh. Die roten Fensterläden fielen herab, lösten sich wie Fackeln, die Veranda war eingestürzt, der Kies in der Auffahrt glänzte nass, wie nach einem starken Regenschauer. Ich wandte den Blick ab, sah in eine andere Richtung, doch auch hier gab es nur Schrecken. Jemand lag auf einer Trage, das Gesicht blutrot, die Haare verkohlt. Ein Arzt beugte sich über ihn, seine Hände auf den Brustkorb gepresst, rhythmisch drückend, wieder und wieder. Ich konnte den Verletzten nicht erkennen.

Erst nach etlichen Minuten sah ich plötzlich die Pyjamahose. Sie war schmutzig und verbrannt, aber die Farbe war noch auszumachen. Blau-weiß gestreift.

Wie oft hatte sie auf der Wäscheleine gehangen, im Wind geflattert mit gebauschten Beinen. Sie musste Frank gehören.

Was war mit ihr geschehen?

Nicht nur das Haus war verloren, auch alles darin. Die Dinge, die man hegt und pflegt. Die Teller mit goldenem Rand, das Familienfoto, die Kette. Ich griff an meinen Hals. Gott sei Dank, da war sie. Ich hatte am Abend vergessen sie abzunehmen. Dann fiel mir Harpers Geld ein. Die Franklins in meinen Schuhen, mit deren Hilfe ich Tatum finden wollte. Belanglose Gedanken, die mein Gehirn hervorbrachte, als wäre die Zeit stehengeblieben. Mädchensorgen, unwichtig und oberflächlich angesichts der Katastrophe, deren wahres Ausmaß ich nicht begreifen konnte. Denn was wirklich geschah, wollte ich nicht sehen. Jemand starb vor meinen Augen.

Frank starb.

Erst leise und dann immer lauter drang ein Piepen in mein Bewusstsein, sodass ich schließlich die Lider hob. Eine Frau, die ich noch nie zuvor gesehen hatte, beugte sich über mich, strich mir durch das Haar, formte Worte mit ihrem Mund, lächelte, aber ich konnte mich nicht regen.

Was hatte sie zu mir gesagt? War das ein Krankenhaus oder die Klinik in Chicago? War ich bei Dr. Dae? Nein. So ein Zimmer hatte ich dort nie gesehen. Ich musste einen Unfall gehabt haben, aber ich spürte keine Schmerzen, nur Müdigkeit. Es konnte nicht allzu schlimm sein. Ich hatte wohl Glück gehabt. Keine Brüche … keine Wunden … keine versengten Haare … blutiges Gesicht … blauweiß gestreift … eins, zwei, drei, vier, fünf … Atem anhalten … sechs, sieben, acht …

Schlaf ein, Rae!

Als ich das nächste Mal aufwachte, schien es mir, als wären viele Tage vergangen. Ich fühlte mich wie in Watte gepackt, war müde und schwach, aber die schreckliche Angst war abgeklungen. Es gelang mir, ins Leere zu sehen, meine Gedanken stillstehen zu lassen, mich nur mit den wesentlichen Dingen zu beschäftigen: etwas zu trinken, zu atmen, die Hände zu kreisen, zu essen, den Kopf zu drehen, die Maske wieder aufzusetzen, durch die eine weiche, reine Luft strömte.

»Wie geht es dir heute, Rachel?«

Eine junge, groß gewachsene Ärztin hatte das Zimmer betreten und nahm meine Sauerstoffmaske ab.

»Etwas besser«, sagte ich vorsichtig.

»Sehr gut, das freut mich. Hast du Schmerzen beim Atmen oder vielleicht in deiner Brust oder im Bauch?«

Ich schüttelte den Kopf. »Warum muss ich durch die Maske atmen?«

»Du hast eine Rauchgasvergiftung erlitten. Damit ist nicht zu spaßen. Du wirst noch ein paar Tage hierbleiben, damit wir weitere Komplikationen ausschließen können.« Sie sah mich nachdenklich an. »Rachel, woran erinnerst du dich? Weißt du, was mit dir geschehen ist?«

»Ich bin …«, plötzlich war der Gedanke verschwunden, hatte nur kurz aufgeleuchtet und war wieder erloschen.

»Die letzten zwei Tage warst du kaum ansprechbar. Das ist kein Wunder, nach allem, was du erlebt hast. Trotzdem solltest du versuchen, den Schock zu überwinden. Es fühlt sich für den Augenblick vielleicht besser an, die schlimmen Dinge auszublenden, aber es wird dir nicht dauerhaft gelingen.«

»Schlimme Dinge?«

»Du weißt es doch. Wie hast du die Rauchvergiftung bekommen?«

»Ich will nicht darüber reden. Ich will noch nicht mal daran denken«, sagte ich grob.

»Gut. Dann belassen wir es für heute dabei. Zeig mir mal, ob du allein aufstehen kannst.«

Ich schlug die Decke zurück, schob die Beine aus dem Bett und entdeckte einen Verband an meinem linken Fußknöchel. Gedankenverloren strich ich mit den Fingern darüber und blieb auf der Bettkante sitzen.

»Du hast eine leichte Verbrennung erlitten. Kein Grund, sich Sorgen zu machen. Auch die Blutergüsse an den Rippen sind nicht weiter schlimm. Du musst dich irgendwo gestoßen haben oder vielleicht bist du gefallen.«

Das konnte sein … auf der Treppe … oder war vielleicht die Tür zum Garten daran schuld, die ich versucht hatte, mit Gewalt zu öffnen? Die Bilder in meinem Kopf erschreckten mich. Ich stand abrupt auf, wurde aber von einem starken Schwindel ergriffen. Zitternd fasste ich das Fußteil des Bettes und klammerte mich dort fest, bis der Schwindel schließlich abflaute. Dann machte ich mit Hilfe der jungen Ärztin ein paar Schritte, ging hinüber zum Bad, wusch mir das Gesicht und stellte bei einem flüchtigen Blick in den Spiegel fest, dass es von Schrammen und roten Flecken überzogen war. Mein Mund sah seltsam groß und fremd aus, die Lippen waren angeschwollen und durch einen rauen Schorf verkrustet. Hastig wandte ich mich ab, nahm wieder auf der Bettkante Platz, bemühte mich, aufkommende Erinnerungen zu unterdrücken, aber sie drängten sich jetzt mit großer Macht hervor.

»Rachel.« Die Ärztin machte eine Pause und blickte mich nachdenklich an. »Ich weiß, dass es dir nicht gut geht, trotzdem muss ich dich um etwas bitten: Jemand möchte dich sprechen. Ich glaube, es ist wichtig. Willst du es versuchen?«

Ich wollte es nicht, wollte mich am liebsten verkriechen, aber ich sah ihr an, dass ich keine Wahl hatte. Also nickte ich schwach, zog mir die Bettdecke bis zum Kinn und legte meinen Kopf erschöpft auf das weiße Kissen. Ängstlich beobachtete ich, wie die Ärztin das Zimmer verließ, wobei sie die Tür nur anlehnte. Ich versuchte, meine Hände ruhig zu halten, meine Fingernägel nicht in meine Schenkel zu bohren und halbwegs normal zu atmen.

Gleich würde die Tür aufgestoßen werden, gleich würde jemand hereinkommen, mich quälen oder erschrecken, meine Welt aus den Angeln heben. Ich spürte das Brennen in meiner Lunge wieder, spürte das Kratzen in meinem Hals. Die Minuten dehnten sich. Mein Körper war steif und angespannt.

Die Tür! Bewegte sie sich schon?

Nein, nichts geschah.

Schritte auf dem Flur. Lauter werdend. Dann gingen sie vorbei. Die Stille kehrte zurück, aber die Anspannung blieb, ließ mich auf jedes Geräusch, jede Stimme horchen, bis ich mir schließlich wünschte, die Tür möge sich endlich öffnen.

Und plötzlich geschah es. Begleitet durch ein leises Klopfen wurde sie langsam aufgeschoben, und eine große Frau mit kurzen blonden Haaren kam ruhigen Schrittes auf mich zu. Mit ihr hatte ich nicht gerechnet. Im Grunde hatte ich nicht einmal gewagt, Spekulationen über meinen Besucher anzustellen, doch sie wäre mir niemals in den Sinn gekommen. Ich war sprachlos.

»Hallo Rae. Hast du dich ein wenig erholt?«

Brittany Weiss zog einen Stuhl heran und setzte sich neben mein Bett. »Du wunderst dich vielleicht, dass ausgerechnet ich deine erste Besucherin bin, schließlich kennen wir uns nicht sehr gut, aber ich habe immer regen Anteil an deinem Leben genommen, wenn auch aus weiter Ferne. Ich würde dir gern noch mehr Zeit lassen, um zu genesen, die Dinge können jedoch nicht warten. Wir müssen dieses Gespräch führen – genau jetzt, auch wenn es für dich sehr schwer wird.« Sie sah mich aufmerksam an, wartete wohl auf eine Reaktion von mir, die allerdings nicht kam.

»Also, Rae. Erinnerst du dich, was passiert ist?«

Mit an Sicherheit grenzender Wahrscheinlichkeit hätte ich mich bei jedem anderen Menschen gesträubt, über die Geschehnisse zu sprechen, aber Tante Britt war eine Instanz. Alles, was sie tat oder sagte, vermittelte das Gefühl von absoluter Wichtigkeit und Professionalität, sodass mir meine Mitarbeit unvermeidlich erschien.

»Ich weiß nur, dass unser Haus gebrannt hat.«

»Wann hast du es bemerkt?«

»Um 2:37 Uhr.«

»Du kennst die genaue Zeit?«, fragte sie verblüfft.

»Ich habe als erstes auf mein Handy geschaut.«

Tante Britt lächelte. »Natürlich. Das ist naheliegend. Und wo genau befandest du dich um 2:37 Uhr?«

»In meinem Bett. Ich hatte geschlafen.«

»Nicht ungewöhnlich zu dieser Stunde. Was hat dich aufgeweckt?«

»Ein Schrei.«

Sie sah mich fragend an.

»Ich meinte, in meinem Traum hat jemand laut geschrien. Davon bin ich aufgeschreckt.«

»Du hattest einen Albtraum?«

»Ja. Ich glaube schon. Zum ersten Mal in meinem Leben …«

»Und du bist überzeugt, dass dieser Schrei nur in deinem Traum vorkam. Es war nicht zufällig jemand im Haus, der geschrien hat?«

Ihre Frage gab mir zu denken. »Das kann ich nicht mit Sicherheit sagen. Ich habe von Harper geträumt. Sie wollte, dass ich aufwache.«

»Hm. Harper Montgomery nehme ich an. Interessant.«

Gab es etwas, das diese Frau nicht über mein Leben wusste? Am Ende kannte sie mich besser, als jeder andere Mensch.

»Du bist also aufgewacht. Und was geschah dann?«

»Ich lief in den Flur, rief nach Frank und Eileen, aber das Feuer hatte sich schon in der vorderen Hälfte des Hauses ausgebreitet. Ich konnte nicht zu ihnen gelangen. Es war so heiß …«

»Hast du sie gehört oder gesehen?«

Ich schüttelte langsam den Kopf. Mein Mund war staubtrocken.

»Was hast du dann getan?«

Wie das Kaninchen vor der Schlange saß ich vor Brittany Weiss und starrte sie an, bis mir ganz schwindlig wurde. Ich schloss die Augen, doch ihre Frage dröhnte wie ein Echo durch meinen Kopf. Hatte ich gewartet? Mich umgesehen? Die Zeit stand für einen Moment still, dann machte irgendetwas klick. Meine Gedanken schweiften ab … *Wo waren Frank und Eileen? Schliefen sie noch in ihrem Zimmer oder hatten sie versucht, aus dem Fenster zu klettern? Vielleicht waren sie längst nach unten gelaufen, um die Flammen zu löschen, ein paar Dinge zu retten, Hilfe zu holen …*

»Rae?«

… *Eileen würde ihre Tasche suchen, das Familienfoto und die schöne Kamee, eines der wenigen Schmuckstücke, die sie besaß. Sie verwahrte die Kamee in einer silbernen, kunstvoll verzierten Schatulle, die auf ihrer kleinen Kommode neben dem Bett stand. Ich hatte Eileen die Kamee nur einmal tragen sehen – am vergangenen Weihnachtsfest, als Debbie und Sean zu Besuch gekommen waren ...*

»Rachel. Sieh mich an! Versuch, dich zu konzentrieren, lass die Augen offen.«

Verwirrt schaute ich auf. »Wo sind sie jetzt? Wo sind Frank und Eileen?«

Tante Britt wirkte besorgt. Sie zögerte.

»Sind sie hier im Krankenhaus?«

»Nein, Rae. Das sind sie nicht.« Sie räusperte sich. »Es war ein großes Feuer, das sich vermutlich sehr schnell ausgebreitet hat. Besonders im vorderen Teil des Hauses, in der Küche und im Schlafzimmer. Es war schon zu weit vorgedrungen, bevor Hilfe eintraf. Sie sind ... gestorben.«

»Aber ich habe Frank gesehen. Draußen vor dem Haus. Er hat es raus geschafft.«

»Ja. Das stimmt. Doch er war zu schwer verletzt. Sie konnten ihn nicht mehr retten.«

Frank war nicht mehr da, fuhr nicht mehr zum Walmart, saß nicht mehr in seinem Sessel, atmete nicht mehr, schwieg nicht mehr, war nirgends mehr zu sehen ... Fast so wie immer, musste ich denken. Er hatte das Unsichtbarsein erfunden.

Jetzt waren wir also ganz allein. Nur wir zwei Frauen ...

»Rachel. Hast du mich verstanden? Rae?«

»Ja.« Sagte ich abrupt. »Frank ist tot.«

Jetzt wirkte Tante Britt erschüttert. So hatte ich sie noch nie gesehen. Und wieso nannte ich sie in meinen Gedanken überhaupt Tante Britt? Wir waren doch gar nicht verwandt. Bestimmt hieß sie bei allen Kollegen Agent Weiss. Das passte jedenfalls gut zu ihr. Wie wurde man überhaupt eine FBI-Agentin?

»Rachel. Ich mache mir langsam Sorgen um dich. Hast du mir zugehört?«

»Frank ist gestorben«, wiederholte ich monoton.

»Und weißt du noch, was ich dir über Eileen erzählt habe?«

»Wir haben nicht über sie gesprochen.«

»Vielleicht nicht namentlich, aber ...«

17

»Sie sagten, sie sei nicht hier im Krankenhaus.«

»Das ist zwar richtig, trotzdem …«

»Sie hat bestimmt eine Menge Dinge zu regeln. Alles ist schmutzig, und wir brauchen neue Fensterläden. Das wird viel Geld kosten …« Mechanisch wischte ich mir die Tränen weg, die bereits an meinem Hals herunterliefen.

»Ist schon gut, Rae. Du brauchst es nicht zu sagen. Es tut mir so leid. Ich wünschte, ich müsste dich nicht damit quälen. Es gibt nur unendlich viele Fragen. Ich hatte gehofft, du könntest mir dabei helfen.«

»Was für Fragen?«

»Nun. Die ersten Untersuchungen zeigen, dass es sich mit großer Wahrscheinlichkeit um Brandstiftung handelt.«

»Ja. Das stimmt.«

Sie zog überrascht die rechte Augenbraue hoch.

»Was weißt du darüber?«

»Es war Billy. Er wollte schon immer ein Feuer legen. Er hat anonyme Briefe geschickt – mit Streichholzmäppchen.«

»Du meinst Billy Kovac? Davon habe ich gehört. Die Polizei ermittelt bereits. Aber vielleicht gibt es noch andere Verdächtige.«

»Wen meinen Sie?«

»Man stellt sich natürlich zuerst die Frage nach einem Motiv. Bei Billy ist da höchstens eine Art Rachewunsch denkbar. Nach all den Jahren halte ich das aber nicht für besonders wahrscheinlich. Soweit ich weiß, lebte er nur ein paar Monate bei den Bakers.«

»Aber er hat damals versucht das Haus niederzubrennen.«

»Ich dachte, es wäre nur ein kleines Feuer in einem Sessel gewesen.« Ihre Skepsis war nicht zu überhören.

»Wer sonst hätte es tun können?«, fragte ich irritiert.

»Jemand, der dadurch profitiert hätte, der sich zum Beispiel einen finanziellen Gewinn erhoffte.«

»Das Haus war doch das einzig Wertvolle, das Frank und Eileen besaßen.«

Tante Britt legte nachdenklich den Kopf auf die Seite. »Es gab noch etwas anderes. Eine Lebensversicherung. Womöglich ein Anreiz für einen ihrer Söhne?«

»Sie verdächtigen Sean und Tyler? Das hätten sie nie getan.«

»Nun, das ist nur eines von mehreren Szenarien.« Sie hielt abrupt inne. »Wir sprechen ein anderes Mal darüber. Heute möchte ich nur Folgendes wissen: Ist dir irgendetwas aufgefallen? Hast du jemanden in der Nähe des Hauses gesehen? Hast du Geräusche gehört, als du nach unten gelaufen bist?«

»Nein. Ich erinnere mich an nichts Ungewöhnliches.«

»Rae. Warum bist du nach unten gegangen? Wäre es nicht einfacher gewesen, aus dem Fenster zu klettern?«

»Ich dachte, ich käme noch hinaus. Erst als ich auf der Treppe war, sah ich, dass es bereits überall brannte. Dann kam mir der Einfall, durch den Keller zu gehen. Ich wusste ja nicht, dass die Gartentür verschlossen war.«

»War sie das sonst nicht?«

»Doch, aber der Schlüssel steckte immer im Türschloss.«

»Da gab es nie eine Ausnahme?«

»Nicht in den letzten zwölf Jahren. Das war eine feste Regel. Niemand hat je den Schlüssel herausgezogen.«

»Und doch war er nicht da.«

Ich sah Tante Britt mit großen Augen an und flüsterte beklommen: »Warum fehlte der Schlüssel?«

Sie überlegte einen Moment. »Anscheinend wurde er entfernt, um eine Flucht zu erschweren.«

»Sie meinen, jemand wollte nicht einfach nur Feuer legen, er wollte, dass wir alle verbrennen?«

»Ich weiß nicht, ob dieser Anschlag gegen euch alle gerichtet war oder nur gegen eine Person im Haus, das werden die Untersuchungen zeigen. Leider müssen wir noch über etwas anderes sprechen.«

Wieder ruhte ihr Blick auf mir. Ich spürte, dass es ihr schwerfiel. »Rae. Du weißt, was geschehen ist. Du hast zum zweiten Mal dein Zuhause verloren. Ich kann mir kaum vorstellen, wie es dir damit geht. Die nächsten Tage wirst du noch hier im Krankenhaus verbringen, aber dann stellt sich die Frage, wo du in Zukunft leben wirst. Das Jugendamt ist bereits unterrichtet. Sie werden nach Möglichkeiten suchen. Falls du selbst einen Vorschlag hast, wäre ich dir gern behilflich. Ich habe einigen Einfluss.«

Auf einmal stürzte alles auf mich ein. Ich konnte nie mehr nach Hause zurückkehren. Alles war verloren. Ich hatte eine Familie gehabt, und nun blieb nichts zurück. Kein Winkel, in den ich mich verkriechen konnte. Ich musste zu Fremden ziehen, in eine fremde Stadt …

»Nein, bitte nicht.« Die Worte sprudelten einfach hervor. »Kann ich nicht hierbleiben? Hier in Larkville? Vielleicht bei Sean?« Etwas anderes war mir nicht eingefallen. Wer hätte mich schon aufnehmen wollen? Wahrscheinlich nicht einmal mein Bruder. Wir kannten uns kaum. Ich war nie in seiner Wohnung gewesen, besaß nicht seine Adresse, wusste nicht, ob dort überhaupt Platz für mich war. Trotzdem klammerte ich mich verzweifelt an diesen Strohhalm.

Tante Britt sah mich nachsichtig an. »Vielleicht wäre das eine Möglichkeit, aber im Augenblick ist sie leider nicht umsetzbar.« Sie seufzte leise – eine Gefühlsregung, die nicht zu ihr passte. »Es ist so: Sean befindet sich zur Zeit in Untersuchungshaft. Nach Tyler wird gefahndet. Solange die Umstände des Brandes nicht geklärt sind, wird eine Unterbringung bei einem deiner Brüder nicht in Frage kommen. Es tut mir wirklich leid, Rae.«

… Es kam nicht in Frage … Es gab kein Zurück mehr … Ich hätte früher aufwachen müssen, hätte das Haus retten müssen, Frank und Eileen. Ich konnte die Tränen nicht mehr zurückhalten.

»Was ist mit ihr geschehen?«

Tante Britt verstand, ohne meine Gedanken zu kennen. »Frank hat versucht sie zu retten. Er ließ sie durch das Fenster auf das Verandadach hinunter. Es ist eingestürzt. Eileen wurde als erste mit dem Krankenwagen weggebracht. Die Sanitäter bemühten sich, sie wiederzubeleben – eine sehr lange Zeit, aber es war vergebens. Ich habe heute morgen mit dem Pathologen gesprochen. Er ist der Ansicht, Eileen sei an den Folgen einer Rauchgasvergiftung gestorben. Wahrscheinlich noch im Haus. Sie hat nicht gelitten, Rae. Sie ist im Schlaf gestorben.«

Warum war Eileen nicht aufgewacht? Müde von der Arbeit hatte sie sich ins Bett gelegt und gewartet, bis sie mich nach Hause kommen hörte. Kein Albtraum hatte sie gerettet …

In den nächsten Tagen lebte ich wie in einer Blase, fühlte mich isoliert und gefangen, ohne dass ich den Wunsch verspürt hätte, mich daraus zu befreien. Meine Gedanken standen still.

Dann, eines Nachmittags, erschien erneut überraschender Besuch. Es war Orestes.

»Hey, Rae.« Er steckte seinen Kopf durch den Türspalt und blickte mich fragend an. »Was dagegen, wenn ich reinkomme?«

Ihn so unerwartet zu sehen, riss mich aus meiner Lethargie. Ich fuhr ruckartig hoch, strich mir hektisch durch mein Haar, wobei ich entsetzt feststellte, dass es vollkommen verklettet war, und bemühte mich schließlich sogar um einen freundlichen Gesichtsausdruck.

»Mann Rae, du siehst echt Scheiße aus.«

»Da hättest du mich mal vor ein paar Tagen sehen sollen, als ich noch ekligen Schorf auf den Lippen hatte.«

»Sorry, ich meinte natürlich, Mann Rae, du siehst nur noch ein bisschen Scheiße aus.«

»Gib's mir ruhig. Wenigstens bist du ehrlich.«

»War nur ein Versuch, dich aufzumuntern. Nein. Im Ernst. Es ist schrecklich, was dir passiert ist. Ich bin froh, dass du gerettet wurdest.«

»Ja. War ganz schön knapp.« Ich sah verlegen auf die Bettdecke. Hoffentlich wollte er nicht mehr von mir wissen.

»Wann lassen sie dich hier raus?«, fragte er unerwartet sanft.

»Keine Ahnung. Ehrlich gesagt, wissen die nicht, wohin mit mir.«

»Oops. Daran hatte ich gar nicht gedacht. Ich hoffe, du bleibst uns erhalten. Ach übrigens, ich hab was für dich.« Er kramte in seinem Rucksack und zog eine große Schachtel Pralinen heraus, auf der eine bunte Karte mit Genesungswünschen klebte.

»Mit besten Grüßen unserer lieben Lehrer und Mitschüler. Mr. Buchanan erwartet einen genauen Bericht über deinen Gesundheitszustand.«

»Und du wurdest dazu auserkoren, mich zu besuchen?«

»Ich hab mich immerhin freiwillig gemeldet, obwohl du mir so oft die kalte Schulter zeigst und vor mir flüchtest.«

»Tut mir leid. Ist eine angeborene Schwäche. *Trau, schau, wem.*«

»Was ist das denn für ein angestaubter Spruch?«

»Ach, ich weiß nicht«, ich spürte wie meine Wangen zu glühen begannen, »das sagt Onkel Dagobert immer oder nicht?«

»Wow. Ich hätte nicht gedacht, dass du dich in der Weltliteratur so gut auskennst.«

»Sean hatte eine Sammlung alter, zerfledderter Comic-Hefte, irgendwie musste ich mich ja weiterbilden.«

»Ich werd's niemandem verraten.«

Die Tür ging auf und meine Ärztin trat ins Zimmer.

»Oh, du hast Besuch. Ich hoffe, ich störe nicht.«

»Kein Problem«, sagte Orestes. »Ich muss sowieso wieder los. Habe noch eine Verabredung zum Rasenmähen bei Mister Benson. Ist ein ziemlich großer Garten, aber er zahlt gut. Ach ja, ich soll dir noch viele Grüße von Mariah ausrichten. Sie wünscht dir gute Besserung.« Er zwinkerte mir zu und verschwand so schnell, wie er gekommen war.

»Mir scheint, dass es dir besser geht, Rachel. Das wurde auch langsam Zeit.« Die Ärztin nahm mein Handgelenk in ihre weichen Finger und fühlte den Puls. »Das sieht doch ganz gut aus.«

»Hm. Ich weiß nicht so recht.«

»Bedrückt dich etwas? Hast du vielleicht irgendwelche Fragen? Oftmals hilft es, wenn man es ausspricht.«

»Ich kann es nicht erklären. Ich fühle mich taub und lustlos, fast als wäre mir alles egal.«

»Das ist kein Wunder. Du hast etwas Traumatisches erlebt. Es hätte nicht viel gefehlt, und du wärst gestorben.«

»Aber warum bin ich nicht erleichtert? Ich meine, ich habe wirklich Glück gehabt.«

»Leider ist das keine Seltenheit«, sagte die Ärztin mit Bedauern in der Stimme. »Mitunter empfinden Menschen Schuldgefühle, wenn sie eine extreme Situation überlebt haben, in der andere gestorben sind.«

Ich nickte müde. »Es ist einfach nicht gerecht. Das hatten sie nicht verdient.«

»Ganz bestimmt nicht. Aber du kannst nichts dafür. Derjenige, der das Feuer gelegt hat, trägt die Schuld, und irgendwann wird er dafür zur Rechenschaft gezogen.« Sie tätschelte mir aufmunternd die Hand und verabschiedete sich mit einem Lächeln.

Hatte sie recht? Würde die Polizei den Täter finden? In der Vergangenheit war nicht immer so viel Verlass auf die Ermittlungskünste des Sheriffs gewesen. Allerdings war dieses Mal Tante Britt involviert. Sie besaß genügend Scharfsinn, um ein Verbrechen aufzuklären. Es kam mir jedoch seltsam vor, dass sie sich für den Brand interessierte. Fiel so ein Delikt denn in die Zuständigkeit des FBI? Agent Weiss hatte bestimmt Wichtigeres zu tun, als bei einem Feuer in einem Provinznest zu ermitteln.

Wieso war sie also hier?

In der Nacht wachte ich schweißgebadet auf. Im Traum war ich wieder in der Elder Street gewesen. Harper war mir erschienen, hatte versucht mich zu warnen, aber es dauerte auch dieses Mal viel zu lang, ehe ich begriff, dass es wirklich brannte.

Wie ruhig waren meine Nächte gewesen, als ich mich nur mit dem Turm ohne Tür beschäftigt hatte – dem Turm aus dem Tarotkartenspiel. Angeblich stand er genau wie der Narr gefährlich dicht am Abgrund, so hatte es mir Harper in einem meiner Träume zugeflüstert und mich davor gewarnt, den Turm zu suchen. Natürlich war es nicht Harpers Stimme aus dem Jenseits, die mich zu retten versuchte, ich war es selbst. Niemand außer mir konnte durch Träume Kontakt aufnehmen. Das ging einfach nicht.

Vermutlich gab es gar keinen Turm, den ich suchen musste, es gab nur etwas zu verstehen oder etwas zu erinnern. Dinge aus meiner Vergangenheit. Die vergessenen vier Jahre. Sie streckten ihre Fühler nach mir aus. Ein Teil von mir wollte sich öffnen, wollte wissen, was vor langer Zeit geschehen war, aber ich spürte die Angst vor der Wahrheit. Sie konnte mich erschüttern, mich in den Abgrund stoßen, mich vernichten.

War es Harper so ergangen? Hatte sie sich ihren Dämonen gestellt und den Kampf verloren? Meine Gedanken kreisten weiter und weiter.

Der schreckliche Albtraum in der Nacht des Brandes hatte Erinnerungen zurückgebracht. Zum ersten Mal waren Bruchstücke meiner Kindheit hochgespült worden, die Stimme meiner Mutter, die für mich gesungen hatte. Für Raemi. Es war ein trauriges Lied von Blumen, Gräbern und verschwundenen Mädchen. Hatte sich meine Mutter genau wie Harper das Leben genommen? Ich bekam eine Gänsehaut. Wenn die Wahrheit so niederschmetternd war, wollte ich sie lieber niemals kennen.

2

Zwei prachtvolle Blumensträuße thronten auf dem kleinen runden Tisch am Fenster und verströmten einen intensiven Duft. Nie zuvor hatte ich Blumen geschenkt bekommen, und es hätte mich unter anderen Umständen bestimmt gerührt, dass sowohl Corinne Montgomery als auch die Familie Gardener an mich gedacht hatten und mir baldige Genesung wünschten, aber angesichts der Tragödie erschienen mir die farbenfrohen Blumen wie der blanke Hohn. Ich konnte mich nicht freuen.

Blumen für die einzige Überlebende!

Ausgerechnet das Mädchen, das niemand wollte, war gerettet worden. Sie hatte es hinausgeschafft und ihre Pflegeeltern dem Feuer überlassen. Wenn ich sofort den Notruf gewählt hätte, nicht erst im Keller, hätte diese Minute etwas ändern können? Wie viel Zeit war verstrichen, bis ich unten angekommen war? Ich zog die Schublade der kleinen Bettkommode auf und nahm mein Handy zum ersten Mal heraus. Ich drückte die Hometaste. Das Display blieb dunkel. Ich würde mich gedulden müssen, bis ich die Uhrzeit meines Notrufes überprüfen konnte. Mein Aufladekabel lag zu Hause und war mit Sicherheit verschmort.

Wie viel Zeit hatte ich verschwendet, wie viel kostbare Zeit? Während ich meinen trüben Gedanken nachhing, klopfte es plötzlich an der Tür.

Ohne eine Antwort abzuwarten, betrat Tante Britt das verdunkelte Krankenzimmer, zog die Jalousien hoch und ließ die milde Sommerluft herein. »Hier ist es ziemlich stickig. Nach allem, was dir passiert ist, solltest du an frischer Luft interessiert sein, Rae. Ist dein Akku leer?« Scharfsinnig wie sie war, entging ihr nichts. Ich begnügte mich damit, zu nicken.

»Ich habe ein Ladekabel dabei, das müsste eigentlich passen«, sie zog es aus ihrer schwarzen Tasche und reichte es mir. »Solange wir uns unterhalten, kannst du ein bisschen Strom ziehen.«

»Danke.« Ich befestigte es und drückte den Stecker in die Dose, wobei sie mich aufmerksam beobachtete.

»Draußen ist es herrlich. Hast du Lust auf einen Spaziergang?«

»Ich weiß nicht«, stotterte ich verlegen.

»Hast du etwas anzuziehen?«

»Ja. Die Schwestern haben mir ein paar Sachen aus dem Krankenhaus-Fundus gebracht.«

»Na, wunderbar. Dann mal los. Wird Zeit, dass dich jemand auf Trab bringt.«

Die Sonne blendete, es war warm. Eine kleine Grünanlage erstreckte sich hinter dem Krankenhaus, in dem ich die letzten Tage verbracht hatte und von dem ich nicht einmal wusste, wo es lag. Ich hatte es noch nie zuvor gesehen.

»Wo sind wir hier eigentlich?«

»Das weißt du nicht? In Aurora. Ich dachte, du hättest dich längst erkundigt.«

Dann war Orestes also den weiten Weg von Larkville gekommen. Ich hatte mich gar nicht bei ihm bedankt.

»Komm, wir setzen uns auf eine der Bänke. Ich bin schon den ganzen Tag auf den Beinen und könnte eine Pause brauchen, außerdem siehst du noch etwas wacklig aus.«

»Mir geht es gut.«

»Schön, dann eben mir zur Liebe.« Sie ließ sich nieder, zog eine Wasserflasche aus ihrer Tasche und trank einen großen Schluck.

»Also Rae. Ich komme gerade aus dem Büro des Sheriffs. Sean Baker wurde inzwischen wieder auf freien Fuß gesetzt. Er hat ein Alibi, wenn auch nicht das allerbeste. Seine Frau Deborah hat bestätigt, dass er sich zur fraglichen Zeit zu Hause aufgehalten hat. Sie haben geschlafen, was angesichts der nächtlichen Stunde keine besondere Überraschung darstellt. Natürlich könnte er sich rausgeschlichen haben, aber sie hält das für unwahrscheinlich. Angeblich hat sie einen leichten Schlaf.« Britt Weiss hob ihre Augenbraue, als hätte sie mir eine Frage gestellt.

»Ähm. Ich habe keine Ahnung, ob Debbie einen leichten Schlaf hat. Das hat sie nie erwähnt.«

»Hm. Dachte ich mir. Nun zu Tyler. Von ihm fehlt jede Spur, was ihn nicht gerade unschuldig aussehen lässt. Hatte er Streit mit Frank und Eileen?«

»Da müssen Sie Sean fragen. Ich weiß nichts darüber.«

»Wann hast du ihn zuletzt gesehen?«

»Ist ziemlich lange her.« Mein Herz fing an zu rasen.

»So ungefähr?«

»Kann ich nicht sagen.«

»Weihnachten?«

»Nein.«

»Mehr als ein Jahr?«

»Ich glaube schon.«

»Hat er seine Eltern nie besucht?«

Ich starrte auf den Boden vor meinen Füßen. »Vielleicht. Aber ich habe ihn nicht gesehen.«

»Also hatten sie keinen Kontakt?«

»Sie haben nicht mit mir über Tyler gesprochen.«

»Klingt, als hätte es Streit gegeben.«

»Fragen Sie Sean!«

Tante Britt kreuzte die Arme vor ihrer Brust. »Sehr auskunftsfreudig bist du nicht. Dir ist bewusst, dass es hier um Mord geht?«

Ich musste schlucken. »Bitte bedrängen Sie mich nicht. Ich möchte nicht schlecht über Tyler sprechen. Es gab da wohl mal Ärger, aber ich weiß nichts Genaues. Frank und Eileen hatten nicht die Angewohnheit, viel zu reden. Jedenfalls nicht vor mir.«

»Und du hast in den letzten Tagen vor dem Brand keinen Fremden bemerkt? Jemanden, der euch vielleicht beobachtet hat?«

»Nein. Mir ist niemand aufgefallen. Meinen Sie damit Billy?«

»Zum Beispiel. Auch von ihm kennen wir weder Aufenthaltsort noch sein heutiges Erscheinungsbild. Er war in verschiedenen Pflegefamilien, auch in zwei Heimen und wurde vor einem Jahr zuletzt gesehen.«

»Und wie ist er ins Haus gekommen, falls er es war?«

»Darüber herrscht noch Unklarheit. Bis jetzt wurden keine Einbruchsspuren gefunden, was zum Teil an den schweren Schäden liegt, die das Feuer verursacht hat. Die Haustür ist vollständig zerstört. So wie es aussieht, wurde ein Brandbeschleuniger verwendet, vor allem in der Küche, weshalb dort und in den darüber liegenden Zimmern die Verwüstung besonders groß ist.

Brandbeschleuniger … echote es in meinem Kopf, bis ich plötzlich den prüfenden Blick von Agent Weiss auf mir spürte. Ich riss mich aus meinen Gedanken. »Warum beschäftigen Sie sich überhaupt mit diesem Fall, ist das nicht Aufgabe der Polizei?«

»Ich informiere mich gern selbst über die Fakten.«

»Weil sie etwas mit mir und meiner Vergangenheit zu tun haben?«, kam es mir ziemlich schroff über die Lippen.

»Das möchte ich jedenfalls ausschließen.«

»Aber was genau, verraten Sie mir nicht.«

»Ich glaube, damit solltest du dich im Augenblick nicht belasten. Es geht jetzt um deine Zukunft. In Kürze wirst du aus dem Krankenhaus entlassen. Hast du darüber nachgedacht?«

»Nein.«

»Ich hätte einen Vorschlag für dich. Eine Nachbarin hat sich an die Polizei gewandt und sich nach dir erkundigt. Sie bietet an, dich aufzunehmen, zumindest vorerst. Ihre Name ist Elizabeth Barton.«

»Sie will, dass ich bei ihr wohne?«

»So habe ich sie verstanden. Das Jugendamt hat einige Bedenken, angesichts ihres Alters und Gesundheitszustandes, aber, da du kein kleines Kind mehr bist, wären sie einverstanden. Zur Probe gewissermaßen. Wenn sich die Umstände des Brandes aufgeklärt haben, könnten wir auch andere Möglichkeiten in Betracht ziehen, wie zum Beispiel deinen Bruder Sean. Was sagst du?«

»Ja. Das wäre okay für mich.« Ich fühlte mich erleichtert. Nicht dass Mrs. Barton ein Ausbund an Herzlichkeit gewesen wäre, aber ich kannte sie seit Jahren, sie war mir vertraut. Und vor allem würde ich Blacky haben.

»Gut. Dann werde ich das in die Wege leiten.«

Brittany Weiss erhob sich, streckte ihre Arme, ließ die Schultern kreisen und griff dann nach ihrer großen schwarzen Tasche.

»Ich begleite dich nach oben Rae.«

»Das schaff ich schon allein.«

»Sicher. Aber ich brauche mein Ladekabel.«

Natürlich. Tante Britt vergaß bestimmt nie etwas.

Wir erreichten schweigsam mein Krankenzimmer, in dem das Fenster noch immer sperrangelweit offen stand. Ein angenehmer Duft nach Blumen und frischer Luft überlagerte jetzt den Geruch von Desinfektionsmitteln. Während ich mich auf der Bettkante niederließ, zog Tante Britt das Kabel ab und gab mir mein Handy.

»Würdest du es einmal für mich entsperren?«

Die Frage überraschte mich. Trotzdem gab ich den Code ein, um die SIM-Karte freizuschalten und reichte es ihr. Mit ein paar schnellen, geübten Handgriffen sah sie in meine Anrufliste, kontrollierte meine Kurzmitteilungen, meine E-Mails und meinen Browser-Verlauf und händigte es mir schließlich wieder aus. Ich sah sie sprachlos an.

»Tut mir leid Rae, mich derart in deine Privatsphäre einzumischen, ich wollte nur sehen, welche Kontakte dir in der letzten Zeit wichtig waren.«

»Und wie Sie nun wissen, gibt es da rein gar nichts Verdächtiges.«

»Schön, dass ich das jetzt weiß. Sehr aktiv bist du ja nicht.«

»Das geht Sie nichts an.«

»Da hast du recht. Was wolltest du übrigens nachschauen?«

Ich tippte auf die Liste der ausgegangenen Anrufe. Das letzte Gespräch in der Nacht des Brandes wurde mit 2:43 Uhr angegeben. Sechs Minuten waren vergangen, nachdem ich das Handy um 2:37 das erste Mal eingeschaltet hatte. Was hatte ich so lange gemacht? Ich war doch sofort losgerannt …

»Rae? Alles in Ordnung?«

»Nein. Nichts ist in Ordnung. Nichts wird je wieder in Ordnung kommen. Ich habe ganze sechs Minuten gebraucht, bis ich endlich den Notruf gewählt habe. Sechs verdammte Minuten.«

»Man verliert schnell das Zeitgefühl in einer bedrohlichen Situation.«

»Ich hätte gleich anrufen müssen. Gleich aus meinem Zimmer.«

»Du hast instinktiv gehandelt. Du wolltest dich erst vergewissern, was wirklich vor sich ging, sehen wo deine Pflegeeltern waren. Du hast alles richtiggemacht. Sechs Minuten hätten nichts geändert.«

»Das können Sie gar nicht wissen.«

»Doch das kann ich. Die Verletzungen, die Verbrennungen waren so schwer, sie hätten es nicht überlebt. Vielleicht wären es ein paar Stunden mehr gewesen, in denen sie sich gequält hätten. Als der Rettungsdienst eintraf, hatten beide bereits das Haus verlassen. Ihr Zustand wäre nicht besser gewesen, wenn du eher angerufen hättest. Nichts hätte sie mehr gerettet.«

»Schwören Sie es mir?«

»Wenn es dir hilft, schwöre ich es.«

Vielleicht sagte sie das nur, um mich zu beruhigen, trotzdem wirkte es. Ich hielt sie für unbestechlich. Nachdem sie gegangen war, bemühte ich mich vergeblich, meine innere Ruhe wiederzufinden. Das Gespräch hatte mich aufgewühlt. Auch wenn ich froh war, bei Mrs. Barton leben zu dürfen, hatte ich Angst davor. Es war bedrückend in ihrem mit dunklen Möbeln vollgestellten Haus, die schweren Vorhänge ließen kaum Licht herein. Außerdem kannten wir uns nur oberflächlich. War das blaue Haus in der Elder Street am Ende doch mein Zuhause geworden? Es musste so sein. Deshalb tat mir alles weh, deshalb hatte ich Brittany Weiss belogen. Ich wollte ihr nichts von meiner Begegnung mit Tyler an der Schule erzählen, obwohl ich ihn hätte belasten können. Seine Sprüche über die Axt und das Feuerholz klangen mir noch deutlich im Ohr. Dennoch hatte ich geschwiegen, hatte ihn gedeckt. Wie kühl unsere Beziehungen auch immer waren, es gab so etwas wie Familienbande.

Ich würde Eileens Sohn nicht bei der Polizei anschwärzen.

An einem sonnigen Tag Ende Juni kehrte ich in die Elder Street zurück. Begleitet von einer Mitarbeiterin des Jugendamtes, die sich zunächst vergewissert hatte, dass ich in guter seelischer Verfassung war, fuhren wir bei schönstem Sommerwetter nach Larkville. Als wir am Ende in unsere Straße einbogen, starrte ich wie hypnotisiert aus dem Fenster, bis wir an unserem Haus vorbeifuhren.

Da war sie – die dunkle Ruine, die sich in grotesker Weise vor dem strahlenden Himmel erhob. Ein Schmutzfleck im Sommerblau. Furchterregend tot. Die große Eiche hatte fast all ihre Blätter verloren und überragte mit gespenstisch schwarzen Armen das zerstörte Gebäude, welches sein Dach und die vordere Fassade eingebüßt hatte. Die Sekunden verrannen wie in Zeitlupe. Dann waren wir endlich vorbeigefahren.

Mrs. Barton und Blacky warteten auf der Veranda, sie in ihrem Schaukelstuhl sitzend, er bellend und aufgeregt hin und her laufend, während ich noch einen Moment im Auto blieb und mit aufsteigenden Tränen kämpfte. Schließlich öffnete ich die Tür, versuchte, mich mit wackligen Knien aus dem Wagen zu drücken, aber Blacky war bereits herangesprungen und vergrub seinen Kopf in meinem Schoß, weshalb ich mich wieder in meinen Sitz sinken ließ. Es tat gut, so herzlich begrüßt zu werden. Ich dankte Mrs. Barton insgeheim für diesen unaufdringlichen Empfang.

Nachdem meine Begleiterin schließlich gegangen war, entstand ein Moment der Stille. Ich setzte mich auf die Verandabrüstung, kraulte Blacky hinter den Ohren, wusste nicht, was ich sagen sollte, so überwältigt war ich von meinen Gefühlen. Irgendwann ergriff Mrs. Barton das Wort, jedoch sprach sie mehr zu sich selbst.

»Es wird langsam Zeit, wieder hineinzugehen. Der Schaukelstuhl ist nicht so bequem, wie er aussieht. Ich könnte jetzt einen Kaffee vertragen.« Sie erhob sich schwerfällig und schlurfte in leicht gebeugter Haltung ins Haus, während ich noch eine Weile draußen sitzen blieb. Zu guter Letzt rief sie mit ihrer rauen Stimme: »Willst du auch etwas trinken, Rae? Dann hol dir was! Der Kühlschrank ist voll.«

Langsam, mit einem Gefühl von Respekt, betrat ich ihr Haus. So oft war ich wie selbstverständlich hineingegangen, hatte Blacky abgeholt und kurz mit Mrs. Barton geplaudert. Nun war es vollkommen anders. Ich setzte meinen Fuß auf den alten abgewetzten Teppich, als hätte ich ihn nie zuvor gesehen. Ich würde hier wohnen – das veränderte einfach alles.

»Was stehst du da wie angewurzelt rum? Setz dich zu mir, lass uns ein bisschen plaudern!«, schnaubte Mrs. Barton und riss mich aus meiner Starre.

Wortlos nahm ich auf dem großen Sofa Platz, das bestimmt schon mehr als dreißig Jahre in Mrs. Bartons Wohnzimmer stand. Die Sprungfedern quietschten leise, schienen aber gut zu funktionieren. Es fühlte sich noch immer erstaunlich fest an.

»Du ziehst am besten in Katies altes Zimmer. Das liegt nach vorn, zur Straße raus. Bettzeug findest du im Schrank. Die Matratze ist noch ziemlich neu, ich meine, gut erhalten. Wurde nur selten benutzt. Meine Kleine hatte immer Rückenweh. War nicht so robust gebaut wie ich.« Sie räusperte sich und ließ ihre Hand kurz durch Fletchers Fell gleiten. »Na, wie auch immer. Wir werden schon zurechtkommen. Frag, wenn du etwas brauchst. Ach ja. Die sagten mir, du hättest nichts anzuziehen. Fürs Erste liegen im Schrank noch ein paar Sachen von meiner Kate. Sie sind nicht mehr allzu toll, wohlmöglich haben sich die Motten daran schadhaft gehalten. Du musst dir also etwas kaufen. Geld liegt in der Kaffeedose. Das Jugendamt kommt dafür auf. Eine Mrs. Whitman war hier..«

»Mrs. Whitaker?«

»Ah, du kennst sie. Neugierige Person. Wollte in alles ihre Nase stecken. Na jedenfalls hat sie ihre Visitenkarte hiergelassen. Du sollst sie anrufen, wenn du etwas benötigst.«

»Wie viel Geld kann ich für Kleidung ausgeben?«

»Da hab ich keine Ahnung. Du hast ja rein gar nichts, also würde ich sagen, du brauchst schon ein bisschen mehr. Ein paar Hosen, T-Shirts, Unterwäsche. Aber kauf nicht alles im Walmart, die haben nur schlechte Qualität. Frag Sean, ob er dich irgendwohin fahren kann. Und heb die Quittungen auf. Bestimmt will diese Whitaker alles kontrollieren.«

»Danke, Mrs. Barton. Es ist sehr nett, dass Sie mich aufnehmen.«

»Pah! Niemand hält mich für nett, da kannst du sicher sein. Man hilft doch seinen Nachbarn. Jetzt mach dich mal auf den Weg und bezieh dein Bett. Heute Abend gibt es Suppe. Das ist bei mir ein Dauerbrenner. Hält sich gut und ist gesund. Bedien dich, wenn du Hunger hast.«

Das Zimmer von Katie war ähnlich geschnitten wie jenes von Frank und Eileen, es war jedoch gänzlich anders eingerichtet. Die Wände schmückte eine pompöse Rosentapete, Schrank, Bett und Kommode bestanden aus dunklem Mahagoniholz, an der Decke hing eine kleine Kristallleuchte und ein dunkelroter Bettvorleger rundete das Ganze ab. Vermutlich war das Zimmer früher einmal geschmackvoll gewesen, die Möbel sahen teuer aus, aber jetzt wirkte es düster und altmodisch. Ein süßlich-modriger Geruch hing in der Luft, der von Politur und Mottenkugeln herrühren mochte, doch ansonsten war alles sauber und gepflegt. Auch die Bettwäsche, die ich im Schrank fand, roch frisch: nach grüner Wiese und Lavendel.

Ich ging ans Fenster und sah eine Weile hinaus. Es würde bald

Abend werden, die Sonne stand schon tief. Wenn ich noch einen Spaziergang mit Blacky machen wollte, musste ich mich sputen. Schnell bezog ich das Bett und räumte die wenigen Kleidungsstücke, die ich aus dem Krankenhaus mitgebracht hatte, in den Schrank. Dann öffnete ich die Plastiktüte mit den einzigen mir verbliebenen Dingen: ein ärmelloses Hemd und meine Jersey-Shorts. Sie waren unglaublich schmutzig und strömten einen intensiven Brandgeruch aus. Vermutlich hätte ich sie wegwerfen sollen, aber ich konnte mich nicht von ihnen trennen. Ich nahm sie mit hinunter, fragte Mrs. Barton, ob ich die Waschmaschine benutzen dürfte und füllte übermäßig viel Waschpulver und Weichspüler ein. Den Regler stellte ich vorsorglich auf 95 Grad, ohne sicher zu sein, dass sie eine Kochwäsche überstehen würden. Hauptsache, der Geruch nach Rauch würde verschwinden.

»Ich dreh noch eine Runde mit Blacky. In Ordnung?«

»Geht nur. Das wird euch guttun«, murmelte Mrs. Barton beiläufig, während sie die Angebote des Supermarkt-Prospekts studierte.

Alles fühlte sich so normal an, dass mir ganz übel wurde.

Kaum hatten wir das Haus verlassen, begann Blacky ungestüm zu ziehen, sodass ich kaum hinterherkam. Natürlich in Richtung Creek. Wohin sonst sollten wir auch gehen? Es war unsere Lieblingsstrecke, solange ich denken konnte. Je näher wir dem Indian Park jedoch kamen, desto unruhiger wurde ich. Es fühlte sich an, als müsste ich etwas erledigen, ohne dass ich eine Ahnung gehabt hätte, um was es sich handelte. Etwas zog mich weg. Zurück. Ich behielt Blacky an der Leine und machte mich wieder auf den Heimweg, obwohl er anfangs vor Enttäuschung jaulte. Erst als wir Mrs. Bartons Haus erreichten, verstand ich plötzlich, was ich tun wollte. Die Unruhe schnürte mir inzwischen die Kehle zu, mein Herz raste und meine Beine machten sich selbständig, liefen vorbei an Mrs. Bartons Haus, Schritt für Schritt, etwa zweihundert Meter, bis ich schließlich mein Ziel erreicht hatte. Ich war angekommen.

Da stand sie, im Licht der untergehenden Sonne fast wie in einem Feuerglanz strahlend, die schwarze Ruine. Lange Zeit bewegte ich mich nicht, fand nicht den Mut, mich zu nähern, aus Angst, die Flammen könnten erneut hervorbrechen. Dann betrat ich die Auffahrt, bückte mich unter einem Absperrseil hindurch, ging auf das

Haus zu. Das gelbe Band, welches von jeher um den Stamm der alten Eiche gewunden war, flatterte noch immer im Wind, jetzt kohlrabenschwarz. Wie durch ein Wunder hatte es das Feuer überstanden. Überall lagen Glassplitter, verbranntes Holz und Dachschindeln verstreut, weshalb ich Blackys Leine an dem verrußten Baumstamm festzurrte, ihm gut zuredete und nach kurzem Zögern vorsichtig über die Hindernisse hinwegstieg.

Die Eingangstür war nirgendwo zu sehen, das Haus stand offen wie ein Scheunentor. Langsam kletterte ich über die Reste der Veranda, bückte mich unter einem gelb-schwarzem Klebeband hindurch, ignorierte die Aufschrift *DO NOT CROSS* und stand auf einmal in unserer Küche. Die Decke war an einigen Stellen eingestürzt und Teile des Schlafzimmerschrankes lagen vor mir auf dem Boden. Reste von Holzbalken stützten das obere Stockwerk, wirkten jedoch nicht sehr vertrauenserweckend. Überall sah ich verkohlte Möbel, die kaum noch zu erkennen waren, vom Küchentisch fehlte indes jede Spur. Wohin war er verschwunden? Mir fiel plötzlich der Tag ein, als ich ihn mit einem Messer zerkratzt hatte. Das Bildnis der erhängten Baker-Familie war mir so gut gelungen. Frank hatte den Tisch damals abgeschliffen und alle Spuren meiner Missetat beseitigt. Jetzt gab es nichts mehr abzuschleifen. Frank und der Tisch existierten nicht mehr.

Bis in den letzten Muskel angespannt durchquerte ich die Küche, ging hinüber ins Wohnzimmer, wo die Verwüstung ein ähnliches Ausmaß erreicht hatte. Die Decke war jedoch intakt, also bestand die Chance, in den darüberliegenden Raum zu gelangen: in mein altes Zimmer. Leider war die Treppe fast vollkommen zerstört. Nur die obersten Stufen sahen einigermaßen stabil aus, weshalb ich mich durchrang, einen Versuch zu wagen. Ich verließ das Haus, inspizierte die Garage, die einiges abbekommen hatte, fand mein Fahrrad mit platten Reifen, holte mir die große Aluminiumleiter und trug sie unter einigem Stöhnen bis zur verbrannten Treppe. Ich lehnte sie an die oberen Stufen, rüttelte an ihr, um die Stabilität zu prüfen und kletterte langsam hinauf.

Kurz darauf befand ich mich im obersten Stockwerk, wo der Boden schwer beschädigt war. Mit vorsichtigen Bewegungen robbte ich bäuchlings durch die schwarze Asche bis zu meinem Zimmer. Hier war die Zerstörung am geringsten. Der Raum, der vom Ursprung des Feuers in der Küche am weitesten entfernt lag, war durch die Löschmaßnahmen zum größten Teil gerettet worden, wenn er auch mit einer dunklen Rußschicht überzogen war. Wasserreste standen in Pfützen auf dem Boden, das Bett war durchgeweicht, der kleine Teppichvorleger kaum noch zu erkennen. Ich zog die Schublade der schmalen Bettkommode auf und entdeckte meine Spy-Liste, schmutzig und von einer schwärzlichen Flüssigkeit durchtränkt. Darunter lag das Tagebuch-Heft, welches nur wenig besser aussah. Ich schlug es auf, durchblätterte die Seiten, bis ich die für Anaïs bestimmte Hälfte einer Hundert-Dollar-Note fand, die kaum noch zu erkennen war. Trotzdem löste ich den Klebestreifen und schob sie in meine Hosentasche. Ich hatte ihr dieses Geld für eine Gegenleistung versprochen. *Quid pro Quo* war unser gemeinsames Credo gewesen – eine Abmachung, bei der Harpers Puppe Lorelai gegen die zweite Hälfte der hundert Dollar Note getauscht werden sollte. Es bedeutete nichts anderes als ein Wiedersehen, das nur dann stattfinden würde, wenn Ana bereit war, ihr Schneckenhaus des Schweigens zu verlassen.

Schließlich ging ich hinüber zum Schrank und inspizierte meine Kleidung. Sie war nicht verbrannt, aber von zähem, feuchten Ruß überzogen, den keine Waschmaschine der Welt hätte entfernen können. Ich griff nach meinen Winterschuhen und zog die Innensohle heraus. Das Geld, welches ich dort aufzubewaren pflegte, war verschwunden. Ungläubig durchwühlte ich jeden Winkel, nahm jeden Schuh in die Hand, untersuchte alles immer und immer wieder, bis ich schließlich resignierte.

Harpers Geld war nicht mehr da. Und es war nicht verbrannt. Jemand hatte es gestohlen.

Entmutigt verließ ich mein Zimmer. Ich hatte nie viel besessen, an dem mir etwas gelegen war. Meine Bücher vielleicht. Sie konnte ich, wenn ich wollte, in jeder Buchhandlung erstehen. Das Geld hatte dagegen einen symbolischen Wert, abgesehen von der Tatsache, dass es unglaubliche tausend Dollar gewesen waren. Harper hatte es mit einem Rätsel in der Puppe versteckt und mich gebeten, ihre Schwester Tatum zu suchen. Es war ihr letzter Wunsch gewesen, den ich irgendwann erfüllen musste. Als ich die Treppe erreichte, fiel mein Blick auf den großen schweren Spiegel, der, solange ich mich erinnern konnte, im Flur an der Wand gehangen hatte. Jetzt lag er am Boden, hatte jedoch keinen gravierenden Schaden genommen. Vielleicht konnte er mir nützlich sein. Ich schob ihn mit Mühe vor mir her, bugsierte ihn bis zum Schlafzimmer meiner Pflegeeltern und ließ ihn über das Loch im Boden fallen, durch welches man direkt in die Küche sehen konnte. Er landete fast perfekt auf den verbliebenen Holzbalken, sodass ich hinübergelangen konnte. Ein lautes, knarrendes Geräusch verriet jedoch, dass es um die Stabilität des Raumes nicht besonders gut bestellt war. Schutt rieselte in Massen nach unten, während ich steif und starr auf den verkohlten Resten des Bettvorlegers hockte, keine weitere Bewegung wagend, aus Angst, den Fußboden gänzlich zum Einsturz zu bringen. Erst nach etlichen Augenblicken tastete ich mich stockend bis in den vordersten Winkel des Zimmers vor, wo ein Teil des Schlafzimmerschrankes intakt geblieben war. Es war die Seite, die Eileen benutzte.

Die geschwärzte Schranktür war einen Spalt breit geöffnet und hing schief in den Angeln, ließ sich aber erstaunlich leicht bewegen. Im Innern ihres Schrankes sah es kaum anders aus als in meinem auf der anderen Seite des Hauses. Rauch und Löschwasser mussten durch die Ritzen gedrungen sein. Vorsichtig durchwühlte ich jedes Fach, bis ich endlich fand, wonach ich gesucht hatte: das Familienbild mit Billy, verschmutzt und durch die Hitze leicht verbogen, aber nicht zerstört. Das Glas wies einige Sprünge auf, doch das Foto war kaum beschädigt.

Erleichtert steckte ich es in meinen Hosenbund und wollte gerade gehen, als mir Eileens Kamee einfiel. Vielleicht hatte sie den Brand überlebt. Sie war in einer kleinen silbernen Dose aufbewahrt worden, die sich auf der Kommode am Bett befunden hatte. Ich drehte mich langsam um, späte ins Zwielicht eines verbrannten Hauses. Da war nichts mehr. Der kleine Nachttisch musste entweder vollkommen verbrannt oder durch ein weiteres Loch im Boden nach unten in die Küche gefallen sein. Ich starrte die Überreste des Bettes an. Es hatte aus Messing bestanden. Ein seltsam verbogenes Gerippe war immer noch zu erkennen. Mir wurde kalt.

Hier hatten sie gelegen und friedlich geschlafen, bis sie von beißenden Flammen geweckt worden waren. Welche Angst musste Frank verspürt haben. Eingeschlossen in einem brennenden Haus, Eileen leblos in ihrem Bett.

Hier hatte sie ihren letzten Atemzug getan. Qualm und Rauch. Hier war sie gestorben.

Ich musste den Blick abwenden. Mit aufsteigender Panik sprang ich zurück in den Flur und kletterte über die Treppe nach unten. Ich wollte nur fort.

Erst als ich draußen bei Blacky war, beruhigte ich mich ein wenig und dachte schließlich an die Leiter, die ich im Haus hatte stehenlassen. Bestimmt war es verboten, an einem abgesperrten Tatort herumzuschleichen. Also kehrte ich noch einmal um, ging mit äußerster Vorsicht über die Trümmerlandschaft der Küche und bemerkte ein kleines Blitzen am Boden. Etwas Glänzendes lag dort. Ich bückte mich und hob es auf. Es war die silberne Schatulle. Der Deckel stand offen. Sie war leer.

Hektisch durchsuchte ich den Schutt am Boden, wirbelte die Asche hoch, bis ich zu husten anfing, wendete jedes Trümmerstück. Es war sinnlos. Die Kamee musste herausgefallen sein. Offen der Hitze ausgesetzt hatte sie das Feuer nicht überstanden.

Eine halbe Stunde später kehrte ich zu Mrs. Barton zurück. Ich klopfte mich auf der Veranda ab, zerrieb Spucke in meinen Händen, beugte mich vornüber und schüttelte die Haare. Blacky sah mich mitleidig an. Es war nichts zu machen. Ich war schmutzig wie ein Bergarbeiter. Einfach vollkommen verdreckt.

Bevor ich Mrs. Bartons Haus betrat, streifte ich die Schuhe ab. Es waren blaue Mokassins, mein einziges Paar Schuhe, mit leichten Schrammen, aber noch gut erhalten – bis ich in der Ruine gewesen war. Jetzt waren sie nicht mehr zu retten. Ich ließ sie einfach auf der Veranda stehen, unfähig, mir Gedanken darüber zu machen, und öffnete die Tür. Mrs. Barton saß in ihrem Sessel und blickte auf, als sie mich eintreten hörte. Obwohl die Beleuchtung im Wohnzimmer nicht die hellste war, starrte sie mich mit offenem Mund an. Dann nahm sie ihren Becher Kaffee und leerte ihn in einem Zug.

»Wirf die Sachen in den Müll. Da ist Hopfen und Malz verloren. Zieh dich am besten gleich in der Küche aus.«

Ich tat, wie mir befohlen, und stotterte eine Entschuldigung. »Tut mir wirklich leid …«

»Hat es sich gelohnt? Was hast du gefunden?«

»Nur das Foto von der Familienfeier. Das mit Billy.« Ich brachte es ins Wohnzimmer hinüber und reichte es ihr.

»Ist schon 'ne ganze Weile her«, murmelte Mrs. Barton nachdenklich. »Der Junge war schwierig. Hat nur Scherereien gemacht. Komisch, das ausgerechnet dieses Bild das Feuer überlebt hat. Sonst gab es nichts?«

Ich schüttelte den Kopf. »Alles war verbrannt oder schwarz. Ach ja. Die silberne Schatulle.« Ich lief zurück auf die Veranda, wo ich sie neben meinen Schuhen liegengelassen hatte. »Das hab ich noch gefunden. Eileen bewahrte die Kamee darin auf.«

»Ach. Die schöne Gemme. War sie nicht drin?«

»Nein. Die Dose war offen. Wahrscheinlich ist sie verbrannt oder liegt unter Bergen von Schutt und Asche begraben.«

»Oder jemand ist dir zuvorgekommen. Es gibt Menschen, die machen vor gar nichts halt. Plündern sogar bei denen, die alles verloren haben.«

Das war nicht von der Hand zu weisen. »Was ist überhaupt eine Gemme?«

»So nannten wir früher diese Broschen. Muschel-Kamee ist wohl der richtige Ausdruck. Ein geschnitzter Frauenkopf ist meistens das Motiv. Sie hat früher Mary gehört, Eileens Großtante. Ich glaube, sie war antik. Durch ihre goldene Fassung ist sie wahrscheinlich wertvoll. Mary hat sie nur zu besonderen Anlässen getragen.« Mrs. Barton schüttelte gedankenverloren den Kopf. »Ich hatte sie schon ganz vergessen. Habe sie nie an Eileen gesehen.«

»Sie trug sie letztes Jahr an Weihnachten.«

»Ach wirklich? Hm. Freut mich zu hören. Leider bleibt dir jetzt nur die Schatulle. Das ist schade, Rae.«

»Ich hätte ohnehin kein Recht, die Kamee zu behalten. Sie gehört doch Sean und Tyler.«

»So? Na, das spielt jetzt wohl keine Rolle mehr. Nun wasch dich mal gründlich. Die Suppe steht auf dem Herd. Es wird Zeit, dass du etwas isst.«

Vielen Menschen fällt es schwer, in einem fremden Bett zu schlafen, erst recht, wenn sie durch äußere Umstände dazu gezwungen werden. Schon im Krankenhaus hatte ich mit Schlaflosigkeit gekämpft, aber in Katie Bartons altem Zimmer war ich meilenweit davon entfernt, die Augen zu schließen. Ich versuchte es gar nicht erst, ließ stattdessen die Geschehnisse des Tages Revue passieren, fragte mich, wie ich in Zukunft zurecht kommen würde und vor allem anderen, wer so niederträchtig gewesen war, unser abgebranntes Haus zu plündern. Für mich kamen nur zwei Personen in Frage: Caleb und Billy.

Ich schob die Nachttischlampe näher zu mir heran, nahm das Familienfoto aus der Schublade der kleinen Kommode und betrachtete Billy aufmerksam, so als könnte mir der Blick eines sechsjährigen Jungen verraten, was er Jahre später zu tun bereit wäre. Doch meine Augen schweiften unmerklich ab, sahen auf einmal ganz andere Dinge als früher, verloren Billy aus dem Fokus, sahen dafür eine Familie im Diner, sahen Frank und Eileen.

Nach wenigen Minuten gab ich auf und legte das Bild zurück in die Schublade. Es tat weh.

Wer war Billy? Ich wusste nichts über diesen Jungen, diesen Mann, der er heute war. Fast fühlte ich mich schuldig, weil ich so oft an ihn gedacht hatte, mir sogar gewünscht hatte, er möge in die Elder Street zurückkehren. Es war möglich, dass er das Feuer gelegt hatte, aber vielleicht war er auch meilenweit entfernt gewesen. Ich kannte ihn nicht.

Bei Caleb sah es dagegen anders aus. Die Ruine zu durchstöbern war eine Sache, die nur allzu gut zu ihm passte. Bestimmt hatte er geahnt, dass es etwas zu holen gab, schließlich war ich damals ziemlich schnell bereit gewesen, ihm zweihundert Dollar für den Einbruch anzubieten. Und Caleb kannte kein Mitleid.

Das Geld war jedenfalls futsch. Mein schlechtes Karma machte keine Pause. Ich hatte Corinne Montgomery bestohlen, war in ihr Haus eingebrochen, um Harpers Tagebuch an mich zu nehmen, kurz gesagt hatte ich es nicht besser verdient. Wäre ich ein ehrlicher Mensch gewesen, hätte ich die tausend Dollar Harpers Mum gegeben, die nichts von dem versteckten Geld wusste. Wie sagte man so schön: wie gewonnen, so zerronnen. Wenigstens hatte ich das gestohlene Tagebuch noch vor dem Brand zurück in Harpers Zimmer geschmuggelt, sodass es nicht beschädigt worden war.

Ich nahm mein Handy in die Hand und drückte die Hometaste: 2:27 Uhr. Zehn Minuten bis zur Geisterstunde.

Hatte die Küche zu dieser Zeit schon in Flammen gestanden oder war der erste Funke noch nicht übergesprungen? Wäre um 2:27 Uhr genügend Zeit geblieben, das Feuer zu löschen?

Ein leises Summen riss mich aus meinen Gedanken. Mein Handy hatte kurz vibriert. Dass mir jemand mitten in der Nacht eine Nachricht schickte, war mehr als ungewöhnlich. Ich öffnete sie voller Anspannung. Es war nur ein kurzer Satz: *Melde dich am besten nachmittags (Westküstenzeit). Grüße Reeve.* Am Ende der SMS folgte Amishas Telefonnummer.

Ich lehnte mich zurück und schloss die Augen ... Beccas Party. Es war, als wäre eine Ewigkeit vergangen. Oder zwei Sommer. Waren wir damals wirklich sorglos und fröhlich gewesen oder hatte Harper bereits mit einer wachsenden Todessehnsucht gekämpft? Nein. Sie hatte gestrahlt. Es war so ein schöner Abend gewesen. Amisha hatte uns die Tarotkarten gelegt ...

Ich warf das Handy auf den Boden und drehte mich zur Wand. Das alles spielte nun keine Rolle mehr. Mein Leben war ein Scherbenhaufen. Ein unlösbares Chaos. Ich konnte mich nicht mit Harpers Problemen beschäftigen. Ich musste meine ganze Kraft darauf verwenden, von vorn anzufangen.

3

»Schläfst du immer so lange? Ich könnte deine Hilfe brauchen«, begrüßte mich Mrs. Barton in gewohnt knurrigem Tonfall und sah mich missbilligend an.

»Tut mir leid«, stotterte ich verlegen, »was kann ich tun?«

Es war in der Tat schon zwei Uhr am Mittag, als ich noch recht verschlafen in die Küche kam. Als Langschläferin hatte ich mich eigentlich nicht an meinem ersten Morgen präsentieren wollen, aber die halb durchwachte Nacht steckte mir in den Knochen.

»Hol mir mal den großen Topf aus dem obersten Fach, dann muss ich nicht auf den Stuhl klettern. Ich will heute mein Irish Stew kochen – ein Rezept von meiner Großmutter. Mrs. Doyle von gegenüber hat Lamm für mich gekauft. Sie versorgt mich immer mit Lebensmitteln, wenn sie Zeit dafür findet. Na, jedenfalls wird es bestimmt für zwei Tage reichen, genug, falls Sean etwas mitessen möchte. Er hat angerufen.«

»Und er will herkommen?«

»Ja. Er geht mit dir einkaufen. Also, mach dich fertig.«

Ich lief rasch nach oben, duschte in der alten vergilbten Badewanne, suchte einen passablen Pullover heraus und kombinierte ihn mit einem abgelegten Minirock von Katie Barton. Die Alternative wäre eine verwaschene Jogginghose aus dem Krankenhaus-Fundus gewesen, die mir bei jedem Schritt über die Hüften zu rutschen drohte. Mehr Auswahl gab es nicht. Die Schuhe stellten zunächst ein Problem dar, bis ich ein paar ausgeblichene Badelatschen im Schrank entdeckte, bei denen es nicht ins Gewicht fiel, dass sie zu klein waren. Meine Zehen standen ein wenig über, aber wen juckte das schon? Inzwischen wusste ohnehin jeder im Ort, dass ich arm wie eine Kirchenmaus war, also spielte mein Outfit keine Rolle.

Wenig später klingelte es an der Tür, woraufhin Blacky in ein ohrenbetäubendes Gebell verfiel. Ich bemühte mich, ihn zu beruhigen, hielt ihn am Halsband fest und öffnete Sean, der, ähnlich wie ich vor ein paar Jahren, offenkundig eingeschüchtert war.

»Hallo Rae. Hut ab. Du hast diesen Hund wirklich im Griff.«

»Ist nicht so schwer, wie es aussieht. Nett, dass du gekommen bist. Ich brauch dringend was zum Anziehen.«

Er nickte verständnisvoll und händigte mir eine Einkaufstasche aus. »Hier sind ein paar Sachen von Debbie. Sie dachte, die könnten vielleicht passen.«

Verlegen nahm ich die Kleidung entgegen und stellte sie unter die Garderobe, während Sean Mrs. Barton begrüßte. Dann machten wir uns auf den Weg.

»Wie geht es dir mit allem, was du erlebt hast?«, fragte Sean, nachdem wir in seinen beachtlich großen schwarzen Pick-up gestiegen waren, der brandneu zu sein schien.

»Ich weiß nicht. Es fühlt sich seltsam an. Als wäre es nur vorübergehend und morgen könnte ich wieder nach Hause, und alles wäre wie immer …«

»Ja. Geht mir ähnlich. Ich kann nicht glauben, dass sie nicht mehr da sind. Ein paar Tage vorher hatte ich Mum noch im Diner gesehen …«

»Und was hat sie erzählt?«

»Nichts Besonderes. Der übliche Smalltalk eben.«

»Habt ihr über Tyler gesprochen?«

Er schwieg einen Moment, ehe er antwortete. »Nur kurz. Ich hatte schon länger nichts mehr von ihm gehört.«

»Ich hab ihn getroffen. Am Abend vor dem Feuer.«

Sean starrte mich fassungslos an. »Dein Ernst?«

»Ja. Vor der Schule. Ich saß in Eileens Wagen und fragte mich, ob ich reingehen sollte. An dem Abend war nämlich der Schulball. Plötzlich tauchte Tyler auf und öffnete die Autotür.«

»Und was hat er gesagt?«

»Die üblichen Gemeinheiten. Er konnte mich nie leiden. Weißt du, was er in der Gegend getrieben hat?«

»Nein. Keine Ahnung.«

»Ich habe der Polizei nichts davon erzählt, obwohl es vielleicht besser wäre. Tyler hat so komische Andeutungen gemacht … über Feuerholz, das er mit einer alten Axt schlagen wollte.«

»Oh Gott. Er ist so ein Idiot. Er hatte schon immer ein Talent, sich in die Scheiße zu reiten.«

»Haben sie dich nach ihm gefragt? Das hab ich ihnen jedenfalls geraten. Die wollten wissen, ob Frank und Eileen mit Tyler Streit hatten.«

Sean nickte müde. »Ich weiß. Das war den Cops sehr wichtig.«

»Und hatten sie Streit?«

Er zögerte. Scheinbar wollte er nicht mit mir darüber sprechen. Und wer war ich schon? Weniger als eine Stiefschwester. »Lass stecken, Sean. Warum solltest du mir auch vertrauen. Du denkst wahrscheinlich, eure Familienprobleme gingen mich nichts an. Ich bin ja nur das Pflegekind. Ein zahlender Gast sozusagen.«

»Das ist doch nicht wahr. Vermutlich standest du meinen Eltern näher als Tyler und ich. Du weißt ja, wie sie waren. Kühl und verschlossen. Sie sprachen nicht gern über Probleme.«

Da hatte er allerdings recht. Trotzdem bohrte ich nach. »Ich will nur wissen, ob du Tyler für schuldig hältst.«

»Nein. Er ist ein Dummkopf, lässt sich auf krumme Sachen ein, aber seinen Eltern das Dach über dem Kopf anzünden – das kann ich mir nicht vorstellen.«

»Und wer war es deiner Meinung nach?«

»Ich hab keine Ahnung.«

»Glaubst du, dass es Billy war?«

Sean überlegte eine Weile, ehe er antwortete. »Ich weiß nicht. Dann müsste er schon ziemlich durchgeknallt sein. Warum hätte Billy das tun sollen? Ist doch schon eine Ewigkeit her, dass er bei uns gelebt hat.«

»Aber er hat die Streichholzmäppchen geschickt.«

»Vielleicht …«

»Wer sonst hätte auf die Idee kommen sollen?«

»Hm.« Er fuhr sich verlegen durch sein rotblondes Haar.

»Du glaubst, dass Tyler die Streichhölzer geschickt hat?«

»Hat er mir nicht verraten. Aber es würde zu ihm passen. Das ist seine Art von Humor.«

»Kein Wunder, dass die Polizei nach ihm fahndet. Falls du ihn doch sprechen solltest, rate ihm lieber, sich zu stellen. Sonst ist er bald der Hauptverdächtige.«

Sean grunzte etwas Unverständliches und hielt bei einem Dunkin' Donuts. »Hab heute noch nichts gegessen. Was möchtest du?«

»Äh. Danke. Nicht nötig.«

»Na, los Rae. Du könntest wirklich was vertragen.«

»Ich hab kein Geld.«

»Kein Problem. Ich lade dich ein.«

»Nur einen Bagel mit Cream Cheese. Danke Sean.«

»Das ist alles? Du hast dich scheinbar schon an das spartanische Leben bei Mrs. Barton gewöhnt. Wie ist es bei ihr?«

»Sie ist nicht übel. Ein bisschen schrullig vielleicht.«

»Ein bisschen? Sie hat mir früher immer Prügel angedroht, wenn ich nur einen Fuß auf ihr Grundstück gesetzt habe, und Tyler wurde von ihr mit dem Gartenschlauch abgespritzt.

»Wieso denn das?«

»Ich glaube, er hat Äpfel geklaut.«

Das konnte ich mir lebhaft vorstellen. Mrs. Barton ließ sich nichts gefallen. »Weißt du, was aus ihren Kindern geworden ist?«

»Die hab ich nie im Leben gesehen. Früher hieß es, sie habe sie vertrieben oder heimlich zerstückelt und im Keller begraben.«

»Wie fies. Das habt ihr doch nicht ernsthaft geglaubt? Eileen hat jedenfalls nie schlecht über Mrs. Barton gesprochen. Weißt du, sie ist eigentlich ganz in Ordnung, und ich stehe nun mal auf Fletcher Black.«

»Du fühlst dich also wohl?«

»Wohin hätte ich sonst gehen sollen? Ich hatte keine Wahl.«

»Tut mir leid für dich, Rae. Sag mir, wenn du Hilfe brauchst.«

Er klang wirklich aufrichtig. Sean war auf seine zurückhaltende Weise ein guter Mensch. »Du hast mir schon geholfen. Ohne das Handy wäre ich vielleicht tot. Nur so konnte ich den Notruf wählen. Danke, dass du es mir geschenkt hast.«

»Das hab ich gern gemacht. Eigentlich war es Mums Idee. Sie sagte, du bräuchtest ein Smartphone. Es wäre an der Zeit.«

Eileen hatte Sean diesen Wink gegeben … Es tat weh, weil ich sie unzählige Male verflucht hatte. Nie wäre mir in den Sinn gekommen, dass sie etwas Nettes für mich tun könnte.

Am Abend sortierte ich meine neuerstandenen Sachen, entfernte Preisschilder und steckte die Unterwäsche in die Waschmaschine. Obwohl ich das meiste im Walmart erstanden hatte, war am Ende eine erschreckend hohe Summe herausgekommen. Sean hatte ohne zu murren bezahlt. Hoffentlich würde ihm das Jugendamt seine Auslagen bald erstatten. Nun besaß ich gerade mal drei T-Shirts, etwas Unterwäsche und einen Bikini, sowie eine Strickjacke und ein paar Turnschuhe. Hinzu kamen die Geschenke von Debbie: ein bequemes Jersey-Kleid, eine Jogginghose und ein Kapuzenpullover. Zusammen mit der Jeans und der Jacke, die aus einem Outlet in Aurora stammten, war ich für den Anfang einigermaßen ausgerüstet. Auf lange Sicht würde es jedoch nicht reichen, da meine Klamotten die Angewohnheit hatten, schnell zu verschleißen, wenn ich am Creek auf Bäume kletterte und in geschwärzten Ruinen herumschlich. Ich brauchte also dringend Geld. Vor allem wollte ich Harpers Hundert-Dollar-Noten zurückbekommen. Dafür gab es leider nur einen, sehr steinigen, Weg. Ich musste mich mit Caleb Fuller anlegen. Ihn zu verdächtigen, ohne hundertprozentig sicher zu sein, konnte mir eine Menge Ärger einbringen. Aber was hatte ich schon zu verlieren? Ich beschloss, am nächsten Tag einen kleinen Ausflug mit Blacky zu unternehmen. Vielleicht traf ich Caleb irgendwo oder brachte etwas über ihn in Erfahrung. Etwas, das ich gegen ihn verwenden konnte.

Obwohl das Wetter noch immer sonnig und mild war, begegnete uns keine Menschenseele am Indian Creek. Im Grunde war ich nicht traurig darüber. Ein Zusammenstoß mit Cal würde unangenehm werden, das hatte mich die Vergangenheit gelehrt. Die Zeiten, in denen ich ihn besiegen konnte, waren endgültig vorbei. Er war inzwischen zu groß und kräftig geworden und verstand sich auf hinterhältige Tricks. Ich müsste härtere Geschütze auffahren, ihn in den Magen oder gegen den Kopf treten, um eine Chance zu haben, aber mir war nicht wohl dabei. Die Sache konnte im Handumdrehen eskalieren. Auf der anderen Seite war ich es leid, das Opfer zu sein. Niemand hatte das Recht, mein Geld zu stehlen, mir den Zopf abzuschneiden oder mich zu bedrohen. Und doch war es geschehen. Menschen waren gestorben.

Zur Hilflosigkeit verdammt spürte ich eine unglaubliche Wut in mir aufsteigen. Ich hatte alles verloren. Wovor sollte ich mich noch fürchten? Caleb Fuller konnte mich mal! Ohne lange zu überlegen, schlug ich den Weg Richtung Trailer-Park ein. Es wurde Zeit, sich Cals geheime Hütte genauer anzusehen.

Nachdem ich mich einige Minuten lang vergewissert hatte, dass die Luft rein war, näherte ich mich vorsichtig dem schäbig aussehenden Verschlag, Blacky eng an meiner Seite. Der Wind zog an den Zweigen der dünnen Birken, ließ sie rascheln und knistern, während das fahle Licht durch die Blätter rieselte. Ich sah mich um, die Hände vor Anspannung zu Fäusten geballt. Nervös griff ich nach dem Vorhängeschloss, um die Zahlenkombination einzugeben, doch Caleb hatte es durch ein massiv aussehendes Modell ersetzt, für das man einen Schlüssel benötigte. Wie sollte ich also reinkommen? Ich umrundete die Hütte auf der Suche nach einer Schwachstelle, konnte aber bis auf eine morsch aussehende Latte nichts entdecken. Mit einer Axt wäre vielleicht etwas auszurichten gewesen, aber es hätte einen Höllenlärm gemacht. Blieb nur das Schloss. Vielleicht gab es in Franks Garage noch funktionstüchtiges Werkzeug, das mir nützlich sein konnte. Hatten Einbrecher nicht spezielle Dietriche oder Universalschlüssel? Ich musste mich schlau machen. Resigniert kehrte ich um, ließ Blacky nach einigen Minuten von der Leine, warf dann und wann Stöcker, die er mir artig zurückbrachte, wenn auch nicht mehr so flink wie in früheren Jahren. Plötzlich hörte ich ein leises Quietschen und fuhr herum. Caleb war mit seinem rostigen Fahrrad bis auf wenige Meter herangekommen, bremste scharf und versperrte mir den Weg.

»Was willst du hier, Adrian? Schnüffelst du mir hinterher?«

»Lass mich bloß in Ruhe. Ich bin nicht in Stimmung für ein Gespräch mit dir, Fuller.«

»Und wozu bist du dann in Stimmung, Prinzessin?«

»Das kannst du dir nicht mal annähernd vorstellen.«

»Ich kann mir 'ne ganze Menge vorstellen …«

»Ja? Dann fang doch mal damit an, wie ich dir in dein hässliches Gesicht trete, bis du winselnd am Boden liegst.«

Er grinste noch breiter. »Ich hab nichts dagegen, wenn du deine Gewaltfantasien mal richtig ausleben willst, könnte aber sein, dass du am Ende diejenige bist, die winselt.«

»Ach, geh mir aus dem Weg.« Ich versuchte, an ihm vorbeizukommen, doch er hielt mich fest.

»Nicht so schnell, Adrian. Warst du bei meiner Hütte?«

»Und wenn schon. Vielleicht komme ich morgen wieder und

hacke die Tür kaputt.«

Er lachte spöttisch. »Wie bist du denn drauf? Wohl auf der Suche nach Ärger.«

»Ganz genau. Und du kommst mir gerade recht. Gib mir mein Geld, Cal!«

»Keine Ahnung, wovon du sprichst.«

»Ach nein? Wer außer dir wäre so niederträchtig, in ein abgebranntes Haus einzubrechen, um denen, die nichts mehr haben, auch noch das letzte Bisschen zu stehlen.«

»Denen?«

»Mir! Mein Geld!«

»Du fantasierst.«

»Ja? Ich hab nichts mehr anzuziehen, ich hab keine Eltern mehr, kein Dach über dem Kopf …« Die letzten Worte hatte ich fast geschrien.

»Soll ich jetzt Mitleid mit dir haben?«

»Das ist mir scheißegal. Ich will nur mein Geld!«

Meine Wut schien völlig an ihm abzuperlen. Er verzog keine Miene. »Tut mir leid, Rae. Das Leben ist voller Enttäuschungen. Ich muss jetzt weiter, Geld verdienen. Versuch's doch mal damit.«

Dass er den Nagel auf den Kopf getroffen hatte, brachte mich vollends in Rage. Ich vergaß jede Vorsicht, stürzte mich mit geballten Fäusten auf ihn und begann blindlings auf seinen Brustkorb einzuschlagen, bis er sich nach einigen Augenblicken zu wehren begann und mir ruckartig den Arm auf den Rücken drehte.

»So, das reicht jetzt. Einen hattest du gut, weil du jetzt eine arme Waise bist. Ist wohl schwer für dich zu verkraften. Kleiner Tipp: Führ dich lieber nicht so auf, dein Ruf ist nicht der beste.«

»Was geht dich mein Ruf an? Gib mir das Geld oder ich zerleg deine Hütte.«

»Tu, was du tun musst. Ist eh nur alter Krempel drin.«

Er ließ mich los und fuhr davon, während ich vor Wut kochte. Ich war jetzt hundertprozentig sicher, dass er mein Geld gestohlen hatte. Was waren seine Worte gewesen? »*Tut mir leid, Rae.*«

So hatte er mich noch nie genannt.

4

Das Haus von Mrs. Barton wirkte durch seine Einrichtung düster, war jedoch in einem gepflegten Zustand. Die alten Möbel, die abgewetzten Teppiche und verblichenen Vorhänge zeugten noch von altem Glanz. In früheren Jahren musste es ein durchaus schönes Heim gewesen sein, das mit Liebe und Geschmack eingerichtet worden war. Im Wohnzimmer gab es eine große Anrichte, auf welcher, ganz anders als in unserem alten Haus, zahlreiche Fotografien standen. Wenn Mrs. Barton oben schlief oder im Garten arbeitete, nahm ich von Zeit zu Zeit ein Bild nach dem anderen in die Hand und betrachtete es ehrfürchtig. Offenbar hatte Elizabeth Barton eine große Familie gehabt, was ihre heutige Einsamkeit wenig verständlich machte. Auf einem der Fotos war sie mit ihrem Mann und zwei kleinen Kindern zu sehen, glücklich lächelnd und auf altmodische Weise schön, fast strahlend. Was war aus ihr geworden? Ihre schroffe Art hatte vermutlich nicht immer zu ihrer Persönlichkeit gehört. Es gab viele Bilder, die ihre Tochter zeigten, während ihr Sohn nirgends zu sehen war. Hatte sie seine Fotos verbannt, als es zu dem großen Zerwürfnis kam? Menschen konnten mit ihren Kindern brechen, das war keine Neuigkeit. Man verließ sie oder schickte sie weg, so wie es meine Mutter getan hatte. Blieb nur die Frage nach dem Warum. Vielleicht war ich genau wie Mrs. Bartons Sohn aus gutem Grund entfernt worden.

Es waren einige Wochen vergangen, als schließlich das Begräbnis anstand. Sean und Debbie hatten sich um die Formalitäten gekümmert, Blumenschmuck bestellt, Einladungen verschickt, während ich keinerlei Hilfe beisteuerte. Selbst meine Trauerkleidung stammte von Debbies bester Freundin und wurde mir nach Hause gebracht. Ich fühlte mich nutzlos und ausgeschlossen, fragte mich, ob ich bei der Beerdigung erwünscht war oder besser fern bleiben sollte.

Schließlich war es so weit. Gemeinsam mit einer Nachbarin fuhren Mrs. Barton und ich zum Friedhof, wo unter einem Baldachin ein paar traurige Worte gesprochen wurden. Ich heftete meinen

Blick auf den Boden, wollte die aufgebahrten Särge nicht sehen, deren Gegenwart mir die Kehle zuschnürte. Obwohl ich fror, stand mir der Schweiß auf der Stirn. Zum Glück dauerte es nicht lange und wir erhoben uns wieder, um den Weg zur Beisetzung anzutreten. Erst hier wurde mir wirklich bewusst, was dieser Tag bedeutete. Ein großes offenes Grab, zwei Särge, ein Abschied für immer. Sean stand jetzt an meiner Seite und legte seinen Arm um mich, während ich hemmungslos weinte. Nach und nach kamen die Trauergäste und kondolierten, reichten nicht nur Sean sondern auch mir ihre Hände, klopften meine Schulter, sprachen Worte des Trostes, boten sogar Hilfe an. Ich war erstaunt, wie viele Menschen gekommen waren. Kollegen aus dem Diner, unter ihnen Faye und der Deputy Sheriff Steve Hanson, Kollegen aus dem Walmart, Nachbarn, zu meiner Überraschung auch Dr. Stanowski, Mariah und ihre Mutter, Mrs. Gardener und Tommy. Die meisten kannte ich jedoch nicht. Geistesabwesend schüttelte ich ihre Hände und bemühte mich, ihre Namen zu behalten, die sie mir aus Höflichkeit nannten. Sandra, Walt, Michael, Rosie, John, William, Cathy, Margret … mir schwirrte der Kopf. Manche von ihnen hielten sich im Hintergrund, standen abseits wie Britt Weiss, andere unterhielten sich in Gruppen.

Da unser Haus nicht mehr existierte und Sean und Debbie kaum Platz in ihrer Wohnung hatten, wurde kein Leichenschmaus gereicht, sodass ich bald von meinem Elend erlöst wurde. Nach und nach verabschiedeten sich die Trauergäste, zuletzt auch Tante Britt, die mich für einen Moment beiseitezog.

»Jetzt hast du das erstmal überstanden. Kommst du zurecht?«

Ich nickte.

»Und wie geht es mit Mrs. Barton?«

»Gut.«

»Hat Sean dir von dem Notartermin erzählt?«

»Nein. Was bedeutet das?«

»Dort wird der Nachlass geregelt.«

»Und ich soll dabei sein?«

»Soweit ich weiß, gibt es einen letzten Willen.«

Ich war überrascht. »Sie wussten doch überhaupt nicht, dass sie sterben würden, wieso haben sie ein Testament hinterlegt?«

»Das frage ich mich auch. Wird interessant, das herauszufinden.«

Die Neugier blitzte in ihren Augen. »Mach's gut, Rae.«

Sie wandte sich um und verließ mit großen Schritten den Friedhof, während ich ihr nachdenklich hinterherblickte. Weshalb hatte sie den weiten Weg auf sich genommen? Glaubte sie, Tyler würde bei der Beerdigung seiner Eltern auftauchen oder wollte sie einfach nur prüfen, wie echt meine Trauer war? Ihre Freundlichkeit machte mich nervös. Ich war mir nicht sicher, inwieweit ich einer Bundesbeamtin trauen konnte.

Spät am Abend saßen Mrs. Barton und ich im Wohnzimmer und sprachen über die Beerdigung, wobei ich ihren Ausführungen nur mit einem Ohr zuhörte. Meine Gedanken schweiften ab, kehrten zu meinem Gespräch mit Tante Britt zurück, kreisten um die Frage nach dem letzten Willen meiner Pflegemutter.

»Warum hat Eileen ein Testament gemacht? Sie war doch erst achtundvierzig«, fragte ich unvermittelt.

Mrs. Barton sah mich verblüfft an, so barsch hatte ich sie unterbrochen. »Das hat seinen Grund, Rae.«

»Und könnten Sie mir bitte sagen, um welchen Grund es sich handelt, sogar das FBI wundert sich darüber.«

»Das FBI?« Sie runzelte die Stirn.

»Die interessieren sich für den Brand. Oder für mich. Das weiß ich nicht genau.«

»Die sollten ihre Nase lieber in wichtigere Dinge stecken, anstatt hier alles in Unruhe zu versetzen«, brummte sie aufgebracht.

»Vielleicht können sie helfen, den Brandstifter zu finden.«

Mrs. Barton schüttelte verächtlich den Kopf. »Dazu braucht man gewiss nicht das FBI. Das kann man sich an seinen fünf Fingern abzählen.«

»Und wer hat es Ihrer Meinung nach getan?«, fragte ich erstaunt.

»Na, wer schon. Ist doch offensichtlich.«

»Glauben Sie, dass es Billy war?«

»Billy? Ach was. Wäre zu schön, wenn man für jeden Mist einen Billy hätte. Da muss man schon vor seiner eigenen Tür kehren.«

Sie sprach in Rätseln. »Ich verstehe nicht ...«

»Ach, Rae. Das liegt doch auf der Hand. Ich will nichts Schlechtes über Eileens Familie sagen, aber einer fehlte ja wohl. Wer nicht zur Beerdigung seiner Mutter kommt, hat Dreck am Stecken.«

»Sean glaubt nicht, dass es Tyler war.«

»Wer sollte es sonst gewesen sein? Wieder ein Fuller? Das käme dem Sheriff gerade recht.«

»Vielleicht hatten Frank und Eileen Feinde?«, gab ich zu bedenken.

»Nein. Sie waren gute Menschen. Das hatten sie nicht verdient. Eileen hat ihr Leben lang hart gearbeitet und dabei nicht genug auf sich geachtet. Deshalb ist sie auch krank geworden.«

»Sie war krank?«, fragte ich überrascht.

»Es war zu der Zeit, als du in die Klinik musstest. Sie wollte nicht, dass du davon erfährst. Sie meinte, das wäre zu viel für dich. Sie machte nie viel Aufhebens um sich selbst, und schließlich wurde sie wieder gesund. Also hat sie es für sich behalten. Aber sie wurde nachdenklich, überzeugte Frank, eine Lebensversicherung abzuschließen und ein Testament zu machen.«

Ich wusste nicht, was ich sagen sollte. Auf einmal ergab alles einen Sinn. Eileen war verändert gewesen, nachdem ich aus der Klinik zurückgekehrt war. Weniger hart. Weniger schroff. Sie hatte Weihnachten gefeiert, die Kamee getragen, mir sogar ihr Auto geliehen. »Warum hat mir das niemand gesagt? Dann wäre ich nicht so…«, ich suchte nach Worten, »… so ätzend gewesen. Ich hätte mir Mühe gegeben.«

»Du bist eben ein Teenager. Das wusste Eileen.«

Trotzdem kam ich mir mies vor. Unser schlechtes Verhältnis war nicht nur ihre Schuld gewesen. Ich hatte meinen Teil beigetragen.

Nachts lag ich wie üblich wach, von Schuldgefühlen geplagt. Ich hatte überlebt. Nur ich allein. Das unsichtbare Mädchen. Ich hatte niemanden gerettet, nicht Frank, nicht Eileen, sondern nur mir selbst geholfen. Wie hatte ich so herzlos sein können? Bis zu meinem achten Lebensjahr war Eileen meine Mutter gewesen – die einzige, die ich gekannt hatte. Dann erfuhr ich, dass alles gelogen war und begann sie zu hassen. In den nächsten acht Jahren wurde sie zu meinem Feind. Ich verabscheute sie, ich misstraute ihr, ich versuchte, sie zu verletzen. Bis sie am Ende verbrannte. Ausgelöscht wurde. Und was war jetzt? Mein Herz tat mir weh, und ich fragte mich, wogegen ich all die Jahre gekämpft hatte. Ich vermisste meinen Feind.

Zermürbt von den Ereignissen des Tages lag ich auf meinem

Bett und wurde die traurigen Bilder nicht los: Der Friedhof, die Särge, das riesige Loch in der Erde … *über Gräber weht der Wind* … die
vielen Menschen, die Hände, die Gesichter. Auf einmal sah ich sie
alle wieder vor mir, so scharf wie in einem Video. Sandra, Walt, Michael, Rosie mit dem orangefarbenen Haar, John, der meine Hand
fast zerquetschte, William mit den schönen Augen, flaschengrün,
wie meine eigenen. Ich fuhr hoch. Konnte das wahr sein? Wie viele
Stunden hatte ich in diese Augen geschaut, ihre Form studiert, den
Bogen ihrer Wimpern, mir entfuhr ein heftiges Keuchen, … und
dieser Mund mit dem eigentümlichen Lächeln, die dunklen Haare…
Was hatte er noch gleich zu mir gesagt? Nicht *Herzliches Beileid!* Nein.
So etwas wie: *Was für ein Leid!* Oder hatte ich mich verhört, sagte er:
Warst du es leid?
Ich konnte es nicht glauben, aber es gab keinen Zweifel.
Billy war zurückgekehrt.

Die Kanzlei, in der wir uns zwei Tage später versammelten, war kalt
und nüchtern eingerichtet, besaß aber große moderne Fenster, die
den Blick auf einen kleinen Teich freigaben. Mir war schon zittrig zu
Mute gewesen, bevor ich die Räume betreten hatte, dann, nach nur
fünf Minuten, klapperten mir dank der aufgedrehten Klimaanlage
fast die Zähne. Draußen war es sommerlich warm, weshalb ich im
selben schwarzen Kleid erschienen war, das ich zur Beerdigung getragen hatte. Mit eisiger Kälte hatte ich nicht gerechnet. Sean und
Debbie standen am Fenster, unterhielten sich mit gedämpften
Stimmen und fixierten genau wie ich unaufhörlich die Tür. Schließlich wurden wir erlöst. Der Notar trat begleitet von einer Assistentin
ein, begrüßte uns förmlich und begann eine kurze Rede über die
rechtlichen Auswirkungen der testamentarischen Bestimmungen,
der ich nur unvollständig Gehör schenkte. Stattdessen starrte ich
auf den Teich und die darum liegende Wiese und versuchte mir
vorzustellen, wie Frank und Eileen vor Monaten hier gesessen hatten. Sie sollten in diesem schicken, hypermodernen Zimmer gewesen sein? Mit diesem distinguierten, Anzug tragenden Mann über
ihre Wünsche gesprochen haben? Wie unwohl musste sich Eileen
dabei gefühlt haben.

»Wir kommen jetzt zu den Verfügungen. Zunächst liegt mir eine Lebensversicherungspolice vor, ausgestellt im letzten Jahr, lautend auf den Namen von Frank Stewart Baker. Begünstigte ist seine Ehefrau Eileen Baker. Die angesparte Summe beläuft sich aufgrund der kurzen Laufzeit nur auf fünfhundertachtzig Dollar. Es gibt jedoch einen Passus, der den Todesfall betrifft. Hier wurde festgelegt, dass sich die Summe auf fünfzigtausend Dollar erhöht, im Falle eines Unfalltodes oder eines anders gearteten unnatürlichen Todes darüberhinaus auf fünfhunderttausend Dollar. Das Versicherungsunternehmen wird die Umstände des Todes von Frank Baker noch genau untersuchen, weshalb es vorerst zu keiner Auszahlung kommen wird. Da die Begünstigte, Mrs. Eileen Baker, ebenfalls verstorben ist, sind ihre nächsten Angehörigen, die Söhne Sean und Tyler Baker, die Begünstigten. Sie erhalten nach Abschluss der Ermittlungen je zweihundertfünfzigtausend Dollar.«

Wow. Den letzten Satz hatte ich endlich verstanden. Meine Brüder würden reich sein. Nach all den Jahren der Sparsamkeit und des Verzichts im Hause Baker hätte ich eine solche Entwicklung nie für möglich gehalten.

»Kommen wir nun zum Testament der verstorbenen Eileen Baker. Einziger nennenswerter Besitz ist das Haus in der Elder Street samt Grundstück. Hierfür wurde ein lebenslanges Wohnrecht zu Gunsten ihres Ehemannes Frank Baker eingetragen. Das Eigentum wird wie folgt verteilt. Ich verlese nun den letzten Willen der Verstorbenen:

Im vollen Besitz meiner geistigen Kräfte vermache ich mein Haus und Grundstück zu gleichen Teilen meinen Kindern: Sean Baker, Tyler Baker und Rachel Adrian. Meine Kamee soll Rachel erhalten. Ich würde mich freuen, wenn das Haus auch in Zukunft im Besitz der Familie bliebe.

Unterzeichnet und beglaubigt.«

Kurze Zeit später erhoben sich alle, wechselten ein paar Worte, begannen sich zu verabschieden. Nur ich rührte mich nicht, saß stattdessen wie paralysiert auf meinem Stuhl, zu keinem klaren Gedanken mehr fähig.

»Rae, kommst du?«

Sean stand auf einmal neben mir. Ich blickte auf.

»Ich fahr dich nach Hause. Debbie und ich müssen zur Arbeit.«

Mechanisch erhob ich mich und folgte ihm nach draußen, wo die Wärme endlich wieder Leben in meine eisigen Glieder brachte.

»Tut mir leid, Rae, wie alles gekommen ist.«

»Was meinst du?«

»Na ja. Wegen der Erbschaft. Weil das Haus jetzt nichts mehr wert ist.«

»Das ist mir egal.«

»Ich dachte nur, du wärst vielleicht enttäuscht.«

»Ich hatte nicht damit gerechnet. Nicht mal ansatzweise. Wusstest du, dass Eileen uns allen das Haus vermachen wollte, auch mir?«

»Sie hat mal so was angedeutet. War ja auch kein Wunder. Du hast so lange bei ihnen gelebt, ich glaube, du warst wie eine Tochter für sie.«

»Wir haben nie geredet.«

»Wer hat schon groß mit ihr geredet? Nicht mal Dad. Sie waren von der schweigsamen Sorte.«

»Ich dachte, dass sie mich nicht mochten, dass sie mich nur wegen des Geldes behalten haben.«

»Ernsthaft? So schlimm waren sie nun auch wieder nicht.«

Seine Art, die Dinge zu sehen, machte mir schmerzhaft bewusst, wie stur ich gewesen war.

»Ich hätte netter sein sollen«, sagte ich leise.

»Mach dir keine Vorwürfe. Du hast alles richtig gemacht. Schließlich warst du das Kind.«

Seltsamerweise hatte ich mich nie so gesehen, hatte mich eher als zahlender Gast gefühlt, der irgendwann wieder gehen musste. Und nun stand ich in Eileens Testament … *meine Kinder Sean, Tyler und Rachel* … Es tat furchtbar weh, keine Chance mehr zu bekommen, jemals wieder mit ihr zu sprechen. Sie war auf einmal verschwunden. Im Feuer ausgelöscht.

»Weißt du, dass ich Billy gesehen habe?«

Jetzt war Sean sprachlos.

»Glaub mir! Er war auf der Beerdigung. Dunkle Haare, schlank, trug ein schwarzes T-Shirt, stellte sich als William vor.«

»Woher willst du wissen, dass das Billy war? Du kanntest ihn doch gar nicht.«

»Ich hab euer Foto jahrelang studiert, du weißt schon, das von euch im Diner. Ich kenne jeden Winkel seines Gesichts.«

»Ach, komm. Er war damals sechs oder sieben.«

»Ganz sicher. Das war Billy.«

»Das kannst du nicht wissen.«

»Okay. Also wer war dieser William? Frag doch mal rum, ob ihn irgendwer von den Trauergästen kannte.«

»Hm. Werde ich vielleicht machen, obwohl ich es nicht glauben kann. Weshalb sollte er zur Beerdigung kommen?«

»Keine Ahnung. Ich versteh überhaupt nichts mehr. Die ganze Sache heute hat mich umgehauen.« Ich warf ihm einen fragenden Blick zu. »Was wirst du mit dem Geld anfangen?«

»Das kann lange dauern, bis die Versicherung zahlt. Ich rechne lieber nicht damit.«

»Aber wenn doch, bist du reich.«

»Dann übernehme ich die Werkstatt und vielleicht ...«

»Was?«

»Vielleicht kann man das Haus wieder aufbauen. Ich kenne ein paar Leute, die mir helfen würden. Wenn man selbst Hand anlegt, wird es billiger.«

»Das würde Eileen freuen.«

»Du könntest auch dort wohnen ... mit mir und Debbie.«

»Nett von dir. Aber das wird noch lange dauern.« Ich straffte die Schultern. »Weißt du, Sean, ich geh lieber zu Fuß. Ein bisschen Bewegung wird mir guttun.«

Er kniff die Augen zusammen und nickte schließlich. »Wie du willst. Pass auf dich auf, Rae!«

Am Abend hockte ich Trübsal blasend in meinem Zimmer und konnte mich nicht durchringen, zum Essen hinunterzugehen, obwohl mein Magen lautstark protestierte. Mrs. Barton ließ mich in Ruhe. Bestimmt wusste sie längst über die Verfügungen des Testaments Bescheid. Nur ich hatte keine Ahnung gehabt, hatte mich in die Feindseligkeit gegen Eileen hineingesteigert und nie bemerkt, dass unter ihrer kalten Schale doch ein Herz schlug.

Erst am nächsten Morgen trat ich Mrs. Barton gegenüber – auf ziemlich mürrische und schweigsame Weise, aber sie tat, als würde sie nichts bemerken, beschwerte sich über die Hitze, fluchte, als ihr ein Becher zu Bruch ging und bat mich am Ende, ein paar Lebensmittel für sie einzukaufen.

»Lass dein Rad reparieren. Dann bist du wieder unabhängig.«

»Hm. Mal sehen.«

»Es wird Zeit, dass du ein paar Dinge regelst. Die Schule geht bald wieder los. Bestimmt brauchst du noch einige Sachen.«

»Ja, gut.«

»Nun lass dich nicht so hängen. Dreh eine Runde mit Fletcher.«

»Keine Lust.«

»Herrgott! Du hattest dich doch ganz gut berappelt. Was ist denn gestern Schlimmes passiert?«

Ich schwieg hartnäckig.

»Verstehe. Vermutlich hat es dich erschüttert, als du von der Erbschaft erfahren hast. Sieh es einmal so! Niemand konnte ahnen, was passieren würde. Eileen hätte es dir bestimmt eines Tages selbst gesagt.«

»Ich hab nie etwas Nettes für sie getan.«

»Ach was.« Sie räusperte sich lautstark. »Das kommt dir jetzt nur so vor. Ich weiß noch, wie gerührt Eileen war, als du ihr ein Sträußchen Vergissmeinnicht auf den Tisch gestellt hast.«

Das konnte doch nicht wahr sein! Mir wurde fast schlecht. Die Blumen hatte ich eigentlich für Harper gepflückt, sie waren gar nicht für Eileen gedacht gewesen. Ich schlug die Faust auf den Tisch.

»Das war alles ganz anders. Sie sollten ursprünglich für meine Freundin sein …«

»Was spielt denn das für eine Rolle? Jetzt mach, was ich dir aufgetragen habe! Lenk dich ab! Die Grübelei tut dir nicht gut. Man kann nun mal nicht ändern, was nicht zu ändern ist.« Sie kehrte mir den Rücken zu und schlurfte ins Wohnzimmer.

Nachdenklich rieb ich mir die Faust, die von meinem Wutausbruch ein wenig brannte. Mrs. Barton hatte recht. Ich musste mein Leben wieder in die Hand nehmen. Zuallererst wollte ich bei den Gardeners nachfragen, ob Tommy weiterhin Hilfe benötigte. Und sicher gab es noch andere Schüler, die Unterstützung suchten. Es lag an mir, mich umzuhören.

Wenn Caleb Fuller Geld verdiente, konnte ich es auch.

Die Trauerfeier war angenehm gewesen: kurz und bündig. Niemand hatte ihn beachtet, niemand hatte ihn angesprochen. Er hatte sich wohlgefühlt, sicher gefühlt, hatte sogar einen kleinen Vorstoß gewagt und den Familienmitgliedern die Hand geschüttelt.

Viele waren nicht übriggeblieben.

Der große blasse Langweiler musste Sean gewesen sein. Er hatte ihn immer wie Luft behandelt und ihn nie in sein Zimmer gelassen. Oh nein. Das war Tabu gewesen. Während der andere Sohn, Tyler, ihn ständig triezte. Nicht, dass es ihm etwas ausgemacht hätte (er war Schlimmeres gewohnt gewesen), aber er hätte ihm gern einen Denkzettel verpasst. Leider war Tyler nicht aufgetaucht. Wen wunderte es? Bestimmt war er genauso rausgeworfen worden wie er selbst. Sie hatten nichts übrig gehabt für schwierige Jungs.

Tja, das hatten sie nun davon. Am Ende hatte es sie erwischt. Es gab so viel Böses auf der Welt! Viel war nicht übriggeblieben. Das Feuer hatte ganze Arbeit geleistet. Alles war schwarz, und der Fernsehsessel, der Stein des Anstoßes, war zu einem Klumpen zusammengeschmolzen. Sonst gab es nichts mehr, woran er sich erinnert hätte.

Bis auf die Brosche.

Er hatte sie damals oft betrachtet, wenn er im Schlafzimmer die Schränke durchstöberte. Jetzt gehörte sie ihm. Ein kleines Andenken hatte er verdient. Eine Sache beschäftigte ihn allerdings. Wer war nur dieses Mädchen gewesen, das am Grab so herzzerreissend weinte? Sie hatte ihn mit großen Augen angeblickt, als hätte sie ihn erkannt. Nein. Unmöglich. Es hatte damals kein Mädchen gegeben. Vielleicht, überlegte er, war sie später ins Haus gezogen, hatte seinen Platz eingenommen, in seinem Zimmer geschlafen, aus seinem Fenster geschaut, seine Chance genutzt. Sie hatte schuldbewusst ausgesehen. War sie ein Feuerteufel? Hatte sie seinen Plan vollendet? Wie gerne wüsste er es genau. Er zögerte. Aber schließlich siegte die Vernunft. Es war besser, zu verschwinden, nicht in diese Angelegenheit hineingezogen zu werden, schließlich hatte er seine Neugier befriedigt. Wie gut, dass er manchmal Zeitung las. Jetzt war Schluss hier. Er würde Larkville für immer den Rücken kehren.

Verrückte Mädchen gab es überall.

Teil 2

Die Kunst des Verleumdens

Kommt her,
laßt uns ihn mit der Zunge totschlagen
und nichts geben auf alle seine Rede!
(Jeremia – 18, 18)

5

Die Schule hatte wieder angefangen. Man beäugte sich ausgiebig, tratschte über neue Frisuren und Klamotten, über Ferienerlebnisse und Sommerliebe, sprach darüber, wer besonders gut aussah, wer zum König und zur Königin der Homecoming Woche gewählt werden würde und wen man zum Tanz begleiten wollte. Alles war wie immer. Ich kannte die Spielchen.

Dachte ich.

Als ich nach Harpers Tod aus der Klinik zurückgekehrt war, hatte ich neugierige, aber auch mitleidige Blicke über mich ergehen lassen, die schon nach kurzer Zeit abebbten. Die Sache war damals für alle abgeschlossen. Ein tragischer Selbstmord. Punkt. Jetzt war alles anders. Ein vernichtendes Feuer. Zwei Menschen ermordet. Kein überführter Täter. Dafür ein Mädchen, das zum zweiten Mal ihre Eltern verloren hatte. Und damit nicht genug. Ich war die einzige Überlebende.

Angeschürt von Neugier und der Sorge, dass ein ähnliches Schicksal auch anderen Bürgern von Larkville drohen könnte, solange die Identität des Brandstifters nicht feststand, war die Gerüchteküche am überkochen. Ich hörte sie tuscheln, wo immer ich vorbeikam, spürte ihre bohrenden Blicke, die meinen Körper auf blutige Spuren und Narben kontrollierten, denn irgendetwas – da war man sich sicher – musste doch zurückgeblieben sein. Vielleicht eine Verstümmelung unter der Kleidung? Eine Brandwunde an den Beinen? Und waren die Haare nicht verändert? Verdeckten sie gar eine hässliche kahle Stelle?

Tatsächlich hatte ich mich zu keinem Friseurbesuch durchringen können, aus Angst, der redseligen Auszubildenden Melissa einen kompletten Bericht über den Brand liefern zu müssen. Also band ich meine schulterlangen Haare wieder zum Zopf, kehrte äußerlich zurück zur alten Rae, auch wenn sich alles geändert hatte. Natürlich gab es auch mitfühlende Kommentare zu meinem Schicksal, aber sie waren mir ähnlich zuwider wie die gehässigen. Ich wollte einfach in

Ruhe gelassen werden, mich wie früher unsichtbar machen, was mir nur leider nicht gelang. Jeder kannte jetzt meinen Namen, kannte die Details des Brandes oder reimte sich etwas Wildes zusammen. Zu allem Übrigen wohnte ich auch noch bei der »verrückten Lizzie Borden«, was dem Ganzen eine besonders makabre Würze gab.

In den ersten Tagen presste ich buchstäblich die Zähne aufeinander, duckte mich in der Hoffnung, übersehen zu werden: ein sinnloses Unterfangen. Es war nicht zu ändern – ich musste da durch. Die einzige wirkliche Sorge, die mich in diesen Wochen beschäftigte, war die Frage nach dem Täter. Was hatte er bezwecken wollen? Ging es ihm um Zerstörung oder hatte er unseren Tod gewollt? Auch meinen? Und würde er einen zweiten Anlauf nehmen, um die verhasste Überlebende auszulöschen? Ich musste mich wappnen. Obwohl es mir unsagbar schwerfiel, aus meiner Ecke hervorzukriechen, kehrte ich zum Kung Fu Training zurück, wo mich überraschte Gesichter empfingen. Ich ignorierte sie, lächelte freundlich und konzentrierte mich auf meine Übungen. Orestes machte ein paar lockere Sprüche, die den Druck herausnahmen, Trainer Chen war tadellos höflich und selbst Mariah, die wohl erleichtert war, nicht länger das einzige Mädchen zu sein, begrüßte mich mit einem »schön, dass du wieder da bist«, wobei ich nicht sicher war, ob ein sarkastischer Unterton mitschwang.

Mein Plan war, richtig Gas zu geben und meine Fitness zu verbessern. Selbstverteidigung konnte lebenswichtig sein. Deshalb war ich bereit auf Menschen zuzugehen, die mir einiges nachtrugen, wie Lee und Mariah. Bei ihr würde es hoffentlich leichter werden. Unsere Mütter hatten sich gekannt und jahrelang zusammen im Diner gearbeitet, außerdem war Mariahs Liebelei mit Orestes schon am Anfang des Sommers zerbrochen – und nicht wegen mir. Soweit ich gehört hatte, war er inzwischen mit einer anderen zusammen. Anscheinend wollte er in seinem letzten Highschool Jahr nichts anbrennen lassen.

Bei Lee sah es anders aus. Er war schweigsam und ernst, hielt sich offenkundig von mir fern und ging gemeinsamen Übungen aus dem Weg. Manchmal traf ich ihn nach dem Training im Kraftraum, wo ich mich abrackerte, um meine Physis zu verbessern. Wir redeten allerdings kein Wort miteinander, arbeiteten wie besessen jeder an seinem Gerät, angeblich zu beschäftigt, den anderen zu bemerken. Als wir eines Tages nur zu zweit trainierten, nahm ich meinen Mut zusammen und sprach ihn endlich an.

»Du hast dir ganz schön schwere Gewichte aufgepackt.«

Er sah überrascht auf, sagte aber nichts.

»Ich glaube, niemand kommt so oft her wie du«, versuchte ich es erneut.

»Hm. Kann schon sein.«

Seine Einsilbigkeit nervte. »Ist irgendwas los?«

»Du störst mich beim Trainieren.«

»Ach, komm schon. Wir kämpfen nie mehr zusammen …«

»Was willst du, Rae?«

»Keine Ahnung. Nicht wie eine Aussätzige behandelt werden.«

»Das tue ich nicht.«

»Okay. Dann will ich wohl … einfach wieder besser im Kung Fu werden. Ich hab einiges verpasst.«

»War deine Entscheidung, so lange auszusetzen.«

»Glaubst du etwa, was die Leute reden?«

»Ich weiß nicht, was du meinst. Ich beteilige mich nicht an solchem Tratsch.«

Das war mir neu. Vielleicht war er immer noch beleidigt, dass ich ihm damals Vorwürfe gemacht hatte. Langsam gingen mir die Themen aus. »Es tut mir leid, wenn ich dich vor den Kopf gestoßen habe. Nach Harpers Tod war ich ziemlich … keine Ahnung, ziemlich niedergeschlagen. Es war nicht leicht sich wieder zurechtzufinden.«

»Klar. Das hat dich aber nicht abgehalten mit Declan und Fuller rumzuhängen oder mit Orestes beim Schulball zu tanzen.«

»So war das nicht. Ach, vergiss es einfach.«

Er wandte sich wieder seinen Gewichten zu, während ich in einer anderen Ecke mit Rumpfbeugen fortfuhr. Mit Lee hatte ich es mir wohl für immer verscherzt.

Nur wenig besser erging es mir mit Mariah. Sie spielte die Spröde, blieb zwar höflich, aber auch abweisend und ließ sich auf kein Gespräch mit mir ein. Stattdessen sah ich sie stets in der Nähe von Becca, tuschelnd und kichernd, was nicht gerade beruhigend auf mich wirkte.

Die größte Neuigkeit nach den Ferien war, abgesehen von meiner persönlichen Katastrophe, das Liebesaus von Noah und Madison. Ich hatte keine Ahnung, wie es zu der Trennung gekommen war, registrierte aber selbst aus der Ferne einen Wandel in Beccas Gesichtszügen. Die Schadenfreude war ihr deutlich anzusehen. Vielleicht stand sie ihr zu.

Meine Nachhilfestunden mit Tommy begannen bereits nach wenigen Wochen, was meiner Geldnot in die Hände spielte. Ich hatte die Scheu vor seiner Familie verloren, seit mir klar geworden war, dass Tante Britt ohnehin über alles in meinem Leben Bescheid wusste. Wenn sie mich trotzdem als Nachhilfelehrerin akzeptierten, konnte mein Ruf so schlimm nicht sein.

Und Tommy war erfrischend offen.

»Hey. Ich muss noch kurz … ach shit…«

Er begrüßte mich auf die übliche Weise, vollkommen vertieft in irgendein Gefecht, welches von lautstarkem Geballer begleitet wurde.«

»Was spielst du da?«

»Counter-Strike. Kennst du das?«

»Nicht wirklich. Sieht ziemlich grausam aus. Was halten deine Eltern davon?«

»Ach komm schon, Rae. Das spielt doch jeder. Solltest du mal ausprobieren.«

»Hm. Ich weiß nicht.«

»Macht wirklich Spaß. Ich wette, du wärst gut.«

»Wieso das?«

»Na ja. Du machst nicht so einen Mädchenkram, oder? Schminken und Cheerleading und was Becca so treibt …«

»Das heißt nicht, dass ich auf Ego-Shooter stehe.«

»Aber du könntest … du bist doch beim Kampfsport, oder nicht? Das ist fast das Gleiche. Selbstverteidigung mit Waffen. Dad hat mich letztes Wochenende zum Schießen mitgenommen. Ich war richtig gut für mein Alter. Kommt bestimmt von den Computerspielen. Nächstes Wochenende übernachte ich bei Alex. Da spielen wir Call of Duty. Ist ab achtzehn … hat er von Orestes.«

Jetzt horchte ich auf. »Wer ist Alex?«

»Der ist in meinem Jahrgang, hat braune Locken, ziemlich lange

Haare.«

»Ist er Orestes' Bruder?«

»Yep. Deshalb haben wir freie Auswahl.«

»Und Orestes gibt euch alle Spiele?«

»Naja. Meistens ist er nicht da. Er geht viel aus, aber ich glaube nicht, dass er was dagegen hat.«

»Und geht Becca auch viel aus?«

Er stutzte einen Moment. Der Übergang war mir wohl etwas zu plump geraten. »Ich meine, vielleicht jetzt, wo Noah wieder zu haben ist …«, fügte ich hastig hinzu.

»Nee. Er ist immer noch sauer auf sie. Schade. Er ist echt nett. Hat mir ein krasses Messer geschenkt. Willst du mal sehen?«

»Hast du mir schon gezeigt. Ist cool. Warum ist Noah sauer auf sie?«

»Keine Ahnung. Bestimmt hat sie ihn genauso blöd behandelt wie alle anderen.«

Das Gitarrenintro von Metallicas *Enter Sandman* erklang in ohrenbetäubender Lautstärke, und Tommy zog sein Smartphone hervor. Ich hatte keine Ahnung, mit wem er sprach, aber der Anruf zog sich in die Länge. Da es nur um unwichtigen Kram ging, versuchte ich ihn durch Handzeichen zum Auflegen zu bewegen, leider ohne Erfolg. Erst der laute Ruf von Mrs. Gardener, »Tommy, kannst du mal kurz runter kommen und mir helfen«, machte der Sache ein Ende. Er verdrehte entnervt die Augen, warf sein Handy auf den Schreibtisch und machte sich auf den Weg.

Wie konnte ich diesem Jungen nur etwas beibringen? Bis wir endlich anfingen, verging jedes Mal eine Ewigkeit. Sollte ich rüber zu Becca schleichen und spionieren? Die Zeit war vermutlich zu knapp. Außerdem hatte ich keine Ahnung, ob sie zu Hause war. Und was würde ich dort schon groß finden? Mein Job war mir wichtig. Beim Schnüffeln erwischt zu werden, konnte ihn ernsthaft gefährden. Wo verdammt blieb Tommy? Ich trommelte ungeduldig mit den Fingern auf die Schreibtischplatte, als mein Blick auf sein Smartphone fiel. Es war noch immer eingeschaltet. Ich überlegte einen Moment. *Das geht dich nichts an, Rae*, ging es mir durch den Kopf. Trotzdem nahm ich es in die Hand, klickte auf seine Chats – allesamt Jungs – überflog ein paar von ihnen, kontrollierte seinen

Browser-Verlauf, so wie es Tante Britt bei mir gemacht hatte. Dann legte ich es zurück.

Du bist mies. Er ist ein netter Junge. Aber wo blieb er nur? Vom Flur her war kein Geräusch zu hören, ich schielte auf sein Handy. Warum zum Teufel hatte er es hiergelassen? Und noch dazu entsperrt. *Er hat eben Vertrauen zu dir. Pech für ihn.* Ich klickte auf die Fotos, scrollte sie durch und blieb bei einem hängen. Ein nacktes Mädchen. Sie kam mir bekannt vor. Ich tippte es an, um es genauer in Augenschein zu nehmen.

Heilige Scheiße. Es war Becca. Der Winkel war ungewöhnlich, und ich mutmaßte, dass dieses Bild aus einem Versteck aufgenommen worden war. Hatte er es seinen Freunden gezeigt? Ich konnte mir gut vorstellen, wie sie darüber feixten. Vielleicht hätte mich mein Gewissen abhalten sollen, aber dem war nicht so. Ohne mit der Wimper zu zucken, klickte ich das Foto an und schickte es an meine Nummer. Danach löschte ich die SMS, ging vorsichtig zur angelehnten Zimmertür und lauschte. Es war rein gar nichts zu hören. Also blieb noch Zeit. Nach und nach durchforstete ich Tommys Fotos, bis ich zum zweiten Mal stutzte. Was war das? Ich starrte auf das Bild, auf die Bank, auf den Hundeschwanz mit der roten Schleife und schließlich auf das Datum. Es gab keinen Zweifel. Die Aufnahme war fast zwei Jahre alt. Plötzlich erklang lautes Getrampel auf der Treppe. Hastig schloss ich die Foto-App, legte das Handy zurück auf den Schreibtisch und setzte mein unschuldigstes Lächeln auf.

»Na, Problem gelöst?«

»War nur das Garagentor. Das klemmt manchmal. Die Fernbedienung hat 'ne Macke, Mum konnte nicht rausfahren, und Becca macht natürlich keinen Finger krumm … immer nur am Meckern, aber zu nichts zu gebrauchen. Wahrscheinlich hätte sie es sowieso nicht hingekriegt …«

Er war mal wieder nicht zu bremsen. Während er genüsslich über seine Schwester herzog, ging mir der Hundeschwanz nicht mehr aus dem Kopf. Hatte Tommy etwas mit der Sache zu tun oder war es nur das Foto eines sensationslüsternen Teenagers? Ich war so sicher gewesen, dass Caleb hinter den Tierverstümmelungen steckte, dass ich kaum noch darüber nachgedacht hatte. War Tommy Garde-

ner in Wahrheit der Täter? Ein netter Junge wie er?
Die Welt war schlecht.

Sag mir, wo die Gräber sind! Wo sind sie geblieben …
Die Melodie, leise und vertraut, klingt mir im Ohr. Wie lange ist
das her? Jahre? Jahrzehnte? Eine Ewigkeit? Einen Wimpernschlag?
So traurig die Worte auch sind, ich liebe jedes einzelne von ihnen.
Sie beruhigen mich nach einem langen Tag, lassen mich einschlafen,
mich geborgen fühlen, bis ich hinübergleite, in eine andere Zeit, weit
weit weg. Ich sehe die Blumenwiese, sehe wie die Mädchen spielen,
wie der Wind über die Gräber weht. Ich bin es – und Harper. Wir
sind noch Kinder, in weißen Sommerkleidern, lachend und tanzend.
Ahnungslos und unschuldig, behütet in einem glücklichen Moment
der erbarmungslosen Zeit. Sie wird uns auseinanderreißen. Bald. Ich
kann es fühlen. *Sag mir, wo die Mädchen sind, wo sind sie geblieben?* Ein
Sturm zieht auf. Der Himmel wird dunkel. Gespenstische Blitze
zucken über die finsteren Wolken. Wir laufen nach Hause, verstecken uns in meinem Bett, klammern uns aneinander, aber es wird
nicht helfen.

Ich weiß es, und sie weiß es. Nichts kann jemals ändern, was geschehen wird. Die Kälte wird kommen. Unerbittlich. Bis es keinen
anderen Ausweg mehr gibt als das Feuer. Wie auf Schienen fahre ich
darauf zu, komme zu den immer gleichen Stationen. Das Lied, die
Kälte, das Feuer. *Bitte, Harper. Hilf mir.* Aber sie zittert schon, ihre
Wimpern beginnen zu glitzern, das Eis breitet sich aus. *Pock, Pock,
Pock* schallt es durch den Raum. Es geht los. Ich muss das Streichholz finden. Der Narr stirbt. Kein Entrinnen. *Harper – bitte!* Ich flehe sie an. *Sag mir die magischen Worte. Sag sie, solange noch Zeit ist.* Und
ich sehe, wie sie kämpft, wie sie all ihre Kraft zusammen nimmt und
schließlich den erlösenden Schrei ausstößt, gleich einem sterbenden
Tier. *Wach endlich auf, Rae!*
Ruckartig fahre ich hoch. Der Rauch ist überall. Ich sehe auf
mein Handy: 2:30 Uhr. Sieben Minuten Zeit. Ich laufe los, ohne
Rücksicht auf das Feuer, durchquere den Flur, stürze mich in die
Glut. Der Weg ist so weit. Ich kann ihr Schlafzimmer nicht erreichen. Je weiter ich komme, desto länger zieht sich der Korridor.

Du musst dich beeilen, Rae. Schnell! Die Sekunden verrinnen, ich sehe sie auf meinem Display. Sie rasen wie im Zeitraffer. Plötzlich bleiben sie stehen: 2:37 Uhr. Ich öffne die Tür. Mein Herz setzt aus. Da liegen sie, schlafend in ihrem brennenden Bett. Ich weiß, dass es zu spät ist. Ich kann sie nicht retten. Niemals. Es gelingt mir nicht. *Lass es zu Ende sein. Bleib hier. Nur diese eine Wahl hast du. Leg dich in ihr Bett. Schlaf wieder ein. Du musst nicht überleben.* Ich lasse mich fallen, spüre die weiche Decke, das sanfte Schaukeln der Matratze. Es tut so gut. *Über Gräber weht der Wind* … Etwas zieht an mir, reißt mich aus dem Bett, schleift mich hinter sich her. Die Treppe hinunter bis in den Keller. Ist es ein Monster? Ist es Fletcher? Ich kann es nicht erkennen. Es lässt mich an der Gartentür fallen und legt sich auf mich, groß und schwer. Die Angst schnürt mir die Kehle zu. Was ist das für ein Viech? Blut tropft von ihm herunter. Der Schwanz ist abgehackt …

Schweißgebadet wachte ich auf. Mein Herz hämmerte, als wäre ich wirklich gerannt. Wie viele Albträume standen mir noch bevor? Würden es endlose Nächte sein, Jahr um Jahr, wie bei Harper? Und immer endeten sie gleich. Ich konnte nicht rechtzeitig hinüber zu Frank und Eileen, konnte sie nicht retten, wie sehr ich es auch versuchte. Wozu quälte ich mich so? Warum wollte ich sie unbedingt beschützen, wenn am Ende der Geschichte doch immer das gleiche Ergebnis stand: Ich wachte auf. Sie waren tot.

Ein glückliches Ende im Traum vermochte mir keinen Frieden zu schenken. Mrs. Barton hatte ganz recht. Man kann nicht ändern, was nicht zu ändern ist. Aber mein Unterbewusstsein sah das vollkommen anders, quälte mich mit meinen Erinnerungen, schickte mich wieder und wieder durch die Hölle jener Nacht, ließ mich alles versuchen, um dann jedes Mal zu scheitern. Ich wünschte es mir zu sehr. Wenigstens ein einziges Mal im Traum wollte ich Frank und Eileen in Sicherheit bringen. Ich konnte nicht loslassen.

Und was war das für ein Geräusch? *Pock, Pock, Pock?* Es erinnerte mich an etwas … vor langer Zeit. Wie klang es genau? Es war nicht metallisch. Viel dumpfer. Aber auch kein Klopfen. Eher wie … ein Ding, das flog und dann aufprallte. Der kleine Ball! Jetzt fiel es mir wieder ein. Der Tag, an dem alles begonnen hatte, als mir klar geworden war, dass ich nicht zu ihnen gehörte. Stundenlang hatte ich den Ball an die Wand meines Zimmers geworfen. Warum nur, hatte sich dieses Geräusch in meinen Albtraum verirrt? Und jetzt auch noch der Hundeschwanz! Anscheinend warf ich Dinge in einen Topf, die nichts miteinander zu tun hatten. Wie Dr. Dae mir erklärt hatte, komponierte mein Gehirn die Träume bunt zusammen. Alles, was geschah, alles, was ich je gedacht hatte, spiegelte sich darin. Wenigstens war mir kein blutverschmierter Tommy erschienen. Ich wollte nicht glauben, dass er ein Psychopath war. Wenn man einem Jungen wie Tommy nicht mehr trauen konnte, konnte man niemandem trauen.

Mir fiel auf, dass ich schon fast zwei Jahre kein verstümmeltes Tier mehr gefunden hatte. Vielleicht lebte der Täter nicht mehr in Larkville oder er hatte seine schlimmen Neigungen überwunden. Womöglich hatten nur dumme Mutproben hinter der Sache gesteckt. Ein paar Jungs konnten sich blödsinnige Rituale ausgedacht haben. Auf jeden Fall hatte es aufgehört. Der Kerl war vielleicht endgültig aus Larkville verschwunden – so wie Tyler.

Warum musste ich ausgerechnet jetzt an ihn denken? Tyler hatte den Baseballschläger in meinem Schrank gesehen. Das war Fakt. Vielleicht hatte er ihn sich damals am Creek zurückgeholt und mir einen kleinen Denkzettel in Form des Hundeschwanzes verpasst? Er war schon immer Spezialist für eklige Dinge gewesen und ein Dieb obendrein. Bevor er sich vor zwei Jahren aus dem Staub gemacht hatte, war er in mein Zimmer gegangen und hatte mir mein sauer verdientes Geld gestohlen. Wahrscheinlich hatte er sich nach dem Feuer auch die Hundert-Dollar-Scheine geholt. Das passte zu ihm. Nur eines störte mich daran. Hätte er sich in die Nähe der Brandruine getraut, solange die Polizei nach ihm fahndete? War er so dumm? Das Risiko wäre viel zu groß gewesen. Nein. Caleb musste dahinter stecken. Ich hatte es ihm angesehen. Erst im vergangenen Jahr hatte ich ihn am Creek mit einem Ruderboot voll toter Tiere erwischt. Eine blutige Angelegenheit. Die Sache war eindeutig. Oder nicht?

Eine kleine Stimme begann sich in mir zu regen, vielleicht die Stimme von Mrs. Barton. Es war zu einfach, die Fullers für alles Schlimme verantwortlich zu machen. Also wer blieb noch übrig? Mein Kopf tat weh. Die Tierverstümmelungen hatten ein Ende gefunden. Wozu noch seine Energie darauf verschwenden? Aber es ließ mich nicht los. Ich wünschte, ich hätte mit jemandem darüber sprechen können. Harper fehlte mir so. Was hatte sie in ihrem Tagebuch geschrieben? Wer sich an Tieren vergreift, wird später vielleicht Menschen töten. Vor zwei Jahren hatte ich das letzte verstümmelte Tier gefunden. Was war seitdem geschehen? Miss Grant war gestorben, Harper war gestorben, Frank und Eileen waren gestorben ...

Eine Gänsehaut zog über meinen Körper. Ich vergrub mich tief unter meiner Decke und versuchte jeden Gedanken zu ersticken.

Das konnte einfach nicht wahr sein.

Der Tierschänder war inzwischen ein Mörder.

6

Am nächsten Tag machte ich mich auf den Weg zum Diner. Faye hatte mich ausdrücklich darum gebeten, hin und wieder vorbeizuschauen und eine warme Mahlzeit bei ihr einzunehmen, natürlich auf Kosten des Hauses. Vielleicht glaubte sie, dass ich bei Mrs. Barton darben musste oder fühlte sich verpflichtet, Eileens Pflegetochter zu unterstützen. Obwohl ich Faye mochte, hatte ich den Besuch Woche um Woche aufgeschoben. Es war mir unangenehm, im Diner zu essen und mitleidige Blicke zu ernten, die meine Schuldgefühle nur verstärkten. Am liebsten wäre ich gar nicht erschienen. Nur die Tatsache, dass Faye mit dem Deputy Sheriff Steve Hanson liiert war, brachte mich schließlich dazu, denn ich wollte ihn um keinen Preis misstrauisch machen. Meine Beziehung zur Polizei von Larkville war blöderweise seit Jahren angespannt.

»Hallo Rae, meine Kleine.« Faye lachte und drückte mich einen Moment. »So darf ich dich ja überhaupt nicht mehr nennen. Wo ich kaum an dich heranreiche. Wie schön, dass du kommst. Was kann ich dir bringen? Rippchen mit Coleslaw und Süßkartoffel Pommes Frites? Die sind heute besonders gut.«

»Ähm. Ich weiß nicht, ob ich das schaffe ...«

»Iss, soviel du kannst. Den Rest pack ich dir ein. Und dazu eine Coke?«

»Ja, vielen Dank.«

Sie gab die Bestellung auf, servierte ein paar Getränke und setzte sich dann zu mir. »Du solltest wirklich öfter kommen. Sei nicht so schüchtern. Vielleicht triffst du sogar ein paar Freunde aus der Schule.«

Das fehlte noch. Ich lächelte unsicher.

»Wie geht es mit der alten Dame? Ist sie auch nett zu dir?«

»Ja. Wirklich. Ich bin froh, dass ich bei ihr wohnen darf.«

Faye kräuselte den Mund und sah mich mitleidig an. »Ist es nicht schlimm für dich, so nah an eurem alten Haus? Ich meine, so wirst du ständig an alles erinnert.«

Ich schluckte. Die Frage war nicht leicht zu beantworten. »Ja. Du hast schon irgendwie recht. Aber es war mein Zuhause. Auf diese Weise habe ich das Gefühl, noch ein bisschen davon behalten zu haben, wenigstens die Straße.«

»Ach, du Arme. Ich stelle dir hier dumme Fragen, anstatt dich etwas aufzumuntern. Weißt du was? Warte kurz.«

Sie verschwand im Umkleideraum neben der Küche, während ich einen Moment durchatmete. Natürlich wusste ich, dass sie es nur gut meinte. Sie war jung, vielleicht zehn Jahre älter als ich, sie wollte mir helfen, sich um mich kümmern. Woher sollte sie wissen, dass ich keine Aufmunterung ertragen konnte?

»Hier, mein Schatz.« Sie reichte mir eine Bonbondose und eine Tüte Bonbons dazu. »Das haben wir für dich gesammelt. Alle haben etwas dazugegeben. Die Kollegen, der Chef, die Stammgäste. Ich weiß, dass dir nichts geblieben ist. Ein Mädchen in deinem Alter braucht doch so einiges.«

Ich sah sie verwirrt an, unfähig ihren Erklärungen zu folgen.

»Das Geld ist in der Dose. Die Bonbons habe ich rausgenommen. Ist kein Vermögen, aber fürs Erste reicht es.« Sie legte die Sachen vor mir auf den Tisch und wandte sich zum Tresen um.

Mein Körper war starr. Sie hatten für mich gesammelt ... mein Gott. Ich konnte das nicht annehmen. Ich hatte das nicht verdient. In meiner Angst war ich aus dem brennenden Haus geflüchtet, ohne mich um Frank und Eileen zu kümmern. Und jetzt sollte ich dafür belohnt werden?

Ohne, dass ich es bemerkt hätte, war Faye zurückgekehrt und schob sich sanft auf die Bank an meine Seite. Leise steckte sie mir ein Taschentuch zu. Wir saßen schweigend da. Ich spürte, dass sie weinte. Dann erhob sie sich plötzlich und straffte die Schultern.

»Steck das jetzt ein, Rae! Es sind ungefähr dreihundertfünfzig Dollar. Du nimmst es an – keine Widerrede. Eileen hätte es so gewollt. Und jetzt reden wir nicht mehr darüber. Du sollst hier was Gutes essen und dich erholen. Die Rippchen sind gleich fertig ... ein hübsches Kleid hast du da übrigens an.«

»Das ist von Debbie, Seans Ehefrau.«

»Steht dir gut.«

»Ich werde das Geld zurückzahlen. Versprochen.«

»Kommt nicht in Frage.«

»Ich gebe Nachhilfestunden und bin auf der Suche nach weiteren Jobs.«

»Hm. Wie wär's? Hättest du Lust, hin und wieder im Diner auszuhelfen? Am Wochenende ist hier viel los. Da können wir Unterstützung gebrauchen. Gerade jetzt, wo Eileen nicht mehr …« Sie brach entsetzt ab.

»Schon gut. Ich würde gern aushelfen, aber ich habe keine Erfahrung.«

»Die kriegst du dann schon.« Sie lachte erleichtert und machte sich auf den Weg, das Essen zu holen.

Obwohl unser Gespräch einige haarige Wendungen genommen hatte, war mein Appetit erwacht, sobald die Rippchen vor mir standen, und ich verputzte sie allesamt. Mein Magen rumorte lautstark nach dieser unerwartet üppigen Mahlzeit. So viel hatte ich seit dem Brand nicht mehr gegessen. Ich ließ mich pappsatt in die Polsterung sinken, zu träge, sofort nach Hause zu gehen und schloss für einen Moment die Augen …

»Kann ich kurz mit dir sprechen, Rachel?«

Noch bevor ich ihn sah, spürte ich, wie sich meine Nackenhaare aufstellten. Am liebsten hätte ich meine Lider geschlossen gelassen und mir eingeredet, es wäre nur ein Traum. Doch leider war ich wirklich im Diner. Und der Deputy Sheriff stand neben mir.

»Dein Bruder Sean hat mich kontaktiert. Er meint, du hättest Billy Kovac auf der Beerdigung gesehen. Ist das wahr?«

Danke auch Sean. Weshalb ließ er mich so unvorbereitet ins Messer laufen? »Ja, das stimmt«, stotterte ich verlegen. »Ich glaube, dass es Billy gewesen ist. Sean war aber anderer Meinung. Er hielt es für Einbildung.«

»Er sagte mir, dass er mit einigen anderen Trauergästen darüber gesprochen hätte. Niemand wusste, wer dieser William – so hat er sich wohl vorgestellt – überhaupt war, was natürlich nichts heißen muss. Es könnte eine ganz simple Erklärung geben. Vielleicht hat er mal mit Frank zusammengearbeitet oder ist ein entfernter Verwandter von Eileen?«

»Aber er hat niemandem Genaueres erzählt, oder?«, fragte ich mit dünner Stimme.

»Sieht so aus. Hat er mit dir gesprochen?«

»Nur ein paar Worte. Sein Beileid.«

»Und wie bist du auf die Idee gekommen, dass es Billy war?«

»Ich habe ihn erkannt.«

Der Deputy kratzte sich am Kopf. »Bist du ihm je begegnet?« Wie sollte ich das nur erklären, ohne von ihm für verrückt gehalten zu werden. »Ich kenne ihn von einem Familienfoto.«

»Dein Bruder sagte sowas. Wie alt war Billy auf dem Bild?«

»Sechs oder sieben.«

»Das ist lange her. Menschen verändern sich ...«

»Ich weiß, dass es unwahrscheinlich klingt. Ich habe mir das Foto sehr oft angesehen, jede Einzelheit. Die Augen verändern sich nicht so stark. Es war Billy.«

»Wo im Haus wurde das Bild aufbewahrt, vielleicht hat es den Brand einigermaßen überstanden?«

Verflucht nochmal. Jetzt wurde es brenzlig. Die Worte *DO NOT CROSS* erhoben sich übergroß vor meinen Augen. Ich hatte schon mein Zusammentreffen mit Tyler verschwiegen ...

»Ärgerst du sie, Steve? Die Arme sieht ganz blass aus.«

Faye war mit einer zweiten Coke an den Tisch gekommen und lächelte mich mitfühlend an. Mir wurde noch elender zumute. Diese Menschen hatten Geld für mich gesammelt, während ich an einer Lüge bastelte und nicht half, Eileens Mörder zu finden. Der Druck wurde zu groß.

»Ich habe das Foto aus der Ruine geholt.« Es platzte förmlich aus mir heraus. Steve und Faye sahen mich überrascht an.

»Du bist da reingegangen, Rae? Das ist doch viel zu gefährlich«, sagte Faye.

»... und nicht erlaubt«, ergänzte Steve und handelte sich einen giftigen Blick von seiner Freundin ein.

»Ich wollte eine Erinnerung haben. Es war das Einzige, was man noch retten konnte«, murmelte ich verlegen.

»Na gut.« Steve versuchte es mit einem Lächeln. »Ich würde es mir gern für eine Weile ausleihen«.

»Okay. Kein Problem. Können Sie sich eigentlich an diesen William erinnern?«, fragte ich schüchtern.

»Nur vage. Es waren viele Leute da. Du vielleicht, Faye?«

»Nein. Die Kollegen von Frank kannte ich alle nicht. Mir ist niemand bei der Beerdigung besonders aufgefallen.«

»Ich habe ihm die Hand geschüttelt und ihm in die Augen gesehen«, sagte ich jetzt etwas mutiger. »Er hatte so einen spöttischen Gesichtsausdruck. Leider war ich in dem Moment so mit mir selbst beschäftigt, dass ich ihn nicht erkannt habe.«

»Das ist doch kein Wunder, Kleines«, sagte Faye. »Ich hätte nie im Leben damit gerechnet, dass er dort auftaucht, obwohl mir Eileen viel über ihn erzählt hat, vor allem, als die Streichhölzer per Post kamen. Sie sagte, er wäre als Kind nicht zu bändigen gewesen, steckte voller verrückter Ideen, die er immer gleich umsetzen wollte. Irgendwie passt es zu ihm, sich auf einer Beerdigung einzuschleichen«

»Okay. Es ist möglich«, resümierte Steve. »Ich fahr dich jetzt nach Hause, Rachel, dann kann ich das Foto gleich mitnehmen.«

Das fehlte gerade noch. Rachel Adrian im Auto des Sheriffs! Ich konnte nur hoffen, dass mich niemand sah. Die Gerüchteküche brauchte keine neue Nahrung.

Die ersten Wochen des neuen Schuljahres vergingen wie in Zeitlupe. Ich fühlte mich beobachtet, war stets auf der Suche nach Ruhe, hatte aber, wo immer ich hinging, das Gefühl, auf einen Feind zu treffen. Obwohl ich meinen Kurs bei Mr. Darnell endlich abwählen konnte, lief ich ihm ständig über den Weg, wobei er mir argwöhnische Blicke zuwarf. Ich zuckte jedes Mal zusammen, aus Angst, dass er mich wieder verhören könnte, und suchte schleunigst das Weite. Auch um Declan machte ich einen großen Bogen. Wenn er herumerzählte, dass er Caleb und mich bei einem Einbruch gesehen hatte, würde man mir alles zutrauen. Da konnte ich abstreiten, soviel ich wollte. Declans düstere Stimmung hatte sich durch die Trennung von Madison und Noah nicht aufgehellt. Er wirkte mehr denn je verwahrlost und hielt sich in den Pausen abseits. Dass er früher ein Sportcrack gewesen war, konnte man ihm kaum noch ansehen, aber Coach Gillespie hatte es sich offenbar zur Aufgabe gemacht, Declan zu fördern, vielleicht, um ihn aus seiner Lethargie zu reißen. Wir hatten in jenem Jahr als Schwerpunkt Volleyball und sollten für die

Homecoming Woche zwei Teams für das gemischte Doppel stellen. Dummerweise ernannte der Coach ausgerechnet mich und Declan zu einem der Paare. Schlimmer hätte es wirklich nicht kommen können.

Tatsächlich kam es aber schlimmer! Zu allem Übel sollte das Match nicht in der Sporthalle stattfinden, sondern auf einem Bolzplatz am Rande der Schule, der extra hierfür gewässert wurde: Eine Volleyball-Schlammschlacht in der Homecoming Woche – was für eine verlockende Aussicht! Ich war schon nicht erpicht darauf, vor grölenden Teenagern zu spielen, aber gemeinsam mit dem Jungen, der mir vermutlich die Haare hinterrücks abgeschnitten hatte, eine Schlammorgie zu feiern, war einfach unmöglich.

Die Angelegenheit spitzte sich jedoch noch zu. Als ich die Sporthalle nach dem Unterricht verließ, ging Declan nah an mir vorbei und nuschelte:»Wir treffen uns hinten«.

Hatte ich ihn richtig verstanden? Ich wartete eine Weile, bis die Schüler des Sportkurses verschwunden waren, und machte mich auf den Weg.

»Also, was willst du?«, begrüßte ich ihn genervt.

Declan stand an die Wand der Sporthalle gelehnt und sah mich ausdruckslos an.»Ich will, dass du Gillespie irgendwas erzählst, damit er dich aus dem Team nimmt.«

Genau das hatte ich eigentlich vorgehabt, aber weil Declan es von mir forderte, hatte ich keine Lust mehr dazu.»Denk du dir doch etwas aus, damit er dich freistellt.«

»Geht nicht. Also mach keinen Ärger. Verschwinde einfach.«

»Und wieso sollte ich?«

»Weil dich hier keiner will. Und ich ganz bestimmt nicht.«

Seine Bemerkung ging mir mehr unter die Haut, als ich wollte. »Der Coach will mich aber offensichtlich. Dein Pech.«

»Weil er keine Ahnung hat, was für ein Psycho du bist.«

Wieder ein Hieb, der gesessen hatte.

»Während du natürlich keine Macken hast, Declan …«

»Wenigstens hab ich meine Eltern nicht umgebracht, um an ihre Kohle zu kommen.«

Obwohl er mich nicht angefasst hatte, ging der Schlag direkt in meinen Magen. Ich keuchte.»Wer behauptet das?«

»Was spielt das für eine Rolle? Alle wissen Bescheid.«

»Du meinst, alle glauben diesen Mist?«

»Na sicher. Dass mit dir was nicht stimmt, ist nichts Neues.«

»Oh, verstehe. Meine Freundin hat sich umgebracht, und ich konnte nicht gleich wieder zur Tagesordnung übergehen. Wirklich verrückt. Hast du je einen Menschen verloren, der dir wichtig war? Ach ja, Madison. Sorry, das hatte ich ganz vergessen. Sie lebt zwar noch, aber es war bestimmt ganz furchtbar für dich.«

»Pass auf, was du sagst!«

»Warum? Du hältst mich doch sowieso für eine Mörderin. Hast du eine Ahnung, wie es sich anfühlt, in einem brennenden Haus aufzuwachen? Es ist schrecklich. Ein Albtraum. Und hinterher hast du alles verloren. Deine Familie, dein Zuhause. Aber damit nicht genug. Du musst dir auch noch vorwerfen lassen, dass du selbst dahinter steckst. Wie krank seid ihr eigentlich alle?«

»Es gibt Beweise.«

»Blödsinn. Wer erfindet sowas?«

»Hast du geerbt oder nicht?«

»Das geht niemanden etwas an und dich schon gar nicht. Aber weil es dich so brennend interessiert: Ich bin arm wie eine Kirchenmaus.«

»Bis die Versicherung ausgezahlt wird.«

Ich war baff. Woher stammten seine halbwahren Informationen?

»Wer immer das behauptet, hat keine Ahnung.«

»Du sollst gemeinsame Sache mit deinem flüchtigen Bruder gemacht haben«, fügte Declan spöttisch hinzu.

»Ach ja. Und weil das so ein ausgeklügelter Plan war, hab ich nach der Brandstiftung ganz vergessen, mich in Sicherheit zu bringen.«

»Du bist rechtzeitig rausgekommen.«

»Um Haaresbreite.«

»Wie auch immer. Steig aus dem Volleyball-Team aus.«

»Nein. Ich werd es euch allen zeigen.«

»Du hast bestimmt nicht vergessen, dass ich dich mit Fuller gesehen habe, nachts im Garten von Mrs. Montgomery.«

»Hast du das? Wer glaubt dir schon. Es wurde nichts entwendet. Das Ganze ist schon ewig her.«

»Wie du meinst. Mal sehen, ob Fuller das genauso sieht.«

»Viel Glück mit ihm. Wenn er mit dir fertig ist, hast du bestimmt eine gute Ausrede für den Coach.«

Ich ließ ihn stehen und machte mich auf den Weg nach Hause. Es tat gut, das letzte Wort zu haben, wenn mir auch die Knie zitterten und mein Herz raste. Wie würde Caleb reagieren? Ich konnte mir ausmalen, wem er am Ende die Schuld gab.

Was meine Mitschüler über mich dachten, war mir nie besonders wichtig gewesen. Niemand hatte sich für das unscheinbare Mädchen interessiert, das ich immer gewesen war, man hatte höchstens die Nase über meine zweifelhafte Herkunft gerümpft. Harpers Freundschaft und Beccas Einladungen hatten mir sogar einen Hauch von Normalität verliehen.

Nach Harpers Tod begann sich alles zu ändern. Ich war eine Einsiedlerin, die jedem suspekt erschien, ganz besonders, nachdem ich Monate in einer Klinik verbracht hatte. Vielleicht dachten die Leute, dass das Pech an mir klebte. Und tat es das nicht auch? Wenn ich ehrlich war, musste ich zugeben, dass ich durch meine Rückzugsstrategie dazu beigetragen hatte, als seltsam zu gelten. Niemand kannte mich wirklich, also traute man mir alles zu.

Doch wer zum Teufel hatte die Gerüchte über mich in die Welt gesetzt, ich hätte meine Pflegeeltern aus Geldgier ermordet? Es gab nur wenige Menschen, die Kenntnis von meiner Erbschaft und der hohen Lebensversicherung hatten. Sean und Debbie konnte ich als Whistleblower ausschließen. Sie hatten unter Garantie kein Interesse daran, die Sache publik zu machen, solange sie selbst verdächtig waren.

Blieb noch Mrs. Barton. Natürlich war es möglich, dass sie mit einer Nachbarin – ganz arglos – über das Testament gesprochen hatte. Einer erzählte es dem anderen, und so verbreitete sich in Windeseile eine haarsträubende Geschichte. Besonders gut informiert war allen voran immer Orestes. Er konnte durch seinen Bruder Näheres zu den Ermittlungen erfahren haben. Vielleicht ärgerte er sich insgeheim, weil ich seine Annäherungsversuche immer wieder abwehrte? Nein. Das war zu weit hergeholt. Er hatte mich doch gerade erst im Krankenhaus besucht. Trotzdem wollte ich ihn bei nächster Gelegenheit auf die Gerüchte ansprechen. Ich musste wissen, wo meine Feinde lauerten.

Mein angekratzter Ruf und die nicht enden wollenden verächtlichen Blicke waren eine Sache, ganz anders wurde mir jedoch bei der Vorstellung, was hinter allem steckte. Es gab einen Mörder in unserer Stadt. Wem konnte mehr daran gelegen sein, mich zum Sündenbock zu machen und alle auf eine falsche Spur zu führen? Bestimmt würde es nicht lange dauern, bis die Polizei bei mir nachfragte. Falls die Cops herausfanden, dass ich Tyler am Abend des Brandes getroffen hatte, würden sie mich als Komplizin in Betracht ziehen. Dass ich im Feuer beinahe gestorben war, hätte dann keine Bedeutung mehr. Sie würden irgendeine Erklärung aus dem Hut zaubern: Vielleicht hatte ich mich einfach nur dumm angestellt oder den Schlüssel der Gartentür vorher versteckt, um mich in letzter Sekunde selbst befreien zu können, falls niemand zu meiner Rettung gekommen wäre.

Tu etwas, Rae! Ich zog mein Handy hervor und schickte begleitet von Magengrummeln und schwitzenden Händen eine kurze SMS an Orestes, während ich mir sein überraschtes Gesicht ausmalte.

»Ich dachte schon, es wär ein Scherz. Hätte nie geglaubt, dass du dich auf einmal mit mir verabreden willst, Rae.«

Orestes lehnte an einem Baum im Indian Park und grinste mich erwartungsvoll an.

»Ist kein Date, falls du das glaubst.«

»Ach nein? Das ist hart. Hatte mich schon den ganzen Tag drauf gefreut.«

Er war wie immer. Scheinbar gab er nichts auf die Gerüchte, die kursierten. Vielleicht, weil er sie selbst in die Welt gesetzt hatte?

»Tut mir leid, dich zu enttäuschen, ich wollte nur mit dir reden.«

»Und ich dachte, du redest nicht gern …«

»Komm, mach's mir nicht so schwer«, druckste ich verlegen herum, »ich wollte gewissermaßen deinen Rat.«

»Meinen Rat? Was für eine Ehre. Und wie kann ich dir helfen?«

»Na ja. Ich habe gehört, dass komische Dinge über mich erzählt werden, schlimme Dinge.«

»Darauf solltest du nichts geben.«

»Weißt du davon?«

»Wenn in einer kleinen Stadt wie der unseren eine furchtbare Sache passiert, zerreißen sich die Leute eben das Maul.«

»Sie sagen, ich hätte etwas mit dem Brand zu schaffen.«

»Das ist nur dummes Gerede.«

»Es tut mir weh.«

»Hör nicht hin!«

»Aber wie kommen die nur darauf? Tratschen über Erbschaften und Lebensversicherungen, als hätten sie eine Ahnung. Am Ende steht die Polizei vor meiner Tür.«

»Hm. Kann passieren.« Seine zögerliche Antwort ließ sämtliche Alarmglocken schrillen.

»Weißt du etwas darüber?«

»Ehrlich gesagt, nein. Mein Bruder ist schon seit ein paar Monaten nicht mehr in Larkville. Er hat natürlich noch Kontakte und lässt manchmal ein paar Andeutungen fallen, aber das letzte, was ich gehört habe, war, dass sie nach einem Typen fahnden, der früher mal bei deiner Familie gelebt hat.«

»Und wer verbreitet diesen Mist über mich?«

»Wahrscheinlich jemand, der dich nicht so schätzt wie ich.«

Er machte einen Schritt auf mich zu, sodass ich sein Parfum riechen konnte. Jetzt waren nur noch dreißig Zentimeter zwischen uns, die im Handumdrehen überwunden werden konnten. Ich sollte mich zurückziehen, ging es mir durch den Kopf. Stattdessen starrte ich wie hypnotisiert auf die kleine Kuhle unter seinem Hals und spürte, wie das Blut durch meine Adern rauschte. Aus den Augenwinkeln sah ich die Bewegung seiner Hand. Er hob sie langsam an, immer höher und ließ sie leicht durch meine Haare streichen. Er war gut. Seine übliche Überrumplungstaktik hatte er gegen eine unerwartete Sanftheit eingetauscht, die mir einen Schauer den Rücken hinunter jagte. Ich kannte keine Zärtlichkeiten, hatte keine Ahnung gehabt, wie schön es sich anfühlte. Abgesehen von Harper hatte mich nie jemand in den Arm genommen.

Auf einmal brauchte ich es. Ich gierte regelrecht danach, meinen Kopf an seine Schulter zu legen und für einen Moment die Augen zu schließen. Ich ließ mich einfach gegen ihn sinken, spürte seinen Herzschlag, fühlte, wie er seine Hand über meinen Rücken streichen ließ und mich dann zu sich heranzog. So standen wir eine Weile, ohne dass mehr geschah oder wir ein Wort gesprochen hätten. Dann auf einmal schob er seine Hand tiefer hinunter, und obwohl es sich aufregend anfühlte und mir ein silbriges Kribbeln verursachte, machte es mir Angst. Ich wollte keine Missverständnisse, ich wollte niemanden verletzen, nicht schon wieder einen Fehler machen.

»Warte bitte!« Ich schob ihn ein Stückchen von mir weg. »Ich will nicht, dass du dich abgewiesen fühlst, aber ich kann nicht weitermachen. Ich weiß auch nicht warum. Ich glaube, du bist mit einem anderen Mädchen besser dran.«

»Aber es gefällt dir.« Er zwinkerte mir mit seinen dunklen Augen zu und strich sich eine Haarsträhne aus dem Gesicht.

»Vielleicht. Doch wozu soll das gut sein? Mein Leben ist aus den Fugen geraten, die Leute zerreißen sich das Maul über mich, ich habe kein richtiges Zuhause mehr. Ich will mich am liebsten verstecken.«

»Ein Grund mehr, schöne Dinge zu tun.«

»Für mich ist das nicht so leicht, denn eigentlich möchte ich laut losschreien. Ich kann niemandem eine Freundin sein.«

»Wer sagt, dass ich eine suche?«

»Ich bin nicht die Richtige für dich.«

»Ist es wegen Harper? Glaubst du immer noch, dass du ihr das schuldest?«

»Nein … vielleicht ein bisschen. Was wolltest du überhaupt von ihr?«

»Na, gar nichts. Spaß haben. Sehen, wie weit ich kommen würde. Ich hab ihr nichts vorgemacht. Es war nur ein kleiner Flirt.«

»Für dich vielleicht. Aber sie war verliebt.«

»Ich war fünfzehn Jahre alt. Sie dachte bestimmt nicht, dass ich sie heiraten wollte. Was glaubst du, wie es für mich war, als sie sich umgebracht hat.«

Darüber hatte ich nie nachgedacht.

»Alle haben mich komisch angesehen, als wäre ich schuld gewesen, als hätte ich ihr das Herz gebrochen. Selbst meine Mutter hat mich gefragt, ob ich ihr irgendwas getan hätte. Dabei war es ganz harmlos. Ich war nett zu ihr, wir haben uns verabredet, und dann bringt sie sich um. Keine Ahnung, was zur Hölle in ihr vorgegangen ist.«

Er rieb sich nervös über die Arme, als wäre ihm kalt. Seine olivbraune Haut glänzte im Licht der untergehenden Sonne. Ich hätte sie gern berührt, gewusst, wie sich fremde Haut anfühlte, aber es hätte alles nur verkompliziert.

»Tut mir leid, dass ich immer wieder davon anfange. Ich sollte endlich loslassen.«

»Zeig den anderen, dass du dich einen Dreck um das Gerede scherst. Versuche, dein Leben zu genießen.«

Er kam schon wieder näher. Wie viele Abfuhren wollte er sich noch holen? Waren alle Jungen so? Immer auf der Jagd? Je schwieriger die Beute zu kriegen war, desto mehr reizte es sie. Ich spürte seine Arme, die sich langsam um meinen Körper schlossen, legte meine Wange jetzt an seinen Hals, fühlte seine heiße Haut und das Pulsieren seines Blutes. Ich hätte ewig dort verharren können, aber ich wusste, dass Orestes diese Geduld nicht hatte.

»Welches Mädchen wird heute weinen, wenn sie von unserer kleinen Verabredung erfährt?«, flüsterte ich ihm ins Ohr.

»Keine. Ich kann tun, was ich will.«

»Bist du sicher? Wer war dein letztes Date?«

»Lass mich überlegen …«, er zögerte, dann beugte er sich zu mir runter und küsste mich. Seine Lippen waren weich, sie bewegten sich geschmeidig auf meinen, streichelten mich, bis mein ganzer Körper prickelte. Warum sollte ich es nicht genießen? Hatte ich nicht auch einen kurzen Augenblick des Glücks verdient? Ich wollte nicht mehr leiden. Er zog mich immer fester an sich, ließ seine Hände über meinen Körper wandern. Oh Gott. Was tat ich hier nur mitten im Indian Park? War das eine gute Idee?

»Mit wem bist du ausgegangen?«, keuchte ich schließlich, um ihn ein bisschen zu bremsen.

»Warum interessiert dich das so? Sie war mir egal. Du weißt doch, dass ich dich schon seit langem nicht aus dem Kopf kriege.«

»Sagst du das allen Mädchen?«, etwas machte mich stutzig.

»Ganz bestimmt nicht.«

»Also, wer war sie?«

Er schien langsam zu spüren, dass er um seine Antwort nicht herumkam. »Madison.«

»Verdammt!«

»Sie ist doch keine Freundin von dir?«

»Nein. Sicher nicht. Sie ist eher der Typ, der Gerüchte über mich verbreitet. Sie konnte mich noch nie leiden.«

»Dann umso besser.« Er war verwirrt.

»Nein. Gar nicht gut. Wenn sie von uns beiden hört, wird sie Gift und Galle spucken.«

»Ich werd's ihr bestimmt nicht verraten.«

»Bitte, Orestes. Es wird zu nichts Gutem führen. Das weiß ich.«

»Du bist paranoid.«

»Ja, vielleicht. Wärst du das nicht, nach dem, was passiert ist?«

Ich löste mich endgültig von ihm und machte einen Schritt zurück. »Es geht einfach nicht. Bitte, sei nicht böse. Such dir ein anderes Mädchen.«

Ich wandte mich um und lief mit großen Schritten davon, obwohl er keine Anstalten machte mir zu folgen. Doch je weiter ich wegkam, desto elender fühlte ich mich. Warum war es nur so schwer, das Richtige zu tun? Ich hatte keine Antwort darauf. Ich wusste nicht einmal, was das Richtige war.

7

Als ich mich am nächsten Tag mit Blacky auf den Weg zum Creek machte, wuchs mit jedem Schritt die Furcht in mir, Caleb zu begegnen. Es war gut möglich, dass Declan ihn bereits auf unseren Einbruch angesprochen hatte. Dann würde es nicht lange dauern, bis er irgendwo auftauchte. In der Schule ignorierte er mich wie üblich, aber das bedeutete nichts. Ich wusste, dass er keinen Wert darauf legte, mit mir gesehen zu werden. Lieber würde er einen einsamen Ort wählen, um seinen Frust an mir abzulassen. Mit Blacky an meiner Seite hatte ich einen gewissen Schutz, aber das Alter zeigte seine ersten Spuren. Er war nicht mehr so flink und angriffslustig wie früher, und Caleb konnte einfallsreich sein.

Die ersten Blätter wurden bunt und bildeten einen goldenen Kontrast zum spätsommerlichen Himmel. Meine Laune besserte sich augenblicklich. Nur hier am Fluss fühlte ich mich frei. Wie schön waren die Sommer gewesen, als sich mein Leben noch in ruhigeren Bahnen bewegt hatte, jetzt fühlte ich mich überall beobachtet. Wir blieben eine Weile in der Nähe des Indian Parks, doch wurde es schnell langweilig. Ein älteres Ehepaar saß auf Harpers Bank und genoss den Ausblick bei einem kleinen Picknick. Ob sie wohl wussten, was hier vor eineinhalb Jahren geschehen war? Ich wollte weitergehen und rief nach Blacky, der sich faul im Schatten räkelte. Kurz darauf fing er an zu rennen. Ich hätte ihn zurückpfeifen können, lief aber hinter ihm her, rannte mit ganzer Kraft, fühlte wie mein Herz raste, meine Muskeln brannten, bis kein anderer Gedanke in meinem Kopf war. Nichts existierte als die Bewegung, die Koordination der Beine, das tiefe Luftholen, der Windzug an meinem Körper.

Plötzlich blieb Blacky stehen, sodass ich fast über ihn gestolpert wäre. Zuerst glaubte ich, er hätte seine Reserven bereits verbraucht, denn er hechelte so, als wären wir stundenlang gelaufen. Dann sah ich, dass er etwas entdeckt hatte. Ein Vogel saß in einem kleinen Reifen, der mit einem Seil an einem dicken Ast befestigt war und leicht über das Wasser schwang. Offenbar hatte hier jemand eine Art Schaukel gebaut. Ich kam näher und betrachtete die Konstruktion, wobei der Vogel angsterfüllt davonflog. Der Reifen war zu klein, um sich hineinsetzen zu können, vermutlich stammte er von einer Schubkarre, aber er war groß genug für einen Fuß. Ich müsste den nah am Ufer stehenden Baum hinaufklettern, mich am Ast entlanghangeln, der ein gutes Stück über das Wasser ragte und dann am Seil herunterrutschen, bis ich den Fuß in den Reifen stecken konnte. Dort begann das Vergnügen: Schwingen, soviel ich Lust hatte und in den Fluss springen, der an dieser Stelle recht tief aussah, wenn auch ein paar Felsen im Wasser schimmerten. Vom Laufen erhitzt konnte ich mir gerade nichts Schöneres vorstellen, wäre da nicht Caleb gewesen. Wie oft war er schon unerwartet aufgetaucht und hatte mich in die Enge getrieben? Während ich im Fluss schwamm, konnte ich nicht auf meine Sachen achten, vor allem nicht auf mein Handy.

Vielleicht war ich wirklich paranoid. Ich gönnte mir nicht einmal mehr ein Bad im Creek. Hin- und hergerissen überlegte ich, wie das Problem zu lösen wäre. Caleb war vielleicht groß und stark, aber konnte er so gut klettern wie ich? *Sei kein Feigling.* Ich zog mich bis auf den Bikini aus, rollte die Sachen zusammen, verknotete die Ärmel und steckte das Handy in den provisorischen Beutel. Dann kletterte ich den Baum hinauf, klemmte das Bündel in eine Astgabel, hangelte mich weiter vor bis zum Seil und konnte schon nach kurzer Zeit meinen Fuß in den Reifen stecken. Das Seil fing an zu kreiseln, aber nach einigem Hin und Her kam ich ins Schwingen. Jetzt reichte ich weit über das Wasser und spürte die Kühle, die von ihm aufstieg. Es war ein herrliches Gefühl. Ich drückte mein Gewicht immer stärker in den Reifen, schwang immer weiter hinaus und genoss den Windhauch, der dabei entstand. Es war nicht besonders hoch, vielleicht zwei Meter oder weniger, aber ich zögerte, zu springen. Das Wasser glitzerte verführerisch in der Sonne, doch die großen Steine, die hier und da spitz hervorragten, schreckten mich ab. Man musste seinen Sprung genau platzieren, um sich nicht zu verletzen. Während ich ratlos vor und zurück schwang, sprang Blacky plötzlich auf und bellte hektisch. Ich zog mich nach oben, so wie ich es im Ninja-Training geübt hatte, aber das Seil war viel dünner als die großen Taue in der Turnhalle. Ich konnte mich nicht richtig festhalten oder die Füße dagegenstemmen. Mir blieb nur der Weg nach unten.

»Ich hab mich schon gefragt, wann du endlich auftauchst, Adrian. Ich warte seit einer Stunde.«

Caleb war aus den Büschen getreten und hatte Blacky ein paar Leckerli vor die Füße geworfen. Irritiert hörte mein Hund auf zu bellen, obgleich er noch ein wenig knurrte. Wahrscheinlich war ihm Caleb schon allzu oft begegnet, sodass er ihn nicht mehr als ernste Bedrohung einstufte. Ich gab ihm einige Anweisungen, wollte ihn von Caleb weglotsen, aber es half nichts. Cal sprach beruhigend auf ihn ein, tätschelte sogar sein Fell. Dann – ich konnte es nicht glauben – legte er, während Blacky sich über das Futter hermachte, ruck, zuck eine alte Leine an das Halsband und schlang sie um den Stamm einer dünnen Birke. Jetzt wurde es ernst.

»Komm runter, Adrian!« Sein Ton klang drohend.

Was für ein verdammter Mist! Ich hatte kein Verlangen, mich mit Caleb auseinanderzusetzen, davon abgesehen, wusste ich nicht mal genau, wie ich runter kommen sollte.

»Nun mach schon, sonst komm ich rauf und schneide das Seil durch.«

»Was willst du von mir? Kannst du mich nicht in Ruhe lassen?«

»Das hab ich getan. Ich hab's versucht. Du lässt mir keine andere Wahl.«

»Ich bleibe, wo ich bin.« Sollte er doch klettern, wenn er dazu in der Lage war.

»Ich könnte das Messer auch anders einsetzen. Du weißt ja, was meine Spezialität ist.« Er warf eine weitere Hand voll Futter auf den Boden und machte einen Schritt auf Blacky zu.

»Das meinst du nicht ernst, Cal. Nicht mal du bist so widerwärtig.«

»Lass es nicht drauf ankommen.«

»Ich hab dir nichts getan. Was soll dieser Mist?«

»Früher oder später wirst du runterkommen müssen. Schläft dein Fuß schon ein?«

Tatsächlich kribbelte es seit einiger Zeit in meinen Zehen, die vom Druck der Reifenkante nicht mehr gut durchblutet waren. Er hatte recht. Ich musste irgendwann meinen Sprung wagen. Vor Fullers Augen auf die Felsen zu knallen, war jedoch eine zu große

Schmach. Ich durfte es nicht vermasseln. Ich begann erneut zu schwingen, prüfte, welche Stelle am besten für meine Landung geeignet wäre, holte tief Luft und stieß mich mit aller Kraft ab.

Dann durchschlug ich die Oberfläche des Wassers, tauchte tief ein, spürte den Boden unter den Füßen und drückte mich mit einem heftigen Stoß nach oben. Es hätte so schön sein können, wäre Caleb nicht gewesen. Anstatt noch eine Weile zu baden, kam ich umgehend aus dem Wasser, die Hände vor meinen Körper gelegt, in Erwartung einer Attacke..

»Kein schlechter Sprung, Prinzessin. Schafft nicht jeder.«

Da er sich nicht bewegte, nutzte ich die Gelegenheit, lief zum Baum und kletterte hoch. Er sagte nichts. Vermutlich hatte er mich beobachtet, als ich mein Zeug in der Astgabel verstaut hatte. Wenigstens hinderte er mich nicht daran, es zu holen. Das war schon mal ein gutes Zeichen. Keuchend stand ich schließlich vor ihm, in angemessenem Abstand, das Kleid an meinem nassen Körper klebend, unschlüssig, was am besten zu tun war. Caleb versperrte mir den Weg zu Fletcher, machte aber einen ruhigen Eindruck. Die Frage war nur, weshalb er es auf sich genommen hatte, eine Stunde auf mich zu warten. Dass er nur eine kleine Konversation im Sinn hatte, konnte ich mir nicht vorstellen.

»Also Fuller, spuck's aus. Was willst du von mir?«

»Dir klarmachen, dass du bei den Cops deinen Mund halten musst. Komm nicht auf die Idee, unsere gemeinsamen Aktivitäten zu beichten.«

»Ich hab mit denen nichts zu reden.«

»Das kommt noch. Da sei mal sicher.«

Warum war er so gelassen? Ich hatte mit einem Wutanfall gerechnet. »Niemand wird Declan glauben. Er ist ein stadtbekannter Kiffer, und wir haben überhaupt nichts gestohlen«, versuchte ich ihn weiter zu besänftigen, aber sein Blick verfinsterte sich.

»Wovon redest du?« Caleb starrte mich ungläubig an. Ich konnte sehen, wie eine Ader an seiner Stirn hervortrat.

»Ich dachte, du meintest die Sache mit Declan.« Shit. Er hatte überhaupt keine Ahnung. Er kam näher und baute sich vor mir auf. Weglaufen war keine Option, wenn ich ihm Blacky nicht überlassen wollte.

»Was für eine Sache? Und komm nicht auf die Idee, mir irgendeinen Scheiß zu erzählen!«

Ich seufzte. »Declan hat uns an dem Abend gesehen, als wir in Harpers Garten geklettert sind.« Jetzt war es raus.

Caleb brauchte einen Moment, um die Nachricht zu verdauen. »Wie bitte? Mir ist in der Flagg Street niemand aufgefallen.«

»Er ist mir an dem Abend gefolgt«, brachte ich mühsam raus. Caleb hob verständnislos die rechte Augenbraue.

»Naja. Ich war vor unserem Treffen noch kurz am Indian Park – erinnerst du dich? Wahrscheinlich hat er dort rumgehangen, in seinem Auto oder was weiß ich.«

»Ich kann nicht glauben, wie blöd du bist. Ist dir eigentlich klar, was das für mich bedeutet? Die Bullen warten nur darauf, mir irgendwas anzuhängen, besonders jetzt. Die fragen jeden aus, solange der Brandstifter nicht gefasst ist. Meine Familie ist denen schon immer ein Dorn im Auge gewesen.« Er schlug seine rechte Faust in die linke Handfläche und sah mich drohend an. »Wie konnte ich mich nur mit dir einlassen? Am Ende halten sie mich noch für deinen Mord-Komplizen. Was geht nur in deinem Kopf vor? Merkst du nicht, wenn ein Camaro hinter dir herfährt? Merkst du überhaupt noch was?« Er packte mich an den Oberarmen und schüttelte mich. Seine Stimme war gefährlich leise, aber Blacky begann zu bellen, woraufhin mich Caleb wieder losließ.

»Es tut mir leid, Cal. Ich war an dem Abend so aufgeregt, ich konnte nicht klar denken. Ein Einbruch ist eben nichts Alltägliches für mich, und dann waren mir auch noch die Haare abgeschnitten worden …« Ich verschluckte mich fast und schwieg.

»Ich kann dir nicht folgen. Was hat deine Frisur damit zu tun?«

Peinlich berührt blickte ich zu Boden. Warum schämte ich mich eigentlich darüber zu sprechen?

»Adrian?«

»Jemand hat mir in der Schule die Haare abgeschnitten. Hinter der Sporthalle. Ich war kurz eingeschlafen …«

Er sagte eine Weile nichts.

»Am Tag des Einbruchs?«, fragte er schließlich.

Ich nickte nur.

»Declan?«

»Ich weiß es nicht. Er hat es sehr überzeugend abgestritten.«

»Aber er ist dir gefolgt. Vielleicht schon, als du von Zuhause weggingst.«

»Keine Ahnung. Das hat er nicht erwähnt.«

»Seit wann weißt du, dass er uns gesehen hat?«

»So zwei, drei Monate. Er hat mir gedroht. Erst gestern. Er will, dass ich aus dem Volleyball-Team aussteige.«

»Und was hast du gesagt?«

»Dass er mich mal kann.«

»Wie diplomatisch von dir.«

»Warum wolltest du mich überhaupt sprechen, wenn dir Declan gar nichts erzählt hat?«

Caleb verzog spöttisch seinen Mund. »Du weißt, was über dich geredet wird? Ich hab keine Ahnung, wie tief du wirklich drin steckst, aber der Sheriff wird dir auf den Zahn fühlen. Diesmal kannst du ihm nicht mit Ausflüchten kommen. Der wird alles über dich ausgraben und dir richtig zusetzen, bis du ihm jedes kleine Vergehen gestehst, und sei es auch nur der Versuch, bei einem Mitschüler abzuschreiben. Und bestimmt will er dann auch die Sache mit dem Alibi nochmal durchkauen. Dann hat er dich. Für Falschaussagen kann man verknackt werden, Prinzessin. Dir ist das vielleicht egal, aber mir nicht. Ich bin inzwischen achtzehn. Bishop wartet nur darauf, mich dranzukriegen. Brandstiftung käme ihm da gerade recht. Zieh mich nicht in deine Scheiße rein.«

»Ich hab mit dem Brand nichts zu tun, kapier das endlich. Warum glaubt jeder, dass ich zu sowas fähig bin? Ich habe meine Familie verloren!«

»Die dir ja so unglaublich wichtig war ...«

»Leck mich Fuller! Was seid ihr alle für Arschlöcher. Klar hab ich mich über sie beschwert, aber trotzdem wollte ich niemals, dass ihnen etwas zustößt. Ich wünschte, ich hätte sie retten können.« Ich brach ab. Er würde mich sowieso nicht verstehen. Keiner konnte das. Sie waren alle bereit, das Schlimmste von mir zu denken. Müde setzte ich mich auf einen Baumstumpf und drückte mit aller Kraft die Tränen weg.

»Sieh zu, dass du aus dem Volleyball-Team verschwindest. Du solltest Declan nicht provozieren.«

»Das ist dein Rat? Klein beigeben? Dann glaubt er erst recht, dass er etwas gegen uns in der Hand hat.«

»Hm. Hat er ja wohl auch.«

»Wir haben nichts gestohlen.«

»Das Tagebuch.«

»Ich hab's zurückgebracht, und es gab keine Einbruchsspuren.«

»Wer weiß. Vielleicht haben wir ein paar Rosen zertreten, Fingerabdrücke hinterlassen. Man kann nie sicher sein, was die Leute bemerken.«

»Trotzdem. Es ist die falsche Taktik. Er ist selbst kein Unschuldsknabe. Glaubst du, er lässt es darauf ankommen? Einer wie Declan ist nicht erpicht darauf, mit der Polizei zu sprechen.«

»Kann schon sein. Soweit ich weiß, machen seine Eltern ordentlich Druck, drohen ihm mit einem Schulwechsel, wenn er sich nicht am Riemen reißt. Vielleicht will er deshalb nicht mit dir im selben Team spielen, schließlich bist du eine stadtbekannte Psychopathin.«

»Dann soll ER sich verziehen. Glaubt, was ihr wollt. Es ist mir gleich.« Die Wut gewann langsam die Oberhand. Was bildete sich Fuller überhaupt ein, mich hier festzusetzen. Ich schuldete ihm nichts. Ohne ihn noch einmal anzusehen, ging ich zu Blacky und band ihn los. Caleb ließ mich passieren.

»Treib's nicht zu weit, Adrian!«, sagte er mit beängstigender Ruhe. Dann nahm er seine Leine und verschwand.

In Wahrheit war es mir nicht gleich, von allen für eine Mörderin gehalten zu werden, denn der Tod von Frank und Eileen hatte mir mehr zugesetzt, als ich mir je vorgestellt hätte. Dass ich sie aus Habsucht loswerden wollte, war eine niederträchtige Lüge, nur wusste ich leider nicht, wie ich ein solches Gerücht bekämpfen konnte. Selbst wenn der Mörder gefasst werden würde, bliebe etwas an mir haften. War es nicht immer so? Ich musste an Siegfrieds unzerstörbaren Panzer denken, den ich früher an mir gespürt hatte. Ich brauchte ihn und würde ihn mir zulegen – nur diesmal ohne Schwachstelle. Harper war gestorben. Ebenso Frank und Eileen. Ich hatte meine Wunden erhalten und sie heilen lassen. Jetzt würde mich so leicht nichts mehr aus der Bahn werfen.

Die Arbeit im Diner half mir dabei, auf andere Gedanken zu kommen. Faye war ein herzensguter Mensch, der keinerlei Vorurteile gegen mich hegte. Sie nahm mich an die Hand, erklärte mir die Abläufe, stellte mich vielen Kunden vor und versorgte mich am Ende meiner Schicht mit Leckereien, die mir über die Jahre ans Herz gewachsen waren. Endlich kam ich wieder in den Genuss von Apfelkuchen und Strawberry Cheesecake – meinen Diner Favoriten, die Eileen früher mitgebracht hatte und die mich jetzt an bessere Zeiten erinnerten. Auch Mrs. Barton freute sich, wenn ich sie mit Kuchen versorgte, obgleich sie jedes Mal den Kopf schüttelte. Sie war es nicht gewohnt, von anderen beschenkt zu werden. »Das ist doch nicht nötig, Kind«, murmelte sie ganz verlegen mit ihrer Bassstimme, die nicht zu freundlichen Worten zu passen schien, aber mir gerade deshalb so gut gefiel. Geziere und Schöngetue war nicht ihre Art. Sie sagte immer, was sie dachte, ohne jegliche Umschweife.

Von meinem ersten Lohn ließ ich das Rennrad reparieren und kaufte mir ein zweites Paar Schuhe. Es gefiel mir, selbständig zu sein, mein eigenes Geld zu verdienen und ein wenig unter Leute zu kommen, die ich größtenteils nicht kannte. Sie waren unvoreingenommen und meistens freundlich, weshalb ich mich im Diner recht wohl fühlte.

Es war an einem Samstag, Anfang September, als ich nach meiner Schicht in bester Stimmung das Diner verließ. So viel Trinkgeld hatte ich noch nie erhalten, und mein Chef hatte mich anerkennend nickend verabschiedet, obwohl mir zwei Gläser zu Bruch gegangen waren. »Schwund ist immer«, war sein einziger Kommentar gewesen, als ich ihm angeboten hatte, die Gläser zu bezahlen.

Draußen war es kühl. Ich streifte meine Jacke über, zog den Rucksack fest und öffnete das Fahrradschloss. Als ich gerade mein Bein über den Sattel schwingen wollte, fiel mir ein weißer Zettel auf, der mit Klebeband an meinem Lenker befestigt war. Mit einiger Mühe löste ich ihn, wobei er an den Seiten einriss. Dennoch war er gut zu entziffern: *Die Hexe soll brennen!*

Mein Magen schnürte sich zusammen. Ich schaute mich panisch um. Niemand war zu sehen. Oder saß doch ein Fahrer in einem der Wagen, die auf dem Parkplatz standen, und beobachtete mich? Mir brach der Schweiß aus. Hastig zerknüllte ich das Papier, steckte es in meine Jackentasche und fuhr davon. Mit aller Kraft trat ich in die Pedale, fuhr im Stehen, durchquerte den Ort in Höchstgeschwindigkeit, bis an der vorletzten Kreuzung plötzlich ein Truck auftauchte, dem ich nicht mehr ausweichen konnte. Mir blieb nur die Vollbremsung. Obwohl ich genügend Übung darin hatte, gab es einen verhängnisvollen Ruck im Vorderrad. Ich verlor die Kontrolle, flog in hohem Bogen über den Lenker und landete unsanft auf dem Asphalt. Ein greller Schmerz schoß durch meinen linken Unterarm, es flimmerte vor meinen Augen.

»Alles okay mit dir?« Der Fahrer des Trucks hatte angehalten und beugte sich besorgt über mich.

»Mein Arm tut weh.« Mehr brachte ich nicht heraus.

»Ich glaube, ich bringe dich lieber zu einem Arzt.«

Er sah einigermaßen freundlich aus. Trotzdem war mir nicht ganz wohl bei der Vorstellung, zu einem völlig Fremden in den Truck zu steigen. »Danke. Das ist nicht nötig. Ich hab es nicht weit.«

»Bist du sicher?«

»Ganz bestimmt. Ich komm klar. War auch nicht Ihre Schuld.«

Er zögerte, sah dann auf die Uhr und rang sich durch, aufzubrechen. »Mach's gut und lass dein Rad checken, bevor du wieder draufsteigst. Sieht aus, als wären ein paar Speichen gebrochen.«

Mit zusammengepressten Lippen wartete ich, bis er verschwunden war, dann inspizierte ich mein Vorderrad. Es war vollkommen demoliert, geradezu eingeknickt, obwohl ich es nach dem Brand für teures Geld ersetzt hatte. Wie konnte das sein? Hatte jemand an meinen Speichen herumgepfuscht, sie angesägt oder verbogen, um der bösen *Hexe* wehzutun? Das war kein übler Scherz. Man hatte mich angegriffen.

Da ich verletzt war, blieb mir nichts anderes übrig, als das Rad zurückzulassen. Mein Arm pochte inzwischen so stark, dass ich auf wackligen Beinen nach Hause schlich. Es würde mit Sicherheit mehrere Wochen dauern, bis der Knochenbruch geheilt war – zu lange für das Volleyball-Spiel. Anscheinend hatte Declan sein Problem auf kompromisslose Weise gelöst. Ich war definitiv raus aus unserem Team.

Mit frisch eingegipstem Arm kam ich am Montag zur Schule und stand schon wieder im Mittelpunkt. Man fragte mich gebührend aus, wobei ich das Gefühl nicht loswerden konnte, dass man mir meinen Fahrradunfall nicht abkaufte. Ich blieb ruhig, ließ sie tuscheln und war im Grunde überzeugt, die Sache hinter mir zu haben, als mir Declan im Vorbeigehen zuraunte: »So weit hättest du nicht gehen müssen, Rae«.

Hatte der Mistkerl meine Speichen sabotiert und machte sich jetzt über meinen Sturz lustig? Zuzutrauen war es ihm. Ich kochte fast über, hätte mich am liebsten auf ihn gestürzt und marschierte schließlich wutentbrannt quer über den Schulhof und direkt auf die Sporthalle zu, wo er wie üblich seine Pause verbrachte.

»Hey, McEwan, was hast du da eben gesagt?«

Er starrte mich überrascht an, sah sogar ein wenig eingeschüchtert aus. Ich konnte förmlich sehen, was ihm gerade durch den Kopf ging: *Wie werde ich die Verrückte jetzt los? Ein Mädchen auf dem Schulgelände fertigzumachen, bringt 'ne Menge Ärger …*

»Reg dich ab, Rae. Ich hab nur einen Joke gemacht.«

»Wie lustig. Mein Arm ist gebrochen – sorry, dass ich nicht lache.«

»Tut mir leid. Ist sicher bitter«, stotterte er herum.

So defensiv hatte ich ihn noch nie erlebt. Seine verlogene Freundlichkeit machte mich umso wütender. Er verarschte mich doch. »Es tut dir also leid? Du bist widerlich. Erst sabotierst du mein Rad und dann spielst du den Mitfühlenden?«

»Ich weiß nicht, was du …«

»Klar. Du weißt ja nie, was gemeint ist. Hattest keine Ahnung von dem Zopf und jetzt natürlich auch keine von den angesägten Speichen.« Ich boxte ihn ein paarmal, um etwas Dampf abzulassen.

»Hör sofort auf!«, zischte er mich an und versuchte nach meinem Arm zu greifen.

»Mir reicht es«, sagte ich bissig. »Ich werd's dem Sheriff erzählen, wenn ich ihn das nächste Mal spreche. Wir kennen uns nämlich inzwischen ganz gut, wie du weißt. Der kann ja mal einen Blick auf mein Fahrrad werfen, da gibt es bestimmt Spuren zu sichern.« Ich bluffte zwar, aber erzielte eine erstaunliche Wirkung. Zufrieden boxte ich auf seinen Oberarm. Declan stöhnte auf, als hätte ich ihm wirklich wehgetan. Gut so! Das hatte er mehr als verdient. Der

Schlag war allerdings nicht hart gewesen.

»Hast du was am Arm?«, fragte ich argwöhnisch.

»Tatsächlich ja. Dein guter Kumpel Fuller hat sich auch ein bisschen ausgetobt.«

Wow! Das war mal eine Überraschung. Eine Weile schwiegen wir, dann sagte ich leise: »Vielleicht hättest du uns nicht drohen sollen. Du weißt schon: wer Wind sät …«

»Ich wollte dich nur aus unserem Team raushaben. Wer hat schon Lust mit dir in einer Mannschaft zu sein?«

»Ich hätte nicht gedacht, dass du so viel auf das Gerede der Leute gibst. Gerade du.«

Er zuckte mit den Schultern. »Was du treibst, ist mir scheißegal, Rae. Ich muss selbst sehen, wie ich klar komme. Meine Eltern haben mich schon gefragt, ob du etwa meine Freundin bist.«

»Wie kommen sie auf so einen Quatsch?«

»Scheinbar hat es sich rumgesprochen, dass wir zusammen die Pausen verbringen und jetzt noch die Sache mit dem gemeinsamen Match im Schlamm. Sie wollen nicht, dass ich jemanden wie dich date.«

»Ach, hör auf. Schieb's nicht auf deine Eltern. Du warst von Anfang an ein Arsch, obwohl ich dir nichts getan hatte.«

»Nichts getan? Du hast Gerüchte über mich verbreitet.«

»Keine Ahnung, was du meinst.«

Seine Stimme nahm einen schnarrenden Klang an. »Du hast herumerzählt, dass du mich und Becca zusammen am Creek gesehen hättest. Ist doch so?«

Ich war baff. Worum ging es hier eigentlich?

»Ich hab euch nie am Creek gesehen, also hatte ich auch nichts zu erzählen. Und selbst wenn, was wäre so schlimm daran?«

»Noah fand es schlimm genug.«

»Wie bitte?«

Er stöhnte entnervt. »Du wirst ja wohl wissen, dass sich Becca und Noah vor zwei Jahren getrennt haben. Wegen dieser verdammten Gerüchte.«

»Man trennt sich doch nicht deswegen. Es sei denn, es wäre etwas Wahres daran. Ich habe jedenfalls nichts damit zu tun.«

»Es hieß aber, du hättest es in die Welt gesetzt. Du hängst doch ständig mit diesem Hund dort rum.«

»Und wenn schon, ist schließlich kein Verbrechen. Wer hat behauptet, ich hätte euch gesehen?«

»Keine Ahnung, wie das genau war. So ungefähr: Jemand hat gesagt, Mariah hätte erzählt, Rachel hätte gesehen …«

»Bullshit. Du weißt doch, dass ich kaum mit anderen rede.«

Jetzt wurde er zum ersten Mal nachdenklich. »Wie auch immer, spielt eh keine Rolle mehr.«

»Anscheinend doch, wenn du dafür sorgst, dass ich vom Fahrrad fliege. Ich hätte schwer verletzt sein können.«

»Ich hab damit nichts zu tun.«

»Würde ich an deiner Stelle auch behaupten. Aber ich glaube dir nicht. Du wolltest mich aus dem Team haben, und du bist auch derjenige, der mir die Haare abgeschnitten hat, als ich hier eingeschlafen war. Außer dir ist mir nämlich nie jemand hinter dieser Sporthalle begegnet. Du warst immer schon hassig auf mich. Und alles nur wegen deiner dämlichen Freundin Madison.«

»Die interessiert mich überhaupt nicht.«

»Ach, wirklich? Und warum bist du seit eurer Trennung so abgedreht?«

»Was geht dich das an? Sind wir plötzlich Freunde?«

»Bestimmt nicht. Aber sei doch ehrlich, du konntest es nicht verkraften, dass du deine Freundin an deinen besten Freund verloren hast. Das weiß jeder.«

Er sagte nichts, rutschte langsam an der Hallenwand herunter und setzte sich in den Schneidersitz. Das Thema machte ihm offensichtlich zu schaffen, auch wenn er behauptete, jegliches Interesse an Madison verloren zu haben. Klar war sein Stolz verletzt gewesen, aber was hatte er von dieser Teenager-Liebe erwartet? Das war doch nur ein paar Monate gegangen. Kein allzu großer Verlust, abgesehen von … Vielleicht ging es gar nicht um sie. Vielleicht ging es um Noah. Sein Freund seit Kindertagen. Die unzertrennlichen Sportasse.

»Warum hast du dich eigentlich nie mit Noah ausgesöhnt? Er war doch dein bester Freund.«

Wie von der Tarantel gestochen sprang Declan auf.

»Pass auf, was du sagst! Ich warne dich. Mädchen hin oder her.

Wenn du nicht sofort die Klappe hältst, vergess ich mich.«

Da hatte ich wohl einen Nerv getroffen. »Jetzt reg dich ab. Die Sache ist mir ohnehin egal. Du solltest nur eins kapieren: Ich hatte rein gar nichts mit eurer Scheiß-Trennung zu tun.«

Den Nachmittag verbrachte ich trotz des schönen Wetters mit Grübeleien auf meinem Zimmer. Mein Gespräch mit Declan ging mir nicht aus dem Kopf. Die Trennung von Madison hatte ihm zugesetzt oder war es nicht eher die Trennung von Noah? Ich war mir nicht sicher, auf wen Declan eifersüchtig war. Vielleicht auf Nate, Noahs neuem best Buddy, der nun seinen Platz eingenommen hatte. Auf jeden Fall hasste er mich deswegen – genau wie Becca. Auch sie hatte ihren Freund und ihre beste Freundin verloren. Das konnte ein Motiv sein, Gerüchte über mich in die Welt zu setzen. Doch woher kannte sie so viele Details über das Testament? Jemand musste geredet haben. Sean hatte ich bereits ausgeschlossen. Blieb nur Mrs. Barton. Ich ging hinunter und fand sie auf der Veranda, vertieft in eine Ausgabe Reader's Digest.

»Könnte ich Sie etwas fragen?«, versuchte ich, das Gespräch aufzunehmen.

»Worum geht es denn?«

Ich setzte mich auf die Verandabrüstung und wippte ein bisschen mit den Füßen. »Ich weiß, dass sie nichts vom Tratschen halten. Aber in der Schule wird einiges geredet, ähm, ich meine über mich und den Brand ...«

»Darauf solltest du nichts geben, Kind.«

»Ja sicher. Da haben Sie recht. Aber manche sagen, ich hätte das Feuer selbst gelegt, um Frank und Eileen zu beerben. Das macht mich ziemlich wütend.«

»Die Leute sind dumm. Wenn sie reden wollen, kannst du sie nicht daran hindern. Was glaubst du, was sie mir schon alles angedichtet haben. Lass dich davon nicht unterkriegen.«

Mrs. Barton war nicht so leicht zu knacken. »Ich frage mich nur, woher die Leute überhaupt wissen, dass ich im Testament stehe oder dass es eine Lebensversicherung gibt.«

»Ich hab es niemandem erzählt, falls du das wissen wolltest«, knurrte sie leicht gereizt.

»Nein. Natürlich nicht. Aber woher kommen diese Gerüchte?«

»Es gibt bei sowas immer eine undichte Stelle. Irgendwer redet halt. Vielleicht Sean, vielleicht seine Frau, oder der Sheriff oder der Anwalt, eine Sekretärin … da gibt es viele Möglichkeiten.«

»Woher kannte Eileen eigentlich diesen Notar?«

»Lass mal überlegen. Sie suchte einen und wusste nicht genau, an wen sie sich wenden sollte. Mit Anwälten und sowas hatte sie sonst nichts am Hut. Hm. Ach ja. Sie hatte eine Bekannte, die den Notar empfohlen hat. Er war wohl ein Freund ihres Mannes, soweit ich mich erinnere.«

»Wissen sie noch, wie diese Bekannte hieß?«

»Nein. Ich glaube, das hat Eileen nie erwähnt.«

»Wissen Sie denn, wie sie aussah?«

»Herrje. Du stellst vielleicht Fragen. Ich bin ihr nie begegnet, aber Eileen hat hin und wieder von ihr gesprochen. Ich glaube, es war die Frau, von der sie manchmal Kleidung bekam, ich meine, als du noch jünger warst. Eine aus der besseren Gesellschaft.«

Jetzt wurde mir einiges klar. Das konnte nur Mrs. Gardener sein. Sie hatte Eileen den Notar empfohlen und bestimmt mit ihrem Mann über die Angelegenheit gesprochen. Becca musste zuhause etwas aufgeschnappt haben.

»Sagt dir das was, Rae?«, fragte Mrs. Barton besorgt. Offenbar hatte ich wieder vor mich hin gemurmelt, ohne es zu bemerken.

»Ja. Tschuldigung. Ich hab da eine Idee.«

Mrs. Barton sah mich misstrauisch an. »Leg dich mit niemandem an, Rae. Das kann alles nur noch schlimmer machen.«

»Ich soll sie damit durchkommen lassen, nur damit es keinen Ärger gibt?«

»Die Gerüchte sind gestreut. Das kannst du nicht mehr ändern. Überlege dir gut, was du tun willst, es soll dir am Ende doch nützen und nicht schaden.«

Ich nickte höflich und behielt meine Gedanken für mich. Ich war ganz und gar nicht in der Stimmung, vernünftig zu sein. Wenn Becca hinter den boshaften Anschuldigungen steckte, würde sie dafür bluten.

8

Die Homecoming Woche rückte näher und sorgte für ein prickelndes Klima unter den Schülern. Wir wurden aufgefordert, unser Voting abzugeben, denn die Wahl des Königs und der Königin stand bevor – wie immer der Höhepunkt neben der Tanzveranstaltung am Ende der Woche. Die älteren Schüler sollten sich nützlich machen, wenn sie zeitlich nicht eingebunden waren, weshalb ich, da ich nicht im Diner arbeiten konnte und von den Sportkursen befreit war, zur Erstellung einer Diashow abberufen wurde, die am letzten Abend in der Sporthalle in Endlosschleife über eine Leinwand flimmern würde. Hierfür sollten Bilder von Schulveranstaltungen und Wettbewerben gesammelt und mit witzigen Videoclips in eine unterhaltsame Reihenfolge gebracht werden. Im Grunde hätten zwei Schüler die Aufgabe erfüllen können, aber natürlich gab es ein ganzes Komitee dafür. Ich saß dabei am Rand, hörte nur gelegentlich zu, ließ die anderen machen. Fotomaterial konnte ich ohnehin nicht beisteuern, und mir fehlte die Leidenschaft für eine kreative Aufgabe. Obwohl ich früher viel gezeichnet hatte, war ich inzwischen nur noch an sportlichen oder wissenschaftlichen Themen interessiert. Die Ereignisse hatten mich abgestumpft. Während die anderen in heiße Diskussionen darüber verfielen, welche Fotos besonders lustig oder beeindruckend waren, hing ich meinen Gedanken nach, die zunehmend aggressiv ausfielen. Ich wollte nicht länger das Opfer sein, schmiedete Rachepläne gegen Becca und verwarf sie wieder, weil ich unsicher war, ob sie tatsächlich hinter den Gerüchten steckte.

»Könntest du mit dem Getrommel aufhören?« Mariah sah mich missgelaunt an. Schlagartig nahm ich meine rechte Hand vom Tisch und ließ sie in meiner Hosentasche verschwinden.

»Was denkst du, Rae? Wäre es nicht eine schöne Geste, ein Foto von Harper in die Vorführung einzubauen?«

Vor lauter Verblüffung wusste ich nicht, was ich antworten sollte, und begnügte mich damit, zu nicken.

»Könntest du ein Foto beisteuern?«, fragte Mariah spitz.

»Ähm. Ja, sicher.«

»Gut. Dann wären wir fast am Ende. Bis nächste Woche sollte alles fertig sein.«

Wir erhoben uns und verließen das Schulgebäude, wobei sich umgehend kleine Grüppchen bildeten, die tratschend und lachend zusammenstanden, während ich möglichst schnell das Weite suchte. Zum Glück hatte ich mir nicht das Bein gebrochen, ging es mir mit einer gewissen Selbstironie durch den Kopf.

»Hallo Rae. Schon wieder auf der Flucht? Was macht der Arm?« Orestes stand breitbeinig vor mir und lächelte.

»Oh. Hi.« Ich bemühte mich, gelassen zu wirken. Orestes allein zu begegnen, verursachte mir immer ein gewisses Herzklopfen. »Ist nur angebrochen. Nichts Kompliziertes. Nach drei Wochen werde ich den Gips los und bekomme eine Manschette.«

»Und erzähl. Wie ist es wirklich passiert? Man hört ja so einiges über dich …«

»Es war nur ein Fahrradunfall. Nichts Spektakuläres.«

»Kein Anschlag auf dein Leben? Da bin ich aber froh.«

Wo hatte er das nun schon wieder her? Declan musste es weitererzählt haben.

»Wie ist es?«, sagte er gut gelaunt. »Ich bin mit dem Auto hier. Soll ich dich nach Hause bringen?«

»Ich hab's nicht weit. Das schaffe ich gerade noch.«

»Ist aber nicht so angenehm, wie mit mir.« Er grinste schelmisch.

»Aber sicherer.«

»Du hältst mich für gefährlich? Ist mir eine Ehre.«

Sein spitzbübischer Blick brachte mich zum Lächeln. Anstatt ihn sofort abzuwimmeln, entschloss ich mich, Orestes ein bisschen abzuklopfen. »Sag mal, du weißt doch immer, was so läuft. Hast du eine Ahnung, wer über meine angebliche Erbschaft redet?«

»Bist du denn jetzt eine gute Partie?«

»Leider nicht. Aber ernsthaft, kannst du dir vorstellen, dass Becca dahinter steckt?«

»Wieso sollte sie?« Er schien überrascht.

»Ich glaube, ihr Vater kennt unseren Notar. Vielleicht hat sie da was aufgeschnappt und falsche Schlüsse gezogen.«

»Na ja. Sie war immer schon ein kleines Biest, wenn auch …

ziemlich heiß.« Er grinste gebührend. »Ihre Eltern sind in Larkville jedenfalls bestens vernetzt.«

»Genau das dachte ich auch.«

»Trotzdem. Was willst du dagegen unternehmen? Die Sache ist doch schon Schnee von gestern.«

»Nicht für mich. Ich lass mir nichts mehr gefallen. Sie soll sich warm anziehen.«

»Da bin ich aber froh, dass du nicht auf mich zielst.«

»Mach dich nur lustig. Wenn deine Eltern auf tragische Weise sterben und jemand versucht es dann dir anzuhängen, würdest du es nicht auf die leichte Schulter nehmen. Es tut nämlich weh.«

»Okay okay. Mea Culpa. Tut mir leid, dass dich diese Gerüchte so fertigmachen. Das hast du nicht verdient. Kann ich irgendwas für dich tun?«

»Nein. Aber nett, dass du fragst. Das bedeutet mir viel.«

»Dann bis morgen, ich muss jetzt noch in zwei riesigen Gärten Rasen mähen, das Geld fällt nicht vom Himmel.« Er stieg in den Wagen und brauste mit quietschenden Reifen davon. Etwas anderes als ein Kavaliersstart hätte auch nicht zu ihm gepasst.

In den nächsten Tagen verbrachte ich viel Zeit in meinem Zimmer, denn die Wut hatte mich fest im Griff. Ich konnte sie nicht mehr abschütteln. Während ich früher eher besorgt und nach Harpers Tod eine ganze Zeit lang traurig gewesen war, steigerte ich mich nun immer mehr in eine Art Raserei. Es war zu viel Schlimmes passiert, das Maß war voll. Ich verspürte nur noch einen Wunsch: mich zu rächen und allen zu zeigen, dass ich mir nichts mehr gefallen ließ. Ich stellte mir vor, wie ich es meinen Feinden heimzahlte, wobei ich zwischen blutig gewürzten Gewaltfantasien und feinsinnigeren Methoden schwankte. Mal vergriff ich mich an Declans Auto, schmierte ihm im Schlaf rosa Kaugummi in die Haare, legte Feuer in Calebs Hütte oder vergiftete Beccas Cremetöpfe mit einer Substanz, die Becca mit Pickeln übersäte. Für eine Weile tat es gut, in diesen Gemeinheiten zu schwelgen, aber schon nach kurzer Zeit verflog das Gefühl der Genugtuung und mein Zorn wurde nur noch größer. Ich wollte etwas tun, mir nicht nur meine Rache vorstellen.

Als ich schließlich eine SMS von Mariah bekam, mit der Aufforderung, ihr endlich ein Foto von Harper zu schicken, ging ich die wenigen Bilder in meinem Handy durch: Da war sie, meine Chance. Das eine Millionen Dollar Foto. Becca nackt.

Mein Herz fing an zu rasen, es stolperte förmlich, begann ein vergiftetes Blut durch meinen Körper zu pumpen, das mich auf eine furchterregende Art elektrisierte. Nur noch ein einziger Gedanke beherrschte mich: Die verdammte Bitch würde ihre Quittung kriegen.

Mein Plan stand fest. Ich musste das Foto von Becca in die Diashow einfügen, damit alle Welt – oder wenigstens die gesamte Schülerschaft – an ihrer Erniedrigung teilhatte. Natürlich durfte es erst im letzten Moment geschehen, sonst wäre die Gefahr zu groß, dass jemand das Foto entdeckte und aussortierte. Also war es nötig, zum Homecoming Dance zu gehen, den ich eigentlich gern ausgelassen hätte. Da ich dem Komitee angehörte, konnte ich auf unverdächtige Weise an das Notebook der Schule gelangen, auf dem sich die Foto-Präsentation befand. Wenn ich es geschickt anstellte, würde niemand bemerken, wie ich das Bild hinzufügte. Die Euphorie, die mich daraufhin erfasste, war so befreiend – sie ließ mich alle Bedenken in den Wind schlagen. Mein Gewissen war ausgeschaltet. Ich machte mir nicht einmal Sorgen um mich selbst, dachte nicht über einen Schulverweis nach, ignorierte meine Sympathie für Tommy und Mrs. Gardener. Ich war überzeugt, dass Beccas zerstörter Ruf meinen eigenen vergessen machen konnte. Wenn hin und wieder ein Zweifel in mir aufblitzte, schob ich ihn weg, erinnerte mich an die grausamen Gerüchte, an den Verlust von Frank und Eileen, von Harper, von meinen Haaren, an meinen Sturz vom Fahrrad. Alles war zu einer einzigen Wut verschmolzen. Ich unterschied nicht mehr, wer mir was angetan hatte. Ich wollte mich nur noch wehren.

Die Homecoming Woche hatte begonnen, aber ich hielt mich von allen Veranstaltungen fern. Niemand sollte mich beachten, denn ich fürchtete, man könnte mir meine Pläne ansehen. Ich war nie gut darin gewesen, mich zu verstellen und spürte, wie die Anspannung meine Gesichtsmuskeln lähmte. Schließlich wollte ich im Alleingang ein Mädchen ruinieren. Das würde in meiner persönlichen karmischen Rechnung deutlich zu Buche schlagen. Doch darum scherte ich mich nicht. Ich glaubte nicht an Karma. Mein Mantra war Auge um Auge, Zahn um Zahn.

Zwei Tage vor dem großen Tanz besuchte ich Faye im Diner. Vielleicht würde ich nie wieder dort arbeiten können, wenn erst herauskam, wozu ich fähig war. Ich spürte ein gewisses Bedauern (meine Arbeit war mir ans Herz gewachsen), doch das änderte nichts. Mir war klar, dass ich für meine Rache Opfer bringen musste.

»Na endlich, Rae! Wo hast du gesteckt?« Faye umarmte mich überschwänglich und begutachtete die brandneue Manschette. »Kannst du den Arm schon belasten?«

»Ja, wenn ich es nicht übertreibe. Der Bruch ist bereits gut verheilt.« Eine fünfköpfige Familie betrat das Diner und suchte sich einen Platz in der Ecke. »Soll ich die Bestellung für dich aufnehmen, dann kannst du eine kleine Pause machen«, fragte ich Faye.

Sie verdrehte die Augen, lächelte aber dabei. »Du bist doch nicht zum Arbeiten gekommen. Setz dich an den Tresen. Du hast bestimmt Hunger.«

»Nein, nein. Ich mach das wirklich gern. Mir fällt schon vor lauter Langeweile die Decke auf den Kopf.«

Ich schnappte mir einen Notizblock und begrüßte die neuen Gäste. Anschließend servierte ich die Getränke in kleinen Etappen und kehrte zu Faye zurück. »Und was gibt es Neues? Hat Steve mit dir über die Ermittlungen gesprochen?«

»Nein. Er ist in Bezug auf den Brand ziemlich schweigsam.« Sie legte die Stirn in Falten und sah mich nachdenklich an.

Hielt Steve es etwa für besser, seine Freundin nicht einzuweihen, weil sie mit mir zusammenarbeitete? Bestimmt hatte er längst von den Gerüchten über mich gehört und Faye ebenso. Sie fragten sich vielleicht, inwieweit sie mir vertrauen konnten.

»Schatz, du siehst unglücklich aus. Wie läuft es denn bei dir?«

»Alles okay. Ich komme schon klar.«

»Habt ihr am Freitag nicht den Homecoming Tanz? Ich weiß noch, wie gern ich zu den Schulbällen gegangen bin. Ich fand es aufregend. Die schönen Kleider … die süßen Jungs … Oh, was ich dich fragen wollte. Hast du etwas zum Anziehen?«

»Tja, nichts Besonderes, aber es wird schon gehen.«

»Kommt nicht in Frage. Warte kurz. Ich hab was für dich.« Sie verschwand nach hinten, wo sich ein kleiner Raum mit Spinden befand und kam mit einer Tüte zurück. »Das habe ich heute eingepackt. Wenn du nicht gekommen wärst, hätte ich einen kleinen Abstecher zu dir gemacht. Schau mal hinein. Du wirst staunen.«

Zögernd nahm ich die Tüte an mich und öffnete sie einen Spalt. Ich konnte etwas Rotes erkennen, das seidig schimmerte, und obwohl ich nicht wusste, was es war, schnürte es mir die Kehle zu. Sehr langsam nahm ich das Kleidungsstück heraus und entfaltete es. Der Stoff war geschmeidig und leicht glänzend. Er rutschte mir aus den Fingern. Faye hielt ihre Hand darunter, fing es auf und hielt es mir hoch vor die Augen. Es war ein Kleid mit schmalen Trägern, knielang und eng geschnitten.

»Wie findest du es? Glaubst du, es passt?«

Ich war sprachlos.

»Ich muss dir etwas dazu erzählen. Es ist nämlich so …«, sie räusperte sich verlegen, »… ich wollte dir das Kleid schon längst geben, aber ich dachte, es würde dich aufregen. Nun, vielleicht freust du dich auch. Wer weiß. Das ist dein Kleid. Es gehört dir.«

Ich sah sie verständnislos an.

»Eileen hat es für dich besorgt – vor ungefähr zwei Jahren. Sie sagte, du gingest auf eine Party bei den Gardeners. Ich glaube, sie wusste nicht, dass du bereits selbst ein Kleid besorgt hattest. Na ja, sie wollte es schließlich zurückgeben, aber stattdessen gab sie es mir. Es gefiel mir so gut, und weil ich ein paarmal für sie im Diner eingesprungen war, wollte sie nichts dafür haben.«

»Das kann ich nicht annehmen. Es gehört doch dir. Eileen hat es dir geschenkt.« Meine Stimme klang krächzend. Ich klappte den Mund abrupt zu.

»Sie hat es aber für dich gekauft. Sie würde wollen, dass du es bekommst, jetzt, wo du nichts mehr hast. Also, keine Widerrede. Es ist wie neu. Ich hoffe, du bist nicht zu sehr gewachsen.« Sie schwenkte das Kleid noch einmal vor meinem Gesicht. »Na, was sagst du, Rae?«

»Es ist wirklich schön. Ich weiß nur nicht …«

»Natürlich nimmst du es an. Es wird ganz toll an dir aussehen. Eileen hatte ein Faible für Rot. Sie sagte immer, sie könne es selbst nicht so gut tragen, aber zu deinen dunklen Haaren würde es hervorragend passen.«

»Danke, Faye. Für alles. Den Job, das Geld und jetzt auch noch das Kleid. Ich weiß nicht, wie ich das je wieder gutmachen soll.«

»Das brauchst du gar nicht. Du hast es schwer genug gehabt. Verlier nicht den Mut und bleib wie du bist.«

Ich würde gern von mir behaupten, dass mich Fayes Güte zur Einsicht brachte, aber so war es nicht. Ihre Fürsorge nagte einen Moment an meinem Gewissen. Ich stellte mir vor, wie enttäuscht sie sein würde, wenn sie von meinen Plänen erführe. Sicher, es tat ein bisschen weh. Ich bedauerte, ihre Großzügigkeit nicht zu verdienen. Aber das war es schon. Mein Plan war in Stein gemeißelt. Niemandem würde ich je wieder erlauben, wichtig für mich zu sein oder mir nahe zu stehen. Ich war allein. Ich allein fällte meine Entscheidungen. Ich allein würde sie ausbaden.

Es war, als hätte sich nun endlich ein harter Panzer um mich und mein Herz gelegt, der mir Schmerzen für immer ersparte. Das Kleid hatte ein wenig an ihm gekratzt, denn die Erkenntnis, wie oft Eileen und ich uns missverstanden hatten, machte mich traurig. Am Ende aber vergrößerte das Kleid nur meine Wut. Man hatte mir alles weggenommen. Jemand musste büßen.

Zuhause angekommen ließ ich mich nur auf ein kurzes Gespräch mit Mrs. Barton ein und verschwand schnellstmöglich in meinem Zimmer. Ich wollte das Kleid anprobieren, sehen, ob es passte oder ob ich es ändern lassen musste. Dass ich einzig dieses Kleid tragen würde, stand für mich fest. Es fügte sich perfekt in meine Pläne. Als ich mich schließlich vor den Spiegel stellte, war ich aufgekratzt und fiebrig. Das Kleid lag eng an meinem Körper, ließ mir aber dank seines elastischen Materials genügend Bewegungsfreiheit. Ich öffnete mein Haar, schüttelte es ausgiebig und fühlte mich einigermaßen hübsch. So wollte ich für meinen Coup aussehen: schön und unnahbar … eine stolze Amazone … eine Rächerin in Rot … Ich musste lachen. Meine Fantasie ging mal wieder mit mir durch. Nein. Es war besser, nicht zu sehr aufzufallen. Ich band die Haare zu einem extra strammen Zopf und zog eine Strickjacke über. So konnte es gehen. Ich blieb lieber ein wenig unscheinbar.

9

Der Tanz zum Abschluss der Homecoming Woche fand wie üblich in unserer Sporthalle statt. Die Dekoration bestand aus zahlreichen Luftballons und Girlanden und unterschied sich kaum von der des Sommerballs im Juni. Ich saß an der äußersten Seite der Tribüne nahe der Leinwand, unter der sich ein Pult mit dem Notebook der Schule befand und beobachtete das Kommen und Gehen meiner Mitschüler. Ganz hibbelig vor Ungeduld konnte ich meine Beine nur mit Mühe stillhalten. Endlich, nachdem sich alle gesetzt hatten, begann unser Schulleiter, Mr. Buchanan, eine unerwartet lustige Rede und kürte Becca und Orestes zu Homecoming Queen und King. Sie wurden gekrönt und anschließend mit großem Applaus gefeiert, wobei mir fast die Galle hochkam. Becca in ihrem Traumkleid an der Seite von Orestes zu sehen, gab mir einen zusätzlichen Stich. Sie strahlten beide um die Wette, als wären sie das neue Präsidentenpaar. Er dunkel, sie blond – schöner hätte es nicht sein können. Aber Becca würde das Lachen bald vergehen. Bleich vor Entsetzen sollte sie im Mittelpunkt des Gelächters stehen, ohne sich verstecken zu können, den gierigen Blicken der Lästermäuler ausgesetzt: eine berauschende Vorstellung. Ich konnte es kaum erwarten.

Im Anschluss an die Krönungszeremonie führte die Dance Academy der Highschool einen neuen Tanz auf, bei dem die Schüler in Piratenkostüme à la Jack Sparrow schlüpften und mit akrobatischen Einlagen zu Flo Ridas *Wild Ones* die Zuschauer beeindruckten. Es war ein günstiger Augenblick, denn alle waren abgelenkt, nur Mariah saß noch vor dem Laptop und tippte etwas in ihr Handy. Ich straffte die Schultern, ging zu ihr hinüber und setzte mich neben sie.

»Hey. Ist alles vorbereitet? Wann starten wir die Diashow?«

»Oh. Rae.« Sie sah mich überrascht an, wobei ich ihre Missbilligung deutlich spüren konnte. »Buchanan gibt das Zeichen. Wir legen los, sobald der Tanz eröffnet wird.«

»Hast du das Foto von Harper eingefügt?«

»Ja, danke.«

»Ich hab noch zwei weitere gefunden, die gut passen könnten, soll ich sie schnell hinzufügen?«

»Äh. Ich glaube, das wäre zu viel«, druckste sie herum und blickte auf ihre Armbanduhr. »Puh, ist das heiß hier. Schwitzt du gar nicht in deiner Strickjacke?«

»Ja, schon ein bisschen.« Ich zog die Jacke verlegen aus. Die Luft war wirklich zum Schneiden dick.

»Schickes Kleid«, sagte sie anerkennend. »Wo hast du es her?« Ich stockte einen Moment. »War ein Geschenk.«

Mariah sah mich jetzt mit großen Augen an, sodass ich mich genötigt fühlte, mehr dazu zu sagen. »Also, von Faye. Aus dem Diner. Kennst du sie?«

»Ja, klar. Sie ist nett. Meine Mum hat sich immer gut mit ihr verstanden.«

»Wo ist deine Mum eigentlich? Hat sie einen neuen Job?«

»Ja. Sozusagen. Sie macht eine Ausbildung. Kosmetik und Maniküre.« Mariah hielt stolz ihre Hände hoch und zeigte mir ihren Nagellack. Ich nickte anerkennend, während mein Gehirn auf Hochtouren arbeitete. Wie konnte ich sie nur loswerden? Vielleicht half es anzudeuten, dass ihre Mascara verschmiert war?

»Kannst du mich kurz vertreten, Rae? Ich muss dringend zur Toilette.«

Halleluja! Ich bemühte mich, nicht allzu sehr zu strahlen.

»Klar, geh nur.«

Kaum war sie verschwunden, machte ich mich ans Werk. Ich hatte ein Kabel dabei, verband in Windeseile mein Smartphone mit dem Notebook und öffnete meine Fotoapp. Zuerst erschien ein Bild von Harper, dass ich zur Sicherheit mit in die Datei gelegt hatte. Ich sah mich um. Niemand war in der Nähe. *Los, mach schnell. Dir bleibt nicht viel Zeit.* Mein Herz hämmerte. Es war weniger Angst als Euphorie. Endlich konnte ich es jemandem heimzahlen. Becca würde hysterisch werden, heulen und schreien, während die anderen in lautes Gelächter ausbrachen. Der grandiose Sturz einer Königin. Ein wohliger Schauer rieselte mir den Rücken herunter. Ich klickte Beccas Bild an und sah es nun zum ersten Mal in voller Größe. Gleich würde es noch hundertmal so groß an der Leinwand erscheinen. Sie war gut zu erkennen. Hoch aufgerichtet und vollkommen nackt kam sie gerade aus dem angrenzenden Badezimmer. Auch unbekleidet war sie perfekt. Makellose Haut, schöne Proportionen, langes blondes Haar, ein Piercing an ihrem Bauchnabel – eine verdammte Schönheit, abgesehen von … Ich hielt den Atem an, starrte auf den Bildschirm, kroch fast in ihn hinein. Da war etwas. Unübersehbar. Eine Narbe. Zehn Zentimeter lang. Quer verlaufend. Weit unter ihrem Bauch.

Das war einfach nicht möglich! Es musste eine andere Erklärung dafür geben: eine schwere Erkrankung, eine lebensrettende Operation. Und doch wusste ich auf einmal mit absoluter Sicherheit, dass es war, was es war. Eine Kaiserschnittnarbe.

Ich konnte es nicht fassen. Becca, unsere perfekte Schulkönigin, hatte ein Kind bekommen.

»Hey, Rae. Wie fandest du das Volleyball-Match im Schlamm? Was für 'ne Sauerei! Da hätte ich echt gern mitgemacht. Ich hab gehört, dass du im Team warst, aber wegen deines gebrochenen Armes nicht spielen konntest. Mann, wie ärgerlich. So eine Chance bekommt man nicht alle Tage …«

Tommy stand direkt vor mir und redete ohne Unterlass, während ich eine Nanosekunde von einem Herzinfarkt entfernt war. Mit letzter Konzentration schloss ich den Laptop, zog mein Kabel ab und steckte es mit meinem Handy in die Tasche. Tommy schien es nicht zu registrieren, so vertieft war er in seine Ausführungen.

»… nicht nur dir ist was Blödes passiert. Ich kann es nirgends mehr finden.«

Nach und nach drangen seine Worte zu mir durch. »Was kannst du nicht finden?«

»Na, mein Bushcraft Survival Messer. Ich hab überall danach gesucht. Das nervt richtig. Ist dein Fahrrad eigentlich kaputt?«

»Ähm, ja. Aber Sean lässt es für mich reparieren.«

»Gut für dich. Oh. Da drüben ist Noah. Ich werd ihn mal fragen, wo er das Messer gekauft hat.«

Er verschwand so schnell, wie er gekommen war. Ich sah ihm kurz hinterher, entdeckte Mariah, die sich ihren Weg zurück durch die Halle bahnte, öffnete das Notebook für einen Moment und stellte erleichtert fest, dass Beccas Foto verschwunden war.

Kaum hatte die Musik begonnen, stahl ich mich aus der Turnhalle. Ich brauchte einen Moment für mich, um zu begreifen, was gerade geschehen war.

Becca war Mutter geworden. Als alle glaubten, sie würde sich im Ausland amüsieren, war sie stattdessen schwanger gewesen, und niemand, davon war ich überzeugt, ahnte etwas davon, vermutlich nicht einmal ihr Bruder. Ich hätte ihr den Todesstoß versetzen können, indem ich es öffentlich machte. Was hatte mich davon abgehalten? Tommys Erscheinen? Nein, es war etwas anderes gewesen. Und auch wenn ich wusste, dass *SIE* keine Gnade kannte, war ich im Grunde erleichtert, weil ich meinen grausamen Plan aufgegeben hatte. Irgendwo gab es ein Kind, Beccas Baby, das wahrscheinlich niemand hatte haben wollen. Sie zu demütigen hieß, das Kind zu demütigen. Bewarf ich sie mit Dreck, bewarf ich das Kind mit Dreck. So weit konnte ich nicht gehen.

Seltsamerweise hatte sich mein Blutdurst gelegt. Es tat gut, zu erkennen, dass Beccas perfekte Welt nicht so makellos war, wie sie uns glauben machte. Ein solches Geheimnis musste selbst auf ihr schwer lasten. Dennoch war ich weit davon entfernt, ihr zu vergeben. Meine Chance würde kommen. Nicht umsonst hieß es, dass man Rache am besten kalt servierte.

Ich wollte gehen. Eine Tanzveranstaltung war das Letzte, wonach mir der Sinn stand. Sie erinnerte mich nur auf schmerzliche Weise an den Sommerball, an den Abend, bevor das Unfassbare geschehen war. Ich machte mich unauffällig davon und hatte den Schulhof bereits halb überquert, als mir auffiel, dass ich meine Strickjacke auf dem Stuhl liegengelassen hatte.

Das Licht in der Turnhalle war inzwischen gedimmt worden, und eine große Anzahl Schüler tummelte sich auf der Tanzfläche. Fotos von erfolgreichen Schülern flimmerten über die Leinwand und absorbierten die Aufmerksamkeit derer, die nicht tanzen wollten, sodass ich meine Jacke unbemerkt holen konnte. Von einem neuen Lichtreflex angezogen, wanderten meine Augen plötzlich nach oben. Harper stand dort überlebensgroß in ihrem geblümten Hollister-Kleid und lächelte mich an. Sie erschien mir so real – ich war versucht, zurückzulächeln, auch wenn ich einen spitzen Schmerz in meiner Brust verspürte. Ich konnte mich genau an diesen Tag erinnern. Wir waren am Creek gewesen, hatten gebadet und in der Sonne gelegen, Geheimnisse ausgetauscht und Eistee getrunken, den sie in einer Thermosflasche mitgebracht hatte. Was würde Harper sagen, wenn sie von meinen Racheplänen wüsste? Hätte sie es mir ausgeredet, wäre sie entsetzt gewesen oder hätte sie auch hierbei zu mir gehalten?

Ich kann dich verstehen, Rae.

Ihre Stimme, die ich so oft in meinen Träumen hörte, summte in meinem Kopf, aber ich war mir nicht sicher, ob Harper diese Worte gesagt hätte. Ganz und gar nicht.

»Hey Rae, gib's zu, du stehst auch auf die *Wild Ones*. Wie wär's? Du und ich auf der Tanzfläche?«

Orestes riss mich aus meinen Gedanken. Sein Lächeln war ansteckend, ich musste es erwidern. »Sorry, mir ist gerade nicht so danach. Vielleicht ein anderes Mal – dann natürlich nur mit dir.«

»So charmant bist du doch sonst nicht, wenn du mir eine Abfuhr erteilst, da muss ich wohl noch ein bisschen nachbohren.«

»Lass es lieber. Es gibt hier genug Mädchen, die interessiert wären.«

»Ja eben. Es ist eine Ehre für dich. Und bedenke, ein Tanz mit dem frischgebackenen Homecoming King hebt dein Ansehen gewaltig.«

»Ich wollte eigentlich gehen …«

»Wozu hast du dich dann überhaupt so hübsch gemacht?«

»Ich vermute aus Trotz.«

»Guter Grund. Zeig den anderen, dass sie dich mal können.«

»Okay. Du bist wirklich ein Überredungskünstler, aber danach verschwinde ich, und du stellst mir nicht nach. Das ist die Bedingung.«

Er legte den Kopf auf die Seite und sah mich abschätzend an. »Du machst es mir wirklich schwer. Aber gut, dein Wunsch ist mir Befehl.«

Er nahm meine Hand und zog mich auf die Tanzfläche, wo er sie noch eine Weile festhielt. Wieder spürte ich das leichte Prickeln auf der Haut, welches von seiner Berührung ausgelöst wurde. Sanft und fest und beängstigend aufregend. Es fühlte sich gut an, obwohl es mich verunsicherte. Neben uns tanzte Becca und warf mir einen giftigen Blick zu, der mein Wohlbefinden nur noch steigerte. Zum ersten Mal machte ich die Erfahrung, dass Neid und Missgunst guttun konnten, es kam nur auf die Perspektive an. Doch mein kleines Glück dauerte nicht lang. Als ich zur Seite sah, entdeckte ich Lee, der mich offenbar beobachtet hatte. Für einen kurzen Moment trafen sich unsere Blicke, dann wandte er sich um. Abrupt ließ ich Orestes' Hand los. Etwas stimmte nicht, das hatte ich in Lees Augen gesehen. Ich spürte seinen Argwohn und seine Verachtung. Und da war noch mehr. Seine Feindseligkeit machte mir eine Gänsehaut.

Als ich nach Hause ging, war es bereits dunkel geworden. Ich fühlte mich an die Nacht im Juni erinnert, als der Sommerball stattgefunden hatte. Ahnungslos und beschwingt war ich von der Schule nach Hause gekommen, war glücklich gewesen, bis sich mein Leben albtraumartig verändert hatte.

Ein dumpfes Gefühl drückte auf meine Brust und ließ mich schneller laufen, als die engen Schuhe von Debbies Freundin zulassen wollten. Zwei Querstraßen vor der Elder Street kam plötzlich ein quietschendes Fahrrad auf mich zu und hielt abrupt neben mir an.

»Wen sehe ich denn da? Du hast dich aber fein gemacht, Prinzessin!« Caleb grinste spöttisch, was ihn jedoch nicht davon abhielt, mich von oben bis unten abzuchecken.

Ich verdrehte entnervt die Augen.

»Lass mich raten. Du kommst von unserem überaus wichtigen Homecoming Ball. Hast du keinen Prinz gefunden? Oder weshalb bist du schon auf dem Heimweg?«

Sein unverhohlener Spott machte mir heute nichts aus. Im Gegenteil. Er holte mich aus meinen traurigen Erinnerungen.

»Du bist ja leider nicht erschienen. Wie schade, Cal! Irgendwann hatte ich das Warten satt. Die anderen sind alle so langweilig.« Auch wenn er meine Ironie registrierte, war er für einen Moment still. Dann schlug er zu.

»Du irrst dich. Die sind nicht langweilig. Die machen nur einen großen Bogen um dich, weil du die Seuche hast.«

»Seit wann kannst du das beurteilen, Fuller? Du bist doch für alle nur Bodensatz.«

»Kann schon sein. Im Gegensatz zu dir juckt es mich aber nicht. Glaubst du, die beschissene Meinung meiner Mitschüler verursacht mir schlaflose Nächte? Weit gefehlt, Adrian.«

»Das nehm ich dir nicht ab«, sagte ich etwas lahm, denn in Wahrheit, nahm ich es ihm doch ab.

»Wie auch immer. Auf mich schauen die herab, weil sie sich für etwas Besseres halten, aber keiner würde je wagen, mir in die Quere zu kommen. Bei dir ist das vollkommen anders. Du stehst jetzt ganz hinten in der Nahrungskette. Die durchgeknallte Mörderin ist selbst für mich rufschädigend.«

»Deshalb hältst du auch sofort an, wenn du mir auf der Straße begegnest.«

»Wie gesagt, mein Ruf ist mir egal. Vielleicht steh ich auf Verrückte?«

»Du stehst doch nur auf deinen eigenen Vorteil. Klaust mir das Letzte, was ich habe.«

»Hör auf zu jammern, Adrian. Deine unhaltbaren Anschuldigen perlen eh an mir ab. Du hast doch einen neuen Job, wie ich hörte. Bravo!«

Langsam wurde ich so richtig wütend. Ich verspürte den Wunsch, ihn niederzuschlagen, so wie es mir damals gelungen war. Leider war mir klar, dass ich das nie wieder schaffen würde.

Caleb lachte mich aus. »Reg dich ab, Prinzessin. Ich krieg schon richtig Angst, so böse wie du guckst. Willst mir an die Gurgel gehen, hm? Versuch's gar nicht erst. Das führt nur zu deiner Demütigung und einem kaputten Kleid. Sieht teuer aus. Wär doch schade drum.«

Er kniff die Augen zusammen und wiegte seinen Kopf hin und her, als würde er nachdenken. »Hör zu. Vorschlag zur Güte. Du fängst an, mein Mitleid zu erregen. Wenn ich du wäre, würde ich heute nicht nach Hause gehen …«

Was wollte er damit andeuten? Glaubte er allen Ernstes, ich würde mit ihm kommen? »Eher friert die Hölle zu, als dass ich Zeit mit dir verbringe.«

»Nun mal nicht so eingebildet, Adrian, du missverstehst mich. Ich wollte dich nur warnen. Aber vielleicht willst du lieber nicht auf mich hören, bockig wie du bist. Deine Entscheidung. Dann wünsch ich dir noch einen schönen Abend.«

Er stieg auf sein Rad und verschwand in der Dunkelheit.

Was zur Hölle hatte er andeuten wollen? Meine Unruhe kehrte augenblicklich zurück. Auf einmal war ich sicher, dass etwas vor sich ging. Konnten sich die Ereignisse wiederholen? Würde es wieder ein Feuer geben? Ich begann zu rennen, zog nach ein paar Metern meine Schuhe aus und lief den Rest des Weges barfuß, achtete nicht auf Steine oder scharfe Gegenstände, rannte, als wäre der Teufel hinter mir her.

Endlich bog ich um die Ecke der Elder Street. Ein helles bläuliches Licht schien mir entgegen. Es flackerte gespenstisch durch die Dunkelheit und warf lange Schatten auf die Wege.

Ich erstarrte.

Nein. Bitte nicht. Ich komme. Rechtzeitig. Eileen, es ist noch nicht zu spät. Bitte, wach auf!

Dann stürzte ich los.

Er hatte in den letzten Monaten hart trainiert. Zu hart vielleicht. Jetzt tat ihm alles weh. Der Rücken, die Knie, die Schultern. Er musste Gewichte reduzieren, die Einheiten verkürzen, Pausen machen. Wäre es nur so einfach. Sein Vater saß ihm wie immer im Nacken. Mit seiner verdammten Disziplin, seinen hohen Ansprüchen. Er war nie zufrieden. Lee fragte sich, ob es gut war, seinen Körper derart zu schinden. Was würde es ihm einbringen? Er konnte kein Bruce Lee werden. Das war unmöglich.

Er hatte wirklich versucht, seinen Vater stolz zu machen. War stets vorbildlich gewesen – in der Schule und im Sport, hatte im Geschäft geholfen, gelernt, trainiert und seine eigenen Bedürfnisse vergessen. Und war es nicht auch seine Pflicht? Vielleicht. Man schuldete seinen Eltern Respekt. Aber wie viel Aufopferung war dazu nötig? Wenn er sich umsah, fand er keinen, der so viel leisten musste. Sie amüsierten sich, tranken, gingen mit Mädchen aus, genossen ihr Leben. Er war nur selten dabei, hatte kaum Zeit für Vergnügungen. Er nahm das Leben ernst. Ja. Im Grunde wollte er es auch so haben. Die oberflächlichen Zerstreuungen der anderen interessierten ihn nicht. Sollten sie sich amüsieren. Nur eins regte ihn auf. Verurteilt zu werden.

Er wusste, dass sie ihn manchmal belächelten, seine Vernunft nicht begreifen konnten, ihn für einen Spielverderber hielten.

Und Rae. Wie schätzte sie ihn ein? Sie glaubte, er wäre ein leichtfertiger Junge, der sich über sie das Maul zerriss. Gerade sie hatte es nötig, andere zu kritisieren, nach dem, was über sie gesagt wurde. Was für eine Doppelmoral! Früher hatte er sie gemocht. Ihre schüchterne Art, ihre Zurückgezogenheit, ihre Sportlichkeit. Er hatte geglaubt, sie könnten zueinander passen. Jetzt war sie ihm zuwider. Sie war eine Heuchlerin. Und warum versuchte sie sich wieder bei ihm einzuschmeicheln, mit ihm ins Gespräch zu kommen, wo sie ihn doch monatelang gemieden hatte? Lee konnte sich keinen Reim darauf machen, aber sie hatte irgendwelche Pläne, das war deutlich. Wie sie sich umschaute, alle beobachtete – auch am Notebook hatte sie etwas manipuliert.

Vielleicht war sie verrückt, wie alle sagten.

Sie sollte ihn besser in Ruhe lassen. Er würde nicht auf sie reinfallen, egal wie sehr sie sich bemühte.

Sie war ihm unheimlich.

Teil 3

Im Glashaus

10

Zweifellos konnte ich nicht mehr klar denken, als ich in meinem roten Kleid auf nackten Sohlen durch die Elder Street rannte, mit blutigen Füßen vor meinem neuen Zuhause stolperte und auf den Gehweg stürzte. Ich spürte keinen Schmerz, war in meiner Hysterie gefangen, verstand nicht, was um mich herum vor sich ging. Ich keuchte. Ich wimmerte. Jeder, der mich so sah, konnte nur einen einzigen Schluss ziehen: Dieses Mädchen ist geisteskrank.

Ich weiß bis heute nicht genau, warum ich in jenem Moment nicht in der Lage war, die Tatsachen zu erkennen, vermutlich, so sagte man mir später, litt ich an einem posttraumatischen Schock, ausgelöst durch das Feuer im Haus der Bakers. Wie es auch sei. Ich bot ein Bild des Schreckens, der kompletten Verwirrung – ein Zustand, in welchem man möglichst unentdeckt bleiben möchte – aber dieses Glück hatte ich nicht. Im Gegenteil. Wenn es jemanden auf der Welt gab, den ich mir am wenigsten als Zeuge meines Versagens gewünscht hätte, dann war es genau jener Mensch, der mich vor meinem Haus erwartete. Sheriff Bishop.

Das Blaulicht seines Dienstwagens zuckte durch die Dunkelheit und tauchte die Straße in ein bizarres Licht, so wie vor wenigen Monaten in der Nacht des Brandes, als Feuerwehr- und Rettungswagen die ganze Gegend beleuchtet hatten. Caleb musste es von Weitem bemerkt haben. Er hatte mich gewarnt …

»Rachel! Hörst du mich? Rachel. Steh auf!« Bishops Stimme polterte durch die Stille. »Rachel. Ist dir etwas passiert? Ist jemand hinter dir her?«

Nur ein paar Dämonen, nichts Wichtiges, rauschte es durch die Windungen meines Gehirns, während ich langsam in die Realität zurückkehrte. Bishop packte jetzt meinen linken Oberarm und zog mich hoch, scheinbar hatte er die Manschette nicht bemerkt. Ich stöhnte auf.

»Bist du verletzt?«

Mit Mühe kam ich zum Stehen und sah mich um, erkannte nach

und nach, was vor sich ging, schaltete meinen Verstand wieder ein. Der Sheriff war hier, um mich zu verhören, wie Caleb und Orestes es prophezeit hatten. Die Gerüchte waren ihm also endlich zugetragen worden, sodass er sich berufen fühlte, mich noch am späten Abend zu verhaften. Ich musste Zeit gewinnen, damit ich ihm die Stirn bieten konnte. So verwirrt, wie ich im Augenblick war, hatte er leichtes Spiel mit mir.

»Mein Arm tut furchtbar weh. Er ist gebrochen.« Ich versuchte mir ein paar Tränen abzupressen, die dank meiner ausgestandenen Angst nicht schwer zu finden waren. Ein lautes Bellen schallte durch die Nacht. Mrs. Barton kam mit Fletcher auf die Straße geeilt, ihren Gehstock wie eine Waffe vor sich ausgestreckt.

»Sind Sie nun endlich zufrieden, Sheriff? Wiedermal einen Schwerverbrecher dingfest gemacht! Was sind Sie nur für ein Mensch! Ich habe Ihnen doch gesagt, dass die Kleine zum Tanzen gegangen ist. Hätte das nicht Zeit bis morgen gehabt?« Mrs. Barton beugte sich über mich und schüttelte fassungslos ihren Kopf. »Was ist mit ihr geschehen? Haben Sie das getan? Sie hat ja Blut und Schrammen am ganzen Körper.«

»Ich habe sie nicht angerührt. Sie ist wie eine Furie gerannt und über ihre eigenen Beine gestolpert.« Bishop wandte sich mir zu. »Geht es jetzt wieder, Rachel?«

»Ich bin nicht sicher«, antwortete ich ausweichend und schielte zu Mrs. Barton, die mir augenblicklich Schützenhilfe leistete.

»Sie sehen doch, dass sie verletzt ist. Sie sollte von einem Arzt untersucht werden.«

»Nun mal halblang, Ma'am. Es sind nur ein paar Kratzer. Ich habe Pflaster in meinem Büro, das wird reichen.«

»Das ist doch nicht ihr Ernst – unbescholtene Bürger mitten in der Nacht zu verhaften.«

»Niemand hat hier von Verhaftung gesprochen. Es geht nur um ein Gespräch.«

»Dann kommen Sie morgen wieder! Sie ist minderjährig!«

»Ich habe hier bestimmt nicht aus lauter Langeweile gewartet. Sie wird mir jetzt ein paar Antworten geben. Als gute Bürgerin ist sie bestimmt daran interessiert, den Tod von Frank und Eileen Baker aufzuklären, nicht wahr, Rachel?«

Was sollte ich tun? Wenn ich mich weigerte, würde ich verdächtig erscheinen.

»Es geht schon, Mrs. Barton. Ich bin bald zurück.«

»Ist das so?«, fragte sie den Sheriff in einem herausfordernden Tonfall, von dem er sich jedoch nicht beirren ließ.

»Wir werden sehen, wie lange es dauert.«

Er öffnete mir die Autotür, ließ mich Platz nehmen und stellte meine Schuhe neben mich, dann nickte er Mrs. Barton zu und quälte sich auf den Fahrersitz. Ich war gefangen.

»Wieso bist du wie eine Wahnsinnige die Straße entlang gelaufen, noch dazu ohne Schuhe?«

Die Luft im Büro des Sheriffs war stickig, ich hatte Mühe, meine Gedanken zu ordnen. Wie sollte ich ihm nur meinen peinlichen Auftritt begreiflich machen? Wenigstens war sein Ton nicht so harsch, sein Blick nicht so kalt wie bei unseren früheren Gesprächen. Er hatte mir sogar etwas zu trinken gebracht und mir eine Wundsalbe und Pflaster besorgt.

»Rachel?«

Ich konnte eine wilde Geschichte erfinden, behaupten, dass jemand hinter mir her gewesen wäre, aber das hätte nur zu neuen Fragen geführt. Womöglich wäre Caleb wieder einmal verdächtigt worden und diesmal zu Unrecht.

»Das Blaulicht … es war wie in jener Nacht. Ich dachte, das Haus würde brennen. Ich bin einfach losgerannt.«

»Tja. Du solltest abends besser nicht allein unterwegs sein.« Er räusperte sich. Offenbar machte es ihm Mühe, seinen ungemütlichen Ton wiederzufinden, aber schließlich gelang es ihm.

»Hast du Tyler Baker gesehen oder gesprochen?«

»Nein.«

»Wann zuletzt?«

»Das ist lange her. Ich glaube, es war bei seinem Auszug.«

»Das war wann?«

»So vor ungefähr zwei Jahren.«

»Und du hast auch nie mit ihm telefoniert?«

»Nein. Ich hatte nie seine Nummer.«

»Und hat Sean Baker dir irgendetwas über ihn gesagt?«

»Nein.«

»Ihr habt nie über ihn gesprochen?«

»Nicht wirklich. Wir haben uns nur gefragt, wo er stecken könnte.«

»Und was ist euch dazu eingefallen?«

»Gar nichts.«

»Sehr hilfreich bist du ja nicht.« Er stand auf und setzte sich auf die Schreibtischkante. »War Tyler je gewalttätig?«

Ich schüttelte den Kopf.

»Antworte, bitte. Gab es nie Ärger mit ihm?«

»Er hat mal Nacktschnecken in meine Gummistiefel gesteckt, meinen Sie sowas?«

»Nein, sowas meine ich nicht.« Bishop fing an sich zu ärgern. Ich konnte spüren, dass ihm bald der Kragen platzen würde. Atemlos versuchte ich eine Erklärung.

»Ich hatte nie viel mit Tyler zu tun. Auch nicht mit Sean. Sie haben mich meistens wie Luft behandelt, und seit sie ausgezogen waren, hatten wir überhaupt keinen Kontakt mehr. Sean kam manchmal zu Besuch, aber Tyler nie. Ich kann wirklich nichts dazu sagen.«

»Und du hast keine Idee, wer den Brand gelegt haben könnte?«

»Ich weiß es nicht. Vielleicht war es Billy …«

»Dazu kommen wir noch. Was ist mit deinen Pflegeeltern? Gab es je Streit?«

»Nein. Sie waren sehr ruhige Menschen.«

»Aber du hast bestimmt das ein oder andere mitbekommen. Hatten sie Sorgen? Vielleicht Probleme mit Geld, mit den Nachbarn, der Arbeit?«

»Das kann ich mir nicht vorstellen. Alles war wie immer. Sie wirkten nicht bedrückt oder so. Allerdings waren sie nie sehr gesprächig. Ich wusste nicht einmal von Eileens Krankheit.«

»Ach wirklich? Du willst nichts mitbekommen haben?«

»Ich war zu der Zeit selbst … krank.«

Er sah mich argwöhnisch an. »Ich hörte davon. Trotzdem fällt es mir schwer zu glauben, dass du – als einzige Überlebende – nichts zur Aufklärung dieses Brandes beisteuern kannst. Nur du und deine Brüder scheinen überhaupt ein Motiv zu haben, denn ich kann dir aus meiner Erfahrung versichern, dass häufig die Gier nach Geld und Besitz hinter solchen Fällen steckt. Einer von euch dreien hatte die Hand im Spiel, so sieht es für mich aus.«

»Und was ist mit Billy?«

Bishop kratzte sich am Kinn. »Billy Kovac ist tatsächlich zurückgekehrt, und ich wette, dass er mit einem von euch gemeinsame Sache gemacht hat oder er dient euch als Sündenbock.«

»Sie wissen, dass er auf der Beerdigung war?«

»Ja. Und ich weiß auch, wo er sich jetzt aufhält.« Er rieb sich zufrieden die grobschlächtigen Hände und nahm endlich wieder auf seinem Schreibtischstuhl Platz, während ich ihn mit großen Augen ansah. »Gleich den Gang hinunter. In einer unserer Arrestzellen.« Bishop griente selbstgefällig.

»Sie haben ihn verhaftet?«

»Das habe ich. Und ich habe mit ihm gesprochen. Genau wie du, hat er von nichts eine Ahnung. Hat rein zufällig in der Zeitung vom Tod der Bakers gelesen und wollte ihnen die letzte Ehre erweisen. Ist das nicht rührend?«

Mein Mund wurde trocken.

»Ärgerlicherweise fehlt ihm genau wie dir und deinen Brüdern ein Alibi für die Nacht des Brandes, und sein Verhältnis zu Eileen und Frank war nie das beste. Aber gilt das nicht auch für Tyler und Sean oder vielleicht für dich, Rachel?«

»Ich weiß nicht, was sie damit meinen.«

»Das will ich dir sagen. Es kommt nicht selten vor, das Kinder ihre Pflegeeltern hassen. Das kann manchmal so weit gehen, dass sie versuchen, sie umzubringen.«

Die Worte des Sheriffs trafen mich mitten ins Herz, ich hätte ihn am liebsten angeschrien oder Schlimmeres getan, aber ich riss mich zusammen. *Denk an deinen Panzer, Rae. Niemand kann dir wehtun.* Ich atmete tief ein.

»Ich habe Frank und Eileen nicht gehasst. Ich hätte ihnen niemals etwas angetan. Sie waren meine Eltern. Ich wollte kein anderes Zuhause.«

»Ich kann mir vorstellen, dass es nicht deine Idee war. Vielleicht haben dich deine Brüder dazu überredet?«

»Hören Sie auf!« Trotz meiner Angst vor Bishop war ich laut

geworden. »Ich hatte nichts damit zu tun. Mehr kann ich Ihnen nicht sagen. Niemand wünscht sich so sehr wie ich, dass Sie den Täter finden. Das ist alles, was ich weiß.«

Ich stand auf und schob den Stuhl zurück, obwohl ich mir nicht vorstellen konnte, dass er schon mit mir fertig war.

»Moment!«

Bishop presste seinen massigen Körper unerwartet flink aus dem Stuhl, verschränkte die Arme vor seiner Brust und forderte mich auf, wieder Platz zu nehmen. Da mir nichts anderes übrigblieb, tat ich ihm den Gefallen.

»Gut. Nehmen wir einmal an, dass du die Wahrheit sagst«, brummte Bispop unerwartet gnädig. »Wenn du wirklich an der Aufklärung dieser Brandstiftung interessiert bist, willst du mir sicher helfen.«

Ich nickte stumm.

»Dann hätte ich einen Job für dich.«

»Und was soll ich tun?«

»Rede mit Billy.«

»Wie meinen Sie das?«

»Nun. Vielleicht behauptest du, dass du verhaftet wurdest. Ich sperre dich in die Zelle gegenüber. Dann hast du eine Nacht lang Zeit, ihn auszuhorchen. Erzähl ihm irgendeine Geschichte: wie sehr dich die Bakers genervt haben, wie froh du jetzt bist … gut möglich, dass er dann was rauslässt, so unter Zellengenossen.«

»Ist das Ihr Ernst?«, fragte ich perplex.

»Verdammt. Ich will diesen Fall lösen. Zwei unbescholtene Bürger werden im Schlaf ermordet – so etwas bringt die Bevölkerung um ihre wohlverdiente Nachtruhe. Es darf nicht ungesühnt bleiben, sonst bricht in unserem verträumten Städtchen bald die Anarchie aus. Also Rachel, bist du dabei?«

»Wenn ich die Nacht in der Zelle verbringe, werden mich alle für schuldig halten.«

»Und ich dachte, du würdest einiges dafür tun, den Mörder deiner Eltern zu fassen?«

Ich sah ihn verzweifelt an. Blieb mir eine Wahl? Die Chance war klein, dass ich etwas aus Billy herausbekam, aber es war eine Chance.

»Also gut. Ich mach es.«

Er schnalzte anerkennend mit der Zunge und verschwand aus seinem Büro. Wollte er etwa Handschellen holen? Meine Kehle schnürte sich zu. Man sperrte mich ein! Eine ganze Nacht lang. Das würde richtig hart werden. Aber ein Gutes hatte es. Nach all den Jahren konnte ich endlich mit Billy sprechen.

Eine Viertelstunde später saß ich verängstigt auf der schmalen Liege meiner Zelle und versuchte mich zu entspannen. Ich war gefangen, nichts anderes ging mir durch den Kopf, und ein Anfall von klaustrophobischer Panik stand kurz bevor. Ich hockte in einer winzigen Zelle, die gerade sechs Quadratmeter maß, konnte weder lüften noch duschen und sollte einen Mann, den ich nicht kannte und von dem bisher kein Interesse zu spüren war, zum Reden bringen.

Billy lag abgewandt auf seiner Pritsche, rührte sich trotz des großen Radaus, den Bishop beim Abschließen der Zelle veranstaltet hatte, nicht und zeigte kein Interesse, einen Blick riskieren zu wollen. Das fing ja gut an.

Ich betrachtete meine Umgebung. Zumindest schien alles recht sauber. Bishop war richtig stolz gewesen, als er mir von dem erst kürzlich beendeten Neubau der Zellen berichtet hatte. Zumeist wurden sie nur zur Ausnüchterung von randalierenden Betrunkenen genutzt, da sie nicht den Sicherheitsstandards der Gefängnisse entsprachen. Hin und wieder saßen auch Kriminelle ein, bis der Transport in größere Einrichtungen erfolgen konnte.

Billy durfte nur noch für eine Nacht hier behalten werden, soviel hatte mir der Sheriff verraten. Es gab keine Beweise gegen ihn, außerdem fehlte ein vernünftiges Motiv.

»Der Kerl ist mit allen Wassern gewaschen, lässt sich nicht einschüchtern. Vielleicht fühlt er sich dir verbunden. Also gib dein Bestes!« Das waren Bishops Worte an mich gewesen. Nur leider verspürte Billy kein Bedürfnis, eine Unterhaltung mit mir zu führen.

Die Zelle war trostlos. Graue Wände, grauer Boden, eine abstoßendes Klo ohne Brille, ein winziges Waschbecken, Gitterstäbe vor dem Fenster und der Tür. Gegenüber das gleiche Bild. Man konnte sich gut beobachten.

Wie zur Hölle sollte ich heute Nacht die Toilette benutzen, wenn

Billy dabei zusehen konnte? Bestimmt gab es hier Kameras und versteckte Mikrofone, die jedes Wort, jeden Atemzug verfolgten. Oder hatte ein Gefangener das Recht auf ein kleines bisschen Privatsphäre? Harper hätte es gewusst.

Plötzlich erklang ein raues Schnarchen und riss mich aus meinen Gedanken. Billy hatte offensichtlich kein Problem mit der harten Liege oder der sterilen Umgebung. Es kam mir so vor, als würde er mich im Schlaf verhöhnen. Ratlos starrte ich auf seinen schwarzen Haarschopf, der sich vom verblichenen Bezug des dünnen Kissens abhob. Schließlich zog ich meine Beine hoch, streckte mich zögernd aus. Die Klimaanlage trug kalte Luft herein und brachte mich zum Frösteln. Ich trug noch immer das rote, ärmellose Kleid aus dünnem Stoff, hatte aber meine Strickjacke nicht mehr bei mir. Sie musste zu Boden gefallen sein, als ich vor Mrs. Bartons Haus gestürzt war. Die kratzige Wolldecke, die am Fußende der Pritsche lag, sah wenig vertrauenerweckend aus. Wer konnte schon sagen, wie oft sie gewaschen wurde und wer sie vor mir benutzt hatte? Ich zog es vor, meine Arme vor dem Oberkörper zu verschränken, die kalten Hände eingeklemmt unter meinen Achseln. Stocksteif wie eine Mumie lag ich da, fixierte die Decke, lauschte auf Billys Schnarchen und das Tropfen des Wasserhahns, wartete auf eine Gelegenheit, die nicht kam.

Die Zeit verstrich …

Eingesperrt. Nicht hinaus können. Nicht fliehen können, wenn die Kälte alles zu Eis friert. Harper weint. *Du musst Feuer machen, Raemi. Versuch es!* Meine Hände zittern, das letzte Streichholz zündet, die Flammen nagen an meinem Finger, es brennt lichterloh. Das Feuer ist entfacht, es breitet sich aus in dem winzigen Zimmer. Schwarzer Rauch. Das Fenster ist so klein. *Wann wird man je verstehn…?* Ich will hinüberlaufen, aber die Glut steht wie eine Wand. Ich kann die Tür nicht erkennen. Die Flammen greifen nach mir, der Rauch versperrt mir die Sicht, aber ich muss vorwärts kommen, mich hindurchtasten. Jeder Schritt ist eine Qual. Ich komme nicht vom Fleck, kann die Tür nicht finden. Sie ist fort. Der Turm hat keine Tür. Ich muss zurück zum Fenster. Nur dieser Weg bleibt mir noch. Aber das Fenster ist zu klein, ich passe nicht hindurch. Die winzige Luke hoch oben an der Zinne reicht gerade für ein Schwalbennest. Es ist zu spät. Ich kann niemanden retten. Nicht einmal mich selbst. Der Turm hält uns gefangen. Wir sind verloren. Harper weint nicht mehr. Sie summt eine Melodie … *sag mir, wo die Mädchen sind. Wo sind sie geblieben? Sag mir, wo die Mädchen sind – was ist geschehn?* Die Erde bebt, Sirenen heulen, schwarze Nacht. Der Himmel ist beängstigend weit, doch ich kann nicht hinaus. Der Turm lässt mich nicht gehen, er quält mich, er tut mir weh. Ich schreie …

Ruckartig fuhr ich hoch. Das Licht im Gang war hell erleuchtet, es blendete, stach in meine müden Augen, die ich nicht mehr zu schließen wagte. Meine Hände zitterten, mein Atem ging, als wäre ich gerannt. Ich presste meine Finger an die Schläfen, massierte sie, um den Druck zu lockern, der meinen Kopf wie in einem Schraubstock quälte.

Wo war ich gewesen? In der Elder Street, in meinem Zimmer? Oder war ich im Turm? Es hatte keine Tür gegeben, nur ein winziges Fenster, wie auf den hohen Türmen einer Burg. War das ein Traum oder eine Erinnerung? Es fühlte sich so real an, dass mir die Tränen kamen. Ich konnte sie nicht zurückhalten.

Albträume waren mir inzwischen vertraut. So schlimm sie auch waren, sie hatten fast immer den gleichen Inhalt. Aber dieses Mal gab es einen neuen Aspekt. Der Traum ließ mich etwas verstehen, das ich vorher nicht hatte begreifen wollen, etwas Furchtbares. Deshalb konnte ich nicht mehr aufhören zu schluchzen.

ICH hatte das Feuer gelegt. In all meinen Träumen war ich es gewesen. *ICH* entzündete das Streichholz.

Du hast es nicht getan. In Wahrheit hat ein anderer das Haus in Brand gesteckt. Es sind nur deine Schuldgefühle. Aber wie oft ich auch die Worte wiederholte, ein Zweifel blieb zurück. Als wäre es möglich, dass ich ohne mein Wissen, etwas so Entsetzliches tun könnte. Wie eine Psychopathin! Alle sagten es doch! Alle verurteilten mich. *Bin ich ein Mädchen, das den Verstand verloren hat?*

»Man hört so einiges über dich. Scheinbar haben die Leute recht. Du bist verrückt.«

Langsam drehte ich den Kopf zur Seite und starrte Billy an. Er lächelte.

»Sie sagen auch, dass du ein Brandstifter wärst«, versuchte ich zu kontern und wischte mir hastig die Tränen ab.

»Da könnten sie richtig liegen. Aber verrat's nicht dem Sheriff.«

»Du meinst, du hast unser Haus angezündet?«

»Das nun gerade nicht, aber ansonsten war ich kein Unschuldsknabe. Ich mag Feuer.«

»Und ich hasse Feuer!«

»Auch wenn es im Kamin prasselt oder dir im Garten schöne, weiche Marshmallows beschert?«

»Immer!«

»Tja, wie du selbst sagtest: Du hast den Verstand verloren.«

»Nein. Ich hab nur die dumme Angewohnheit zu viele Selbstgespräche zu führen.«

»Und im Schlaf zu sprechen.«

»Wirklich? Was hab ich gesagt?«

»Sowas wie *Feuer machen*.«

»Oh. Verstehe. Das kann man bestimmt falsch auffassen. Es ist ein Traum, der immer wiederkehrt. Zuerst ist es furchtbar kalt, überall ist Eis und dann, naja … es ist eben ein Traum.«

»Mit dir hätte Sigmund Freud bestimmt seinen Spaß gehabt: unterschwellige Todessehnsucht, Schuldgefühle, ein alles vernichtendes Feuer.« Er grinste breit.

»Ja, für dich ist das sehr witzig, aber nicht für mich. Ich kämpfe jedes Mal ums Überleben.«

»Versteh mich nicht falsch. Ich hab nichts gegen Verrückte. Ganz im Gegenteil. Sie sehen alles nicht so eng.«

Seine Sichtweise entsprach zwar nicht der landläufigen Meinung, aber sie gefiel mir. »Warum bist du zurückgekommen?«, fragte ich mit wachsendem Interesse.

»Aus Neugier. Ich hatte lange nicht an sie gedacht. Der brave Frank, der nie einen Ton sagte. Und Eileen: immer am Saubermachen, damit alles schön glänzte. Ich konnte es nicht glauben, als sie in der Zeitung standen. Ein großartiger Abgang, das muss man ihnen lassen.«

»Ich weiß nicht, was daran großartig sein soll, wenn man elend im Feuer umkommt. Das hatten sie nicht verdient, sie haben immer …« Ich stockte plötzlich. Vor lauter Empörung hatte ich meine Aushorch-Strategie vergessen.

»Was haben sie immer?«

»Hart gearbeitet.«

»Und deshalb waren sie gute Menschen?«

»Ich weiß nicht …«

»Oh doch. Du hast es schließlich lange bei ihnen ausgehalten.«

»Es war nicht immer leicht.«

»Sie waren Spießer.«

»Kann schon sein. Warum bist du nicht geblieben?«

»Hab zu viel Ärger gemacht. Das ist eine Spezialität von mir.«

»Ich weiß. Ich hab von dem Brand im Fernsehsessel gehört. Die Geschichte wurde oft erzählt.«

»Ach ja? Und die tote Ratte im Kühlschrank?«

»Im Ernst?«

»Ja. Ich war kreativ.«

»Tat es dir leid, dass sie dich weggeschickt haben?«

»Damals nicht. Ich hatte noch keine Ahnung, wie schlimm man es in einer Pflegefamilie treffen konnte. Sie waren meine ersten Ersatzeltern.«

Das klang nach einer langen Reihe von Misserfolgen.

»Und wo warst du vorher?«

»Bei meiner Mutter. Sie war nicht übel. Hat mich machen lassen, was ich wollte. Essen, worauf ich Lust hatte, Fernsehen bis spät in die Nacht. Sie ging jeden Tag einkaufen, Eiscreme und Kekse für mich, Wodka für sie. Na, den Rest kannst du dir denken.«

»Was ist aus ihr geworden?«

»Jung gestorben. Ist nicht das Schlechteste.«

Wir schwiegen eine Weile, dann sagte ich, ohne recht zu wissen wieso, was ich mir über die Jahre hinweg ausgemalt hatte. »Weißt du, dass du früher mein Held warst? Ich habe vielleicht mehr über dich nachgedacht, als jeder andere Mensch auf der Welt.«

Er blinzelte überrascht.

»Stundenlang habe ich mir das Bild angesehen, das damals im Diner aufgenommen wurde. Du weißt doch, zu Ehren von Eileens Jubiläum. Ich bin förmlich in das Foto hineingekrochen. Ich konnte den Duft der Burger riechen, so genau habe ich mir alles vorgestellt. Deshalb konnte ich dich auf der Beerdigung wiedererkennen. Tut mir leid, dass ich es Sean erzählt habe und du jetzt hier festsitzt.«

»Da hab ich schon Schlimmeres erlebt. Morgen bin ich hier wieder weg.« Er kratzte sich am Kopf. »Sag mal, was hat dich an dem Foto so fasziniert?«

»Ich weiß es nicht. Ich glaubte immer, du hättest einen Plan geschmiedet, das Haus anzuzünden. Es kam mir so vor, als wolltest du ausbrechen, deine Freiheit zurückbekommen. Ich war immer zu feige dazu. Manchmal hoffte ich, du würdest zurückkehren und mich mitnehmen.«

»Dich mitnehmen? Oh Mann. Welch blühende Fantasie. Vor allem, wenn man bedenkt, dass ich überhaupt nichts von dir wusste. Übrigens wollte ich das Haus nicht abfackeln. Ich hatte einfach nur Bock ein Lagerfeuer zu machen, und da sie mir verboten hatten, allein herumzustromern, machte ich das Feuer in Franks Sessel. Er hat mich nie darin sitzen lassen.«

»Ja. Er war ihm heilig. Ich habe mich immer reingesetzt, wenn ich allein war. Sag mal, hast du die Streichhölzer geschickt?«

»Das wollte Bishop auch wissen. So ein Quatsch! Wann war das? Vor zwei Jahren?«

»So ungefähr.«

»Glaub mir. Da hatte ich Besseres zu tun. Wenn ich nicht zufällig den Zeitungsartikel über den Brand gelesen hätte, wäre ich nie wieder hierhergekommen. Ich hatte schon ewig nicht mehr an die Bakers gedacht.«

»Aber du spielst gern mit Feuer!«

»Das ist wahr.«

»Dann bist du Experte?«

»Kann man so sagen.«

»Also, wer würde ein solches Feuer legen, sich nachts hereinschleichen, Spiritus oder Benzin ausschütten und alles anzünden?«

Er sagte einen Moment nichts, dann fuhr er sich durch sein dichtes dunkles Haar und grinste. »Manchen Menschen macht es Spaß, mit Feuer zu spielen. Sie genießen die Macht, sie lieben die glutroten Flammen, die unaufhaltsame Zerstörung. Zu sehen, wie es lodert und knistert, bis es schließlich in sich zusammenfällt, kann berauschend sein. Ein wahrer Liebhaber des Feuers will den Brand verfolgen. Das Entzünden ist bereits eine Kunst, aber den Einsturz darf man nicht verpassen. Ein Haus mit Menschen darin ist kein geeignetes Objekt. Du musst sehen, dass du wegkommst, denn auf

Mord steht mancherorts die Todesstrafe. Also verpasst du das ganze Spektakel. Nein. Das lohnt sich nicht. Und wozu braucht man Massen von Brandbeschleunigern? Der Kick besteht doch gerade darin, zu sehen, was ein kleines Streichholz, ein billiges Feuerzeug anrichten kann. Eine winzige Flamme, die langsam wächst und schließlich von allem Besitz ergreift – der Duft, die Funken – man muss es genießen. Brandbeschleuniger sind was für Leute, die nichts davon verstehen. Es geht viel zu schnell und ist im Handumdrehen vorbei. Hier war niemand am Werk, der das Feuer liebt. Nur ein Mörder.«

»Glaubst du, es war Tyler oder vielleicht Sean?«

»Wäre schön dumm von ihnen, das Haus abzubrennen, das sie erben wollten.«

»Also, wer hat es getan?«

»Jemand, dem das Feuer nichts bedeutete, dem das Haus nichts bedeutete, der Frank und Eileen um jeden Preis töten wollte.«

»Oder mich.«

»Nein. Dich wollte er verschonen.«

»Wie kommst du darauf?«

»Ich hatte ein langes Gespräch mit Bishop. Sie wissen zwar nicht, wie der Täter ins Haus gekommen ist – das ist das Gute am Feuerlegen: Hinterher gibt es kaum brauchbare Spuren. Aber sie konnten rekonstruieren, dass der Spiritus hauptsächlich in der Küche verwendet wurde, also unter dem Schlafzimmer der Bakers. Sie haben ein regelrechtes Modell gebaut, um die Sache aufzuklären. Dein Zimmer war auf der anderen Seite. Es ist der Raum, der vom Feuer am wenigsten zerstört wurde.«

»Vielleicht nur ein Zufall?«

»Ich denke, der Täter wollte vor allem die Bakers erwischen, aber dir hat er eine Chance gelassen.«

»Die Kellertür war abgeschlossen. Um ein Haar wäre ich nicht lebend rausgekommen.«

»Er dachte womöglich, du würdest aus dem Fenster springen. Wäre das nicht naheliegend gewesen?«

»Ich wollte hinüber zu Frank und Eileen, und als das nicht ging, war ich schon an der Treppe und habe nicht mehr klar denken können.«

»Du wolltest sie retten? Wie nobel von dir.«

»Sie waren meine Eltern. Ich hatte nie andere, zumindest keine, an die ich mich erinnern würde. Wenn ich nicht zufällig aufgewacht wäre, hätte ich keine Chance gehabt.«

»Wieso bist du aufgewacht?«

»Ist das wichtig?«

»Vielleicht hat dich der Täter aufgeweckt.«

»Quatsch! Ich hatte einen Albtraum.«

»Also nur ein glücklicher Zufall. Wie langweilig. Mir gefällt meine Idee besser. Warum hat dich der Sheriff verhaftet, noch dazu in dieser Aufmachung?«

Ich biss mir auf die Lippe. »Er verdächtigt mich.«

»Ach wirklich? Und deshalb verhaftet er eine Sechzehnjährige mitten in der Nacht?«

»Ich hatte getrunken.« Die Röte schoss mir ins Gesicht. Mir fiel nichts Besseres ein, als einen Hustenanfall vorzutäuschen.

»Erzähl mir nichts.«

»Er traut mir nicht wegen einer alten Geschichte. Ich war mit einem Typen zusammen, der etwas mit einem Überfall zu tun hatte. Außerdem tratscht die halbe Stadt über mich. Sie glauben, ich wollte mich bereichern, weil ich im Testament der Bakers stehe.«

»Du hast es bei ihnen anscheinend weit gebracht.«

»Blödsinn. Unser Verhältnis war leider ziemlich kühl. Sie waren schweigsam und ich oft schlecht gelaunt. Keine gute Kombination. Was machst du, wenn der Sheriff Anklage erhebt?«

»Das kann er nicht. Er hat nichts gegen mich in der Hand.«

»Bist du sicher? Ich könnte mir vorstellen, dass du in der Vergangenheit schon öfter aufgefallen bist, vielleicht wegen deiner Leidenschaft fürs Feuer.«

Er sah mich nachdenklich an.

»Du bist nicht so harmlos, wie ich anfangs dachte. Sag Bishop, er kann mich mal. Ich hab nie ein Haus angezündet oder jemanden verletzt, da kann er suchen, solange er will. Und ein Alibi hab ich auch.«

»Wieso sitzt du dann hier?«

»Weil ich mein Alibi nicht preisgeben möchte, wenn es nicht unbedingt sein muss. Wozu auch? Wenn er seinen Job richtig macht, ist das gar nicht nötig. Er muss nur den Täter finden. Das sollte er auch ohne mein Alibi schaffen.«

»Und wohin gehst du jetzt?«

»Das behalte ich lieber für mich. Ich werd noch ein wenig schlafen, wer weiß, wann ich wieder so ein hübsches Zimmer bekomme. Also. Pass auf dich auf. Beim nächsten Mal hast du vielleicht nicht mehr so viel Glück.«

Ich sah zu, wie er sich genüsslich streckte und dann auf die Seite rollte. Kurze Zeit später wurde sein Atem regelmäßig, bis er nach und nach in sein kratziges Schnarchen verfiel. Billy brachte so leicht nichts aus der Ruhe. Leider besaß ich dieses Talent nicht, lag noch stundenlang wach und grübelte über seine Worte.

Hatte mich der Mörder bewusst verschont oder war das nur eins von Billys Hirngespinsten? Wenn Tyler hinter der Brandstiftung steckte, ergab das jedenfalls keinen Sinn. Er hätte niemals auf mich Rücksicht genommen. Er verabscheute mich.

Ich versuchte meine düsteren Gedanken abzuschütteln und wieder einzuschlafen. Morgen früh würde der Spuk ein Ende haben und ich käme aus dieser furchteinflößenden Zelle heraus. Ich würde mich besser fühlen, wenn ich nur erst wieder frei war, redete ich mir zu meiner Beruhigung ein. Dennoch kreiste immer dieselbe Frage in meinem Kopf.

Wieso war ich in jener Nacht aufgewacht?

11

Am darauffolgenden Morgen ereignete sich ein neues Spektakel in unserer sonst so ruhigen Straße. Die Präsenz der Polizei war seit dem Brand nicht weiter ungewöhnlich, doch die Tatsache, dass eine junge Anwohnerin am Abend verhaftet worden war, hatte die Gemüter erregt. Im Schutz der Dunkelheit war jedoch nicht viel zu erkennen gewesen, weshalb nun meine Rückkehr aus dem Gefängnis umso gründlicher bestaunt wurde. Bestimmt zerrissen sich alle ihr Maul über das durchgedrehte Mädchen, das im langen roten Kleid, mit blassem Gesicht und zerrauften Haaren von Sheriff Bishop persönlich nach Hause gebracht wurde. Hatte sie nicht gar eine Fußfessel oder Handschellen an den Gelenken? Sie musste wohl Dreck am Stecken haben, die Kleine aus der Pflegefamilie, etwas anderes konnte man auch nicht von ihr erwarten.

Nach einem kurzen Wortgefecht zwischen Mrs. Barton und unserem Sheriff, welches er nicht für sich entscheiden konnte, betraten wir endlich das Haus. Ich atmete auf. Blacky begrüßte mich begeistert und Mrs. Barton verwöhnte mich mit Sandwiches und heißem Tee, während ich ihr die wichtigsten Ereignisse schilderte. Anschließend verkroch ich mich auf meinem Zimmer. Meine Augen waren bleischwer. Ich sehnte mich nach Schlaf. Aber kaum lag ich im Bett, stürzte alles wieder auf mich ein.

Bishop war skeptisch gewesen, als ich ihm von Billys ominösem Alibi berichtet hatte. Er hielt mich für naiv und gutgläubig, versuchte mich von Billys Rachedurst und seiner Sucht nach Feuerspielchen zu überzeugen, während ich Billy inzwischen für unschuldig hielt. Vielleicht hatte der Sheriff recht und ich war ahnungslos. Trotzdem hätte ich schwören können, dass Billy – wenn es hart auf hart kam – mit einem breiten Grinsen ein bombensicheres Alibi aus dem Hut zaubern würde.

Was mich noch mehr beunruhigte, war mein Traum. Wieder schien es mir, als wäre etwas zum Greifen nah. Das enge Zimmer, das winzige Fenster, das Gefühl, in einem Turm zu sein. Und wieso sang Harper das Lied aus meiner Kindheit von den verschwundenen Mädchen? Es ging nicht mehr so weiter, ich verlor langsam den Verstand. Früher war ich von Albträumen verschont geblieben, erst mit Amishas seltsamer Weissagung war der Stein ins Rollen gekommen. Der Turm tauchte von da an in regelmäßigen Abständen in meinen Träumen auf und hinterließ geheimnisvolle Andeutungen. Auch wenn ich nicht an Prophezeiungen oder die Macht der Tarotkarten glaubte, konnte mir Amishas Meinung weiterhelfen. Außerdem hatte sie Harper gekannt und wusste Dinge über sie, von denen ich keine Ahnung hatte.

Wie spät mochte es jetzt in Kalifornien sein? Ich googelte es zur Sicherheit. Nur zwei Stunden Zeitverschiebung. Zehn Uhr morgens bei uns, acht Uhr an der Westküste. Zugegeben, etwas früh, aber ich musste einfach mit jemandem sprechen. Es klingelte dreimal, viermal, fünfmal ... ich wollte gerade auflegen, als ich ein leises Knacken in der Leitung hörte und einen Moment später Amishas freundliches Hallo.

»Hi, hier ist Rae. Rachel Adrian. Ich weiß nicht, ob du dich an mich erinnerst. Reeve sagte, ich könnte mich bei dir melden ...«

»Ja, natürlich. Harpers Freundin. Ich habe schon auf deinen Anruf gewartet.«

Ich hüstelte verlegen, suchte nach den richtigen Worten. »Also, es ist viel passiert, ich meine ... ich weiß nicht, ob du davon gehört hast, aber ...« Ich brach ab. Auf einmal erschien mir mein ganzes Leben so konfus, dass ich nicht mehr wusste, wo ich anfangen sollte.«

»Geht es dir gut, Rae?«

»Ja, so einigermaßen. Ich bin etwas durcheinander. Tut mir leid.«

»Harpers Tod hat dich sicher sehr mitgenommen.«

»Ja.« Ich musste schlucken. Ich hatte in den letzten Wochen nur noch an den Brand gedacht, aber jetzt fühlte es sich so an, als wäre ein Fenster in die Vergangenheit geöffnet worden. Harper hatte mich verlassen ... »Ich bin nur schwer darüber hinweggekommen.«

»Das kann ich mir vorstellen. Es hat auch mir sehr weh getan. Ich konnte es nicht fassen, als Reeve mich anrief.«

»Das Schlimmste ist, dass ich keine Erklärung für ihren Selbstmord finde. Ich verstehe nicht, warum sie es getan hat. Deshalb hat-

131

te ich gehofft, du wüsstest vielleicht mehr darüber. Ich meine, ob sie Kummer hatte …«

»Wann genau ist es überhaupt geschehen?«

»Es ist jetzt eineinhalb Jahre her. Es war im Februar 2013.«

»So lange ist sie schon tot? Mein Gott, ich hatte keine Ahnung.« Es entstand eine Pause. Ich hörte Amisha am anderen Ende der Leitung rascheln, dann räusperte sie sich: »Du weißt wahrscheinlich, dass wir uns in Santa Barbara begegnet sind.«

»Hm.« Ich brachte es nicht fertig, ihr zu gestehen, dass mir Harper dieses Treffen verheimlicht hatte.

»Danach hatten wir noch eine Weile Kontakt. Sie rief ein paarmal an. Tja, weißt du, ich bin damals umgezogen, weiter in den Norden, hatte eine Zeit lang kein Telefon … Ich glaube, zuletzt habe ich sie im September gesprochen.«

»Und hat sie dir erzählt, was sie bedrückte oder traurig machte?«

»Im Grunde nicht. Ich hatte den Eindruck, dass sie einen neuen Weg einschlagen wollte. Sie war offen für Veränderungen. Ich glaube, sie dachte, sie hätte nie richtig gelebt. Sie wollte vieles nachholen, sich öffnen, den Dingen auf den Grund gehen …«

»Welchen Dingen?«

»Einfach allem. Eben mit offenen Augen durchs Leben gehen, das habe ich ihr jedenfalls immer geraten.«

»Und wie war sie in Kalifornien? Machte sie sich Sorgen?«

»Nein. Sie war voller neuer Eindrücke. Ich denke, es machte ihr Spaß, selbständig zu sein. Auf eigene Faust die Gegend zu erkunden. Es ging ihr gut.«

»Aber was ist dann nur mit ihr geschehen?«

»Ich kann es dir wirklich nicht sagen. Ich wünschte, ich hätte gewusst, dass sie Probleme hatte. Vielleicht hätte sie sich mir anvertraut, wenn ich nicht fortgezogen wäre.«

»Mir hat sie auch nichts erzählt. Sie hat alles mit sich selbst abgemacht.«

»Und was sagt ihre Mutter oder die Polizei?«

»Sie denken, dass sie depressiv war, wegen ihrer Herzkrankheit. Es gab auch einen Jungen, den sie mochte. Es hieß, sie wäre unglücklich verliebt gewesen.«

»Aber darüber hätte sie doch mit dir gesprochen.«

Ich musste schlucken. Die Antwort fiel mir unglaublich schwer. »Harper war wütend auf mich. Sie glaubte, ich wollte ihr diesen Jungen wegnehmen, obwohl es nicht stimmte. Es war ein Missverständnis. Nur leider konnten wir uns nicht mehr vertragen, weil sie ...« Ich ließ den Rest des Satzes unausgesprochen. Nach all der Zeit war es immer noch hart, darüber zu reden.

»Das tut mir so leid, Rae. Du darfst dich nicht schuldig fühlen. Niemand nimmt sich wegen eines Streits das Leben. Es muss noch viele andere Dinge gegeben haben.«

»Nur weiß ich nicht, welche. Hast du in Kalifornien bemerkt, dass Harper sich an den Armen geritzt hat? Die Polizei hat das später festgestellt.«

»Nein. Absolut nicht. Ich weiß nicht, vielleicht trug sie auch langärmlige Shirts. Ich kann es einfach nicht sagen.«

»Als wir im Juni auf Beccas Party waren, trug sie jedenfalls ein ärmelloses Kleid. Und außerdem gingen wir den Sommer über häufig baden. Ich bin sicher, dass sie zu der Zeit keine Narben hatte. Sie muss erst später mit dem Ritzen angefangen haben. Vielleicht nach ihrer Rückkehr aus Santa Barbara. Bloß, was hat sie dazu getrieben?«

»Ich wünschte, ich wüsste es. Ich dachte immer, ich hätte eine gute Menschenkenntnis. Zu hören, wie schlecht es Harper in Wirklichkeit ging, macht mich unendlich traurig. Warum hat sie sich niemandem anvertraut?« Sie hielt plötzlich inne. »Steht denn nichts in ihrem Tagebuch?«

Ihre Frage gab mir einen Stich. Aber wozu sollte ich jetzt noch lügen? Es ging um die Wahrheit. »Ich habe es sehr genau gelesen. Leider hat sie nichts über ihre Sorgen geschrieben.«

»Wie kann das sein? Das ist doch der Sinn eines Tagebuchs. Sie war eine so fleißige Schreiberin, hatte es immer dabei.«

»Wie meinst du das, Amisha?«

»Wenn wir uns trafen, meistens am Strand oder auf dem Campus, saß sie auf einer Bank oder einem Handtuch und schrieb.«

»Ich verstehe nicht. Sie hatte das Tagebuch in Kalifornien?«

»Ja, sicher.«

»Wie sah es aus?«

»Oh. Ich weiß nicht genau. Es war sehr hübsch, richtig besonders.«

»Hatte es einen blauen Brokat-Einband?«

»Ja, das kann gut sein. So ähnlich hab ich es in Erinnerung.«

»Seltsam. Sie schrieb in ihr Tagebuch, sie hätte es zuhause vergessen.«

»Wirklich? Das ergibt keinen Sinn.«

»Eben. Deshalb dachte ich, es würden vielleicht ein paar Seiten fehlen, Seiten, die sie herausgerissen hat. Aber ich konnte nichts entdecken. Es sah vollkommen intakt aus. Andererseits war Harper geschickt. Vielleicht hat sie die Seiten mit einer scharfen Klinge abgetrennt oder das Tagebuch neu verleimt.«

»Das wäre zumindest eine Erklärung, warum dort nichts über ihre Probleme stand«, sagte Amisha nachdenklich, aber ich war nicht vollkommen überzeugt. Es reimte sich nicht zusammen.

»Sie schrieb an einer Stelle, dass sie sich bedroht fühlte. Von einem Schatten. Er kam in ihren Albträumen vor. Sie glaubte, es wäre Aron.«

»Und wer ist dieser Aron?«

»Das weiß ich eben nicht. Ich kenne keinen Aron, abgesehen von einem Jungen aus unserer Schule. Caleb Fuller. Er heißt mit zweitem Vornamen Aron. Doch Harper hatte eigentlich nichts mit ihm zu tun. Er ist schwierig. Ein Außenseiter. Mit miserablem Ruf.« Ich verstummte. Wer gab mir das Recht so zu reden? Warf ich nicht im Glashaus mit Steinen?

»Rae? Bist du noch dran?«

»Ja, schon.«

»Du klingst niedergeschlagen. Kann ich dir irgendwie helfen?«

»Ich weiß nicht … Es kommt mir komisch vor, dich danach zu fragen. Vielleicht erinnerst du dich an den Abend der Party. Du hast mir und Harper damals die Tarotkarten gelegt. Eine meiner Karten war der Turm. Seither habe ich oft von einem Turm ohne Tür geträumt. Entweder versuche ich vergeblich hineinzukommen oder ich versuche vergeblich hinauszukommen. Diese Träume verwirren mich. Ich frage mich, was der Turm wohl bedeutet.«

»Nun. Der Turm kann vieles symbolisieren. Es muss sich um kein reales Gebäude handeln. Er steht für einen Wandel, da er ja einstürzt, und gleichzeitig für Erkenntnis. Du fühlst dich in einer Situation gefangen, vielleicht auch in einer Lüge. Die Wahrheit bringt dein Leben quasi ins Wanken, sie ist schmerzhaft, aber letzten Endes befreiend.«

»Ist es möglich, dass es diesen Turm tatsächlich gibt, dass ich früher – ich meine, als ich ein Kind war – einmal dort gewesen bin und etwas Schlimmes erlebt habe, etwas das ich vergessen wollte.«

»Gibt es niemanden, den du danach fragen kannst?«

»Nein. Ich bin bei Pflegeeltern aufgewachsen. Leider sind sie kürzlich bei einem Brand in unserem Haus ums Leben gekommen. Niemand weiß, wer das Feuer gelegt hat. Seitdem plagen mich furchtbare Albträume.«

»Oh Rae. Das ist grauenvoll. Du musst so vieles verkraften. Vielleicht durchläufst du bereits einen Wandel. Dein Leben verändert sich, du hast wichtige Menschen verloren, alles stürzt in sich zusammen. Kein Wunder, dass du schlimme Träume hast. Ich denke, du musst Klarheit erlangen. Finde heraus, was geschehen ist, ganz gleich, ob vor vielen Jahren oder erst in den letzten Monaten. Deine Unwissenheit scheint dich zu quälen. Dinge in deiner Kindheit, Harpers Tod und die Ursachen des Brandes machen dir zu schaffen.«

»Ich glaube, dass du recht hast. Obwohl ich nicht weiß, wo ich anfangen soll. In meinen Träumen steht der Turm an einem Abgrund, zumindest befürchte ich es. Harper flüstert es mir zu. Sie warnt mich vor dem Turm. Er birgt eine Gefahr.«

Amisha machte eine Pause, ehe sie weitersprach. »Es ist immer beängstigend, sich den Tatsachen zu stellen. Lieber wollen wir den Kopf in den Sand stecken, die Realität leugnen. Der Turm hat keine Tür, weil du ihn nur auf eine Weise verlassen kannst. Du musst ihn zerstören. Das Lügengebilde muss einstürzen. Es wird wehtun, doch es ist der einzige Weg in die Freiheit.«

Das hörte sich nach einem logischen Plan an: die Wahrheit zu finden, auch wenn es vielleicht schmerzhaft war. Nur eines beunruhigte mich daran. Harper hatte mich gewarnt. Wieder und wieder. Vielleicht war ich dem Ganzen nicht gewachsen.

Vielleicht stürzte ich mit dem Turm in den Abgrund.

Meine Albträume quälten mich unaufhörlich. Ich hatte das dunkle

Gefühl, sie würden erst verschwinden, wenn ich den Tatsachen ins Gesicht sah. Leider kannte ich weder die Gründe für Harpers Selbstmord noch den Namen des Brandstifters, geschweige denn hatte ich den Hauch einer Ahnung, was in den ersten vier Jahren meines Lebens geschehen war. Drei Fragen ohne Antworten. Und es gab niemanden, der mir helfen konnte, niemanden, den ich fragen konnte … außer … ich hielt die Luft an.

Natürlich gab es jemanden. Ich musste nur einen Weg finden, diese Person zum Reden zu bringen, was allerdings keine Kleinigkeit war. Ich würde Unterstützung brauchen. Und das war die Krux an der Sache. Dafür kam nur die liebe Becca in Frage. Immerhin besaß ich ein hervorragendes Druckmittel, um bei ihr weiterzukommen. Wie hieß es so schön? Spiel deine Karten richtig aus. Also gut. Ich würde Becca für mich einspannen. Wenn sie das Nacktfoto zurückhaben wollte, musste sie Tante Britt bearbeiten, damit sie mit der Wahrheit herausrückte.

Nachdem ich am Sonntagmorgen lange geschlafen hatte, durchquerte ich bei schönstem Sonnenschein gemeinsam mit Fletcher die Elder Street – er freudig mit dem Schwanz wedelnd und mit wiederkehrenden Luftsprüngen, ich mit hochgezogenen Schultern, den Kopf dazwischen vergraben. Fast überall saßen Menschen in ihren Vorgärten, die mich neugierig zu beobachten schienen. Ich bemerkte einen mir unbekannten Wagen. Natürlich konnte es sich um einen Familienbesuch handeln, doch der Mann auf dem Fahrersitz warf mir einen scharfen Blick zu. Wer war dieser Kerl? Hatte mir Bishop vielleicht einen Ermittler vor die Tür gesetzt, der mich auf Schritt und Tritt überwachen sollte?

Ich fing an zu laufen. Was wollten nur alle von mir? Ich hatte nichts getan. Auch im Indian Park traf ich auf Spaziergänger, die mich interessiert betrachteten. Raunten sie sich etwas zu? Ich drehte um, lief durch weniger belebte Seitenstraßen, bis ich schließlich den breiten sandigen Weg erreichte, der zum Wohnwagen-Park führte. Caleb lebte hier irgendwo, bestimmt unter schlimmeren Bedingungen als ich. Er hatte mich am Freitagabend vor dem Besuch des Sheriffs gewarnt, wenn auch nicht gerade deutlich, aber so viel musste ich ihm zu Gute halten.

War das wirklich ein Gefallen gewesen? *Nein, sei nicht so naiv, Rae!*

Fuller tut niemandem einen Gefallen und dir schon gar nicht! Caleb hatte immer sein eigenes Interesse im Auge und das bestand darin, mir klarzumachen, dass ich vor Bishop den Mund halten sollte. Nun, wo ich schon hier war, konnte ich auch gleich einen Blick auf seine vermoderte Hütte werfen. Ich folgte dem Weg bis zu den Müllcontainern, bog dann in den kleinen Trampelpfad ab, der durch ein hochgewachsenes Gestrüpp führte und erreichte nach kurzer Zeit das magere Waldstück. Wenig später stand ich vor Calebs Hütte. Sie schien noch stärker vermoost als bei meinem letzten Besuch, und das Schloss war schmutzverkrustet. Ich zog mit aller Kraft an dem kleinen Sicherungsbügel, rüttelte ein wenig, bis er mit einem leisen Klick auseinandersprang. Er musste bereits beschädigt gewesen sein, wahrscheinlich hatte er nur durch den Dreck einen gewissen Halt gehabt. Vorsichtig öffnete ich die Tür, die immer noch unüberhörbar knarrte, aber nichts regte sich in der schattigen Ruhe des Waldes.

Das Durcheinander, welches ich bei meinem letzten Besuch vorgefunden hatte, war einem unvorstellbaren Chaos gewichen. Sämtliche Dinge, die Caleb hier aufbewahrte, lagen kreuz und quer auf dem Boden, zum größten Teil zertrümmert. Jemand musste hier gewütet haben, vielleicht sogar Caleb selbst. In einem Anfall von Raserei war alles zu Kleinholz verarbeitet worden, selbst die alten Fahrradreifen hingen aufgeschlitzt über einem völlig zerbeulten Toaster, der an der Seitenwand festklemmte. Neugierig nahm ich ein paar schmutzige Farbeimer hoch, die aus mehreren Löchern tropften, versuchte zu erkennen, was sich darunter in einem See aus roter und schwarzer Farbe verbarg: ein paar alte Kleidungsstücke, ein zersplitterter Spiegel, eine rostige Zange.

Und noch etwas lag am Boden, fast vollkommen von anderen Gegenständen verdeckt. Ich bückte mich, um es besser erkennen zu können. Es schien aus Holz zu sein, schmal und länglich. Ich richtete den Lichtstrahl meines Handys auf die verschmierte Unterseite des Stockes und traute meinen Augen nicht. Etwas war in das Holz geritzt worden. Es waren zwei Buchstaben, die mir nur allzu bekannt vorkamen. T.B.

Ich kam näher heran, bemühte mich, nicht in die Farblache zu treten und zog den Holzgriff nach und nach aus dem Gerümpel. Es gab keinen Zweifel. Das war der Baseballschläger, der mir am Creek abhanden gekommen war – Tylers alter Baseballschläger. Caleb hatte ihn also gestohlen. Ich wurde so wütend wie lange nicht mehr. Bestimmt hatte er auch mein Geld aus der Ruine geholt. Ich schlug wie wild auf Calebs Sachen ein, achtete nicht mehr darauf, ob die Farbe vom Schläger auf mich herabtropfte, machte kaputt, was noch nicht gänzlich zertrümmert worden war. Am Ende warf ich den Baseballschläger auf das von mir vollendete Chaos und verließ die Hütte. Sollte er ihn doch haben. Ich wollte ihn nicht mehr.

Über Umwege kehrte ich zurück zum Creek, suchte eine ruhige Stelle am Ufer und ließ die nackten Arme in den Fluss hängen, damit ich sie von Farbspritzern und Dreck befreien konnte. Leicht verschmutzt und mit halb nasser Kleidung trat ich schließlich meinen Heimweg an. Zu meiner neu erwachten Wut gesellte sich ein Gefühl der Genugtuung. Wenigstens eine meiner tausend ungeklärten Fragen war nun beantwortet. Ich wusste, wer den Baseballschläger gestohlen hatte.

Die nächsten Wochen quälten sich im Schneckentempo dahin und nichts wurde besser. Wo immer ich mich befand, ich fühlte bohrende Blicke auf mir. Sogar die Presse hatte sich auf mich gestürzt, als ich eines Morgens zur Schule gehen wollte, und um eine Stellungnahme zu meiner Verhaftung gebeten. Nur mit knapper Not war ich über die Hintergärten entkommen. Der *Larkville Courier* war zwar nur ein unbedeutendes Wochenblatt, das seine Seiten zumeist mit Werbung und lokalen Banalitäten füllte, dennoch war ich schockiert, als mein Name (als Rachel A. abgekürzt) in einem Artikel auftauchte. Wenigstens blieben sie bei der Wahrheit, sprachen von einer spätabendlichen Unterredung mit dem Sheriff und nicht von einer Verhaftung.

Inzwischen war mein Arm geheilt und ich arbeitete wieder im Diner, doch auch hier hatte sich einiges verändert. Es gab Gäste, die mich ängstlich beäugten, so als fürchteten sie, ich könnte mich auf sie stürzen. Andere stellten mir sensationslüsterne Fragen, schreckten nicht einmal davor zurück, mich nach meiner Flucht aus dem brennenden Haus zu fragen oder mir Ratschläge zur Brandvermeidung zu geben. Ein Versicherungsvertreter, der auf der Durchreise bei uns Halt machte, erdreistete sich sogar, mir eine seiner Policen ans Herz zu legen, die mich gegen einen Hausbrand finanziell absichern sollte. Nur Faye blieb ganz die alte, drückte mich manchmal und strich mir übers Haar.

»Nimm's nicht so schwer, Rae. Das geht vorbei. Du musst nur Geduld haben«, sagte sie aufmunternd, wenn sie sah, wie ich mich quälte.

Ich wusste, dass sie es gut meinte, konnte mich eines Tages aber nicht mehr zurückhalten. »Das wird niemals aufhören. Die geben erst Ruhe, wenn ich im Gefängnis sitze. Das weißt du so gut wie ich.«

»Irgendwann finden sie den Täter, dann hat alles ein Ende.«

»Ach ja? Und wie weit ist unser Sheriff inzwischen gekommen? Er hat doch keine Ahnung, wer es getan hat.«

»Da irrst du dich. Steve hat mir von neuen Beweisen erzählt.«

»Was für Beweise sollen das sein?«

»Über diesen Billy. Offenbar ist er schon einmal wegen Brandstiftung angeklagt worden. Er konnte damals nicht überführt werden, aber jede Familie, bei der er lebte, hat berichtet, wie sehr er vom Feuer besessen war. In Wisconsin soll er eine Scheune abgebrannt haben. Gerade erst vor ein paar Monaten.«

»Das sind noch längst keine Beweise.«

»Es gibt nur selten brauchbare Spuren. Das Feuer vernichtet sie alle. Deshalb ist ihm schwer beizukommen. Aber sie haben noch etwas anderes gefunden. Ein Schulheft. Eine Betreuerin des Jugendamtes hat es aufgehoben. Es stammt aus der Zeit, als Billy bei seiner zweiten Pflegefamilie lebte. Er hat ein brennendes Haus gemalt, mit vier Strichmännchen, die aus den Fenstern schauten. Sie hatten alle rote Haare. Vermutlich hat er schon lange Rachepläne geschmiedet.«

»Aber er war damals noch ein Kind. Seitdem sind Jahre vergangen. Menschen können sich ändern.«

»Nicht alle. Manche sind eben schlecht.«

Ihre Worte taten mir weh. Was hätte Faye gesagt, wenn sie mein handgeschnitztes Kunstwerk im Tisch der Bakers gesehen hätte – die an Bäumen aufgehängte Familie? Wäre ich dann auch eine höchstverdächtige Mörderin für sie? Ich fühlte mich flau im Magen. Der Tag war anstrengend gewesen, und ich hatte keine Zeit gefunden, etwas zu essen.

»Alles okay mit dir, Rae? Du siehst blass aus.«

»Ich verschwinde mal kurz zur Toilette. Kannst du für mich übernehmen?«

»Natürlich. Lass dir Zeit. Du hast noch keine Pause gemacht.« Als ich fünf Minuten später in den Restaurantbereich zurückkehrte, kam Faye sofort auf mich zu.

»Hör mal, Rae. Du setzt dich jetzt eine Weile hin und isst etwas. Da hinten wartet ein Junge auf dich. Er hat schon nach dir gefragt. Er ist wirklich süß.« Sie zwinkerte mir zu.

Ich beugte mich vor und entdeckte Orestes am letzten Tisch im Diner. Ich war mir nicht sicher, ob ich einem Gespräch mit ihm gewachsen war, andererseits musste ich ihm zugutehalten, dass er sich nie den Lästerstimmen meiner Mitschüler angeschlossen hatte. Ich seufzte und durchquerte mit zügigen Schritten den Gang. Meine Unsicherheit brauchte er nicht zu sehen.

»Hast du schon bestellt?«

»Hi, Rae. Nur eine Coke. Ich wollte auf dich warten. Faye meinte, du würdest gleich Pause machen.«

»Ja stimmt. Und was willst du essen?«

»Was empfiehlst du mir?« Er grinste breit.

»Chicken Wings. Die sind heute im Angebot.«

»Okay. Und was nimmst du?«

»Dasselbe. Ich geb kurz die Bestellung auf, dann braucht Faye nicht extra herzukommen.« Ich orderte unser Essen und saß nur einen Augenblick später wieder auf der Bank. Ihn direkt gegenüber zu haben, machte mich verlegen. Wenigstens hatten wir einen massiven Tisch zwischen uns.

»Glaubst du, sie berichten morgen in der Zeitung über unseren kleinen Lunch?«, er zwinkerte mir zu. »Schließlich bist du schon fast eine Berühmtheit.«

»Du meinst wie Charles Manson?«

»Nur viel hübscher.«

»Danke, aber darauf kann ich verzichten.«

»Ach, komm schon. Du solltest deinen Humor nicht verlieren.«

»Fällt mir zur Zeit nicht leicht.«

»Es hat doch auch sein Gutes.«

»Was könnte das wohl sein?«

»Immer volles Haus im Diner und bestimmt sind die Trinkgelder gigantisch.«

Da hatte er nicht Unrecht. Warum auch immer, die Neugier der Menschen machte sie freigiebig. Als wollten sie dafür bezahlen, in der Nähe der geheimnisumwobenen jungen Waisen zu sein, die einen Brandanschlag überlebt hatte. War sie eine Mörderin oder ein unschuldiges Opfer? Ein kleiner Nervenkitzel beim Essen konnte nicht schaden.

»Du sagst ja gar nichts. Lieg ich damit nicht richtig?«

»Ist vielleicht was Wahres dran, aber ich würde liebend gern darauf verzichten.«

»Ach. Ist alles nur eine Frage der Zeit. Du solltest den Ruhm genießen. Jetzt schau mich nicht so böse an. Ich mach nur Spaß.«

»Warum bist du überhaupt gekommen. Hast du nichts Besseres vor?«

»Ich hatte Sehnsucht nach deinen biestigen Kommentaren. Nein, im Ernst. Ich wollte dich sehen.«

»Sorry, aber ich bin nicht besonders gut drauf.«

»Hm. Vielleicht kann ich das ändern. Mein Bruder war gestern in Larkville. Er hat mir was Interessantes berichtet.« Orestes ließ genüsslich seine Finger knacken und legte eine kleine Pause ein. Vermutlich wollte er die Spannung steigern.

»Und?«

»Er hat verschiedene Systeme durchforstet, aber bei vielen keinen Zugang erhalten. Dann kam er auf die Idee, die Einreise-Dateien an den Flughäfen zu kontrollieren. Es stellte sich heraus, dass du Ende der Neunziger, Anfang der Zweitausender Jahre verschiedene Male das Land verlassen hast. Einmal für einen längeren Zeitraum. Das Ziel der Reise war Deutschland, genau gesagt Hamburg. Klingelt da was?«

Ich sah ihn entgeistert an. »Nein. Daran kann ich mich nicht erinnern. Da war ich noch sehr klein. Mit wem bin ich gereist?«

»Tja. Das ist das Merkwürdige. Darüber hat Leo nichts herausgefunden. Vermutlich wurde der Name entfernt.«

Ich wurde plötzlich ganz kribbelig. »Und wieso glaubst du das?«

»Welches zweijährige Kind begibt sich schon allein auf einen so langen Flug?«

Das machte Sinn. »Ich wünschte, ich würde mich erinnern.«

»Vielleicht hat es nicht viel zu bedeuten. Es könnte sich zum Beispiel um einen Besuch bei Verwandten handeln.«

»Das würde einiges erklären. Wieso ich deutsch spreche und auch die Erinnerung an dieses Lied.«

»Ich dachte, du hättest Deutsch in der Schule gelernt?«

»Nein. Ich konnte es schon vorher, wenn auch nur bruchstückhaft.«

»Und was für ein Lied meinst du?«

»Ach. Das ist schon ziemlich alt. Ein Antikriegslied aus den fünfziger Jahren von einem Pete Seeger. Es heißt *Where have all the flowers gone*. Das Komische daran ist, dass ich es nur auf Deutsch kenne. Auf Englisch habe ich es nie gehört. Manchmal glaube ich, dass es mir jemand vorgesungen hat, als ich klein war. Vielleicht meine Mutter.«

»Das wäre eine Erklärung. Falls es dir ein Trost ist: Ich erinnere mich auch kaum an meine ersten Lebensjahre. Immerhin hast du eine ganze Sprache behalten.« Er sah plötzlich auf und fing an zu winken. »Hey Lee.«

Ich warf einen Blick über meine Schulter und sah Lee zögernd den Gang entlang kommen. Seine Miene verriet, dass er keine große Lust auf ein Zusammentreffen verspürte.

»Hey Alter. Was machst du hier?«, fragte Orestes in bester Laune. »Setz dich zu uns.«

»Ich wollte einen Burger zum Mitnehmen holen. Muss gleich weiter, meine Tour machen. Du weißt schon, Klamotten aus der Reinigung ausliefern.« Er übersah mich geflissentlich und sprach nur mit Orestes.

»Ach komm schon, Kumpel. Einen Moment wirst du ja wohl haben. Wir sind doch dein Kampfsport-Team.« Orestes stand auf und ließ Lee nach hinten rutschen, sodass er mir weiterhin gegenüber sitzen konnte. Kurz darauf kamen unsere Chicken Wings und Lee bestellte seinen Burger zum Mitnehmen.

»Ich wollte nicht stören«, stotterte Lee verlegen, während Orestes ihm einen Hähnchenflügel reichte.

»Kein Problem. Iss erstmal was! Wer so viel trainiert, muss auch viel essen.«

»Danke. Nett von dir. Und – was gibt's Neues?«

»Ach, nichts Besonderes. Rae und ich haben nur ein wenig gequatscht, so über dies und das. Sie brauchte eine Aufmunterung.«

Ich sah Orestes drohend an. Das fehlte mir gerade noch: meine Vergangenheit vor Lee Chen breitzutreten. »Hey Lee, fährst du noch manchmal zu Harpers Mum, um Sachen aus der Reinigung abzuliefern?«, fragte ich ihn stattdessen, in der Hoffnung, das Gespräch in eine andere Richtung zu lenken. Es entstand eine unangenehme Pause, die ich mir nicht so recht erklären konnte.

»Sie hat dich was gefragt, Lee«, sagte Orestes schließlich.

»Ja. Tschuldigung. Ich war grad in Gedanken.« Mit offensichtlichem Unbehagen hob er den Kopf und sah mich endlich an. »Ich bringe Mr. Mitchel noch immer die Hemden.«

»Und siehst du manchmal Mrs. Montgomery? Wie geht es ihr?«

Die Frage schien ihn zu verblüffen. »Schwer zu sagen. Sie ist immer sehr freundlich.«

»Und heiß!«, sagte Orestes und lächelte breit.

»Hör auf, du Idiot. Sie hat ihr Kind verloren. Mach keine Witze über sie«, fauchte ich gereizt.

»Sorry, du hast recht. Ist mir so rausgerutscht. Es liegt nur daran, dass wir früher manchmal über sie geredet haben, nicht wahr, Lee? Sie war eben von allen Müttern die Aufregendste.«

Lee sagte nichts, aber ich hatte den Eindruck, dass ihm Corinne Montgomery nicht gleichgültig war. Vor mir wollte er das bestimmt nicht zugeben. Ich erhob mich und nickte den beiden zu. »Ich muss dann mal weitermachen. Man sieht sich.«

Nur wenige Minuten später brachte Faye den Burger zum Mitnehmen, während ich an einem anderen Tisch Bestellungen aufnahm. Als sich Lee an mir vorbei durch den Gang zwängte, würdigte er mich keines Blickes. Zum Glück war ich zu beschäftigt, um mich zu ärgern. Wie so oft am Wochenende gab es im Diner viel zu tun. Plötzlich spürte ich eine Hand an meiner Taille. Orestes stand ganz nah bei mir und raunte mir etwas ins Ohr. Ich fühlte seinen Atem auf meinem Gesicht.

»War schön, dich zu sehen Rae.«

»Du siehst mich doch jeden Tag in der Schule.«

»Aber nicht so nah. Du bleibst immer auf Abstand.«

»Nicht jeder geht so offen auf Menschen zu wie du. Zum Beispiel Lee. Ich fand ihn ziemlich schweigsam.«

»Ist er doch immer. Er hört lieber zu.«

»Wie meinst du das?«

»Versteh mich nicht falsch, er ist in Ordnung. Man kann sich auf ihn verlassen. Aber er lässt sich nicht gern in die Karten schauen.«

»Er kann mich nicht leiden.«

»Da würde ich nicht drauf wetten. Wer weiß, worauf er wirklich steht.«

»Du meinst Corinne Montgomery?«

»Das war doch nur ein Scherz. Wir standen früher alle auf sie. Du musst zugeben, sie ist ein Hingucker.«

»Ich weiß nicht, ob ich das beurteilen kann.«

Orestes grinste frech. »Keine Ahnung, was sie von diesem langweiligen Immobilienmakler will. Da könnte sie Besseres haben.«

»Du bist wohl noch nicht über deine frühpubertären Fantasien hinweg. Bist du Cameron mal begegnet? Ich meine Corinnes Freund, Mr. Mitchel?«

»Nein. Den kenn ich nur vom Sehen, aber er gefällt mir nicht.«

»Hm. Harper mochte ihn auch nicht so sehr. Was soll's. Geht uns nichts an.«

Ein übergewichtiger Herr versuchte vergeblich sich an Orestes und mir vorbeizudrängen, aber der Gang war zu eng. Also verabschiedete ich mich und machte den Weg frei.

Etwa eine Stunde später hatte ich Feierabend. Ich verließ das Diner, fuhr aber erst los, nachdem ich die Speichen genau kontrolliert hatte. Die Temperaturen waren in den letzten Tagen deutlich gesunken, sodass die Kälte durch meine Jackenärmel zog. Langsam näherte sich ein Auto auf der sonst verwaisten Straße und fuhr von hinten immer näher an mich heran. Ich lenkte mein Rad so weit wie möglich nach rechts, um den Wagen passieren zu lassen, aber er überholte nicht. Genervt drehte ich mich irgendwann um, konnte jedoch wegen des grellen Scheinwerferlichts den Fahrer nicht erkennen. Wollte mir dieser Kerl bis nach Hause folgen? Das wurde langsam unheimlich. Abrupt drückte ich beide Bremsen und kam hinter einer Sicherheitsabsperrung am Rande der Kurve zum Stehen. Der

Wagen hielt. Einen Augenblick geschah nichts, dann öffnete sich die Fahrertür bei laufendem Motor. Verdammt, das war ernst. Ich machte mich bereit, loszufahren, sobald die Person das Auto verlassen würde. Meine Knie zitterten erbärmlich.

Ein Mann stieg aus. Er war groß und schwer, trug eine Basecap und eine zerschlissene Lederjacke. Mehr konnte ich nicht erkennen, denn meine Zeit war abgelaufen. Ich presste mich mit aller Kraft in die Pedalen ...

»Warte, Rae!«

Seine Stimme klang vertraut, wenn sie mich auch nicht beruhigte. Trotzdem hielt ich in meiner Bewegung inne und wagte einen zweiten Blick. Er kam näher, nahm auf einmal die Kappe ab. Meine Güte. Es war Tyler. Ihm auf einsamer Straße kurz vor Einbruch der Dunkelheit zu begegnen, trug allerdings nicht zu meiner Entspannung bei. Warum hatte er mir aufgelauert?

»Was willst du, Ty?«

»Nur mit dir reden.«

»Die Polizei sucht dich.«

»Erzähl mir was Neues!«

»Ich will nichts mit dir zu tun haben.«

»Komm runter von deinem hohen Ross. Wie man so hört, bist du auch nicht gerade ein Unschuldsengel.«

»Da hast du was Falsches gehört.«

Er kratzte sich auf übertriebene Weise am Kopf. »Bist du nicht verhaftet worden?«

»Nein. Und vor allem bin ich nicht auf der Flucht.«

»Touché!« Er lachte müde.

»Weshalb bist du hier?«, fragte ich argwöhnisch.

»Vielleicht will ich mich bedanken.«

»Das wäre das erste Mal.«

»Du hast den Cops nichts von unserem Treffen an der Schule erzählt.«

»Wer hat dir das verraten?«

Er hob die Schultern, als wäre er ahnungslos.

»Das kann nur Sean gewesen sein. Er wusste als einziger davon. Ihn hast du also auch besucht.«

»Das tut man doch unter Geschwistern.«

»Geschwister? Von wegen. Ich war immer nur dein Fußabtreter.«

»Jetzt übertreib nicht. Wir waren Kinder.«

»Ich war ein Kind. Du ein hinterhältiger Teenager.«

»Ist doch Schnee von gestern. Wenn es so furchtbar war, wieso hast du mich dann bei den Bullen gedeckt?«

»Das hab ich nur für Eileen getan. Damit sie sich nicht im Grab umdreht ...«

»Dann hältst du mich also für unschuldig?«

»Keine Ahnung. Ich wollte nur nicht der Nagel zu deinem Sarg sein.«

»Oder du weißt mehr über die Sache, als du zugibst.«

»Wie kommst du dazu, so etwas anzudeuten. Weißt du eigentlich, in was für eine Gefahr du mich und Sean bringst, indem du bei uns auftauchst. Die Cops würden uns gern eine Mittäterschaft unterschieben, uns am liebsten alle drei verhaften. Aber du denkst natürlich nur an dich. Wenn du das Feuer nicht gelegt hast, warum stellst du dich dann nicht?«

»Ich hab kein Alibi.«

»Tja, da bist du nicht der Einzige.«

»Außerdem ein paar Schulden.«

»Welch Überraschung.«

»'Ne Vorstrafe.«

»Du hast wohl nichts ausgelassen.«

»Ärger mit Mum und Dad ...«

»Hast du die Streichholzmäppchen geschickt?«

»Keine Ahnung, was du meinst.«

»Das werd ich dir sagen: Du bist ein Idiot. Man kann dir nicht trauen, weil du sowieso immer lügst.« Ich hatte ihn fast angeschrien. Er sah sich ängstlich um.

»Mach nicht so einen Lärm, Rae, du willst doch nicht mit mir gesehen werden.«

»Ganz genau. Also lass mich in Ruhe! Warum hast du überhaupt den Motor an?«

»Damit ich im Notfall schnell wegkomme. Ich hab's nämlich nicht so gut getroffen wie du.«

»Wie bitte? Gut getroffen? Du bist so ein Arsch.«

»Naja. Niemand scheint dich ernsthaft zu verdächtigen. Du

konntest ja erst im letzten Augenblick gerettet werden. Ein besseres Alibi gibt es nicht. Jetzt wohnst du bei der alten Barton, hast Mums Job und auch noch ein Drittel des Hauses geerbt …«

»Du kotzt mich an. Ich wusste gleich, dass du es mit deinem Dank nicht ernst meinst. Verzieh dich lieber, sonst komm ich noch auf die Idee, selbst die Bullen zu rufen.«

»Wenn die mich schnappen, werde ich dir die Sache in die Schuhe schieben, darauf kannst du dich verlassen.«

»Du bist noch ganz der Alte. Versuch erst gar nicht mir zu drohen. Ich habe nichts mit dem Brand zu tun.«

»Genau wie ich. Trotzdem gerät man unter Verdacht. Wenn ich denen stecke, dass du von der Erbschaft gewusst hast, sehen die den Fall bestimmt ganz anders.«

»Aber nur du und Sean profitieren von der Lebensversicherung. Das Haus ist nichts mehr wert.«

»Du vergisst das Grundstück. Ich würde es auf mindestens 50.000 Dollar schätzen. So wenig ist das nicht.«

Ich war baff. Was sollte ich darauf erwidern? Tyler war einfach abstoßend.

»Jetzt bist du sprachlos, kleine Raemi. Also, hör zu! Du könntest dich etwas großzügig zeigen, wo du im Diner so gut verdienst. Für mich ist es zur Zeit nicht leicht, einen Job zu finden. Wie wär's mit einer Unterstützung?«

Mir fiel fast die Kinnlade runter. »Was bildest du dir ein? Bevor ich dir mein Geld in den Rachen werfe, verbringe ich lieber noch eine Nacht in der Zelle.«

Ich schwang mein Bein über den Sattel des Rennrades, als Tyler meinen Oberarm packte und mich fast aus dem Gleichgewicht brachte. Nur mit knapper Not gelang es mir, meine Füße wieder auf den Boden zu bekommen. »Bist du nicht ganz dicht?«, schrie ich ihn an.

Er zuckte zurück, schaute sich besorgt um. »Du fährst auf meinem Rennrad, wie ich sehe. Für hundert Dollar gehört es dir.«

»Ich habe es reparieren lassen. Nach dem Feuer waren die Reifen hin. Du hättest nichts damit anfangen können.«

»Das hast du nicht zu entscheiden. Ich will es zurück.«

»Nein.«

»Dann gib mir die Kohle!«

Die Situation war vertrackt. Strenggenommen gehörte es ihm, aber ich wusste, dass er nicht ernsthaft an seinem Rad interessiert war. Er brauchte dringend Geld. Nur hatte ich wenig Lust, ihm welches zu geben. War es aber klug, so viel Radau zu machen? Wenn Tyler verhaftet wurde, konnte das auch für mich eine Menge Ärger bedeuten.

»Also, Rae?«

»Ich überlege. Bist du ein Mensch, den ich unterstützen will? Das kann ich nicht bejahen. Du hast in deinem ganzen Leben nie etwas Gutes getan: mir verboten, Eileen *Mum* zu nennen, mich beleidigt, geärgert, belogen, bestohlen. Ich könnte dir fünfzig Dollar für dein Fahrrad zahlen. In dem rostigen und kaputten Zustand war es bestimmt nicht mehr wert. Dafür will ich aber eine Gegenleistung.«

»Und was wäre das?«

»Die Wahrheit über ein paar Dinge.«

»Wenn ich damit dienen kann.«

»Glaub mir. Ich merke, wenn du lügst. Dann gehst du leer aus. Zuerst: Wo warst du in der Nacht des Brandes?«

»In Rockford.«

»Vergiss nicht, ich hab dich abends an der Schule getroffen.«

»Ja. Und danach bin ich weitergefahren.«

»Kann das jemand bezeugen?«

»Das brauchst du nicht zu wissen.«

»Ich dachte, du hast kein Alibi?«

Er stöhnte genervt. »Na gut, ich hab in Rockford ein bisschen Gras vertickt. Keine große Sache, aber nichts, was ich den Cops auf die Nase binden will. Soll ich meine Kundschaft verpfeifen?«

»Warum lässt du dich auf solchen Mist ein?«

»Ist doch meine Sache. Sonst noch was?«

»Hast du die Streichholzmäppchen geschickt?«

»Oh Mann. Du lässt nicht locker. Na gut. Ja. Das war ich. Sollte ein Scherz sein. Ich war sauer auf die Alten. Wir hatten viel Stress zu der Zeit. Wie konnte ich ahnen, dass das Haus wirklich abgefackelt wird?«

»Du bist ein Idiot.«

»War's das jetzt?«

Ich dachte nach. »Eine Sache noch. Du hast mich eben Raemi genannt. Wieso?«

Er sah mich überrascht an. »Na, weil das dein Name ist. Früher, als du neu in unserer Familie warst, hast du immer Raemi gesagt, wenn man dich gefragt hat, wie du heißt. Erinnerst du dich nicht?«

»Nein. Ich war vier. Wer erinnert sich schon daran.«

»Was ist jetzt mit dem Geld?«

Ich nahm den Rucksack ab, zog mein Portemonnaie hervor und nahm fünfzig Dollar heraus, wobei ich mir Mühe gab, Tyler nicht erkennen zu lassen, wie viel mir noch übrig blieb.

»Hier – und vergiss nicht: das Rad gehört jetzt mir.«

»Du hast mich ganz schön über den Tisch gezogen«, sagte er, als er das Geld in seine Hose steckte. »Ein Nachschlag wäre fair. Schließlich bin ich in einer Notlage.«

»Du solltest dich stellen, Ty, sonst versaust du dir dein Leben.«

»Als wenn's dich juckt. Ich warte lieber, bis der Brandstifter hinter Schloss und Riegel sitzt. Dann krieg ich meinen Anteil an der Lebensversicherung und lass es mir gutgehen.«

Tyler stieg in seinen Wagen und fuhr grußlos davon. Er war wirklich ein Idiot. Trotzdem glaubte ich ihm. Es tat verdammt gut, zu wissen, wer die Streichholzmäppchen geschickt hatte. Ein weiteres Puzzleteil fügte sich an seinen Platz.

12

Die Wochen verstrichen, ohne dass etwas Bemerkenswertes geschah. Nur meine Paranoia war ungebrochen. Überall, wo ich hinging, fühlte ich mich beobachtet, spürte die bohrenden Blicke der anderen und sehnte mich in meine Kindheit zurück, in die Jahre der perfekten Unsichtbarkeit. Wie leicht war damals alles gewesen! Jetzt traute ich mich kaum noch aus dem Haus, fuhr überall mit dem Rennrad hin, um möglichst wenig Zeit auf der Straße zu verbringen, eingehüllt in eine Mütze oder Kapuze, damit mich niemand erkannte. Wohin ich auch fuhr, ich machte es schnell. Auch durch die Elder Street raste ich in vollem Tempo, dabei wünschte ich mir so sehr, unser altes Haus zu sehen, dass ich abends wach lag und mir vorstellte, wie ich hinüberschlüpfte. Nur die Angst vor der üblen Nachrede hielt mich zurück. *Das verrückte Mädchen streicht herum, die Brandstifterin, die Erbschleicherin, die Mörderin ...* konnte ich sie reden hören. Wann immer ich vorbeifuhr, riskierte ich einen kurzen Blick auf die schwarzen Überreste, wobei ich mich jeweils auf einen anderen Aspekt konzentrierte. Mal studierte ich die verkohlte Veranda, dann wieder die Eiche im Vorgarten, die alle Blätter schon im Sommer verloren hatte, mal das schwärzlich verfärbte gelbe Band, das immer noch im Wind flatterte. Es tat mir weh, aber es tat mir gut. Oft schloss ich danach die Augen und stellte mir vor, wie all die Dinge früher ausgesehen hatten.

Meine Spaziergänge mit Fletcher verlegte ich auf immer spätere Stunden, kürzte sie auf ein Minimum, auch wenn ich ein schlechtes Gewissen hatte. Mrs. Barton sagte jedoch nichts dazu. Stattdessen ging sie selbst kurze Runden mit ihm oder ließ ihn im Garten herumtollen.

In diesen Wochen ging ich jedem Gespräch aus dem Weg, wurde zu einer wortkargen Kellnerin, hing meinen düsteren Gedanken nach. Wie früher, begann ich mich zu fixieren, betrachtete die alten Fotografien von Mrs. Bartons Familie, dachte mir geheimnisvolle Geschichten aus, wenn ich im Haus allein war. Was war aus ihren

Kindern geworden? Ich wagte nicht danach zu fragen, führte aber wieder meine Spy-Liste, notierte jedes Detail über Harper, über Billy, über Tyler, über Becca, aber auch über Katie Barton, Eileen und Frank. Die letzten zehn Seiten reservierte ich für mich selbst. Ich schrieb meine Träume auf, verglich ihre Gemeinsamkeiten, versuchte, den Turm zu skizzieren. Einmal war er schmal und hoch gewesen, einmal breit, einmal schien er Teil einer Burg zu sein. Sein Äußeres variierte. Vielleicht existierte er nicht oder ich hatte ihn nie von außen gesehen. Der Turm blieb ein Rätsel. Nur bei einer Sache war ich mir sicher: Ich war in diesem Turm gewesen, zusammen mit meiner Mutter.

Und sie hatte das Lied von den Mädchen gesungen.

Die Tage wurden kürzer, der Winter stand vor der Tür und meine Stimmung war nicht die beste. Mrs. Barton ging es kaum anders, sie schien mit den langen Schatten im Haus zu verschmelzen. Es war nicht so, als wollten wir uns meiden, aber es gelang uns mühelos, nebeneinander her zu leben und mit wenigen Worten auszukommen. Auch während der Nachhilfestunden blieb ich wortkarg und desinteressiert, sodass selbst Tommy das Vergnügen an einem Gespräch mit mir verlor.

Als ich eines Tages lustlos das Haus der Gardeners betrat, geriet ich in eine häusliche Auseinandersetzung zwischen den Gardener Kindern, wie ich sie noch nie erlebt hatte.

»Du bist echt das Letzte, Tommy! Glaub ja nicht, dass du damit durchkommst.« Becca stürmte durch den Flur des oberen Stockwerks und verschwand mit lautem Knall in ihrem Zimmer. Die Tür war jedenfalls zu. Leise stieg ich die Stufen der Treppe hinauf und beeilte mich, in Tommys Zimmer zu verschwinden. Ich wollte Becca vorerst aus dem Weg gehen, da mein genialer Plan, sie für meine Zwecke einzuspannen, noch die ein oder andere Lücke aufwies. Was würde geschehen, wenn Becca ihren Eltern oder sogar ihrer Tante von meiner Erpressung erzählte? Die Sache konnte zum Bumerang werden.

»Hi Tommy.«

»Oh, du bist es. Hab die Klingel gar nicht gehört.«

»Deine kleine Schwester hat mich reingelassen.«

»Ach Sam. War ja klar. Mum ist noch nicht vom Einkaufen zurück und Becca ist viel zu faul. Sie hat gerade erst ihren Pestgestank bei mir verbreitet.«

»Was war denn los?«

»Sie hält sich wie immer für oberschlau. Dabei ist sie so dumm wie Brot. Kann nicht mal auf ihre dämliche Katze aufpassen, aber macht mir Vorwürfe.«

»Wieso das?«

»Sie behauptet, ich hätte sie absichtlich rausgelassen, als wir letztes Wochenende bei Onkel Herb waren. So ein Schwachsinn. Dabei hätte ich allen Grund gehabt. Das Mistvieh hat mein neues Trikot zerfetzt. Ich heul Shakira jedenfalls keine Träne nach. Soll Becca sie doch suchen gehen, aber dafür ist sie sich natürlich zu fein ... und das Wetter ist so schlecht ... das schadet ihrer rosigen Haut ... und sie ist ja auch so beschäftigt mit ihren falschen Fingernägeln ... und wozu hat man denn einen jüngeren Bruder ...«

Ich musste lachen. Die belanglosen Alltagssorgen eines Fünfzehnjährigen lenkten mich ab. Becca war als Schwester bestimmt anstrengend, aber immerhin schien sie ihre Katze zu lieben. Meine Gedanken flogen davon. Hatte Tommy nicht erst vor Kurzem Shakira einen Tritt verpasst? Und seine Vorliebe für Messer und Ego-Shooter kamen mir auch bedenklich vor. Außerdem hatte er den abgehackten Hundeschwanz fotografiert und seine nackte Schwester. Vielleicht war er keinen Deut besser als sie. Ich schüttelte meine Gedanken ab und konzentrierte mich auf den Matheunterricht, während Tommy immer wieder vom Thema abkam und sich über Becca und das schreiende Baby beschwerte. Scheinbar war er mit dem falschen Fuß aufgestanden. Wir quälten uns mehr schlecht als recht durch die Nachhilfestunde, wobei ihm am Ende wenigstens einfiel, mir von seinem erfolgreichen Mathetest zu erzählen. Niemand war von seinem C+ überraschter als ich. Konnte es wirklich sein, dass meine Unterstützung etwas bewirkte? Als ich gerade auf mein Rad steigen wollte, rief mich Mrs. Gardener zurück.

»Rachel! Warte doch bitte einen Augenblick.«

Sie zog sich eine Jacke über, kam ein paar Schritte näher und lächelte mich an. »Ich möchte dich um einen Riesengefallen bitten. Es ist leider sehr kurzfristig, aber hättest du am Samstagabend zufällig Zeit, mir zu helfen? Ich weiß, du hast im Diner eine Menge zu tun, gerade jetzt, so nah an Weihnachten, aber Louisa, meine Haushaltshilfe, fällt wegen eines Trauerfalles aus, und wir haben ein paar Gäste eingeladen. Es ist nur eine kleine Geburtstagsfeier, nur zwölf Personen, das Essen kommt vom Country Club, aber ich bräuchte jemanden zum Servieren. Du hast ja einige Erfahrung, deshalb dachte ich, du könntest vielleicht einspringen.«

Ihre Frage kam vollkommen unerwartet, weshalb mir keine geeignete Ausrede einfiel. »Ähm. Ja, das ginge. Ich arbeite dieses Wochenende nur am Sonntagnachmittag im Diner«, hörte ich mich stammeln.

»Na wunderbar. Du bist meine Rettung. Dann am Samstagabend um sieben. Vielen Dank, Rachel.«

Sie winkte kurz und verschwand eilig im Haus, während ich leicht verwirrt im Regen stehen blieb. Einen kleinen Extra-Verdienst konnte ich natürlich gebrauchen, aber ich war nicht gerade erpicht darauf, ausgerechnet Becca zu bedienen. Lieber hätte ich ihr den Hals umgedreht. *Verdammt nochmal. Du hättest »nein« sagen sollen.* Natürlich konnte ich mich krank melden, aber damit hätte ich Mrs. Gardener ganz schön in die Bredouille gebracht. Warum mochte ich ausgerechnet Beccas Familie? Das machte meinen gesamten Plan so schwierig.

Die Tage vergingen, ohne dass ich mich hatte entschließen können, Mrs. Gardener abzusagen. Schließlich fügte ich mich in mein Schicksal und machte mich fertig. Was trug man überhaupt zu so einer Gelegenheit? Mrs. Gardener hatte mir leider keinen Hinweis gegeben. Sollte ich mich fein machen? Da blieb nur das rote Kleid. Nein. Es war zu schick. Ich war ja kein Gast. Also eine Jeans und ein T-Shirt. *Oh Gott.* Das war bestimmt zu leger. Eine Bluse erschien mir passend, nur besaß ich leider keine. Warum hatte ich nicht nachgefragt? In dunklen Jeans und T-Shirt lief ich schließlich die Treppe hinunter und verabschiedete mich von Mrs. Barton.

»Ich weiß nicht genau, wann ich zurück sein werde. Gehen Sie ruhig schon schlafen.«

»Hm. Mal sehen. Ist alles in Ordnung? Du siehst so gehetzt aus.«

»Alles okay.« Ich sah Mrs. Barton hilflos an. »Oder vielleicht doch nicht. Was denken Sie? Kann ich so gehen?«

»Ha.« Sie lachte mit rauer Stimme. »Das fragst du mich, Kind? Von solchen Dingen versteh ich nichts. Siehst doch ganz annehmbar aus.«

»Finden Sie? Ich dachte es wäre vielleicht zu alltäglich.«

»Und wenn schon. Schließlich bist du zum Arbeiten dort.«

»Das stimmt. Aber vielleicht hätte ich mir lieber eine Bluse besorgen sollen?«

»Ich hab den ganzen Schrank davon voll. Kannst dich gerne bedienen. Sie werden dir nur alle zu groß sein.«

»Ja. Schade. Trotzdem danke. Es wird wohl auch ohne gehen.«

»Eine Bluse will sie …«, murmelte Mrs. Barton vor sich hin und erhob sich mit Mühe aus ihrem Sessel. »Na, dann warte mal. Da wird sich schon irgendwas finden lassen. Schließlich war ich nicht immer so ein Ungetüm wie heute. Ja, das kannst du dir nicht vorstellen. Auch die Ollen waren mal junge Hüpfer.« Sie öffnete den schweren Kleiderschrank aus dunklem Mahagoniholz, in dem sie alte Erinnerungsstücke und Sonntagskleidung aufbewahrte und wühlte darin herum. Dann zog sie eine weiße Spitzenbluse hervor und hielt sie mir triumphierend vor die Nase.

»Die müsste passen. Ich hatte sie schon ganz vergessen. Ist regelrecht antik. Meine Katie hat sie sich immer ausgeliehen. Sie fand es schick, Modernes und Altes zu kombinieren. Sehe sie noch vor mir in Cowboystiefeln, Minirock und dieser Bluse. Vielleicht riecht sie ein bisschen. Aber nicht nach Mottenkugeln. Sowas kommt mir nicht in den Schrank. Ich nehm lieber Kräuter. Etwas Minze oder Zitronenmelisse. Manchmal hat mir Katie auch Lavendel mitgebracht.« Sie reichte mir die Bluse und forderte mich auf, an ihr zu schnuppern.

»Sprüh etwas Parfum drüber. Dann wird es schon gehen. Sowas hast du doch, oder?«

Ich schüttelte den Kopf.

»Herrje. Dann schau mal in den Schrank im Badezimmer. Da müssten noch ein paar Fläschchen rumstehen.«

Ich verschwand nach oben, unsicher, ob ich die Bluse überhaupt anziehen sollte. Sie musste eine Ewigkeit im Schrank gehangen haben. Ich inspizierte sie auf Löcher und Vergilbungen, konnte jedoch nichts Nennenswertes finden. Statt mit abgestandenem Parfum besprühte ich sie mit meinem Deo und probierte sie schließlich an. Zu meiner Überraschung sah sie nicht schlecht aus und bildete einen schönen Kontrast zu meiner dunklen Jeans. Ich band meine Haare zum Zopf, bedankte mich bei Mrs. Barton und machte mich auf den Weg.

»Toll, dass du da bist.« Beccas Mutter begrüßte mich überschwänglich mit geröteten Wangen und leicht wirren Haaren. »Das Essen wird gleich geliefert, und ich bin noch nicht ganz fertig. Der Tisch ist soweit gedeckt, nur die Servietten fehlen noch.«

Sie reichte mir eine lange schwarze Kellnerschürze, nahm mir die Jacke ab und erklärte mir den Ablauf des Abends.

»Zuerst servieren wir einen Aperitif, dann beginnen wir mit der Vorspeise.« Sie seufzte. »Ach. Es wird schon klappen. Ich bin so froh, dass du mich unterstützt. Du siehst perfekt aus.«

Ich band mir die Schürze um die Hüfte, lächelte ihr zu und verteilte die Servietten.

Nach und nach trudelten die Gäste ein. Es waren Freunde oder Verwandte. Tante Britt war nicht dabei. Tommy und seine Schwester Samantha kamen kurz herunter und reichten einigen Gästen die Hand, während Becca sich erst nach dem Essen zeigte. Mit strahlendem Lächeln begrüßte sie alle Anwesenden – mich natürlich ausgenommen – zog sich einen Stuhl heran und erzählte von ihren Erlebnissen im Ausland.

»Bringst du mir noch etwas von dem Nachtisch, Rachel?«, säuselte sie, ohne mich anzusehen, um mich kurz darauf wegen einer Extra-Waffel, einer Extra-Erdbeere und einer neuen Serviette (»Oh je, die andere muss mir runtergefallen sein«) erneut in die Küche zu schicken.

Wart nur ab, du Miststück!, war alles, was ich dabei dachte. Ihre Überheblichkeit konnte mir nichts anhaben. Sie würde ihr blaues Wunder erleben.

Der Abend verging wie im Flug. Ich servierte, räumte ab und half Mrs. Gardener die Speisen kunstvoll auf Tellern zu drapieren. Zwischendurch blieb genug Zeit, um mich gemütlich in die große

Küche zu setzen. Ich sah in den Garten, wo bereits ein großer, wunderschön beleuchteter Weihnachtsbaum stand. Der Pool war im Winter abgedeckt, aber einige Fackeln schmückten den hölzernen Steg. Ich musste an die Party denken ... wie fröhlich alle gewesen waren, wie ausgelassen sie getanzt hatten. Gut zwei Jahre waren seither vergangen. Oder eine Ewigkeit.

Mrs. Gardener kam zu mir in die Küche und brachte die letzten Dessertschalen herein. »So. Das hätten wir geschafft. Vielen Dank für deine Hilfe. Es hat wunderbar geklappt.«

Sie zog ihr Portemonnaie hervor und steckte mir hundert Dollar zu. »Ohne dich wär ich verloren gewesen. Den Rest schaffe ich allein. Komm gut nach Hause und nimm dir ein paar Cookies mit. Die sind wirklich exquisit.«

Ich bedankte mich, wickelte die Kekse in eine Serviette und steckte sie in meinen Rucksack. Dann verließ ich die Küche und blieb einem Moment in der Eingangshalle stehen. Ich hörte Beccas glockenhelles Lachen. Scheinbar amüsierte sie sich köstlich. Sollte sie nur. Langsam wandte ich mich zur Treppe, stieg sie hinauf, als wäre es das Selbstverständlichste von der Welt, verschwand in Beccas Zimmer und setzte mich auf ihr Bett. Gleich würde Becca kommen, würde mich hier finden. Verblüfft, verärgert, vielleicht sogar wütend würde sie mich zur Rede stellen.

Und dann würde ich reden. Kaltblütig, emotionslos, abgeklärt. So wollte ich ihr klarmachen, dass sie mir helfen musste.

Ich wartete. Atmete. Sah aus dem Fenster. Wartete. Blieb ruhig in der Dunkelheit. Wartete. Aber Becca kam nicht. Sie kam einfach nicht. Verdammt! War da nicht dieser Karton gewesen – in der untersten Schublade ihrer Kommode? Ich öffnete sie, nahm ihn heraus, legte ihn auf meine Schenkel. Zog am Band. Diesmal löste es sich wie von Zauberhand. Ich hob den Deckel der Schachtel an ...

»Was zum Teufel treibst du hier?«

Der Schreck fuhr mir in die Glieder. Becca stand wutentbrannt im Türrahmen. Gleich würde sie Alarm schlagen. Ich musste etwas tun, etwas sagen, aber mein Kopf war auf einmal leer, ich konnte keinen Ton herausbringen.

Vieles hätte geschehen können. Sie hätte mich mit nur einem Wort in die Flucht schlagen können, hätte ihre Mutter, ihren Vater, ihren Bruder, das ganze Haus zusammentrommeln können, aber sie tat es nicht. Sie machte einen Fehler: Sie schaltete das Licht ein.

Und dann sah ich, was ich auf den Knien hielt, sah meinen Haarschopf eingebettet in weißes Seidenpapier – sah rot.

Ich schrie auf, beschimpfte sie mit Worten, die ich kaum je gedacht hatte, hielt meinen Zopf in der Hand, wirbelte ihn vor ihrem Gesicht herum und peitschte sie mit ihm. Soviel zu meiner Kaltblütigkeit. Beccas Stimme wurde hysterisch, doch sie erreichte mich nur bruchstückhaft, verzerrt.

»Hör auf … beruhige dich … lass mich erklären …«

Mir war vollkommen gleich, was sie zu sagen hatte, ich tobte weiter, bis endlich alles raus war. Dann fiel ich erschöpft auf ihr Bett und legte meinen Haarschopf paradoxerweise zurück in die Schachtel, als gehörte er dorthin.

»Warum hast du das getan?« Ich klang heiser.

»Es ist nicht so, wie du denkst.«

»Ach nein. Erzähl mir nichts.«

»Ich bin es nicht gewesen. Es war ganz anders. Es war ein Geschenk.«

»Sicher. Und von wem?«

»Das weiß ich nicht. Ich schwöre es.«

»Wie praktisch.«

»Ein Paket lag vor unserer Tür. *Für Becca* stand auf dem Packpapier.«

»Klar. Und weil du fremde Haarbüschel liebst, bewahrst du es in deiner Nachttischschublade auf. Wie überzeugend.«

Sie sah mich panisch an. »Ich weiß, das klingt freakig. Aber so war es nunmal.«

»Und woher wusstest du, dass es meine Haare waren?«

»Tja. Es lag ein Zettel in der Schachtel.«

»Ach wirklich? Zeig ihn mir!«

»Ich hab ihn nicht mehr. Er war mir irgendwie unheimlich.«

»Wie bitte? Der Zettel war dir unheimlich?« Ich fing wieder an zu schreien. »Aber die Haare von einem fremden Mädchen – die hast du behalten?«

»Ich weiß auch nicht wieso.« Becca stammelte jetzt. »Sie haben mich beruhigt.«

»Du bist krank. Ich kann das einfach nicht fassen. Was stand auf dem Zettel?«

»Sowas wie: *Rachel musste Haare lassen.*«

»Wie gestört ist das? Jemand schickt dir meine Haare und du behältst sie und sagst keinen Ton?«

»Zuerst wusste ich nicht, was das überhaupt sollte. Ich dachte, es wäre ein Scherz. Aber als du dann wieder zur Schule kamst, mit einem Kurzhaarschnitt, wurde mir klar, dass es wirklich deine Haare waren.«

»Und kannst du dir vorstellen, wie ich mich gefühlt habe? Einfach die Haare abgeschnitten zu bekommen? Vielleicht sollte ich das mal mit dir machen.«

»Bitte Rae, ich wusste ja nicht, was passiert war.«

»Klar. Du warst ganz unschuldig. Du bist echt das Letzte.«

»Es tut mir leid, Rae, ich hatte keine Ahnung ...«

»Blödsinn. Das kannst du mir nicht erzählen. Wahrscheinlich hast du es selbst getan. Und weißt du was? Mit so einer dämlichen Entschuldigung kommst du mir nicht davon. Ich frag mal deine Eltern, was sie davon halten.«

»Nein. Bitte. Das geht nicht.« Ihr liefen die Tränen herunter. »Bitte Rae!«

»Dann sag mir die Wahrheit. Warum liegen meine Haare in deiner Schublade?«

Sie seufzte und rieb sich die Wangen trocken. »Gut. Wie du willst. Sie liegen da, weil ich dich hasse.«

Für einen Augenblick trat Stille ein. Niemand hatte mir je gesagt, dass er mich hasste. Sie konnte mich nicht leiden – gut. Aber Hass?

»Was hab ich dir getan? Rein gar nichts. *DU* hast doch Gerüchte über mich verbreitet, mich der Brandstiftung verdächtigt, mich immer wie einen Menschen zweiter Klasse behandelt.«

Sie sah auf den Boden und schwieg.

»Na los. Jetzt spuck's schon aus!«

Langsam hob sie den Kopf und sah mich mit kalten Augen an. »Du hast mein Leben ruiniert.«

»Was redest du da?«

»Wegen dir hat Noah mit mir Schluss gemacht und sich an meine beste Freundin herangeschmissen. Und dann ging alles den Bach runter. Ich war so außer mir, dass ich nicht mal gemerkt habe, dass ich …« Sie stockte.

»Du meinst, du hast nicht gemerkt, dass du schwanger warst?«

Es tat gut, ihr auch mal weh zu tun. Sie starrte mich erschrocken an.

»Woher weißt du das?«

»Was spielt das für eine Rolle. Du wolltest mir doch gerade erklären, warum ich dein Leben ruiniert habe.«

»Wenn Noah und ich nicht gestritten hätten, wäre das alles nie passiert.«

»Das Baby wäre dann nicht geboren worden?«

Sie schwieg sich darüber aus. Schließlich waren wir keine Freundinnen.

»Jetzt sag ich dir mal was, Becca. Diese Geschichte von dir und Declan am Creek – die habe ich nicht in die Welt gesetzt. Er hat mir das auch schon vorgeworfen, aber ich hab euch dort nicht zusammen gesehen. Deshalb wäre ich auch nie auf die Idee gekommen, dass da etwas zwischen euch gelaufen ist.«

»Da war auch nichts. Nur ein verdammter Kuss. Ganz flüchtig. Ich weiß nicht mal, wieso. Wir wollten zu dritt zum Baden. Maddy war beim Klavierunterricht. Kurz bevor wir losfuhren, bekam Noah einen Anruf von seiner Grandma. Sie hatte sich zu Hause ausgesperrt. Also sind Dec und ich allein zum Creek. Wir haben nur rumgealbert. Es hatte gar keine Bedeutung. Doch als Noah davon Wind bekam, ist er ausgerastet. Er wollte nichts mehr mit mir oder Declan zu tun haben.« Ihre Stimme wurde plötzlich schneidend. »Und jetzt bin ich gezeichnet. Jeder Junge, mit dem ich ausgehen will, mit dem ich vielleicht etwas anfangen will, wird irgendwann diese furchtbare Narbe sehen und sofort wissen, was los ist. Ich bin für alle Zeit die peinliche Teenager-Mum.«

»Mir kommen die Tränen. Schließlich hast du dir die Sache selbst eingebrockt. Ich hatte nicht das Geringste damit zu tun. Vielleicht bohrst du mal bei deiner lieben Freundin Madison nach. Soweit ich gehört habe, war sie schon immer hinter Noah her.«

»Wer behauptet das?«

»Harper hat es aufgeschnappt, als Maddys Mutter einen Besuch machte. Aber wir kommen vom Thema ab. Du bist hier diejenige, die mir ständig geschadet hat, und deshalb wirst du mir einen Gefallen tun.«

»Du erpresst mich?«

»Nennen wir es Wiedergutmachung. Nach allem, was du über mich verbreitet hast, kannst du mir jetzt helfen. Ist gut für dein Karma. Sonst fallen dir im nächsten Leben die Haare aus.«

»Ich hab sie dir wirklich nicht abgeschnitten. Wie ist das überhaupt passiert?«

Mein Zunge wurde auf einmal schwer. »Ich bin hinter der Sporthalle eingenickt«, brachte ich mühsam heraus. »Als ich aufwachte, war mein Zopf verschwunden. Jetzt ist es fast ein Jahr her. Ich dachte lange, es wäre Declan gewesen.«

Becca schüttelte den Kopf. »Declan war immer schüchtern mit Mädchen. Eine Weile glaubte ich sogar ... ach, egal. Das kann ich mir jedenfalls nicht vorstellen.«

»Ich hätte mir auch niemals vorstellen können, dass du meine Haare wie einen Schatz aufbewahrst. Das ist abartig.«

Becca presste die Lippen aufeinander. »Du hast dich immer in mein Leben gedrängt. Du trugst meine abgelegten Kleider, musstest zu meiner Bat Mizwa Feier eingeladen werden, zu meiner Sommer Party, weil meine Mutter und meine Tante immer so ein Getue um dich machten. Dann nahmst du meinen Platz bei Tommy ein, lerntest Reeve kennen, warst immer präsent. Rachel hier, Rachel da. Und wie hübsch sie geworden ist, wie gut sie deutsch spricht, wie toll Tommy sie findet ... bla, bla, bla. Ich konnte es nicht mehr ertragen. Dein Haarschopf war wie eine Trophäe für mich. Wenigstens einmal hattest du auch Pech gehabt.«

»Wenigstens einmal? Ich habe keine Eltern, weiß nicht einmal woher ich stamme. Ganz zu schweigen von dem schrecklichen Brand, bei dem ich fast ums Leben gekommen wäre. Und du machst alles noch schlimmer. Du kotzt mich an!«

Für einen Moment schwiegen wir beide. Es wurde spät. Es war Zeit, meinen Plan umzusetzen. »Gut. Wir mögen uns nicht. Aber du wirst mir helfen, denn du willst mich nicht zur Feindin haben. Das kannst du mir glauben.«

»Und was soll ich tun?«

»Wie gesagt. Ich weiß nichts über mich. Ich kenne nicht einmal den Namen meiner Mutter. Niemand hat mich über meine Vergangenheit aufgeklärt. Angeblich bin ich zu jung oder zu sensibel dafür. Mir reicht es jetzt. Ich will Bescheid wissen. Und nicht erst in einem Jahr, wenn ich achtzehn werde oder in vier Jahren oder wann immer deine Tante glaubt, der rechte Zeitpunkt wäre gekommen. Ich will nicht mehr warten. Du musst es irgendwie schaffen, sie zu überzeugen.«

Becca sah mich überrascht an.

»Ja, deine Tante Britt. Die Bundesagentin. Sie ist diejenige, die alle Fäden in der Hand hält. Sag ihr, was immer du willst. Dass ich am Boden bin, den Lebensmut verloren habe, mich mit tausend Fragen quäle oder meinetwegen, dass ich dich erpresse. Es ist mir ganz gleich, wie du es anstellst. Bearbeite sie. Bring sie dazu mir die Wahrheit zu sagen!«

»Kennst du meine Tante? Das wird nicht leicht. Sie ist ein ziemlich harter Brocken.«

»Dann lass dir was einfallen.«

»Und wenn ich es nicht schaffe? Erzählst du dann überall herum, dass ich ein Kind bekommen habe?«

»Keine Ahnung. Alles ist möglich.«

»Wer hat dir davon erzählt? Niemand weiß es außer meinen Eltern.« Sie starrte mich brennend vor Neugier an.

Tommy würde es schlecht ergehen, wenn ich ihr die Sache mit dem Nacktfoto steckte. Außerdem wollte ich nicht zugeben, dass ich in seinem Handy herumgeschnüffelt hatte. Was sollte ich ihr sagen? Ich versuchte Zeit zu gewinnen.

»Spielt doch keine Rolle.«

»Für mich schon. Wenn du es weißt, wissen es vielleicht auch andere.«

Ich musste irgendwie improvisieren. »Nein. Mach dir keine Sorgen. Ich habe es aufgeschnappt, als ich aus Tommys Zimmer kam. Deine Eltern sprachen darüber.«

»Du hast rumspioniert.«

»Na und? Ich habe es jedenfalls für mich behalten. Aber du konntest nicht aufhören gegen mich zu intrigieren. Jetzt reicht es mir. Ich lass mir nichts mehr gefallen. Also – Becca. Wirst du tun, worum ich dich gebeten habe?«

Sie funkelte mich wütend an. »Mir bleibt wohl nichts anderes übrig. Aber erwarte keine Wunder. Britt wird uns über Weihnachten besuchen. Dann werde ich es angehen. Ich verstehe nur nicht, wieso meine Tante etwas über deine Vergangenheit weiß.«

Ich zögerte. War es gut, Becca meine Sorgen anzuvertrauen? Am Ende hatte sie mehr gegen mich in der Hand als ich gegen sie. Andererseits – musste ich sie nicht informieren, damit sie eine Chance hatte, Agent Weiss zu überzeugen?

»Ich glaube, deine Tante verheimlicht mir meine Herkunft, weil damals etwas Schreckliches passiert ist. Sie kennt alle Einzelheiten, wahrscheinlich hat sie in der Sache ermittelt. Was immer auch geschehen ist, meine Eltern müssen auf die ein oder andere Art in kriminelle Dinge verstrickt gewesen sein. Soviel habe ich mir zusammengereimt. Vielleicht ist es besser, nichts darüber zu wissen, aber es macht mich fertig. Ich habe Albträume.«

Becca zuckte nicht mit der Wimper. Es hatte keinen Sinn, bei ihr auf Mitgefühl zu hoffen.

»Okay. Wir sprechen uns nach den Feiertagen«, sagte ich genervt. »Und nur, dass du es weißt. Ich wollte mich nie in dein Leben drängen. Ganz im Gegenteil. Eileen hat mich gezwungen zur Bat Mizwa zu gehen. Bestimmt wollte deine Tante, dass ich dort erscheine, damit sie mich in Ruhe unter die Lupe nehmen konnte. Wenn das hier vorbei ist, brauchen wir nie wieder ein Wort miteinander zu reden.«

Ich nahm die Schachtel mit den Haaren und steckte sie in meinen Rucksack. »Du verstehst, dass ich dir meinen Zopf nicht länger überlassen kann. Die Vorstellung, dass du ihn jeden Abend wie einen Fetisch anstarrst und wer weiß was damit machst, verursacht mir eine Gänsehaut. Such dir was anderes oder geh zur Therapie.«

Ich ließ sie stehen, schlüpfte leise die Treppe hinunter, verließ ungesehen das Haus. Die Kühle der Nacht tat mir gut. Es hatte zu regnen begonnen und erste Eiskristalle mischten sich in die Tropfen. Langsam fuhr ich durch die Straßen, darauf bedacht, mit den schmalen Reifen des Rennrades nicht ins Rutschen zu geraten.

Bald war Weihnachten. Familien kamen zusammen, feierten an reich gedeckten Tischen, vergaßen für eine Weile ihre Sorgen. Für mich würde es anders sein, aber es machte mir nichts aus. Ich konnte es kaum erwarten, dass die Feiertage begannen und ich der Antwort auf all meine Fragen einen Schritt näher kam.

13

Am Abend des 25. Dezember kochte ich mein erstes Weihnachtsessen. Mrs. Barton und ich waren übereingekommen, das Fest bescheiden zu begehen. Es gab keine Geschenke, wir gingen nicht in die Kirche, wir luden niemanden ein. Da ein ganzer Truthahn viel zu groß gewesen wäre, begnügten wir uns mit zwei Keulen, einem Topf Süßkartoffelauflauf und einer Schüssel in Butter geschwenkter Bohnen mit Cranberries. Ich half, wo ich konnte, da Mrs. Barton in keiner guten Verfassung war. Sie wirkte zerstreut, vielleicht auch niedergeschlagen und ihre Hüfte machte ihr zu schaffen. Am Ende saß sie erschöpft auf einem Küchenstuhl und begnügte sich damit, mir Anweisungen zu geben. Schließlich war alles geschafft. Während sich Mrs. Barton für ein Weilchen hinlegte, deckte ich den Tisch samt Kerzen und einem Tannenzweig, den ich von einem Spaziergang mit Blacky mitgebracht hatte, und ließ mich dann auf dem Sofa nieder. Meine Augen fielen zu.

»Du willst den Turm finden? Sei vorsichtig, Rae!«

»Ich kann an nichts anderes denken. Ich muss es tun, Harper.«

»Der Turm wird brennen.«

»Ich weiß.«

»Es wird dir weh tun. Kannst du es aushalten? Ich konnte es nicht. Jetzt bist du allein.«

»Wird der Turm einstürzen?«

»Er wird alle verzehren. Aber hab keine Angst. Eine wird gerettet.«

»Nur ich?«

»Ja. Nur du. – Das ist dein Abgrund.«

Ein heftiger Schlag holte mich zurück in die Gegenwart. Zusammengerollt mit schocksteifen Gliedern lag ich auf dem Fußboden vor Mrs. Bartons Sofa und spürte, wie mir die Tränen über die Wangen liefen. Warum taten diese Träume so weh? Wenn ich mich schon elend fühlte, wollte ich wenigstens wissen, warum.

Niedergeschlagen rappelte ich mich hoch und rieb mir den Hinterkopf. Wie viel Zeit war vergangen? Es waren nur wenige Minuten. Ich ließ mich auf das Sofa fallen, sodass die Sprungfedern ächzten, rührte mich nicht mehr, starrte in das spärlich beleuchtete Wohnzimmer und versuchte an nichts zu denken. Es war still, nur der alte Heizofen knackte von Zeit zu Zeit. Die Geräusche waren anders als zuhause. Auch die Gerüche. Es war modriger, düsterer. Ich vermisste mein altes Zimmer.

Die Erinnerungen kamen mit aller Macht. *Denk nicht daran. Lass los!* Ich sprang auf, lief hinüber zur Anrichte und betrachtete die Familienfotos. Katie bei ihrer Kommunion, Katie strahlend in Talar und Doktorhut am Tag ihres Schulabschlusses, Katie im Ballkleid mit Blumengesteck am Handgelenk. Glückliche Momente längst vergangener Tage. Doch wo war ihr Bruder? Leise öffnete ich die Schranktüren und stöberte ein wenig herum, bis ich eine hölzerne Schachtel sah, die bis zum Rand mit Bildern gefüllt war.

Ich kannte diese Menschen nicht. Es mussten Freunde oder Verwandte sein. Ihre Namen waren auf den Rückseiten der Fotos in geschwungener Schrift festgehalten. James und Martha, 1956 … die Henson-Schwestern am Lake Michigan, sogar ein Schnappschuss von Frank und Eileen war darunter. Mit ernsten Gesichtern standen sie auf der Veranda unseres Hauses und winkten. Obwohl sie jung aussahen, erschienen sie mir alt. Die Farben waren verblichen. Nach fünfzehn Minuten hatte ich alle Fotos durchgesehen. Mrs. Bartons Sohn hatte ich auf keinem der Bilder entdecken können. Weit hinten im Schrank fand ich schließlich ein altes Fotoalbum. *Katherine* stand auf der ersten Seite. Ich blätterte es durch, betrachtete weitere Fotos aus Katies Kindheit. Die Kleine auf dem Arm ihres Vaters, mit ihrer besten Freundin, auf dem Schoß von Mrs. Barton, am Tag der Einschulung, in den Ferien am Meer… Die Seiten waren an den unteren Ecken vom vielen Umblättern abgewetzt. Mir fiel auf, dass hier und da Fotos herausgenommen worden waren. An ihrer Stelle zeigten sich leere vergilbte Felder und durchgestrichene Beschriftungen. Ich bemühte mich, sie zu entziffern, doch es gelang mir nur ein einziges Mal. *Katie und Michael, Weihnachten 1969.* Mrs. Barton hatte ihren Sohn aus ihren Erinnerungen getilgt. Aber wo waren die Bilder geblieben? Ich stöberte erneut im Unterschrank der Anrichte und förderte schließlich eine alte Keksdose zu Tage. Der Deckel war verbogen und klemmte, aber mit etwas Geduld gelang es mir ihn zu lösen.

Die Dose war nur halb gefüllt. Fotos von Michael, zum Teil zerknittert oder beschädigt, lagen darin. Ich sah sie durch: ein kleiner Junge in kurzer Hose und Oberhemd, schüchtern lächelnd am Tag seiner Einschulung; an seinem Geburtstag mit Cowboyhut und Pistole; als junger Mann mit längeren Haaren vor einem roten Auto. Das Leben von Michael Barton schien perfekt gewesen zu sein. Er war in einer glücklichen Familie aufgewachsen, in einem schönen Haus – ihm hatte nichts gefehlt. Sogar sein Aussehen, seine strahlenden Augen, sein offener Blick ließen nichts zu wünschen übrig. Jede Mutter wäre stolz auf diesen Jungen gewesen.

Die Treppe knarrte. Erschrocken fuhr ich zusammen. Mrs. Barton kam bereits herunter, während ich hektisch die Fotos zurücklegte, den verbogenen Deckel andrückte und alles mit reichlich Schwung in den Schrank beförderte. Zu meinem Entsetzen geriet die Dose jedoch ins Rutschen. Sie kippte und – da der Deckel nicht richtig geschlossen hatte – spie sie ihren Inhalt wieder aus: Fotos überall verstreut auf dem Boden. Panisch sammelte ich sie auf, stieß eine Vase um, griff hastig nach ihr, wobei mir die Bilder wieder entglitten.

»Was machst du denn da, Rachel?« Mrs. Barton schaltete den Kronleuchter ein und kam zu mir herüber.

»Ich, ähm, ich wollte die Vase holen. Ist sie nicht schöner als die auf dem Esstisch?«

»Wenn du meinst …« Sie brach abrupt ab und starrte mich mit einem Blick an, den ich noch nie an ihr gesehen hatte – einem düsteren, bösen Blick, der sicherlich zu ihrem Spitznamen *Lizzie Borden* beigetragen hatte.

»Was liegt da auf dem Boden? Gib es mir!«, herrschte sie mich mit donnernder Stimme an.

Entsetzt entdeckte ich ein Foto, dass halb unter den abgewetzten Teppich gerutscht war. Mit zitternden Knien hob ich es auf und reichte es ihr. Sie sah es nicht an, sondern zerknüllte es in ihrer Hand.

»Es tut mir leid … Ich weiß auch nicht, warum ich das getan habe«, hörte ich mich stammeln.

»Du stöberst in meinen Sachen herum, nimmst dir Dinge, die

dich nichts angehen, erzählst mir Lügen? Was erdreistest du dich! Ich hab dich aufgenommen, dir vertraut, dachte, du wärst ein gutes Kind, wollte dich nicht auf die Straße setzen, und so dankst du es mir! Geh mir aus den Augen!«

Meine Kehle schnürte sich zu. »Bitte, ich wollte doch nur …«

»Lass mich allein!«, sagte sie grimmig und wandte sich ab.

Ich wagte nicht zu widersprechen und ging bedrückt auf mein Zimmer. Was hätte ich auch zu meiner Entschuldigung anführen können? Sie war im Recht. Ich hatte herumgeschnüffelt. Michaels Schicksal war mir nicht mehr aus dem Kopf gegangen. Ich wollte unbedingt wissen, was zu seiner Verbannung geführt hatte. Mrs. Barton empfand keine Liebe für Michael. Sie schien ihren eigenen Sohn zu hassen und wollte durch nichts an ihn erinnert werden. Hatte er sie im Stich gelassen oder war sie vielleicht eine hartherzige Mutter, die ihren Sohn aufgab, so wie meine Mutter mich? Ich fand es unerträglich, wenn Kinder verstoßen wurden. Deshalb hatte ich all die Jahre Mitleid für Billy empfunden. Und jetzt erging es mir mit Michael ähnlich. Niemand wollte uns haben. Wir standen allein.

Es war bereits nach Mitternacht, als ich mich durchrang, meinen knurrenden Magen zu beruhigen und leise die Treppe hinunterschlich. Das Erdgeschoss lag in vollkommener Dunkelheit, nur am Küchenfester drang ein schmaler Streifen blassen Mondlichts durch den kleinen Spalt der zugezogenen Vorhänge, sodass ich mich orientieren konnte. Vorsichtig öffnete ich den Kühlschrank. Blacky schnaubte kurz. Er hatte es sich im Wohnzimmer gemütlich gemacht und war vom Licht des Kühlschrankes geweckt worden. Plötzlich überkam mich ein unbändiges Gefühl der Zuneigung. Ich wollte ihn streicheln und mich einen Moment an seinen warmen Körper kuscheln. Als ich mich zum Wohnzimmer umwandte, blieb ich wie angewurzelt stehen. Zwei rötlich schimmernde Augen starrten mich aus der Dunkelheit an. Ich fuhr erschrocken zusammen.

»Was tust du hier? Willst du dein Werk fortführen?«, knurrte Mrs. Barton.

»Nein. Bestimmt nicht. Ich wollte nur zu Fletcher, ähm, ich wollte ihn in den Arm nehmen«, stotterte ich verlegen.

»So, so. Und Hunger hast du wahrscheinlich auch.«

Ich nickte kaum merklich.

»Dann wird's Zeit, endlich etwas zu essen. Weihnachten ist ja nun vorbei«, polterte sie mit kräftiger Stimme und erhob sich fluchend aus dem Sessel. »Den Tisch hast du ja schon gedeckt. Also kann's losgehen.«

Sie stellte die Töpfe, kalt wie sie waren, auf die Untersetzer und begann uns aufzufüllen. Mir war mulmig. Mrs. Barton hatte stundenlang in der Dunkelheit gesessen und schien mir jetzt übertrieben aktiv, als wäre sie von einem Fieber befallen. War sie am Ende doch verrückt? Schweigend saßen wir am Tisch und aßen. Eine kleine Restwärme hatte sich in den Speisen gehalten. Es schmeckte wirklich gut. Ich gab mir Mühe, die bizarre Stimmung im Raum zu ignorieren und schaufelte alles in mich hinein.

»Noch einen Nachschlag?«, brummte Mrs. Barton, ohne mich anzusehen.

»Nein, danke. Ich bin satt.«

»Das war's schon? Du brauchst dich nicht vornehm zurückzuhalten«, murrte sie gekränkt.

»Also gut, dann nehm ich noch ein bisschen.«

Sie klatschte mir eine Kelle Süßkartoffeln auf den Teller und trennte ungeduldig das Fleisch vom Knochen. Dann aßen wir schweigend weiter. An stille Mahlzeiten war ich gewöhnt, aber die Ablehnung, die mir entgegenschlug, war etwas Neues. Dabei war ich mir nicht einmal sicher, was ich verbrochen hatte. Alte Fotos zu betrachten, konnte so schlimm nicht sein. Ich fühlte mich ungerecht behandelt. Musste alle Welt auf mir herumhacken? *Verdammt! Wehr dich doch! Du bist kein kleines Kind mehr.*

»Es tut mir so leid. Ich wollte Sie bestimmt nicht verärgern …«

»Sei still! Es gibt nichts mehr dazu zu sagen.«

»Ich möchte es aber gern.«

»Nein!« Sie blaffte mich förmlich an.

»Gut. Dann erzähle ich Ihnen etwas anderes. Als ich klein war, habe ich viel über Billy nachgedacht. Sie wissen doch, der Junge, der vor mir bei den Bakers wohnte.«

»Hm.«

»Frank und Eileen haben ihn weggeschickt, weil er nur Ärger machte. Sie haben bestimmt von dem Feuer im Fernsehsessel gehört. Ich wollte immer wissen, was aus ihm geworden ist, ob er eine gute Familie gefunden hat, neue Freunde, ein schönes Zuhause. Er hat mir leid getan. Irgendwie glaubte ich, es würde mir genauso ergehen ... dass ich fortgejagt würde und kein Heim mehr hätte. Jahrelang habe ich sein Foto angestarrt und mir Geschichten ausgedacht, deshalb wollte ich so gern ein Foto von Michael sehen, weil er auch verschwunden ist.«

»Dazu hattest du kein Recht.«

»Ich weiß, und ich entschuldige mich dafür. Bitte glauben Sie nicht, dass ich herumschnüffeln wollte. Sie haben bestimmt gute Gründe, ihm nicht zu vergeben.«

»Es gibt Unverzeihliches.« Ihre Stimme war kratzig geworden.

»Hm. Es ist das, was ich am meisten fürchte. Eines Tages werde ich erfahren, was meine Mutter getan hat. Ich habe keine Vorstellung, was es sein könnte, aber es muss unverzeihlich sein, sonst hätte man es mir längst gesagt.«

»Ach Kind. Du bist noch so jung. Du hast kein Verbrechen begangen. Jeder ist für sich selbst verantwortlich, für seine Taten.«

»Aber die Leute reden schlecht über mich, halten mich für verdächtig. Es ist genauso schlimm, als wäre ich wirklich schuldig.«

»Nein. Das ist es nicht, denn tief in dir drin, weißt du, was richtig ist. Mir haben sie schon alles Undenkbare nachgesagt, mich zur Mörderin mit Hackebeil erklärt, weil es ihnen so gefiel. Ich hab mich davon nicht unterkriegen lassen.«

»Wie konnten nur solche Gerüchte entstehen?«

»Das geht mit einem Windhauch. Wir waren damals im Urlaub, mein Mann und ich, zu Besuch bei seiner Familie in Michigan. Dort erlitt er einen Herzinfarkt. Das Familiengrab war ihm immer wichtig gewesen, er wollte dort beerdigt sein, bei seinem Bruder und seinen Eltern. Also kam ich ohne meinen Mann zurück. Die Saat war gesät. Meine Kinder waren längst ausgezogen. Ich war allein. Kurz darauf starb meine Katie. Auch sie wurde in Michigan beigesetzt. Es fiel mir unglaublich schwer, sie so weit weg zu wissen, aber sie sollte bei ihrem Daddy liegen.« Mrs. Bartons Stimme war nur noch ein Hauch.

»Also waren sie alle auf einmal verschwunden.«

Ich flüsterte: »War Michael schuld an Katies Tod?«

Sie nickte stumm.

»Vielleicht hat es ihm leidgetan.«

»Er hat sie getötet. Ob es ihm leidtut, spielt keine Rolle. Oder wirst du dem infamen Menschen verzeihen, der euer Haus in Brand gesteckt hat?«

»Nein. Das werde ich niemals tun. Aber ich kann nicht verstehen, warum ein Bruder seine Schwester tötet.«

»Weil er nur seine eigenen Wünsche kennt. Michael war ein Luftikus. Ein charmanter Taugenichts, den jeder mochte. Ihm fiel alles in den Schoß, er musste sich nie anstrengen. Er hatte immer gute Laune und neckte mich, so wie es nur Jungen können. Er war oft mit Freunden unterwegs, fuhr hoch nach Green Bay oder zum Skilaufen. Nichts konnte ihm die Stimmung verderben. Wenn ich ihn mal um Hilfe bat, war er nie um eine Ausrede verlegen. Ich hör ihn noch ... *ach Ma, das Wetter ist so schön, ich mach es später* ..., dann gab er mir einen dicken Kuss und weg war er. Ich konnte nie streng zu ihm sein, das war mein Fehler. So hat er nicht gelernt Verantwortung zu übernehmen. Dann waren sie schließlich aus dem Haus. Erst Michael, später Katie. Beide studierten in Chicago und besuchten mich von Zeit zu Zeit. Es war das erste Weihnachtsfest, nachdem mein Mann gestorben war, sie wollten über die Feiertage zu mir kommen. Katie hatte sich den Fuß gebrochen und Michael sollte sie mitnehmen, aber er hatte mal wieder eine Party und konnte sich nicht loseisen. Es wurde später und später. Mitten in der Nacht brachen sie auf. Die Straßen waren glatt. Michael hatte getrunken. Es kam, wie es kommen musste. Sie gerieten ins Rutschen, durchschlugen eine Absperrung und kamen zum Stehen. Der Wagen hatte nicht viel abbekommen, aber ein schmaler Teil eines Bauzauns hatte das Fenster auf Katies Seite zerstoßen und sie schwer verletzt. Zu der Zeit gab es keine Handys, es war dunkel, niemand war auf der Straße. Ganz in der Nähe der Unfallstelle befand sich eine Polizeistation. Michael hätte Hilfe holen können, doch er tat es nicht. Er wollte keinen Ärger haben, weil er betrunken gefahren war. Also drehte er um und fuhr den ganzen Weg zurück nach Chicago, langsam und vorsichtig wegen der Glätte. Als sie im Krankenhaus ankamen, war es zu spät. Man konnte nicht mehr viel für Katie tun. Der Blutverlust war zu hoch gewesen. Sie starb allein in der Notaufnahme, denn Michael war in seine Wohnung gefahren, aus Angst, dass man eine Blutprobe von ihm verlangen könnte. Er wollte seinen Führerschein nicht verlieren. Das war ihm wichtig.«

Sie sah mich mit leeren Augen an. »Nun hab ich dir alles erzählt, obwohl ich nie mehr darüber sprechen wollte. Vielleicht ist es richtig so. Du wohnst jetzt hier. Ich schulde dir eine Erklärung. Die Weihnachtstage sind schwierig für mich. Ich kann sie nicht mehr feiern. Meine Kinder sind an Weihnachten gestorben.«

Sie stand auf und begann den Tisch abzuräumen. Blacky kam zu ihr getrottet, jaulte leise und erhielt seinen Anteil an den Resten. Wir schwiegen alle drei. Nachdem Mrs. Barton nach oben gegangen war, setzte ich mich auf die Couch, zog Blacky zu mir hoch, kraulte ihm das Fell und schmiegte mich an ihn. Ich wollte nicht allein sein. Es war die traurigste Geschichte, die ich je gehört hatte.

Wind, Kälte und Schnee begleiteten den Jahreswechsel und machten es schwierig, das Haus zu verlassen. Mein Rennrad konnte ich getrost vergessen, weshalb ich gezwungen war, eine halbe Stunde durch das Gestöber zu stapfen, um im Diner zu arbeiten. Es war einfach herrlich! Nie hatte ich mich so vollkommen unsichtbar gefühlt. Während alle gemütlich zu Hause blieben und sich am Kaminfeuer wärmten, war ich unterwegs – zur Arbeit oder auf einem Spaziergang mit Blacky – ohne dass ich einer Menschenseele begegnete.

Mrs. Barton und ich hatten in schweigender Übereinkunft nicht mehr über den Weihnachtsabend gesprochen. Ich akzeptierte, dass sie Michael aus ihren Erinnerungen verbannt hatte. Es war ihre Art mit dem Unverzeihlichen fertigzuwerden. Am Neujahrstag kamen Sean und Debbie vorbei, um mir zu gratulieren. Mrs. Barton hatte einen Kuchen gebacken und setzte Tee auf, während Debbie den Tisch deckte. Ich war unterdessen mit dem Auspacken eines riesengroßen Geschenks beschäftigt. Etwas verlegen öffnete ich den Karton und zog eine voluminöse dunkelblaue Winterjacke hervor. Ich war gerührt.

»Die kann ich gut gebrauchen, gerade bei diesem Wetter.«

»Hm. Dachte ich mir. Wie geht's dir so, mit allem?« Sean sah mich kurz an.

»Ich schlag mich durch.« Seine schweigsame Art machte es

schwer, ein Gespräch in Gang zu bringen. Er kam ganz nach seinem Vater. »Weißt du, dass ich Tyler getroffen habe?«, fragte ich im Flüsterton. Jetzt hatte ich seine volle Aufmerksamkeit.

»Wirklich?«

»Ja. Er hat abends auf mich gewartet, als ich aus dem Diner kam. Ist schon eine Weile her.«

»Was wollte er von dir?«

»Hm, unterm Strich wollte er wahrscheinlich nur Geld.«

»Von dir? Wie tief will er noch sinken.«

»Er meinte, ich würde ihm etwas schulden. Wegen des Rennrads.«

»Hast du ihm was gegeben?«

»Ja. Fünfzig Dollar. Jetzt gehört das Rad mir.«

»Das finde ich nicht in Ordnung.« Er holte seine Geldbörse hervor.

»Nein. Lass stecken, Sean. Ich verdien jetzt mein eigenes Geld. Aber danke für die gute Absicht. Weißt du was, ich hab Ty dazu gekriegt, die Sache mit den Streichholzmäppchen zuzugeben.«

»Er ist es also wirklich gewesen. Vor mir hat er es abgestritten.«

»Wusstest du, dass er in der Nacht des Brandes in Rockford war?«

»Ja. Hat er zumindest behauptet.«

»Hast du ihm geglaubt?

Er kratzte sich am Kopf. »Ja. Schon.«

»Ich komischerweise auch. Wie oft hast du ihn gesehen, Sean?«

»Nur zweimal. Er brauchte Geld.«

»Und hast du ihm welches gegeben?«

»Hm. Er ist schließlich mein Bruder.«

»Ja. Schöner Bruder.« Ich musste an Katies Bruder denken. Manchen Menschen gelang es einfach nicht, das Richtige zu tun. »Weißt du, dass ich mit Billy gesprochen habe?«

Sean sah mich überrascht an. »Wow. Das ist mal eine Neuigkeit.«

»Ist nur so ein Gefühl, aber mir erschien er unschuldig. Er sagt, er hätte ein Alibi.«

»Komisch. Ich habe gehört, dass es neue Beweise gegen ihn gibt. Wenigstens hat der Sheriff nicht mehr ständig einen Streifenwagen vor meinem Haus postiert. Das hat mich ganz schön Nerven gekostet.«

Ich wusste genau, was er meinte. »Glaubst du, dass Frank und Eileen Feinde hatten?«, flüsterte ich beunruhigt.

»Nein. Das kann ich mir nicht vorstellen, so zurückgezogen wie sie lebten.«

»Aber irgendjemand muss es getan haben. Wer kommt denn noch in Frage?«

»Ich hab nicht die leiseste Ahnung. Der einzige, der sie vielleicht gehasst haben könnte, war Billy.«

Wir fuhren ruckartig auseinander und verstummten, als Debbie zu uns herüberkam. Es war ohnehin alles gesagt worden, also schwiegen wir fröhlich vor uns hin, wie es so unsere Art war.

Eingemummelt bis über die Nase kämpfte ich mich vor bis zum Creek, die riesenhafte Kapuze mit hellem Kunstfell tief ins Gesicht gezogen. Blacky schnaufte von der Anstrengung, also legten wir am Ufer eine Pause ein, beobachteten, wie der Schnee von den Bäumen sprang, sobald sich ein Vogel in die Lüfte erhob, teilten uns ein Käsesandwich und genossen die Stille. Plötzlich kam ein kleiner Blauhäher angeflattert, in der Absicht, ein paar von unseren Brotkrumen zu ergattern, was Fletcher gar nicht gefiel. Mit ungeahnter Kraft sprang er auf, bellte aus vollem Halse, verfolgte den kleinen Vogel, wobei er den Schnee wie wild herumwirbelte. Ich ließ ihn gewähren. Es war schön zu sehen, wie viel Energie er noch besaß, denn erste Silberfäden zeigten sich in seinem Fell. Schließlich beruhigte er sich, schnüffelte ausgiebig und wedelte aufgeregt mit dem Schwanz. Ich wurde neugierig und kam näher an die von ihm aufgewirbelte Mulde heran.

Da lag ein rundes Knäuel. Es war ziemlich schmutzig, doch ich konnte einen rötlichen Schimmer erkennen. Was war das? Ein verfilztes schäbiges Ding – vielleicht ein Spielzeug? Vorsichtig stupste ich es mit dem Fuß an, bis es mir schließlich gelang, das Knäuel zu drehen. Es sah seltsam aus, wie eine verfilzte kleine Kugel mit einem Loch. Vielleicht ein Kuscheltier, ein Teil einer Mütze, eine Art Bommel? Ich brach einen dünnen Zweig ab und stach behutsam in das Loch, bis es sich auf beängstigende Weise weitete. Es war ein kleines Maul. Verdreckt, verbeult, verwest. In einem unkenntlichen Gesicht. Eines abgetrennten Kopfes.

Obwohl mir ganz übel wurde, trieb mich irgendetwas an. Immer wieder drückte ich den Zweig in das Knäuel, zog mehr von dem räudigen Fell auseinander, fand eine zerquetschte Nase, schob die verklebten Lider hoch, sah in gelblich-grüne Augen. Mein Puls fing an zu rasen. Hastig brach ich einen stärkeren Zweig ab und beförderte den verfilzten Kopf an einen helleren Platz, direkt auf den Schnee. Die Farbe des verschmutzten Felles war jetzt deutlich zu erkennen. Rötlich mit Streifen.

Vor mir lag der Kopf von Shakira.

Panisch schaute ich mich um. Alles war still. Trotzdem stieg eine brennende Angst in mir auf. Ich rannte los, achtete nicht auf Schnee und Eis, geriet ein paarmal ins Rutschen. Blacky folgte mir mit Mühe. Er verstand nicht, warum ich Hals über Kopf davonstürmte. Als wir den Indian Park erreichten, blieb ich so abrupt stehen, dass Fletcher, der hinter mir hergelaufen war, in mich hinein sprang und mich dabei umstieß. Ich tauchte tief in den Schnee, kam prustend wieder hoch, hörte das spöttische Gelächter eines Jungen. Noch bevor ich ihn sah, wusste ich, dass es Caleb war. Ich wischte mir die stechenden Schneekristalle aus den Augen und schüttelte mich wie ein Hund.

»Was für ein Anblick, Adrian! Du stürzt dich wie immer kopfüber ins Abenteuer. Und wie schmeckt der Schnee?«

»Ha ha. Was treibst du denn in dieser verlassenen Gegend, wo du nicht mal einen Hund als Ausrede bei dir hast?« Dafür registrierte ich einen großen schmutzigen Sack über Calebs Schulter.

»Das willst du gar nicht wissen. Du hast doch gerade Besseres zu tun. Lass dich von mir nicht bei deinem Zeitvertreib stören.«

»Wie witzig.« Der Schnee tropfte aus meinen Haaren in den Nacken, lief an meinem Rücken herunter und verursachte mir einen Kälteschauer, während Caleb mich aufmerksam ansah. Warum musste ich ausgerechnet vor ihm wie ein Trottel am Boden liegen. Sein Grinsen machte es nicht besser. Ohne lange zu überlegen, bückte ich mich und feuerte einen Schneeball auf ihn ab, der ihn leider nur am Arm erwischte.

»Forder mich lieber nicht heraus, Prinzessin. Ich kann das ganz bestimmt besser als du.«

»Dann verschwinde doch einfach und geh deinen Machenschaften nach.«

»Du sitzt mal wieder auf dem hohen Ross. Ist es nicht so, dass du diejenige bist, der man alle erdenklichen Machenschaften nachsagt?«

»Seit wann gibst du etwas auf Beccas Gerede?«

»Ihre Ansichten sind interessant. Sehr fantasievoll. Aber sie sollte besser vorsichtig sein ...«

»Was meinst du damit?«

»Ach nichts. Vergiss es. Ich hoffe, du bist klüger und kannst deinen Mund halten.«

»Wenn ich dem Sheriff etwas über dein Alibi erzählt hätte, wäre er schon längst bei dir aufgetaucht. Du kannst dich nicht beklagen. Also reiz mich nicht.«

»Willst du mir drohen, Adrian? Das solltest du besser wissen.«

»Ist doch unser gewohnter Umgangston. Wozu höflich sein? Ich schulde dir nichts, ganz im Gegenteil.«

»Fängst du jetzt wieder von deinem verdammten Geld an?«

»Nicht nur davon ...« Ich hielt mitten im Satz inne. Es war vernünftiger, nichts von Tylers Baseballschläger zu erwähnen, auch wenn Caleb ihn gestohlen hatte. Das Chaos in seiner Hütte würde er ganz bestimmt mir in die Schuhe schieben.

»Na, was brütest du aus, Adrian? Hast du was angestellt? Gegen eine kleine Aufwandsentschädigung stehe ich dir gern mit Rat und Tat zur Seite.«

»Nein danke. Ich verzichte. Du brauchst nicht alles zu wissen.«

Er legte den Kopf nachdenklich auf die Seite und sah mich abschätzend an. »Wie hat's dir denn im Knast gefallen? Du sollst ja die ganze Nacht dort geblieben sein.«

Seine Frage überraschte mich. Das Ganze war schon einige Monate her. »Es war eine interessante Erfahrung, die du bestimmt selbst schon gemacht hast. Oder nicht? Ich bin übrigens freiwillig dort geblieben.«

»Ach, wirklich?« Er verengte die Augen zu Schlitzen. Ich konnte sehen, wie es in seinem Schädel rumorte. »Ich hoffe, du warst nicht so blöd, dich auf irgendeinen Deal einzulassen. Man kann dem She-

174

riff nicht trauen. Fang ja nicht an, für ihn zu spionieren … oder tust du das bereits? Spitzel sind sehr unbeliebt, das weißt du bestimmt.«

»Ich bin kein Spitzel. Ich hatte nur ein langes Gespräch. Dein Name ist jedenfalls nicht gefallen, wenn es das ist, was du wissen willst.«

»Da bin ich aber beruhigt. Immer schön brav bleiben, Prinzessin, du hast schon Ärger genug.«

»Ärger nennst du das, wenn jemand mein Zuhause abfackelt? Du kannst mich mal!«

»Jederzeit. War mir wie immer ein Vergnügen. Ich muss jetzt weiter, meine Machenschaften zu Ende bringen. Schönes Wort, Adrian. Werd ich mir einprägen.«

»Idiot«, murmelte ich vor mich hin, dann rief ich nach Blacky und machte mich auf den Heimweg. Wir waren erst einige Meter weit weg, als mich ein dumpfes Geräusch aufschauen ließ. Einen Augenblick später stürzte eine mittelschwere Schneelawine von den Zweigen auf mich herab, unter denen ich mich gerade befunden hatte. Ich hörte Caleb lachen. Natürlich hatte er einen Schneeball in die Zweige gefeuert. So ein verdammter Blödmann. Die Schneedusche war mir egal, ich war ohnehin durchnässt. Sein Spott war allerdings schwer zu ertragen. Am meisten ärgerte ich mich darüber, wie gut er zielen konnte. Mein Wurf war armselig gewesen. Ich hatte die Schlacht verloren.

Ein paar Tage später fing die Schule wieder an. Becca nickte mir in der Pause zu und gab mir mit einer Handbewegung zu verstehen, dass ich ihr auf die Toilette folgen sollte. Wir warteten, bis wir allein waren, wobei wir kein Wort miteinander wechselten.

»Ich hab mit meiner Tante gesprochen. Sie will es sich überlegen.«

»Das ist alles? Mehr hast du nicht erreicht?«

»Glaub mir, ich hab wirklich alle Register gezogen. Habe ihr erzählt, wie verzweifelt du bist, dass dich die Unwissenheit verrückt macht, dass du schon daran gedacht hast, einfach wegzulaufen, um auf eigene Faust etwas herauszufinden. Siehst du. Ich war kreativ.«

»Da hatte ich mir mehr erhofft.«

»Sie findet dich zu jung. Wie alt bist du jetzt?«

»Grad siebzehn geworden.«

»Vielleicht überlegt sie es sich noch. Sie will bestimmt nicht, dass du die Schule schmeißt. Ich glaube, sie denkt ernsthaft darüber nach. Sind wir jetzt quitt?«

»So einfach geht das nicht. Ruf sie an. Mach Druck. Ich will nicht mehr warten. Wir sind erst quitt, wenn du deine Tante überzeugt hast.«

Becca seufzte wenig begeistert. »Na gut. Aber ich kann dir nichts versprechen.«

»Ich dir auch nicht«, sagte ich genervt und ließ sie stehen.

Ich hatte niemandem von meinem schrecklichen Fund erzählt. Nach all den Gerüchten, die über mich in Umlauf waren, wollte ich nicht in Verbindung mit einer verstümmelten Katze gebracht werden. Der grausame Tod von Shakira würde Becca schockieren. Das wäre nicht gut. Ich brauchte sie für meinen Plan.

Warum war der Tierquäler wieder aktiv geworden, nachdem er so lange still gehalten hatte? War Shakira ihm rein zufällig über den Weg gelaufen oder steckte eine gemeine Absicht dahinter, eine Art Anschlag auf Becca? Dafür käme vor allem Tommy in Frage. Er hasste Shakira und vielleicht auch seine Schwester, gar nicht zu reden von dem abgetrennten Hundeschwanz, den er vor zwei Jahren fotografiert hatte. Müsste ich in diesem Fall ermitteln, wäre Tommy mein Tatverdächtiger Nummer eins. Was für ein blödes Dilemma. Ich wollte ihn nicht verdächtigen – nicht Tommy. Wer blieb also noch? Caleb hatte bei unserer letzten Begegnung seltsame Äußerungen gemacht, als hätte er eine Rechnung mit Becca offen. War sie so dumm gewesen, Gerüchte über ihn zu verbreiten? Der große, schmutzige Sack, den er bei sich gehabt hatte, erschien mir suspekt. Die dunklen Flecken – stammten sie von toten Tieren? Das war nicht auszuschließen. Caleb war manches zuzutrauen. Er tat, was er tun musste. Ohne Erbarmen. In der Einsamkeit des Waldes.

Es war eine Tatsache.

Ich kannte ihn nicht.

Der Wind hatte sich gelegt. Nur ein paar gelbe Blätter raschelten über den glatten Asphalt der einsamen Straße und durchbrachen die Stille. Es war eine dunkle Nacht. Der Mond ließ sich nicht blicken. Umso besser, dachte Billy, als er sich aus dem Schatten der schwarzen Eiche befreite und leise das abgebrannte Haus betrat. Er war schon auf halbem Weg nach Wisconsin gewesen, als ihn ein Lied im Radio dazu veranlasst hatte, umzukehren. Der Truckfahrer hatte erstaunt angehalten und ihn kopfschüttelnd aussteigen lassen. In dieser Hinsicht war es schade gewesen. Die meisten Leute waren nicht erpicht darauf junge Männer mitzunehmen. Beim nächsten Mal würde er vielleicht länger ausharren müssen. Aber wen juckte das schon? Er hatte Zeit. Niemand wartete auf ihn. Er war frei wie ein Vogel.

Die Ruine verströmte auf verlockende Weise den Duft des Feuers. Wie gerne hätte er es gesehen! Er atmete tief ein und schloss für einen Moment die Augen. Es musste wild gebrannt haben. Er inspizierte die Stabilität der abgerissenen Treppe, spähte durch das Loch nach oben, zog dann einen abgefallenen Heizkörper aus dem Wohnzimmer herüber und stellte sich auf ihn – eine wacklige Angelegenheit, aber es gelang ihm beim ersten Versuch, den oberen Treppenabsatz zu erreichen. Sein schlanker, sehniger Körper verfügte über ausreichend Sprungkraft und Geschicklichkeit. Er zog sich wie ein Freeclimber an den Fingern hinauf, bis er einen Fuß in den oberen Flur setzen konnte. Danach hatte er leichtes Spiel. Einen Augenblick lang sah er sich um. Ein großer Spiegel war über das Loch im Boden gelegt worden und hatte als Brücke gedient. Jemand musste hier oben gewesen sein – und nicht die Cops. Die hätten einen Tatort niemals in dieser Art verändert. War sie es gewesen? Rae? Er hätte darauf gewettet. Stille Wasser waren bekanntlich tief.

Vorsichtig durchquerte er den Flur und betrat ihr Zimmer. Sean hatte früher dort geschlafen, soweit konnte er sich erinnern. Vermutlich hatte Rae es später übernommen, als die Jungen ausgezogen waren. Der Zimmerwechsel hatte ihr das Leben gerettet. Er sah sich um. Schrank, Bett, Kommode. Die kleine Schublade stand halb offen. Er zog sie vollständig auf. Ein verschmiertes Schulheft befand sich darin.

»Spyliste« konnte er mit Mühe entziffern. Er schlug es auf, überflog die verschmierten Zeilen … Namen, die ihm unbekannt waren, Hobbys, Charaktereigenschaften … Er blätterte weiter. »Verdächtige« stand dick unterstrichen auf einer neuen Seite. Er wusste nicht, worum es ging, aber scheinbar hatte es die stille, schüchterne Rae faustdick hinter den Ohren. Er musste grinsen. Sie gefiel ihm irgendwie. Sie ließ sich nicht in die Karten schauen. Er zog ein weiteres Heft aus der Schublade, das ganz von schmutzigem Wasser durchtränkt war. Die Schrift war fast vollständig zerflossen. Nur hier und da konnte er noch ein Wort ausmachen: Harper. Ihr Name hatte auch in der Spyliste gestanden. Er erinnerte sich plötzlich. Rae hatte ihn laut ausgesprochen, als sie in der Arrestzelle eingeschlafen war. Verrücktes Mädchen. Sie war geschickt worden, um ihn auszuhorchen, das war ihm klar gewesen, aber aus irgendeinem Grund, hatte sie ihren Plan verworfen. Sie war neugierig gewesen – neugierig auf ihn.

Er legte die Hefte zurück in die Schublade und wollte gerade gehen, als er ein paar Schuhe auf dem Boden bemerkte, die achtlos vor den Schrank geworfen worden waren. Die Innensohlen waren herausgerissen. Rae hatte etwas gesucht. Er tippte auf Geld, weil Scheine dünn genug für Schuhsohlen waren. Um wie viel handelte es sich wohl? Wegen lächerlicher zwanzig Dollar hatte sie bestimmt nicht das Risiko auf sich genommen, die Ruine zu betreten. Es musste ein höherer Betrag gewesen sein. Geld, von dem niemand wissen sollte. Gut verstecktes Geld. Hatte sie jemanden erpresst? Die Spy-Liste sprach dafür, obwohl, wenn er es recht bedachte, hatte Rae nur Belangloses notiert. Nein. Der Typ war sie nicht. Sie war eine Einzelgängerin. Selbst bei der Beerdigung hatte sie meist abseits gestanden. Ihre Tränen waren echt gewesen, genau wie ihre Albträume. Sie fürchtete sich vor etwas. Er schob die halboffenen Schranktüren auseinander. Jemand hatte die Fächer durchwühlt, die Schuhe auf den Boden geworfen. War sie es selbst gewesen? Es konnte im Grunde nur eins bedeuten: Sie hatte ihr Geld nicht gefunden. Er sah die Szene vor sich. Rae nahm die Schuhe, riss die Sohlen heraus, stellte fest, dass ihr jemand zuvor gekommen war, sonst hätte sie nicht so eine Unordnung gemacht. Oder ein Dieb hatte ihre Sachen durchwühlt. So oder so, das Geld war weg.

Er ging von Zimmer zu Zimmer, inspizierte die Brandschäden,

spähte in Schränke und Schubladen. Es gab nichts mehr zu holen. Feuer und Löschwasser hatten alles in einen schwarzen Sumpf verwandelt. Behände kletterte er wieder hinab und verließ das zerstörte Haus. Es wurde Zeit, sich davonzumachen.

Billy entfuhr ein Seufzer. Eine Sache wollte er sich noch ansehen. Er umrundete die Ruine und ging in den Garten. Da oben war Raes Fenster, er schätzte die Höhe ab, betrachtete die Büsche, die darunter lagen. Warum war sie nicht gesprungen? Sie war sportlich, groß gewachsen, es wäre nicht allzu schwierig gewesen. Stattdessen hatte sie ein unkalkulierbares Risiko in Kauf genommen und war durch das brennende Haus gelaufen. Die Bakers mussten ihr etwas bedeutet haben oder sie war bereits verwirrt gewesen. Der Rauch setzte sich aus vielen giftigen Substanzen zusammen. Tückisch waren vor allem die brennenden Kunststoffe, Farbbeschichtungen, Lacke, synthetischen Textilien, deren toxische Wirkung nicht zu unterschätzen war. Rae hatte vermutlich nicht mehr klar denken können. Es grenzte an ein Wunder, dass sie überhaupt aufgewacht war.

Er strich eine Weile im Garten umher, betrachtete die rückwärtige Fassade, stieg die kleine Treppe hinab, die in den Keller führte. Die Tür war verrammelt und mit dem gelb-schwarzen Band der Polizei versehen. Soweit er es verstanden hatte, war sie an dieser Tür gescheitert, hatte weder vor noch zurück gekonnt, hatte in der Falle gesessen. Er kam die Stufen wieder hoch und blieb unvermittelt stehen. Ein kleiner Ball steckte im Geäst der Buchenhecke, welche die Kellertreppe flankierte. Er war ziemlich abgenutzt, ein alter gepunkteter Gummiball mit Bissspuren. Hatte sie nicht einen Hund gehabt? Er meinte, so etwas gehört zu haben: der treue Hund, der zu ihrer Rettung geeilt war. Filmreif. Er steckte den Ball in seine Tasche und machte sich auf den Weg.

Nirgendwo brannte ein Licht. Es war spät geworden. Er zögerte kurz am Ende der Straße, stand im Schatten einer Platane und betrachtete Raes neues Zuhause. Weit hatte sie es nicht geschafft. Sie sollte dieses Kaff verlassen. Manche Orte waren verflucht.

Ein unerwarteter Anflug von Mitleid durchströmte ihn, und für einen Moment überlegte er, die Kamee, die er bei seinem ersten Besuch in der Ruine mitgenommen hatte, in den Briefkasten zu legen, aber er tat es nicht. Ein kleines Andenken hatte auch er verdient.

Eine halbe Stunde später hatte er Larkville hinter sich gelassen, ohne dass ein Auto vorbeigefahren wäre. Eine Mitfahrgelegenheit würde er nachts kaum noch finden, aber er marschierte weiter. Die Straße führte nun durch ein Waldstück. Sie stieg leicht an. Er hörte Wasser rauschen. Als er den höchsten Punkt der Erhebung erreicht hatte, packte ihn plötzlich die Neugier, und er ging vorsichtig zwischen den halbhohen Sträuchern hindurch, bis er einen hölzernen Zaun erreichte. Die Dunkelheit machte es schwer die Tiefe der Schlucht abzuschätzen. Er warf einen Stein hinab, hörte ihn an mehreren Felsen aufschlagen, jedoch nicht ins Wasser fallen. Der Fluss gurgelte zu laut. Für einen Moment überlegte er, eine Rast zu machen, wäre der Boden nicht so nass gewesen. Ihm gefielen solche Orte, abgelegen und abenteuerlich. Er atmete die feuchte, würzige Luft ein und setzte seinen Weg fort, folgte der Straße ein paar hundert Meter, erreichte eine Kurve und sah zu seiner Verwunderung ein Auto, das neben der Fahrbahn parkte. Es war nicht beleuchtet, der Motor war aus, aber die Fahrertür stand offen. Das konnte ein Glücksfall sein, eine unerwartete Mitfahrgelegenheit. Billy kam näher und hörte jetzt ein lautes Fluchen. Jemand kniete auf der Beifahrerseite und hatte gerade einen platten Reifen gewechselt. Eine Autopanne. Wenn er sich nützlich machte, konnte er auf Freundlichkeit hoffen.

»Hey, guten Abend. Kann ich vielleicht helfen? Ich kenn mich mit Reparaturen aus.«

»Oh. Hallo. Eigentlich bin ich schon fertig. Ich hab mich nur dämlicherweise mit dem Schraubenschlüssel verletzt. Bin abgerutscht, als ich die letzte Mutter anziehen wollte. Blutet ziemlich.«

»Soll ich den Verbandskasten holen?«

»Ja, cool. Er ist im Kofferraum.«

Billy drückte auf den Hebel und zog die Heckklappe hoch. In der Dunkelheit sah der Kofferraum vollkommen leer aus. Meistens befand sich der Verbandskasten an der Seite oder unter der Bodenabdeckung. Er tastete kurz die Wände ab und zog dann an einer kleinen Lasche. Darunter lag ein Fach, das mit lauter Krempel gefüllt war. Er konnte ein paar leere dunkelgrüne Plastikflaschen, eine Landkarte, einen Kanister und den gesuchten Verbandskasten ausmachen. Er wollte ihn gerade herausnehmen, als er stutzte. Vielleicht war es der Geruch, der über dem Wagen schwebte, vielleicht eine Eingebung. Auf einmal wusste er, ohne den Schriftzug zu lesen, was sich in den leeren grünen Flaschen befunden hatte. Ein leiser Pfiff entwich ihm zwischen den Zähnen. Nie hätte er gedacht, dass dieser Abend eine solche Wendung nehmen würde. Er wollte sich gerade aufrichten, als er plötzlich das Gleichgewicht verlor.

Etwas hatte ihn getroffen. Hart. Ihm blieb die Luft weg. Seine Gedanken begannen zu verschwimmen. Er fiel auf die Knie, dann auf den Boden. Sein Gesicht lag im kalten, feuchten Dreck. Für einen Moment verlor er das Bewusstsein, sank in die Schwärze des Vergessens, dann wachte er auf. Schmerzen jagten wie brennende Pfeile durch seinen Kopf, über seine Wangen. Alles drehte sich. Er stöhnte, versuchte sich zu konzentrieren. Was war geschehen? Die Welt um ihn herum schien zu wanken. Er wusste nicht mehr, wo oben und unten war. Ging er die Straße entlang? Fuhr er auf Schienen? Sein Körper gab ihm keine Antwort, er hatte jegliche Kontrolle verloren. Er wusste nicht, was geschah, er konnte sich nicht rühren und doch bewegte er sich…

Billy war kein Mensch, der schnell in Panik geriet. Er war nicht leicht unterzukriegen, doch jetzt brauchte er einen Anker. Etwas, woran er sich festhalten konnte, etwas, das ihn in die Realität zurückbrachte. Instinktiv wusste er, dass er sich in großer Gefahr befand. Was hatte er zuletzt getan? Woran konnte er sich erinnern? Er atmete schwer, zog die Luft mit Mühe ein. Der Geruch des Feuers! Er war in der Ruine gewesen. Die Erinnerungen fielen jetzt wie Dominosteine, eine nach der anderen. Die dunkle Straße, das parkende Auto, der Kofferraum … die grünen Flaschen! Sein Puls beschleunigte sich. Leere Spiritusflaschen! Ein heftiger Schlag! Das Adrenalin rauschte durch seinen Körper und regte seinen Kreislauf an. Er spürte, wie er mit dem Gesicht nach unten über den Boden glitt. Jemand zog ihn an den Füßen, zog ihn weg von der Straße. Er fühlte den feuchten Lehm des Waldes auf seiner Haut, ein paar Wurzeln, die über seine Wange schrammten, scharfkantige Kiesel. Wo ging es hin? Was gab es hier? Eine Hütte, ein Unterschlupf? Nein. Er wusste, was es war. Der Gedanke war zum Greifen nah. Sein Kopf schlug gegen einen großen Stein, und wieder schoss der Schmerz durch seinen Körper, rüttelte ihn wach. Er hörte das Rauschen. Der Fluss in der Schlucht. Der Abgrund. Er musste etwas tun. Mit all seiner Kraft versuchte Billy den

Angreifer mit seinen Füßen wegzustoßen, aber es gelang ihm nicht. Er konnte sich nicht rühren. Seine Beine waren wie gelähmt. Hilflos musste er zusehen, wie er sich dem Abgrund näherte. Der Schlag hatte ihn paralysiert. Etwas sehr Schweres hatte ihn am Kopf getroffen. Vielleicht der Wagenheber. Würde er jemals wieder laufen können? Was für eine komische Frage. Er würde das nicht überleben – so sah es aus. Wenn nicht ein Wunder geschah, würde er im wahrsten Sinne des Wortes den Bach runter gehen. Sie hielten an. Der Schmerz ließ nach. Billy fühlte, wie die Müdigkeit zurückkehrte. Er durfte nicht die Besinnung verlieren. Mit äußerster Anstrengung gelang es ihm seine Hand zu bewegen. Er war also nicht vollständig gelähmt. War es die Rechte oder die Linke? Er konnte es nicht sagen. Sein Gehirn schien verrückt zu spielen. Er hatte nur eine Chance. Das Messer, das er stets bei sich führte – er musste es aus seiner Jackentasche ziehen und im richtigen Moment zustechen. Wenn nur seine Gedanken klar wären. Sie begannen wieder zu verschwimmen, ihm seltsame Dinge zu zeigen, verworrene Hirngespinste, die ihn ablenkten ... Rae in der Zelle.

»Habe ich den Verstand verloren?«, hatte sie geschrien. Jetzt konnte er sie verstehen. Träume und Realität verschmolzen zu einem trügerischen Bild. War das die Agonie des Todes? Er hörte ein Keuchen, spürte den feuchten Atem seines Gegners, der ihn umgedreht hatte, sich nun über ihn beugte, ihn am Kragen der Jacke packte. Es war seine letzte Chance. Eine weitere würde er nicht bekommen. Mit all der Kraft, die er aufbringen konnte, griff Billy in seine Jackentasche, um das Messer hervorzuziehen. Es fiel ihm schwer, die Bewegung zu koordinieren. Seine Hand zitterte, wollte ihm nicht gehorchen. Schließlich fühlte er etwas zwischen seinen steifen, kalten Fingern, umklammerte es und zog es hervor. Er wollte zustechen, aber seine Hand versagte ihm den Dienst. Müde sank sie zu Boden und öffnete sich. Seine Waffe machte einen kleinen Sprung und rollte davon.

»Woher hast du diesen Ball?«

Billy verstand die Frage nicht gleich. Hatte er nicht sein Messer gezogen? Erst nach und nach dämmerte ihm, was geschehen war. Er musste die Taschen verwechselt haben: rechts ... links ... das Messer ... der gepunktete Ball. Er konnte nicht sprechen. Sein Mund war mit Blut gefüllt. Er röchelte. Seine Augen schlossen sich. Er spürte, wie er weiter geschoben wurde, jetzt mit den Füßen voran. Seine Beine hin-

gen in der Luft, sein Körper löste sich vom Boden.
Billy fiel.

Die Stille der Nacht war zurückgekehrt. Bis auf das Gurgeln des Flusses, der sich zwischen engen Felsen hindurchschlängelte, war kein Geräusch zu hören. Dann setzte leichter Regen ein, ein sehr kalter Regen, da sich die Temperatur nahe dem Gefrierpunkt befand.
Billy lag zerschmettert auf einem umgestürzten Baum und regte sich nicht. Erst die eiskalten Tropfen weckten ihn aus einer tiefen Bewusstlosigkeit. Er fühlte keinen Schmerz. Sein Körper war von seinem Verstand abgetrennt, sodass er endlich wieder klar denken konnte.

Es gab keine Rettung mehr. Der Sturz hatte ihm tödliche Verletzungen zugeführt.

Er würde heute sterben. Bald.

Wieso war er so unachtsam gewesen? So begriffsstutzig? Das parkende Auto in nächtlicher Einsamkeit hätte Warnung genug sein müssen. Und dann die Spiritusflaschen! Viel zu lange hatte er gebraucht, um zu begreifen, wer vor ihm stand. Sein gut trainierter Selbsterhaltungstrieb hatte ihn im Stich gelassen. Diese Partie hatte er vergeigt.

Wie lange sie wohl brauchen würden, bis sie ihn fanden? Das konnte dauern. Der Winter stand vor der Tür. Er machte sich keine Illusionen. Wenn im Frühjahr ein Wanderer käme, würde Billy keinen schönen Anblick bieten. Die Tiere des Waldes hatten Zeit genug, sich mit ihm zu vergnügen. Vielleicht wurde er nie gefunden. Nur sein Rucksack mit den wenigen Habseligkeiten würde zurückbleiben.

Er musste an die Kamee denken. Rae würde sie am Ende bekommen. Er hätte sie nicht behalten dürfen. Plünderung machte kein gutes Karma. Aber jetzt war es zu spät darüber zu jammern. Er war kein besonders guter Mensch gewesen. Er bekam, was er verdiente. Wenigstens wusste er, was geschehen war, wusste mehr als jeder andere, konnte die Fäden verknüpfen. Der kleine Ball beunruhigte ihn. Er hatte ihn nicht für wichtig gehalten. Was für ein Fehler! Er verstand nun, was er vorher nur blind vermutet hatte. Es gab keine Zufälle. Alle glaubten, das Feuer wäre gelöscht, Rae wäre gerettet, dabei lauerte die Bestie ganz in ihrer Nähe und trieb ein grausames Spiel mit ihr. Rae musste sich vorsehen…

Müde schloss er die Augen, ließ sich kurz von seiner Mattigkeit überwältigen. Die Bäume wiegten ihre laublosen Äste. Er hörte sie knarren. Unterm Strich hatte er Glück gehabt. Er starb ohne Schmerzen. Irgendwann traf es jeden einmal. Er hatte nichts zu bedauern. Nur eine Sache vielleicht. Er hätte sie gern gewarnt. Am Ende des Tages war Rae der einzige Mensch, der jemals etwas in ihm gesehen hatte, wenn auch nur in ihrer Fantasie. Er hätte ihr Held werden können. Stattdessen hatte er die Kamee gestohlen und den Ball eingesteckt. Nun blieb ihr keine Möglichkeit, die Wahrheit zu erkennen: Jemand hatte es auf sie abgesehen. Jemand spielte mit ihr.

Der Regen ließ nach. Billy fehlten die eisigen Tropfen. Sie hatten ihn wachgehalten. Er spürte, wie er davonglitt, wie die Umgebung um ihn herum verschwand. Seine Lider waren schwer. Er konnte sie nicht mehr heben, aber er sah bunte Farben, die wie in einem Kaleidoskop die Formen änderten. Er hörte Musik ... ein altes Lied ... »*Tie a yellow Ribbon round the ole oak tree...*« *Der Truckfahrer hatte es gespielt, deshalb war Billy zurückgekehrt ... nach Larkville ... zu dem Haus mit der alten Eiche und dem gelben Band, das eben noch im Wind geflattert hatte, sonnenhell unter dem strahlend blauen Himmel.*

Leise und zart sanken die ersten Schneeflocken herab, tanzten durch die Nacht, sammelten sich eine auf der anderen am Boden und begruben Billy unter einer reinen, weißen Decke, die er längst nicht mehr spürte.

Der Winter war gekommen.

Teil 4

Der Abgrund

So etwas wie Paranoia existiert nicht.
Deine schlimmsten Ängste
können jeden Augenblick wahr werden.
(Hunter S. Thompson)

14

Ich war schon früh am Morgen aufgebrochen, hatte den Bus nach Mendota genommen und war dort in den Zug nach Chicago gestiegen. Meine Verabredung mit Brittany Weiss lag erst am Nachmittag, also würde ich die Stadt erkunden können, die atemberaubenden Wolkenkratzer sehen, vielleicht sogar hinauffahren auf eine der Aussichtsplattformen im Willis Tower oder Hancock Building. Oder ich ließe mich treiben. Von Straße zu Straße, von Geschäft zu Geschäft – zu Fuß oder mit der berühmten Hochbahn, dem Loop, einer Ringlinie im Zentrum der Stadt.

Nachdenklich blickte ich aus dem Fenster. Der Zug hatte sich unmerklich in Bewegung gesetzt und begann schwerfällig seinen nächsten Streckenabschnitt. Ein kleines Mädchen stand weinend auf dem nahezu leeren Bahnsteig, die Hand einer alten Frau ziehend und zerrend, als wollte sie dem Zug hinterherlaufen, um im letzten Moment aufzuspringen.

Ich konnte sie verstehen. Oft genug hatte ich mir gewünscht, mein Leben in Larkville hinter mir zu lassen. Bis unser Haus in Rauch aufgegangen war. Ich schloss die Augen, gab mich der sanften Bewegung hin, dem leichten Rütteln der Gleise, ließ mich in meine Müdigkeit sinken.

Der Fluss liegt vor mir, still und breit wie ein See, verführerisch glitzernd im Licht der kalten Wintersonne. Kein Schnee ist gefallen, der ihn seiner Pracht berauben könnte. Es ist die breiteste Stelle. So weit habe ich ihn nie gesehen. Ich setze mich an sein Ufer, schaue in die Ferne, warte. Ein kleiner Punkt erscheint am Horizont, nähert sich langsam, bis ich die Form zu erkennen beginne. Ein zartes Wesen schwebt anmutig auf mich zu, breitet seine Arme aus. Das Kleid fliegt, die Haare wehen. Wie eine Elfe tanzt sie über das Eis mit ihren silbernen Schlittschuhen. Es ist Harper. Ich springe auf, will ihr entgegeneilen, aber ich komme nur langsam voran. Ich finde keinen Halt auf der spiegelglatten Oberfläche des Sees. Immer wieder verliere ich das Gleichgewicht, beginne zu taumeln.

»Geh nicht weiter, Rae«, höre ich sie rufen, aber ich möchte zu ihr, möchte sie endlich erreichen.

»Du musst umkehren, Rae, es ist noch nicht zu spät!«

»Bitte, Harper, bleib bei mir.«

»Ich kann dir nicht helfen, niemand wird dir helfen!«

Sie wird kleiner und kleiner, löst sich auf im flirrenden Licht. Ich bin allein, verloren in der Mitte des Sees. Es wird kalt, ein Schatten liegt über mir. Ich drehe mich um.

Am Ufer steht der Turm.

Schwarz und riesenhaft steigt er in den Himmel und verdeckt die Sonne. Es wird kälter. Ein schneidender Wind erhebt sich, kriecht in mich hinein. Ich muss zurück, aber mein Körper zittert. Ich komme nicht fort. Mich friert. Ich springe hoch, um mich zu wärmen, einmal, zweimal. Ein furchtbares Geräusch lässt mich erstarren. Es knackt unter meinen Füßen. Das Eis bricht. Ich falle.

Ein leichter Ruck, begleitet von einem lauten Quietschen, riss mich aus meinem Traum. Benommen erkannte ich meine Umgebung, erkannte den Bahnhof. Ich war in Chicago angekommen.

Als ich die Unionstation verließ, kam die Sonne heraus. Ihre Strahlen wärmten noch nicht, aber sie tauchten die Stadt in ein freundliches Licht. Für einen Moment stand ich still. Dutzende Menschen liefen um mich herum, schoben mich über die Straße, als wäre ich ein Teil von ihnen, nahmen mich in ihrer Mitte auf. Sie sahen mich und sahen mich wieder nicht. Ich tauchte ein in die Anonymität einer großen Menschenmenge, wie ich sie noch nie zuvor gesehen hatte. Stimmen schwirrten um mich herum, unzählige Autos mit dumpfen Motoren fuhren an mir vorbei, Sirenen erklangen in der Ferne. Die Geräusche der Stadt betäubten mich. Ich folgte dem Strom der Fußgänger, ließ mich einfach treiben. Jede Minute erhob ich den Kopf und starrte gebannt nach oben.

Alles war unglaublich hoch. Eine Stadt der Türme. Aber ich fürchtete mich nicht. In ihrer Vielzahl machten sie mir keine Angst. Immer weiter ging ich durch die Häuserschluchten, vorbei an den ratternden Waggons der Hochbahn, an unzähligen Geschäften, an Brücken und breiten Straßen, bis ich das Ufer des Michigansees erreichte. Hier gab es einen Food Truck. Ich kaufte mir einen Hotdog und setzte mich ungeachtet der Kälte in den Sand. Ein paar Eisschollen trieben noch auf dem Wasser, aber das Tauwetter hatte bereits eingesetzt.

Der See war unbeschreiblich groß, ich konnte das gegenüberliegende Ufer nicht erkennen. Weit wie das Meer, aber dennoch ein See. Wir hatten in der Schule gelernt, dass der Lake Michigan ganze vierhundertvierundneunzig Kilometer in der Länge und zweihunderteinundachtzig Kilometer in der Breite maß. Die Wolkenkratzer spiegelten sich in ihm, verdoppelten sich und flößten mir Ehrfurcht ein. Jetzt war ich also hier. Der Tag, den ich seit Jahren herbeigesehnt hatte, war endlich gekommen. Ich senkte die Lider, spürte den kalten Windhauch, der über den See wehte, dachte zurück an die letzten Wochen.

Jedes Mal, wenn ich das Haus der Gardeners betreten hatte, war mein Körper bis in den kleinsten Muskel angespannt gewesen. Gab es gute Neuigkeiten für mich? Hatte Becca ihre Tante überzeugt? Die Enttäuschung folgte stets auf dem Fuß. Hinzu kam die Sache mit Shakira. Sie suchten noch immer nach ihr, dabei lag sie längst zerstückelt und verwest am Ufer des Flusses. Mich plagte mein Gewissen, weil ich darüber schwieg, schließlich hatte ich Shakiras Kopf am Creek gefunden und ihn achtlos im Schnee liegengelassen.

Mitte Februar war endlich die erlösende Nachricht gekommen. Beccas Tante hatte einen beruflichen Termin in Chicago und wollte mich treffen. Trotzdem ließ mich die Anspannung nicht los. Hin- und hergerissen zwischen der Angst vor dieser Begegnung und der Angst, dass sie abgesagt werden könnte, war ich zu nichts zu gebrauchen. Ich zerschlug zahlreiche Gläser im Diner, vertauschte Bestellungen, gab das Wechselgeld falsch heraus, ganz zu schweigen von meinen schwindenden Leistungen in der Schule. Die Unterredung mit Britt Weiss war so wichtig für mich – meine Nerven lagen blank.

Kleine Wellen liefen über die Wasseroberfläche des Sees, überspülten die Eisschollen und den Sand. Der Wind frischte auf. Ich spürte, wie er durch meine Jacke zog, die feinen Härchen auf meiner Haut nach oben drückte. Es war Zeit zu gehen.

Ich machte mich auf den Weg zum östlichen Wacker Drive, wo Britt Weiss ein Hotelzimmer bewohnte. In meinem Magen rumorte es. Der Hotdog schien quer zu liegen. Durchgefroren und mit angespannten Nerven bahnte ich mir meinen Weg durch den nachmittäglichen Trubel. Ich hatte keinen Blick mehr für die Sehenswürdigkeiten der Stadt. Die Angst kroch in mir hoch.

So lange hatte ich auf diesen Augenblick gewartet, doch jetzt, wo er unmittelbar bevorstand, konnte ich Harpers Warnungen nicht mehr aus meinem Kopf bekommen. Ungeachtet der Kälte zog ich den Reißverschluss meiner Jacke herunter und rieb Harpers Talisman mit meinen Fingern. Der Schmetterling und das Wolkentor. Cloudgate. The Bean ... Hier in Chicago, an einem ebenso kalten Tag, hatte sie die Kette für mich gekauft. Zwei endlose Jahre waren seit ihrem Tod vergangen. Heute sehnte ich mich mehr denn je nach ihrer Gegenwart. Wer würde mich auffangen, wenn ich in den Abgrund stürzte?

Der Weg erschien mir endlos. Immer wieder kontrollierte ich die Strecke auf meinem Handy, aus Angst, falsch abgebogen zu sein, aber ich befand mich genau auf Kurs. Schließlich erreichte ich den Wacker Drive, fand das Hotel und trat in die Lobby. Eine stickige Wärme schlug mir entgegen. Ich zog die Kapuze zurück, nahm Mütze und Schal ab und sah mich um.

Der Eingangsbereich war in warmen, dunklen Tönen gehalten und zweckmäßig eingerichtet. Ein paar Geschäftsleute saßen in Ledersesseln, unterhielten sich oder tippten fleißig auf ihre Notebook-Tastaturen. Am Empfang stand ein Herr und lächelte mir zu. Ich atmete tief durch und überwand meine Scheu.

»Ich möchte zu Brittany Weiss. Sie erwartet mich.«

»Herzlich Willkommen. Einen Moment bitte, ich frage nach.«

Er griff zum Telefon und wählte eine Nummer. Es folgte ein kurzes Gespräch, dann legte er auf.

»Miss Weiss empfängt Sie auf ihrem Zimmer. Die Nummer ist 3225.«

Ich sah ihn fragend an.

»Die Fahrstühle befinden sich auf der rechten Seite, sie führen alle zum zweiunddreißigsten Stockwerk.«

»Zweiunddreißigstes Stockwerk?«

»Ja, Miss. Dort liegt ihr Zimmer.«

Ich schluckte und machte mich auf den Weg zu den Fahrstühlen, drückte die leuchtende Taste und wartete, bis die Türen wie von

Zauberhand auseinanderglitten. Eine große Gruppe Menschen strömte hinaus, von dem Gesumme ihrer Unterhaltungen begleitet, dann betrat ich ganz allein den Lift und wählte den zweiunddreißigsten Stock. Die Türen schlossen ohne jedes Geräusch, die Fahrt ging los. Sanft spürte ich die Bewegung, das Gleiten nach oben, einen Hauch von Beschleunigung, den Druck in meinen Ohren, bis der Fahrstuhl zum Stehen kam. In nur wenigen Sekunden hatte er den zweiunddreißigsten Stock erreicht. Es war unglaublich. Ich stieg aus und folgte den goldenen Schildern, welche die Türen schmückten. Kurz darauf stand ich vor Zimmer 3225. Ich hob die Hand, wollte klopfen …

Die Wahrheit wartete hinter dieser Tür. Ging ich hindurch, konnte die Uhr nicht mehr zurückgedreht werden. Und es gab keine Garantie, dass meine Albträume enden würden, vielleicht würden sie nur noch viel schlimmer sein. Ich ließ meine Hand sinken, spürte einen wachsenden Fluchtimpuls. Harper hatte mir geraten wegzulaufen. *Kehr um*, hatte sie mir zugerufen. Aber ich hörte nicht auf Harper, hörte nicht auf meine innere Stimme. Es war zu spät. Ich hatte den Turm längst betreten.

»Ah. Rachel. Da bist du ja. Komm doch rein.«

Die Tür war aufgegangen, ohne dass ich geklopft hätte. Britt Weiss stand vor mir. Sie lächelte schwach und ließ mich eintreten.

»Wie war die Fahrt?«

Für einen Moment glaubte ich, sie meinte den Fahrstuhl. Ich war schon im Begriff, eine peinliche Antwort zu geben, als mir gerade noch rechtzeitig die wahre Bedeutung ihrer Frage aufging. »Gut. Der Zug war pünktlich.«

»Schön. Vermutlich bist du nicht oft allein gereist. Nimm doch Platz. Ich muss eben ein kurzes Gespräch führen.«

Sie zog ihr Handy hervor und tippte eine Nummer an, dann verließ sie den Raum durch eine Seitentür, die in das angrenzende Schlafzimmer führte. Ich sah mich um. Das Zimmer war ebenso wie die Lobby in erdigen Tönen gehalten. Ein großer Flachbildschirm schmückte die Wand, eine Sitzgruppe befand sich gegenüber und nahm den größten Teil des Raumes ein, der trotz der Höhe nicht sonderlich hell war. Die Fenster waren getönt, liefen zwar über die gesamte Frontseite, reichten aber nicht tief hinunter. Ich kam näher, um besser hinausschauen zu können. Direkt unter mir lag der Chicago River, der sich in schillerndem Grün durch die Stadt schlängelte, gesäumt von Hochhäusern und Wolkenkratzern unterschiedlichsten Aussehens. Zahlreiche Brücken verbanden die Flussufer, und ich sah winzige Jogger und Spaziergänger, die über den Riverwalk liefen. Direkt gegenüber erkannte ich die Marina City mit ihren maiskolbenförmigen Zwillingstürmen. Das in einer Spirale verlaufende Parkhaus hatte ich schon im Fernsehen bei irgendeiner spektakulären Verfolgungsjagd gesehen. Nicht weit entfernt befand sich ein imposantes Hotel mit spiegelnden Glasfronten, das weit in den Himmel ragte. Wie viele Etagen hatte es seinen Gästen zu bieten? Ich entdeckte einige von ihnen auf einer hochgelegenen Außenterrasse, die mit Tischen und Stühlen ausgestattet war. Bestimmt kostete ein Kaffee dort ein Vermögen.

»Atemberaubender Ausblick, nicht wahr?« Britt Weiss hatte ihr Telefonat beendet und war lautlos in den Wohnbereich der Suite zurückgekehrt.

»Ja. Wunderschön.«

»Wenn es dunkel ist, wird es dich noch mehr beeindrucken – mit all den Lichtern.« Sie fixierte mich einen Moment lang, als wollte sie meinen Gemütszustand einordnen, dann wandte sie sich ab und öffnete die Minibar.

»Kann ich dir etwas zu trinken anbieten?«

»Nein danke. Ich habe Wasser dabei.«

Dennoch zog sie zwei Flaschen Coke hervor und stellte sie auf den Tisch. »Vielleicht änderst du deine Meinung noch. Es wird sicher ein längeres Gespräch. Komm her und setz dich zu mir.«

Mit klopfendem Herzen nahm ich ihr gegenüber Platz, während sie einen Laptop aus der Aktentasche zog und vor sich auf den Tisch legte.

»Also Rachel. Ich habe lange darüber nachgedacht, ob es wirklich an der Zeit ist dich aufzuklären. Es ist keine einfache Entscheidung. Becca sagte mir, dass du unter Albträumen leidest.«

»Ja. Inzwischen fast jede Nacht.«

»Das tut mir sehr leid, Rae. Die Frage ist nur, ob deine Träume überhaupt mit deiner frühen Kindheit in Verbindung stehen. Du hast viel Schlimmes erlebt.«

»In meinen Träumen verschmelzen die Dinge – Harpers Tod, der Brand, aber auch Erinnerungen an meine Mutter.«

»Und woran erinnerst du dich?« Sie war jetzt hellhörig geworden.

»An Kleinigkeiten. An ihre Stimme, an ein Lied …« Ich sah wie Tante Britts Gesichtsausdruck skeptisch wurde. »Da ist ein Turm!«

»Was meinst du damit?«

»Ich komme nicht raus. Er hat keine Tür. Das Fenster ist zu klein. Er steht an einem Abgrund.«

»Hm. Das ist sicher bedrohlich … dennoch. Ich habe Zweifel, ob ich dir einen Gefallen tue. Wie gesagt, du hast Schlimmes erlebt. Traumatisches. Ich möchte dich nicht mit neuen Problemen schockieren. Es ist noch nicht lange her, da bist du zusammengebrochen. Das zeigt mir, wie schwer es dir fällt, Rückschläge zu verkraften.«

»Ich bin jetzt stärker. Ich werde nicht zusammenbrechen.«

»Vielleicht ist das so. Du bist eine junge Frau und, wie ich gehört habe, schon ziemlich selbstständig. Ich glaube durchaus, dass du die Kraft hast, unschönen Wahrheiten ins Gesicht zu sehen. Aber wird es dir auch nützen? Nein. Es wird dich belasten, dich runterziehen. Mir wäre es lieber, du würdest zuerst die Schule beenden. Dann ist es früh genug für diesen Schritt. Die Wahrheit wird in meinen Augen überbewertet. Sie ist kein Heilsbringer. Sie kann sehr verletzend sein. Als du mit vier Jahren zu den Bakers kamst, hattest du alles vergessen. Richtiger wäre vielleicht zu sagen, du hattest es verdrängt. Was ein gesunder Schutzmechanismus ist. Natürlich warst du noch klein, aber du hast nie Fragen gestellt, als wärst du in deiner Unwissenheit zufrieden. Und Kinder können Fragen stellen, das kannst du mir glauben. Sie löchern dich geradezu. Dein Verhalten hat mich darin bestärkt, dich im Unklaren zu lassen. Mit acht Jahren hast du deine erste Frage gestellt und eine ziemlich wahre Antwort erhalten. Mehr zu sagen, wäre nicht richtig gewesen.«

»Sie meinen, dass meine Mutter tot ist?«

»Ja. So ist es. Und es tut mir aufrichtig leid.«

Eine Weile schwiegen wir. Ich spürte, dass ich an einem Scheideweg stand. Britt Weiss wollte mir nicht die Wahrheit sagen. Sie glaubte tatsächlich, ich könnte zurück in meine Ahnungslosigkeit kehren und ein halbwegs glückliches Leben führen. Sie hatte keine Vorstellung, dass das unmöglich war.

»Ich habe ein Recht darauf, zu wissen, was passiert ist. Ich bin alt genug. Andere Kinder, die adoptiert wurden oder in Pflegefamilien leben, sind auch über ihre Herkunft informiert. Es ist wissenschaftlich erwiesen, dass ein offener Umgang mit den Tatsachen …«

»Ich kenne diese Untersuchungen, wenn ich auch anderer Meinung bin. Diese Dinge sollten von Fall zu Fall entschieden werden.«

»Aber Sie haben einem Treffen mit mir zugestimmt. Wollen Sie jetzt einen Rückzieher machen?«

Sie sah mich eindringlich an. »Nein. Ich wollte mich nur zuerst davon überzeugen, dass du wirklich bereit bist.« Sie klappte den Laptop auf und drückte *enter*.

»Also Rae. Legen wir los.«

15

Mein Herz schlug mir bis zum Hals, meine Hände lagen auf meinen Oberschenkeln, drückten sie, um sie ruhig zu halten. Ich wollte mir nicht anmerken lassen, wie aufgeregt ich war. Britt Weiss konnte ihre Meinung jederzeit ändern, aber sie schien sich entschlossen zu haben. Ruhig und professionell begann sie ganz am Anfang der Geschichte.

»Der Name deiner Mutter war Laura Marie Jensen. Sie wurde als einzige Tochter deutscher Einwanderer in den Vereinigten Staaten geboren. Sie verbrachte ihre Kindheit überwiegend in Montana, später zog die Familie einige Male um. Ihr Vater wechselte häufig den Arbeitsplatz und war infolgedessen zu diesen Ortswechseln gezwungen. Ich denke, es war nicht immer leicht für deine Mutter. Sie war ein Teenager und hatte kaum Möglichkeiten, Freunde zu finden, da sie oft nur ein oder zwei Jahre an derselben Schule blieb. Ich kann mir vorstellen, dass sie einsam war.«

Britt Weiss trank einen Schluck Wasser und räusperte sich, wobei sie mir einen prüfenden Blick zuwarf. Ich schaffte es mit Mühe, ihm Stand zu halten.

»Nun. Laura beendete die Schule in Michigan und begann ein Studium in Chicago. Über ihre Zeit dort habe ich so gut wie keine Informationen. Es dauerte nur ein paar Monate, dann erreichte sie die Nachricht vom Tode ihre Eltern. Sie waren bei einem Autounfall ums Leben gekommen. Dieser Schicksalsschlag hat sicher viel zu den späteren Ereignissen beigetragen. Deine Mutter war allein und verletzlich. Sie war noch jung und leicht beeinflussbar. Nach der Beerdigung verließ sie die Vereinigten Staaten und flog zu ihrer Großmutter nach Deutschland, genau gesagt nach Hamburg. Sie schrieb sich an der Uni ein, belegte verschiedene Kurse, schien nicht so recht zu wissen, in welche Richtung sie gehen sollte. Nach sieben Monaten kehrte sie zurück. Sie war schwanger.«

Tante Britt machte eine Pause, ehe sie fortfuhr. Das, was jetzt kommen würde, machte ihr zu schaffen.

»Du wurdest als Rae Michelle Jensen in Chicago geboren und hast dort auch mit deiner Mutter gelebt.«

»Rae Michelle Jensen?«, entfuhr es mir.

»Dazu komme ich später. Nicht alles, was in dieser Zeit geschehen ist, konnte lückenlos ermittelt werden. Tatsache ist, dass deine Mutter irgendwann einen Mann kennenlernte, vielleicht schon kurz nach Beendigung der Highschool. Sein Name war Carl Benson, ein dubioser Geschäftsmann aus Chicago, der, wie sich später herausstellte, in zahlreiche kriminelle Aktivitäten verwickelt war. Angefangen mit Geldwäsche und Drogenhandel spezialisierte er sich im Laufe der Zeit auf Dokumentenfälschung, insbesondere Ausweispapiere. Es dauerte nicht lang, bis er deine Mutter für Botengänge einsetzte. Sie war für ihn die ideale Kandidatin. Eine junge Frau mit deutschen Wurzeln, die mit ihrer kleinen Tochter in die Heimat flog, wurde damals selten so gründlich durchsucht wie ein allein reisender Mann. Sie blieb ein paar Wochen in Hamburg, wohnte bei ihrer Großmutter und kehrte wieder zurück. Niemand schöpfte Verdacht.«

»Warum hat sie sich auf so etwas eingelassen? Sie muss doch gewusst haben, dass es falsch war.«

»Wahrscheinlich hat sie das. Es ist schwer zu sagen. Sie war allein, mittellos und hatte ein Baby. Sie wollte glauben, dass alles gut würde. Sie hatte sich in ihn verliebt, sie war schwanger geworden, Benson kümmerte sich um sie. Er mietete ihr eine Wohnung, versorgte sie mit Geld. Sie hatte keinen Beruf, kein großes Vermögen, sie war sehr jung. Erst tat sie ihm nur einen kleinen Gefallen, vielleicht wusste sie nicht einmal, was sie für ihn transportierte. Sie übergab brav ihre Päckchen, brachte womöglich Geld mit nach Hause. Nachdem sie den Schmuggel begonnen hatte, gab es kein zurück mehr. Sie steckte mit drin.«

Meine Mutter war ein schwacher Mensch gewesen und hatte sich leicht beeinflussen lassen. Plötzlich fielen mir Caleb und das falsche Alibi ein. Ich hatte für ihn den Sheriff belogen. War ich am Ende genauso rückgratlos wie sie?

»Möchtest du ein Foto deiner Mutter sehen? Ich habe einige Bilder von ihr eingescannt.«

Tante Britt schob den Laptop zu mir herüber. Meine Hände

wurden feucht. Ich sah meine Mutter zum ersten Mal nach dreizehn Jahren wieder. Ich überflog die Bilder, sah sie ernst auf einem Passfoto oder schüchtern in die Kamera lächelnd, ihr schmales Gesicht umspielt von blonden Locken, ein kleines Baby auf ihrem Arm, das sie liebevoll an sich presste. Ein Funken sprang aus ihren Augen. Ich spürte meinen Herzschlag hämmern. Auf einmal sah ich sie vor mir, nahm ihren Duft wahr, hörte ihre Stimme ... *Raemi, alles wird gut.* Sie konnte kein schlechter Mensch gewesen sein, sie hatte mich lieb gehabt. Die Tränen liefen mir über die Wangen. Ich hielt meinen Kopf gesenkt, um nicht dem mitleidigen Blick von Britt Weiss zu begegnen. Ich durfte mir nichts anmerken lassen.

»Vielleicht wäre es gut, wenn wir es erstmal dabei beließen, Rae. Verarbeite, was du erfahren hast. Ich bin jederzeit bereit, unser Gespräch fortzusetzen.«

»Nein. Das kommt nicht in Frage. Wir bringen das jetzt zu Ende«, sagte ich abrupt.

»Ich fürchte, du bist noch nicht so weit.«

»Und ob ich das bin. Es liegt nur an den Bildern. Durch sie kommt meine Erinnerung zurück – an ihre Stimme, ihren Geruch. Das hat mich überrascht. Aber ich bin so weit. Ganz sicher. Die Wahrheit in kleinen Dosen macht es nur schlimmer.«

Sie betrachtete mich mit ihrem aufmerksamen, durchdringenden Blick, mit dem sie vermutlich jedem Verbrecher ins Innerste sah, und seufzte.

»Also gut. Machen wir weiter. Deine Mutter brachte Pässe nach Deutschland, Führerscheine, Bargeld, Kreditkarten, Handys, Bürgschaften, Touristenvisa, Aufenthaltsgenehmigungen – Dinge, die bei einer Einreise in die Vereinigten Staaten nützlich sein konnten. Wir haben nur wenig darüber erfahren, konnten nur wenige Personen aufspüren. Es war schwierig, beim damaligen Stand der Überwachungsmethoden alle Spuren zu finden. Wir vermuten, dass es die unterschiedlichsten Abnehmer gab. Menschen, deren Papiere nicht in Ordnung waren, Flüchtlinge, Kriminelle, Personen, die mit falscher Identität in unser Land einreisen wollten.«

Mir wurde mulmig. Jetzt war es soweit. Langsam tauchte ich in den Abgrund ein.

»Rae! Du bist so still. Trink einen Schluck von der Coke. Ein bisschen Zucker wird dir guttun. Ich wünschte, wir könnten frische Luft hereinlassen, die Klimaanlage verströmt einen seltsamen Geruch. Zu dumm, dass man die Fenster nicht öffnen kann.«

Ich zog den Kronenkorken der kleinen Flasche hoch, bis er schließlich mit einem leisen Pling auf dem gläsernen Tisch landete, dann stürzte ich mir den gesamten Inhalt die trockene Kehle hinunter. Die Kohlensäure zog mir in die Nase, meine Zunge prickelte. Es fühlte sich gut an. Lebendig.

»Geht's wieder, Rae?«

»Ja. Ich musste das erstmal verdauen. Wenn ich Sie richtig verstanden habe, dann wissen Sie nicht genau, wer damals die gefälschten Papiere kaufte.«

»So ist es. Ich will nicht zu sehr ins Detail gehen. Es gab in Hamburg Mittelsmänner, von denen wir einige verhaften konnten. Die genauen Erkenntnisse unserer Arbeit sind vertraulich. Also belassen wir es dabei.

»Und was ist aus meiner Mutter geworden, wie ist sie ums Leben gekommen?«

»Ihre letzte Reise nach Deutschland unternahm sie Anfang 2001. Ihre Großmutter war gestorben und hinterließ ihr eine kleine Erbschaft. Danach, so vermuten wir, kam es zu einem Bruch mit ihrem Freund. Benson hatte nie bei ihr gewohnt. Er war nur nach Belieben zu ihr gekommen. Es muss einen heftigen Streit gegeben haben, zumindest sagte das eine Nachbarin aus. Vielleicht hat deine Mutter ihm gedroht oder sich geweigert, noch weiter für ihn zu arbeiten. Inzwischen hatte sich der 11. September ereignet, und das Land stand Kopf. Flugreisen wurden schwieriger, Kontrollen schärfer. Was auch immer dahinter steckte, deine Mutter hat sich von Benson abgewandt. Das wurde ihr schließlich zum Verhängnis. Er kam eines Abends vorbei und hat sie vermutlich gegen ihren Willen mitgenommen – deine Mutter und dich.«

Wieder wandte sie mir den Laptop zu und zeigte mir ein weiteres Foto. Carl Benson: ein dunkelhaariger Mann in den Vierzigern mit dichten Augenbrauen. Sein Anblick flößte mir Angst ein.

»Kannst du dich an ihn erinnern, Rae?«

Ich nickte stumm. Die Rädchen in meinem Kopf begannen sich zu drehen …

»... bitte, Carl, lass mich los, du tust mir weh, hör auf ... bitte!«

Ich sah, wie er sie schlug; sie lag zusammengekrümmt am Boden, leise wimmernd, mit Blut in ihren blonden Haaren, aber er trat mit dem Fuß nach ihr, immer wieder, bis sie schließlich verstummte.

»Du weißt, was geschehen ist, Rae? Ich kann es dir ansehen. Er brachte euch zu einem Wohnhaus im Süden der Stadt. Es war ein hohes Gebäude in schlechtem Zustand, ein missglücktes Projekt sozialen Wohnungsbaus. Die meisten Appartements waren verlassen. Das Haus stand kurz vor dem Abriss. Bensons Wohnung befand sich im zehnten Stockwerk. Sie war nicht besonders groß, nur spärlich eingerichtet. Er nutzte sie selten. Sie diente ihm als Lagerraum für seine Materialien. Er hortete Kreditkarten, verschiedene Karton- und Papiermuster, Farben, Chemikalien, mehrere Drucker, Folien, Kameras, Computer – alles, was für seine Fälschungen nötig war. Was dort genau geschah, war nicht leicht zu rekonstruieren. Offenbar war es zu einer Auseinandersetzung gekommen. Wie die Obduktion ergab, hat Benson deine Mutter schwer misshandelt. Er fesselte und knebelte sie, und vermutlich tat er dasselbe mit dir. Irgendwann muss er die Wohnung verlassen haben.

»Er hat mich auf einen hohen Schrank gesetzt.«

»Wie bitte?«

»Die Handschellen waren zu groß. Er band meine Hände hinter meinem Rücken mit einer Kordel oder einem Strick. Es schnitt in meine Haut. Er klebte mir etwas auf den Mund. Ich konnte keine Luft holen. Dann hob er mich auf den Schrank.«

»Du erinnerst dich, Rae. Ich habe mich immer gefragt, wie viel du von allem mitbekommen hast. Du warst fast vier Jahre alt.«

»Ich konnte meine Mutter nicht sehen. Sie war in einem anderen Raum. Sie war so still.«

»Benson hatte sie mit Handschellen an den Heizkörper im Badezimmer gekettet. Was hat er dann getan?«

»Er schimpfte und schrie. Er schlug gegen die Wand. Er war außer sich. Ich wollte zu meiner Mum, aber ich konnte mich nicht rühren. Ich hatte Angst, vom Schrank zu fallen. Ich hörte seine laute Stimme aus dem anderen Raum. Er sagte etwas wie ... *warte ab, bis ich wiederkomme, dann habe ich viel Zeit für dich.*«

»Er wollte zurückkommen? Nun, scheinbar hat er es sich anders überlegt. Was geschah dann?«

Ich schloss die Augen. Es war dunkel. Kein Licht brannte. Langsam, schemenhaft tauchte das Zimmer vor mir auf. Überall standen Kartons, ein Tisch mit einer Schreibtischlampe war in die Ecke geschoben worden. Auch auf ihm stapelten sich die Dinge, selbst der Stuhl, der vor ihm stand, war mit Paketen belegt. Es gab keine Vorhänge an den Fenstern, keinen Teppich, kein Bild an der Wand. Ich war noch nie hier gewesen. Alles war mir fremd. Ich fürchtete mich so. Ich presste die Augen ganz fest zusammen. Ich wollte nicht mehr dort sein. Seine Stimme war so laut. Ich klemmte meinen Kopf zwischen meine Knie, drückte sie so fest ich konnte gegen meine Ohren, bis es endlich still wurde.

Aber da ist noch ein Geräusch, ein merkwürdiges Stöhnen. Ich kann nichts verstehen, es kommt von weit weg. Der Klang ist mir vertraut. Ich lockere meine Knie, lausche angestrengt in den düsteren Raum. Es ist meine Mum. Sie summt etwas. Ich halte für einen Moment die Luft an, um sie besser verstehen zu können. *Sag mir, wo die Blumen sind, wo sind sie geblieben* ... Ich kenne das Lied. Sie hat es mir Abend für Abend vorgesungen. Ich fange an mit ihr zu summen, so gut es eben geht. Es tröstet mich. Ich fühle mich nicht mehr so allein. *Sag mir, wo die Mädchen sind, wo sind sie geblieben?* ... *Männer nahmen sie geschwind* ... Meine Mum sitzt auf der Kante meines Bettes und streicht mir über das Haar. Wenn das Lied zu Ende ist, stelle ich ihr immer dieselbe Frage: *Wo sind denn die Mädchen, Mummy? Haben sie sich alle versteckt?* Dann lacht sie und gibt mir einen Kuss. Aber heute nicht. Heute kann ich sie nicht sehen. Gerade heute, an diesem schlimmsten Tag in meinem Leben möchte ich ganz nah bei ihr sein, ich will, dass sie mich festhält, ich muss zu ihr, bevor er zurückkommt. Ich ziehe und zerre an der Kordel. Es ist mir gleich, ob es weh tut. Ich höre nicht auf.

Auf einmal habe ich eine Idee. Ich mache mich ganz klein und drücke meine Arme so fest es geht nach unten. Ich sitze fast in der Hocke, presse mit all meiner Kraft meine Schultern herunter, ziehe meine Arme in die Länge. Und plötzlich gelingt es mir. Ich kann meine gebundenen Hände unter meinem Po hindurchziehen, bis sie schließlich vor meinem Körper angelangt sind. Jetzt kann ich sie benutzen, wenn auch nur eingeschränkt. Das erste, was mir einfällt, ist, den Klebestreifen abzureißen, der mir das Atmen so schwer macht. Es ziept und brennt, aber mein Wunsch ihn loszuwerden ist übermächtig. Noch ein kleiner Ruck! Er ist ab. Ich rufe meine Mum, schreie immer wieder die gleichen Worte, dass ich auf dem Schrank sitze mit festgebundenen Händen. Sie antwortet mir mit lautem Gemurmel. Ich begreife, dass sie nicht sprechen kann. Vielleicht ist sie auch auf einem Schrank und kann sich nicht rühren. Ich will bei ihr sein, mich an sie drücken. Der Mann ist bald zurück. Dann kommt er mich holen. Ich ziehe wieder an der Kordel, nehme die Zähne zur Hilfe, nage an ihr, sauge an ihr, bis sie feucht und weich wird. Ich spüre wie sie zu rutschen beginnt. Es tut nicht mehr so weh. Ich stelle meine Füße auf den Knoten und presse, so fest ich kann. Auf einmal gleitet die Fessel über meine Hände. Ich bin frei.

Was soll ich jetzt tun? Der Schrank ist hoch. Ich traue mich nicht zu springen. Aber meine Mum will, dass ich es tue. Ich höre ihr Gemurmel. Es ist jetzt viel lauter. Sie will, dass ich ihr helfe. Wir können fliehen, wenn ich nur mutig bin, und ich bin gut im Klettern. Ich komme das große Klettergerüst hinauf, das auf dem Spielplatz steht. Es ist höher als der Schrank. Nur einmal bin ich hingefallen. Mein Knie hat geblutet. Es war schlimm, ich habe geweint. Aber nicht so wie heute. Hier ist es tausendmal schlimmer. Mum hat mir beigebracht rückwärts zu klettern, mit dem Bauch zum Gerüst. Ich drehe mich um, lege die Hände an die Kante des Schrankes, schiebe langsam einen Fuß nach unten. Es ist schwer Halt zu finden, ich fange an zu wackeln. Ich werde fallen. Schnell schiebe ich den zweiten Fuß über die Kante, strecke meine Beine gerade noch aus, dann rutschen meine Finger ab.

Die Landung ist hart. Mir schießen die Tränen in die Augen. Aber dann begreife ich, dass ich es geschafft habe. Ich springe auf und laufe zu meiner Mutter, umarme sie mit all meiner Kraft, höre nicht mehr auf zu weinen. Endlich bin ich bei ihr. Sie ist mein sicherer Hafen, ich will nie wieder von ihr getrennt werden. Schließlich höre ich sie murmeln, lauter und lauter, sie strengt sich fürchterlich an. Erst da erinnere ich mich. Sie kann nicht sprechen. Ich beginne das Klebeband zu lösen. Es haftet stärker als bei mir. Ich finde keinen Anfang. Erst nach etlichen Versuchen bekomme ich eine Ecke frei, ziehe und ruckele, bis ich endlich ihren Mund sehe, endlich wieder ihre Stimme höre.

»Das hast du so gut gemacht, Rae. Du bist ein richtig großes Mädchen. Wir müssen Hilfe holen, aber ich kann meine Fesseln nicht lösen. Man braucht einen Schlüssel dazu. Sieh nach, ob die Wohnungstür offen ist.« Ich laufe zurück ins große Zimmer, finde die Tür – sie ist abgeschlossen. Wir schreien laut. Wir machen Krach mit allem, was wir finden können, aber niemand scheint uns zu hören. Ich versuche sogar das Fenster zu öffnen, will es hochschieben, damit ich hinausrufen kann. Es klemmt. Ich kann es keinen Millimeter bewegen. Tief unten fährt ein Auto vorbei. Ich schlage gegen die Scheibe, doch es fährt einfach weiter.

Meine Mum fängt an zu weinen. Sie wiederholt die immer gleichen Worte. *»Wir müssen hier raus. Er darf uns nicht finden.«*

Was können wir tun? Es gibt kein Telefon. Niemand hört uns. Wir sind ganz allein. Plötzlich hat sie eine Idee. Es ist etwas, dass sie in einem Film gesehen hat. Wir werden es versuchen, es ist unser letzter Ausweg. Das Haus hat eine Sprinkleranlage. Sie ist mit der Notrufzentrale verbunden. Mum erklärt mir alles ganz genau. Dann laufe ich los. Er hat hier geraucht, das kann man deutlich riechen. Ich suche ein Feuerzeug, durchwühle den Schreibtisch, bis ich es nach kurzer Zeit finde. Jetzt kommt der schwierige Teil. Ich fege alle Kartons und Papiere vom Tisch und schiebe ihn in die Mitte des Raumes.

»Wie stark du bist, kleine Raemi. Das hast du gut gemacht!«, höre ich sie sagen. Der Schreibtisch steht jetzt genau unter dem schwarzen Knopf an der Decke und der Stuhl muss auf den Tisch.

»Ich weiß, dass du es schaffst! Er ist nur aus Plastik.« Sie biegt sich mit dem Hals ganz weit herüber, um mich sehen zu können. Ich bin müde, der Stuhl ist schwer. Ich kann ihn nicht hochheben.

»Versuch es von oben!« Ich klettere auf den Tisch, hake meinen Arm unter die Stuhllehne, ziehe ihn ein Stück hoch, aber ich muss wieder loslassen.

Du bist so brav gewesen, Raemi. Ruh dich ein bisschen aus, dann wird es besser gehen! Ich liege flach auf dem Tisch, die Arme ausgebreitet. Mummy singt das Lied von den Mädchen. Ich möchte so sehr nach

Hause, möchte weg von diesem Ort, an dem böse Dinge geschehen, ich wünschte, Mummy könnte den Stuhl heben. Sie ist stark. Sie hat mich im Winter auf dem Schlitten gezogen, sie trägt mich die Treppe hinauf, einmal hat sie sogar Omi getragen. Nur heute geht es nicht, heute muss ich *ihr* helfen. Ich mache einen zweiten Anlauf, der Stuhl schwebt in der Luft und schließlich, ich weiß nicht wie, gelingt es mir ihn hochzuziehen. Ich verschnaufe ein Weilchen, dann stelle ich den Stuhl in die Mitte des Tisches und klettere auf die Sitzfläche.

»Es ist wie beim Turnen«, ruft Mummy, *»du musst nur auf dein Gleichgewicht achten.«* Vorsichtig richte ich mich auf. Der Stuhl wackelt ein bisschen. Ich strecke meinen Arm nach oben, drücke die kleine Taste am Feuerzeug, genau wie Mum es mir erklärt hat. Es geht schwer. Mein Finger rutscht immer wieder ab. *»Noch einmal, Rae. Gleich schaffst du es.«* Ich versuche es wieder, aber das Feuerzeug rutscht aus meiner Hand und fällt auf den Tisch. Ich muss es holen. Hastig gleite ich nach unten, der Stuhl gerät ins Schlingern, er kippt. Ich kann mich gerade noch abfangen. Ich beginne von vorn, strecke den Arm nach oben und drücke die Taste. Es will nicht funktionieren. Mein Daumen tut weh.

»Nimm die andere Hand, Rae!« Tatsächlich. Schon beim ersten Versuch macht es klick, und die kleine Flamme erscheint. Ich stelle mich auf die Zehenspitzen, doch ich reiche nicht hoch genug. Ich bin zu klein. Nichts geschieht. Der Alarm bleibt stumm. Müde sinke ich auf den Stuhl.

»Wir haben keine Zeit mehr. Du musst dich beeilen. Nimm ein großes Stück Papier, zünde es an und halte es über deinen Kopf. Bitte, Rae, sonst sind wir verloren.« Ich tue, was sie mir sagt, sammele einige Seiten auf, stecke sie in meinen Hosenbund und ziehe mich mühsam wieder hinauf. Endlich stehe ich oben, drücke das Feuerzeug, halte eine Seite in die Flamme, bis sie zu brennen beginnt, strecke meine Hand über meinen Kopf, weit weg von meinem Gesicht. Ein paar Funken sprühen, etwas Asche rieselt mir entgegen, ich fürchte mich davor, aber ich lasse meinen Arm hoch über mir. Das Blatt brennt lichterloh, ich spüre die Hitze an meinen Fingern, aber nichts passiert. Das Wasser fängt nicht zu sprühen an. Mummy weint.

Ich halte es noch einen Moment aus, dann lasse ich los. Der sengende Schmerz auf meiner Haut ist zu stark. Ich reiße den Arm in einer schnellen, unkontrollierten Bewegung herunter. Der Stuhl beginnt zu wackeln. Ich verliere das Gleichgewicht, verliere den Halt, stürze zu Boden. Alles tut mir weh. Ich will nicht mehr aufstehen. Aber da ist ein Geräusch, ganz in meiner Nähe. Es knistert. Es brennt. Das Feuer wächst. Ich fühle seine fürchterliche Hitze. Voller Angst laufe ich zu meiner Mutter und schlage die Badezimmertür zu. Es darf nicht zu uns herein. Ich lege meinen Kopf in ihren Schoß. Wir weinen. Die Sprinkleranlage macht kein Geräusch.

Der Rauch kriecht unter der Tür hindurch, zieht im Badezimmer hoch wie kleine, graue Wolken, die der Wind vor sich her treibt. Er wird dichter und dichter. *»Hol ein Handtuch, Rae, und mache es nass. Wir müssen die Ritzen verstopfen.«* Ich drehe den Wasserhahn auf. Er gibt seltsame Töne von sich, würgt und hechelt, aber kein Tropfen kommt heraus. Das Wasser ist abgestellt worden, genau wie das Licht. Wir können das Feuer nicht löschen. Mummy fängt an zu schreien. Sie hört nicht mehr auf. Es macht mir Angst. Ich fürchte mich zu Tode. Dann beginnt sie zu husten. Die Luft ist zum Schneiden dick, sie brennt in meinen Augen, in meinem Hals, in meiner Nase. Das Atmen fällt mir schwer. Ich klammere mich an meine Mutter. Halte sie so fest, bis es weh tut. Sie kann mich nicht umarmen, sie ist noch immer an die Heizung gekettet. Ich drücke mein Gesicht an ihren Hals, flüstere ein paar Worte: *»Wo sind die Mädchen, Mummy? Ich kann es nicht verstehen.«* Aber sie antwortet mir nicht. Sie hebt den Kopf und sieht mir streng in die Augen. *»Du musst jetzt tapfer sein, Rae! Du tust, was ich dir sage, auch wenn du Angst hast. Nimm den kleinen Hocker, stell ihn in die Dusche und öffne die Luke. Los! Du darfst keine Zeit verlieren.«*

Ich will nicht von ihr weggehen, ich will nicht mehr heben und klettern, aber ich bin ein braves Mädchen. Ich tue, was meine Mutter mir sagt. Der Hocker ist leicht und rund, aber er steht so wacklig auf dem glatten Boden der Dusche. Ich muss mich an den Fliesen festhalten, um mich aufzurichten. Die Luke ist mit einem Riegel verschlossen, den man nach oben drücken muss. Ich strecke mich, so weit es geht, gebe ihm einen Stups: Er will sich nicht bewegen.

»Drück, so fest du kannst, er klemmt nur ein bisschen«, sagt Mum mit kratziger Stimme. Ich versuche es wieder und wieder, aber es gelingt

mir nicht.

»Nimm den Duschkopf, Rae, schlag auf den Riegel!« Ich löse die Brause aus der Halterung und hämmere auf dem Riegel herum, bis er sich schließlich ein kleines Stück bewegt. Jetzt geht es leicht, ich schiebe ihn hoch und öffne die kleine Fensterluke. Für einen Augenblick spüre ich die frische Herbstluft, dann füllt sich das Bad mit Rauch. Er strömt in Massen unter der Tür durch, breitet sich aus, angesogen von der offenstehenden Luke. Ich kann meine Mum nicht mehr sehen, sie ist in einer dunklen Wolke verschwunden. Ich will zu ihr, aber sie lässt mich nicht, sie schimpft mit mir. *»Bleib, wo du bist Rae! Zieh dich hoch, so weit du kannst, steck den Kopf durch das Fenster.«* Doch die Luke ist viel zu eng. Es ist unmöglich. Ich fange an zu weinen.

Plötzlich wird es hell, obgleich das Licht noch immer aus ist. Unter der Tür züngeln die Flammen, der Türknauf leuchtet rot. Das Feuer kommt. *»Geh die Mädchen suchen, Rae! Du willst doch wissen, wo sie sich verstecken. Klettere hinaus!«* Aber ich schüttle kraftlos den Kopf.

Jetzt wird Mummy böse. *»Du tust, was ich dir sage. Zieh dich durch die Luke und rufe um Hilfe! Sonst kommt dich das Feuer holen.«*

Ich bin voll von Angst, meine Beine zittern. Mit dem Mut der Verzweiflung gehe ich schließlich in die Knie und stoße mich ab. Der Hocker fällt um, aber ich bekomme den Rand der Öffnung zu fassen. Die spitze Kante des Rahmens schneidet in meine Hände, aber ich halte mich fest. Mit meinen nackten Füßen stemme ich mich an den Fließen der Duschwand ab, stecke einen Arm durch die Öffnung und ziehe den Kopf hinterher. Für den zweiten Arm ist kein Platz mehr, es ist so eng und ich kann Mummy nicht mehr hören. Mein Kopf hängt in der dunklen Nacht, hoch über dem Erdboden, hoch über der Welt. Ich werde hinabstürzen. Es geht tief nach unten. Niemand ist da, der mich retten könnte. Ich schreie aus vollem Halse, so habe ich es versprochen. Meine schrille Stimme gellt durch die Nacht wie eine Sirene. Irgendwann werde ich müde, mein Hals tut mir weh. Ich schließe den Mund, schließe die Augen, aber die Schreie verstummen nicht. Noch nie in meinem Leben habe ich mich so allein gefühlt. Wo sind die Mädchen hin? Kann ich sie sehen? Ich öffne die Augen einen Spalt, schaue in die Ferne, nur nicht nach unten. Da ist ein kleines blaues Licht. Es kommt näher.

Es schreit, es heult. Sind es die Mädchen? Es ist ein rotes Feuerwehrauto, ein Spielzeugauto. Kleine Menschen steigen aus und winken mir zu, sie leuchten mit einer Lampe zu mir herauf, sie rufen, aber ich kann sie nicht verstehen. Sie sind zu weit weg. Ich schließe meine Augen. Ein seltsames Gefühl macht sich in meinem Körper breit, als wäre ich in zwei Hälften geschnitten. Die obere Hälfte ist eiskalt, sie zittert, sie klappert mit den Zähnen, die untere Hälfte schwitzt. Sie ist heiß und schmerzt. Ich ziehe meine Beine an, presse die Zehen an die glatten Fliesen, die jetzt warm und glitschig sind, versuche höher aus der Luke zu kommen, aber meine Schulter steckt fest. Sie passt nicht hindurch. Es hat keinen Sinn. Und wenn es mir gelänge, würde ich fallen. Es geht tief hinunter. Niemand kann mich retten, nur ein Vogel. Die Mädchen sind nicht gekommen. Meine Arme sind müde, sie wollen nicht mehr halten. Ich lockere den Griff, löse die Füße von der Wand … lasse los.

Für den Bruchteil einer Sekunde fliege ich in die Leere, dann geht ein schmerzhafter Ruck durch meinen Körper. Mein Arm tut weh, mein Kopf schlägt gegen die Luke. Etwas hat mich gepackt. Ich reiße die Augen auf. Ein Schrei löst sich aus meiner Kehle. Ich sehe in ein riesengroßes Gesicht mit leuchtenden dunklen Augen. Eine Pranke umschließt mein Handgelenk, zerquetscht es nahezu. Ich weiß nicht, was geschieht. Werde ich von einem Mann geholt, genau wie die Mädchen? Ich fürchte mich so. Eine tiefe Stimme dröhnt laut über meine Angst, »… *du musst jetzt ganz tapfer sein … es wird weh tun.*«

Mein Herz wird starr. Der Mann beugt sich über mich. Er presst seine riesenhafte Hand an meinen Hals, schiebt sie weiter bis zur Schulter, greift mit der zweiten Hand unter meinen anderen Arm. Dann beginnt er zu ziehen und zu drücken, presst mich immer fester in die Öffnung der Luke, bis ich zu weinen beginne, aber er hört nicht auf. Er will mich zerbrechen. Und schließlich gelingt es ihm. Mein Körper gibt nach. Ich höre Knochen knacken. Ein greller Schmerz schießt ein. Alles wird schwarz.

Es ist wie ein Traum. Ich fliege hoch in der Luft. Lichter zucken durch die Nacht, Sirenen tönen in der Ferne. Der Riese hält mich in seinem starken Arm, zieht seine raue Jacke über mich, um mich zu wärmen. Es ist ein guter Riese mit einer warmen Stimme. Er heißt

Jack. Er flüstert mir Worte zu, tröstet mich, fragt mich nach meinem Namen, aber ich weiß ihn nicht mehr. Mein Kopf ist leer. Wir sitzen in einem Korb, der über dem Boden schwebt. Er muss magisch sein. Er gleitet wie von Zauberhand nach unten. Ich spüre keinen Schmerz, ich spüre überhaupt nichts mehr, ich habe vergessen, was geschehen ist. Der Korb hält an, es ruckelt ein wenig. Der Riese hebt mich hoch. Ich drehe den Kopf, blicke zurück. Ein Schauer fährt mir in die Glieder. Da steht er. Der dunkle Turm. Seine Krone brennt lichterloh. Ein lauter Knall bringt die Fenster zum Bersten, glühende Feuerbälle stürzen herab. *»Sieh nicht hin«*, befiehlt mir der Riese, *»sieh einfach nicht hin. Du musst das alles vergessen, Kleine.«* Er ist ein weiser Riese, ich werde ihm gehorchen. Ich presse meine Augen fest zusammen, so doll, dass mein Kopf von der Anstrengung wehtut. Ich habe das Gefühl, sie nie mehr öffnen zu können. Ich will den Turm nicht mehr sehen, nicht das Feuer, will das Lied nicht mehr hören.

Die Mädchen sind verschwunden.

16

»Rae! Mach die Augen auf!«

Mit einem pfeifenden Geräusch zog ich die Luft in meine Lunge. Hatte ich aufgehört zu atmen? Ich drückte die Hände auf meine Brust, sah in die klaren blauen Augen von Britt Weiss. »Geht es dir gut? Ich fange an mir Sorgen zu machen.«

Langsam kehrte ich in die ruhige Suite des Hotels zurück, fühlte die schlanke, kühle Hand, die Tante Britt auf meinen Arm gelegt hatte. Mein erster Impuls war, ihn wegzuziehen, aber ich ließ es bleiben. Ich wollte sie nicht kränken.

»Du hast dich erinnert, nicht wahr?«

Ich nickte stumm.

»Ich wusste, das würde eines Tages geschehen. Nach dem Brand in der Elder Street war mir klar, dass es nicht mehr lange dauern konnte. Du brauchtest nur noch einen kleinen Anreiz, einige Fakten, ein paar Fotos ...«

»Habe ich laut gesprochen?«

»Manchmal. Es war nicht immer leicht zu verstehen. Du bist regelrecht in die Vergangenheit eingetaucht, als würdest du alles noch einmal durchleben.«

»Ja. So hat es sich angefühlt. Ich habe die Hitze gespürt.« Wenn ich auch absurderweise fröstelte. »Was ist mit meiner Mum passiert? Hat sie es geschafft?«

Tante Britt schüttelte den Kopf.

»War es der Rauch?«, fragte ich voller Angst.

Wieder nur ein Kopfschütteln.

»Sie ist verbrannt?« Meine Stimme war kaum noch zu hören.

»Rae, es tut mir so leid. Ich wünschte, ich könnte dich irgendwie trösten. Für deine Mutter kam jede Hilfe zu spät. Wir fanden sie im Badezimmer. Sie war mit Kabelbindern und Handschellen an die Heizung gekettet.«

Verbrannt. Während ich davongekommen war ... »Wie konnte ich das alles vergessen?«

»Du hast ein schweres Trauma erlitten. Zu erschütternd für ein kleines Kind. Wir fanden Striemen an deinen Handgelenken, Rötungen in deinem Gesicht, woraus wir schlossen, dass auch du damals gefesselt gewesen warst. Ich habe mich immer gefragt, wie du dich befreien konntest. Du bist sehr tapfer gewesen.«

»Verdammte Tapferkeit. Wenn ich die Fesseln nicht aufbekommen hätte, nicht vom Schrank gesprungen wäre, dann hätte sie nicht sterben müssen. Vielleicht wäre dieser Benson nie zurückgekommen oder er hätte sie verschont.«

»Rae, tu dir das bitte nicht an …«

»Ohne das Feuer hätte sie eine größere Chance gehabt.«

»Nein, Rachel. Hör auf! Niemand kann sagen, was geschehen wäre, aber ich gehe davon aus, dass Benson deine Mutter töten wollte – und dich hätte er auch nicht leben lassen. Du hast alles richtig gemacht, hast versucht, deiner Mum zu helfen. Sie wollte, dass du überlebst. Sie wollte dich beschützen, hat dich dazu gebracht, die Luke zu öffnen. Sie wusste, dass Benson dir etwas antun würde. Es gab für sie nur diese eine Chance.«

»Wie bin ich durch die Luke gekommen? Sie war viel zu klein.«

»Wärst du ein Jahr älter gewesen, hätte man dich vielleicht nicht mehr retten können. Der Feuerwehrmann musste sich für einen schmerzhaften Weg entscheiden. Du wurdest mit mehreren Frakturen ins Krankenhaus eingeliefert. Dein Schlüsselbein und eine Rippe waren gebrochen, die Schulter ausgekugelt. Du standest unter Schock. Man hat dich psychologisch betreut, aber du hast zwei Monate lang kein Wort gesprochen. Am Ende kam man überein, dich nicht mit dem Erlebten zu konfrontieren. Du schienst alles vergessen zu haben, es ging dir endlich besser.«

»Ich habe meine Mum vergessen.«

»Du musstest die traumatischen Erlebnisse verdrängen, um gesund zu werden. Du warst nur ein kleines Mädchen.«

Tante Britts Erklärungen leuchteten ein, und etwas tröstete mich ein wenig: Meine Mutter hatte mich geliebt und mir das Leben gerettet. Langsam wurde ich ruhiger.

»War sie ein schlechter Mensch?«

»Das ist schwer zu sagen. Ich glaube, sie hat einen Fehler gemacht, sich mit den falschen Leuten eingelassen. Am Ende hat sie es vermutlich bereut. Vielleicht ist ihr nicht klar gewesen, worin sie sich verstrickt hatte.«

»Und was ist aus Benson geworden?«

»Er ist nach den Ereignissen untergetaucht. Womöglich kehrte er in jener Nacht zurück und sah das Feuer. Ihm wurde klar, dass seine Geschäfte auffliegen würden, also floh er ins Ausland. Erst nach dem Brand wurden wir überhaupt auf seine Aktivitäten aufmerksam, als wir Überreste von Scheckkarten und Folien fanden. Lange Zeit hielten wir Benson für deinen Vater, weshalb wir uns um deine Sicherheit sorgten. Es war nicht auszuschließen, dass er dich suchen würde. Du hättest ihn belasten können. Wir fragten uns auch, was du über Lauras Reisen nach Deutschland wusstest. Konntest du dich an Einzelheiten erinnern? An Personen, die ihr dort getroffen hattet? Es war nicht sehr wahrscheinlich. Dennoch haben wir deinen Namen geändert. So war es für Benson unmöglich, dich aufzuspüren. Wir entschieden uns für *Rachel*, damit dir der Name vertraut war. So ist dir *Rae* geblieben.«

»Wissen Sie, wer mein Vater ist?«

»Leider nicht. Natürlich war die Spurensicherung in Lauras Wohnung. Sie haben verschiedene Proben genommen, glaubten, dass eine von Benson stammte. Erst vor wenigen Monaten erhielten wir Klarheit. Sein Leichnam wurde in einem Haus in Venezuela gefunden. Der Abgleich mit einer alten Blutprobe von dir ergab keine Übereinstimmung. Er war definitiv nicht dein Vater.«

Ich war erleichtert. Die Identität meines Vaters nicht zu kennen, war mir lieber, als von einem Mann wie Benson abzustammen, der bereit gewesen war, sein eigenes Kind zu töten. Natürlich blieben manche Fragen offen, aber ich kannte endlich die Wahrheit. Wenn auch viele traurige Erinnerungen daran hingen, konnte ich doch mit meiner Vergangenheit leben.

»Danke, dass Sie mir alles erzählt haben. Ich glaube, dass es mir jetzt besser gehen wird.«

Ich stand auf, um mir ein wenig die Beine zu vertreten, aber Britt Weiss rührte sich nicht. Sie blieb stumm auf dem Sofa sitzen. Aus den Augenwinkeln sah ich zur ihr herüber und bemerkte, wie sie die Schultern straffte.

»Ich bin noch nicht ganz fertig, Rae. Es gibt noch etwas zu erzählen ...«

Da war also noch mehr. Langsam kehrte ich an meinen Platz zurück, während mein Herz im rasenden Rhythmus der Angst zu schlagen begann.

»Mir ist bewusst, dass heute ein aufwühlender Tag für dich ist. Es gibt eine Menge Dinge, die du verdauen musst. Trotzdem ...«, Britt Weiss machte eine Pause, als müsste sie sich wappnen,» ...es ist nötig, noch etwas ins Detail zu gehen, gerade angesichts der Möglichkeiten, im Internet an Informationen zu gelangen. Du bist eine kluge junge Frau. Wissbegierig. Und du hast eine gute Intuition. Vielleicht wirst du dich noch weiter mit den Ereignissen dieses für dich so entscheidenden 1. Oktobers 2001 beschäftigen. Es ist mir lieber, wenn ich diejenige bin, die dich über alles in Kenntnis setzt.« Sie trank einen großen Schluck Wasser, stellte ihr Glas zurück auf den Tisch und sah mich unverwandt an.

»Du erinnerst dich an viele Dinge, Rae. An Rauch und Feuer, an deine Rettung. Du warst ein kleines Mädchen, das Furchtbares erlebt hat, das so heftig durch eine enge, kleine Luke gezerrt wurde, dass es Knochenbrüche erleiden musste. Der Wohnblock, in dem ihr gefangen wart, sollte in nächster Zeit abgerissen werden, weshalb die meisten Appartements leer standen. Benson nutzte seine Räume als Lager für Waren unterschiedlichster Art, wie ich dir bereits erklärt habe. Zu ihnen zählten spezielle Farben und Lösungsmittel, Lacke, Kunst- und Klebstoffe sowie Benzol.«

Ich verstand nicht sofort, worauf sie hinaus wollte, aber ihr ernster Blick alarmierte mich.

»Bedauerlicherweise hat sich das Feuer aufgrund der vorhandenen Substanzen in rasantem Tempo ausgebreitet. Es entstanden giftige Dämpfe, es gab eine Explosion.«

Sie machte eine Pause, sah mich aufmerksam an. Und langsam dämmerte es mir. Der laute Knall ... Ich hatte ihn gehört, als ich in den Armen des Riesen durch die Nacht schwebte.

»Deshalb Rae, wurde aus einem kleinen Feuer ein Großbrand, der vor allem in den oberen Stockwerken wütete und nur schwer unter Kontrolle zu bringen war.«

»Aber das Gebäude stand leer?«, fragte ich mit flehender Stimme.

»Nicht ganz.« Tante Britt klang jetzt gequält. »Eine Rettung mittels Drehleiter war nur bis zum zehnten Stockwerk möglich. Die Feuerwehr musste einen Innenangriff starten, was jedoch Zeit erfordert. Langwieriges Treppensteigen mit Atemschutz und Ausrüstung schmälerte die Chancen, vor allem, da bestimmte physikalische Effekte das Feuer extrem vorantrieben. Es war ein furchtbarer Brand in einem Hochhaus kurz nach dem 11. September. Die Zeitungen waren voll davon. Obwohl die Räumung bereits angeordnet worden war, hatten zwei Familien und ein älteres Ehepaar ihre Wohnungen noch nicht verlassen.«

»Familien?« Ich spürte, wie sich alles zu drehen begann.

»Zwei Kinder, fünf Erwachsene, unter ihnen ein Feuerwehrmann, starben in den Flammen oder an den Folgen giftiger Dämpfe.«

»Nein, bitte nicht! Nicht das!« Ich konnte das Schluchzen nicht mehr unterdrücken. »Ich bin schuld, dass diese Kinder sterben mussten? Meine Mutter und ich? Nur damit ich überleben konnte, sind so viele Menschen tot? Das kann ich einfach nicht ...« Weinend sackte ich auf dem Sofa zusammen, presste die Hände vor meine Augen, spürte, wie die Kälte zurückkehrte.

Groß und dunkel tat sich der Abgrund vor mir auf.

»Rae, hör mir zu!« Britt Weiss hatte mich an den Schultern gepackt und sprach mit lauter, autoritärer Stimme. »Es ist nicht deine Schuld! Es ist nicht einmal die Schuld deiner Mutter, die verzweifelt, verletzt und in Todesangst war. Vermutlich hatte sie keine Ahnung, welche Dinge in der Wohnung lagerten, wusste nicht, dass die Alarmanlage schon längst nicht mehr funktionierte. Es ist die Schuld von Carl Benson. Er hat euch entführt, eingesperrt, misshandelt und fast ermordet. Eure Situation war ausweglos.

»Wenn er uns getötet hätte, würde es nur zwei Opfer geben. Nicht sieben!«

»Diese Wahl haben wir nicht im Leben. Unsere Instinkte fordern extremes Handeln, um den Tod abzuwenden.«

»Meine Mutter hätte sich nicht mit Benson einlassen dürfen.«

»Das ist wahr. Und dieser Fehler hat sie das Leben gekostet. Dennoch war er es, der die Katastrophe auslöste.«

»Er hat das Feuer nicht gezündet. Wir waren es. Ich war es. Wir durften das nicht tun. Wir hätten nach einem anderen Ausweg suchen müssen, hätten länger schreien müssen ...«

»Deine Mutter war in Panik. Sie hat keinen anderen Ausweg gesehen. Es war ein Unglück, Rae. Niemand gibt dir die Schuld.«

»Und die Familien? Die Kinder? Was würden sie sagen? Du hast keine Schuld, Rae? Deine Mum hat keine Schuld? *BULLSHIT!*« Ich schrie es ihr ins Gesicht. »Sie würden uns hassen. Sie würden uns töten. Sie würden sagen: Warum habt ihr nicht länger gewartet? Warum seid ihr nicht für uns gestorben? *WIR SIND SCHULD!*«, schleuderte ich ihr mit einem Schrei entgegen. Ich verlor die Kontrolle, war vollkommen außer mir, verstand nicht mehr, was Britt Weiss zu mir sagte. Sie ließ mich gewähren, ließ mich toben und schreien und die Schuld verteilen.

Irgendwann beruhigte ich mich ein wenig, weinte nur noch leise vor mich hin, war erschöpft und müde. Brittany Weiss hatte angefangen an ihrem Laptop zu arbeiten. Tipp, tipp, tipp. Das monotone Geräusch lullte mich ein. Schließlich stand sie auf, füllte ein Glas zweifingerbreit mit einem bräunlichen Getränk und reichte es mir.

»Das trinkst du jetzt auf der Stelle. Keine Widerrede!«

Ich stürzte es in einem Zug hinunter. Der scharfe Geschmack des Alkohols brannte in meinem Hals, aber ich sagte nichts.

»Hier.« Sie reichte mir einen Müsliriegel. »Du musst etwas essen, auch wenn dir nicht danach ist. Also, bitte Rae.«

Und ich aß. Kaute langsam und schwerfällig, konnte nichts schmecken, aber begann mich ruhiger zu fühlen.

»Du wirst mit deiner Vergangenheit leben müssen. Sie ist nicht zu ändern. Niemandem ist geholfen, wenn du verzweifelst. Im Gegenteil. Ehre die Toten, indem du etwas aus dir machst, die Chance nutzt, die dir das Leben geschenkt hat. Akzeptiere, dass sich unglückliche Ereignisse zu diesem Inferno verkettet haben, dass ein Gewaltverbrecher die Verantwortung trägt – ein Mensch, der ein kleines Kind und eine junge Mutter töten wollte. Mehr gibt es nicht zu sagen. Ich arbeite für das FBI, führe meine Ermittlungen gewissenhaft. Die Akte ist geschlossen. Dich trifft keine Schuld! Punkt!« Sie stand auf und ging zum Telefon, bestellte ein Club Sandwich und einen Salat, warf einen langen Blick aus dem Fenster und kehrte zu ihrem Sitzplatz zurück.

»Das war's für heute. Jetzt machen wir nur noch Smalltalk. Ich habe ein Zimmer für dich reserviert, es liegt direkt hinter der Verbindungstür. Du musst dich erholen. Ich kann dich, so verstört wie du bist, nicht nach Hause schicken. Vielleicht solltest du dir die Stadt ansehen. Bist du schon einmal hier gewesen?«

Ich schüttelte den Kopf.

»Na, dann nutze die Gelegenheit. Lenk dich ein bisschen ab. Besuch das Skydeck auf dem Willis Tower.«

»Keine hohen Türme.«

»Dann geh zum Navy Pier. Von dort hast du einen fantastischen Blick auf die Skyline von Chicago. Du könntest eine Bootsfahrt machen …«

»Nein, danke.«

»Kann ich dir irgendwie helfen? Gibt es hier jemanden, den du kennst?«

Ich war bereits im Begriff den Kopf zu schütteln, als mir etwas in den Sinn kam. »Ich würde gern eine Freundin treffen.«

»Natürlich. Wo wohnt sie?«

»Ich weiß es nicht. Das letzte, was ich gehört habe, war, dass sie sich in einer Jugendstrafanstalt befindet.«

Britt Weiss zog die Augenbrauen hoch. »Woher kennst du sie?«

»Wir haben uns damals ein Zimmer geteilt, ich meine in der Klinik. Vor zwei Jahren.«

»Weshalb ist sie verurteilt worden?«

»Ich nehme an wegen Körperverletzung. Ihr Trainer hatte sie belästigt. Sie musste sich wehren.«

»Hm. Wie ist ihr Name?«

»Anaïs Gerard.«

»Ich werde sehen, was ich tun kann. Heute steht für dich nur noch ein Sandwich und dein Bett auf dem Programm. Ich muss morgen früh aufstehen. Es wäre schön, wenn wir zusammen frühstücken könnten. Sagen wir sieben Uhr dreißig.«

Ich nickte müde und wandte den Kopf zur Seite, ließ die Lider sinken und drückte die Hände in die Taschen meines Sweaters.

Die Kälte kroch höher und höher.

Es war jetzt alles so gekommen, wie ich befürchtet hatte. Meine Vergangenheit erschütterte mich. Der Abgrund war tief. Wie sollte ich damit leben, für den Tod so vieler Menschen verantwortlich zu sein? Ich konnte mir hundertmal sagen, dass ich nur ein Kind gewesen war, ich wurde die Schuld nicht los. Warum hatten sich die Dinge so zugetragen, warum war es gelungen mich zu retten? Nur mich? Ich hatte zweimal überlebt, während alle anderen verbrannten. Ein Fluch musste auf mir lasten. Er tötete die, die mir nahe standen. Am schlimmsten daran war, dass ich selbst das Feuer gelegt hatte. Ich hatte das Inferno in Gang gesetzt, nicht dieser Mann. Er war nicht einmal in der Nähe gewesen. Vielleicht hatte er meiner Mutter nur Angst machen wollen, sie nur bedrohen wollen, damit sie weiter für ihn arbeitete. Wären wir mutiger gewesen, hätte alles zu einem guten Ende kommen können. Aber wir waren nicht mutig. Unser verdammtes kleines Leben war uns so wichtig gewesen, dass wir bis zum Äußersten gingen.

Vielleicht war ich böse. Ich vergiftete alles um mich herum. Hatte sich nicht meine beste Freundin das Leben genommen? Anstatt ihr zu helfen, hatte ich sie hintergangen. Ich zog das Unheil an. Kein Wunder, dass mir jemand die Haare abgeschnitten hatte. Ich war schlecht.

Mein Handy summte und riss mich aus meinen destruktiven Gedanken. Eine Nachricht war eingegangen. Sie kam von Orestes.

Hey, wo steckst du? Habe dich beim Kung Fu vermisst. Mariah sagt, du warst heute nicht in der Schule. Krank oder gelangweilt? Falls es letzteres ist, kann ich dir bestimmt helfen. Gib mir eine Chance.

Ungeachtet meines Kummers musste ich schmunzeln. Eine Ablenkung wäre schön, doch was sollte ich ihm sagen? Dass ich sieben Menschen auf dem Gewissen hatte, aber gern mit ihm ausgehen würde? Der Gedanke kam mir pervers vor. Wie konnte ich jemals wieder lachen oder Freude empfinden, wenn diese Sieben es nicht mehr konnten? Harper hatte mich gewarnt. Die Wahrheit konnte vernichtend sein. Wenn ich jetzt darüber nachdachte, hatten mir meine Träume längst gezeigt, was geschehen war.

Ich stand auf und schob einen Stuhl vor das Fenster. In der Dunkelheit war die Tiefe nicht beängstigend. Man konnte den Boden nur verschwommen erkennen. Die Lichter glitzerten wie Edelsteine und ließen die Wolkenkratzer majestätisch schimmern. Autos fuhren in großer Zahl auf den Straßen, als wäre die Nacht ein noch schönerer Teil des Tages, der zu Unternehmungen ermutigte. Weit unter mir rauschte das Leben, aber hier oben in meinem Zimmer war ich einsamer denn je. Britt Weiss hatte es gut gemeint, mich hier zu behalten. Ich war nie in einem Hotel gewesen, hatte nie in einem Kingsize-Bett geschlafen, geschweige denn eine solche Aussicht gehabt. Trotzdem sehnte ich mich in die Elder Street zurück, in die Stille von Larkville. Ich gehörte nicht hierher. Dies war ein Ort für selbstbewusste Menschen, die geschäftig hin und her schwirrten, Menschen wie Tante Britt. Sie machte ihren Job, half den Bürgern dieses Landes, vielleicht sogar der ganzen Welt und blieb doch unsichtbar. Konnte ich so ein Leben führen? Ermittlungen anstellen, beobachten, Menschen beschützen, stark sein? Tante Britt wollte, dass ich etwas aus meinem Leben machte, etwas zurückgab. Die Augen wurden mir schwer. Ich lehnte meinen Kopf gegen das Fenster und lauschte den Geräuschen der Stadt, die gedämpft durch die Scheiben drangen, versank in einem traumlosen Schlaf. Weit hinter den Häusern erklangen Sirenen, aber ich hörte sie nicht mehr.

Am nächsten Morgen saß ich schweigsam am Tisch und starrte auf mein Frühstück, das Tante Britt für mich bestellt hatte. Kaffee, Orangensaft, Rührei, Toast, Obst und ein Donut. Es hätte für drei gereicht. Sie meinte es gut, aber mir war übel. Geistesabwesend stocherte ich darin herum, schluckte hin und wieder einen kleinen Bissen, um guten Willen zu zeigen, ließ das meiste am Ende liegen.

»Du siehst müde aus, Rae. Wie war deine Nacht?«

»Ich hab aus dem Fenster gesehen.«

»Hm. Ich weiß, dass es schwer ist. Es braucht seine Zeit. Vielleicht täte es dir gut, mit jemandem zu sprechen, der euch damals gekannt hat. Eine Nachbarin zum Beispiel.«

»Nein. Ich will nichts mehr davon hören. Nie mehr! Was kann sie mir schon erzählen? Wie süß ich als Baby war? Wer interessiert sich für so etwas!«

Agent Weiss sah mich nachdenklich an. Ich konnte spüren, wie ihr Verstand arbeitete, wie sie etwas erwog und wieder verwarf, dann notierte sie ein paar Worte auf einem Zettel und reichte ihn mir.

»Falls du es dir anders überlegst, hast du hier schon mal eure alte Adresse. Was ist mit deinem Namen? Es spricht nichts dagegen, ihn wieder zu ändern.«

»Auf keinen Fall. Ich bin jetzt Rachel Adrian. Ich bin es geworden. Rae Michelle Jensen gibt es nicht mehr. Sie war nur irgendein Mädchen in einem Albtraum.«

»Glaub mir. Es wird leichter werden. Es kommt der Tag, an dem du verstehst, dass du ein guter Mensch bist, der es verdient hatte, zu überleben. Du hast dir nichts vorzuwerfen.«

»Ich werde es nie leicht nehmen können.«

»Das erwartet niemand. Ich möchte nur, dass du nicht so streng mit dir bist. Du warst an diesem Tag auch ein Opfer.«

»Aber ich bin nicht gestorben.«

»Ein weiteres totes Kind hätte keinem geholfen.«

»Warum fühlt es sich dann wie ein Verbrechen an, dass ich gerettet wurde? Mir tut alles so furchtbar leid.«

»Ich weiß. Trotzdem musst du nach vorn schauen. Du hast das Recht zu leben. Die Vergangenheit hat dich lang genug verfolgt, versuche, sie hinter dir zu lassen. Einer meiner Mitarbeiter wird dich nachher zu Anaïs Gerard bringen. Ihre Haftstrafe wurde in einen Hausarrest umgewandelt, nachdem sich neue Zeugen gemeldet haben. Vielleicht ist sie eine gute Zuhörerin.«

»Ich kann mit niemandem darüber sprechen, ich halte es kaum aus, daran zu denken.«

»Dann rede über andere Dinge, lenke dich ab. Du wirst sehen, es hilft.« Sie stand auf und packte ihre Tasche. Ein Arbeitstag lag vor ihr, sie musste sich auf andere Dinge konzentrieren. Meine Probleme standen nicht im Mittelpunkt ihres Universums. Sie hatte schon genug Zeit für mich geopfert.

Ich bedankte mich bei ihr und warf einen letzten Blick aus dem zweiunddreißigsten Stockwerk.

Die Welt drehte sich unbeirrbar weiter.

17

Mit einem bangen Gefühl in der Magengegend saß ich auf der Rückbank einer schwarzen Limousine und fuhr durch Chicago, zwickte mich immer wieder ins Bein, um sicherzugehen, dass ich wirklich wach war. Das kleine Mädchen aus Larkville in einem schicken Wagen mit Chauffeur, skurriler ging es kaum, und doch war es Realität. Der Fahrer hatte zunächst Tante Britt bei einem Meeting abgesetzt und suchte jetzt seinen Weg durch den dichten Verkehr. Es war nur ein Anruf nötig gewesen, dann hatte irgendein Mitarbeiter die Sachlage für Agent Weiss geklärt und alles über Anaïs Gerard in Erfahrung gebracht. Wie würde Ana auf meinen Besuch reagieren? Bei ihr war alles möglich. Ich konnte mich noch sehr deutlich an ihre Wutausbrüche erinnern. Inzwischen waren zwei Jahre ohne jeglichen Kontakt verflossen, Zeit genug, um aus ihrem Gedächtnis zu verschwinden.

Der Wagen hielt vor einem schönen kleinen Stadthaus, das von einem geschmackvoll bepflanzten Vorgarten geziert wurde. Graue Granitstufen führten zu einer imposanten Holztür, deren Glasscheiben jedoch keinen Blick in das Innere des Hauses zuließen. Mit pochendem Herzen drückte ich den goldenen Klingelknopf. Schließlich öffnete sich die Tür, und Anaïs starrte mich an.

»Ja, bitte?«

»Hi, Ana. Sag nicht, dass du mich vergessen hast.«

»Ich fass es nicht. Rae? Du siehst übel aus.«

»Ich hatte eine harte Nacht. Lässt du mich trotzdem rein?«

»Tja, weißt du. Es passt gerade nicht so gut. Mein Anwalt kommt gleich zu einer Lagebesprechung, da muss ich dabei sein. Vielleicht morgen?«

»Ich bin aber nur noch heute hier«, stammelte ich verlegen.

»Wie blöd, also ich kann das nicht einfach ausfallen lassen.«

»Ana! Bitte!«

»Rae. Du tauchst hier auf, ohne dich anzumelden …«

»Verdammt! Ana!«

»Was soll ich denn deiner Meinung nach tun?«

»Hilf mir!«

»Was?«

»Tunfatidem!«

»Oh, Mann. Komm rein! Wird schon irgendwie gehen. Hast du mein Geld?«

»Hast du es dir verdient?«

Sie lächelte grimmig. »Wie immer unerbittlich. Genau genommen bin ich noch dabei. Als ich heute morgen aufgewacht bin, hatte ich ein richtig mieses Gefühl, wegen der Anwaltssache und meinem Prozess. Er wird nämlich neu aufgerollt. Und jetzt stehst du vor der Tür. Ist vielleicht ein gutes Omen.«

Sie ließ mich endlich rein, lief vor mir die Treppe rauf und zeigte mir ihr Zimmer. Es war mit modernen Möbeln ausgestattet, wobei man wegen des heillosen Durcheinanders nicht viel von der Einrichtung erkennen konnte. Eine Schwarz-Weiß-Fotografie im Posterformat schmückte die schlichte helle Wand. Sie zeigte ein Mädchen auf dem Schwebebalken, das seinen Körper kunstvoll nach hinten bog, die Hände am Balken, ein Bein senkrecht in die Luft gestreckt. Ihr Gesicht war hoch konzentriert, fast schmerzverzerrt. Für einen Moment glaubte ich, es wäre Ana. Ich wollte sie gerade fragen, als mein Blick auf ihr Bett fiel.

Da saß sie. Lorelai. Ich hatte sie beinahe vergessen. Sie wirkte ramponiert, ihr Kleid schien zerrissen und auf einmal überfielen mich die Erinnerungen: meine Krankheit, die Zeit in der Klinik, Harpers Albträume von abgerissenen Puppenköpfen …

»Hat sie dir Glück gebracht?«, fragte ich nachdenklich.

»Keine Ahnung. Ich bin nicht mehr zehn. Ich habe ihr jedenfalls kein Glück gebracht. Sie musste einige Wutanfälle aushalten.«

»War sie mit dir im … äh, hast du sie mitgenommen?«

»Nun zier dich mal nicht so. Nein, im Jugendknast war sie nicht dabei. Was glaubst du, wie man da behandelt wird, wenn man eine Püppi mitbringt?«

»Tut mir leid. Daran hab ich nicht gedacht.«

»Kein Grund sich zu entschuldigen. Also Rae, was ist los? Was verschafft mir die Ehre?«

»Tja. Ich war gerade in der Stadt und dachte, ich könnte vorbeischauen.«

»Ernsthaft? Du bist nun wirklich nicht der Typ, der einfach so reinschneit. Was ist passiert?«

Ich wusste nicht, was ich antworten sollte, meine Geheimnisse gingen schwer über die Zunge. »Erzähl mir erstmal, was bei dir los ist. Es soll neue Zeugen geben?«

Sie betrachtete mich argwöhnisch, verkniff sich aber die Frage, woher ich das wusste. »Da hast du richtig gehört. Wo fang ich mal an … Im Grunde bist du diejenige gewesen, die die Sache ins Rollen gebracht hat.«

»Ich? Wie sollte das möglich sein?«

»Du warst doch letztes Jahr bei Dr. Dae, ich glaube zu einer Kontrolluntersuchung. Sie hat dir berichtet, dass ich verurteilt wurde. Naja. Nach eurem Gespräch ist sie nachdenklich geworden und hat mich besucht. Sie hat mir erzählt, wie enttäuscht du von mir warst, weil du immer an meine Unschuld geglaubt hättest und dachtest, ich würde für meine Freiheit kämpfen. Sie hat mir ihre Hilfe angeboten. Von da an besuchte sie mich regelmäßig. Ich habe wie immer geschwiegen, aber sie ließ nicht locker, weil du ihr den Vorwurf gemacht hattest, dass sie es nie wirklich mit mir versucht hätte. Das konnte sie wohl nicht auf sich sitzen lassen. Sie studierte sämtliche Akten zu meinem Fall und war am Ende sicher, dass es noch andere Opfer geben müsste. Sie sprach mit meinen Eltern und überzeugte sie. Von da an ging es mir besser. Ich muss sagen, Dr. Dae hat für mich gekämpft. Sie war es auch, die den Kontakt zu den Turnerinnen aufnahm. Am Ende gaben zwei weitere Mädchen zu, von unserem Trainer belästigt worden zu sein. Deshalb haben sie mich vor ein paar Wochen in den Hausarrest entlassen.« Ana zog ihre Jogginghose hoch und zeigte mir die elektronische Fußfessel. »Dafür habe ich jetzt dieses Ding am Hals oder eher am Bein.« Sie lachte finster.

»Ich bin echt froh, dass du zu Hause sein darfst. Die Vorstellung von dir im Gefängnis hat mir eine Gänsehaut gemacht.«

»Das war kein Zuckerschlecken. Ich hab mich immer für taff gehalten, aber da lernst du ganz andere Menschen kennen. Die sind richtig hart im Nehmen. Zum Glück konnte ich mich verteidigen. Du hast mir im Grunde in doppelter Hinsicht geholfen. Also, was kann ich für dich tun?«

Was sollte ich sagen? Ich war nicht einmal sicher, warum ich zu ihr gefahren war. »Ich wollte dich nur sehen. Das ist alles.«

»Ach komm schon, Rae. Du tauchst hier nach zwei Jahren unangekündigt auf, siehst aus, als wärst du kurz vor einer neuen Einweisung in die Klinik und willst mich einfach nur besuchen?«

»Sehe ich wirklich so schlimm aus?«

»Na sagen wir, verheult und müde. Wahre Schönheit ist natürlich durch nichts zu entstellen.«

»Mach dich nur lustig. Ich hatte wirklich einen beschissenen Tag. Tante Britt war der Ansicht, ich sollte mich mit jemandem treffen, und du bist der einzige Mensch, den ich hier kenne.«

»Tante Britt? Ich dachte du wärst ein einsames Pflegekind.«

»Ja. Das bin ich auch. Sie ist nicht meine Tante. Sie ist die Tante von einer anderen. Ich nenne sie nur so in Gedanken.«

»Oh, Mann. Du klingst ziemlich durchgeknallt. Wenn das Ganze für mich einen Sinn ergeben soll, musst du von vorn anfangen.«

»Ich will lieber nicht darüber reden. Es zieht mich nur runter.«

»Die Einstellung kenn ich. Am Ende hilft es aber doch.«

»Tja, es ist ohnehin nichts mehr zu ändern. Du weißt vielleicht noch, dass ich mich nicht an meine Mutter erinnern konnte. Ich hatte die ersten vier Jahre meines Lebens vergessen.« Ich seufzte. »Inzwischen sind sie mir wieder eingefallen.«

»Klingt, als wäre das keine Verbesserung.«

»Wohl eher ein ziemliches Desaster.«

»Es liegt aber lange zurück.«

»Mir kommt es vor, als wäre es gestern gewesen.«

»Hat sie dich misshandelt?«

»Meine Mum? Nein. Das nicht.«

»War sie eine Kriminelle?«

»Hm.«

»Eine Auftragskillerin?«

»So schlimm nicht. Sie hat gefälschte Papiere ins Ausland gebracht.«

»Wie langweilig.«

»Am Ende sind unschuldige Menschen gestorben, auch Kinder. Bei einem Brand.«

»Wollte sie diese Leute umbringen?«

»Nein. Aber sie hat das Feuer gelegt. Sie wusste nicht, dass noch jemand im Haus war. Es hat sich in Windeseile ausgebreitet, da sich in einem der Räume Chemikalien befanden. Nur ich konnte gerettet werden. Meine Mum hat es nicht geschafft.«

»Dann ist es wohl eher ein Unfall gewesen.«

»Nein. Es war leichtsinnig.«

»Aber du bist nicht schuld daran.«

»Doch. Ich hab ihr geholfen, das Feuer zu entzünden.«

»Und wie alt warst du? Vier? Böse, böse! Dann kommst du jetzt in den Kinderknast.«

»Verdammt Ana. Mach dich nicht über meine Sorgen lustig.«

»Du hattest immer die Angewohnheit, dir an allem die Schuld zu geben. Ich weiß, es ist hart für dich, aber du warst nur ein Kind. Lass dir davon nicht dein Leben kaputtmachen.«

»Leichter gesagt als getan. Nicht jeder ist so egoistisch wie du.«

»Pass auf, was du von dir gibst. Dein Ton gefällt mir nicht.«

»Ist doch die Wahrheit. Du hast dich immer nur für deine eigenen Probleme interessiert. Läufst du noch mit Kopfhörern durchs Leben?«

»Ich warne dich, du Zimperliese. Ich hab einiges dazugelernt.«

»Darauf würde ich wetten. Du konntest schon immer gut austeilen. Bloß im Einstecken warst du schlecht.«

»Wozu auch? Das ist wohl eher dein Spezialgebiet. Nur Loser sind gut im Einstecken.«

»Dafür hältst du mich also? Weißt du was? Du kotzt mich an.«

»Ach ja? Dann zeig mir mal, wie sehr!«

Sie sah mich herausfordernd an und endlich begriff ich.

»Du willst kämpfen?«

»Na und ob.« Ana fackelte nicht lange. Ohne weitere Erklärung stürzte sie sich auf mich, rammte ihren Kopf in meinen Bauch und warf mich auf ihr breites Bett. Mir blieb die Luft weg. Während ich noch versuchte, die Situation zu begreifen, hatte sich Ana bereits auf mich gesetzt.

»Was ist jetzt? Fängst du langsam an dich zu wehren?«

»Worauf du dich verlassen kannst.« Ich packte sie am Hals, zog sie zur Seite und stemmte meine Hüfte nach oben, sodass ich sie abwerfen konnte. Auf den finalen Spanntritt, den ich im Kung Fu Kurs erlernt hatte, verzichtete ich. Dann versuchte ich mich ebenfalls auf sie zu werfen, aber sie bekam ihre Beine rechtzeitig hoch und konnte mich abwehren. Anschließend ging es Schlag auf Schlag. Wir rollten auf ihrem Bett herum wie auf einer Judomatte, versetzten uns leichte Tritte oder Schläge, nahmen uns abwechselnd in den Schwitzkasten. Ich vergaß meinen Kummer, dachte nur noch an den Kampf. Es war wie eine Befreiung. Irgendwann sanken wir müde auf die Matratze und bemühten uns, wieder zu Atem zu kommen.

»Danke, Ana. Das hat mir echt gefehlt.«

»Immer gern. Schließlich bist du mein Gast.«

»Wenn auch unerwünscht.«

»Ach, komm schon Rae. Ich brauchte eben einen Moment, um mich wieder auf dich einzustellen. Ich hatte lange keinen Besuch, abgesehen von den Anwälten und Dr. Dae.«

»Hast du keine Freunde?«, wagte ich vorsichtig zu fragen.

»Nein. Du weißt doch, wie ich bin. Nicht gerade ein Genie des freundlichen Umgangs. Alle, die ich näher kannte, waren Turnerinnen – also Konkurrenz. Nach meiner Verurteilung war ich für die meisten gestorben. Wenn ich ehrlich bin, hätte ich es nicht anders gemacht.«

»Klingt traurig.«

»Ach ja? Und was ist mit dir? Hast du einen Fanclub?«

»Bestimmt nicht. Ich komme allein zurecht.«

»Aber du wolltest mich sehen.«

»Hm. Manchmal fehlt mir eben doch ein Mensch, dem ich mich anvertrauen kann, ohne verurteilt zu werden. Gerade heute.«

»Was ist mit deinen Pflegeeltern?«

Ich musste schlucken. »Sie sind letztes Jahr gestorben.«

»Shit. Wann ist das passiert?«

»Im Sommer. Es hat ein Feuer in unserem Haus gegeben.«

»Schon wieder ein Feuer? Und deine Pflegeeltern sind …?«

»Ja, leider. Sie sind verbrannt, und ich wurde gerettet.«

»Kommt mir bekannt vor.« Anas Stimme klang dumpf.

»Du sagst es. Eine grausige Ironie des Schicksals.«

»Tut mir leid, Rae. Langsam habe ich das Gefühl, dass meine Probleme Kinderkram sind. Wo lebst du jetzt?«

»Immer noch in Larkville – bei einer alten Dame, einer Nachbarin. Sie ist wirklich nett.«

»Dr. Dae wäre von dir begeistert. Sie predigt mir immer mich auf das Gute in meinem Leben zu konzentrieren. Du warst bestimmt ihre Parade-Patientin.«

»Ach was. Sie fand mich doch viel zu sensibel und mitfühlend.«

»Du warst das genaue Gegenteil von mir. Trotzdem hatten wir unseren Spaß. Was ist aus Tunfatidem geworden? Hast du diese Tatum gefunden?«

Ich schüttelte müde den Kopf. »Nein. Ich habe nicht einmal angefangen nach ihr zu suchen. Ich hatte zu viele andere Sorgen. Und außerdem ist das Geld weg.«

»Was für ein Mist! Die ganzen tausend Dollar?«

»Keine Sorge. Die Hälfte deiner Hundert-Dollar-Note wurde gerettet, allerdings ist sie schmutzig und stinkt nach Rauch.«

Ana kräuselte ihre Lippen. »Wie ärgerlich. Du hättest das Geld auf ein Konto einzahlen sollen.«

»Hinterher ist man immer schlauer. Das Feuer war übrigens nur indirekt schuld. Jemand hat die Scheine aus der Ruine gestohlen, als ich im Krankenhaus war. Ich hatte sie an einem sicheren Ort versteckt, aber der Dieb war nicht dumm.«

»Weißt du, wer es getan hat?«

»Ja, ziemlich sicher. Er gibt es mir natürlich nicht zurück, und ich kann nicht zur Polizei gehen. Wie soll ich denen erklären, woher das Geld stammt?«

»Und wer war es?«

»Ein Junge aus meiner Schule. Er heißt Caleb Fuller – ein richtiges Prachtexemplar von einem Mistkerl. Sein Bruder sitzt wegen Mordes im Gefängnis.«

»Wow. Ich kann mir nicht helfen, aber dein Leben klingt irgendwie spannend.«

»Ja, ganz toll. Ich habe übrigens selbst eine Nacht hinter Gittern verbracht. Ich weiß, wie du dich gefühlt haben musst.«

»Eine Nacht? – Nein, das weißt du nicht.«

»Okay. Es war nicht dasselbe. Ich sollte einen Verdächtigen aushorchen, der früher in meiner Pflegefamilie gelebt hat.«

»War er cool?«

»Cool? Vielleicht. Er war für mich immer eine Art Held.«

Anaïs rollte sich vor Lachen zusammen.

»Heyyyy! Ich war damals noch ein Kind!«

»Ach, gib schon zu, du warst in ihn verschossen.«

»Jetzt hör schon auf. Es war eben Billy.«

»Oh, der süße Billy …« Sie grinste bis über beide Ohren. »Nein. Ich versteh schon. Er war nicht der eine. Was läuft denn so mit Jungs? Hast du einen Freund?«

»Bestimmt nicht. Das ist mir zu kompliziert. Obwohl es da jemanden gibt, der mir gefällt. Bei ihm hätte ich vielleicht Chancen. Er mag mich, das kann ich spüren, aber im Grunde will er sich nur amüsieren. Da verzichte ich lieber.«

»Und du willst natürlich keinen Spaß, sondern eine ernsthafte Beziehung.« Ihr Spott war nicht zu überhören.

»Quatsch. Ich weiß gar nicht, ob ich dazu fähig bin. Ich kann keinem Menschen vertrauen.«

»Aber Harper hast du vertraut.«

»Ja. Bis zu einem gewissen Grad. Ihr Tod hat mir gezeigt, dass es ein Fehler war. Sie hat mich im Stich gelassen.«

»Weißt du jetzt, warum sie sich das Leben genommen hat?«

»Nein. Ich habe alles versucht, um es herauszufinden. Ich bin sogar in das Haus ihrer Mutter eingebrochen und habe Harpers Tagebuch gestohlen. Es hat mir nicht weitergeholfen.«

»Sie hat nichts notiert, was ihren Selbstmord erklärt hätte?«

Ich schüttelte den Kopf. »Alles, was sie dachte, alles was sie erlebte, war dort feinsäuberlich aufgeschrieben, aber nichts über ihre Todessehnsucht. Als wäre sie eines Morgens aufgewacht und hätte sich gesagt: *Heute ist ein guter Tag zum Sterben.*«

»Wirklich seltsam. Wozu führt man schließlich ein Tagebuch?«

»Mistkerl-Caleb meint, Harper hätte befürchtet, dass ihre Mutter das Tagebuch lesen würde. Klingt plausibel.«

»Ausgerechnet mit ihm hast du darüber geredet?«

»Ich war verzweifelt. Er hat mir geholfen in Harpers Haus zu kommen – natürlich nur gegen Bares. Den Rest des Geldes hat er mir erst später geklaut.«

»Hättest du nicht den anderen Jungen um Hilfe bitten können, du weißt schon, den, der auf dich steht.«

»Orestes? Nein. Ich glaube nicht, dass er das für mich getan hätte. Aber wer weiß. Er ist schon irgendwie ein Abenteurer. Außerdem kannte er Harper. Sie war in ihn verliebt. Er war der Grund für unseren Streit. Aber was hätte er davon gehalten, wenn ich einfach ihr Tagebuch stehle?«

»Scheint dir ja wichtig zu sein, was er über dich denkt. Vielleicht ist er doch der Richtige.«

Ich zuckte mit den Schultern. »Wenn er in meiner Nähe ist, bin ich nervös. Er hat etwas Draufgängerisches an sich. Er sieht dich an, und seine Augen funkeln.«

»Ich glaub es nicht – du stehst auf ihn.«

»Ein bisschen. Das ist wahr. Er hat mich geküsst ...«

»Ich fang an neidisch zu werden. Ich hatte nur einmal ein Date. Er war genau wie ich Kunstturner, und wir trainierten in derselben Halle. Er hat nicht mal versucht mich zu küssen. Wahrscheinlich bin ich ihm auf die Nerven gegangen. Danach tat er so, als wäre ich Luft für ihn. Es hat wohl einfach nicht gefunkt.«

»Bei Orestes prickelt es schon, aber ich weiß, es würde nicht gut ausgehen. Nach kurzer Zeit hätte er genug von mir. Ich glaube, er liebt die Abwechslung.«

»Und wenn schon. Man muss auch mal ein Risiko eingehen. Du hast nur Angst verletzt zu werden.«

»Gut möglich. Aber es ist okay. Ich war immer viel allein. Nächstes Jahr, wenn ich meinen Abschluss mache, verlasse ich Larkville und fange von vorn an. Zuerst fahre ich nach Kalifornien. Ich will das Meer sehen. Meine Pflegemutter hat sich immer ein altes Kalenderbild angeschaut, war aber nie am Meer. So will ich nicht enden. Ich werde einen Job annehmen und nach Tatum suchen. Vielleicht kann mir Amisha helfen.«

»Wer ist denn Amisha?«, fragte Ana mit skeptischem Blick.

»Ach. Das ist eine lange Geschichte. Harper traf sie damals in Kalifornien. Weißt du, was merkwürdig ist? Das Tagebuch war angeblich in Larkville geblieben, so hat es Harper zumindest aufgeschrieben, aber Amisha behauptet, Harper hätte es bei sich gehabt. Es war ein besonderes Exemplar mit blauem Brokat-Einband und goldenem Schloss. Sie nannte es ihr *Heiliges Tagebuch* ...« Ich hielt plötzlich inne. An dem Tag, als Harper aus Kalifornien zurückgekehrt war, hatte das Tagebuch auf ihrem Bett gelegen. Es hatte einen feinen Schnitt quer über dem Einband gehabt.

»Es ist wirklich seltsam. Da war ein dünner Ratscher auf dem Cover, den habe ich mit eigenen Augen gesehen. Doch später, nach ihrem Tod, als ich das Tagebuch in meinen Händen hielt, war der Schnitt verschwunden. Ich begreife nicht, wie das möglich ist. Glaubst du, sie hat es repariert?«

»Kann schon sein, aber wie sollte sie das angestellt haben? Vielleicht war es ganz anders ...«, Ana machte eine bedeutungsvolle Pause, »... vielleicht gab es zwei Tagebücher.«

Ich starrte sie an. »Wow. Das würde alles erklären: den verschwundenen Schnitt und die Tatsache, dass Amisha das Tagebuch in Kalifornien gesehen hat. Es muss ein anderes Tagebuch gewesen sein, eines, das Harper gut versteckt hat, das niemand lesen durfte, weil sie dort Dinge notierte, die beunruhigend waren. Die schlimmen Dinge.«

»Du meinst, die Kaputten?«

Ich sah sie entgeistert an. Eine Gänsehaut kroch über meinen Körper. »Ja, Ana. Das ist die einzig logische Erklärung. Das erste nannte sie ihr *Heiliges* Tagebuch. Ich weiß noch, dass ich mich über diesen pathetischen Namen gewundert habe. Es war ein Fingerzeig. Sie hat einen Schmetterling gemalt, der durch die Buchstaben flatterte. Seine Flügel umrahmten das I und das G.«

»Klingt, als wäre es ein neues Rätsel.«

»Sozusagen. Die beiden Buchstaben fliegen mit dem Schmetterling fort. Sie verschwinden. Also ist es in Wahrheit ihr *Heiles* Tagebuch.«

»In dem sie über ihre heile Welt schreibt? Und das zweite, das mit dem Schnitt über dem Einband, wäre dann das kaputte Tagebuch. Also das, wo alles Wichtige drin steht.«

Ich nickte. Es machte mir Angst.

»Alles okay mit dir, Rae?«

»Nein. Nicht so ganz. Ich kann es einfach nicht fassen. Harper hat noch viel mehr geschrieben und bestimmt auch etwas über die Gründe ihres Selbstmordes. Ich muss danach suchen. Irgendwo ist Harpers *Kaputtes* Tagebuch.«

18

Der eisige Wind trieb die Blätter über die leeren Wege des Millennium Parks, wirbelte sie hoch, peitschte sie voran, bis sie schließlich in einem lauen Moment wieder hinabsanken. Dann begann das Spiel von Neuem. Ich stand vor *The Bean* und dachte an Harper, fragte mich, was ihr an diesem Ort durch den Kopf gegangen war. Hatte sie ihr Spiegelbild in der seltsam gewundenen Skulptur wiedergefunden? Schließlich vertrieb mich die Kälte so wie die meisten Touristen. Chicago machte seinem Spitznamen *The Windy City* alle Ehre.

Um wenigstens eine schöne Erinnerung nach Larkville mitzunehmen, entschloss ich mich, wie Ferris Bueller, den Sears Tower zu besuchen – den ehemals höchsten Turm der Welt, der zur Empörung der Einwohner Chicagos seit einigen Jahren Willis Tower hieß. Schließlich hatte ich, genau wie Ferris, einen Tag blau gemacht. Nach einer kurzen Fahrt mit der Hochbahn kam ich noch vor dem Dunkelwerden an und musste nur wenige Minuten vor den Fahrstühlen warten. Dann begann der rasante Aufstieg. Ich fühlte, wie ich nach oben schoss, und meine Ohren knackten, als ich in fünfundvierzig Sekunden den einhundertdritten Stock erreichte. Ein starker Wind zog um die Fassade und verursachte ein leises Pfeifen.

Der Turm schwankte.

Wir hatten im Unterricht gelernt, dass die Bewegung der Wolkenkratzer nötig war und ihnen zusätzliche Stabilität verlieh, aber in Wahrheit fühlte es sich unheimlich an, als befände ich mich auf einem Schiff im Sturm. Die übrigen Besucher ließen sich jedoch nicht davon stören, sondern genossen die Aussicht oder standen vor den Glasbalkonen Schlange. Ich entdeckte einige lebensgroße Pappkameraden, die Ferris' Konterfei zeigten. Jeder kannte dieses Gesicht: der verschmitzte Draufgänger, der sich einen Tag von der Schule freigenommen hatte, um hierherzukommen. Er erinnerte mich an Orestes. Schüchtern näherte ich mich den Panoramafenstern, genoss die Sicht, die heute perfekt war. Ich betrachtete die Stadt, den schier endlosen Michigan See, die winzigen Menschen und Automobile. In einer Höhe von über 400 Metern wirkte die Welt wenig real. Nichts erinnerte hier an den Turm meiner Kindheit, alles war friedlich.

Viele Touristen suchten den Nervenkitzel und betraten die Glasbalkone. Wieso sollte ich es nicht tun? Ich kletterte auf Bäume und sprang in den Fluss. Ich war kein Feigling. Natürlich hatte ich gehört, dass im Jahr zuvor bei einem der durchsichtigen Balkone ein Riss in der Bodenplatte aufgetreten war. Selbstverständlich hatte man sie unverzüglich ausgetauscht, aber ein Gefühl von Risiko haftete nun an dieser besonderen Aussichtsmöglichkeit. *Na los, Rae! Wäre es nicht sicher, würden sie die Menschen nicht auf die Balkone lassen.* In der Warteschlange wuchs meine Unruhe. Je näher ich dem Balkon rückte, desto schneller schlug mein Herz. Manche Touristen verrenkten sich für besonders coole Fotos, ein junger Mann ging sogar in den Handstand, um kopfüber nach unten zu sehen, aber ich war kurz davor wegzulaufen. Schließlich wurde der Platz frei. Ich war an der Reihe. Ein paar Jugendliche drängelten ungeduldig hinter mir. Ich musste es jetzt tun oder zur Seite treten. Plötzlich geriet die Schlange in Bewegung, ich stolperte nach vorn, stand mit beiden Füßen auf dem Glasboden, meinen Blick starr geradeaus gerichtet. Das Schwanken war hier stärker zu spüren als auf der übrigen Fläche des Skydecks. Der Boden fühlte sich seltsam an. Hart und glatt. Er bestand nur aus Glas. Wer war bloß auf die Idee gekommen so etwas zu erfinden? Jeder Mensch wusste doch, dass Glas zerbrechlich war. *Jetzt sieh endlich runter, Rae. Nur deshalb geht man auf einen Glasbalkon.* Ich sah hinaus in die Abenddämmerung, sah, wie etwas auf mich zuflog und mit dumpfem Knall in die Scheibe krachte. Sie schien zu vibrieren. Als hätte sich ein Schuss gelöst. Panisch ging ich auf die Knie, blickte nach unten, direkt in den Abgrund, hatte das Gefühl zu fallen. Jemand schrie. Es klang wie eine Sirene. Ich hielt mir die Ohren zu, summte das Lied. *Sag mir, wo die Mädchen sind …*

»Ist alles in Ordnung mit dir?« Ein älterer Herr beugte sich über mich und zog mich an den Schultern hoch. »Du hast bestimmt einen Schreck bekommen. Es ist traurig, dass immer wieder Vögel in die Hochhäuser prallen. Sie erkennen die spiegelnden Scheiben nicht oder werden von Lichtern angelockt. Dabei sterben jedes Jahr eine Milliarde Vögel in unserem Land. Chicago ist von allen die tödlichste Stadt. Sie liegt mitten in der Flugroute. Jetzt fängt es an zu dämmern, und die Skyline leuchtet hell. Auch die Blitzlichter der Kameras sind irritierend. Ich glaube, es war eine Seeschwalbe oder irgendein anderer Zugvogel, aber mach dir keine Sorgen. Er ist nur kurz ins Taumeln geraten. Genau wie du.«

Langsam begriff ich, dass nichts Weltbewegendes geschehen war. Ein kleiner Vogel hatte die Orientierung verloren. Ich wandte den Kopf und sah in die Tiefe. Die Höhe erschien mir abstrakt. Sie hatte rein gar nichts mit meiner Kindheit zu tun. Sie tat mir nicht weh. Ich war sicher.

Die Heimfahrt dauerte volle drei Stunden, in denen ich mich vergeblich bemühte, nicht ins Grübeln zu verfallen. Nachdem ich Orestes eine kurze Nachricht geschickt hatte, setzte ich meine Kopfhörer auf, spielte eine Playlist ab, aber die Gedanken kreisten unaufhörlich.

Wie sollte ich Harpers zweites Tagebuch finden? Ich hatte keine blasse Ahnung. Gab es in ihrem Zimmer ein geheimes Versteck oder hatte Mrs. Montgomery das Tagebuch längst entdeckt und an einen sicheren Ort gestellt? So musste es sein. Sie hatte in Harpers Zimmer aufgeräumt und einige Dinge verschenkt, sie konnte es wohl kaum übersehen haben. Durfte ich sie danach fragen? Wie sollte ich ihr bloß erklären, weshalb ich es nach so langer Zeit lesen wollte? Es war eine komplizierte Geschichte. Ich konnte mich schon stammeln hören. Also, welche Möglichkeiten gab es? Ein neuer Einbruch kam nicht in Frage. Das Risiko, erwischt zu werden, war einfach zu groß.

Wollte ich Calebs Hilfe haben, würde ich ihm Geld bieten müssen, das ich nur leider nicht mehr besaß. Meine Einnahmen aus dem Diner hatte ich gerade für Kleidung und ein gebrauchtes Notebook ausgegeben. Hinzu kam, dass ich nicht gut auf Caleb zu sprechen war und er vermutlich auch nicht auf mich, nachdem ich in seiner Hütte gewütet hatte. Was für ein Dilemma! Natürlich konnte ich unter einem Vorwand bei Mrs. Montgomery klingeln, einen günstigen Moment abwarten und in Harpers Zimmer auf Suche gehen. Nur was war dann? Sollte ich dort die Bodendielen abschrauben, Latten herausnehmen oder Schränke demontieren? Das Tagebuch würde in keiner Schublade liegen, soviel schien mir sicher. Leider gab es nur einen Menschen, mit dem ich mich beratschlagen konnte, nur einen, der nicht zusammenzucken würde, wenn er von meinen Plänen erführe. Es lief mal wieder auf Caleb hinaus. Ich konnte seinen Spott schon hören ...

Völlig genervt stellte ich die Musik so laut, dass mir die Ohren wehtaten. Ich wollte nicht mehr nachdenken. Es wurde Zeit, dass ich nach Hause kam.

Mrs. Barton saß im trüben Licht ihres Wohnzimmers, ein aufgeschlagenes Buch im Schoß. Müde hob sie den Kopf, als Fletcher vor Freude zu bellen begann, und rieb sich die Augen.

»Da bist du ja endlich, Rae. Hatte der Zug Verspätung?«

»Nein. Ich habe ihn verpasst und musste eine Stunde warten.«

»Du solltest um diese Zeit nicht allein unterwegs sein. Das gefällt mir nicht.« Sie seufzte und stemmte sich hoch. »Du wirst sicher Hunger haben. Es gibt noch jede Menge Farmereintopf, schön scharf, mit Würstchen, Mais und Kidneybohnen. Der wird dir jetzt guttun.«

Sie wärmte eine große Portion für mich auf, während ich mir die Hände wusch und in meine Jogginghose schlüpfte. Dann setzten wir uns zusammen an den Küchentisch, sie mit einer Tasse Tee, ich mit zwei großen Scheiben Brot und einem randvollen Teller Suppe. Ich verputzte alles bis zum letzten Krümel, ließ nicht mal einen Happen für Blacky übrig, so ausgehungert war ich. Mrs. Barton sah mir dabei zu, ohne ein Wort zu sagen. Erst als ich aufgegessen hatte, wurde sie gesprächig.

»Wie war dein Ausflug? Bist du zufrieden?«

»Ich weiß nicht. Ich habe schlimme Dinge gehört, die schwer zu akzeptieren sind. Jetzt muss ich mit ihnen leben.«

»Aber du wolltest es so. Es hat dir keine Ruhe gelassen.«

»Weil ich es instinktiv schon wusste. Ich hatte es nur verdrängt, doch von Jahr zu Jahr kam es mehr an die Oberfläche.«

»Ich nehme an, du willst nicht darüber sprechen.«

»Am liebsten möchte ich es vergessen. Es ist eine traurige Geschichte, so ähnlich wie die von Michael: Jemand trifft die falsche Entscheidung und Menschen sterben.

»Du kannst es mir erzählen, wenn dir danach ist. Manchmal will der Kummer raus, manchmal muss er sich verkriechen. Es spielt für mich ohnehin keine Rolle. Was geschehen ist, ist lange her. Man sollte die Toten ruhen lassen. Am besten schläfst du erstmal aus. Wenn du willst, entschuldige ich dich noch einen Tag in der Schule.«

»Nein, danke. Das ist nicht nötig. Je eher mein Leben wieder seinen gewohnten Gang geht, desto besser.«

»Da hast du ein wahres Wort gesprochen. Der Alltag hilft uns zu vergessen. Wenn du erstmal ein paar Runden mit Fletcher gedreht hast, wird dein Kopf wieder frei. Ach übrigens. Unser lieber Sheriff hat mir einen Besuch abgestattet. Er wollte einen Blick in dein Zimmer werfen und hat sich von mir nicht aufhalten lassen, obwohl ich mich mit Händen und Füßen gewehrt habe. Unmöglich, dieser Mensch. Hat alles auf den Kopf gestellt und natürlich nichts gefunden. War die reinste Genugtuung für mich.«

»Wissen Sie, ob er etwas Bestimmtes gesucht hat?«

»Nein. Er war nicht so höflich mir das mitzuteilen. Er wollte von mir wissen, ob dieser Billy hier war. Offenbar hat ihn ein Nachbar beobachtet, wie er vor einiger Zeit zu später Stunde in unserer Straße herumgeschlichen ist.«

Ich zuckte mit den Schultern. »Darüber weiß ich nichts.«

»Wie ich mir dachte. Nur unser Sheriff zählt eins und eins zusammen und bekommt vier heraus. Scheinbar ist Billy immer noch sein Hauptverdächtiger. Es sind wohl neue Beweise aufgetaucht, die Polizei sucht ihn in Ohio. Irgendjemand hat ihn beschuldigt, an einem Einbruch beteiligt gewesen zu sein. Wenn ich es richtig verstanden habe, wurde ein Feuer gelegt. Na, wie auch immer, sie wollen ihn erneut befragen. Der Sheriff hat einen Haftbefehl – nur leider ist der Junge wie vom Erdboden verschluckt.«

»Er ist nicht blöd. So leicht lässt der sich nicht schnappen.«

»Wenn er schlau war, hat er gleich im Herbst das Weite gesucht. Was sollte er auch in dieser Gegend? Hier gibt es nichts für ihn zu holen. So, nun aber ins Bett. Keine Wiederrede.«

Ich bedankte mich und ging auf mein Zimmer, das ganz manierlich aussah. Mrs. Barton musste es nach dem Besuch des Sheriffs aufgeräumt haben. Müde streckte ich mich auf dem Bett aus und dachte an Billy. Würde er je zurückkommen? Bestimmt hatte er mich längst vergessen. Er führte sein eigenes Leben, weit weg von Larkville.

Die Augen fielen mir zu …

Vielleicht lebte Billy am Meer oder an einem See, vielleicht auch an einem großen Fluss. Er liebte die Natur, die weiten Spaziergänge mit Blacky, den kühlen Wald …

Das Haus steht an einer Lichtung, es spiegelt sich im Wasser. Ich sehe den Rauch aus dem Schornstein ziehen. Harper sitzt auf einer Bank, die Karten neben sich ausgebreitet. Sie streift eine Jacke über. Es ist kalt im Schatten.

»Warum bist du gekommen, Rae? Du gehörst nicht hierher.«

»Ich habe den Turm gefunden.«

»Das ist nicht die Wahrheit.«

»Natürlich ist sie das. Ich kenne sie jetzt.«

»Du kennst nur die Vergangenheit. Was kann sie dir nützen?«

»Ich bin mutig gewesen, ich habe mich ihr gestellt. Ich bin kein Narr.«

»Wer kann das sagen, Rae? Billy hat Feuer gemacht. Ich muss jetzt gehen. Die Kälte lässt mich zittern.«

»Wieso ist er hier, Harper? Du kennst ihn nicht.«

»Er hütet mein Haus. Er hat verstanden, worauf es ankommt, er lehrt mich, das Feuer zu schüren.

»Du lässt mich allein? Nach allem, was ich tun musste. Ich habe mich so bemüht. Es war so schwer, den Turm zu finden.«

»Du träumst, Rae. Sieh dich um. Da steht der Turm und wirft seinen kalten Schatten. Das Einzige, was du gefunden hast, war der Abgrund.«

Das dumpfe Brummen der Triebwerke war bereits leiser geworden, als Laura sich endlich entspannte. Die chaotische Atmosphäre am Flughafen, die Passkontrollen und Sicherheitschecks, die lange Wartezeit – all das lag nun hinter ihr. Sie konnte sich endlich ausruhen. Der Besuch bei Omi war länger geworden als geplant. Es hatte so gutgetan, nach dem Tod der Eltern ein wenig umsorgt zu werden. Laura hatte den Kopf in den Sand gesteckt, bis sie eines morgens schweißgebadet aufgewacht war. Die Zeit lief ihr davon. Sie musste endlich etwas tun. Also hatte sie das Ticket gekauft und den Rückflug angetreten, bevor es zu spät war. Die Airlines weigerten sich Hochschwangere mitzunehmen. Sie war jetzt Ende des siebten Monats, man konnte ihren Bauch deutlich erkennen.

Laura rang unruhig die Hände. Das Flugzeug befand sich erst seit einigen Minuten in der Luft und schon bereute sie ihre Entscheidung. Hatte sie alles gut überlegt? Das ungeborene Mädchen sollte Amerikanerin werden, genau wie sie – nur deshalb war Laura aus Deutschland aufgebrochen. Sie hatte den Traum ihrer Eltern fortsetzen wollen. Inzwischen kamen ihr Zweifel. Wie sollte sie ihr Leben in den Staaten finanzieren? Die kleine Erbschaft würde vielleicht ein Jahr lang reichen, wenn sie sich einschränkte, wenn sie eine günstige Wohnung fand, wenn der Lebensunterhalt mit Baby nicht zu teuer wurde. Sie musste dringend Arbeit finden. Aber wer würde auf das Kind aufpassen? Angesichts dieser Fragen geriet sie in Panik. Sie würde mit neunzehn Jahren Mutter sein, ohne je wirklich auf eigenen Beinen gestanden zu haben. Wie sollte sie all diese Probleme meistern? Die Tränen bahnten sich ihren Weg, Laura konnte sie nicht zurückhalten.

»Kann ich Ihnen helfen, Miss?«

Verstohlen tupfte Laura ihr Gesicht trocken und schüttelte verlegen den Kopf. Der Mann, der neben ihr saß, lächelte ihr freundlich zu. Er erzählte ihr von seinen Reisen, von den Orten, die er gesehen hatte, von fremdländischen Kulturen. Er lenkte sie ab, beruhigte sie. Nach und nach begann sie sich zu öffnen, schüttete ihr Herz aus, obwohl er ein vollkommen Fremder war. Wie alt mochte er sein? Vermutlich doppelt so alt wie sie. Aber es störte sie nicht. Seine dunklen Haare und Augen gefielen ihr, sie erinnerten Laura an ihre kurze Liebe mit Raemis Vater. Würde sie ihn je wiedersehen? Wohl kaum. Sie musste damit abschließen.

Nur wenige Stunden später fühlte sich Laura besser. Sie hatte alles erzählt, ihr ganzes Leben, so kurz es war. Von ihren toten Eltern, bis hin zu Omi, die in Hamburg lebte. Der freundliche Herr auf dem Nebenplatz hatte ihr aufmerksam zugehört und schließlich seine Hilfe angeboten. Er wollte sie zum Essen ausführen, die schönen Gespräche fortsetzen. Er kannte viele Menschen, die ihm einen Gefallen schuldeten. Laura sollte sich nur keine unnötigen Sorgen machen. Carl Benson würde eine Wohnung für sie finden.

Der wolkenverhangene Januarhimmel versprach den ersten Schnee. Man konnte es förmlich riechen. Jetzt war es vollkommen still auf dem Ohlsdorfer Friedhof, niemand arbeitete an den Beeten, kein Auto fuhr vorbei, als hätten sich alle in ihre warmen Häuser verzogen, wo sie sich vor Glätte und Frost sicher wähnten.

Die Menschen waren hier nicht an Schnee gewöhnt, bereits wenige Zentimeter brachten den Verkehr zum Erliegen. Laura kannte andere Winter. Sie hatte in ihrer Jugend viel Schnee gesehen. In Hamburg war das Klima gemäßigt. Es gab keine große Hitze im Sommer, keine langen Kälteperioden im Winter. Die Leute sprachen vom Hamburger Schmuddelwetter, aber das traf es in Lauras Augen nicht. Das Wetter war harmlos. Dennoch wurde es häufig zum wichtigsten Gesprächsthema.

Der Friedhof erstreckte sich auf riesiger Fläche wie eine Parkanlage in der Mitte der Stadt. Wenn sie sich richtig erinnerte, war es der viertgrößte Friedhof der Welt. Die Weitläufigkeit hatte es ihr schwer gemacht, Omis Grab wiederzufinden, aber schließlich gelang es ihr. Jetzt konnten sie sich verabschieden. Am nächsten Tag würden sie nach Chicago zurückkehren. Raemi hielt Lauras Hand fest gedrückt. Mit drei Jahren war sie zum Glück noch zu jung, um den Tod ihrer Urgroßmutter richtig zu begreifen, aber Laura kannte diesen Schmerz. Sie hatte zum zweiten Mal ihr Zuhause verloren. Wenigstens war sie nicht allein. Die Liebe ihrer Tochter würde ihr helfen, für sie wollte Laura stark sein.

Sie hatte beschlossen ihr Leben zu ändern, es ging nicht mehr so weiter. Bei ihrem letzten Flug war sie sehr gründlich kontrolliert worden, hatte jeden Koffer öffnen müssen, sogar den von Raemi. Lauras Herz war stehengeblieben, als man sie aufforderte, das große Geschenk zu öffnen, das Carl ihr gegeben hatte. Sie wusste nicht, was sich darin befand und war mit zitternden Händen der Bitte nachgekommen, während Raemi leise protestierte. Es enthielt eine Schachtel Pralinen, einen Bilderrahmen mit dem Foto einer Frau, deren Gesicht Laura vollkommen unbekannt war, eine mit Muscheln beklebte Schmuckschatulle und einen Roman von Mark Twain. Laura hatte den Atem angehalten, hatte den Blick nicht von der Pralinenschachtel abwenden können, die der Beamte hochhob und schüttelte. Er hatte sie nicht geöffnet, aber mit ernstem Blick etwas in den Computer eingegeben. Anschließend konnten sie passieren. Alles war gutgegangen. Dennoch hatte die Sache den Stein ins Rollen gebracht. So etwas wollte sie nie mehr erleben, sie musste das beenden. Raemi war längst alt genug für den Kindergarten, und sie selbst wollte eine Ausbildung machen. Sie war gut im Tippen und beherrschte zwei Sprachen fließend. Wenn sie mit Übersetzungen ihr Geld verdiente, konnte sie zuhause arbeiten. Es würde schon irgendwie gehen. Nur eine Sache machte ihr zu schaffen. Wie sollte sie Carl erklären, dass sie ihm nicht länger zu Diensten war? Er war jetzt ein anderer Mann, kühl und berechnend, nichts war von seinem Charme geblieben.

Wie dumm war sie doch gewesen. Sie konnte es heute selbst kaum glauben. Aus lauter Angst und Unsicherheit, war sie ihm auf den Leim gegangen, hatte die Augen vor allem verschlossen und seine Lieferungen an Fremde übergeben, ohne darüber nachzudenken. Und selbst als ihr klar geworden war, worauf sie sich eingelassen hatte, war sie bei ihm geblieben. Carl zahlte ihre Wohnung, ihre Kleidung, ihr Essen – sie hatte nicht die Kraft gefunden, aus ihrer Abhängigkeit auszubrechen.

Raemi zog an ihrer Hand. Es war bitterkalt. Die ersten Schneeflocken tanzten aus den grauen Wolken. Laura riss sich von ihren Gedanken los, nahm die Kleine auf den Arm und ging zurück zur Bushaltestelle. Ein paar Tränen hingen in ihren Wimpern und verschleierten den Blick. Laura drückte ihr Gesicht in das seidige Haar ihrer Tochter und atmete Raemis Duft ein. Sie wollte nicht weinen. Sie wollte nicht länger im Selbstmitleid versinken. Es war an der Zeit, die Dinge in die eigene Hand zu nehmen.

Die Welt war ins Wanken geraten. So viele Tote hatte es am 11. September gegeben, Laura konnte es nicht fassen. Immer wieder hatte sie die Bilder gesehen, hatte den Einsturz der Türme verfolgt, ohne zu begreifen, dass es wirklich geschehen war. Die Katastrophe hatte all ihre Gedanken aus dem Kopf gefegt und nichts als ungläubiges Entsetzen hinterlassen. Sie war betäubt gewesen. Genau drei Tage lang. Dann war ihre Starre einem Gefühl gewichen, das sie nicht einmal benennen konnte. Es war eine Mischung aus Panik, Verzweiflung und Todesangst, gewürzt mit einer Prise Scham. Lauras Herz hämmerte. Sie konnte nicht mehr atmen. Ein Sturm war im Begriff sich zu erheben, ein Sturm solchen Ausmaßes, dass er alles hinwegfegen würde: ihr ganzes Leben, ihre Zukunft, ihre Kleine. Gerade jetzt, wo sie das Richtige tun wollte, gab es kein Entkommen. Sie würden Raemi holen und von ihr wegbringen, sie konnte es nicht verhindern.

Es durfte einfach nicht wahr sein. Wieder und wieder starrte sie auf den Artikel in der Zeitung, starrte auf das eine Wort, das ihr leuchtend entgegensprang: HAMBURG. Dort hatten manche der Terroristen gelebt. Lauras Magen rebellierte. Ausgerechnet in diese Stadt führte die Spur. »Bitte, lieber Gott, mach, dass alles nur ein böser Traum ist.« Erschöpft ließ sich Laura auf dem Sofa nieder und vergrub ihr Gesicht in den Händen.

Wie lange würde es dauern, bis man an ihre Tür klopfte? Es konnte jederzeit so weit sein. Die Geheimdienste arbeiteten auf Hochtouren. Sie würden früher oder später auf Lauras Namen stoßen, die immer wieder über Hamburg eingereist war. Die letzte Kontrolle am Flughafen war nicht gut verlaufen. Laura erinnerte sich an den misstrauischen Blick der Beamten. Bestimmt stand ihr Name längst auf einer Liste, die man sehr bald genauestens analysieren würde. Man würde Lauras Verhältnisse und Kontakte prüfen und schließlich auf Carl stoßen. Dann kam alles ans Licht. Sie würden kommen, um Laura zu verhören, würden Raemi in ein Waisenhaus stecken oder in eine Pflegefamilie. Und natürlich würden sie Laura nicht glauben. Sie konnte es von sich weisen, aber es würde nichts nützen. Das unverzeihlichste Verbrechen würde für immer an ihr haften, auch wenn sie nichts damit zu tun hatte.

Wer einmal lügt, dem glaubt man nicht, hatte ihre Mum immer gesagt. *Jetzt wurde es zu einer verzweifelten Wahrheit.* Laura hatte gegen das Gesetz verstoßen, niemand wäre auf ihrer Seite.

Vielleicht war es das Beste, sich den Behörden zu stellen, alles zu gestehen und auf Nachsicht zu hoffen. Doch was geschah dann mit Raemi? Laura konnte sie nicht allein lassen, sie einfach aufgeben.

Für wie lange würde sie ins Gefängnis gehen? Sie hatte keine Vorstellung. Es mochten Jahre sein – zu viele für ein kleines Kind. Das ging einfach nicht. Sie musste ihre Tochter beschützen.

Laura straffte die Schultern und stand auf. Sie hatte einen Entschluss gefasst. Sie würde alles tun, um Raemi ein glückliches Leben zu bieten. Ihre Tochter durfte nicht zu fremden Menschen abgeschoben werden. Sie brauchte ihre Mutter. Nur das zählte.

Laura griff zum Telefon und wählte eine Nummer. Nach längerem Klingeln meldete sich jemand.

»Ja?«

Sie zögerte kurz, erwog wieder aufzulegen, drückte den Hörer aber weiterhin an ihr Ohr. Die Stille kam ihr endlos vor. Dann entschied sie sich zu sprechen.

»Ich bin verzweifelt. Können wir uns heute sehen?« Sie holte tief Luft und presste den Grund ihres Anrufs hervor:

»Du musst mir neue Papiere besorgen.«

Laura hielt einen Moment den Atem an. Ihre Hände waren eisig, die Angst schnürte ihr die Kehle zu. Sie dachte an seine Wut bei ihrer letzten Begegnung. Trotzdem sprach sie weiter. Es war der einzige Ausweg.

»Bitte hilf mir, Carl!«

Teil 5

Spur des Wolfes

Der Wolf trachtet
nach einem unbewachten Schafstall.
(Ovid)

19

Die Morgensonne schien durch die Ritzen der Vorhänge und ließ das kleine Sträußchen getrockneten Lavendels, das Mrs. Barton auf meinen Nachttisch gestellt hatte, in vielen Nuancen von violett und blau erstrahlen. Es war fast so schön wie Vergissmeinnicht. Harpers Lieblingsblumen. Ich schlug die Decke um, streckte meine Arme in die Luft und setzte mich auf.

Seit dem Tag meiner Rückkehr aus Chicago hatte ich keinen Albtraum mehr gehabt. Zeigte das Gespräch mit Britt Weiss nun doch eine positive Wirkung? Jetzt, wo ich mich an das Inferno meiner Kindheit erinnerte, schien der Brand in der Elder Street gelöscht zu sein. Tagsüber verdrängte ich mit Mühe meine traurigen Erinnerungen an verbrannte Kinder und Eltern, an Frank und Eileen. Wie konnte ich also nachts so ruhig schlafen? Nicht einmal Harper tauchte mit neuen geheimnisvollen Weissagungen über Abgründe und Türme auf. Alles wurde langsam wieder gut – oder war es die Ruhe vor dem Sturm?

Der Frühling ließ in diesem Jahr nicht auf sich warten. Schon im April gab es warme sonnige Tage, die ich im Garten unseres Hauses oder auf ausgedehnten Spaziergängen mit Fletcher verbrachte. In der Schule konzentrierte ich mich auf den Unterrichtsstoff, lernte zuhause, wenn es nötig war, wurde regelrecht strebsam. Tante Britt hatte mir geraten, etwas aus meinem Leben zu machen. Ich wusste nicht, ob mir das gelingen würde, aber ein paar gute Noten konnten nicht schaden. Auch die bösen Gerüchte über mich ebbten langsam ab, sobald sich die Neuigkeit von einem auf Billy Kovacs Namen ausgestellten Haftbefehl verbreitete. Becca trug ihren Teil dazu bei, wenn auch aus Eigennutz. Unsere Abmachung stand. Ich redete nicht über sie und sie nicht über mich. Mitunter ließ sie sich sogar zu einem Gruß hinreißen, wenn wir uns in der Pause begegneten. Aber das war es auch schon. Umso überraschter war ich, als sie mich Anfang Mai auf meinem Heimweg von der Schule abpasste.

»Rae, warte kurz.«

Ich blieb stehen und registrierte ihren verlegenen Blick. »Was gibt's, Becca?«

»Lass uns ein paar Schritte gehen. Hier ist so ein Getümmel.« Schweigend folgte sie mir nach Hause, obwohl sie in der anderen Richtung wohnte.

»Ist es dir nun einsam genug?«, fragte ich schroff. Ich hatte nicht die Absicht, sie Mrs. Barton vorzustellen.

»So grade eben. Ich dachte, du wärst genau wie ich am Schutz deiner Privatsphäre interessiert.«

»Also, was ist?«

»Meine Tante hat angerufen. Sie will wissen, wie es dir geht.«

»Warum fragt sie mich nicht selbst?«

»Vermutlich will sie eine objektive Meinung hören. Sie scheint zu glauben, wir wären irgendwie befreundet. Woher soll sie auch wissen, dass ich mich nur für dich eingesetzt habe, weil du mich erpresst hast.«

»Das würde sie sicher schockieren, aber von mir erwartet sie sowieso nicht viel. Andererseits, was würde sie wohl davon halten, wenn sie wüsste, dass du meinen Zopf in deiner Nachttischschublade aufbewahrst und Lügen über mich verbreitest? Das wäre eine richtige Enttäuschung für sie.«

»Wie auch immer Rachel. Was soll ich ihr sagen? Geht es dir gut? Hast du die Beichte meiner Tante unbeschadet überstanden?«

»Nein, habe ich nicht.« Beccas spöttischer Ton machte mich wütend. »Lass dir was einfallen, damit sie keine Fragen stellt.«

»Ich weiß ja nicht mal, worum es geht.«

»Dann improvisiere eben.«

»Wie du willst. Es ist dann aber deine Schuld, wenn ich die Sache vermassle.«

»Okay. Erzähl ihr einfach, dass ich mich durchschlage, dass ich mich in der Schule anstrenge und ganz gut klarkomme.«

»Hm. Den Text kennt sie schon.«

»Wie meinst du das?«

»Dasselbe habe ich ihr gesagt, als ich damals nach Larkville zurückgekehrt bin. Du weißt schon, nach der Sache …«

»Du meinst nach der Geburt?«

»Schhh.« Sie sah sich panisch um. »Musst du so laut sprechen?«

»Das war nicht laut. Sei nicht paranoid.«

»Bin ich aber. Wenn das rauskäme, wäre ich tot. Das könnte ich nicht ertragen.«

»Tja. Geht mir ähnlich. Ähm, mit meiner Sache.«

»Ist es so schlimm?« Ihr Blick verriet eine gewisse Neugier. Ich musste auf der Hut vor Becca sein.

»Ich werde das schon aushalten. Ist vor langer Zeit passiert.«

»Also betrifft es eher deine Mutter?«

»Sonst noch was, Becca?«

»Nein. Das war's.« Sie zögerte und sah auf ihre Schuhe. »Ich kann mich doch auf dich verlassen, Rae? Du wirst es nie jemandem erzählen?«

»Das habe ich nicht vor.«

»Verdammt! Versprich es mir! Ich habe mich an unsere Abmachung gehalten.«

»Ja, gut. Es geht mich auch nichts an. Noah würde es vielleicht etwas angehen ...«

»Pass auf, was du sagst!«

»Ich meine ja nur. Schließlich ist es auch sein Kind. Hat er nicht ein Recht, darüber Bescheid zu wissen?«

»Nein. Das hat er ganz bestimmt nicht. Wäre er nicht so ein Scheißkerl gewesen, hätte es dieses Kind nie gegeben.«

»Das verstehe ich nicht.«

»Weißt du, wie es sich anfühlt, wenn der Junge, den du liebst, dich fallen lässt, wie eine heiße Kartoffel, nur weil du einen kleinen Fehler gemacht hast. Und dann rennt er zu deiner besten Freundin. Am Ende hast du beide verloren. Ich war so unfassbar wütend und traurig. Nur deshalb habe ich nicht bemerkt, dass ich schwanger war. Ich konnte einfach an nichts anderes denken, als an meinen Verlust. So vergingen Monate. Bis es zu spät war.«

»Wenn du es früher gewusst hättest, wäre das Kind nie geboren worden?«

»Ach, was weiß ich. Darüber brauchte ich nicht nachzudenken. Wenigstens das ist mir erspart geblieben.«

»Hast du das Baby in Europa bekommen?«

»Den Sommer über war ich in Deutschland, dann bin ich in Paris zur Schule gegangen. Es war aufregend. Ich fing an meinen Kummer zu vergessen. Ich wollte das Leben genießen, Französisch lernen, neue Freunde finden. Die Stadt war großartig. Es war eine vollkommen andere Welt. Bis ich am Ende kapiert habe, was los war.« Sie brach abrupt ab und sah mich misstrauisch an. »Auf einmal war alles vorbei, bevor es richtig begonnen hatte. Meine Eltern holten mich zurück. Den Rest der Schwangerschaft verbrachte ich bei einer Cousine meiner Mutter.«

Vielleicht war es meiner Mum ähnlich ergangen. Sie war nicht viel älter gewesen. »Denkst du manchmal an das Kind?«

»Nein. Ich denke nur daran, was ich verloren habe. Ich will keine Mutter sein.«

»War es ein Junge oder ein Mädchen?«

»Warum interessiert dich das? Es spielt keine Rolle. Ich will das nur noch vergessen. Kann ich mich auf dich verlassen, Rae?«

»Mach dir wegen mir keine Sorgen. Glaub mir, ich kann schweigen. Niemand wird von dem Kind erfahren, jedenfalls nicht durch mich.«

Becca sah mich panisch an. »Wie meinst du das? Nur meine Eltern, Tante Britt und Cousine Valerie wissen Bescheid.«

»Dann gibt es bestimmt kein Leck.« Es fiel mir schwer Becca in die Augen zu schauen.

»Willst du irgendetwas andeuten, Rae?«

»Nein. Aber manchmal reden die Leute eben, ohne böse Absicht, und jemand schnappt es auf. Man ist nie ganz sicher.«

»Es muss nur noch ein Jahr gutgehen, dann verschwinde ich hier, gehe auf ein College oder zurück nach Paris. Bloß weg.«

»Komisch. Das ist auch mein Plan. Wer hätte gedacht, dass wir etwas gemeinsam haben.«

Wir trennten uns grußlos, wobei ich ihr noch eine Weile hinterhersah. Sie warf ihr blondes Haar ein paarmal zurück, hielt den Kopf erhoben. Ihren Stolz hatte sie nicht verloren.

Ich hatte versprochen Beccas Geheimnis zu hüten und wollte mich daran halten, aber es gab eine Schwachstelle, von der sie nichts ahnte. Was würde geschehen, wenn Tommy das Nacktfoto einmal genauer betrachtete oder hatte er es schon seinen Freunden gezeigt? Es konnte leicht in Umlauf geraten und Beccas Geheimnis enthüllen. Wen würde sie dann als erstes verdächtigen? Ich zog mein Handy aus der Tasche und löschte das verfluchte Bild. Doch was war mit Tommy? Sollte ich Becca von der Existenz dieses Fotos berichten? Sie würde ihn in der Luft zerreißen, er tat mir jetzt schon leid. Wieso geriet ich immer wieder in solche Gewissenskonflikte? Die sieben Toten lasteten auf mir, ich hatte nicht die Absicht auch noch Beccas Leben zu zerstören.

Ein paar Tage später erschien ich pünktlich zum Nachhilfeunterricht bei den Gardeners, mit der Absicht, das Foto von Tommys Handy zu löschen. Leider ergab sich keine günstige Gelegenheit, sodass ich meinen Plan fürs Erste aufschieben musste. Ich gestand mir zwei weitere Wochen zu, dann wollte ich, falls ich das Foto nicht löschen konnte, Becca reinen Wein einschenken, auch wenn es mir schwerfiel.

Ich war gerade auf dem Rückweg, als ein Wagen mit quietschenden Reifen neben meinem Fahrrad zum Stehen kam. Orestes grinste mich wild gestikulierend an, während irgendein Song von Green Day in voller Lautstärke aus den Boxen tönte. Ich stieg vom Rad und wartete, bis er rechts rangefahren war.

»Hallo Rae.« Er schob seine wilden Locken zurück und kam mit breiter Brust auf mich zu. »Musstest du dich schon wieder mit Tommy Gardener herumschlagen? Du hast mein Mitgefühl.«

»So verdien ich eben mein Geld. Immer noch besser als Rasenmähen.«

»Da irrst du dich aber gewaltig. Die Fähigkeit, einem Garten den rechten Schliff zu verleihen, ist eine häufig unterschätzte Kunst. Ich bin ein vielbeschäftigter Profi auf dem Gebiet.«

»Kann ich mir vorstellen. Und? Arbeitest du auch wieder im Golfclub?«

»Aber sicher. Auch da bin ich ein wertvoller Mitarbeiter, der den Mitgliedern mit Rat und Tat zur Seite steht.« Er griente bis über beide Ohren.

»Bestimmt bist du unersetzlich.«

»Darauf kannst du wetten. Ich bin jederzeit bereit, dir eine kleine Kostprobe meines Könnens zu liefern. Du solltest mein Angebot nicht ausschlagen. Nutze meine Qualitäten, solange ich noch in der

Stadt bin.«

Ich musste lachen. »Was wirst du nach der Schule machen? Gehst du zur Uni?«

»Nein. Ich will einige Kurse am College belegen, um die Zeit zu überbrücken. Wenn ich zwanzig bin, folge ich der Familientradition und trete in den Staatsdienst ein, das heißt, ich absolviere eine Ausbildung beim Aurora Police Department. Wie Leo – du weißt schon – mein Bruder.«

»Gut, wenn man einen Plan hat. Wie gefällt's ihm übrigens bei den Feds?«

»Ist genau sein Ding. Das Kleinstadtleben hat er nie gemocht.«

»Ja, das kann einem auf die Nerven gehen. Vor allem, wenn dich jeder kennt.«

»Deine Berühmtheit verblasst schon langsam wieder. Der Sheriff hat sich jetzt auf diesen Kovac eingeschossen. Zu dumm, dass er ihn nicht finden kann.«

»Glaubst du, dass Billy den Brand gelegt hat?«

»Keine Ahnung. Soviel ich weiß, hatte er kein allzu triftiges Motiv.«

Genau dasselbe hatte ich auch gedacht. »Der Sheriff sollte vielleicht noch in andere Richtungen ermitteln. Ist denn sonst niemand verdächtig? Du weißt doch immer alles.«

»Hm. Kann schon sein.«

»Nun zier dich nicht so. Ich schweige wie ein Grab.«

»Ist mir nicht neu. Als du vor ein paar Wochen aus der Stadt verschwunden bist, hast du mir auch nichts verraten.«

»Woher weißt du, dass ich weggefahren bin?«

»Jemand hat dich an der Bushaltestelle gesehen.«

»Ach ja?«

»Es war Tommy. Er hat's meinem Bruder erzählt. Also, du geheimnisvolle Rae, was hast du zwei Tage lang gemacht?«

»Ich war in Chicago.«

»Wow. Und was gab es da?«

»Etwas Persönliches. Ich möchte nicht darüber sprechen.«

»Jetzt machst du mich neugierig. Gib mir einen Tipp.«

»Da kannst du lange warten. Du musst nicht alles wissen.«

»Komm schon. Du hättest mich anlügen können. Ein Zahnarzt-

246

termin hätte als Ausrede genügt.«

»Ich lüge nun mal nicht gern, vor allem, wenn es nicht sein muss.«

»Ich glaube, du willst es mir eigentlich sagen, also gib dir einen Ruck.«

»Nein. Heute nicht. Vielleicht beim nächsten Mal.« Er rieb sich nachdenklich das Kinn und legte den Kopf theatralisch zur Seite. »Okay. Ich sehe, du bist ein harter Verhandlungspartner. Du gibst mir keine Information ohne Gegenleistung.«

»Übst du schon für deinen zukünftigen Beruf?«

»Genau. Man muss Druck ausüben, um die Leute zum Reden zu bringen oder ihnen etwas in Aussicht stellen.«

»Und was wäre das in meinem Fall?«

»Da könnte ich mir so einiges vorstellen. Eine Einladung ins Kino, eine Fahrt zum Starved Rock Park, ein Date auf dem Golfplatz …«

»Klingt verlockend. Aber nein danke.«

»Oder vielleicht eine top geheime Information direkt aus dem Büro des Sheriffs?«

»Das könnte mich schon eher interessieren.«

Er lachte über das ganze Gesicht. »Ich wusste, dass ich dich damit kriege. Also, was hast du in Chicago gemacht?«

»Du zuerst.«

»Das verletzt mich jetzt. Warum vertraust du mir nicht?«, alberte er herum. »Na gut. Wie du befiehlst. Der Sheriff hat tatsächlich endlich begriffen, dass dieser Billy vielleicht nichts mit dem Brand zu tun hat, was immer ihm auch in anderen Staaten vorgeworfen wird. Deshalb sucht Bishop jetzt nach anderen Verdächtigen. Es gibt da jemanden, auf den er sein Augenmerk gerichtet hat. Es ist aber vertraulich.«

»Nun mach es nicht so spannend. Wer ist es?«

Er zögerte immer noch, und ich bemerkte, dass er ernst geworden war. »Ich sollte dir das besser nicht sagen.«

»Ich werde es für mich behalten. Bitte, du weißt, wie wichtig mir das ist. Es war mein Zuhause.«

»Na gut. Aber es wird dir nicht gefallen. Es ist dein Stiefbruder. Er hat sich anscheinend schwer verschuldet.«

»Tyler? Nein. Das glaube ich nicht. Er ist ein Idiot und macht vielleicht krumme Geschäfte, aber so weit wäre er nicht gegangen.«

»Ich meine Sean. Er brauchte Geld, um die Autowerkstatt zu übernehmen und wollte sich etwas von seinen Eltern leihen. Es kam zum Streit.«

»Wer behauptet das?«

»Der Deputy Sheriff hat es von seiner Freundin gehört. Sie hat es monatelang verschwiegen.«

Ich starrte ihn fassungslos an. »Das kann einfach nicht wahr sein. Sean ist ein feiner Kerl, er würde nie…«

»Jetzt reg dich nicht auf. Es ist nur ein Indiz.« Orestes war näher gekommen und legte seinen Arm um mich.«

»Ich will das nicht glauben …«

»Kann ich mir vorstellen.«

Ich fühlte seinen Atem auf meinem Haar, seine Hand an meiner Taille. Im Grunde hätte ich gern meinen Kopf an seine Schulter gelehnt, aber die Gedanken an Sean rissen mich fort. Ich wollte nicht noch einen Menschen verlieren. Abrupt ging ich auf Abstand. »Er war es nicht. Das ist unmöglich.«

»Tut mir leid. Ich hätte es für mich behalten sollen. Die Sache regt dich zu sehr auf.«

»Nein. Ist schon gut. Ich bin froh, dass du es mir gesagt hast. Ich hab schon seit Langem das Gefühl, dass sich etwas zusammenbraut. Falls es Neuigkeiten gibt, wäre ich dir wirklich dankbar, wenn du mir einen Tipp geben könntest.«

»Okay. Ich halte meine Augen und Ohren offen.« Er zwinkerte mir zu. »Was war jetzt mit Chicago?«

»Nicht so spannend, wie du denkst. Ich hatte die Erlaubnis, eine Freundin zu besuchen. Sie ist in einen Prozess verwickelt. Genau genommen wurde sie aus dem Gefängnis entlassen. Eine lange Geschichte.«

»Du kennst interessante Leute.«

»Kannst du das bitte für dich behalten? Mein Ruf ist schon fast ruiniert.«

»Na, wenn es sein muss. Wie wär's mit einem Abschiedskuss?«

»Beim nächsten Mal. Wenn du mir den Namen des wahren Täters lieferst.«

248

»Ich werd dich dran erinnern.«

Er nickte mir zu und stieg in seinen Wagen. Einen Augenblick später war er so plötzlich verschwunden, wie er gekommen war.

Konnte ich mich so irren? Hatte Sean doch etwas mit der Brandstiftung zu tun? Ich hasste es Zweifel gegen ihn zu hegen, er hatte sich nach dem Tod von Frank und Eileen wirklich fair verhalten, fast wie ein Bruder. Die naive Rae machte sich mal wieder Illusionen. Jeder war zu allem fähig, wenn die Umstände ihn dazu zwangen. Eine junge Mutter und ein kleines Kind töteten sieben Menschen, eine schüchterne Schülerin nahm sich das Leben, eine Turnerin stach auf ihren Trainer ein. Wenn diese Dinge geschehen waren, konnte auch der stille und pflichtbewusste Sohn seinen Eltern das Dach über dem Kopf anzünden. Man musste eben mit allem rechnen.

Auch Faye sah ich nun mit anderen Augen. Ich hatte sie gern, die Arbeit machte mir Spaß, aber ich traute ihr nicht mehr. Wie oft hatte ich sie nach den Ermittlungen gefragt. Sie wusste genau, wie sehr mich die Suche nach dem Täter beschäftigte. Trotzdem hatte sie ihren Verdacht gegen Sean für sich behalten. Erst jetzt, nach so vielen Monaten, rückte sie plötzlich damit heraus. Weshalb hatte sie geschwiegen? Vielleicht aus denselben Gründen, aus denen ich meine Begegnung mit Tyler verschwiegen hatte.

Sie wollte Eileens Sohn nicht fälschlich beschuldigen.

20

Ein paar Tage nach meinem Gespräch mit Orestes wurde es richtig heiß. Ich spürte einen Anflug sommerlicher Leichtigkeit, der mich ein wenig optimistisch stimmte. Bald würde die Schule enden und mein letztes Jahr stand bevor. Ich hatte es fast geschafft. Lee, Orestes und Nate würden Larkville vermutlich verlassen, sodass wir dringend neue Schüler für unseren Kampfkunst-Kurs brauchten. Orestes würde mir fehlen, gestand ich mir ein. Seine lebensfrohe Art hatte mich manches Mal aus meinen düsteren Gedanken gerissen. Nichts schien ihm je die Laune zu verderben. Er genoss sein Leben, flirtete gern, machte sich keine ernsten Sorgen. Warum sollte er auch? Es war nichts daran auszusetzen, wenn man Spaß hatte.

Der Sportunterricht war längst beendet, als ich als letztes Mädchen aus den Umkleideräumen kam. Ich hatte mir während des Softballspiels das Knie aufgeschrammt und die Wunde reinigen müssen. Kurz bevor ich schließlich die Sporthalle verließ, hörte ich einen wütenden Schrei. Irgendjemand war offensichtlich noch hier. Aufgebrachte Stimmen drangen aus den Waschräumen der Jungen. Dann schepperte es gewaltig und jemand brüllte, ohne dass ich ein Wort verstanden hätte. Vorsichtig öffnete ich die Tür. Ich war nicht gerade versessen darauf, den Locker Room der Jungs zu inspizieren, aber der Tumult wurde noch lauter. Zwei Jungen lagen in einem Knäuel auf dem Boden, schlugen und traten sich, rollten übereinander. Erst nach einem Moment erkannte ich, dass es Declan und Nate waren. Ging mich das überhaupt etwas an? Sie waren so fest miteinander verknotet, dass ich nicht hätte sagen können, welcher Arm zu welchem Jungen gehörte.

»Hey! Das reicht jetzt!«, rief ich mit wenig Überzeugung, aber sie beachteten mich nicht. Offenbar hatten sie noch nicht genug. Dann sah ich Blut auf dem Boden. Jemand musste sie auseinander bringen. Leider war außer mir niemand da.

»Nate, Declan! Hört jetzt auf! Lasst es gut sein.« Ich versuchte gegen sie anzuschreien, was mir ausgesprochen schwerfiel. Unsichtbare sind für gewöhnlich leise. Es half nichts. Obwohl ich so laut sprach, wie noch nie in meinem Leben, nahm keiner von mir Notiz. Sie waren wie von Sinnen.

»Wenn ihr nicht endlich Schluss macht, hole ich den Coach. Dann bekommt ihr gewaltigen Ärger.« Ein weiterer kläglicher Versuch, an ihre Vernunft zu appellieren, scheiterte. Die Beiden gewannen jetzt etwas Abstand zueinander, sodass ich die Lage besser einschätzen konnte. Declans weißes T-Shirt war von Blut durchtränkt. Der Anblick war beängstigend. Nate konnte ich nur von hinten sehen, aber er schien zu taumeln. Mir blieb nichts anderes übrig, als dazwischenzugehen. Ich zerrte Nate zurück und versuchte Declan an einem neuen Schlag zu hindern. Leider kam ich zu spät. Declan hatte bereits ausgeholt und schlug mit aller Kraft zu. Ich duckte mich in letzter Sekunde, trotzdem traf mich seine Faust unerwartet hart an der Schläfe. Mein überraschter Gesichtsausdruck wurde wohl nur von seinem eigenen übertroffen. Er starrte mich ungläubig an.

Ein perfekter K.-o.-Schlag – war mein letzter Gedanke. Dann wurde alles schwarz, und ich kippte nach vorn. Ich war angeknockt, wenn auch die Geräusche noch gedämpft zu mir durchdrangen.

»Scheiße, Rae. Was machst du hier?«, fragte Declan.

»Ist sie bewusstlos?« Nates Stimme klang fremd.

»Keine Ahnung. Hey Rachel, kannst du mich hören?«

Es war Declan, der sich dicht über mich beugte. Für den Bruchteil einer Sekunde schoss mir ein Gedanke durch den Kopf: *Jetzt kannst du ihn erwischen, Rae.* Doch ich beherrschte mich. Allmählich wurde es wieder heller, die Töne wurden klar. Ich setzte mich auf. Nate und Declan schauten mich an, als hätten sie noch nie ein Mädchen gesehen. Ihre Wut hatte sich schlagartig gelegt.

»Seid ihr noch ganz dicht? Wollt ihr euch umbringen?«, fragte ich etwas mühsam.

Sie schwiegen in seltsamer Übereinstimmung.

Ich schüttelte fassungslos den Kopf. »Declan. Wie siehst du überhaupt aus? Wo kommt das ganze Blut her?«

Er sah überrascht an sich herunter, hob sein T-Shirt an und suchte nach einer Erklärung. »Keine Ahnung. Ich bin okay.«

Nate sagte nichts. Er war auffallend blass. Blut strömte ihm aus der Nase und rann auf sein dunkles Trikot.

»Nate sieht gar nicht gut aus. Wir sollten Hilfe holen, Declan.«

»Ach was. Das ist nur Nasenbluten. Hört gleich wieder auf.«

»Ich weiß nicht. Vielleicht ist seine Nase gebrochen. Sie ist echt angeschwollen.« Ich sah jetzt genauer hin. Nate war so still, als stünde er unter Schock. »Er sollte sich hinlegen. Irgendwas stimmt nicht mit ihm.« Ich richtete mich auf und beugte mich zu Nate, der sich inzwischen auf den Boden gesetzt hatte, seinen Kopf an die Wand gelehnt, die Augen zu Schlitzen verengt.

»Hey, Nate. Mach keinen Scheiß. Alles in Ordnung mit dir?«, fragte Declan mit zunehmend besorgter Stimme.

Nate versuchte uns zuzublinzeln, aber es misslang ihm.

»Oh verdammt. Er hat Blut im Auge.« Ich hatte so etwas noch nie gesehen.

»Ist bestimmt von der Nase reingelaufen«, sagte Declan.

»Nein. Das ist übel. Er hat sich ernsthaft verletzt. Ich hole jetzt Hilfe.« Ich stand mühsam auf. Der Raum begann sich zu drehen.

»Ich gehe. Du bleibst bei ihm, Rae.« Declan wartete keine Antwort ab und machte sich auf den Weg.

Ich begann mit Nate zu sprechen, aber er schien mich nicht zu hören. Langsam senkten sich seine Augenlider. Was sollte ich nur tun? Plötzlich erscholl ein lautes Rauschen. Eine der Toilettentüren öffnete sich und Caleb trat heraus.

»Du warst die ganze Zeit hier?« Ich konnte es nicht fassen.

»Tja. Manchmal braucht man länger. Du weißt schon wofür.«

»Was bist du nur für ein Mensch? Du hättest helfen können. Nate ist schwer verletzt.«

»Und was geht mich dieser Streit an? Sollen sie sich doch prügeln, wenn sie wollen.«

»Ist dir eigentlich alles egal? Du siehst einfach zu, wie sich die Beiden an die Gurgel gehen?«

»Zusehen ist wohl nicht ganz der richtige Ausdruck. Zuhören trifft es besser. Ich bemühe mich nur, Ärger von mir fernzuhalten. Man kommt schnell in die Schusslinie, nicht wahr, Adrian?« Er zeigte mir sein abschätziges Grinsen.

»Ja genau. Du hättest es bestimmt leichter gehabt, sie zu trennen, aber du legst die Hände in den Schoß. Was ist, wenn Nate einen bleibenden Schaden behält? Dann ist es auch deine Schuld!«

»Woah woah woah. Nun mach mal halblang. Er wird schon wieder.« Trotzdem kam er näher und beugte sich zu Nate herunter. »Die Nase ist definitiv gebrochen«, sagte er kühl.

»Er hat Blut im Auge, Cal. Das sieht nicht gut aus.«

Caleb zog Nates Augenlider hoch und leuchtete mit seinem Handy hinein, dann tastete er die Haut unter den Augen ab.

»Das Jochbein könnte gebrochen sein, das hat vermutlich die Einblutung verursacht«, meinte er schließlich.

»Wird er dadurch blind?«

»Nein. Aber er muss ins Krankenhaus. Je eher, je besser.«

»Woher weißt du so viel darüber?«

»Wenn man mit einem Bruder wie Corey aufwächst, kennt man sich mit solchen Verletzungen aus. Kommt nicht selten vor bei Schlägereien, dass die Nase oder das Jochbein brechen. Wenigstens scheint er noch alle Zähne zu haben.«

»Warum sind die so weit gegangen? Das war kein Spaß mehr.«

»Manchmal muss der Ärger eben raus, da hilft alles nichts. Declan hatte sich noch nie gut unter Kontrolle.«

»Hat er angefangen?«

»Ich würde sagen, ein Wort ergab das andere. Ein dämliches Eifersuchtsdrama.«

»Was meinst du damit?«, fragte ich überrascht.

»Wie gesagt. Ich saß in der ersten Reihe. Nate ist jetzt Noahs bester Freund, wie du weißt. Außerdem hat er Declans Platz im Footballteam eingenommen, keine Ahnung was noch. Sie können sich eben nicht riechen.«

»Mann, ihr seid Tiere. Deshalb geht man doch nicht aufeinander los und prügelt sich krankenhausreif.«

»Seit wann bist du so zart besaitet, Prinzessin? Hast du mich nicht auch k.o. geschlagen?«

»Da war ich dreizehn. Inzwischen habe ich was dazugelernt.«

»Gut zu wissen. Ich übrigens auch. Deshalb verschwinde ich jetzt und überlasse dich deinen Krankenschwesterpflichten.«

»Ja, hau bloß ab, du Egoist. Das passt zu dir.«

»Schön, dass du mich so gut kennst. Dann viel Glück. Du hast dir bestimmt eine Medaille verdient.«

Er machte mich rasend. Am liebsten hätte ich mich auf ihn ge-
stürzt und ihm sein dämliches Grinsen aus dem Gesicht geschlagen.
Leider war ich dafür zu zivilisiert. Ich hielt brav die Stellung bei
Nate und wartete, bis Hilfe kam.

Die Sache hatte natürlich ein Nachspiel. Declan wurde suspendiert,
während Nate operiert werden musste. Sowohl Nase als auch Jochbein waren gebrochen und sein Kiefer hatte ebenfalls etwas abbekommen. Man munkelte, dass Declan von der Schule fliegen würde,
was mir, obwohl ich kein Fan von ihm war, irgendwie Bauchschmerzen bereitete. Laut Caleb waren Nate und Declan gleichermaßen an
dem Streit schuld gewesen, aber das behielt er natürlich für sich.
Leider hatte ich mich nicht durchringen können, Caleb als Zeugen
zu benennen. Neuen Ärger mit ihm wollte ich möglichst vermeiden.
Also hoffte ich, dass Nate am Ende fair war und die Sache aufklärte.

Am darauffolgenden Dienstag hielt unser Kung Fu Trainer Mr.
Chen eine kleine Ansprache.

»Ihr wisst sicherlich alle, was eurem Mitschüler Nate zugestoßen
ist. Ich werde diesen Vorfall zum Anlass nehmen, bestimmte Vertei-
digungstechniken verstärkt zu trainieren. Ihr müsst immer daran
denken, euer Gesicht zu schützen. Selbst anzugreifen, den Gegner
zu schwächen ist nur die halbe Kunst. Das Ausweichen und Abwehren vervollständigt unseren Kampf. Nur so können wir als Sieger
hervorgehen. Nate hat bedauerlicherweise schwere Verletzungen
erlitten. Seine Eltern berichteten mir, dass er in zwei Wochen in die
Schule und den Unterricht zurückkehren wird, aber nicht in unseren
Kung Fu Kurs. Es wird länger dauern, bis seine Brüche vollkommen
verheilt sind. Bis es so weit ist, darf er sich keinen potentiell gefährlichen Situationen aussetzen, keinen Sport treiben und erst recht in
keine Schlägerei geraten. Denkt daran, wenn ihr ihn seht, denkt daran, dass wir ihn schützen müssen. Um unser Mitgefühl auszudrü-
cken, wäre es schön, wenn ihn einige von euch besuchen könnten.
Meine Frau wird einen Präsentkorb mit Leckereien für ihn bereit-
stellen, mein Sohn Lee hat sich angeboten als Fahrer zu fungieren.
Nates bester Freund Noah möchte ebenfalls mitkommen. Es sind
also noch zwei Plätze frei. Ich dachte, dass du, Rachel, wahrschein-

lich dabei sein willst.«

Ich sah mich erschrocken um. Ja, tatsächlich. Er meinte mich.

»Du hast durch deinen mutigen Einsatz Schlimmeres verhindert. Ich muss sagen, ich bin stolz, dich unterrichtet zu haben.« Er klatschte in die Hände und die anderen fielen ein, während mir die Röte ins Gesicht stieg. Da war sie, die verdammte Medaille, von der Caleb gesprochen hatte.

»Nun. Wer übernimmt den letzten Platz und vertritt unseren Kampfkunst-Kurs?«

Orestes meldete sich und wurde ausgewählt. Er grinste schelmisch, als hätte er einen Pokal gewonnen und raunte mir zu: »Ich wollte schon immer einen Ausflug mit dir machen, Rae. Endlich ist es so weit.«

Mir fiel keine schlagfertige Erwiderung ein. Die Vorstellung, stundenlang mit Lee, Noah und Orestes in einem Auto eingesperrt zu sein, trieb mir den Schweiß auf die Stirn, aber aus dieser Nummer kam ich nicht mehr raus. Wenn ich die Augen schloss, hörte ich Calebs hämisches Lachen. Er wusste genau, warum es in der Regel besser war, sich aus allem rauszuhalten.

Am folgenden Samstag startete unser Krankenbesuch. Es regnete Gottseidank in Strömen, sodass der quietschende Scheibenwischer zusammen mit der laut aufgedrehten Musik Gespräche nahezu unmöglich machte. Orestes saß zu meiner Überraschung auf dem Beifahrersitz, half Lee beim Navigieren und spielte D.J., während Noah und ich auf die Rückbank verbannt worden waren – eine ideale Sitzordnung. Da wir uns kaum kannten, hielten wir den Mund. Ich sah aus dem Fenster, betrachtete die Felder und Waldstücke, versuchte vertraute Punkte zu finden. Meine letzte Fahrt nach Aurora lag nur ein knappes Jahr zurück, aber nichts, was ich sah, kam mir bekannt vor. Manchmal warf ich einen verstohlenen Blick auf Noah und fragte mich, was für ein Mensch er war. Seine dunkle Haut schimmerte samtig, er hatte schöne Hände, mit schlanken, langen Fingern wie ein Klavierspieler, obwohl er Quaterback war. Becca und er hatten ein schönes Paar abgegeben.

Wie wohl ihr Baby aussah? Es machte mich traurig, dass sie es weggegeben hatte. Ein weiteres Kind, das nichts über seine Herkunft wusste. Warum hatten Mr. und Mrs. Gardener das zugelassen?

Sie waren selbst gerade zum vierten Mal Eltern geworden. Hätte Beccas Baby nicht auch in dem großen Haus Platz gefunden? Aber sie wollte es nicht, wollte keine Mutter sein, wollte erst recht nicht, dass jemand von der Schwangerschaft erfuhr. Ein Baby mit dunkler Haut hätte allen die Augen geöffnet. Oder war Noah gar nicht der Vater? Ich schielte zu ihm herüber, sah, wie er ein Geldstück über die Rückseite seiner Finger wandern ließ. Hin und her – ohne Unterlass. Er beherrschte dieses Geschicklichkeitsspiel bis zur Perfektion. Dann, in einer Kurve, sprang ihm die Münze von der Hand. Ich fing sie auf und gab sie ihm zurück.

»Danke.« Er sah mich nur flüchtig an, den Mund ernst zusammengezogen. Wahrscheinlich hielt er mich für langweilig oder er konnte mich nicht leiden. So wie Becca.

»Nur, falls es dich interessiert. Ich habe Becca nie mit wem auch immer am Creek gesehen und logischerweise auch nie etwas darüber gesagt.« Ich keuchte vor Anspannung. Zum Glück war die Musik so laut, dass Lee und Orestes nichts mitbekamen.

»Was geht dich das an?«, fragte er abweisend.

»Nichts. Ich will nur nicht fälschlich verdächtigt werden. Ein anderer hat dieses Gerücht in die Welt gesetzt.«

»Nur, dass es kein Gerücht war.«

»Das hängt davon ab, was man dir erzählt hat. Die Wahrheit kann ganz schön verdreht werden.«

»Ach ja? Und du bist Expertin auf diesem Gebiet?«

»Nein. Bestimmt nicht. Aber es gibt nicht nur eine Wahrheit, nicht nur schwarz und weiß. So funktioniert das Leben nicht. Es ist keine Mathematik.«

»Am besten hältst du dich da raus.«

»Das werd ich. Da kannst du sicher sein. Die Sache zieht allerdings weite Kreise. Ist dir das klar? Nate liegt im Krankenhaus und Declan fliegt vielleicht von der Schule. Er war doch mal dein bester Freund. Warum redest du nicht mehr mit ihm?«

Er starrte mich an. »Raushalten geht anders, Rachel.«

»Ja. Tut mir leid. Das ist deine Angelegenheit.«

Noah erwiderte nichts, drehte den Kopf zum Fenster und wischte die beschlagene Scheibe mit der Handfläche ab, während ich meine Fingernägel in den Ballen meiner Hände vergrub. Wieso war ich nicht einfach stumm geblieben? Wir kannten uns doch überhaupt nicht. Hätte ich wenigstens bis zur Rückfahrt gewartet. Jetzt musste ich noch Stunden in seiner Gesellschaft verbringen. Meine Stimmung sank mit atemberaubender Geschwindigkeit einem neuen Tiefpunkt entgegen. Die Bässe ließen die Sitzflächen vibrieren. Es fühlte sich an, als würde ich zittern.

Schließlich spielte Orestes einen ruhigeren Song, sodass ich einen Teil seiner Unterhaltung mit Lee aufschnappen konnte. Sie schienen sich mächtig zu freuen.

»… das wird Spitze, Alter. Das Wetter ist perfekt. Wir werden herausfinden, wer der größte Schisser ist.« Orestes boxte Lee gegen den Oberarm, was zu einem Schlenker des Wagens führte.

»Hey, pass auf, Mann«, rief Lee. Er drehte sich zu mir um und sah mich abschätzend an. »Alles klar?«

»Ja, sicher.« Für wie empfindlich hielt er mich? Ich studierte die Umgebung. Wir passierten gerade eine mir gänzlich unbekannte Ortschaft. Konnte das eine Abkürzung sein? Als nächstes fuhren wir eine Anhöhe hinauf, die durch ein Waldstück führte.

»Wo sind wir hier? Diesen Weg nach Aurora kenne ich gar nicht.«

Orestes beugte sich zu mir nach hinten. »Wie kommst du darauf, dass wir nach Aurora fahren?«

»Ich dachte, wir besuchen Nate im Krankenhaus.«, sagte ich verwirrt.

»Klar, tun wir auch. Aber er liegt nicht in Aurora. Deshalb bekommt unser kleiner Ausflug einen besonderen Reiz. Jetzt kannst du zeigen, was du drauf hast, Rae.«

»Wo fahren wir hin? Könnte mir das mal jemand verraten?«, fragte ich mit wachsender Unruhe.

Orestes lachte. »Es sollte eigentlich eine Überraschung sein, aber weil du es wissen willst: Wir fahren nach Elgin. Und nicht nur ins Krankenhaus. Buhuhu, auch zu den Geisteskranken.«

Was meinte er damit? Ich hatte ein verdammt ungutes Gefühl. Elgin? Da klingelte irgendwas bei mir. Wie war das gewesen? Tyler hatte früher davon gesprochen … *es ergeht dir wie Billy, du landest bei den Psychos in Elgin.* Ich bekam eine Gänsehaut.

»Ich verstehe nicht ganz. Wo willst du hin, Orestes?«

»Rae ehrlich. Du lebst hinterm Mond. Weißt du nicht, was in

Elgin ist? Das Mekka der horrorsüchtigen Teenager. Wir werden uns herrlich gruseln.«

Ich sah ihn fassungslos an. »Ich dachte, wir besuchen Nate.«

»Klar. Werden wir. Aber hinterher, in der Dämmerung, suchen wir nach dem Übernatürlichen. Zunächst fahren wir zur Channing Memorial School. Dort soll es Geister geben. Das Gelände war einst ein riesiger Friedhof mit über dreitausend Gräbern. Die Schüler finden heute noch Stücke von Grabsteinen oder Leichenknochen, so sagt man jedenfalls. In den Fluren kann man Geräusche hören. Das Stöhnen der Toten. Eine Frau in Weiß gleitet durch die Räume und Korridore und jagt hinter einsamen Schülern her. Darüber gibt es viele Zeugnisse. Wir werden die Sache prüfen. Anschließend kommt der ultimative Kick. Wir halten auf dem Bahnübergang der Munger Road mitten auf den Schienen, schalten in den Leerlauf und warten, was passiert. Dort wurde einst ein vollbesetzter Schulbus von einem Zug erfasst. Alle Insassen starben. Die Geister der Kinder werden unseren Wagen weiterschieben, um uns vor diesem schrecklichen Schicksal zu bewahren, dem sie nicht entkommen konnten. Ich habe dafür Mehl mitgebracht, um die Legende zu prüfen. Bestäubt man das Auto mit einer dünnen Puderschicht, wird man hinterher die Fingerabdrücke der verstorbenen Kinder finden, die das Fahrzeug in Sicherheit gebracht haben.«

»Nicht dein Ernst. Das ist dein Plan?«, fragte ich entgeistert.

Orestes grinste mich verschwörerisch an. »Oh ja, Rae. Und dann zum Abschluss schleichen wir uns auf das Gelände der alten Irrenanstalt. Da kannst du zeigen, wie mutig du bist. Die verfallenen gruseligen Gebäude, in denen unzählige Verfluchte vor sich hinvegetierten, angebunden an ihre Pritschen, eingepfercht in stinkende Zellen. Meistens waren diese Verrückten grausame Mörder, die nicht einmal in den Gefängnissen beherbergt werden konnten. Tausend Gräber gibt es dort. Anonym und ohne jeden Segen wurden die getriebenen Seelen verscharrt. Und über allem ragen die zwei düsteren Schornsteine wie lange skelettartige Finger in den Himmel.«

»Mann, Orestes. Du solltest Horrorfilme drehen. Ich bin schon richtig in Stimmung.« Noah ließ genüsslich seine Finger knacken. »Nate wird neidisch sein, weil er nicht mitkommen kann.«

Da ging es mir ganz anders. Ein quälender Druck brachte meinen Magen zum Rumoren. War ich zu feige? Ich wusste nur eins. Ich verspürte überhaupt keine Lust mir Angst einjagen zu lassen. Endlich hatten meine Albträume aufgehört und die Schrecken der Vergangenheit begannen sich zu legen. Wozu sollte ich an dieser Horrorshow teilnehmen? Jahrelang hatte ich geglaubt, Billy wäre bei den Psychos in der Irrenanstalt von Elgin gelandet. Es war eine bedrohliche Vorstellung gewesen. Diesen Ort wollte ich ganz gewiss nicht aufsuchen. Ich wünschte zum x-ten Mal, ich wäre nie Teil dieser Gruppe geworden. Wie sollte ich ihnen klarmachen, dass ich bei ihrem Abenteuer nicht mitmachen konnte?

»Du bist ganz schön blass, Rae? Keine Sorge, ich pass auf dich auf«, sagte Orestes und zwinkerte mir zu.

»Danke. Aber die Sache ist nichts für mich.«

»Sei keine Spielverderberin. Mitgehangen, mitgefangen«, meinte Lee und schaute mich mit seiner üblichen Geringschätzung an.

»Ach ja? Sieh lieber nach vorn.« Er ging mir auf den Geist.

»Ich wusste, du würdest Probleme machen ...« Mit einem plötzlichen Ruck trat Lee auf die Bremse. Ein Reh stand mitten auf der Fahrbahn. Die Reifen quietschten, der Wagen geriet ins Schlingern und scherte seitwärts aus. Schließlich kam er mit viel Gerumpel auf dem Randstreifen zum Stehen, wobei er sich mit dem rechten Kotflügel in einen Brombeerstrauch bohrte.

»Was für ein Mist!« Lee war außer sich und schlug mit den Händen auf das Lenkrad. Nach einem Moment des Schweigens stiegen wir alle aus und begutachteten den Schaden. Der Wagen hatte eine Beule und ein paar Kratzer, war aber immer noch fahrtüchtig. Lee fluchte weiter vor sich hin, machte sich Sorgen, was sein Vater sagen würde und warf mir feindselige Blicke zu.

»Hey, Alter. Beruhige dich. Ist kein Weltuntergang. Wenn dir ein Tier vors Auto läuft, kannst du nichts machen«, sagte Orestes beschwichtigend.

»Erzähl das mal meinem Dad. Der wird ausflippen. Ich hätte mich nicht umdrehen dürfen, dann wäre mehr Zeit geblieben, um zu bremsen. Was für ein Shit.« Er starrte mich wütend an.

»Hast du ein Problem mit mir?«, fragte ich ihn genervt.

»Wenn du dich wegen Elgin nicht so aufgeregt hättest, wär das nicht passiert.«

»Echt jetzt? Niemand hat dich gezwungen mit mir zu reden. Aber gut. Du wolltest mich doch sowieso nicht dabei haben. Kein Problem. Ich verzichte.« Ohne seine Erwiderung abzuwarten, drehte ich mich um und lief querfeldein durch den Wald.

»Rae, nun warte doch«, hörte ich Orestes hinter mir rufen, aber ich wollte nur noch weg. Es hatte aufgehört zu regnen, die Luft war angenehm warm und würzig. Was machte es mir schon aus, eine Stunde lang nach Hause zu wandern. Wenn es mir zu viel wurde, konnte ich im nächsten Ort den Bus nehmen. Ich war noch keine zwei Minuten gelaufen, als ich Schritte hinter mir hörte. Jemand kam mir nach, aber ich wollte mich nicht umdrehen, ich wollte nicht warten. Ich zog das Tempo an und ging so schnell ich konnte. Dann geriet ich ins Rutschen. Die feuchten Blätter am Boden waren durchgeweicht und glitschig, sodass ich auf meinem Hintern landete und ein kleines Stück den Hügel hinunter rutschte. Mein Hosenboden war augenblicklich nass, aber ich scherte mich nicht darum. Die ganze Situation war einfach nur saublöd. Schließlich setzte sich Orestes mit reichlich Schwung neben mich.

»Gemütliches Plätzchen für eine Rast. Und so schön feucht am Hintern. Du weißt, was guttut, Rae.«

»Danke, dass du es mit Humor nimmst. Du hältst mich bestimmt für zickig. Tut mir leid, dass ich alles vermasselt habe. Lee nervt. Ich habe keine Lust mehr mit ihm weiterzufahren.«

»Er meint es nicht so. Er ist nur ein bisschen neben der Spur. Hat Angst vor seinem Alten.«

»Kann schon sein. Aber das ist nicht der einzige Grund. Ich will einfach nicht dorthin. Nach Elgin. Ist 'ne lange Geschichte. Tyler hat mich früher damit aufgezogen. Ach, spielt keine Rolle. Ohne mich seid ihr besser dran.«

»Keiner zwingt dich dazu, wenn du nicht willst. Wir besuchen Nate und anschließend wartest du in irgendeinem Coffeeshop, während wir uns königlich amüsieren, dann fahren wir heim.«

»Nein. Macht das besser ohne mich. Es tut mir gut ein bisschen zu laufen. Das ist kein Problem.«

»Mag sein, aber wir können dich hier nicht einfach zurücklassen. Das geht nicht. Niemand hätte dafür Verständnis.« Er sah mir direkt in die Augen und wirkte auf einmal ernst und erwachsen. Ich wusste, dass er recht hatte.

»Na, nun komm. Die anderen warten.«

»Die werden ganz schön sauer auf mich sein.«

»Nicht, wenn sie deine nasse Hose sehen. Du bist gestraft genug.«

Er reichte mir die Hand, zog mich hoch, geriet aber an dem steilen Hang ins Rutschen und schlitterte einen Meter weiter nach unten, wo er auf allen Vieren seinen Halt wiederfand.

»Tut mir so leid, Orestes.« Ich musste dennoch lachen. »Ich werd's wieder gut machen.«

»Dann hat es sich ja gelohnt.« Er stütze sich ab, um aufzustehen, als ihm etwas unter die Finger kam. »Was ist das hier? Scheiße nochmal. Das kann doch nicht wahr sein.«

»Hast du dir wehgetan?«, fragte ich beunruhigt.

»Nein. Aber hier liegt was Merkwürdiges. Was Abstoßendes. Vielleicht siehst du's dir lieber nicht an.« Er rieb seine Hand an der Jeans ab und verzog sein Gesicht vor Ekel.

Wenn man dazu aufgefordert wird wegzuschauen, spürt man den unwiderstehlichen Drang, einen Blick zu riskieren. Vorsichtig stieg ich zu Orestes nach unten und beugte mich über seinen Fund. Er hatte die Blätter zur Seite geschoben, damit die Sicht frei war. Trotzdem konnte ich nicht erkennen, worum es sich handelte.

»Oh Gott, was ist das? Etwas von einem Tier?«

»Hm. Wohl eher nicht.« Er schüttelte nachdenklich den Kopf.

»Du glaubst, es ist von einem Menschen?«

»Reg dich nicht auf. Vielleicht gibt es eine harmlose Erklärung.«

»Sag schon, was los ist. Ich bin nicht aus Zucker.«

»Naja. Für mich sieht es aus wie der Teil einer Hand.«

Mir blieb die Spucke weg. Ich versuchte unter dem grüngrauen madendurchzogenen Brei die Struktur von Knochen zu erkennen. Tatsächlich gab es zwei helle, längliche Stiele, die der Form von Fingern entsprachen. »Vielleicht hast du recht. Aber was ist aus dem Rest der Hand geworden? Meinst du, sie wurde mit einer Axt zerlegt?« Mein Herz hatte zu hämmern begonnen. War es möglich, dass der Tierschänder jetzt Menschen zerstückelte?

»Nein. Ich denke, das ist eher unwahrscheinlich. So sieht es nicht aus.«

»Woher willst du das wissen?«

»Okay. Es ist nur eine Vermutung, aber wenn du es dir genau ansiehst, wirst du feststellen, dass es keine geraden Schnitte gibt. Und die Umgebung hier bringt mich zu einem anderen Schluss.«

»Und der wäre?«

»Tut mir leid, Rae. Ich will dich nicht schockieren, du bist schon blass genug.«

»Spuck's endlich aus. Ich werd schon nicht durchdrehen, versprochen.«

»Na gut. Ich denke, es waren Tiere, die sich über die Hand hergemacht haben. Aasfresser wie Vögel und Kojoten. Deshalb fehlen drei Finger … und der Rest.« Seine Stimme brach ab.

»Was für einen Rest meinst du?«, fragte ich begriffsstutzig.

Er seufzte. »Glaubst du, jemand hat seine Hand im Wald verloren und ist dann einfach nach Hause spaziert?«

»Oh shit.« Ich sah ihn ungläubig an. »Aber wo ist dann … der Rest?«

»Vielleicht ganz in der Nähe, vielleicht meilenweit entfernt. Das hängt davon ab, wie weit die Tiere die Hand bewegt haben.«

»Was könnte denn passiert sein?«, fragte ich fassungslos. »Haben die Tiere den armen Kerl getötet oder ist er verunglückt?«

»Tiere waren es bestimmt nicht. Das habe ich in dieser Gegend noch nie gehört. Keine Ahnung, was geschehen ist, aber ich kann mir kaum vorstellen, dass es hier einsame Wanderer gibt.« Er zog mich an meinem Arm hoch. »Lass uns gehen, Rae.«

Ich begriff noch immer nicht, was dieser Fund bedeutete. »Willst du jetzt einfach weiterfahren?«

»Nein. Unsere Fahrt nach Elgin ist gestorben. Wir müssen die Polizei rufen. Am besten warten wir im Wagen und führen sie dann zur Fundstelle.«

Wir stiegen schweigend den Abhang hinauf und erreichten nach einigen Minuten die Landstraße. Lee und Noah warfen uns besorgte Blicke zu, als könnten sie bereits an unseren Gesichtern ablesen, was sich ereignet hatte.

Der Plan hatte sich geändert. Es war nicht mehr nötig, nach Elgin zu fahren, um sich zu gruseln.

21

In den nächsten Tagen gab es kein anderes Gesprächsthema als den grausigen Fund im Wald. Kein Wunder. Wenn vier Teenager beteiligt waren und einer von ihnen Orestes hieß, musste die Sache in Windeseile die Runde machen. Vielleicht tat ich ihm auch Unrecht. Lee und Noah konnten ebenfalls geredet haben. Sie waren nur allzu eifrig den Hang hinuntergelaufen, nachdem wir ihnen von der verwesten Hand berichtet hatten. Neugier war schließlich kein Verbrechen, genau wie das Bedürfnis, etwas so Aufregendes weiterzuerzählen. Zum Glück stellte niemand die Frage, weshalb wir uns überhaupt im Wald befunden hatten. Der Unfall wurde als Panne deklariert, der Streifzug über den Abhang als Jux. Es handelte sich um Nebensächlichkeiten. Wichtig waren die Spekulationen über die Leiche. Wo mochte sie sich befinden, und um wen handelte es sich wohl? Die Polizei durchsuchte das Gebiet, ohne jedoch fündig zu werden. Dann, nach etlichen Tagen, wurde ein Gerücht in Umlauf gebracht. Angeblich war ein weiterer Körperteil entdeckt worden. Worum es sich handelte blieb nebulös. Manche glaubten, es wäre ein Fuß, andere verbreiteten, es handele sich um den Kopf. Irgendwo hörte ich sogar, das Herz wäre gefunden worden. Nichts wurde offiziell bestätigt. Die Untersuchung schien ins Stocken geraten zu sein.

Inzwischen waren makabre Scherze an der Tagesordnung. Ein Untoter begann seine Gliedmaßen zu verlieren, ein Axtmörder lauerte an dunklen Straßenecken, ein Verrückter hatte versucht sich selbst zu verstümmeln – so oder ähnlich lauteten die Anekdoten, welche man nicht müde wurde zu erzählen. Selbst mir erschien es mit der Zeit immer weniger wahrscheinlich, dass tatsächlich jemand in diesem Wald gestorben war, obwohl ich die Hand mit eigenen Augen gesehen hatte. Konnte nicht, wie einige behaupteten, ein geisteskranker Totengräber Leichenteile von einem Friedhof entwendet haben, um Spaziergänger zu schockieren? Selbst Faye, die Freundin des Deputys, hatte keine Erklärung. Die Untersuchungen des Pathologen dauerten an. Niemand wusste etwas Genaues.

Ich verließ gerade das Diner, als Orestes auf den Parkplatz einbog und mir durch das offene Fenster seines Wagens zuwinkte. »Hey, warte einen Moment. Ich wollte zu dir.«

Er stieg aus und lehnte seinen Oberarm lässig an das Autodach. In seinem olivgrünen Shirt und den vom Fahrtwind zerzausten Haaren gefiel er mir unglaublich gut. Ich machte ein paar Schritte auf ihn zu und musste gegen meinen Willen lächeln.

»Was gibt's Neues? Du siehst aus, als würdest du gleich mit etwas herausplatzen.«

»Du kennst mich besser, als mir lieb ist.« Er schmunzelte. »Ich wollte dich vorwarnen. Sie sind fündig geworden.«

»Im Ernst? Sie haben die Leiche? Wer ist es?«

»Das steht noch nicht fest. Offenbar hat sie schon eine Weile dort gelegen, naja, du weißt, die Verwesung macht es nicht leicht, den Toten zu identifizieren.«

»Ist es ein Mann?«

»Ja. Soviel ist sicher. Genaueres wird die Obduktion zeigen.« Orestes griente ausgiebig. »Das sind keine Gerüchte, Rae. Mein Bruder hat noch immer Freunde im Büro des Sheriffs. Der Tote hatte leider keine Papiere bei sich, weshalb die Sache schwierig werden kann. Sie gehen die Vermisstenanzeigen durch, aber bisher gibt es noch keinen Treffer.«

»Glaubst du, er stammte aus dieser Gegend?«

»Wohl eher nicht. Es sei denn, er wäre eine Art Einsiedler, bei dem niemand bemerkt, wenn er verschwindet.«

Ich saugte die Informationen gierig auf. Da wir den Toten zusammen gefunden hatten, wollte ich alles darüber wissen. »Haben sie schon eine Ahnung, wann das ungefähr passiert ist?«

»Nein. Es ist kompliziert. Er hat im Freien gelegen, vielleicht über Wochen oder Monate, sogar Jahre wären denkbar.«

»Jahre? Ich dachte, dann wäre er vollkommen verwest. Man konnte doch noch so etwas wie Haut erkennen.«

»Viele Faktoren spielen dabei eine Rolle. Luftfeuchtigkeit und Temperatur zum Beispiel. Es gibt Wachsleichen, die selbst nach Jahren noch gut erhalten sind, wenn der Boden sehr lehmig ist.«

»Wow. Du hast dich anscheinend schon umfassend auf deinen

zukünftigen Beruf vorbereitet.«

»Leo hat mir immer die spannenden Sachen erzählt. Ich bin quasi damit aufgewachsen. Was glaubst du, warum ich Detective werden will.«

»Findest du es nicht unheimlich? Der Mann wurde vielleicht ermordet.«

»Klar. Aber irgendjemand muss sich um solche Fälle kümmern. Außerdem steht noch gar nicht fest, woran er gestorben ist. Vielleicht war es ein Herzinfarkt oder ein Unfall. Leo hat mal in einem Fall ermittelt, wo sich ein Angler das Bein gebrochen hatte. Es war im Winter, und es gab keinen Handy-Empfang. Der Mann kam einfach nicht mehr weg, wurde erst Wochen später gefunden. Erfroren bei dem Versuch, zur Straße zu kriechen. Vielleicht war es bei unserem Toten ähnlich.

»Also haben sie keine Schussverletzung entdeckt?«

»Nein. Das wäre leicht festzustellen gewesen. Im Augenblick geht niemand von einem Gewaltverbrechen aus. Der Tote ist nicht verscharrt worden, und es gab keine Spuren am Tatort, die auf die Anwesenheit einer weiteren Person hindeuten würden.«

»Und er hatte überhaupt nichts bei sich?«

»Doch. Es wurde ein Rucksack mit ein paar Habseligkeiten sichergestellt, allerdings nichts, was Aufschluss über seine Identität gibt. Sie arbeiten mit Hochdruck an dem Fall. Bishop braucht endlich mal ein Erfolgserlebnis.«

»Ich hoffe, sie finden bald heraus, um wen es sich handelt. Ich finde es traurig, dass er schon so lange dort gelegen hat, ohne dass er vermisst wurde.«

»Ich denke, er wird nicht aus der Gegend stammen, sonst hätte man ihn schon identifiziert.«

Das klang nach einem vernünftigen Einwand. Vielleicht würden wir nie erfahren, wer der Tote war. »Wie ist er nur in diese Einsamkeit gekommen? Sie haben doch kein verlassenes Fahrzeug gefunden oder doch?«

»Nein. Bisher nicht. Er könnte getrampt sein oder er war zu Fuß unterwegs.«

»Glaubst du, jemand könnte ihn dort abgeladen haben – ich meine, um seine Leiche loszuwerden?«

»Das wäre mal eine spannende Geschichte. Zwar gibt es im Augenblick nichts, was darauf hindeutet, aber wenn man bedenkt, wie viel Zeit bereits vergangen ist, könnte ich mir vorstellen, dass Spuren schwer zu finden sind. Inzwischen hat es vielleicht unzählige Male geregnet und geschneit. Dann bleibt nicht mehr viel zu analysieren übrig.«

»Hat der Sheriff denn Zugang zu den neusten Technologien?«

»Auf jeden Fall hält er sich für den Größten, das steht mal fest. Angeblich hat er einen Spezialisten angefordert, aber wahrscheinlich ist es nur irgendein Depp, den er von früher kennt. Bin schon gespannt, was dabei rauskommt.«

Orestes hob den Kopf, als ein blauer SUV auf den Parkplatz fuhr, und begann breit zu Grinsen. »Ist das nicht Corinne Montgomery? Habe sie lange nicht gesehen.«

Tatsächlich stieg Harpers Mutter aus dem Wagen und kam, begleitet von Cameron Mitchel, zu uns herüber.

»Hallo Rachel, wie schön dich zu sehen.« Sie nickte Orestes zu, der sein strahlendstes Lächeln aufgesetzt hatte. »Ich wollte dich schon längst einmal sprechen. Geht es dir gut?«

»Ja. Vielen Dank. Und Ihnen?«

»Auch. So einigermaßen. Das Leben muss weitergehen. Ich versuche zurechtzukommen. Ich würde mich freuen, wenn du in den nächsten Wochen einmal bei mir vorbeischauen könntest. Ich möchte dir etwas geben.«

Ich sah sie überrascht an.

»Es ist so: Nach langem Überlegen habe ich mich entschlossen, Larkville den Rücken zu kehren. Es gibt hier zu viele Erinnerungen, insbesondere im Haus …« Sie schluckte und senkte den Blick. »Ich werde das Haus verkaufen. Ich glaube, so ist es am besten. Ich muss von vorn anfangen. Aber nicht hier. Im September ziehe ich um. Insofern ist es die letzte Gelegenheit sich zu verabschieden. Ich würde mich freuen.«

»Ich komme auf jeden Fall. Vielen Dank für die Einladung«, sagte ich mit dünner Stimme und schaute zu Boden. Immer, wenn ich Harpers Mutter traf, wurde mir schwer ums Herz. Während ich einen Kloß im Hals verspürte, sah Orestes Mrs. Montgomery amüsiert hinterher. Sein offensichtliches Interesse regte mich auf.

»Du kannst den Mund wieder zuklappen, sonst fliegt dir noch eine Mücke rein.«

»Ach, komm schon. Ist doch nicht verboten zu gucken.«

»Starren trifft es besser.«

»Sie war eben die Heldin meiner frühpubertären Fantasien.«

»Du bist ekelhaft. Sie ist eine trauernde Mum.«

»Ja, ja. Schon gut. Ich finde sie immer noch heiß. Wie alt mag sie inzwischen sein?«

»Keine Ahnung. Wahrscheinlich über vierzig.«

»Wirklich? Das sieht man ihr nicht an. Die schöne Corinne. Was will sie nur mit diesem Typen?«

»Offenbar steht die schöne Corinne auf erwachsene Männer und nicht auf geifernde Schuljungen. Und übrigens heißt sie gar nicht Corinne.«

»Jetzt zerstör nicht meine Träume.« Er spitzte die Lippen zu einem Schmollmund und sah mich mit schelmischen Augen an.

»Doch wirklich. Eigentlich heißt sie Nora. Corinne ist nur ihr zweiter Vorname.«

»Und wenn schon. Für mich bleibt sie Corinne, die Göttin.«

Ich prustete los und legte meine Hand auf seine Stirn. »Hast du Fieber? Ich glaube, dir ist irgendwas zu Kopf gestiegen.«

Ruckartig legte er den Arm um mich und zog mich nah an seinen Körper. »Ganz genau. Und ich brauch dringend meine Medizin.« Er strich mit der Hand über mein Haar, zog das Gummiband aus meinem Zopf, fuhr mit den Fingern durch die Strähnen und vergrub sein Gesicht darin. Ein Schauer lief mir den Rücken hinunter. Ich legte meine Arme um seinen Hals und schloss die Augen. Wie gut es sich anfühlte. Ich vergaß einen Moment, wo ich mich befand. Dann schlichen sich die ersten Zweifel ein. Wohin sollte das führen? Er würde schnell das Interesse an mir verlieren. Sobald er mich gewonnen hatte, jagte er dem nächsten Mädchen hinterher. Und falls er mir treu bliebe, käme irgendetwas Schreckliches dazwischen. So oder so würde ich ihn verlieren. Ich löste meine Arme und schob ihn weg. Allein ging es mir besser.

»Hey. Wir wollten Freunde sein.«

»Du wolltest das.« Er sah gekränkt aus.

»Sei nicht böse. Mein Leben ist schon kompliziert genug.«

»Und ich wäre nur eine weitere Komplikation?«

»So hab ich das nicht gemeint. Es ist nicht der richtige Zeitpunkt. Du bist fast mit der Schule fertig, gehst neue Dinge an – wir sehen uns dann nicht mehr oft. Ich will nichts anfangen, was gleich wieder enden wird.«

»Sehr vernünftig, Rae. Du hattest ja immer eine Ausrede. Sag doch einfach, was du wirklich denkst: Du willst mich nicht.«

»Du weißt, dass das nicht stimmt. Ich glaube nur, ich passe nicht zu dir. Vielleicht passe ich zu niemandem.«

»Das redest du dir nur ein. Wovor hast du Angst? Bald bin ich weg, dann wirst du begreifen, was dir entgangen ist.« Er bemühte sich mir zuzuzwinkern, aber es gelang ihm nicht gut.

»Ich hoffe, du meldest dich mal bei mir.«

»Wer weiß. Vielleicht bin ich zu beschäftigt …« Er nickte mir zu und ging ohne ein Lächeln zurück zu seinem Wagen.

Als er am Ende der Straße verschwunden war, fühlte ich mich einsam. Ich begann bereits ihn zu vermissen.

»Was ist nur aus dieser Gegend geworden? Man ist seines Lebens nicht mehr sicher.«

Mrs. Barton lehnte sich in den Sessel zurück und rieb ihre müden Augen. Ich hatte ihr alles über den Leichenfund erzählt, damit sie auf dem Laufenden war. Die Zeitung zu lesen, fiel ihr zunehmend schwer. Obwohl ihre Brillengläser dick wie Lupen waren, konnte sie die kleine Schrift nur mit Mühe entziffern.

»Und der Sheriff hat mal wieder keine Ahnung. Wen wundert's«, folgerte sie schlecht gelaunt aus meiner Erzählung.

»Bis jetzt noch nicht. Aber wenn der Bericht des Leichenbeschauers vorliegt, gibt es wohl erste Erkenntnisse«, wagte ich vorsichtig einzuwerfen.

»Darauf würde ich nicht wetten. Jetzt ist schon fast ein Jahr vergangen und der Mörder von Frank und Eileen läuft noch immer frei herum.«

»Ja, leider. Allerdings gibt es eine neue Entwicklung.«

»Ach ja? Und was soll das sein?«

Ich war unsicher, ob ich ihr in Bezug auf Sean reinen Wein einschenken durfte. Sie würde diese Neuigkeit bestimmt nicht gut aufnehmen. Andererseits ging mir die Sache unaufhörlich im Kopf herum. »Ich weiß nicht, ob es stimmt, aber ich hab gehört, dass der Sheriff einen neuen Hauptverdächtigen hat. Es ist Sean.«

»Sean? Hat er jetzt den Verstand verloren? Demnächst glaubt er noch, ich wäre es gewesen.«

»Angeblich gab es einen Streit. Sean wollte sich Geld von seinen Eltern leihen, um die Autowerkstatt übernehmen zu können.«

»Und weil sie es ihm nicht geben wollten, hat er sie im Schlaf ermordet. Was Dümmeres habe ich noch nicht gehört. Sean ist ein feiner Kerl. Er besitzt Anstand. Nicht so wie Tyler, der nur Unfug im Kopf hat. Wer behauptet denn sowas?«

»Angeblich Faye. Eileens Kollegin im Diner.«

»Dann hat sie wohl etwas vollkommen falsch verstanden. Das ist doch alles Mumpitz. Glaub solchen Gerüchten nicht, Rae!«

Es tat gut ihre Empörung zu sehen. Genau wie sie, wollte ich Sean nicht verdächtigen. Doch ein kleiner, nagender Zweifel blieb.

Fletcher sah mich mit großen Augen an, legte seinen Kopf in meinen Schoß und ließ sich genussvoll von mir streicheln.

»Ja, unser Blacky macht mir auch ein wenig Sorge«, sagte Mrs. Barton überraschend sanft. »Er frisst nicht mehr so gut. Der Tierarzt meint, wir sollten ein neues Futter ausprobieren. Könntest du dieser Tage mal rüber zum Walmart fahren? Aber kauf nur eine kleine Menge. Wer weiß, ob er es wirklich mag.«

»Wie alt ist Fletcher jetzt eigentlich?« Die Vorstellung, dass er eines Tages nicht mehr da sein würde, stimmte mich traurig. Mit ihm verbanden sich so viele Erinnerungen. Es schien mir, als wäre er mein Leben lang an meiner Seite gewesen.

»Er ist jetzt schon über zwölf Jahre bei mir. Ein betagter Herr sozusagen. Ich weiß noch, wie winzig er war, als ich ihn bekam. Ein kleines schwarzes Wollknäuel, das immer auf meinem Schoß liegen wollte. Wie ein richtiges Baby. Er war der Kleinste in seinem Wurf, und nun schau dir an, was für ein Prachtkerl aus ihm geworden ist.«

»Als Kind hatte ich solche Angst vor ihm. Ich hätte niemals geglaubt, dass er mein bester Freund werden könnte.«

»Den Tag werde ich bestimmt nicht vergessen. Ich sehe dich noch vor mir, als wäre es gestern gewesen. Du wagtest in seiner Gegenwart kaum zu atmen. Aber du hast deine Sache gut gemacht, hast dich durchgebissen. Tatsächlich bist du eine Kämpferin, das konnte ich damals schon erkennen.«

So viel Lob machte mich verlegen. Ich stand hastig auf und trug das Geschirr in die Küche. War ich wirklich eine Kämpferin? Es kam mir so vor, als würde ich ständig scheitern.

»Gehst du eigentlich zum Abschlussball? Wenn du etwas zum Anziehen brauchst, könnte ich unsere Nachbarin fragen. Ihre Tochter hat viele Sachen zuhause gelassen.«

»Nein. Ich wüsste nicht, was ich dort sollte. Vielleicht nächstes Jahr, wenn ich selbst meinen Abschluss mache.«

»Hm. Ich dachte, es hätte dich vielleicht jemand gefragt. Schließlich bist du im richtigen Alter und wer Augen im Kopf hat, muss doch auf diese Idee kommen.« Mrs. Barton schnaufte verächtlich. »Versteh einer die jungen Männer von heute.«

Ich wusste nicht, was ich sagen sollte, also entschied ich mich zur Flucht nach vorn. »Das Wetter ist heute so schön. Ich fahre gleich mal rüber zum Walmart und besorge das Futter.«

Auf dem Fahrrad ging mir unser Gespräch noch eine Weile im Kopf herum. Wäre ich gern zum Abschlussball des Graduierten-Jahrgangs eingeladen worden? Ich versuchte es mir vorzustellen: die herausgeputzten Schüler, Mädchen mit Blumen am Handgelenk, Kleider bis zum Boden, Make-Up und hochgesteckte Haare, Fotoshootings, wohin man schaute. Nein. Das wäre nichts für mich gewesen. Ich war froh, dass sich niemand für mich entschieden hatte. Im vergangenen Jahr hatte ich Orestes eine Absage erteilt, insofern war es kein Wunder, dass er sich dieses Mal zurückhielt. Vielleicht hatte ihn meine spröde Art abgeschreckt. Wer holte sich schon gerne Abfuhren? Ich wusste einfach nicht, wie ich mich ihm gegenüber verhalten sollte. Etwas zog mich zu ihm hin, etwas hielt mich zurück. *Super, Rae. Das Problem ist bald gelöst, dann siehst du ihn überhaupt nicht mehr.*

Ich trat mächtig in die Pedale und fuhr in vollem Tempo auf den Supermarktparkplatz, sodass ich fast mit einem Kleinbus kollidiert wäre. Die Fahrerin fluchte, kurbelte das Fenster herunter und rief mir ein paar Beleidigungen hinterher, die ich im Lärm des vollbesetzten Parkplatzes kaum verstand. Ich war in meinem Leben nicht sehr oft hier gewesen. Es gefiel mir hier nicht. Zu viele Menschen, zu viele Gänge, zu viel Auswahl. Ich schob meinen quietschenden Einkaufswagen vor mir her und starrte auf die Hinweistafeln. Endlich fand ich die Abteilung für Futter und Haustierzubehör, packte einen gewissen Vorrat in meinen Wagen, nahm noch ein besonders teures und vielversprechend aussehendes Gourmet-Futter mit, sowie ein paar Leckerli und einen neongrünen Ball. Es machte mir Spaß, Blacky zu verwöhnen. Wer konnte schon sagen, wie viel Zeit ihm noch blieb?

Die Schlangen an den Kassen waren lang. Ich reihte mich bei der vermeintlich kürzesten ein, musste jedoch feststellen, dass der Kassierer im Schneckentempo arbeitete. Entnervt wechselte ich die Reihe und stieß beinahe mit einem Wagen zusammen, der ebenfalls hektisch ausgeschert war. Es war Caleb. Für einen Moment starrten wir uns verblüfft an.

»Nach dir, Prinzessin. Du hast bestimmt noch was Wichtiges vor.«

Seine Ironie versetzte mich augenblicklich in Kampfstimmung. »Warum so freundlich? Bist du heute mit dem falschen Fuß aufgestanden?«

»War ich nicht immer zuvorkommend, wenn wir uns begegnet sind?«

»Nicht, dass ich wüsste. Eher im Gegenteil.«

»Nun. Es schmerzt, dass du das so siehst. Wo wir doch so viel gemeinsam haben.«

»Da fällt mir rein gar nichts ein oder meinst du damit, dass du jetzt das Geld besitzt, dass vorher mir gehört hat?«

»Wozu brauchst du schon Geld? Du lebst in einem großen Haus, trägst teure Partykleider, hast einen Wagen voller … ja was kaufst du eigentlich ein? Nichts anderes als Hundefutter?« Er griff in meinen Wagen und zog eine Dose hervor. »Gourmet-Happen für die besondere Mahlzeit? Bist du noch ganz dicht, Adrian?«

»Was geht dich das an. Ist doch meine Sache, wofür ich mein Geld ausgebe.«

»Du meinst, wofür du es aus dem Fenster schmeißt. Als wenn dieser räudige Köter Gourmet-Happen bräuchte. Das ist doch krank. Mit dem Geld kann man eine ganze Familie satt machen.«

»Er ist alt geworden und frisst nicht mehr gut«, versuchte ich mich zu rechtfertigen.

»Dann lass ihn halt einschläfern. Der ist eh unnütz.«

»Schon klar. Tiere sind dir ja immer ein Gräuel gewesen. Ich kann mich noch gut erinnern, wie du sie aufgeschlitzt hast, unten am Creek.«

»Ist ein Hobby von mir. Bevor ich Geld für Futter ausgebe, verkaufe ich lieber ihr Fell. Nur schade, dass dein Hund so verlaust und abgerissen aussieht. Mit ihm kann man wirklich nichts mehr anfangen.«

»Halt dich bloß von ihm fern. Und von mir. Du hast kein Recht mich zu verurteilen. Was kaufst du denn Wichtiges? Ein paar Turnschuhe mit blinkenden Sohlen und drei Rollen extra starkes Klebeband? Machst du die Welt damit besser? Nein, natürlich nicht. Weil du dich für deine Mitmenschen kein bisschen interessierst. Deshalb war es dir auch gleich, ob Nate verletzt wurde. Dir sind einfach alle gleich. Du bist roh und ekelhaft.«

»Hör auf zu predigen. Das kannst du dir sparen. Glaubst du, mich interessiert deine Meinung? Die Meinung einer Verrückten, die Unsummen für einen halbtoten Kläffer ausgibt? Vergiss es!«

Er sah mich mit kalten Augen an. Früher hatte ich Wut und Verachtung an ihm bemerkt, seine Gleichgültigkeit war jedoch schlimmer. Nichts schien ihm irgendetwas zu bedeuten.

»Los! Schieb weiter, Adrian! Du bist gleich an der Reihe.«

Ich kehrte ihm den Rücken zu und legte meine Einkäufe auf das Band, wobei meine Finger unmerklich zitterten. Alle Brücken zu Caleb waren abgerissen. Ich konnte ihn nicht mehr um Rat fragen oder ihm von Harpers zweitem Tagebuch erzählen. Vielleicht hasste er mich inzwischen. Nein. So war das nicht. Ich war ihm so wichtig wie das Schwarze unter seinem Nagel. Ich existierte nicht für ihn.

Nachdem ich bezahlt hatte, ging ich ohne Gruß davon. Aus den Augenwinkeln sah ich ihn am Ende des Kassenganges stehen. Sein Gesicht war vollkommen ausdruckslos. Er hatte unser Gespräch längst vergessen.

Zwanzig Minuten später bog ich in die Elder Street ein und hielt einen Moment am Haus der Bakers. Die Ruine hatte sich verändert. Überall wucherte Unkraut und die Fassade begann zu vermoosen, was die Schwärze des Brandes ein wenig milderte. Wie lange würde das Haus noch wie ein Mahnmal die Gegend dominieren? Ein Jahr war nun vergangen. Es war an der Zeit, die Wunde zu schließen, doch solange der Täter nicht gefasst wurde, konnte niemand das Haus sanieren oder abreißen. Ich fuhr langsam weiter, bis ich bei Mrs. Barton ankam. Ein Wagen parkte direkt vor der Tür. Es war ein weißer Ford mit Blaulicht auf dem Dach und großem gelben Schriftzug – *Sheriff* stand dort gut lesbar quer über die Seite geschrieben. Eine Sekunde lang überlegte ich weiterzufahren. Ich verspürte absolut kein Bedürfnis schon wieder verhört zu werden. Trotzdem hielt ich an. Es war unfair, Mrs. Barton mit allem allein zu lassen. Ich schleppte meine Einkäufe ins Haus und tat, als wäre mir nichts aufgefallen.

»Ich bin zurück. Soll ich das Futter erstmal im Keller lagern?«

»Lass es am Eingang stehen. Wir haben Besuch. Komm rüber und setz dich einen Moment.«

Mit zusammengepressten Lippen ging ich ins Wohnzimmer, wo Mrs. Barton noch immer in ihrem Sessel saß, ihr gegenüber der Deputy Sheriff Steve Hanson, den ich aus dem Diner kannte.

»Hallo Rachel.« Er lächelte freundlich. »Wie geht es dir?«

»Ganz gut.« Meine Stimme klang unsicher. Ich setzte mich auf das Sofa und sah ihn fragend an. »Gibt es etwas Neues?«

»Ja. Vielleicht. Ich weiß nicht, ob du davon gehört hast, aber wir haben inzwischen den Leichnam gefunden. Er muss eine ganze Weile da draußen gelegen haben, sodass es schwierig wird, ihn zu identifizieren. Ein Rucksack lag in der Nähe. Auch er ist in keinem guten Zustand, aber wir haben ein paar Dinge sichergestellt. Vor allem eine Sache ist uns aufgefallen, eine Brosche. Ich habe Mrs. Barton bereits ein Foto gezeigt. Vielleicht könntest du auch einen Blick darauf werfen.«

Er öffnete die Akte, die vor ihm auf dem Tisch lag, und reichte mir das Bild. Obwohl ich sofort wusste, worum es sich handelte, verstand ich den Zusammenhang nicht.

»Die sieht aus wie Eileens Kamee. Ist sie das?«

Er tauschte einen kurzen Blick mit Mrs. Barton, ehe er antwortete. »Das ist eine Möglichkeit. Faye habe ich das Foto ebenfalls gezeigt. Sie hat mich auf die Idee gebracht, euch danach zu fragen.

Soweit ich es verstanden habe, hat Eileen eine Brosche besessen, die dieser sehr ähnelte.«

»Ich dachte, die Kamee wäre im Feuer zerstört worden«, wagte ich anzumerken.

»Ja. Das ist natürlich möglich, aber vielleicht wurde sie entwendet. Kurz vor oder nach dem Brand. Weißt du, wo sie aufbewahrt wurde?«

»In einer kleinen silbernen Schatulle, die immer auf der Kommode neben ihrem Bett stand. Ich habe sie nach dem Brand in der Küche zwischen all dem Schutt gefunden. Sie war leer.«

»Hat Eileen mal erwähnt, dass sie die Kamee vermisste oder dass sie sie vielleicht verschenkt hat?«

»Nein. Mir gegenüber nicht.«

»Wann hast du die Brosche zuletzt gesehen?«

»Ich glaube, das war an Weihnachten. An unserem letzten Weihnachten.« Ich musste schlucken.

»Also ungefähr ein halbes Jahr vor dem Brand?«

»Ja. Sie trug sie nur selten. Es war ein Erbstück von ihrer Tante. Ich kann mir nicht vorstellen, dass sie sie weggegeben hat.«

»Nun. Wenn dem so ist, muss sie von jemandem entwendet worden sein, vielleicht vom Brandstifter selbst. Doch warum hat er die Kamee gestohlen? Sicher hatte sie einen Wert, aber der war hauptsächlich ideell. Für Eileens Kinder hätte sie dagegen eine Bedeutung gehabt. Nun stellt sich die Frage, weshalb sie bei einem unbekannten Toten im Wald gefunden wurde. Bedauerlicherweise konnten wir keine brauchbaren Fingerabdrücke sicherstellen, weder an der Kamee noch an der Leiche. Die Hände waren in keinem guten Zustand mehr.« Steve sah verlegen von Mrs. Barton zu mir und räusperte sich. »Ich wollte sie nicht schockieren.«

»Papperlapapp. Für wie einfältig halten Sie uns.« Mrs. Barton schüttelte missbilligend den Kopf. »Wenn ein Toter monatelang im Wald liegt, bleibt nicht viel von ihm übrig, das können wir uns selbst zusammenreimen. Also, was wissen Sie über den Kerl?«

»Nun. Leider nicht allzu viel. Die Todesursache konnte nicht zweifelsfrei geklärt werden. Er starb an einer schweren Kopfverletzung, wahrscheinlich infolge eines Sturzes aus großer Höhe. Das Gelände ist an dieser Stelle steil und felsig. Er hat sich vermutlich oberhalb des Abhanges aufgehalten und dann das Gleichgewicht verloren. Wie sich die Sache genau zugetragen hat, wird schwer zu rekonstruieren sein.«

»Und Sie können nichts über sein Äußeres sagen?«, fragte Mrs. Barton ungeduldig. »Gibt es nicht wenigstens so ein Bild – wie heißt das noch gleich – naja, eine Art Rekonstruktion?«

»Sie meinen ein Phantombild? Nein. Bisher nicht. Aber der Sheriff will sich um einen Spezialisten bemühen. Jemand, der anhand der Knochenstruktur Rückschlüsse auf das Äußere ziehen kann. Wir wissen nur, dass es sich um einen jungen, weißen Mann gehandelt hat, mit eher schlanker Statur und dunklen Haaren.«

»Welche Augenfarbe hatte er?« Ein unangenehmes Gefühl machte sich plötzlich in mir breit. Ich wusste nicht einmal, woher es rührte.

»Im Bericht des Pathologen ist vermerkt, dass der Tote grüne Augen hatte. Vielleicht ist das ein Ansatzpunkt, da diese Farbe selten ist. Rachel, ist alles okay?«

Ich ließ mich in die Lehne des Sofas zurückfallen und starrte den Deputy ungläubig an.

»Was ist mit dir, Kind?« Mrs. Barton warf mir einen beunruhigten Blick zu.

»Ich weiß nicht. Ich habe so ein komisches Gefühl. Ein junger Mann mit dunklen Haaren und grünen Augen – könnte es nicht Billy sein?«

»Du meinst Billy Kovac? Hatte er grüne Augen?«

Ich nickte stumm.

»Nun gut. Er wurde vor einigen Monaten in der Elder Street gesehen. Sheriff Bishop fahndet seit geraumer Zeit nach ihm. Er ist in der Tat wie vom Erdboden verschluckt.«

»Aber er kann es nicht sein. Er fällt nicht einfach einen Abhang hinunter. Er ist zu schlau.« Die Worte überschlugen sich förmlich, ich konnte kaum noch ruhig sitzen.

»Jedem geschieht mal ein Missgeschick. Soweit ich weiß, hatte er keinen festen Wohnsitz, zog von einer Stadt zur nächsten. Das erklärt auch, warum er sich in einsamen Gegenden herumtrieb. Außerdem kannte er euer Haus, wusste vielleicht, dass es diese Brosche gab. Das würde Sinn ergeben.«

»Nein. Das macht überhaupt keinen Sinn. Billy wäre das niemals passiert.« Ich wurde wütend auf den Sheriff, auf Mrs. Barton und die ganze Welt. Billy durfte nicht dieser Tote sein, der ohne Würde im Wald von wilden Tieren gefressen worden war.

»Womöglich zog es ihn an den Ort des Verbrechens zurück. Er wollte sich ein kleines Andenken holen, stahl die Kamee und machte sich davon. Nur leider ist irgendwas schiefgelaufen.«

»Billy hat den Brand nicht gelegt. Das ist eine Lüge. Er hätte das niemals getan.« Ich hörte selbst, wie verzweifelt ich klang.

Deputy Hanson legte seine Stirn in Falten. »Woher nimmst du diese Gewissheit? Er wird in Ohio gesucht, hat sich dort vermutlich an einem Einbruch beteiligt und später ein Feuer gelegt. Er passt perfekt in unser Täterprofil.«

»Er hatte keinen Grund, Frank und Eileen zu töten. Weshalb sollte er ihr Haus anzünden?«

»Wahrscheinlich war er verrückt, was weiß ich.«

Der Deputy sprach bereits in der Vergangenheitsform von Billy. Er machte mich rasend.

»Es könnte auch eine andere Erklärung geben. Vielleicht ist das gar nicht Eileens Kamee. Es gibt viele davon. Oder Eileen hat sie schon vor dem Brand verloren …« Ich brach mitten in meiner glühenden Verteidigungsrede ab, als ich die besorgten Blicke von Mrs. Barton und Deputy Hanson registrierte. Zu allem Übel stiegen mir die Tränen in die Augen.

Billy war tot. Er hatte monatelang allein im Wald gelegen. Niemand hatte ihn vermisst. Er würde nicht mehr zurückkehren, würde mich nicht retten. Er hatte kein Glück im Leben gehabt, war niemals behütet worden, und jetzt war alles zu Ende. Er war abgestürzt.

Hatte Billy stundenlang versucht zur Straße zurückzukriechen, wie der einsame Angler, von dem mir Orestes erzählt hatte? Es zerriss mir das Herz. Nur ein einziges Mal hatte ich mit Billy gesprochen. Er war kein Mörder – darauf hätte ich geschworen. Aber jetzt machten sie ihn dazu. Es war so einfach alles einem Toten aufzubürden, der sich nicht mehr wehren konnte.

»Billy hat vielleicht die Kamee gestohlen, aber er hat das Feuer nicht gelegt. Er kam nur nach Larkville, weil er von dem Brand gehört hatte. Er hatte sogar ein Alibi. Und die Streichholzmäppchen hat ein anderer geschickt.«

Steve Hanson hob die Augenbrauen. »Ach ja? Und wer war das deiner Meinung nach?«

Ich wischte mir hastig die Tränen ab und suchte nach einer Antwort. Warum hatte ich nicht einfach die Klappe gehalten, wie es sich für ein unscheinbares Mädchen geziemte? »Das möchte ich nicht sagen.« Etwas Besseres war mir nicht eingefallen.

»Rachel. Du musst dem Deputy Sheriff alles erzählen. Das ist zu wichtig.« Mrs. Barton nickte mir aufmunternd zu, aber ich schüttelte den Kopf.

»Es hat nichts mit dem Brand zu tun, glauben Sie mir bitte. Es war nur ein Streich.«

»Es ist Aufgabe der Polizei, das zu beurteilen. Es handelt sich um eine wichtige Information.«

Steve Hanson ließ nicht locker. Ich sah hilflos zu Mrs. Barton, der langsam zu dämmern schien, wie meine Antwort ausfallen könnte. Sie erhob sich überraschend schnell aus ihrem Sessel und baute sich vor dem Deputy Sheriff auf.

»Ich würde sagen, das reicht für heute. Rachel muss morgen zur Schule und es ist schon reichlich spät für ein Verhör. Wir haben Ihnen doch umfassend weitergeholfen. Wenn Sie noch mehr benötigen, kommen Sie bitte ein anderes Mal wieder.«

»Es würde weniger Umstände machen, wenn wir es jetzt erledigen könnten.«

»Wir haben schon sehr viel Entgegenkommen gezeigt. Rachel sieht blass aus. Ich bitte Sie, jetzt zu gehen.«

Widerwillig erhob sich der Deputy und ließ uns nach einer kühlen Verabschiedung allein. Wir warteten noch einen Moment schweigend ab, dann fragte mich Mrs. Barton: »War es etwa Sean?«

»Nein. Tyler hat die Streichholzmäppchen geschickt. Er hat es selbst zugegeben. Vor ein paar Monaten sind wir uns auf der Straße begegnet. Er wollte Geld für sein Rennrad.«

»Dieser Nichtsnutz. Versetzt seine Eltern in Angst und Schrecken. Er hat immer nur Ärger gemacht.«

»Ich weiß. Aber trotzdem wollte ich es der Polizei nicht sagen. Ich glaube nicht, dass er den Brand gelegt hat.«

»Das ist dann sein Problem. Es wird Zeit, dass er seine Suppe selbst auslöffelt. Wenn du willst, gehe ich morgen zur Polizei und erzähle alles. Sie fahnden ohnehin nach ihm.«

»Trotzdem habe ich ein schlechtes Gewissen. Ich hätte nichts sagen dürfen. Ich war einfach nur erschüttert wegen Billy.«

»Du mochtest ihn. Das konnte ich dir anmerken. Ich glaube, du willst nicht sehen, wie er wirklich war. Es gibt Menschen, die sehr geschickt sind. Sie zeigen einem nur einen Teil ihrer Persönlichkeit, den Rest halten sie verborgen. So geschieht es immer wieder, dass brave Bürger – gute Nachbarn – der scheusslichsten Verbrechen überführt werden. Die Mordlust überkommt sie wie ein Schnupfen. Es sind Psychopathen.«

Ich konnte mir zwar nicht vorstellen, dass Billy so ein Mensch war, aber ich wusste, dass Mrs. Barton in einer Beziehung recht hatte. Irgendjemand war in der Nacht gekommen, um Frank und Eileen zu töten. Es war kein einsamer Landstreicher gewesen.

Es war jemand, den wir alle kannten.

22

Nur wenige Tage nach dem Besuch des Deputys machte die Neuigkeit von der Identität des Toten die Runde. Sogar in der Zeitung gab
es eine kurze Notiz, in welcher Billy zum mutmaßlichen Brandstifter
erklärt wurde. Alle schienen zufrieden. Ein Fremder hatte die Ruhe
ihres kleinen Städtchens gestört und konnte nun niemandem mehr
schaden. Wie leichtgläubig sie alle waren! Ich, für meinen Teil,
glaubte keine Sekunde daran, dass Billy nach so vielen Jahren aufgetaucht war, um seine ehemaligen Pflegeeltern zu töten. Auch wenn
er das Feuer liebte, ergab es wenig Sinn. Er hätte keinen Brandbeschleuniger verwendet. In dem Punkt war er überzeugend ehrlich
gewesen. Doch wer interessierte sich schon für meine Ansichten?
Irgendwo lauerte das Böse und es blieb unentdeckt. Es war nur eine
Frage der Zeit, bis es erneut seine hässliche Fratze zeigen würde.

Ich hatte mir ein Klappmesser gekauft und nahm es überall mit
hin. Sollten sich die anderen in Sicherheit wiegen, ich würde mich zu
verteidigen wissen. Meine einsamen Spaziergänge gab ich trotzdem
nicht auf. Ich hatte Fletcher bei mir und fühlte mich durch ihn geschützt, obgleich er langsam in die Jahre kam.

Die Hitze des Sommers hatte sich inzwischen eingestellt, die
Schule war zu Ende. Wie jedes Jahr trat eine angenehme Ruhe ein.
Viele hatten Larkville verlassen und waren in die Ferien gefahren,
manche schliefen in den Tag hinein, andere hatten Jobs in der Umgebung angenommen. Ich traf kaum jemanden, den ich kannte – es
war perfekt. Wie früher nahm ich meine Badesachen mit zum Creek,
suchte mir ein Plätzchen in stiller Abgeschiedenheit, ging schwimmen oder legte mich in den Schatten, wobei ich stets ein Auge offen
behielt. Auch Blacky lebte wieder auf. Die Wärme tat seinen müden
Gliedern gut, und er sprang vergnügt ins Wasser, wenn ich den
neongrünen Ball weit hinaus warf. Die Zeit verstrich wohl langsam
oder auch schnell, ich konnte es nicht sagen, ich hatte jedes Gefühl
für sie verloren.

Mein Handy vibrierte. Es war eine Nachricht von Anaïs. *Viele*

Grüße aus der Karibik. Besuche meine Granny. Der Strand hier ist rosa-weiß. Vergiss Kalifornien. Werde dir etwas Sand mitbringen. Bin endlich vogelfrei! Darauf folgte ein Foto von ihr im Sommerkleid, die krausen Haare offen, vom Wind zerzaust. So hatte ich sie noch nie gesehen. Die Frisur passte zu ihrer neugewonnenen Freiheit. Ich freute mich für sie und musste lächeln. Manche Dinge konnten gut ausgehen. Ich hatte es fast vergessen. Irgendwo auf der Welt gab es Glück und Liebe, vielleicht hatte ich nur die Augen zu lange davor verschlossen. Lag ich nicht auch unter einem strahlend blauen Sommerhimmel? Ich wollte Ana von meinem Idyll am Creek ein Selfie schicken, mich an Blacky kuscheln und in die Kamera lächeln. Ich richtete mich auf. Blacky war nirgends zu sehen. Er hatte mir den Ball, den ich zuletzt geworfen hatte, nicht zurückgebracht. Wo steckte er nur? Wahrscheinlich hatte er den Fluss durchschwommen und war am anderen Ufer einem Vogel oder Kaninchen nachgejagt. Früher hatte er solche Abenteuer geliebt, aber zuletzt war er langsam und träge geworden. Ich wartete eine Weile und begann schließlich nach ihm zu rufen. Da ich die Hundepfeife schon seit Jahren nicht mehr mitgenommen hatte, blieb mir irgendwann nichts anderes übrig, als aus vollem Hals zu brüllen. Ohne Erfolg. Wieso nur war Fletcher so weit gelaufen? Etwas musste ihn magisch angelockt haben. Mir graute bei der Vorstellung, worum es sich handeln könnte. Der Fund der verwesten Hand stand mir noch lebhaft vor Augen, und auch früher hatte Blacky verstümmelte Tiere am Creek gefunden. Ich zwang mich erfolglos zur Ruhe, lief am Ufer auf und ab, schrie unentwegt seinen Namen. Als sich nach einer weiteren halben Stunde noch immer nichts regte, machte ich mir ernsthaft Sorgen. Entweder hörte er mich nicht oder – die schlimmere Variante – er konnte aus irgendeinem Grund nicht zurückkommen. Ich zog mein T-Shirt aus und lief ins Wasser.

Der Fluss war an dieser Stelle nicht sonderlich breit, der Wasserstand wegen der anhaltenden Hitze niedrig. Ich schwamm kräftig gegen die Strömung an und erreichte nach wenigen Zügen das andere Ufer, dort sah ich mich um, versuchte Fletchers Spur zu finden und entdeckte schließlich einen Abdruck, der von seiner Pfote stammen konnte. Danach wurde es schwierig. Der Waldboden war vollkommen trocken. Nichts verriet mir, wohin Fletcher sich gewandt hatte. Ich schlug eine Richtung ein, folgte ihr eine Weile, hatte dann aber das Gefühl, mich falsch entschieden zu haben, kehrte um und probierte es mit der entgegengesetzten Richtung. Hier lief ich immer weiter, verließ das Waldstück, kam zu einem Maisfeld, das in sattem Grün in der tief stehenden Sonne lag, und begann erneut zu rufen. Es war vergeblich. Wieder ging ich zurück, lief nun am Ufer entlang, achtete auf alles, was einen Hinweis geben konnte, fand jedoch nichts. Kein Windhauch regte sich, kein Vogel zwitscherte. Eine unheimliche Stille lag über dem Fluss. Auch wenn die Dämmerung langsam einsetzte, wollte ich nicht aufgeben. Irgendwo musste Fletcher stecken. Ich zog meine Kreise immer weiter, suchte und schrie, spürte die Furcht in mir wachsen. Schließlich wurde es so dunkel, dass ich kaum noch etwas erkennen konnte. Ich verließ den Wald, kam zum Ufer und schwamm auf die andere Seite. Ein schwacher Schimmer lag auf dem Wasser, der blasse Halbmond stand schon hoch am Himmel und half mir, mich zu orientieren. Dennoch verschätzte ich mich und musste unseren Rastplatz eine Weile suchen. Als ich ihn fand, wirkte er so, wie ich ihn verlassen hatte. Meine Sachen lagen ordentlich über einem Baumstumpf, mein Rucksack stand direkt daneben. Ich zog mich in Windeseile an und holte mein Messer hervor. In solcher Dunkelheit war ich niemals hier gewesen. Mir wurde bewusst, dass ich ohne Fletcher schutzlos war. Ich rannte los.

Meine letzte Hoffnung bestand darin, dass Fletcher allein nach Haus zurückkehren würde. Vielleicht war er schon heil und sicher angekommen. Der schmale Trampelpfad am Fluss war kaum zu erkennen. Ich sah die Baumwurzeln nicht, stolperte einige Male und stieß mir die Knie auf, lief aber trotzdem, bis mir die Luft fast wegblieb. Dann durchquerte ich den Indian Park und warf einen kurzen Blick auf die berüchtigte Bank, ich weiß nicht warum. Vielleicht erwartete ich, Fletcher dort zu sehen − winselnd und jaulend wie damals nach dem grausigen Fund des Hundeschwanzes oder am Morgen nach Harpers Tod. Ich hielt den Atem an, aber alles blieb still. Erleichtert und gleichzeitig enttäuscht setzte ich meinen Weg fort, bis ich wenig später die Elder Street erreichte. Sie war dunkel und völlig verlassen. Es kam mir vor, als wäre ich das letzte Lebewesen auf der Welt.

Als ich schließlich vor Mrs. Bartons Tür stand, raste mein Herz. Was sollte ich ihr erzählen? Sie würde außer sich sein. Ich hatte ihren Hund verloren. Ihren einzigen Freund. Meinen einzigen Freund! Ich drückte die Tränen weg und trat ein. Mrs. Barton saß am Küchentisch, das Telefon neben sich, und sah mich mit unruhigen Augen an.

»Herr im Himmel! Wo bist du gewesen? Ich wollte gerade die Polizei rufen.«

Ich wusste nicht, was ich antworten sollte. Meine Knie wurden weich. Nach stundenlangem Rennen und Schreien überkam mich eine unglaubliche Schwäche.

»Meine Güte, Rae. Was ist mit dir? Nun setz dich hin. Du siehst aus, als würdest du gleich umfallen. Und was ist mit deinen Beinen? Die sind ja ganz blutig.« Sie stemmte sich am Tisch hoch und kam zu mir herüber, fasste mich unter und führte mich zu einem Stuhl.

»Kind, nun rede doch! Mir wird ja Angst und Bang. Hat dir jemand wehgetan?«

Ich schüttelte nur den Kopf. Die Worte wollten einfach nicht heraus. Mrs. Barton schenkte mir eine Tasse Tee ein und befühlte meine Stirn.

»Nun trink erstmal einen Schluck, dann wird es gleich besser.«

Aber ich wollte nichts trinken. Nichts würde dadurch besser werden. Sie sah mich mit großen Augen an und bemerkte nicht, dass ich allein zurückgekommen war. Jede Sekunde konnte es passieren, dann würde ihr ein Licht aufgehen. Ich musste es ihr jetzt sagen, aber es fiel mir so schwer. Die Worte steckten in meiner rauen Kehle fest und drückten mir die Luft ab.

»Blacky«, presste ich hervor. »Ich habe ihn verloren.«

Sie sah mich verständnislos an, schaute dann zur Tür und hinüber zum Wohnzimmer. »Wie meinst du das, Rachel?«

»Ich hab ihn überall gesucht. Stundenlang. Ich weiß nicht, wo er ist.«

»Jetzt nochmal von vorn. Ihr wart am Creek?«

»Ja. Wir haben gebadet. Es ging ihm gut. Ich warf den Ball. Er holte ihn. Dann plötzlich war er verschwunden. Er muss zum anderen Ufer geschwommen sein, aber ich konnte ihn dort nicht finden. Ich habe geschrien, so laut ich konnte. Er kam nicht.«

»Hast du die Hundepfeife versucht?«

»Ich hatte sie nicht dabei. Ich brauchte sie in den letzten Jahren nie. Ihm muss etwas zugestoßen sein.«

»Das ist nicht gesagt. Ein Hund wie Fletcher Black übersteht schon mal eine Nacht in der Wildnis. Vielleicht hat er sich zu sehr verausgabt und brauchte eine Pause. Er ist nicht mehr der Jüngste. Oder er hat eine Hündin getroffen und treibt sich ein paar Tage rum. Wenn er genug hat, findet er den Weg zu uns von ganz allein.«

»Aber er könnte verletzt sein. Wenn er nun in eine Falle geraten ist und sich einen Lauf gebrochen hat? Wir müssen die Polizei rufen.«

»Ha! Als würden die nach einem alten Hund suchen. Nein. Für Tiere haben die nichts übrig, das kannst du mir glauben. Wir müssen uns gedulden und das Beste hoffen.«

»Es tut mir so leid. Morgen gehe ich zurück zum Creek und nehme die Hundepfeife mit. Ich werde nach ihm suchen, bis ich ihn gefunden habe. Ich gebe nicht auf.«

Mrs. Barton schüttelte energisch den Kopf. »Nein. Das wirst du bleibenlassen. Ich will nicht, dass du allein dort herumläufst, bei allem, was in letzter Zeit geschehen ist. Ich werde einen anderen bitten. Vielleicht ist Sean bereit, zu helfen, obwohl ich immer den Eindruck hatte, dass Fletcher ihm Angst macht. Trotzdem werde ich ihn fragen. Jetzt mach dich erstmal sauber, und dann wird gegessen. Es ist schon reichlich spät.«

Ich wollte nicht widersprechen und ging nach oben. Sie meinte es gut. Ich war dankbar für ihre Nachsicht, wenn ich auch nicht ihrer Meinung war. Sollte sie Sean ruhig anrufen, ich würde auf jeden Fall am nächsten Morgen weitersuchen.

Ich wachte nach einer schlaflosen Nacht in aller Herrgottsfrühe auf, packte meine Sachen und betrat den Flur auf Zehenspitzen. Mrs. Barton war keine Langschläferin, aber zu dieser Stunde rührte sie sich noch nicht. Langsam stieg ich die alte Holztreppe hinab, bemüht, kein Knarren zu verursachen, und ging leise in die Küche, nahm die Hundepfeife, etwas Marschverpflegung sowie ein paar von Fletchers Lieblingssnacks und schlich mich aus dem Haus.

Diesmal schlug ich den Weg über die Oakbridge ein, um nicht gleich am Morgen durch den Fluss schwimmen zu müssen, und begann meine Suche auf der anderen Uferseite. Ich ging mit mehr Verstand an mein Vorhaben heran, durchstreifte den Wald in schmalen Bahnen, damit ich nichts übersah, benutzte immer wieder die Hundepfeife, benötigte eine Menge Zeit. Nach zwei Stunden hatte ich erst die Hälfte der Strecke durchsucht und machte eine Rast. Es war schwer einzuschätzen, wie weit Fletcher gelaufen war, aber ich glaubte nicht so recht, dass er in seinem Alter einen weiten Weg gemacht haben sollte.

Mit wachsender Unruhe lief ich weiter, suchte nach Anhaltspunkten wie abgeknickten Zweigen oder Haaren seines Fells, nach irgendeinem Hinweis, der mir zeigte, dass ich mich auf dem richtigen Weg befand. Aber es gab nichts. Keine Hundehaufen, keine Spuren von Urin an einem Baumstamm oder Felsen. Nichts deutete darauf hin, dass Fletcher sich hier aufgehalten hatte. Es war zum Verzweifeln. Da es langsam heiß wurde, streifte ich die Strickjacke ab und band sie mir um die Hüfte. Der Wald lichtete sich nach und nach, die Sonne drang stärker hindurch. Hier war ich noch nie gewesen. Ich schaute zum anderen Ufer, versuchte irgendeinen Punkt wiederzuerkennen, aber nichts schien mir vertraut. Ein paar Vögel kreisten weiter südlich am blassblauen Morgenhimmel. Ich sah ihnen zu, hörte, wie sie in der Ferne kreischten. Etwas musste ihre Aufmerksamkeit erregen. Mein Herzschlag beschleunigte sich. Ich fing an zu rennen.

Nie war mir ein Weg so weit erschienen. Ich hatte das Gefühl nicht rechtzeitig anzukommen. Die Bäume standen nun in weiteren Abständen, sodass die Sicht besser wurde. Schließlich erreichte ich eine Lichtung. Ein einzelner Bergahorn ragte aus ihrer Mitte empor und streckte seine knorrigen Äste weit von sich. Das Kreischen der Vögel war laut und schrill, sie befanden sich direkt über mir. Ich kam näher, umrundete den dicken Stamm, sah, dass etwas an einem der großen Äste baumelte: ein dunkler Körper, der leicht hin und her schwang, als wäre er gerade erst bewegt worden. Mit offenem Mund starrte ich den Kadaver an. Er war groß und schwarz. Der Kopf steckte in einer Schlinge, der Körper zog schwer nach unten.

Es war Fletcher Black. Mein Hund. Mein Freund. Die Tränen

schossen mir in die Augen. Er schien mit dem Schwanz zu wedeln und sich zu drehen. Sein Fell glänzte nass, blutrote Flecken erstreckten sich über den gesamten Körper. Ich stürzte auf ihn zu, versuchte ihn zu erreichen, aber er hing zu hoch. Dann kam ein Vogel in steilem Sinkflug herunter und pickte in Blackys Flanke, worauf er wieder ins Schwingen geriet.

Ich fing an zu schreien.

Vollkommen außer mir sprang ich in die Höhe, obwohl es sinnlos war, brüllte aus vollem Hals, schleuderte Beleidigungen aller Art in den Himmel. Ich fuchtelte mit den Händen, klatschte sie zusammen, tat alles, um den Vogel zu verscheuchen – es half nur wenig. Sowie ich still hielt, kehrte er zurück. Es brach mir das Herz, meinen Hund so zu sehen. Entstellt und zerfetzt – den Aasfressern ausgeliefert. Ich konnte ihn nicht dort hängen lassen. Hastig zog ich das Messer aus dem Rucksack und steckte es in die hintere Tasche meiner Shorts, dann machte ich mich daran den Baum hinaufzuklettern. Es war nicht schwer. Er bot viele Möglichkeiten sich festzuhalten. Nach kurzer Zeit hatte ich den Ast erreicht und durchtrennte das Seil.

Mit einem dumpfen Stoß schlug Fletcher auf den Boden. Das Geräusch des Aufpralls klang so trist und schwer, so endgültig, dass mir erneut die Tränen kamen. Ich kletterte hinunter, beeilte mich zu ihm zu kommen, obwohl ich wusste, dass er nicht mehr lebte. Jetzt erst bemerkte ich den Baseballschläger, der aufrecht am Stamm des Baumes lehnte. Rot-schwarz-verschmiert. Ich kannte ihn, kannte die Farbflecken, war sicher, dass er Tylers Initialen trug. Mit ihm hatte man auf Blacky eingeschlagen, ihn zu Tode geprügelt und anschließend aufgehängt – das getan, was ein alter, räudiger Köter verdiente. Ich würde es Caleb heimzahlen. Heute noch. Mit zittrigen Armen zog ich Blackys Körper in den Schutz des Waldes, streichelte ihn zum letzten Mal, weinte eine Weile an seiner Seite, verabschiedete mich. Plötzlich fühlte ich etwas Kaltes an meiner Hand und fand ein dünnes Band um Fletchers Hals, an welchem ein kleiner Gegenstand hing. Es war eine Hundepfeife. Mit ihr hatte Caleb das Tier in die Falle gelockt.

Diesmal würde er nicht davonkommen. Diesmal nicht! Die Wut schoss durch meinen Körper wie ein ätzendes Gift. Ich hatte nur noch einen Wunsch: mich auf Caleb zu stürzen, das Messer in seinen Körper zu rammen und ihn bluten zu sehen. Alles andere war mir egal. Das Fass war übergelaufen, ich konnte keinen weiteren Schlag mehr aushalten.

Bevor ich ging, schnitt ich ein paar Zedernzweige ab und bettete sie über Fletchers Körper, um es den Vögeln schwer zu machen. Dann rannte ich los, das Ufer entlang flussaufwärts, immer schneller werdend, bis hin zur Brücke und weiter in Richtung des Trailer-Parks. Mein Herz hämmerte wild, doch ich achtete nicht darauf, wischte nur dann und wann die Tränen aus meinem Gesicht, die unaufhörlich über meine Wangen liefen.

Wenn ich heute daran zurückdenke, kann ich mich nicht erinnern, wie ich zu Caleb gelangte. Mein Verstand hatte ausgesetzt. Ich lief wie ein seelenloses Geschöpf, das nicht ausruhen muss, sondern unbeirrt seinen Weg findet. Ferngesteuert, unnachgiebig, gefährlich. Ich weiß nicht, ob mich jemand hätte aufhalten können. Eine Raserei war über mich gekommen, kontrollierte mich, trieb mich unaufhörlich vorwärts. Ich war nicht mehr zurechnungsfähig.

Als ich den Trailer-Park erreichte, blieb ich nicht stehen, um mich zu orientieren, sondern rannte mit ungebrochenem Tempo zwischen den Wohnwagen und Baracken hindurch, als hätte ich einen inneren Kompass, der mich zu Caleb führen konnte. Wahrscheinlich lief ich im Kreis, denn ich konnte mir mit Sicherheit die Wege nicht merken, aber irgendwann registrierte ich die blaue Kappe mit dem orangen Bärenkopf, die Farben des Footballteams der Chicago Bears, die ich schon oft an ihm gesehen hatte. Er trug sie mit dem Schirm nach hinten, kniete vornübergebeugt vor einem Sandhaufen, wandte mir den Rücken zu. Mehr erkannte ich nicht. Ich sah meine Chance und ergriff sie.

Aus vollem Schwung sprang ich auf ihn, sodass er sein Gleichgewicht verlor und bäuchlings zu liegen kam. Dann begann ich auf ihn einzuschlagen, mit ganzer Kraft auf seinen Kopf, auf seinen Körper. Ich war nicht in der Lage genau zu zielen, ich hatte keinen Plan. Wie eine Furie prügelte ich drauf los, zog an seinen Haaren, schrie, *ich bring dich um.*

Das Überraschungsmoment war auf meiner Seite. Caleb brauchte eine ganze Weile, bevor es ihm gelang, mich abzuschütteln und sich umzudrehen. Aber es nützte ihm nicht viel. Sofort war ich wieder über ihm, malträtierte sein Gesicht, versetzte ihm Tritte und Schläge, befreite meine Arme, wenn er sie zu packen bekam, warf mich ohne Unterlass auf ihn, sobald er mich abgeworfen hatte.

Dann plötzlich erinnerte ich mich an das Messer. Ich zog es hervor, klappte es auseinander und stieß meine Hand mit aller Kraft nach unten. Das Messer bohrte sich in den Boden. Caleb war zur Seite gerollt. Wütend nahm ich einen neuen Anlauf, brüllte wie eine Wahnsinnige, wollte mich auf ihn stürzen, aber er rammte seine Faust in meinen Körper.

Die Luft blieb mir weg. Er hatte mich am Solar Plexus getroffen, ein effizienter Schlag, wie ich aus dem Kampfsport wusste. Mir war es gerade noch rechtzeitig gelungen, meine Bauchmuskulatur anzuspannen, weshalb ich nur einen kurzen Moment außer Gefecht war. Leider lang genug für Caleb, mir das Messer zu entreißen und mich nun seinerseits damit zu bedrohen. Aber es wirkte nicht. Ich war so von Sinnen, dass ich mich wieder auf ihn stürzte, ohne an eine Verletzung zu denken. Vielleicht war es mir egal. Vielleicht wollte ich bluten. Den körperlichen Schmerz zu fühlen, kam mir wie eine Gnade vor. Ich hatte noch lange nicht genug. Wieder und wieder boxte ich auf ihn ein, schrie mir die Seele aus dem Hals, wälzte mich mit ihm im Dreck. Ich konnte nicht mehr aufhören.

Dann auf einmal war er über mir und hielt mir den Mund zu. Sein Gewicht drückte mich in den harten Boden, meine Kraft ließ nach, aber die Schreie hörte ich immer noch. Laut und schrill schallten sie durch die flirrende Luft. Oder waren sie in meinem Kopf? Caleb presste seine Finger auf meine Lippen, beugte sich zu mir herunter, seinen Mund an meinem Ohr. Ich spürte seinen Atem, vernahm seine Stimme, die unter den Schreien kaum zu verstehen war. Er lag jetzt vollständig auf mir, begrub mich unter sich. Mit letzter Energie versuchte ich meine Arme zu bewegen, ihm noch einen Schlag zu verpassen, trommelte müde mit den Fäusten auf seinen Rücken, einmal, zweimal … Es waren keine Wirkungstreffer, nur harmlose, erbärmliche Bemühungen, angepeitscht von den nicht enden wollenden Schreien. Es fiel mir schwer zu atmen, es kostete Kraft. Mein Herz wurde ruhiger, mein Atem pfiff nicht mehr, die Erschöpfung lähmte meine Nerven, kühlte sie ab, sodass ich schließlich Calebs Worte verstand, die er unablässig sprach: »Hör endlich auf, Rae … hör bitte auf, Rae … hör auf!«

Wie betäubt ließ ich die Arme sinken, schloss meine Augen, spürte, wie die Tränen über meine Schläfen rannen, gab den Kampf verloren. Vorsichtig löste Caleb seine Hand von meinem Mund, rollte sich zur Seite und stand auf.

Laute Schreie zerrissen die Luft.

Er wandte mir den Rücken zu und verschwand hinter einem Bretterzaun. Müde rappelte ich mich hoch und setzte mich in den Schneidersitz, klopfte den Dreck von mir ab, versuchte, wieder klar zu denken. Woher kamen die Schreie? Sie klangen wie von einem Tier, schrill und panisch. Dann wurden sie leiser, gingen in ein Schluchzen über. Ich hörte jetzt Calebs Stimme. Sie war ruhig und tief. Vollkommen fremd. Der spöttische Unterton fehlte.

»Keine Sorge, alles wird gut. Ich pass auf dich auf.«

Leise erhob ich mich und sah mich zum ersten Mal um.

Der Wohnwagen, in welchem Caleb lebte, war alt und klapprig. Man konnte die Räder sehen, da die Abdeckungen, die üblicherweise dort angebracht waren, um den Anschein eines Hauses zu erwecken, zerbrochen am Boden lagen. Ein Rad fehlte gänzlich. Vielleicht war es gestohlen worden. Calebs Trailer würde den Park nicht mehr verlassen können, er war dort gefangen, ging es mir durch den Kopf. Was für ein Leben führte er hier? Die Schäbigkeit seines Zuhauses, die offensichtliche Armut beschämten mich. Verglichen mit ihm wohnte ich im Paradies. Etwas zögerlich folgte ich Caleb hinter den Bretterzaun, lugte vorsichtig um die Ecke, bevor ich meine Anwesenheit verriet. Auch hier war Sand aufgeschüttet und zu einem abgeplatteten Hügel geformt worden. Jemand hatte Straßen und Tunnel gegraben und zahlreiche bunte Spielzeugautos darauf gestellt. Das Ganze war mit blanken Steinen verziert, sodass es wie ein kleines Kunstwerk wirkte. Hinten am Zaun saß Caleb und sprach mit einem Jungen, der sich ängstlich an ihn klammerte. Ich wagte mich etwas näher heran. Der Junge war groß, wahrscheinlich ein Teenager, wenn er mich auch an ein Kind erinnerte. Caleb hob seine Hand.

»Bleib da stehen, Adrian! Du machst Joey Angst.«

Ich spürte, wie ich rot zu werden begann. Ich machte jemandem

Angst? Der Vorwurf traf mich unerwartet heftig, als hätte ich mich an einem Kind vergriffen. Ich wusste nicht, wer dieser Joey war, aber er sah trotz seiner Größe schutzbedürftig aus. Plötzlich fühlte ich mich wie ein Monster. Dieser Junge weinte wegen mir. Er musste unseren Kampf mitangesehen haben, hatte mein wahnsinniges Geschrei gehört, meine Messerattacke auf Caleb miterlebt, vermutlich hielt er mich für eine Mörderin. Und wäre ich nicht fast eine geworden? Es hätte schlimm ausgehen können. Auch wenn Caleb meinen Hund getötet hatte, hatte ich nicht das Recht, auf ihn einzustechen. Niedergeschlagen und kraftlos ließ ich mich am Zaun hinuntergleiten und blieb knapp zwei Meter neben Caleb auf dem sandigen Boden sitzen.

»Ich tu dir nichts, Joey. Versprochen. Ich tu niemandem was.« Mehr brachte ich nicht raus.

Caleb sah kurz zu mir rüber und strich Joey durch das Haar. »Siehst du, alles ist gut. Es war nur ein kleiner Streit. Es ist vorbei. Sie ist nicht gefährlich. Sie wollte nur ein bisschen toben.«

Joey hob jetzt zum ersten Mal den Kopf und schielte misstrauisch zu mir herüber. Er sah Caleb ähnlich, wenn sein Gesicht und seine Statur auch schmaler waren. Ein heller Flaum zeigte sich auf seiner Oberlippe, ansonsten wirkte er kindlich. Joey – diesen Namen hatte ich schon mal gehört. Es war vor einer Ewigkeit gewesen, als ich Caleb mit seinem Ruderboot am Creek getroffen hatte. Ein Junge namens Joey hatte damals quer über den Sitzflächen gelegen und sich kaum gerührt.

»Los Joey! Gehen wir rein. Ich mach dir ein Sandwich mit Erdnussbutter«, sagte Caleb freundlich. Er zog den Jungen hoch, fasste ihn unter, während Joey, der nicht viel kleiner war, seinen Kopf auf Calebs Schulter sinken ließ, wodurch er seltsam zerbrechlich wirkte. Seine nagelneuen Turnschuhe blinkten. Als sie an mir vorbeigingen, bemerkte ich Joeys ängstlichen Blick. Vielleicht fürchtete er, ich würde aufspringen und über ihn herfallen.

Das tollwütige Mädchen. Ich fühlte mich schlecht.

Meine Gedanken begannen zu kreisen. Ich hätte mir gewünscht, sie anhalten zu können, einfach auf Leerlauf zu schalten, auf Standby. Hin-und hergerissen zwischen Scham und Trauer, wusste ich nicht, was ich tun sollte. Vielleicht war es besser zu verschwinden. Einer erneuten Auseinandersetzung mit Caleb war ich nicht gewachsen. Ich musste nach Hause, musste Mrs. Barton von Blacky berichten und jemanden bitten, ihn aus dem Wald zu holen. Aber auch dem fühlte ich mich nicht gewachsen. Mein Mund war trocken, meine Kleidung verschmutzt und erste Schmerzen drangen zu mir durch. Die Kraft hatte mich verlassen. Der Rückweg erschien mir wie eine Marathonstrecke. Ich schob mein T-Shirt nach oben und untersuchte meinen Körper. Die Rippen taten mir weh. Ein paar blaue Flecken, ein paar Schrammen – nichts Ernstes, diagnostizierte ich müde. Meine Hände schmerzten und wiesen Abschürfungen an den Fingerknöcheln auf. Ich musste fest zugeschlagen haben. Nur leider war ich kein bisschen stolz auf mich. Im Gegenteil. Resigniert blieb ich sitzen und wartete, ohne zu wissen worauf. Ich schloss die Augen, ergab mich meiner Erschöpfung, bis ich schließlich Schritte hörte. Caleb kam auf mich zu und sah mich mit unergründlichem Blick an. Doch nicht einmal jetzt fand ich die Kraft mich zu erheben. Schließlich setzte er sich mit gebührendem Abstand neben mich, zog mein Messer hervor und reinigte sich die Fingernägel, dann ließ er es wieder in seiner Tasche verschwinden.

»Hab ich das richtig verstanden, dein Hund ist tot?«

Ich nickte stumm. Meine Tränen warteten nur darauf, hervorzubrechen. Weinen wollte ich ganz bestimmt nicht vor Caleb.

»Und irgendetwas bringt dich auf den Gedanken, ich hätte damit zu tun?«

Mehr als ein Seufzen brachte ich nicht zustande.

»Da hab ich Neuigkeiten für dich. Du bist auf dem Holzweg.«

Natürlich stritt er alles ab. Das war keine Überraschung. Ich hatte es so satt.

»Sehr gesprächig bist du ja nicht, Adrian. Du kommst hierher und greifst mich ohne Vorwarnung an, gehst mit dem Messer auf mich los, sorgst dafür, dass Joey durchdreht, wirfst mit Anschuldigungen um dich. Ist ja kein Wunder. Wenn irgendwas passiert, kann es natürlich niemand als der Fuller-Abschaum gewesen sein. Da muss man nicht erst fragen, da kann man gleich zuschlagen. Dafür hat sicher jeder Verständnis. Einer aus dem Trailer-Park hat doch immer Dreck am Stecken. Ist es nicht so, Prinzessin?«

Ich wusste nicht, was ich sagen sollte.

»Nun rede endlich. Was für einen verquirlten Mist hast du dir zusammengereimt?«

»Okay.« Ich wandte mich ihm zu. »Du wunderst dich, dass ich dich verdächtige? Du armes Unschuldslamm. Ist noch nicht lange her, da hast du mir geraten, meinen räudigen Köter einzuschläfern und bedroht hast du ihn schon seit Jahren. Was soll ich also glauben? Ich finde Blacky aufgeknüpft an einem Baum und zu Tode geprügelt ...«, meine Stimme versagte. Ich musste mir auf die Lippe beißen, um nicht lauthals loszuheulen. »... und darunter liegt ein Baseballschläger. Nun rate mal, um welchen es sich handelt? Ja genau. Zuletzt lag er in deiner verkommenen Hütte im Wald.«

»In meinem Schuppen? Der ist schon lange nicht mehr verschlossen. Aber das weißt du sicher längst.«

»Wie praktisch. Da kannst du dich wieder mal rausreden. Wie mich das ankotzt.«

»Ich muss mich nicht rausreden. Ich habe deinem Hund nie ein Haar gekrümmt.«

»Du meinst, bis gestern.«

»Hör zu, Adrian. Nochmal zum Mitschreiben. Bis du eben über mich hergefallen bist, hatte ich keine Ahnung, was passiert ist. Hunde umzubringen, gehört nicht zu meinen Hobbys.«

»Und das soll ich dir glauben? Ich kann mich noch gut erinnern, wie du damals im Blut der Tiere gewatet bist. Dein ganzes Boot war voll von Kadavern. War das kein Hobby von dir?«

Er sah mich mit Abscheu an. Als wäre ich diejenige, die widerliche Dinge tat.

»Das verstehst du nicht, Prinzessin. Du lebst nicht hier.«

»Dann erklär es mir. Wenn du willst, dass ich dir glaube, dass dir irgendwer glaubt, musst du schon mehr tun.«

»Okay. Du willst die Wahrheit wissen? Bitte. Stell dir vor, es gibt Menschen, die haben manchmal nichts zu fressen. Dann jagen sie Kaninchen oder anderes Kleinvieh, kochen oder grillen sie und verkaufen die Felle.«

»Du isst Marder und Eichhörnchen?«

»Wenn ich nichts anderes kriege. Was weißt du schon von knurrenden Mägen.«

»Aber du arbeitest auf dem Schrottplatz, du verdienst Geld.«

»Glaubst du, das reicht, um eine Familie zu ernähren, Strom und Standmiete zu zahlen und für Kleidung aufzukommen?«

»Was ist mit deinen Eltern?«

»Die kann man vergessen. Meine Mutter versäuft ihr Geld, meinen Vater habe ich seit Jahren nicht gesehen. Ich weiß nicht mal, ob er noch im Knast ist.«

»Aber das Jugendamt muss euch unterstützen.«

»Es ist besser, die rauszuhalten. Sonst bringen sie Joey weg.«

Ich verstand nicht gleich, was er meinte. »Was ist mit ihm? Ist er krank?«, wagte ich vorsichtig zu fragen.

»Mit ihm ist alles in Ordnung. Er ist ein feiner Kerl. Ich werd nicht zulassen, dass er in einer Irrenanstalt verrottet.« Sein Tonfall schüchterte mich ein, er hatte einen drohenden Beiklang.

»Ich verstehe das nicht. Warum sollte jemand …«

»Weil Joey nicht so funktioniert wie andere. Er spricht nicht, er versteht vieles nicht, kann nicht lesen oder rechnen. Er lebt in seiner eigenen Welt. Und da geht es ihm gut, abgesehen von den Tagen, an denen nichts zu essen da ist.«

Ich musste schlucken. »War er schon immer so?«

Caleb feuerte eine Salve Sand aus seiner Faust und beugte sich weit zu mir herüber. »Nein. Stell dir vor. Er war ein aufgeweckter kleiner Junge. Hat nur ein bisschen Pech gehabt. Seine Mum wollte lieber ihren Rausch vor dem Fernseher ausschlafen, als sich um ihn kümmern. Hat ihn in die Plastikwanne gesetzt und dort vergessen. Er sollte seinen Spass haben. Es war heiß, er liebte es zu spritzen. Sie stellte die Wanne nach draußen und genehmigte sich einen. Zu dumm, dass er nur ein Baby war. Noch keine zwei Jahre alt. Er hätte nicht untergehen sollen. Wer konnte schon ahnen, dass ein Kleinkind ertrinken kann. Sowas passiert eben.«

Calebs beißender Spott ließ mich verstummen. Er sah mich grimmig an, wartete nur auf eine falsche Bemerkung von mir.

»Du sagst ja gar nichts. Hat es dir die Sprache verschlagen?«

»Kann schon sein. Es ist eine traurige Geschichte. Wer hat Joey gerettet?«

»Er ist nicht gerettet worden, kapierst du das nicht?«

»Er ist am Leben, und du sagst, dass er glücklich ist.«

Caleb fuhr sich durch die Haare und seufzte. »Ich kam aus der

Schule und fand ihn im Wasser. Er lag auf dem Bauch. Zuerst dachte ich, er würde die Luft anhalten, einen Tauchversuch machen. Ich hab ihm einen Moment lang zugesehen, ehe ich ihn rauszog. Vielleicht war es dieser Moment, der alles versaute.«

»Ohne dich wäre Joey tot«, sagte ich leise. »Du warst nur ein Kind.«

»Ich war sieben. Mir hätte auffallen müssen, dass etwas nicht stimmte.«

Ich schlug die Augen nieder. Kinder machten Fehler. Ließen ihre Brüder zu lange im Wasser, zündeten ein Feuer an, töteten sieben Menschen und die eigene Mutter. Der Druck auf meine Kehle wurde so groß, dass ich die Tränen kommen spürte. Ich musste mich besinnen, mich erinnern, warum ich hier war. »Hast du mein Geld genommen?«

»Wirst du je damit aufhören?«

»Du willst, dass ich dir glaube. Wie kann ich das, nach allem was war? Du hast mir nie die Wahrheit gesagt. Mein Hund ist tot. Ich werde das nicht auf sich beruhen lassen. Jemand hat ihn angelockt und so lange misshandelt, bis er gestorben ist. Das war kein Dummejungenstreich. Wer so etwas tut, ist zu allem fähig. Ich werde dir den Sheriff auf den Hals hetzen, Cal.«

Mit einer erstaunlich schnellen Bewegung kam Caleb auf die Füße und baute sich vor mir auf. Ruckartig fuhr ich hoch, um mit ihm auf Augenhöhe zu sein. So dicht hatte ich ihn noch nie herankommen lassen. Ich wollte nicht weglaufen. Die Sache wurde hier und jetzt entschieden. Obwohl es mir schwer fiel, hielt ich seinem Blick stand. Wenn er mir etwas antun wollte, hätte er vorhin die Gelegenheit gehabt.

»Was willst du, Adrian?«

»Nur die Wahrheit über ein paar Dinge. Hast du mein Geld aus der Ruine gestohlen?«

Er legte seine Hände rechts und links von mir an den Bretterzaun, sodass ich eingekeilt war. Ich durfte nicht mehr lange warten, wenn ich noch eine Chance haben wollte, mich zu wehren.

»Was ist jetzt, Cal? Sagst du es mir endlich?«

Ich spürte seinen Atem auf meinem Gesicht, sah seine blauen Augen, die mit dunklen Punkten gesprenkelt waren, aber nicht verrieten, was in ihm vorging. Seine Haut war von blutigen Schrammen überzogen und am unteren linken Augenlid bläulich verfärbt. Ich hatte keine Ahnung, wie ich selbst aussah, aber irgendetwas sagte mir, dass Caleb wesentlich mehr abbekommen hatte als ich. Er öffnete den Mund und sprach bedrohlich leise.

»Ich brauchte die Kohle. Es war ein Notfall.« Dann ließ er die Arme sinken und machte einen Schritt zurück.

»Woher wusstest du davon?«

»Nun. Du hast mir so bereitwillig Geld angeboten, für unseren kleinen Einbruch. Es schien dir nicht wehzutun. Da kam mir der Gedanke, dass da noch mehr sein könnte.«

»Also nimmst du es dir einfach.«

»Ja. Tatsächlich. Es war einfach. Ich hätte nie gedacht, dass ich so viel finden würde.«

»Es gehörte dir nicht. Nach dem Brand hatte ich nichts mehr. Noch nicht einmal die Kleider auf meinem Leib.«

»Mir war klar, dass du auf die Füße fällst. Und ich hatte recht. Wie man hört, bist du versorgt.«

»Du weißt einen Scheiß. Dieses Geld hatte mir jemand anvertraut. Es war für einen besonderen Zweck bestimmt.«

»Wie gesagt, es war ein Notfall. Wir hatten keinen Strom mehr, der Generator war kaputt.«

»Und trotzdem war es mein Geld. Du hättest mich fragen können.«

»Du machst Witze. Als wenn du es mir gegeben hättest. Außerdem warst du im Krankenhaus, du hattest anderes im Kopf.«

»Das ist wahr. Und du bestiehlst mich im schlimmsten Augenblick meines Lebens. Du kennst kein Erbarmen.«

»Glaub es oder lass es. Ich sah keinen anderen Ausweg.«

»Gib es mir zurück!«

»Das ist nicht möglich. Und das weißt du auch.«

»Gib es mir irgendwann zurück.«

Er lachte dumpf. »Irgendwann? Und wann soll das sein?«

»Keine Ahnung … eines Tages eben.«

»Und damit bist du einverstanden?«

»Was bleibt mir anderes übrig? Ich bin kein Unmensch, so wie du. Ich will niemanden fertigmachen. Aber ich will Antworten.«

Er seufzte entnervt. »Was noch?«

»Der Baseballschläger. Wie hast du ihn bekommen?«

»Er lag am Flussufer. Dachte, ich könnte ihn gebrauchen.«

»Und der goldene Knopf?«

Calebs Augen verengten sich zu Schlitzen. Die Frage gefiel ihm nicht. »Was spielt das für eine Rolle?«

»Ich will es eben wissen. Dafür leihe ich dir fast tausend Dollar.«

»Zweihundert habe ich mir verdient.«

»Wenn du meinst. Ich würde eher sagen, du hast meine Notlage ausgenutzt, aber Schwamm drüber. Was ist mit dem Knopf?«

»Verdammt, Adrian. Weißt du, was es für mich bedeutet, ins Visier des Sheriffs zu geraten? Was es für Joey bedeuten würde? Der sucht doch nur nach einem Vorwand, um mich einzulochen.«

»Und woran liegt das wohl? Mit Sicherheit nicht nur an deinem Nachnamen.«

»Ich hab mir nie was zu Schulden kommen lassen.«

»Und wofür brauchtest du dann ein Alibi?«

Er rollte entnervt mit den Augen. »An dem Tag war ich tatsächlich am Creek. Hab versucht, ein paar Fische zu fangen und so. Ist nicht viel dabei rausgekommen. Leider hat mich niemand gesehen, und da Corey mal wieder Mist gebaut hat …« Caleb hielt abrupt inne.

»Er hat den 7-Eleven überfallen?«

»Sagen wir einfach, er könnte involviert gewesen sein. Ich hab's eben nicht leicht mit meinen Brüdern. Jedenfalls schien es mir sicherer, für ein Alibi zu sorgen. Seither lauert der Sheriff auf mich. Er wusste, was gelaufen war, konnte bloß nichts beweisen.«

»Du hast mein Mitgefühl. Aber wir kommen vom Thema ab. Wie war das mit dem Knopf?«

»Nichts war damit. Eine völlig langweilige Sache. Er lag im flachen Wasser unter einer dünnen Eisschicht ganz in der Nähe der Bank, wo Harper … du weißt schon.«

»Aha. Und wann hast du ihn gefunden?«

»Das war wohl eine Woche später, ich meine, nach ihrem Tod.«

»Und wie ist er deiner Meinung nach dort hingekommen? Das sind doch bestimmt zwei, drei Meter bis zum Ufer.«

»Woher soll ich das wissen? Vielleicht hingekullert, vielleicht von einem Tier bewegt worden?«

»Interessante Theorie. Nur warum überzeugt sie mich nicht? Würde es sich so verhalten, hättest du nicht so ein Geheimnis darum gemacht.«

»Ich wollte mit der Sache nicht in Verbindung gebracht werden, das verstehst du doch.«

»Und wieso nicht? Es war schließlich ein Selbstmord.«

»Weil sie mir unnötige Fragen gestellt hätten. Sowas vermeide ich möglichst.«

»Erzähl mir nichts. Du weißt bestimmt mehr, als du zugibst. Also, los! Sag mir, was du denkst. Ich bin nicht der Sheriff.«

»Ich kann dir keine Antworten geben. Ich bin kein Augenzeuge gewesen. Es ist nur so ein Gefühl.«

»Du hast Gefühle? Dann lass mal hören!«

Er seufzte. »Na gut, Adrian. Weil ich deine Kohle geklaut habe. Ich war an dem Abend dort. So. Nun ist es raus.«

Ich verstand nicht gleich, was er meinte und sah ihn fragend an. Er räusperte sich. »An dem Abend, als sie starb, war ich am Creek.«

»Du hast sie gesehen?«

»Nein. Ich habe gar nichts gesehen. Ich bin ein bisschen herumgezogen und kam zum Parkplatz am Indian Park. Niemand war dort. Es hatte aufgehört zu schneien, deshalb habe ich die Spuren bemerkt. Von Schuhen. Winterstiefeln. Mit so einem V-förmigen Muster.«

»Du meinst, wie bei den Boots von Uggs? Harper hat solche besessen.«

»Kann sein. Ich hab nicht weiter darauf geachtet. Erst später ist es mir wieder eingefallen, als ich von ihrem Selbstmord hörte.«

»Und was ist daran so verwunderlich?« Ich wusste nicht, worauf er hinauswollte.

»Sie waren sehr tief, wie von einem großen, schweren Kerl. Und Harper war ja nun das totale Gegenteil.«

»Vielleicht waren es nicht ihre Spuren. Es könnte viele Erklärungen geben.« Trotzdem stimmte es mich nachdenklich. »Wieso ist der Knopf so weit geflogen? Deputy Hanson sagte mir, er wäre vom Ärmel des Mantels abgerissen. Warum gerade am Ärmel? Meistens verliert man doch vorn die Knöpfe, die man ständig auf und zu macht.«

Caleb ließ die Luft durch den gespitzten Mund zischen. »Es sei denn, jemand zieht mit Gewalt an der Jacke, um sie herunterzubekommen. Wenn du sie dir selbst ausziehen willst, lässt du sie über die Schultern rutschen. Du reißt nicht am Ärmel.«

»Du meinst, ein anderer könnte Harper den Mantel ausgezogen haben und dabei wäre der Knopf abgesprungen?«

»Vielleicht war sie bewusstlos und lag auf der Bank. Dann wäre es logisch, am Ärmel zu zerren. Nur, wieso sollte jemand so etwas tun? Das ist verrückt.«

»Aber es ist nicht unmöglich. Irgendetwas in ihrem Leben ist schiefgelaufen. Ich will unbedingt an ihr Tagebuch.«

»Schon wieder? An dem Punkt waren wir doch schon mal.«

»Es gibt noch ein Zweites, ein Geheimes sozusagen. Es muss in ihrem Zimmer versteckt sein. Nur wo? Du bist doch Spezialist im Aufspüren geheimer Verstecke. Mein Geld hast du schließlich auch gefunden. Also, wo könnte es sein?«

Caleb sah mich missbilligend an. »Dass du verrückt bist, hab ich dir schon mal gesagt, oder? Du willst im Ernst nochmal bei Harper einsteigen?«

»Nein. Aber ich will ihre Mutter besuchen, bevor sie Larkville verlässt. Vielleicht kann ich mich kurz nach dem Tagebuch umsehen. Ich hab bloß keine Idee, wo es sich befinden könnte. Glaubst du, es gibt eine lockere Holzdiele im Boden?«

»Ganz sicher nicht. Das Haus ist brandneu.«

»Wo würdest *du* suchen?

»Hm. Einerseits wollte sie, dass es niemand findet, andererseits musste es gut erreichbar sein. Sie hatte bestimmt keine Lust, Wände abzubauen, um etwas aufschreiben zu können. Bleiben nicht viele Möglichkeiten. Ein Tagebuch ist nicht so klein wie ein Bündel Geldscheine. Ich würde es unter einem Möbelstück anbringen, in einer Art Tasche oder Tüte. Die kann man unter einer Kommode oder dem Bett mit Klebeband befestigen und das Tagebuch leicht entnehmen. Die wenigsten Menschen stellen die Möbel auf den Kopf, wenn sie saubermachen. Ich würde auf die Kommode tippen, unter das Bett beugt man sich eher einmal. Du solltest auch die Rückseite kontrollieren.«

»Klingt nach einer guten Idee.« Ich sah ihm in die Augen.

»Was noch, Adrian?«

»Hast du damals meinen Zopf abgeschnitten? Du weißt schon, am Tag unseres Einbruchs.«

»Das schon wieder! Warum hätte ich das tun sollen?«

»Keine Ahnung. Um mich zu demütigen, mir irgendwas heimzu-zahlen, mich lächerlich zu machen, mir weh zu tun…«

»Wenn ich dir wehtun wollte, hätte ich eben die Gelegenheit ge-habt. Du bist glimpflich davongekommen, das musst du zugeben.«

»Ich war ein ebenbürtiger Gegner.«

»Das glaubst du wirklich? Ich hätte dich fertigmachen können, wenn ich gewollt hätte, stattdessen habe ich dich toben lassen. Du hast keinen Kratzer im Gesicht.«

»Und warum warst du so gnädig? Ich bin schließlich mit dem Messer auf dich los.«

»Ich wollte Joey nicht noch mehr Angst einjagen, außerdem warst du nicht ganz bei dir.«

»Du willst mir weismachen, dass du Mitleid mit mir hattest?«

»So weit würde ich nicht gehen. Es sieht nie besonders gut aus, wenn ein Junge ein Mädchen verprügelt. Wer angefangen hat, inter-essiert dann keinen mehr.«

Damit hatte er vermutlich recht. »Tut mir leid. Ich bin zu weit gegangen. Das Messer war keine gute Idee. Ich hätte dich ernsthaft verletzen können. Ich war so außer mir …« Die Tränen brannten in meinem Hals. Ich starrte auf den sandigen Boden. »Du weißt nicht, wie das ist, wenn man ein Tier liebhat. Er war wie ein Freund für mich seit ich zehn Jahre alt war. Ihn so zu sehen, aufgehängt und blutend, hat mir das Herz gebrochen. Bist du das gewesen, Cal?«

»Geht das schon wieder los? Ich hab deinen Hund nicht ange-fasst!« Er war laut geworden.

»Und wer könnte es deiner Meinung nach getan haben?«

»Jemand, der dich hasst. Der dir die Haare abschneidet, dein Haus anzündet und deinen Hund tötet.«

»Aber ich habe niemandem etwas getan. Ich halte mich abseits, mache mich unsichtbar, wer könnte mich so verabscheuen?«

»Ein Verrückter eben. Eine andere Erklärung fällt mir nicht ein. Nur leider ist es ein Verrückter, den du kennst.«

»Der Sheriff glaubt, dass Billy den Brand gelegt hat. Das hast du bestimmt gehört.«

»Der Sheriff hat schon so manchen falschen Schluss gezogen. Ich verrate dir was. Ein kleiner Gratis-Bonus in unserem Spiel der Wahrheit. Mein Bruder Corey hat schon immer eine Menge Mist gebaut. Sich geprügelt, gestohlen, mit Drogen gedealt, und die Sache mit dem 7-Eleven geht auch auf seine Kappe. Vielleicht hat er es verdient, im Gefängnis zu sitzen, nur ist er für das falsche Verbrechen verurteilt worden. Ich habe ihn vor ein paar Monaten besucht. Er hat Stein und Bein geschworen, dass er Miss Grant nichts angetan hat.«

»Ach ja? Vor drei Jahren hat er aber ein Geständnis abgelegt, und sie haben seine Fingerabdrücke in ihrem Haus gefunden.«

»Dann wach mal auf, Prinzessin. Nicht alle Beweise sind so schlüssig, wie es den Anschein hat. Er ist tatsächlich dort gewesen. Nur zwei Tage bevor sie starb. Sie wollte mit ihm über seine Zukunft sprechen, wollte versuchen, ihn an die Schule zurückzuholen. Du weißt, wie sie war. Selbst in Corey hat sie noch etwas Gutes gesehen.«

»Warum hat er das nicht erzählt?«

»Natürlich hat er das. Aber niemand glaubte ihm. Er geriet immer stärker unter Druck. Sie drohten ihm mit lebenslanger Haft aufgrund vorsätzlichen Mordes. Es gab keinen anderen Verdächtigen, und Coreys Ruf war nicht besonders gut. Am Ende hat ihm sein Pflichtverteidiger geraten, auf den Deal des Staatsanwaltes einzugehen und sich schuldig zu bekennen. Es wurde auf Totschlag plädiert. Er bekam zwanzig Jahre. Bei guter Führung kann er nach fünfzehn Jahren entlassen werden.«

»Du glaubst, dass er unschuldig ist?«, fragte ich fassungslos. Das änderte einfach alles.

»Weißt du, was Corey zu mir gesagt hat? – *Einmal hab ich etwas richtig machen wollen und bin zu meiner Lehrerin nach Haus gegangen. Ich hab mir ihre Ratschläge angehört und versprochen, mich zu bessern. Und was hat es mir eingebracht? Ich bin dafür ins Gefängnis gekommen.* – Sowas hätte er niemals gesagt, wenn er schuldig gewesen wäre.«

»Kann schon sein. Du kennst ihn besser als ich. Miss Grants Verlobter hat auch seine Zweifel an diesem Fall, wobei ihm das Urteil nicht hart genug ist.« Ich kratzte mich ungeduldig am Kopf, zog schließlich das Haargummi heraus, schüttelte meine Mähne und sah zu, wie Sand und Staub hinunterfielen.

»Es tut mir leid, dass ich dich angegriffen habe. Das hätte böse ausgehen können. Es tut mir auch leid für Joey. Ich wollte ihm bestimmt keine Angst machen. Ich werde jetzt gehen. Mrs. Barton weiß noch nicht, dass Fletcher tot ist. Es wird nicht leicht, ihr das zu erzählen.«

Schweren Herzens machte ich mich auf den Weg. Die Sonne stand hoch am Himmel und brachte die Luft zum Glühen. Nach zwanzig Metern drehte ich mich um. Caleb lehnte am Rand des Bretterzauns und sah mir hinterher. Ich war schon zu weit weg, um sein Gesicht zu erkennen, aber ich hatte den Eindruck, er hätte sein spöttisches Grinsen aufgesetzt.

War ich auf ihn reingefallen? Caleb war schlau. Er konnte lügen, ohne mit der Wimper zu zucken. Seine Fürsorge gegenüber Joey hatte mich vielleicht geblendet. War ein Psychopath in der Lage ein guter Mensch zu sein, wenn er wollte? Vermutlich ja. Es gab Serienmörder, die Frau und Kinder hatten und ein scheinbar ruhiges Leben führten. Man durfte niemandem trauen. Dennoch hatte sich ein seltsames Gefühl eingestellt, das ich nicht abzuschütteln vermochte, ein Gefühl von Nähe.

Caleb war mehr als fair geblieben. Er hatte versucht, mir nicht wehzutun. Er hatte mich beschützt.

Er liebte den Wagen, auch wenn die Reparaturen immer aufwändiger wurden und einen großen Teil seiner Zeit fraßen. Aber davon hatte er mehr als genug.

Zusammen mit Noah hatte er monatelang herumgebastelt, Ersatzteile auf Schrottplätzen gesucht, die Kotflügel ausgebeult, das Chassis neu lackiert. Sie waren blutige Anfänger gewesen, aber die Arbeit hatte sie zusammengeschweißt. Mehr als der Sport. Denn sie waren allein.

Als der Camaro dann endlich fertig wurde und die erste Fahrt bevorstand, hatte alles geendet. Noah war gegangen. Weiter weg, als er es sich je hätte vorstellen können. Und obwohl sie sich jeden Tag in der Schule sahen, hatten sie kein Wort mehr miteinander gewechselt.

Declan drehte den Schlüssel. Der Motor sprang an, brummte tief und weich, aber der Keilriemen quietschte leise. Lange würde er nicht mehr halten. Er musste sich bald einen neuen besorgen, wenn er nicht liegenbleiben wollte.

Wäre nur alles so leicht wie die Instandsetzung eines Autos, doch eine Freundschaft ließ sich nicht reparieren, schon gar nicht seine Beziehung zu Noah. Es war bitter, dass sie ausgerechnet durch diesen Kuss zerstört worden war.

Auf eine Fehlentscheidung war die nächste gefolgt.

Dummerweise hatte er sich mit Madison eingelassen, nur um mit Noah mitzuhalten. So konnten sie zu viert ins Kino gehen, ins Diner oder zum Schwimmen. Natürlich war das Ganze sinnlos gewesen. Wo keine Gefühle waren, konnte man sie nicht heraufbeschwören. Er hatte sich mehr und mehr verkrampft und schon beschlossen, der Sache ein Ende zu machen, als es zu dem fatalen Kuss zwischen Becca und ihm gekommen war. Dann hatte irgendein Arschloch den Vorfall verbreitet und alle wussten Bescheid.

Declan ballte die Faust und schlug auf das Armaturenbrett. Die Wut musste raus, obwohl er sich nach der Schlägerei mit Nate mäßigen wollte. Es war wirklich zum Kotzen, wie sehr alles eskalierte. Aber das war es jetzt. Er durfte nicht die Kontrolle verlieren. In einem halben Jahr war Schluss hier. Dann würde er abhauen und den ganzen Mist hinter sich lassen.

Declan streifte die verschmutzten Lederhandschuhe ab, nahm ein weiches Tuch und polierte die Armaturen, bis sie glänzten.

Er war fertig. Fertig mit allem.

War es das überhaupt wert gewesen? Wohl kaum. Aber manchmal war man besessen. Manchmal konnte man nicht anders. Er hatte sie unbedingt küssen wollen.

Beccas weiche rosige Lippen.

Er hatte wissen wollen, wie es sich anfühlte, wissen wollen, was Noah empfunden hatte, was Noah geschmeckt hatte. Als wäre etwas von Noah auf diesen Lippen zurückgeblieben.

Die dümmste Idee seines Lebens.

Eine von vielen.

Teil 6

Verbündete des Krieges

23

Die Stille, welche fortan im Haus von Mrs. Barton herrschte, war so bedrückend, dass mir das Atmen schwerfiel. Wir waren eine kleine Familie gewesen, wir hatten aufeinander geachtet, für einander gesorgt. Jetzt fehlte ein Mitglied dieser Gemeinschaft und riss eine große Lücke. Wir trauerten leise, jede für sich, zogen uns zurück, ließen zu, dass sich das Schweigen zwischen uns ausbreitete. Einmal wachte ich am Morgen auf und meinte, Getrappel auf der alten Holztreppe zu hören. Für einen Moment hatte ich vergessen, dass Blacky nicht mehr da war. Ich sprang auf, wollte ihm die Tür zu meinem Zimmer öffnen, aber der Korridor war leer.

Dann fiel mir alles wieder ein.

Obwohl mir Mrs. Barton keinen Vorwurf gemacht hatte, fühlte ich mich schuldig. Ich war mit Fletcher zusammen gewesen, hatte die Verantwortung gehabt und sein Verschwinden erst spät bemerkt. War ich der Grund für seinen Tod? *Jemand hasst dich*, hatte Caleb gesagt und vermutlich hatte er recht. Ich musste etwas getan haben, ohne mir dessen bewusst zu sein, etwas, das einen anderen ungeheuerlich gegen mich aufgebracht hatte.

Wie lange ich auch darüber nachdachte, meine Grübelei führte zu nichts. Unter dem Strich lief es auf die immer gleiche Erkenntnis hinaus: Ich brachte allen nur Unglück. Wahrscheinlich bereute Mrs. Barton längst, dass sie mich aufgenommen hatte und überlegte, mich loszuwerden. Ich hätte es ihr nicht verübeln können. Nach außen wirkte sie gefasst. Sie hatte die Nachricht vom Tod ihres Hundes mit einer bewundernswerten Ruhe aufgenommen und keine Träne in meiner Gegenwart vergossen. Sheriff Bishop war diesmal höchstpersönlich erschienen, hatte sich meine Schilderung angehört und Fletcher sogar nach Hause gebracht. Dann war Sean herübergekommen, um uns beim Ausheben einer Grabstelle im Garten zu helfen. Ansonsten geschah nichts. Es gab weder Fingerabdrücke an Tylers altem Baseballschläger noch an der Hundepfeife, und abgesehen von den Krümeln eines Hundesnacks hatte man keine Spur gefunden.

Immer wieder stellte ich mir die grauenvolle Szene vor: Der Täter hatte Blacky mit den hohen Tönen der Pfeife angelockt, ihn mit Leckereien gefüttert und sein Vertrauen geweckt. Vielleicht war Fletcher an die Leine genommen und zu der kleinen Lichtung geführt worden. Er hatte nichts geahnt, sich vermutlich nicht gewehrt. Kannte Blacky den Täter womöglich? Dann, vollkommen unerwartet, hatte mein Hund den tödlichen Schlag auf den Schädel erhalten, zumindest hielt der Sheriff dies für die wahrscheinlichste Reihenfolge. Eine kostspielige Obduktion wurde natürlich nicht angeordnet, also hoffte ich, dass Bishops Ansicht stimmte und Blacky nicht hatte leiden müssen. Die Vorstellung, dass er bei lebendigem Leib am Ast des Baumes hochgezogen worden war, um erst nach quälend langen Minuten den Tod durch Strangulation zu finden, erschien mir unerträglich.

Wie konnte ein Mensch so etwas tun? Auf einen sterbenden Hund mit einem Baseballschläger einprügeln? Am meisten beunruhigte mich Calebs Vermutung, dass ich Blackys Mörder kannte, ihm unzählige Male begegnet war, ohne zu ahnen, wie viel Boshaftes in ihm steckte. Er musste mich hassen. Oder war Fletcher dem Tierschänder nur zufällig in die Hände gefallen?

Meine Auseinandersetzung mit Caleb im Trailer-Park ging mir ebenso wenig aus dem Sinn. Ich hatte das Gefühl an eine Grenze gekommen zu sein, an einen Punkt, wo man sich Auge in Auge gegenübersteht und die Masken fallen lässt. Zumindest galt das für mich. Ich war außer mir gewesen, nicht mehr in der Lage, mich zu verstellen oder zu kontrollieren. Ich hatte ihm mein wahres Gesicht gezeigt, meine Angst, meine Wut, meine Verzweiflung. Niemand hatte mich je so gesehen. Es fühlte sich an, als wäre ich nackt gewesen. Obwohl ich wie eine Wahnsinnige auf Caleb losgegangen war, hatte er meine Tränen bemerkt, hatte meine Verletzlichkeit gespürt und mir kaum wehgetan. Aber durfte ich ihm deshalb trauen? Caleb hatte ein untrügliches Gespür entwickelt, wie man sich aus der Affäre zog. Früher, als er jünger gewesen war, hatte es an unserer Schule kaum einen Streit oder eine Schlägerei ohne seine Beteiligung gegeben, doch in den letzten Jahren war er klüger geworden. Er hielt sich von Ärger fern – vielleicht wegen Joey. Die Fürsorge und Zuneigung, die er seinem Bruder zeigte, gefielen mir, das musste ich mir eingestehen. Durch sie sah ich Caleb mit anderen Augen. Und noch eine Sache begann ich ihm gutzuschreiben. Caleb gehörte nicht zu der Sorte Mensch, die Unangenehmes breittrat. Er konnte Dinge für sich behalten. Obwohl er mir mein Geld gestohlen, mich erpresst und bedroht hatte, fing ich an, eine Art Sympathie für ihn zu entwickeln. Blauäugige grünäugige Rae. Ich wusste, woran es lag. Ich hatte eine Schwäche für Außenseiter. Erst Billy, dann Harper und jetzt Caleb – ich gab niemanden auf, wollte nur das Gute sehen. Deshalb irrte ich mich jedes Mal, indem ich die Tatsachen leugnete: Billy hatte das Feuer gelegt, Harper war eine Selbstmörderin und Caleb ein Tierschänder – oder nicht? Es war zum Mäusemelken.

Ich war seit Blackys Tod nicht mehr zum Creek gegangen, hatte keinen Sport getrieben, brauchte etwas, um mich auszupowern. Also suchte ich den Kraftraum der Schule auf, der uns von Mr. Chen für die Sommerferien zur Verfügung gestellt worden war – ein Privileg des neuen Abschlussjahrganges. Wenn erst die Schule wieder losginge, würde er ständig überfüllt sein.

Die Umkleideräume waren verwaist und ich glaubte schon allein trainieren zu können, als ich Lee entdeckte, der schwitzend auf einer Bank saß und sich von seinen Übungen an den Gewichten erholte. Seit unserer Fahrt nach Elgin hatte ich nicht mehr mit ihm gesprochen und sogar gehofft, ihm nie wieder zu begegnen – jetzt, wo er seinen Highschool-Abschluss in der Tasche hatte.

»Hi. Wie läuft das Training?«, sagte ich freundlich, während er mühsam einen Seufzer unterdrückte, als er mich sah.

»Okay. Bin beinahe fertig.«

Das hörte sich nach einer guten Nachricht an. Ich betrachtete Lee. Sein Oberkörper war muskulös und drahtig. Er trainierte offensichtlich hart für den Kampfsport. Als ich damals den Kung Fu Kurs begonnen hatte, war Lee immer freundlich gewesen, aber jetzt spürte ich seine Ablehnung. Wie war es so weit gekommen? Ich wollte mir Mühe geben.

»Was wirst du jetzt nach dem Abschluss machen, gehst du auf ein College?«

Er sah mich unwillig an, ließ sich dann aber doch herab zu antworten. »Erstmal bleibe ich hier. Mein Vater hatte einen Herzinfarkt.

Es wird dauern, bis er wieder auf die Beine kommt. Ich muss meiner Mutter in der Reinigung helfen.«

»Oh, das wusste ich gar nicht. Ich hoffe, er ist bald wieder gesund. Richte ihm meine Grüße aus, wenn du ihn siehst.«

Er murmelte ein leises »Hm« und wandte sich gleichgültig ab. Ich nahm einen neuen Anlauf.

»War dein Vater wegen des Blechschadens sauer?«

Lee zuckte mit den Schultern. »Es hielt sich in Grenzen. Der Leichenfund hat ihn den Unfall vergessen lassen.«

»Schon seltsam. Wärst du nicht von der Straße abgekommen, hätten wir die Hand nie entdeckt. Sie würde vielleicht noch jahrelang dort liegen.«

»Kann schon sein«, sagte er kurz angebunden.

Trotzdem gab ich nicht auf. »Du hast dich über mich geärgert, weil ich nicht nach Elgin wollte, oder?«

»Was willst du, Rachel? Ist doch Schnee von gestern.«

»Ja, mag sein. Die Vorstellung, auf verfallenen Friedhöfen oder in Irrenanstalten herumzugeistern, hat mich nicht besonders gereizt. Ich bin kein Fan von gruseligen Orten.«

»Es sollte nur ein Spaß sein. Du bist doch sonst nicht so zimperlich.«

»Was meinst du damit?«

»Na, wie man so hört, warst du schon oft allein am Creek, bei Wind und Wetter, zu jeder Tageszeit. Und auch um den Trailer-Park machst du keinen Bogen.«

»Ach wirklich? Hast du mich etwa gesehen?«

»Ja, stell dir vor. Ich komm viel rum, wenn ich Hemden ausliefere.«

»Ich bin aber nur einmal dort gewesen.«

»Um Fuller zu besuchen?«

»Besuchen ist nicht ganz das richtige Wort. Ich wollte ihn etwas fragen, und da Ferien waren, blieb mir nichts anderes übrig, als zu ihm zu gehen.«

»Du wolltest sagen, zu ihm zu rennen.«

So ein Mist. Lee hatte mich in einem meiner schwärzesten Momente beobachtet. »Ich laufe viel. Ist ein gutes Training, aber wieso interessierst du dich überhaupt dafür?«

»Weit gefehlt. Du kannst tun und lassen, was immer du möchtest. Jedenfalls scheinst du überaus selbständig zu sein, da wundert es mich nur, dass dich unser Ausflug nach Elgin so verstört hat.«

»Aber so war es. Ich wollte einfach nicht dahin, weil ...«, ich suchte nach Worten, »... es hat mit meiner Kindheit zu tun. Mein Bruder hat immer davon gesprochen, mich zu den Psychos nach Elgin zu schicken, wenn ich nicht spurte.« Lee sah mich zum ersten Mal aufmerksam an. »Ihr hättet mir sagen müssen, was ihr vorhattet, dann wäre ich nicht mitgekommen.«

»Okay. Vergessen wir es einfach.« Er stand auf und begann seine Sachen zu packen.

»Was wird jetzt eigentlich aus unserem Kampfkunst-Kurs? Kommt dein Vater wieder, wenn er sich erholt hat?«

»Vielleicht in ein paar Monaten, aber das ist noch nicht entschieden.«

»Es wäre schade, wenn wir nicht weitertrainieren könnten. Was ist mit dir? Würdest du die Leitung übernehmen, bis es ihm besser geht?«

»Wär vielleicht eine Idee«, sagte er nachdenklich. »Ich muss erst mit meinem Vater sprechen. Ohne seine Erlaubnis kann ich das nicht tun. Es würde ihn verärgern.«

Lee sah ehrlich besorgt aus. Mr. Chen führte eine strenge Hand, das war mir schon früher aufgefallen.

»Ja, mach das. Ich kann mir allerdings nicht vorstellen, was er dagegen haben könnte. Niemand beherrscht die Übungen so wie du. Die Schulleitung ist unter Garantie einverstanden«.

»Womit ist die Schule einverstanden?«

Lee und ich drehten uns um und sahen, wie Orestes mit breitem Grinsen den Kraftraum betrat.

»Das wüsstest du wohl gern, Alter. Ist aber noch nicht spruchreif.« Lee warf mir einen Blick zu. Offenbar wollte er die Sache erstmal für sich behalten.

»Ihr habt also Geheimnisse vor mir! Ich bin schockiert!« Orestes grinste und boxte Lee gegen den Oberarm. »Mann, du hast echt steinharte Muskeln. Kein Wunder, so oft, wie du hier abhängst. Was hältst du von unserem Modellathleten, Rae?«

»Ja, sehr schön. Wir sollten alle mehr trainieren.«

»Da hast du recht. Was ist, Lee, legst du mir ein paar Gewichte auf?«, fragte Orestes gut gelaunt.

»Sorry, Kumpel. Ich muss los. Hab den Wagen voller Klamotten, die auf ihre Auslieferung warten.« Lee schnappte sich seine Tasche und nickte mir zum Abschied zu. So freundlich hatte ich ihn schon lange nicht erlebt. Mit Orestes tauschte er einen Faustgruß und verließ den Raum. Kaum war die Tür ins Schloss gefallen, wollte Orestes wissen, worüber ich mit Lee gesprochen hatte.

»Na? Plant ihr die Neugestaltung unseres Schulhofes?«

»Ganz genau. Und er wird zum Orestes-Costa-Gedenkplatz umbenannt.«

»Du liest meine Gedanken!« Er zeigte mir sein strahlendes Lächeln. »Schön, zu sehen, dass es dir wieder gut geht.«

Ich musste schlucken. »Du hast von Fletcher Black gehört?«

»Ja sicher.« Er wurde plötzlich ernst. »Das muss schlimm für dich gewesen sein. Ich weiß, was er dir bedeutet hat.«

Ich nickte traurig. »Er war mein ältester Freund. Ich kann nicht verstehen, warum jemand sowas tut. Es ist abscheulich.«

»Und es wird schwer den Täter zu finden. Der Sheriff hat vermutlich andere Prioritäten.«

»Er will sich zumindest ein wenig umhören. Er hat es nicht auf die leichte Schulter genommen.«

»Das ist gut. Denkst du darüber nach, dir einen neuen Hund anzuschaffen? Ich könnte dir vielleicht einen vermitteln. In unserer Nachbarschaft hat es einen frischen Wurf gegeben. Eine Promenadenmischung, aber süß.«

»Ich weiß nicht so recht. Mrs. Barton ist im Grunde schon zu alt, um einen Welpen aufzunehmen, und ich will mich lieber nicht festlegen. Nächstes Jahr verlasse ich Larkville. Was soll dann aus dem Hund werden?«

»Wenn du willst, leih ich dir Tyson von Zeit zu Zeit. Er ist nicht gerade ein Kuscheltier, aber vielleicht besser als nichts.«

Ich konnte mich noch ganz gut an das schaurige Gebell seines Rottweilers erinnern und verspürte wenig Lust auf ein näheres Kennenlernen. »Danke für das Angebot, aber im Augenblick möchte ich keinen Hund um mich haben, das würde mich nur an Blacky erinnern. Wie sieht's bei dir aus? Wann verlässt du uns?«

»In zwei Wochen geht's los. Bin schon gespannt, wie mir das College-Leben gefällt.«

»Ich kann mir vorstellen, dass es genau dein Ding ist. Partys, Mädchen, bescheuerte Aufnahmerituale ...«

Er lachte. »Wie gut du mich doch kennst. Wahrscheinlich bereust du schon, dass du mich immer wieder abgewiesen hast. Stimmt's?«

»Na klar. Das bereitet mir schlaflose Nächte. Kommst du an Weihnachten nach Hause?«

»Da geh ich mal von aus. Lässt du dich dann auf ein Date mit mir ein?«

»Ja, vielleicht. Wir werden sehen. Kann ja sein, dass du es gar nicht mehr willst ...«

»Du weißt doch, dass ich von deinen Abfuhren nie genug bekomme.«

»Tut mir wirklich leid. Nimm es nicht persönlich, wahrscheinlich stimmt irgendwas nicht mit mir.« Ich versuchte zu lächeln. »Glaubst du eigentlich, dass Billy der Brandstifter war? Du bist doch immer auf dem neusten Stand.«

»Ist schwer zu sagen. Die Identität des Toten ist nicht zweifelsfrei geklärt, aber es spricht einiges dafür, dass Billy derjenige war, den wir im Wald gefunden haben. Er kannte deine Pflegeeltern und hatte ein Motiv. Ich denke, der Sheriff wird den Fall bald zu den Akten legen.«

»Ja. Das sieht ihm ähnlich. Ein Toter kann sich nicht verteidigen. Fall abgeschlossen.«

»Klingt, als wärst du nicht damit einverstanden.«

»Ich will eben sicher sein. Ein ›Vielleicht war es Billy‹ reicht mir nicht.«

»Das kann ich verstehen. Leider bleiben viele Fälle ungelöst.« Er sah mich nachdenklich an. »Warst du wirklich bei Fuller? Ich hab da sowas läuten hör'n.«

Die Frage traf mich unvorbereitet und insgeheim verfluchte ich Lee. Meinen Kampf mit Caleb wollte ich bestimmt nicht publik machen. Leider war ich im Lügen nicht die Einfallsreichste. Was konnte ich ihm nur erzählen? »Ähm ... er hat mir etwas besorgt. Vom Schrottplatz. Du weißt doch, dass er da arbeitet. Mein Rücklicht war kaputt.« Ich erinnerte mich vage, ein rostiges Fahrrad auf dem

Schrottplatz gesehen zu haben, als ich Caleb dort besucht hatte. Warum sollte er nicht mit alten Fahrradteilen handeln?

Orestes sah mich skeptisch an. »Du solltest dich lieber von Fuller fernhalten. Er könnte gefährlich sein. Niemand weiß, mit wem er sich so rumtreibt. Sein Bruder kannte üble Typen.«

»Das muss nicht heißen, dass er genauso ist.«

»Ich hab ihn vor Kurzem gesehen. Er sah übel aus. Sein Gesicht war grün und blau … muss in eine Schlägerei geraten sein, und wer Fuller kennt, weiß, dass der Idiot, der sich mit ihm angelegt hat, noch wesentlich schlimmer zugerichtet wurde.«

»Ja, gut möglich.« Meine Stimme klang dünn. Ich spürte, dass ich blass geworden war. Orestes wäre bestimmt hinten übergefallen, wenn ich ihm gesteckt hätte, dass ich die Schuld an Calebs Aussehen trug. Gott! Wegen mir hielt man ihn jetzt für einen Schläger. Natürlich konnte ich die Sache richtigstellen, aber irgendetwas sagte mir, dass Caleb nicht begeistert gewesen wäre, wenn ich darüber gesprochen hätte. Also hielt ich meinen Mund. Orestes brauchte nicht alles zu wissen.

Kaum hatte die Schule begonnen, versuchte ich mit Caleb in Kontakt zu treten. Ich raunte ihm im Vorbeigehen zu, er möge nach dem Unterricht auf mich warten und machte mich aus dem Staub. Im Grunde war mein Verhalten unwürdig. Wieso sollte ich nicht offen mit ihm sprechen? Er verdiente es wie alle anderen, mit Respekt behandelt zu werden, und ich veranstaltete eine solche Geheimniskrämerei. Wir waren jetzt immerhin die Ältesten an der Schule, sollten wir nicht endlich gelernt haben, das Richtige zu tun? Trotzdem war es mir lieber, den anderen keinen Gesprächsstoff zu liefern. Mein Ruf war angekratzt genug.

Declan kehrte in die Schule zurück und wirkte schon wieder verändert, wenn auch diesmal zum Guten. Vielleicht war es eine Erleichterung für ihn, dass Noah, Nate und Madison ihren Abschluss gemacht hatten, vielleicht hatten ihm seine Eltern ein Ultimatum gestellt. Er war nicht mehr so blass, trug die Haare wieder kürzer und verbrachte seine Pausen nicht ausschließlich hinter der Sporthalle.

Auch mir ging es besser. Die Tatsache, dass man Billy für den Brandstifter hielt, ließ Ruhe um meine Person einkehren. Ich wurde nicht mehr angestarrt und das Getuschel verstummte. Das Schuljahr begann also friedlich, abgesehen von den unverändert bohrenden Blicken Mr. Darnells. Er schien noch immer beunruhigt über meine Rolle im Mordfall seiner Verlobten zu sein, denn sein Misstrauen war unübersehbar. Und hatte er nicht recht? War ich nicht eigentlich dazu verpflichtet, ihm von Coreys Unschuld zu erzählen? Wenn Caleb die Wahrheit gesagt hatte, musste der Fall neu aufgerollt werden. Ich durfte nicht darüber schweigen.

Ich verließ das Schulgebäude nach dem Unterricht als eine der letzten, stand eine Weile an der Straße und schaute mich um, doch von Caleb war nichts zu sehen. Am Ende schlug ich den Weg zur Elder Street ein, lief in Gedanken versunken stur geradeaus und bemerkte erst im letzten Moment, dass Declans alter Camaro am Bordstein parkte. Die Motorhaube war geöffnet, Declan stand vornübergebeugt, offenbar in der Absicht einen Defekt zu beheben. Als ich an ihm vorbeiging, hob er den Kopf.

»Warte kurz, Rachel.«

Ich blieb zögernd stehen. »Springt er nicht an?«

»Doch, aber der Keilriemen ist hin. Der hält nicht mehr.«

Ich hatte keine Ahnung, was das bedeutete, obwohl Frank und Sean des Öfteren über Keilriemen gesprochen hatten. »Ist das teuer?«

»Nicht unbedingt, wenn ich ihn selbst austauschen kann. So schwer wird das nicht sein.« Er wischte sich die Hände an der Hose ab und kam zu mir auf den Gehweg. »Tja. Ich wollte mich bei dir bedanken. Wegen der Sache mit Nate, und weil du niemandem gesagt hast, dass ich dich quasi k.o. geschlagen habe.«

»Das war wohl eher ein Unfall.«

»Trotzdem. Ich stand kurz davor von der Schule zu fliegen. Dieser Schlag hätte mir das Genick gebrochen.«

»Hast du dich mit Nate versöhnt?«

»Das nun nicht gerade. Freunde fürs Leben werden wir wohl nicht mehr.«

»Ihr seid ganz schön aufeinander losgegangen. Was wäre passiert, wenn ich nicht eingegriffen hätte?«

Sein Blick verfinsterte sich. »Kann ich nicht sagen. Wir hätten vermutlich noch ein bisschen weitergemacht, bis …« Er verstummte und sah mich argwöhnisch an.

»Bis einer von euch tot umgefallen wäre?«

»Ich wollte sagen, bis einer genug gehabt hätte.«

»Ich glaube, Nate hatte schon längst genug.«

»Dann hätte er aufgeben sollen.«

»Vielleicht war er bereit aufzugeben, nur hast du es nicht bemerkt.«

»Ich bin nicht allein daran schuld, er hätte mir nicht dumm kommen sollen. Du kapierst einfach nicht, wie sowas läuft.«

»Ich kapier das ganz gut. Noch zwei, drei Treffer mehr und Nate hätte vielleicht sein Augenlicht verloren. So banal ist das nicht.«

Er starrte mich an, erwiderte aber nichts. Wahrscheinlich würden wir auch keine Freunde fürs Leben mehr werden. Immerhin nickte er mir zu, bevor er sich daran machte, die Motorhaube zu schließen.

Von Caleb war weit und breit nichts zu sehen.

Am frühen Abend fuhr ich zum Schrottplatz, auch wenn ich nicht wusste, ob Caleb dort sein würde. Ich hatte Glück. Schon von weitem sah ich ihn in der Abendsonne schuften, umgeben von rostigen Felgen, Reifen und Werkzeug. Er war gerade dabei, ein Autowrack auszuschlachten, als Mr. Hobbs mit grimmigem Gesicht auftauchte und laut vernehmbar lospolterte.

»Hey Aron! Wo zum Teufel hast du die Außenspiegel vom Gran Torino hingepackt? Sie sind nicht mehr im Schrank. Ich hab einen Interessenten. Also, wo sind die Dinger?«

Caleb wischte sich den Schweiß von der Stirn und sah abwechselnd von mir zu Hobbs. Dann entschied er sich seufzend für seinen Arbeitgeber. »Keine Ahnung. Die müssen im Schrank sein, es sei denn, sie hätten sie schon verkauft. War nicht vor ein paar Wochen ein Kerl da, der nach Außenspiegeln gefragt hat?«

Hobbs kratzte sich am Kopf. »Ja, schon. Aber er brauchte welche für einen Caddy. Vertickst du meine Ware auf Ebay, Aron?«

»Ganz bestimmt nicht. Hab nicht mal einen Computer. Wenn Sie die Dinger nicht verkauft haben, werden sie sich schon wieder anfinden. Ich kann ja mal nachsehen.«

»Mach erst den Pontiac fertig. Die Spiegel kannst du später suchen.«

Hobbs schob mit nachdenklichem Gesicht ab. Anscheinend war er unsicher geworden, was mit den Spiegeln passiert war. Ich wartete, bis er in seiner Baracke verschwand, stellte mein Rad an die Seite und kam langsam näher, während mich Caleb mit vor der Brust gekreuzten Armen unbeweglich studierte.

»Was verschafft mir die Ehre, Adrian? Sollte ich in Deckung gehen?«

»Nicht nötig, Aron. Hier bist du vor mir sicher. Zu viele Zeugen.« Ich sah kurz in die Richtung der alten Baracke. »Dein Boss nennt dich noch immer bei deinem zweiten Vornamen?«

»Yep. Ich denke, er hat inzwischen vergessen, dass ich Caleb heiße. Er ist nicht mehr der Fitteste.«

»Und die Außenspiegel hat er auch vergessen?«

»Gut möglich. Wer kann das sagen?« Er grinste.

Ich hätte schwören können, dass Caleb ganz genau wusste, was aus den Spiegeln geworden war. Einem kleinen Nebenverdienst war er bestimmt nicht abgeneigt, und sicher hatte er auf die ein oder andere Weise Zugang zum World Wide Web.

»Also Adrian, was bringt dich dazu, an einem so wunderbaren Abend den weiten Weg hier raus zu machen? Kontrollierst du meine Arbeitsmoral?«

»Ich kann mich beherrschen. Um ehrlich zu sein, wollte ich etwas mit dir besprechen. Ist nur eine Kleinigkeit. Nichts Wichtiges. Ich dachte, es wäre gut zu wissen, was du darüber denkst.«

»Seit wann machst du's so kompliziert? Spuck's einfach aus!«

»Tja also. Lee hat mich neulich gesehen, als ich zum Trailer-Park gegangen bin. Er hat es Orestes erzählt und wer weiß wem noch. Jedenfalls wusste ich nicht so recht, wie ich es erklären sollte, ich meine, was ich bei dir gewollt habe, deshalb … ähm, hab ich einfach gesagt, du hättest mir ein Rücklicht für mein Fahrrad besorgt.«

Er zog die rechte Augenbraue hoch und schmunzelte. »Du belügst deine Freunde und willst jetzt, dass ich dich decke?«

Er hatte es auf den Punkt gebracht. Wozu die Sache noch beschönigen? »Ich fand es so am einfachsten.«

»Du enttäuscht mich, Adrian. Unsere kleine Keilerei im Dreck ist doch eine Geschichte wert.«

»Wenn du meinst. Ich dachte, du hättest kein Interesse an der Verbreitung dieses Vorfalls.«

Er lachte. »Es ist dir in Wahrheit peinlich.«

»Ich bin nicht gerade stolz darauf, aber wenn du willst …«

»Sei nicht so naiv. Mir ist vollkommen Schnurz, was du den anderen erzählst. Wobei – ein Rücklicht? Das kriegst du auch ziemlich günstig im Walmart. Sehr einfallsreich bist du nicht.«

»Was hätte ich denn sagen sollen? Ich hab kein Auto.«

»Es gibt hier alles Mögliche, aber was soll's. Kann ich dir sonst noch irgendwie helfen?«

Ich brauchte eine Weile, bis ich mich durchringen konnte zu antworten. »Orestes glaubt, du wärst in eine Schlägerei geraten, wegen der blauen Flecken.«

»Und – bin ich das nicht auch?«

Ich wurde rot. »Es tut mir wirklich leid.«

»Das sagtest du schon.«

»Vor allem die Sache mit dem Messer. Es gibt mir zu denken, dass ich so weit gegangen bin.«

»Wenn dich die Umstände dazu zwingen, bist du scheinbar zu allem fähig.«

Seine Bemerkung traf mich unerwartet hart.

»Oh Gott. Ich weiß nicht, wieso ich das getan habe.«

»Jetzt krieg dich wieder ein. Erstens hattest du das Messer nicht mal richtig aufgeklappt, zweitens hast du schlecht gezielt und drittens warst du nicht zurechnungsfähig. Ich vermute, jeder Richter hätte mildernde Umstände angeführt, vor allem da du so reumütig daher kommst.«

»Wäre es andersherum gewesen, hätte *dir* sicher niemand mildernde Umstände zu Gute gehalten. Das ist nicht fair.«

»Daran bin ich gewöhnt. Also mach dir keinen Kopf.«

»So einfach ist das nicht. Ich komme mir mies vor. Jetzt glauben alle, du wärst ein brutaler Schläger.«

»Herrje, Adrian! Glaubst du, es wäre mir lieber zuzugeben, dass ich schon wieder von dir vermöbelt wurde?«

»So war es ja gar nicht. Ich schätze, du hättest mich ohne allzu viel Mühe bremsen können.«

»Lass uns die Sache vergessen, sonst tut es mir noch leid, dass ich dich verschont habe.« Sein Ton war rauer geworden.

»Hättest du dich anders verhalten, wenn Joey nicht dabei gewesen wäre?«

Die Frage schwebte einen Moment unbeantwortet in der Luft.

»Was willst du eigentlich hören? Lass es gut sein!«

»Okay. Ich werde es nicht mehr erwähnen, es sei denn, du möchtest, dass ich es richtigstelle ... vor den anderen.«

»Nein. Danke. Kein Bedarf. Sonst noch was?«

»Ich habe über deine Geschichte nachgedacht, darüber, was du mir von Corey erzählt hast. Sollte man nicht irgendetwas tun, immerhin geht es um eine falsche Verurteilung.«

»Scheinbar hast du mir nicht zugehört: Niemand wollte Corey glauben. Es gibt keine neuen Beweise.«

»Vielleicht würde sich Mr. Darnell dafür interessieren. Er will bestimmt wissen, wer seine Verlobte tatsächlich ermordet hat.«

»Du bist so gutgläubig, Adrian, ich kann es nicht fassen«, sagte Caleb verächtlich. »Darnell ist nicht besser als der Sheriff. Er glaubt auch keine Sekunde an Coreys Unschuld. Ihm ist nur das Urteil nicht hart genug. Er wollte für Corey lebenslänglich und für mich am besten dasselbe. Ich mach jedes Mal einen Bogen um ihn, wenn ich ihm an der Schule begegne. Man hätte ihn nie in Larkville einstellen dürfen, so voreingenommen, wie er ist. Ein klassischer Fall von Interessenskonflikt.«

»Und wer, glaubst du, hat es in Wahrheit getan?«

»So weit ich weiß, war Corey ihr einziger Verdächtiger. Natürlich haben sie nie richtig ermittelt. Miss Grant war für eine Lehrerin ziemlich in Ordnung. Kann mir kaum vorstellen, dass sie ein Schüler ermordet hat. Der Einzige, der mir in den Sinn kommt, ist ihr Verlobter. Vielleicht hatten sie Streit? Sind nicht meistens Beziehungsdramen an solchen Sachen schuld?«

»Wenn Darnell es getan hätte, würde er Ruhe geben. Wieso sollte er das Urteil anzweifeln? Es wäre für ihn doch alles bestens gelaufen. Niemand hegt einen Verdacht gegen ihn, und Corey ist der ideale Sündenbock.«

»Was weiß ich. Vielleicht ist Darnell verrückt.«

»Oder Corey hat dich belogen.«

»Wie auch immer. Hobbs hat mich nicht zum Quatschen eingestellt. Ich geb dir einen guten Rat: Du solltest weniger nachdenken. Die Dinge sind, wie sie sind. Mach dich nicht verrückt und vor allem: Mach mich nicht verrückt!«

Ohne meine Antwort abzuwarten, wandte er sich wieder seiner Arbeit zu. Im Grunde war alles gesagt. Caleb machte sich keine Illusionen. Ob Corey zu Unrecht im Gefängnis saß, schien ihn nicht mehr zu interessieren. Auch sein eigener Ruf oder die Tatsache, dass ich ihn mit dem Messer attackiert hatte, war ihm gleichgültig. Er lachte über mein schlechtes Gewissen.

Warum war er so großzügig? Früher hätte er versucht, einen Vorteil aus der Sache zu schlagen. War er zufrieden, weil ich ihm mein Geld überlassen hatte? Das konnte natürlich sein. Oder er fühlte sich überhaupt nicht ungerecht behandelt, weil er in Wahrheit doch der Tierschänder war. Vielleicht lachte er insgeheim über mich. Die dumme gutgläubige Rae – der konnte man schnell einen Bären aufbinden. Er hatte den Baseballschläger in seiner Hütte versteckt, er kannte meine Gewohnheit, zum Creek zu gehen, er kannte Blacky. Und er hatte ein Motiv. Tiere zu töten war seine Spezialität, wobei der Kauf von Luxus-Futter ihn zusätzlich gegen mich und meinen Hund aufgebracht hatte. Alles war möglich. Nur glaubte ich nicht mehr daran. Ich konnte nicht sagen, ob Caleb ein guter Mensch war, aber ich war mir bei einer Sache sicher: Caleb hätte sich nicht so viel Mühe gemacht, um einen »räudigen« Köter umzubringen. Ein Schlag hätte die Sache erledigt.

Wozu das Viech am Baum aufknüpfen?

24

Am zweiten Dienstag nach Ende der Ferien hatte ich meine erste Nachhilfestunde im neuen Schuljahr. Tommys Zensuren waren zwar besser geworden, doch seine Eltern hielten es für sicherer, am Ball zu bleiben. Mir war dagegen unbegreiflich, dass ich ihn erfolgreich unterrichtet hatte. Ich war am Anfang so ängstlich gewesen und hatte nur auf Harpers Betreiben den Job angenommen. *Könnte sie mich heute sehen!* Es würde ihr gefallen, dass sie mich richtig beraten hatte. Geistesabwesend fuhr ich in die breite Einfahrt der Gardeners und stieg vom Rad.

»Hallo Rae.«

Überrascht hob ich den Kopf. Ein junger Mann überquerte die Straße, ließ die Rücklichter seines Wagens zweimal aufblinken und kam zu mir herüber. Es war Reeve, Beccas Cousin.

»Schön, dich zu treffen«, sagte er freundlich. »Ich wollte gerade losfahren. Tommy ist übrigens noch nicht zu Hause. Er verspätet sich. Gab schon einigen Aufruhr deswegen.«

»Ich glaube, er ist an Ärger gewöhnt.«

»Da hast du recht. Tante Caroline ist mit Jungen ein bisschen überfordert. Sie sind ihr zu wild.«

Ich musste unwillkürlich an die Probleme denken, die Becca ihrer Mutter bereitet hatte. Das konnte Tommy so leicht nicht toppen.

»Ach Rae, hast du eigentlich mit Amisha gesprochen?«

»Ja. Ist schon eine Weile her. Sie war sehr nett.«

Reeve sah mich nachdenklich an. »Ging es ihr gut?«

Ich konnte spüren, dass er nicht nur aus Höflichkeit fragte.

»Ich glaube schon. Sie klang glücklich, soweit ich das beurteilen kann.«

»Doch, wahrscheinlich hast du recht. Sie hatte immer die Fähigkeit zum Glücklichsein. Wie ist es bei dir? Du musstest einiges durchstehen.«

Seine Frage war mir unangenehm, schließlich kannten wir uns kaum. »Mir geht es ganz gut«, sagte ich vage.

»Hm. Bist du sicher?«

»Warum willst du das wissen?«

»Um ehrlich zu sein, will nicht ich das wissen, sondern Britt. Sie meinte, ich solle ein bisschen nachbohren.«

Er lächelte mich entschuldigend an, dennoch fühlte ich mich in die Enge getrieben. Wie viel wusste er über meine Vergangenheit? War er von Brittany Weiss eingeweiht worden? Natürlich. Er hatte in seinem Wagen auf mich gewartet. Meine Hände wurden feucht.

»Ich komme zurecht«, sagte ich wortkarg, wobei es mir nicht gelang, ihn anzusehen.

»Tut mir leid. Ich hab dich ziemlich überrumpelt. Ist eine dumme Angewohnheit von mir. Wahrscheinlich hältst du mich für aufdringlich und denkst, dass mich das alles gar nichts anginge. Ich muss sagen, da hast du recht. Britt hat mich ein bisschen bearbeitet. Du kennst sie ja, sie kann das gut. Ich weiß nicht viel über die ganze Angelegenheit, falls dir das Sorgen machen sollte. Auch wenn es dir nicht so erscheint, kann ich dir versichern, dass ich ein sehr verschwiegener Typ bin. Was immer wir hier reden, bleibt unter uns. Versprochen. So wie ich es verstanden habe, gab es in deiner Kindheit ein ziemlich traumatisches Ereignis und meine Tante hat dich vor einiger Zeit darüber aufgeklärt. Da ich weiß, welchen Job sie macht, kann ich mir zusammenreimen, dass bei deinen Eltern nicht alles ganz legal ablief. Mehr brauch ich gar nicht zu wissen. Britt macht sich Sorgen um dich. Sie möchte nur einschätzen können, wie es dir wirklich geht.«

»Wie gesagt, ich komme klar.«

»Hm. Gibt es jemanden, dem du dich anvertraut hast?«

»Ja, eine Freundin in Chicago. Sie weiß im Groben Bescheid.«

»Das ist gut. Es hilft, wenn man nicht alles mit sich selbst abmachen muss. Sprichst du denn öfter mit ihr?«

Für einen Moment wollte ich lügen. Es wäre so einfach zu behaupten, dass ich regelmäßig mit Anaïs telefonierte. Alle wären beruhigt und ließen mich in Ruhe. Aber ich konnte es nicht. Britt Weiss meinte es gut mit mir. »Wir reden zur Zeit nicht viel. Meine Freundin hat im Augenblick eigene Sorgen.«

»Verstehe. Aber falls es Dinge gibt, die dir im Kopf rumschwirren, die du hättest fragen wollen – Tante Britt ist jederzeit bereit mit dir zu sprechen.«

»Ich glaube, es wurde alles gesagt.«

»Ach komm, Rae. Die Sache beschäftigt dich bestimmt noch. Möchtest du etwas wissen, jemanden treffen, der vielleicht mehr Informationen hat?«

»Nein. Ich will möglichst wenig darüber nachdenken. Seit dem Gespräch mit deiner Tante fühle ich mich ruhiger. Ich weiß jetzt, was passiert ist. Sie hat mir die Adresse einer Nachbarin gegeben, die meine Mutter gekannt hat, aber ich sehe keinen Sinn darin, mit ihr zu sprechen. Es würde alles wieder aufwühlen. Und wozu wäre das gut? Deine Tante kennt ohnehin jedes Detail, sie ist bestimmt unschlagbar in ihrem Job.«

»Sicher ist sie das. Doch sie weiß auch nicht alles. Du solltest nicht unterschätzen, wie verschwiegen die Leute werden, wenn sie es mit den Cops zu tun haben. Was nicht unbedingt gesagt werden muss, behalten sie gern für sich. Haben Angst vor Ärger oder davor, in etwas hineingezogen zu werden. Ich könnte mir vorstellen, dass diese Nachbarin bei dir sehr viel gesprächiger ist als bei der lieben Tante Britt. Sie kann manchmal furchteinflößend sein.«

»Und wie. Als ich sie das erste Mal gesehen habe – da war ich ungefähr elf – hätte ich mich am liebsten vor ihr versteckt.«

»Ja, sie ist beeindruckend selbstbewusst. Niemand weiß das besser als ich. Ein Blick von ihr konnte mich früher zum Schweigen bringen – und Schweigen war nicht gerade meine Stärke.«

Es tat gut, dass er etwas von sich erzählte. »Warst du auch so redselig wie Tommy?«

»Allerdings. Und Stillsitzen war ebenfalls kein Talent von mir.«

Ich musste schmunzeln. »Hat Britt eigentlich Kinder?«

»Nein. Und ihr Privatleben ist wirklich privat. Ich weiß nicht mal, ob sie auf Männer oder Frauen steht. Sie geht ganz in ihrem Job auf, aber als Tante ist sie super.«

»Kann ich mir vorstellen. Ihr seid eine tolle Familie.«

Tommy zog plötzlich in voller Fahrt mit seinem Mountainbike um die Ecke, bremste scharf und verteilte den Kies in hohem Bogen über die Auffahrt, sodass er auf uns niederprasselte.

»Hallo Rae. Sorry, bin ein bisschen spät dran. Hatte noch was zu tun, mit ein paar Kumpels von mir. Du verstehst. Manchmal gibt es

Wichtigeres als Nachhilfe. Ich hoffe, du bist nicht sauer.«

Reeve schüttelte den Kopf. »Rae ist nicht dein Problem, du solltest dir wegen deiner Mom Sorgen machen.«

»Ich dachte, sie wäre einkaufen. Shit. Jetzt muss ich mir wieder ihre Predigten anhören. Fünfzehn Minuten sind doch kein Weltuntergang.«

»Für dich natürlich nicht, aber Rae sitzt hier rum und wartet. Vielleicht hat sie noch was anderes vor.«

»Du jetzt auch, Reeve? Ich dachte, du wärst auf meiner Seite.«

»Es gibt hier gar keine Seite. Sei einfach pünktlich, Kumpel. Deine Jungs siehst du sowieso jeden Tag.«

»Ich hab eben die Zeit vergessen. Kann ja wohl mal vorkommen. Machen wir einfach doppeltes Tempo, dann gibt's gar nichts zu meckern.«

Ich wusste zwar nicht, wie er Mathe in doppeltem Tempo kapieren wollte, hielt es aber für besser, meinen Mund zu halten. Er war vielleicht ein Chaot, doch ich hatte ihn gern. Ich nickte Reeve zum Abschied zu und folgte Tommy auf sein Zimmer. Glücklicherweise war Mrs. Gardener beschäftigt, sodass uns ihre Standpauke erspart blieb.

Kaum waren wir oben angekommen, kramte Tommy sein Handy hervor und checkte ein paar Nachrichten. »Muss nochmal kurz telefonieren, dauert nicht lang, versprochen.«

Bevor ich etwas erwidern konnte, kam das Gespräch bereits zustande. Ich verließ das Zimmer für einen kurzen Gang zur Toilette, sah aus dem Fenster in den Garten, wo Becca am Pool lag. Alles wirkte so friedlich, als könnte nichts die Harmonie dieses Hauses stören. Doch es gab dunkle Geheimnisse, wenn sie auch nicht annähernd so düster waren wie meine. Als ich zurückkam, hörte ich Tommy schon von weitem laut sprechen: »... die kann sich mal gehackt legen. Ist doch ihre eigene Schuld.«

...

»... du sagst es. Ich mach drei Kreuze, wenn sie nächstes Jahr endgültig abhaut.«

...

»... und stell dir vor, sie hat unsere Mom überredet, ein neues Viech anzuschaffen, jetzt, wo ich Shakira gerade los war ...«

Ich stieß die angelehnte Tür mit einem Ruck auf. Tommy fuhr herum und starrte mich an.

»Es reicht. Mach endlich Schluss!«

Er legte seufzend auf und warf sein Handy achtlos auf den Schreibtisch. »Schon gut. Wir haben noch genug Zeit.«

»Da bin ich mir nicht sicher.« Langsam fiel es mir schwer freundlich zu bleiben.

»Hast du mich belauscht?«, fragte er argwöhnisch.

»Sagen wir eher, dass du nicht zu überhören warst.«

»Du wirst doch Becca nichts erzählen?«

»Wovon denn eigentlich?«

Er sah mich misstrauisch an. »Du weißt schon, was ich meine.«

»Ehrlich gesagt, nein. Bist du schuld, dass ihre Katze weg ist?«

Er antwortete nicht gleich, sondern spielte geistesabwesend mit den Kordeln seines Kapuzenpullovers. »Becca hat das selbst verbockt. Sie hätte besser aufpassen sollen.«

»Und worauf hätte sie aufpassen sollen?«

»Was weiß ich? Dass Shakira nicht abhaut. Sie hätte sie in ihrem Zimmer lassen sollen, stattdessen rannte sie überall herum.«

»Ich denke, sie brauchte Auslauf.«

»Tja. Das Haus war ihr wohl nicht mehr groß genug.«

»Hast du ihr etwas getan?«

Er sah mich immer noch nicht an. »Wovon redest du? Keine Ahnung, was mit der dämlichen Katze passiert ist.«

»Ich kann mir nicht helfen, aber du klingst schuldbewusst.«

»Da irrst du dich gewaltig. Soll ich dir was sagen? Ich bin froh, dass sie weg ist. Vielleicht gibt es irgendwo süße Katzen, aber Shakira war keine von ihnen. Becca hat sie zu einem hinterhältigen Biest erzogen, um mir auf die Nerven zu gehen. Manchmal, wenn ich weg war, hat sie sie absichtlich in mein Zimmer gesperrt, damit sie alles zerkratzt und durcheinanderbringt. Ich hab sogar mal ein paar ihrer Ködel unter meinem Bett gefunden. Kann mir niemand vorwerfen, dass ich sie gehasst habe.«

Vielleicht hatte er recht. Diese Streitigkeiten gingen mich nichts an. Es gab immer zwei Seiten einer Geschichte. Trotzdem wollte ich reinen Tisch machen. »Hör mal. Wo wir gerade beim Thema Gemeinheiten unter Geschwistern sind: Ich muss dir etwas sagen. Es ist schon eine ganze Weile her, da hast du dein Handy eingeschaltet auf dem Tisch liegen lassen und bist runtergegangen, um deiner Mutter mit dem Garagentor zu helfen. Ich bin nicht gerade stolz drauf, aber weil ich mich gelangweilt habe, kam ich auf die Idee, mir deine Fotos anzusehen. Dabei habe ich ein Bild von Becca gefunden, auf dem sie nackt war.«

Er warf mir einen besorgten Blick zu, blieb aber immer noch still.

»Was sagst du dazu? Du bist doch sonst nicht so schweigsam.«

»Das war nur ein Scherz. Bitte erzähl Becca nichts davon.«

»Wie vielen Freunden hast du das Bild gezeigt? Und lüg mich nicht an, Tommy!«

Er sah zu Boden. »Nicht vielen.«

Das konnte in meinen Augen eine erhebliche Zahl darstellen.

»Hast du jemandem das Foto geschickt?«

»Nein. Ich bin doch nicht bescheuert. Dann hätte Becca mit Sicherheit Wind davon bekommen. Ich hab sie nur einen kurzen Blick drauf werfen lassen.«

»Ich hoffe für dich, dass das wahr ist, ansonsten brächtest du dich in Teufels Küche. Hast du eine Vorstellung, was alles passieren könnte, wenn das Bild in Umlauf käme?«

»Becca würde mich einen Kopf kürzer machen.«

»Du glaubst, das wäre das Problem? Es geht dabei nicht um dich. Kapierst du eigentlich, dass Beccas Foto überall im Netz auftauchen könnte? Sowas ist kein Witz. Das wäre furchtbar für Becca. Jeder könnte sie nackt sehen und zwar bis in alle Ewigkeit.« *Bravo Rae! Das sagt die Richtige.*

»Nun reg dich mal nicht auf. Ich hab es niemandem geschickt, glaub mir!«

»Ich will, dass du es löschst. Jetzt sofort.«

»Okay, okay. Kein Problem. Wenn du dann dicht hältst.« Er nahm sein Handy, durchsuchte die Datei, bis er das Bild gefunden hatte und ließ es im Papierkorb verschwinden. »Bist du jetzt zufrieden?«

»Wir werden sehen. Falls du noch irgendeine Kopie besitzt, im Laptop oder sonst wo, rate ich dir, sie zu löschen. Wenn ich jemals eine Bemerkung über dieses Foto höre, wo auch immer, erzähle ich

Becca, was du getan hast. Dann kannst du dich warm anziehen.«

»Mann. Ich hätte nie gedacht, dass du so fies sein kannst. Es war alles ganz harmlos.«

»Mag sein. Aber du hast kein Recht Nacktfotos von deiner Schwester zu machen. Niemand hätte dafür Verständnis, das kannst du mir glauben. Das geht wirklich zu weit.« Ich sah auf die Uhr meines Handys und musste feststellen, dass unsere Nachhilfestunde eigentlich schon rum war. »Wir gehen jetzt noch kurz die Hausaufgaben durch, dann muss ich los. Und nächste Woche bist du pünktlich, verstanden?«

»Klar. Du hast mich ja jetzt in der Hand.«

»Blödsinn. Ich will dich bestimmt nicht erpressen. Wenn du keine Lust auf mich hast, sag es deinen Eltern, aber verschwende nicht meine Zeit.«

»So hab ich das nicht gemeint. Ich will keine andere Nachhilfelehrerin, mir geht nur Mathe unheimlich auf den Geist. Wer hat schon Bock auf Extra-Unterricht?«

»Glaub mir, ich versteh dich, aber du musst dich trotzdem entscheiden. Wenn ich weiterhin kommen soll, streng dich ein bisschen an oder wir lassen es. Du hast die Wahl.«

»Gut. Dann bis nächste Woche.«

»Das nenn ich mal eine schnelle Entscheidung.«

»Was bleibt mir anderes übrig. Ich hab keinen Bock mit meinen Eltern zu diskutieren. Da höre ich immer dieselbe Litanei ... *Mathe ist doch so wichtig ... du brauchst bessere Noten ... sei nicht so faul ...* Weil Becca so eine Streberin ist, erwarten sie dasselbe von mir. Aber ich hab kein Problem damit mittelmäßig zu sein.«

»Wie gesagt: Sprich mit ihnen! Ansonsten sehen wir uns nächsten Dienstag.«

Nach der Unterrichtsstunde fuhr ich nicht direkt nach Hause, sondern legte einen Stopp im Zentrum von Larkville ein, wo es einen kleinen Blumenladen gab. Ich hatte mich bei Mrs. Barton nie richtig dafür bedankt, dass sie mich aufgenommen hatte und wollte es endlich nachholen. Unsere schweigsame Koexistenz erinnerte mich zu sehr an die Jahre mit Frank und Eileen, die mir wie ein gleichgültiges

Nebeneinanderherleben vorgekommen waren. Mrs. Barton war fair genug, mir Blackys Tod nicht vorzuwerfen. Dennoch wusste ich, dass sie traurig war.

Der Blumenladen bot, obschon er klein war, eine erstaunliche Auswahl an Schnittblumen aller Art, die mir meinen Kauf erheblich erschwerte. Was würde Mrs. Barton gefallen? Ich hatte keine Ahnung. Der Typ für Rosen schien sie nicht zu sein, auch Orchideen kamen mir unpassend vor. Sie war ein ungekünstelter Mensch, geradeheraus, bescheiden. Nach langer Überlegung entschied ich mich für eine bunte Mischung aus rosa Löwenmäulchen, violetten Anemonen und weißen Rispenhortensien, die von der Verkäuferin mit Klee und Schleierkraut zu einem umwerfend schönen Strauß gebunden wurden. Er sah fast ein wenig romantisch aus. Harper hätte ihn geliebt. Ob er jedoch den Geschmack von Mrs. Barton traf, war ungewiss.

Der Kauf der Blumen war der einfache Teil meines Vorhabens gewesen war, aber was sollte ich ihr sagen? Ein Glückwunsch war schließlich nicht angebracht, und meine Absicht, die Stimmung zwischen uns zu verbessern, konnte ich unmöglich in Worte fassen. Wie übergab ich also die Blumen, ohne dabei vor Scham im Boden zu versinken? Wäre nur Blacky zu Hause, er hatte alles so leicht gemacht. Jetzt gab es nur Mrs. Barton und mich, kein übermütiger Hund würde für Auflockerung sorgen.

Ich drehte den Türknauf und betrat den dunklen Flur. Es war vollkommen still, nicht einmal der Fernseher sorgte für die übliche Geräuschkulisse. Behutsam löste ich das Papier vom Blumenstrauß, legte ihn neben der Spüle ab, suchte nach einer Vase und stellte ihn auf den Couchtisch. Die Abendsonne fiel durch das Fenster, ließ die Blumen erstrahlen, doch Mrs. Barton, die in ihrem Sessel eingenickt war, rührte sich nicht. Leise setzte ich mich ihr gegenüber auf die Couch und wartete. Es dauerte nicht lang, bis sie die schweren Lider hob. Sie musste meine Gegenwart gespürt haben.

»Rae? Wie spät ist es? Ich wollte hier nicht so lange sitzen, aber mein Rücken macht mir zu schaffen.«

»Gleich sieben. Möchten Sie einen Tee?«

»Vielleicht nachher, aber das schaff ich schon allein …« Sie hielt inne, sah die Blumen und ließ sich zurück in den Sessel fallen. »Hast du die besorgt?«, war alles, was sie dazu bemerkte.

»Ich wollte Ihnen eine Freude machen.«

»Das wär nicht nötig gewesen. Du sollst dein Geld nicht für überflüssige Dinge verschwenden.«

»Ich dachte, die Blumen würden Sie ein wenig aufmuntern, nach allem, was passiert ist.«

»Ich brauche keine Aufmunterung, ich komme sehr gut zurecht.« Ihr grimmiger Ton war entmutigend, ich hatte den Eindruck, sie nähme mir meine gutgemeinte Geste übel.

»Vielleicht hätte ich etwas anderes aussuchen sollen, ich wusste nicht, was Ihnen gefällt.«

»Es gibt überhaupt keinen Grund für Geschenke, merk dir das.«

»Ich wollte mich entschuldigen ...«

»Weshalb? Du hast nichts falsch gemacht. Fletcher war ein alter Hund, er hätte ohnehin nicht mehr lange gelebt.«

»Glauben Sie, er wurde meinetwegen getötet?«

»Ach was. Dieser Kerl treibt schon seit Jahren sein Unwesen. Er ist schuld, nicht du.«

»Wenn ich besser auf Blacky geachtet hätte ...«

Sie unterbrach mich harsch. »Das ist Kokolores. Einen Hund wie Fletcher Black legt man nicht den ganzen Tag an die Leine. Er braucht seine kleinen Abenteuer.«

»Dann sind Sie mir nicht böse?«

»Für wie einfältig hältst du mich? Ich weiß genau, wie sehr dich sein Tod getroffen hat. Bist ja quasi mit ihm groß geworden.«

»Aber es tut Ihnen leid, dass Sie mich aufgenommen haben.«

»Wie kommst du denn da drauf? Nur weil ich übellaunig bin, hat das noch längst nichts mit dir zu tun. Alte Menschen nehmen eben keine Rücksicht mehr, dafür haben sie keine Zeit.« Sie sah mich herausfordernd an.

»Ich dachte, Sie würden sich über die Blumen freuen ...«, sagte ich leise.

»Sie sind sehr schön«, brummte Mrs. Barton leicht verlegen. »Trotzdem. Merk es dir für die Zukunft. Es ist nicht notwendig mir teure Geschenke zu machen. Heb dein Geld für wichtigere Dinge auf.« Sie seufzte und rappelte sich hoch. »Wie ist es? Hast du Lust auf einen Tee?« Mit Mühe humpelte sie hinüber zur Küche, stellte die Kanne auf den Tisch und befüllte das Teesieb, während ich zwei Tassen samt Zuckerdose aus dem Geschirrschrank nahm und den Couchtisch eindeckte. Den Blumenstrauß schob ich ein wenig zur Seite, damit er nicht zwischen uns stand. Schließlich kam Mrs. Barton zurück ins Wohnzimmer, ließ sich mühevoll auf dem Sessel nieder und schenkte den Tee ein. Zunächst sahen wir ihm schweigend beim Abkühlen zu, dann – mit dem ersten Schluck – war das Eis gebrochen.

»Sean hat mich vorhin besucht. Er wollte mit uns beiden reden. Tja. Da du nicht hier warst, musste er mit mir vorliebnehmen. Er möchte das Haus seiner Eltern renovieren und will wissen, ob dir das recht ist.«

»Das ist eine gute Idee. Aber ist es nicht sehr teuer?«

»Ich denke schon. Er glaubt, dass die Versicherung bald das Geld auszahlen wird, jetzt wo die Identität des Brandstifters feststeht. Einen Teil des Geldes will er in das Haus stecken. Er hat vor, an den Wochenenden drüben zu arbeiten. Sean ist handwerklich geschickt und kennt wohl ein paar Leute, die ihm helfen würden. Du sollst ihm sagen, ob du damit einverstanden bist.«

»Was könnte ich dagegen haben? Es ist an der Zeit, dass die Ruine verschwindet. Jedes Mal, wenn ich an ihr vorbeigehe, schnürt sich mir die Kehle zu.«

»Kein Wunder. Aber du solltest Sean fragen, was nach der Sanierung geschehen wird. Schließlich gehört das Haus auch dir.«

»Vielleicht möchte er dort wohnen.«

»Das kann ich mir gut vorstellen. Sprich mit ihm und denk daran, dass auch du etwas davon haben solltest.«

»Ich will ihm bestimmt nicht im Weg stehen. Eileen wäre glücklich, wenn das Haus im Besitz der Familie bliebe.«

»Stimmt. Aber du gehörst auch zu dieser Familie, vergiss das nicht!«

Hatte ich wirklich jemals dazugehört? Wenn ja, hatte ich es nicht bemerkt. Es klang wie ein schönes Märchen.

»Das Haus hatte immer etwas Besonderes. Vor allem mochte ich den großen Garten. Als ich klein war, habe ich mir vorgestellt, von meinem Zimmer zur großen Eiche zu springen. Ein Ast reichte fast bis zu meinem Fenster, aber er war zu dünn. Ich konnte stundenlang zusehen, wie sich die Zweige bewegten und das gelbe Band in der Luft flatterte ...«

»Ach. Das gelbe Band. Hatte ich schon fast vergessen. Weißt du, damals war das keine Seltenheit. Eileens Tante Mary hat es um den Stamm gebunden, als ihr Sohn nach Vietnam ging. Er war ein paar Jahre älter als mein Michael. Trotzdem haben sie oft zusammen gespielt. Michael hat ihn sozusagen bewundert. Dann, Anfang der Siebziger Jahre, meldete sich ihr Sohn freiwillig zur Armee. Mary war sehr besorgt. Er war ihr einziges Kind. Das gelbe Band war in jenen Tagen ein Symbol. Man wünschte sich, dass ein Soldat wohlbehalten zurückkehrte. Es gab da dieses Lied – du kennst es bestimmt: *Tie a yellow ribbon round the old oak tree.* Es wurde ständig im Radio gespielt. Ein richtiger Ohrwurm. Es handelte von einem Strafgefangenen, der nach Jahren in der Fremde mit dem Bus nach Hause fuhr und nicht wusste, ob seine Liebste auf ihn gewartet hatte. Die Leute erinnerten sich wieder an die Tradition des gelben Bandes. Irgendwann in dieser Zeit hat Mary es an der Eiche befestigt. Es sollte ihrem Sohn bei seiner Rückkehr zeigen, wie sehr er vermisst worden war. Bedauerlicherweise ist er gefallen. Mary hat es nie verwunden. Sie ließ das Band am Baum, sie konnte es einfach nicht abnehmen. *Es bleibt dort, bis er zurückkehrt*, war alles, was sie dazu sagte.«

Eine weitere traurige Geschichte vergangener Tage. Wen hatte das Schicksal härter bestraft, Großtante Mary oder Mrs. Barton? Beide hatten auf tragische Weise ihre Kinder verloren.

»Jetzt ist es vollkommen schwarz, aber es hängt immer noch dort und flattert im Wind«, sagte ich nachdenklich.

Mrs. Barton räusperte sich mit lautem Krächzen. »Vielleicht ist es an der Zeit, einen Schlussstrich zu ziehen. Es gibt niemanden mehr, der auf Marys Jungen wartet. Sean sollte das Band abnehmen. Er und seine Frau haben einen Neuanfang verdient. Wir müssen immer nach vorn schauen. In der Vergangenheit zu verweilen, bringt uns nur Kummer, soviel hab ich im Leben gelernt.«

Ich hob ruckartig den Kopf. Jemand hatte an die Haustür geklopft, doch Mrs. Barton schien nichts gehört zu haben.

»Möchtest du noch eine Tasse Tee, Rae?«

Ich stand auf und straffte die Schultern. »Nein, danke. Ähm, erwarten Sie Besuch? Jemand ist draußen.«

Sie sah mich fragend an. »Hat es geläutet?«

»Nur geklopft. Wer könnte so spät noch vorbeischauen?«

»Na, das wirst du mit Sicherheit gleich rausfinden. Worauf wartest du noch?«

Ich wusste selbst nicht, worauf ich wartete, aber ich verspürte wenig Lust zur Tür zu gehen. Unangemeldete Besuche am Abend brachten selten etwas Gutes. Mit einem flauen Gefühl in der Magengegend öffnete ich schließlich. Es war Sheriff Bishop.

»Hallo Rachel. Es tut mir leid so spät zu stören, aber ich möchte mit dir und Mrs. Barton sprechen.«

»Wer ist es, Kind?«, rief Mrs. Barton mit donnernder Stimme.

»Sheriff Bishop. Er möchte Sie sprechen.«

»Wenn er niemanden verhaften will, kann er reinkommen.«

Ich lächelte verlegen und hielt ihm die Tür auf. Den Deputy Steve Hanson zu treffen, war eine Sache, in Gegenwart des Sheriffs litt ich jedoch an feuchten Händen und Herzrasen. Wir setzten uns um den kleinen Tisch, schenkten eine weitere Tasse Tee ein und warteten geduldig, bis er sich erklärte.

»Nun. Ich komme heute aus zwei Gründen zu Ihnen. Leider geht es dabei nicht um Ihren Hund. Es hat sich bedauerlicherweise nichts Neues ergeben. Zunächst möchte ich etwas zurückgeben.« Er öffnete seine Aktentasche und kramte darin herum. »Dieses Foto wurde uns von dir, Rachel, zur Verfügung gestellt. Wir benötigen es nicht länger.« Er reichte mir das Bild.

Für einen Moment war ich wie hypnotisiert. Das Bild zog mich magisch an. Frank und Eileen. Alterslos und ernst. Obwohl das Foto vor vielen Jahren entstanden war, wirkten sie kaum jünger. Und Billy. Ich spürte, wie mir die Tränen kamen. Niemand hatte je ein gelbes Band für Billy an einen Baum gebunden. Ich biss mir auf die Lippen.

»Und dann ist da noch die Brosche. Auch sie benötigen wir nicht mehr. Nach reiflicher Überlegung sind wir zu dem Schluss gekommen, dass es sich wohl um jene von Eileen Baker handeln muss. Ich gehe davon aus, dass sie jetzt ebenfalls dir gehört, wobei ich Sean Baker die Übergabe dieser beiden Dinge an dich bestätigen werde.« Er räusperte sich umständlich und sah dann abwechselnd von Mrs.

Barton zu mir. »Nun denn. Kommen wir zum unangenehmen Teil meines Besuchs. Es gibt … ein paar neue Erkenntnisse, den Brand betreffend. Ich fühle mich verpflichtet, Sie davon persönlich in Kenntnis zu setzten, bevor Sie es von Dritten erfahren. Also. Der Urheber ist weiter auf freiem Fuß.«

Wir sahen ihn mit großen Augen an, ohne recht zu begreifen, wovon er überhaupt sprach.

»Billy ist noch am Leben?«, fragte ich aufgeregt.

»Nein. Inzwischen konnten wir den Toten zweifelsfrei identifizieren. Unsere Recherchen führten uns zu einer Wohnung in Dayton, Ohio, in welcher Billy Kovac zusammen mit zwei jungen Männern einige Monate gelebt hat. Anhand eines DNA-Abgleichs konnte nun jeder Zweifel ausgeräumt werden. Bei unserem Toten handelt es sich um besagten Billy Kovac. Kurz darauf erreichte uns die Mitteilung, dass sich Kovac zur Zeit des Brandes in Ohio aufgehalten haben muss. Er wurde auf dem Überwachungsvideo eines Parkhauses in Dayton eindeutig identifiziert. Vermutlich hat er dort einige Tage später bei einem Einbruch mitgewirkt. Eine Lagerhalle, die ganz in der Nähe dieses Parkhauses liegt, wurde aufgebrochen und geplündert. Kovac war daran beteiligt. Entscheidend ist aber lediglich, dass Kovac nicht länger für unser Verbrechen in Frage kommt. Als du die Nacht mit ihm in der Zelle verbrachtest, hast du ja bereits erfahren, dass er ein Alibi besaß, obgleich er es mir gegenüber nicht erwähnte. Offensichtlich hat er damals die Wahrheit gesagt.«

Ich konnte es nicht fassen. Billys bombensicheres Alibi. Ein Teil von mir wäre dem Sheriff am liebsten um den Hals gefallen, ein anderer hätte ihn umbringen können. Wäre Billy nicht nach Larkville zurückgekehrt, hätte es keinen tödlichen Sturz gegeben. Wenn es überhaupt ein Sturz gewesen war.

»Wie Sie sich beide vermutlich denken können, werfen diese Erkenntnisse unsere Ermittlungen weit zurück. Wir werden den Fall noch einmal aufrollen müssen.«

Ich wusste, was das bedeutete. Die Vorbehalte gegen mich und meine Stiefbrüder würden neue Nahrung finden, sobald sich die Nachricht von Billys Unschuld herumgesprochen hatte.

»Halten Sie es für möglich, dass der Mörder meiner Pflegeeltern und der Mörder von Fletcher Black ein und dieselbe Person sind?«, überwand ich mich zu fragen.

»Nun. Zum jetzigen Zeitpunkt der Ermittlung möchte ich nichts grundsätzlich ausschließen. Meiner persönlichen Meinung nach ist es jedoch unwahrscheinlich. Die Brandlegung zielte darauf, Frank und Eileen Baker zu töten, während der Hund nur in ausgesprochen indirekter Beziehung zu diesem Fall liegt. Wer bereits dazu übergegangen ist Menschen zu ermorden, begnügt sich nicht länger mit Tieren. Würde es sich um denselben Täter handeln, hätte er vermutlich dich oder Mrs. Barton angegriffen, aber das ist Spekulation.«

Bishops Erklärung klang vernünftig, trotzdem wurde ich das Gefühl nicht los, dass beide Taten miteinander verknüpft waren, vielleicht sogar durch mich.

Der Sheriff erhob sich schwerfällig. »Ich bedaure, schon wieder Unruhe in ihrer beider Leben gebracht zu haben. Bleiben Sie wachsam! Und … hm … schöne Blumen«, knurrte er zum Abschied und lief dann schweren Schrittes zur Tür.

Ein paar Stunden später lag ich in meinem Bett und starrte in die Dunkelheit. Billy hatte nicht gelogen. Weder der Brand noch die Streichholzmäppchen gingen auf seine Kappe. Jemand, der das Feuer nicht liebte, hatte es gelegt, jemand, der mich vielleicht verschonen wollte, der mich geweckt hatte. Das waren Billys Worte gewesen. Sollte er auch damit recht behalten? *Pock, Pock, Pock* … Wieso war ich in jener Nacht aufgewacht? Ich war mir nicht mehr sicher. Der Albtraum konnte dafür gesorgt haben – aber wenn es doch einen anderen Grund gab? *Pock, Pock, Pock.* Das Geräusch ging mir nicht mehr aus dem Kopf. Ich hatte es schon einmal gehört, nur war es eine Ewigkeit her. Damals. Wie alt mochte ich gewesen sein? Oben, in meinem Zimmer … der Abend des eingeritzten Kunstwerks … der Küchentisch … der kleine Ball … die Bilder verschwammen … mir fielen die Augen zu.

Wach auf, Rae! … Zeit, das Feuer zu löschen. Harpers Stimme klingt streng. Sie lässt mich nicht schlafen. Immer will sie, dass ich auf sie höre. *Du musst dich beeilen, Rae* … Aber ich bin so müde, ich will die Augen nicht öffnen … *Pock, Pock, Pock.* Da ist es wieder. Es kommt von draußen, vom Garten. Etwas schlägt an die Fensterläden, rüttelt an ihnen. *Steh endlich auf, Rae, sonst ist es zu spät.* Harper schimpft mit mir. Sie kann nicht ertragen, dass ich immer noch nicht begreife.

Immer bin ich zu langsam, immer mache ich den gleichen Fehler. Aber da ist noch jemand, weiter hinten im Zimmer. Er sieht mir schweigend zu, ich glaube, er lächelt. Was tut er hier? Ich spähe in die Dunkelheit, versuche ihn zu erkennen. Seine Augen leuchten wie die Augen einer Katze, sein Körper ist geschmeidig, seine Hände spielen geschickt mit einem Streichholz, er reißt es an einer Schuhsohle an, die Flamme erhellt sein Gesicht. Es ist Billy. Er weiß, wie es geht. Er kennt die Geheimnisse des Feuers. *Warum springst du nicht aus dem Fenster? Es ist nicht hoch*, wundert er sich. Ich kann nicht sagen, warum. Ich nehme immer denselben Weg. Über die Treppe, durch den Keller. Vielleicht sollte ich auf ihn hören. Ich taste mich durch den Rauch, schiebe das Fenster nach oben, stoße die Fensterläden auf, lasse die Nachtluft herein. Sie tut so gut. Der Mond scheint in den Garten. Alles sieht friedlich aus. Ich kann mich herunterlassen, der Sprung geht nicht tiefer als von Harpers Balkon. Wie einfach es doch ist. Billy weiß, wie es geht. Plötzlich höre ich ein Rascheln. Etwas regt sich dort unten im Schatten des Hauses nah bei der Kellertreppe. Jemand wartet dort. Ich kann seinen Blick auf mir spüren. Wir halten den Atem an. Das *Pock Pock Pock* ist verstummt. Kein Ball fliegt mehr an die Wand, an den Sims, an die Läden. Er hat mich geweckt. Er wartet. Mein Brustkorb zieht sich zusammen. Ich fürchte mich, ich kann mich nicht bewegen. Das Feuer beginnt zu knistern, die Flammen schießen in die Höhe, ich spüre die Hitze. Es ist an der Zeit. Ich muss hinunterklettern, aber das Fenster ist so klein. Ich passe nicht hindurch. Ich rufe um Hilfe, schreie, so laut ich kann. Die Glut erreicht meine Füße. Wo ist Jack? Wo ist der Feuerwehrwagen? Er muss mich herauszerren, bis mein Schlüsselbein bricht, muss mich in sein sicheres Nest bringen, in den Korb an der Drehleiter, hoch über der Stadt. Aber ich kann ihn nicht sehen. Er kommt nicht. Die Nacht bleibt schwarz. Kein blaues Licht erscheint am Horizont, keine Sirene ertönt in der Ferne. Ich bin allein im Turm. Niemand kann mich retten. Niemand ist hier. Nur er. Dort im Schatten. Der alles verbrannt hat, der mich geweckt hat, der auf mich wartet. Ich erkenne ihn nicht und doch weiß ich, wer er ist. *Pock, Pock, Pock.* Ein Ball fliegt an die Wand. *Wach endlich auf, Rae! Jack ist da.*

Ich zog die Luft ein, fuhr ruckartig hoch. Seit Monaten hatte ich keinen Albtraum gehabt. Ging jetzt alles von vorne los? Mir war kalt. Ich stand auf, holte mir eine Strickjacke aus dem Schrank, schlüpfte in meine Jogginghose. Mein Atem beruhigte sich langsam, der Traum verblasste. Es waren nur Hirngespinste. Ich nahm mir ein Buch, wollte lesen, doch es gelang mir nicht. Immer wieder hörte ich das Aufprallen des Balles, hörte Billys Einflüsterungen. *Jemand hat dich geweckt.* Billys Unschuld schleuderte mich in den Abgrund zurück. Wäre er der Täter gewesen, würde alles einen Sinn ergeben. Seine Liebe für das Feuer, sein Rauswurf bei den Bakers, seine Sympathie für mich. Er hätte mich wecken können. Nur leider war er nicht der Brandstifter.

Jetzt blieben nur Sean und Tyler. Sie hatten vom Tod ihrer Eltern profitiert und beide mit ihnen gestritten. Tyler wäre allerdings nie auf die Idee gekommen mich zu wecken. Bei Sean war das schon eher denkbar. Er war, wie Mrs. Barton erklärt hatte, ein feiner Kerl. Und schon wurde alles ad absurdum geführt. Ein feiner Kerl brachte seine Eltern nicht um. Nun wurde er zu allem Übel wieder zum Hauptverdächtigen. Seine Pläne für die Renovierung des Hauses musste er auf Eis legen. Es war nicht gerecht.

Die Vögel zwitscherten, das erste Morgengrauen machte sich bemerkbar. Ich spürte eine unbändige Lust nach draußen zu gehen. Seit Blackys Tod war ich nicht mehr am Creek gewesen. Ich hatte es satt mich fern zu halten. Sollte er doch kommen, wer immer er war. Ich schlüpfte in meine Trainingshose, band meine Haare zum Zopf und machte mich auf den Weg nach unten.

»Warte, Rachel!« Mrs. Barton saß im Wohnzimmer. Sie hatte sich in eine Decke gekuschelt und wirkte, trotz ihrer kräftigen Stimme, müde und schwach. Ich fragte mich, ob sie die ganze Nacht dort zugebracht hatte.

»Es ist reichlich früh, für einen Ausflug. Wo soll es hingehen?«

»Ich wollte nur eine Runde laufen, bevor die Schule anfängt.«

»Du gehst nicht zum Creek, hast du verstanden!« Scheinbar konnte sie Gedanken lesen. »Hörst du, Rachel? Es ist mein voller Ernst. Ich weiß, dass dich die Sache mitnimmt. Alles wäre viel leichter, wenn wir Billy die Schuld geben könnten, dann würde endlich Ruhe einkehren.«

»Es macht doch keinen Unterschied. Niemand hat es auf mich

abgesehen. Ich bin die, die immer davonkommt«, sagte ich bitter.

»Was redest du da? Du wärst um Haaresbreite verbrannt, und weißt du was? Vielleicht hatte dieser verdammte Tierquäler viel Schlimmeres im Sinn. Er dachte womöglich, du würdest Fletcher hinterherlaufen. Dann wärst du ihm in die Falle gegangen. Ich bin froh, dass dir nichts geschehen ist. Leg es besser nicht darauf an.«

Während ich mir an allem die Schuld gab, sah Mrs. Barton die Sache von der anderen Seite. Es brachte mich zur Besinnung. Vielleicht hatte ich mehr Glück gehabt, als mir bewusst war.

»In Ordnung. Ich laufe rüber zum Country Club und dann durch das Stadtzentrum zurück.«

Sie nickte mechanisch und brummte etwas, dass ich nicht verstand. Vielleicht fürchtete sie, ich könnte wortbrüchig werden, aber das hatte ich nicht vor.

Ich war froh, dass wir wieder miteinander sprachen.

25

Die Woche nach Sheriff Bishops unerwartetem Besuch verlief ereignislos und ruhig. Niemand schien hinter meinem Rücken zu tuscheln oder mir abschätzige Blicke zuzuwerfen. Vielleicht waren sie es leid oder die Neuigkeiten hatten sich noch nicht herumgesprochen. Wir erlebten die letzten heißen Tage des Sommers, schwitzten im Klassenzimmer, waren träge und zahm. Angesichts der Hitze ging ich sogar so weit mich wieder unter die Weide zu setzen, die ich seit Harpers Tod gemieden hatte. Es gab nur wenige Schattenplätze, und der Gestank der Mülltonnen hinter der Sporthalle war bei über dreißig Grad nicht auszuhalten. Zu meiner Verblüffung fühlte ich mich dort wohl, beobachtete die anderen oder las in Harpers Lieblingsbuch *Der geheime Garten* von Frances Burnett. Caleb hatte sich die ganze Woche nicht in der Schule blicken lassen, doch es kursierten keine Gerüchte über ihn. Angesichts des fantastischen Wetters war kaum anzunehmen, dass Caleb krank geworden war. Er schien im allgemeinen eine unverwüstliche Gesundheit zu besitzen, also was war mit ihm los? Vielleicht gab es ein Problem mit Joey oder er musste arbeiten. Mein Geld hatte er sicher längst aufgebraucht, wenn er von niemandem sonst Unterstützung bekam. Das Leben war teuer. Ich wandte mich wieder dem Buch zu, betrachtete das Mädchen auf dem Einband, das mich an Harper erinnerte. Was würde sie sagen, wenn sie wüsste, dass Caleb ihr Erspartes hatte und ich keinen Versuch unternahm, es zurückzubekommen? Dabei war es für die Suche nach Tatum bestimmt gewesen. Aus irgendeinem Grund musste ihr das sehr wichtig gewesen sein.

»Hallo, Rae.«

Ich hob den Kopf und blinzelte. Becca stand vor mir und sah auf mich hinab, ihr Smartphone in der einen, einen Proteinriegel in der anderen Hand, von dem sie genüsslich abbiss.

»Ich wollte dir nur sagen, dass Tommy deine Dienste heute nicht benötigt. Ihm musste ein Weisheitszahn gezogen werden. Mum glaubt, dass er am Nachmittag noch nicht wieder aufnahmefähig für

Mathe ist.« Sie lachte. »Ein Weisheitszahn – wer hätte gedacht, dass Tommy so etwas besitzen könnte.«

»Tja, dann sag ihm gute Besserung.«

»Werde ich ausrichten.«

Sie wirkte schlecht gelaunt, machte jedoch keine Anstalten zu gehen, jetzt da sie ihre Nachricht an mich losgeworden war. Ich blieb sitzen und sah in mein Buch. Sollte sie selbst den nächsten Schritt machen, schließlich war sie zu mir gekommen. Zu meiner Überraschung nahm sie neben mir Platz, zerkrümelte den letzten Rest ihres Riegels und warf ihn den Spatzen hin.

»Kannst du mir eine Frage ehrlich beantworten?« Der Klang ihrer Stimme war spitz.

»Worum geht's? Hat dir deine Tante einen Auftrag erteilt?«

»Meine Tante? – Nein.« Sie sah sich um, bevor sie weitersprach. »Hast du mit Noah über mich gesprochen?«

Das kam jetzt überraschend. »Nicht dass ich wüsste«, antwortete ich ausweichend.

»Und was soll das heißen?«

»Als wir nach Elgin fahren wollten, habe ich neben ihm gesessen. Er hatte so einen überheblichen Gesichtsausdruck, als würde er mich verachten. Mir fiel ein, dass er glauben könnte, ich hätte damals irgendwen beim Techtelmechteln am Creek gesehen und es herumerzählt. Das wollte ich nur richtigstellen.«

»Und mich hast du nicht erwähnt?«

»Ich weiß es nicht mehr so genau. Ich habe nur gesagt, dass jede Geschichte zwei Seiten hat und dass sein Verhalten weite Kreise zieht.«

»Was hast du damit gemeint?«

»Naja. Nate lag verletzt im Krankenhaus. Sein Streit mit Declan beruhte doch irgendwie auf diesem ganzen Mist. Schließlich hat Noah nicht nur dich sondern auch Declan wie eine heiße Kartoffel fallen lassen, obwohl er sein bester Freund war und das alles wegen einer Lappalie, die von Madison in Umlauf gebracht wurde. Zumindest könnte ich mir das vorstellen.«

»Und von meinem … Problem hast du ihm nichts erzählt?«

»Nein. Ganz bestimmt nicht. Wie kommst du darauf?«

»Ich weiß nicht. Ich habe ihn zufällig beim Einkaufen getroffen, und zum ersten Mal, seit diese ganze Sache geschehen ist, hat er mit mir gesprochen. Er war so freundlich. Ich habe mich gefragt, was seinen Sinneswandel bewirkt haben könnte.«

»Vielleicht hat er einfach mal nachgedacht und ihm ist aufgegangen, dass damals gar nicht viel passiert ist.«

»Madison hat ihm bestimmt weisgemacht, dass Declan und ich richtig zur Sache gegangen sind.«

»Hast du denn nie mit Noah über den Vorfall geredet?«

»Nein. Er hat es nicht zugelassen. Stattdessen hat er schon zwei Tage später direkt vor meiner Nase mit meiner besten Freundin rumgemacht – noch dazu auf meiner eigenen Party.«

»Vielleicht tut es ihm leid.«

»Ich weiß nicht. Sein Stolz lässt das eigentlich nicht zu. Der stand ihm immer im Weg. Wenn er wüsste, dass ich …« Sie brach ab. »Du hast ihm doch wirklich nichts erzählt?«

»Nein. Und ich werde es auch nicht.« Mir war nicht ganz wohl bei der Sache. Tommy hatte dieses Foto gemacht. Es war nicht auszuschließen, dass etwas durchsickern würde.

»Versprichst du es?«

»Ja. Ich verspreche es. Aber vielleicht könntest du mir auch eine Frage ehrlich beantworten. Weißt du, wer mir den Zopf abgeschnitten hat? Und falls du es selbst gewesen bist, könnte ich damit leben. Was ich nicht aushalten kann, ist es nicht zu wissen.«

»Ich schwöre dir, dass ich es nicht war. Sowas würde ich keinem Mädchen antun, und ich kann mir auch nicht denken, wer mir den Zopf geschickt hat.«

»Schade. Es macht mich verrückt. Warum hast ausgerechnet du ihn bekommen? Heißt das nicht, dass der Täter mich hasst und aus irgendeinem Grunde glaubt, du könntest mich auch hassen? Als hättet ihr beide mit mir abgerechnet.«

Becca antwortete nicht. Sie hielt ihren Kopf gesengt und spielte mit der Stummtaste ihres Handys.

»Mit wem hast du über mich geredet?«

Sie seufzte. »Was glaubst du, Rae? Ich war ziemlich wütend auf dich. Ich dachte, du wärst schuld, dass meine Beziehung mit Noah in die Brüche gegangen ist. Natürlich hab ich über dich gelästert. Um ehrlich zu sein, hab ich kein gutes Haar an dir gelassen.«

»Ist nicht wirklich eine Überraschung. Und dir fällt niemand ein, bei dem du auf besonderes Interesse gestoßen wärst?«

»Ich weiß nicht. Mariah schien irgendetwas gegen dich zu haben, aber auch Lee und Declan waren keine Fans von dir.«

»Ja. Kann ich mir vorstellen. Ich muss mich wohl damit abfinden. Es gibt keine Zeugen, und der Täter wird es nicht zugeben.«

»Tut mir leid. Das war richtig mies. Ich weiß nicht, warum ich den Zopf so lange behalten habe. Es kam mir vor, als könnte ich mich auf diese Weise an dir rächen.«

»Ganz schön gruselig. Du stehst auf Fetische.«

»Nein. Bestimmt nicht. Es war eine schwierige Phase. Ich war so voller Hass, manchmal hatte ich das Gefühl daran zu ersticken. Noah war damals der wichtigste Mensch in meinem Leben, ich habe ihn wirklich geliebt.«

»Und was wird jetzt daraus? Glaubst du, ihr kommt wieder zusammen?«

»Nein. Dafür ist zu viel passiert. Aber es tut gut wieder miteinander zu reden. Dass er mich so vollkommen abgelehnt hat, tat mehr weh als alles andere. Vielleicht können wir Freunde sein. Wir wollen uns am Samstag in Chicago treffen. Er studiert dort an der Uni und hat mich gefragt, ob wir mal einen Kaffee trinken gehen. Erst will ich ein bisschen shoppen und dann sehen wir uns.«

»Klingt gut.«

Für Becca war es ganz normal nach Chicago zu fahren, während ich kaum aus Larkville rauskam. Und warum eigentlich? Ich konnte bei Anaïs vorbeischauen, mich zu einem Besuch bei der Nachbarin meiner Mutter durchringen oder eben eine Auszeit nehmen, so wie es andere taten.

»Was denkst du? Sollte ich mich lieber von Noah fernhalten?«

»Das kann ich nicht beurteilen. Ich dachte nur gerade daran, selbst einmal nach Chicago zu fahren. Ich hab dort eine Freundin, die ich nur selten treffe.«

Becca sah mich erstaunt an. »Wenn du willst, nehme ich dich mit. Allein fahren ist langweilig.«

Mir fiel fast die Kinnlade runter. Dass ausgerechnet wir zwei etwas zusammen unternehmen würden, hätte ich nie für möglich gehalten. »In Ordnung«, stammelte ich verblüfft.

Sie stand auf, schüttelte die Krümel von ihrem Rock und nickte mir zu. »Dann bis Samstag. Fahren wir nach Chicago!«

Vier Tage später stand ich in meinem schönsten Kleid im Schatten der Veranda und wartete auf Becca. Sie kam pünktlich, hupte kurz, als wenn ihr rotes Cabriolet zu übersehen gewesen wäre, und stieß die Beifahrertür von innen auf. Ich hatte nie in einem offenen Wagen gesessen und erst recht in keinem so schicken Modell, aber anstatt mich zu freuen, stieg ich hastig ein, nachdem ich mich verlegen umgeschaut hatte. Mit offenem Verdeck und aufgedrehter Musik fuhren wir durch die Stadt, sodass uns etliche Passanten Blicke zuwarfen. Ich drückte mich tiefer in den Sitz, während Becca hocherhobenen Hauptes die Reifen quietschen ließ. Genau wie ich war sie aufgeregt und wenig gesprächig. Ihr bevorstehendes Treffen mit Noah schien ihr Bauchschmerzen zu bereiten. Ich konnte sie gut verstehen. Ana hatte erst am Nachmittag für mich Zeit, weshalb ich mich entschlossen hatte, eine Reise in die Vergangenheit zu wagen. Ich wollte die einzige Person aufsuchen, die meine Mutter wirklich gekannt hatte. Sie hieß Lorna-Jean Mueller, mehr wusste ich nicht über sie.

Je näher wir der großen Stadt kamen, desto mehr verknoteten sich meine Finger. Becca sang dagegen die Lieder ihrer Playlist aus vollem Halse mit, um ihre Aufregung unter Kontrolle zu bringen. Kurz bevor wir Chicago erreichten, gerieten wir in einen Stau. Leichter Nieselregen setzte ein, Becca schloss das Verdeck. Sie drehte die Lautstärke runter, trommelte nervös auf dem Lenkrad herum und fluchte über den Verkehr.

»Wo soll ich dich absetzen?«, fragte sie unvermittelt.

Ich wollte ihr nichts von meinem Besuch bei Lorna-Jean erzählen, also blieb ich vage. »Mach dir wegen mir keine Umstände, ich fahr bis zum Parkhaus mit.«

»Wie du willst.« Sie schlug auf die Hupe, als ein Wagen vor ihr die Spur wechselte. »Idiot! Der hätte ruhig warten können.« Genervt wandte sie sich zu mir. »Tut mir leid, ich bin heute nicht sehr unterhaltsam. Das Treffen mit Noah steht mir bevor. Manchmal habe ich Angst, er könne mir alles ansehen ... die Schwangerschaft und so.

340

Ich weiß, es ist verrückt, aber die Vorstellung, dass er davon erfährt, bringt mich um den Verstand.«

»Warum sagst du es ihm nicht einfach.«

»Nein. Das geht nicht. Du kennst ihn nicht. Das würde alles nur schlimmer machen, glaub mir. Du hast mir doch versprochen es niemals weiterzuerzählen.« Sie klang verzweifelt.

Meine Fingernägel bohrten sich immer tiefer in meine Handflächen. Beccas Kartenhaus konnte jeden Tag einstürzen, nur ahnte sie nichts davon. Das war nicht fair. Jemand musste sie darauf vorbereiten. Ich schluckte. »Hör zu, Becca. Du musst es Noah sagen, bevor er es auf andere Weise erfährt. Es gibt da was, das du nicht weißt.«

Sie sah mich mit großen Augen an. »Wovon redest du?«

»Ich hab dir nicht die Wahrheit gesagt – ich meine, wie ich von deiner Schwangerschaft erfahren habe.«

»Ich dachte, du hättest ein Gespräch belauscht?«

»Aber so war es nicht. Es ist etwas komplizierter. Bitte, reg dich nicht auf.«

»Du machst mich wahnsinnig. Nun sag schon endlich.«

»Ich war allein in Tommys Zimmer. Er sollte deiner Mutter helfen. Sein Handy lag auf dem Tisch und ich habe mir seine Fotos angesehen. Er hatte ein Bild von dir, auf dem …«, es fiel mir schwer die Sache auszusprechen.

»Rae, ich schwöre dir, wenn du es nicht sofort ausspuckst, vergesse ich mich …«

»Er hatte ein Bild, auf dem du nackt bist.«

»Wie bitte? Mein Bruder hat Nacktfotos von mir auf seinem gottverdammten Smartphone?«

»Jetzt nicht mehr. Ich hab ihn gebeten es zu löschen. Ich glaube, er weiß nicht mal, was da genau zu sehen ist. Er hat keine Ahnung von der Kaiserschnittnarbe.«

Sie wurde blass. Ich konnte sehen, wie sich die Rädchen in ihrem Kopf zu drehen begannen.

»Woher hat er dieses Foto?«

»Das weiß ich nicht. Es sah so aus, als hätte er sich irgendwo versteckt. Vielleicht hat er einen Selfie-Stick benutzt.«

»Und man konnte meine Narbe darauf erkennen?«

Ich nickte. Meinen kranken Plan, das Bild in die Diashow der

Homecoming Feier einzubauen, behielt ich lieber für mich.

»Oh Gott. Das darf nicht wahr sein. Und Tommy weiß wirklich nicht Bescheid?«

»Da bin ich mir ziemlich sicher, aber es könnte natürlich sein, dass er das Bild ein paar Freunden gezeigt hat.«

Becca keuchte, beugte sich vor und stieß ihre Stirn einige Male auf das Lenkrad.

»Warum hast du mir das nicht gleich gesagt, Rae?«

»Ich dachte, du würdest Tommy in Stücke reißen.«

»Und wie ich das werde. Er könnte mein ganzes Leben in die Luft jagen, was soll ich nur machen?«

»Sag Noah die Wahrheit. Das ist die einzige Möglichkeit.«

Sie sah mich entgeistert an. »Das kommt nicht in Frage. Niemals. Das wäre mein Tod.«

»Und was ist, wenn er es von anderen erfährt?«

»Dann streite ich es ab. Behaupte, dass das Bild bearbeitet wurde, dass Tommy sich alles ausgedacht hat, um mich zu ärgern. Mir fällt schon irgendwas ein.«

»Okay. Ist deine Entscheidung.«

»Ja, verdammt. Das geht niemanden etwas an. Ich will es so.« Sie trat mit voller Wucht auf die Bremse und kam kurz hinter einem Pick-up zum Stehen. Wir flogen fast aus den Sitzen. »Verflucht war das knapp«, stöhnte sie aufgebracht. Hundert Meter weiter nahm sie die Einfahrt ins Parkhaus, stellte den Wagen ab und sah mich zornig an. »Komm bloß nicht auf die Idee irgendwem von der Sache zu erzählen, auch nicht deiner geheimnisvollen Freundin in Chicago. Das würdest du bitter bereuen, Rae.«

»Droh mir lieber nicht. Ich bin nur die Überbringerin der schlechten Nachricht. In dieses Schlamassel hast du dich ganz allein geritten. Und wo wir gerade bei schlechten Nachrichten sind, will ich reinen Tisch machen. Jemand hat deine Katze getötet, genau wie den Hund von Mrs. Barton. Ich habe Shakira im letzten Winter am Creek gefunden oder vielmehr ihren Kopf. Ich glaube, er wurde mit einem Beil abgetrennt. Tut mir leid.«

»Was erzählst du da? Bist du jetzt völlig durchgedreht?«

»Nein. Ich habe es monatelang für mich behalten, weil ich mit dieser Angelegenheit nichts zu tun haben will. Du hast dafür gesorgt, dass mein Ruf enorm beschädigt ist. Danke nochmal dafür. Außerdem hätte es dir sowieso nur Kummer gemacht. Aber es ist wahr. Jemand misshandelt und tötet Tiere in Larkville. Und nicht erst seit gestern.«

»Ihr wurde der Kopf abgehackt?«, fragte sie ungläubig.

»Ich bin kein Experte auf dem Gebiet, aber es sah so aus.«

Langsam schien sie zu begreifen. »Aber wer tut sowas? Das ist doch pervers.«

»Ja, allerdings. Und es ist nur die Spitze des Eisbergs. Vielleicht ist es derselbe Kerl, der unser Haus in Brand gesteckt hat, der Jasmin Grant erschlagen hat und wer weiß, was noch.«

»Corey Fuller hat Miss Grant im Streit getötet, das ist doch allgemein bekannt.«

»Aber Caleb schwört Stein und Bein, dass sein Bruder unschuldig ist. Er hat sich nur zu einem Geständnis überreden lassen, um eine lebenslange Haftstrafe zu vermeiden.«

»Woher willst du wissen, dass er nicht lügt?«

»Ich weiß es eben. Ein Mörder läuft frei herum. Glaub es oder lass es, aber er wird es wieder tun, mit einem Tier oder einem Menschen. Er ist ein Psychopath. Er kann nicht mehr aufhören.«

26

Der Nieselregen hatte sich in einen kräftigen Schauer verwandelt und scheuchte die Menschen im Eiltempo durch die nassglänzenden Straßen. Ich hatte die Metro genommen, war bis Morgan im Fulton Market District gefahren und lief jetzt Richtung Süden, bis ich den Washington Boulevard erreichte. Meine Schritte wurden schwerer. Die Kapuze meiner Regenjacke tief ins Gesicht gezogen, spähte ich nach den Hausnummern und fragte mich mit wachsender Unruhe, wie ich meinen Besuch einer mir völlig unbekannten Frau erklären sollte. Vielleicht weigerte sie sich, mich hereinzubitten oder aber – und das war meine größte Sorge – sie jagte mich mit Schimpf und Schande davon. Alles war möglich. Sie kannte mich nicht, hatte meine Mutter über die Jahre vermutlich vergessen und spürte mit Sicherheit kein Verlangen, eine bis auf die Haut durchnässte Jugendliche in ihre Wohnung zu bitten.

Als ich den Wohnblock erreichte, sah ich mich gründlich um. Die rote Backsteinfassade war mit traurigen Eisenbalkonen versehen, auf denen sich nirgendwo Blumen befanden. Das Haus wirkte im Regen trist und abweisend. Hier hatte ich die ersten vier Jahre meines Lebens verbracht. Ich legte den Kopf in den Nacken, starrte hinauf bis zum Dach, wanderte dann mit meinen Augen die sechs Stockwerke hinab, versuchte mich zu erinnern, doch nichts erschien mir vertraut. Schließlich überflog ich die zahllosen Namensschilder, bis ich endlich jenes von Lorna-Jean Mueller entdeckte. Es war alt und verblichen. Sie musste bereits eine Ewigkeit hier wohnen. Mit klammen Fingern drückte ich den Klingelknopf und wartete. Nichts geschah. Sie war bestimmt nicht zu Hause, redete ich mir ein und wollte mich gerade abwenden, als plötzlich der Summer ertönte. Ich holte tief Luft und öffnete die Tür.

Der Hausflur war düster und führte auf eine Treppe zu, deren unterste Stufen abgetreten wirkten; es roch nach Wischwasser und altem Holz. Langsam stieg ich hinauf, erreichte mit weichen Knien die dritte Etage und sah, dass eine der Türen einen Spalt breit offenstand. Von Lorna-Jean Mueller war jedoch nichts zu sehen. Ich hustete zweimal, rief leise ihren Namen, klopfte schließlich an die angelehnte Tür, bekam aber keine Antwort. Dann hörte ich mühevolle Schritte, die aus der Tiefe der Wohnung näher kamen.

»Ist ja schon gut. Bin gleich da.« Ihre Stimme klang müde und rau. Sie schob die Tür ein wenig auf, sah mich argwöhnisch an, vermittelte mir das Gefühl nicht willkommen zu sein.

Lorna-Jean Mueller war zierlich, viel kleiner, als ich erwartet hatte, und stützte sich mit einer zitternden Hand am Türrahmen ab, als fiele ihr das Stehen schwer. Ihr stumpfes, blondiertes Haar fiel in zerdrückten Wellen über ihre Schultern, die Wangen waren von blau-roten Äderchen durchzogen, die hellen Augen wirkten leblos. Um ihren dünnen Hals hatte sie einen roten Seidenschal geschlungen, der ihrem abgenutzten Jogginganzug ein wenig Glanz verlieh. Das Verblüffendste waren jedoch ihre Schuhe: zwei mit Federn besetzte rosa Pantoffeln, deren hohe Absätze silbern glitzerten.

»Was willst du?«, fragte sie brüsk.

»Entschuldigen Sie bitte, dass ich unangemeldet vorbeikomme. Ich hatte Ihre Telefonnummer nicht und wusste nicht, wie ich sie erreichen könnte. Ich bin nur selten in Chicago, deshalb wollte ich die Gelegenheit nutzen. Ähm, es ist nämlich so …« Ich holte tief Luft. »Also ich bin Rae. Lauras Tochter. Falls Sie sich erinnern … ich meine an Laura Jensen.«

Sie starrte mich an, schien nicht zu begreifen, dann weiteten sich ihre Augen. »Raemi? Du meine Güte! Dass ich dich nochmal wiedersehe. Ich kann es nicht glauben. Wie geht es dir?«

»Ja … ganz gut.« Ich nestelte verlegen an den Kordeln meiner Regenjacke. »Ich würde mich gern mit Ihnen unterhalten. Über früher, über meine Mum. Dürfte ich vielleicht reinkommen?«

Sie zögerte einen Moment. »Kannst du dich ausweisen?«

Jetzt war ich diejenige, die zögerte. Der Name in meinem Führerschein war nicht der, den sie erwartete. Trotzdem zog ich mein Portemonnaie hervor und reichte ihn ihr.

»Da steht Rachel Adrian. Das sagt mir nichts.« Sie streckte ihre dünne Hand aus und reichte mir den Führerschein so schnell, als wäre er verseucht. Der offene Türspalt wurde merklich kleiner.

»Früher hieß ich Rae Michelle Jensen, aber das weiß ich erst seit einigen Monaten. Der Name wurde zu meinem Schutz geändert. Man fürchtete, jemand würde mir etwas antun … Könnten wir nicht in Ruhe darüber sprechen?«

»Woher soll ich wissen, wer du bist? Es gibt viele Betrüger.«

»Erinnern Sie sich vielleicht noch an mein Geburtsdatum? Das wurde nicht geändert.«

»Es ist lange her und ich habe kein gutes Zahlengedächtnis. Wie könnte ich das noch wissen?«

»Sicher. Aber es ist der erste Januar. Vielleicht kommt Ihnen das Datum vertraut vor, weil es der Neujahrstag ist.«

Lorna-Jeans Abwehrhaltung schien ein wenig zu bröckeln. Der Türspalt wurde wieder breiter. »Hm. Da klingelt was. Ich kann mich an ein Silvester erinnern. Wir weckten dich kurz vor Mitternacht, um mit dir reinzufeiern. Im Fernsehen lief die Übertragung vom Time Square. Als die Menschen jubelten, glaubtest du, sie würden dir alle gratulieren. Es war dein dritter Geburtstag.«

Ich starrte sie mit offenem Mund an. Auch wenn ich mich nicht mehr erinnern konnte, sah ich die Szene vor mir. »Ich belüge Sie nicht. Ich bin Lauras Tochter. Es wäre wirklich eine große Hilfe, wenn Sie bereit wären, mit mir zu sprechen. Sie werden es ganz bestimmt nicht bereuen.«

Sie schien immer noch unentschlossen, öffnete aber zu meinem Erstaunen plötzlich die Tür und ließ mich herein. Als ich den Zustand ihrer Wohnung sah, wurde mir klar, dass sie aus Scham gezögert hatte. Überall lagen die Dinge verstreut: Kleidung, Essensreste, Zeitschriften, Flaschen, und ein schwerer, süßlicher Alkoholgeruch schwebte in der Luft. Verlegen räusperte sie sich.

»Es ist ein wenig unordentlich. Ich war ein paar Tage krank und musste das Bett hüten. Möchtest du was trinken?« Hastig schob sie die Kleidungstücke zusammen, die auf der schmuddeligen Couch gelegen hatten, und bot mir einen Platz an.

»Nein danke. Nicht nötig«, sagte ich schüchtern.

»Stört es dich, wenn ich mir einen kleinen Drink genehmige? Ich bin heute nicht ganz auf dem Damm.«

»Nein, gar nicht. Es ist sehr nett, dass Sie mich empfangen, Miss Mueller.«

»Oh Schätzchen. Sag doch Lorna zu mir, wo wir uns schon so

lange kennen.« Sie goss sich einen Schnaps in ihren Kaffeebecher, leerte ihn in einem Zug und schenkte noch einmal nach. Dann setzte sie sich neben mich und zeigte mir ein überraschend strahlendes Lächeln. »Wie schön du geworden bist, Kleines! Deine Mama wäre stolz auf dich. Du warst immer ihr Augenstern. So ein liebes Kind. Was haben wir manchmal gelacht. Du hattest die Angewohnheit, tausend Fragen zu stellen, du wolltest alles ganz genau wissen. Deine Haare waren früher heller, aber ich erkenne dich doch. Vor allem an deinen grünen Augen. Diese Farbe sieht man nicht oft. Lauras Augen spielten mehr ins Blaue, aber die Form war deinen sehr ähnlich. Daran erinnere ich mich gut. Ich hab deiner Mutter manchmal beim Schminken geholfen, weißt du. Sie war eher der schlichte Typ. Helles Haar, helle Wimpern – und dann bekommt sie so ein Schneewittchen als Tochter. Aber ihre Größe hast du geerbt.« Sie wickelte nachdenklich den Zipfel ihres Halstuchs um den Zeigefinger. »Nun sag schon, wie ist es dir in all den Jahren ergangen?«

»Ich lebe in einer kleinen Stadt in Illinois bei einer alten Dame. Man hat mir nichts über meine Mutter erzählt, bis vor ein paar Monaten. Nun weiß ich in groben Zügen Bescheid. Es hieß, sie sei eine Kriminelle gewesen, die gefälschte Papiere schmuggelte und mit dubiosen Menschen in Verbindung stand, mit Schwerverbrechern. Du bist der einzige Mensch, der sie wirklich kannte. Deshalb wollte ich dich sehen. War meine Mutter schlecht? Stimmt das alles?«

Lorna-Jean wandte ihr Gesicht ab und wischte sich flüchtig über die Wangen. »Die haben alles verdreht, wie sie es immer tun. Laura war ein guter Mensch – so etwas spürt man doch. Man konnte es daran sehen, wie sie dich behandelte, sich um dich sorgte. Sie war sehr still, richtig schüchtern, sprach nicht viel. Sie hat es nicht leicht gehabt ohne Eltern, ganz allein mit einem kleinen Kind. Sie kam mir immer ein bisschen verloren vor.«

»Kanntest du diesen Mann, diesen Carl Benson?«

»Ich hab ihn ein paarmal gesehen. Konnte nie begreifen, was sie an ihm gefunden hat. Natürlich war er anfangs großzügig, aber das hat sich schnell geändert. Er hat sie ins Verderben gestürzt. Wenn er mit ihr ausgehen wollte, brachte sie dich zu mir herüber. Du hast dann auf der Couch geschlafen, zwischen dutzenden Kissen und Decken. Wir taten so, als wäre es der Schlafwagen nach L.A., weißt du noch? Es gab da diesen Song. Wie ging er noch gleich, er lief so oft im Radio ... *Choo choo train is riding* ...

Ich schloss die Augen, während Lorna die Melodie leise vor sich hin summte. Ich kannte das Lied, obwohl ich mich nicht erinnerte, es je gehört zu haben ... *Nochmal Lola, der Zug soll weiterfahren. Choo choo train is riding* ... Ich sah die Schienen vor mir, die in meiner Fantasie aus dem kleinen Wohnzimmer in die Ferne liefen, erinnerte mich an die aus alten Magazinen geschnittenen Fahrkarten, hörte Lola, die an der Tür des Abteils Popcorn verkaufte ... Plötzlich fuhr sie mir über das Haar.

»Ich hab dich früher Lola genannt«, sagte ich leise.

»Hm. Das hatte ich fast vergessen. Mit dem R hattest du eine Weile Schwierigkeiten. Wenn dich jemand nach deinem Namen fragte, sagtest du Amy. Raemi oder Rae konntest du nicht aussprechen. Später hat es sich dann gelegt, aber es blieb bei Lola. Deine Mum hat es übernommen. Mein Gott. Seit damals hat mich niemand mehr so genannt.«

»Hat man dir erzählt, wie sie gestorben ist?«

»Oh ja. Das hat man. Ich konnte es nicht glauben. Ich war so traurig, aber sie ließen mich nicht in Ruhe, hörten nicht auf, mir Fragen zu stellen, kamen mit immer schlimmeren Vorwürfen, machten sie zu einer gefährlichen Terroristin ...«

»Was meinst du damit?« Ihre Bemerkung ließ mich erstarren.

»Du darfst nichts darauf geben. Es ist nicht wahr.«

Plötzlich hatte ich das Gefühl, der Boden würde mir unter den Füßen weggezogen. Tante Britt hatte mir Dinge verschwiegen. Ich erinnerte mich jetzt an ihren besorgten Gesichtsausdruck. Da war noch mehr gewesen ... »Was soll meine Mutter getan haben?«

»Sie glaubten, Laura hätte Terroristen gekannt, deshalb kamen sie immer wieder zu mir, wollten wissen, mit wem sie verkehrt hatte, zeigten mir Fotos und Flugtickets.«

»Hatte sie denn etwas damit zu tun?«

»Ich weiß nichts darüber. Wie gesagt, sie war sehr schweigsam, aber ich kann es mir nicht vorstellen.« Lola verschränkte die Arme vor der Brust und kniff die Augen leicht zusammen. Sie ging in Abwehrhaltung, das war nicht zu übersehen.

»Ich würde so gern mehr erfahren. Die Bundesagentin, die mit mir gesprochen hat, hielt diese Informationen aus Gründen der Staatssicherheit zurück. Ich will aber alles darüber wissen. Meine Mum muss dir doch irgendetwas erzählt haben.«

»Und wer sagt mir, dass du nicht von diesen Leuten geschickt wurdest, um mich auszuhorchen?«

»Das wurde ich ganz bestimmt nicht. Ich schwöre es. Eins kann ich dir versichern: Ich bin genauso verschwiegen wie meine Mutter. Bitte, erzähl mir, was du weißt! Hatte sie etwas mit den Anschlägen in New York zu tun?«

Lola seufzte. »Nein, Kindchen. Sie hatte nur Pech. Einige dieser Männer kamen aus Deutschland, ausgerechnet aus der Stadt, in die sie so oft gefahren ist. Du kannst dir nicht vorstellen, wie schockiert sie war. Kurz darauf hat sie mir alles gestanden – was sie für Carl getan hatte, ohne sich über die Konsequenzen im Klaren zu sein. Sie schwor mir bei deinem Leben, dass sie keinen Terroristen kannte. Aber es gab ihr sehr zu denken.«

»Und du solltest mit niemandem darüber sprechen?«

»Genau so war es. Sie sagte immer, *wenn dich jemand darüber ausfragt, weißt du von nichts.* Sie hatte ihre Gründe.«

Ich verstand nicht, worauf Lola hinaus wollte. »Was für Gründe waren das? Bitte Lola. Ich möchte es wissen. Ich habe kaum Erinnerungen. Ich kenne nicht einmal den Namen meines Vaters.«

»Armes Kind. An diesem furchtbaren Tag hast du so vieles verloren. Deine Mum würde sicher wollen, dass ich dir die Wahrheit sage.« Sie schenkte sich noch einen Schnaps ein und holte tief Luft. »In den letzten Wochen vor ihrem Tod war Laura sehr aufgewühlt. Sie wollte Carl verlassen und ein neues Leben beginnen. Sie sprach über deinen Vater. Wie nett und höflich er gewesen war. Wenn ich mich richtig erinnere, kam er für ein Jahr als Austauschschüler in die Staaten – damals in Michigan, wo deine Mutter zur Schule ging. Sie kannten sich wohl nur flüchtig. Wie sich alles genau ergeben hat, kann ich dir leider nicht sagen, aber Laura wurde schwanger. Kurz drauf verließ dein Vater die USA. Sein Visum war abgelaufen und Laura wusste nicht so recht, wie sie ihn erreichen sollte. Es waren andere Zeiten ohne Handys und Skype.« Lorna-Jean nippte gedankenversunken an ihrem Becher und schwieg eine Weile.

»Weißt du, aus welchem Land er kam?«, fragte ich in die Stille.

»Oh Kleine, das ist schon so lange her. Vielleicht aus Indien oder Pakistan? Laura sagte, er wäre Muslim. Deshalb bläute sie mir ein, deinen Vater nicht zu erwähnen. Sie machte sich Sorgen, dass man ihn verdächtigen würde. Also schwieg ich.« Sie sah mich unverwandt an. »War das ein Fehler, Raemi? Vielleicht hättest du bei ihm aufwachsen können.«

Mir schwirrte der Kopf. Irgendwo auf der Welt lebte ein Mann, der mein Vater war ... »Hat sie dir mal ein Bild von ihm gezeigt?«

»Leider nicht. Selfies waren noch nicht erfunden. Man fotografierte höchstens im Urlaub oder an besonderen Feiertagen. Wenn ich dich so anschaue, muss er ein hübscher Junge gewesen sein. Die dunklen Haare hast du von ihm, vielleicht auch die Augen.«

Es war ein seltsames Gefühl über meinen Vater zu sprechen. Wie alt war er heute? Ungefähr fünfunddreißig. Hatte er inzwischen geheiratet? Es war gut möglich, dass ich auf der anderen Seite des Erdballs ein paar jüngere Geschwister hatte, die so aussahen wie ich.

»Du solltest besser mit niemandem darüber sprechen, Raemi, ich könnte sonst großen Ärger bekommen. Diese Typen vom FBI finden es bestimmt nicht witzig, wenn sich herausstellt, dass ich sie damals über deinen Vater belogen habe. Ich lege keinen Wert darauf, wegen einer Falschaussage belangt zu werden.«

»Mach dir deswegen keine Sorgen. Das bleibt unter uns. Ich bin dir wirklich dankbar für deine Offenheit. Vielleicht gelingt es mir, meinen Vater zu finden, wenn ich mit der Schule fertig bin.«

Er war nicht der Einzige, den ich suchen musste. Harpers Schwester stand allerdings ganz oben auf meiner Liste. Ich reichte Lola zum Abschied die Hand, aber sie schüttelte den Kopf und verdrehte ihre Augen.

»Was soll das, Kindchen? Komm her!«

Ehe ich mich versah, schloss mich Lola so fest in ihre Arme, dass ich kaum Luft bekam. Zu meiner Verblüffung fühlte es sich gut an. Unter dem schweren Geruch von Alkohol und Haarspray nahm ich einen Duft war, den ich kannte. Er stammte aus einer lang vergessenen Zeit.

Das Wetter hatte sich gebessert. Der Wind trieb die Wolken auseinander, ließ hier und da einen Sonnenstrahl hindurchkommen und brachte eine weiche Seeluft über die Stadt, die warm und süßlich schmeckte. Ich war wie elektrisiert und lief etliche Kilometer, bevor ich endlich in die Metro stieg. Der Gedanke, keine Waise zu sein, brachte mich zum Lächeln. Irgendwo lebte mein Vater. Vielleicht war er bereit mir seine Tür zu öffnen und mich in seine Familie aufzunehmen. Ein Teil von mir wünschte es sich. Ein anderer Teil, mein düsteres, pessimistisches Ich, ließ erste Bedenken laut werden. Es waren so viele Jahre vergangen – alles konnte inzwischen geschehen sein. Es hatte Kriege gegeben mit zahlreichen Toten, die Welt war kein friedlicher Ort. Ob mein Vater noch lebte, war ungewiss, ob er mich anerkennen würde, war umso fraglicher. Ich war eine Unbekannte für ihn. Selbst meine Mutter hatte nur eine kurze Rolle in seinem Leben gespielt.

Britt Weiss hatte mich nicht auf die neuen Anschuldigungen vorbereitet. Und wie geschickt ich zu diesem Treffen mit Lorna-Jean gedrängt worden war! Ich fühlte mich manipuliert. Tante Britt schien meiner Mutter eine Menge zuzutrauen, aber Lola glaubte es nicht. Und ich glaubte Lola.

Und dann meine Begegnung mit Reeve! Von Zufall konnte keine Rede sein. Britt hatte ihn auf mich angesetzt, damit ich Lola aushorchen würde. Ging es ihr bei allem, was sie für mich getan hatte, immer nur um den Fall, den sie lösen wollte? Mein Instinkt war richtig gewesen. Schon als Kind hatte ich ihr misstraut. Am Ende war ich für sie nur die Tochter einer Kriminellen. Und der Apfel fiel bekanntlich nicht weit vom Stamm.

Schließlich erreichte ich das Haus von Anaïs. Kaum hatte sie die Tür geöffnet, fiel ich ihr um den Hals, was sonst nicht meine Art war. Ich berichtete ihr von meinem Treffen mit Lola, sprach über meinen Vater, ließ den Tränen freien Lauf. Ana verkniff sich ihre bissigen Kommentare und erzählte dann ihrerseits von den Veränderungen ihres Lebens. Sie hatte während des Hausarrestes den Highschool Abschluss nachgeholt und plante ein Auslandsjahr in Brasilien. Genau wie ich sehnte sie sich nach einer Luftveränderung, um die alten Sorgen endlich loszuwerden.

»Was macht dein Liebesleben, Rae? Hast du dem süßen Abenteurer eine Chance gegeben?«

»Du meinst Orestes? Nein. Nicht wirklich. Er ist jetzt auf dem College und lässt nichts mehr von sich hören.«

»Du hast ihn vergrault?«

»Wahrscheinlich schon. Ich hatte Angst, mich auf ihn einzulassen. Ich glaube, wir passen nicht zusammen. Er ist temperamentvoll und lebenshungrig – ich habe nie verstanden, wieso ich ihm gefiel.«

»Heißt es nicht, Gegensätze ziehen sich an?«

»Ja. Entweder das oder es hat ihn einfach gereizt mich rumzukriegen. Je schwieriger, desto besser, verstehst du?«

»Kann sein. Oder aber, er war verliebt, und du hast es nicht bemerkt.«

»Ich weiß nicht. Es fällt mir schwer zu glauben, dass jemand in mich verliebt sein könnte. Vielleicht tue ich ihm auch Unrecht. Er hat sich wirklich Mühe gegeben. Er wollte mir helfen etwas über meine Vergangenheit herauszufinden und hat seinen älteren Bruder um ein paar Nachforschungen gebeten. Und er war, ganz entgegen seiner sonstigen Angewohnheit, ehrlich verschwiegen.«

»Vielleicht habt ihr mehr gemeinsam, als du denkst?«

»Naja. Wir machen denselben Kampfsport und haben beide einen Elternteil verloren, aber das ist es auch schon. Wir sind sehr verschieden. Er ist ein extrovertierter Typ, der gern feiert und Spaß haben will. Ist ja auch nichts dagegen einzuwenden. Er hat mich immer zum Lachen gebracht. Ach, was soll's! Der Zug ist abgefahren. Er tröstet sich längst mit einer anderen.«

»Wer weiß? Vielleicht vergeht er vor Sehnsucht nach dir.« Sie verdrehte die Augen.

»Na klar. Weil ich ja so umwerfend geheimnisvoll bin. Nein. Da mache ich mir nichts vor.«

»Und wen gibt es sonst noch? Was ist mit Mistkerl-Caleb?«

Ich spürte, wie ich rot wurde. »Wir hatten eine Schlägerei.«

»Ernsthaft? Ich dachte, das wäre mein Privileg?«

»War es auch, aber ich bin ziemlich ausgerastet. Jemand hat meinen Hund getötet. Ich glaubte, es wäre Caleb gewesen.«

»Krass! Wer tut denn sowas?«

»Keine Ahnung. Caleb war es jedenfalls nicht. Seitdem habe ich ein komisches Gefühl, was ihn betrifft.«

»Du meinst, du stehst auf ihn?«

»Nein, du nervst. Es ist eher sowas wie Mitgefühl oder Dankbarkeit. Ich hab ziemlich heftig auf ihn eingeschlagen, wie eine Furie. Seltsamerweise hat er sich kaum gewehrt. Er hätte mir wirklich wehtun können, aber er tat es nicht. Ich weiß nicht warum.«

»Er war rücksichtsvoll, ein Gentleman? Kann doch sein, dass er dich mag.«

»Vergiss es. Er nennt mich immer beim Nachnamen, als würde er mich gar nicht als Mädchen wahrnehmen.«

Sie legte den Kopf auf die Seite. »Du heißt doch Adrian. Vielleicht ist er ein Rocky-Fan. *Adrian … Adriaaaaannnne…!*« Anaïs schrie aus vollem Halse und kugelte sich dabei vor Lachen. Natürlich kannte ich die legendäre Filmszene, die allerdings nichts mit meiner Beziehung zu Caleb gemein hatte.

»Das ist totaler Quatsch. Mach dich nicht lustig.«

»Ach, komm. Klingt, als hätte er eine Schwäche für dich.«

»Ja sicher. Die geht so weit, dass er in unser abgebranntes Haus einbricht und mein Geld stiehlt.«

»Er ist es also gewesen?«

»Er hat es zugegeben. Er brauchte das Geld für seinen kleinen Bruder. Sie sind ziemlich arm, weißt du.«

»Hm. Hört sich an, als wäre er ein undurchsichtiger Typ, aber vielleicht interessant.«

»Er lässt sich nicht gern in die Karten schauen, darum ist er schwer einzuschätzen. Er hat etwas Beunruhigendes an sich. Und sein zweiter Vorname ist Aron.«

»Was hat das jetzt damit zu tun?«

»Hab ich das nicht erzählt? Harper schrieb in ihrem Tagebuch von einem Albtraum. Darin geht sie in die dunkle Küche, wo ein riesenhafter Schatten auf sie lauert. Er hebt Lorelai hoch über seine Schultern, lässt sie wie ein Lasso kreisen, bis schließlich ihr Kopf abreist und wie ein Geschoss auf Harper zufliegt.«

»Du vermachst mir eine verdammte Albtraum-Puppe?«

»Tut mir leid. Ich dachte, wenn man die Geschichte nicht kennt, wäre der Fluch wirkungslos.«

»Haha. Du nimmst sie heute wieder mit, verstanden?«

»Ich hätte nicht gedacht, dass du abergläubisch bist.«

»Vorsicht ist besser als Nachsicht, sagt meine Granny immer.

Aber was ist jetzt mit Aron?«

»Naja. Harpers Albträume kehrten mit grausamer Regelmäßigkeit wieder. Sie fühlte sich bedroht. Einmal schrieb sie, der Schatten wäre vielleicht Aron. Seither geht mir der Name nicht mehr aus dem Kopf.«

Anaïs leckte sich genüsslich über die Lippen. »Hast du inzwischen Harpers zweites Tagebuch gefunden?«

»Nein. Noch nicht. Aber ich werde ihre Mutter demnächst besuchen. Dann sehe ich mich in Harpers Zimmer um.«

»Ich wünschte, du hättest es schon getan. Ich bin gespannt wie ein Flitzebogen. Also, wer könnte dieser Aron sein?«

»Darüber hab ich mir auch schon den Kopf zerbrochen. Mir fällt niemand ein. Es gibt einen Aron an der Schule, so zwei Jahrgänge unter mir, aber Harper kannte ihn kaum. Als sie starb war er höchstens zwölf oder dreizehn. Wie sollte er für ihre Albträume verantwortlich sein?«

»Also bleibt nur Mistkerl-Caleb?«

»Sieht so aus, aber er kann es einfach nicht sein. Klar, hat er sie mal geärgert, als wir Kinder waren, doch sonst war da nichts. Ich würde meine Hand dafür ins Feuer legen, dass Harper keine Ahnung von Calebs zweitem Vornamen hatte. Das Ganze macht auch wenig Sinn. In ihrem Traum war sie immer zu Hause, immer in der Küche. Soweit ich weiß, ist Caleb nie dort gewesen.«

»Vielleicht ist es ein Rätsel. So wie Tunfatidem.«

»Könnte sein. Oder es ist eine Abkürzung. Der Freund ihrer Mutter heißt Cameron. Vielleicht ist Aron eine Art Kosename.«

»Das ist es! Der Stiefvater heuchelt Interesse für die Mutter, um an die Tochter heranzukommen.« Anaïs strahlte vor Freude über diese zugegebenermaßen nicht ganz abwegige Möglichkeit.

»Ich weiß nicht. Es stimmt zwar, dass Harper ihn nicht besonders mochte, aber sie sagte, er wäre höflich zu ihr, wenn auch auf eine etwas oberflächliche Art.«

»Was steckt dann dahinter?«

Ich dachte einen Moment nach. »Vielleicht fühlte sich Harper unbewusst durch Cameron bedroht, weil er ihr die Liebe ihrer Mutter wegnahm? Er war ein Eindringling für sie.«

»Wie psychologisch, Rae! Hat man deshalb solche Albträume?

Von abgerissenen Puppenköpfen?«

»Nein. Du hast recht. Es muss eine andere Erklärung geben.«

»Was für eine Bedeutung hatte Lorelai für Harper?«

»Früher war sie ihre Lieblingspuppe, aber als ich Harper kennenlernte, saß sie bereits im Regal und staubte ein.«

»Auf mich machte sie einen sehr sauberen Eindruck. Vielleicht hat sie sie jeden Abend in ihr Bett geholt und mit ihr geplaudert?«

»So freakig war Harper nicht. Ich erinnere mich, dass sie Lorelai nicht mehr so gern hatte, seit sie ständig von ihr träumte. Ihr graute regelrecht vor Lorelai.«

»Ist ja kein Wunder, wenn sie jede Nacht von ihrem Kopf erschlagen wird. Ich bin zwar nicht so einfühlsam wie du, aber eine Puppe verkörpert doch wohl die Kindheit. Vielleicht hat sich Harper mit Lorelai identifiziert, sich als kleines Mädchen gesehen, und dieser Schatten hat sie kaputt gemacht.«

»Harper schrieb in ihrem Tagebuch, der Schatten wäre ein Sinnbild für den Tod. Zuerst glaubte ich, sie fürchtete sich davor zu sterben. Sie hatte eine ernste Herzerkrankung und musste häufig das Bett hüten. Deshalb hat es mich überrascht, als sie schließlich meinte, der Schatten wäre Aron.«

»Das würde ja bedeuten, dass Aron den Tod bringt. Verdammt! Wer kann es nur sein? Harper hätte es nicht aufgeschrieben, wenn es nicht wichtig wäre.«

»Du kennst sie schon besser als ich. Also, was wollte Harper damit sagen?«

»Gut. Gehen wir es systematisch durch. Harper liebte kleine Geheimnisse. Sie vermachte dir Lorelai – aber in Wahrheit vermachte sie dir Geld. Und nicht nur das. Sie schickte dir ein Rätsel und eine Aufgabe. Du solltest ihre Schwester finden. Warum das alles? War es nur ein Spiel für sie oder gab es einen Grund für diese Geheimniskrämerei? Ich würde sagen, sie wollte, dass nur du davon erfährst.«

»Soviel hab ich mir schon selbst zusammengereimt.«

»Also wer ist Aron? Es gibt niemanden, der dafür in Frage kommt, folglich muss sich etwas anderes dahinter verbergen. Vielleicht ist es ein Code oder ein Anagramm. Dann hätten wir zum Beispiel Roan oder von hinten nach vorn gelesen Nora.«

Die Begeisterung strahlte aus Anaïs' Augen, doch ich konnte sie nicht teilen. Ich hatte das Gefühl zu fallen. Alles um mich herum schien auf einmal zu schwanken. Ich schlug die Hände vor mein Gesicht. »Nein!«, keuchte ich mit zittriger Stimme.

»Hab ich einen Treffer gelandet?« Anaïs war noch ganz aus dem Häuschen über ihre Entdeckung.

»Das muss ein Zufall sein. Es macht einfach keinen Sinn.«

»Jetzt sag mir schon, was los ist, Rae. Wer ist Aron?«

»Verdammt, Ana! Ich hätte nie mit dir darüber reden sollen.« Ich sprang auf und packte meine Sachen.

»Du haust einfach ab? Ohne Erklärung?«

»Es ist schon spät. Ich muss pünktlich zurück sein, sonst fährt Becca ohne mich los.«

»Ich fass es nicht. Du gibst mir die Schuld für die Lösung des Rätsels? Ich hätte nicht übel Lust mich auf dich zu stürzen.« Sie packte mich an den Oberarmen und hielt mich fest. »So leicht kommst du nicht davon, Rae!«

»Lass los! Ich bin nicht in Stimmung.«

»Das juckt mich nicht. Wer ist Roan, wer ist Nora? Du schuldest mir eine Antwort.«

»Ich schulde dir rein gar nichts. Wenn du mich nicht sofort gehen lässt, schrei ich das Haus zusammen.«

»Ich hätte nicht gedacht, dass du so ein Miststück sein könntest. Gerade du, die immer das Richtige tut, die immer anständig und hilfsbereit ist. Ich bin in unserer Beziehung das Miststück, also vertausch jetzt nicht die Rollen. Was hat dich so aufgebracht, Rae, dass du mich auf diese Weise behandelst? Ich muss wohl einen Nerv getroffen haben. Los, erzähl es mir, dann fühlst du dich besser. So schlimm wird es schon nicht sein.«

»Ist es aber«, sagte ich resigniert und gab meinen Widerstand auf. »Es ist das Schlimmste, was ich mir vorstellen kann.«

Ana ließ mich los. Ihre Augen hatten einen merkwürdigen Glanz, sie schien sich zu fürchten.

»Wer ist Nora?«, flüsterte sie.

»Es ist Harpers Mutter. Sie ist der Schatten in der Küche – sie ist der Tod.«

Britt Weiss öffnete die Tür zu ihrem Apartment und schaltete das Licht ein. Die letzten zwei Wochen hatte sie in Washington verbracht, aber nun war sie endlich zurück in New York. Es tat gut, die eigenen vier Wände wiederzuhaben. Sie hängte ihren Mantel in den Garderobenschrank, stellte die Schuhe ordentlich darunter und legte ihren Aktenkoffer auf den Esszimmertisch.

Der Tag war hart gewesen. Sie verspürte Lust auf einen Whiskey, entschied sich jedoch dagegen. Allein zu trinken hatte sie sich abgewöhnt. Da sie nicht zu den Menschen gehörte, die ihre Vorsätze leichtfertig brachen, setzte sie Wasser für einen Tee auf, tauschte den Hosenanzug gegen legere Kleidung und machte es sich auf der Couch gemütlich. Sie atmete durch, ließ den Tag Revue passieren und schob die Ereignisse zur Seite. Sie wollte an anderes denken. Die Arbeit durfte nicht ihr ganzes Leben verschlingen.

Zuletzt hatte sie kaum Zeit für Privates gehabt. Viele Anrufe waren unbeantwortet geblieben. Sie wählte die Mailbox ihres Handys und hörte die Nachrichten ab. Ihre Schwester Caroline hinterließ eine Einladung zu ihrem Geburtstag, wünschte ein schönes Wochenende und erwähnte, dass Becca zusammen mit Rachel nach Chicago fahren wollte.

Britt lächelte. Sie hatte sich bereits gefragt, wie lange Rae für diesen Schritt noch brauchen würde. Der Ball kam ins Rollen. Rae würde durch Lorna-Jean Mueller alles über ihre Mutter erfahren, vielleicht sogar, wen Laura in Deutschland getroffen hatte. Es könnte ein harter Schlag für sie werden. Britt hätte ihr diese Sache gern erspart, aber sie sah keinen anderen Weg. Nach all den Ermittlungen war nie geklärt worden, ob Laura Jensen für Terroristen gearbeitet hatte. Es hatte nichts darauf hingewiesen, sodass Britt es im Grunde ausschloss. Der einzige Mensch, der etwas darüber wissen konnte, war Lorna-Jean, aber die hatte es verstanden zu schweigen. Auch die Vaterschaft war ungeklärt. Britt fühlte jedoch mit Gewissheit, dass Lorna-Jean darüber Bescheid wusste. Was hatte es mit dem Vater auf sich? Ging vielleicht eine Gefahr von ihm aus? Seine Herkunft war unbekannt und bot Anlass zu Spekulationen. Er musste dunkelhaarig sein, zumindest war es sehr wahrscheinlich, wenn man Raes Aussehen betrachtete. Nun, bald würde sie es erfahren, wenn alles so lief wie erhofft. Rae würde gelingen, was sie selbst nicht erreicht hatte, Rae würde es herauskitzeln. Trotz ihrer Alkoholsucht war Lorna-Jean während der zahllosen Befragungen zäh geblieben und hatte sich nicht in Widersprüche verwickelt. Letzten Endes hatte man das Interesse an ihr verloren. Es gab Wichtigeres in jener Zeit.

Heute jedoch war Britt mehr denn je daran interessiert, die Details des Falles zu klären. Sie konnte kaum erwarten, endlich mit Rae zu sprechen und sich auf die Suche nach dem Vater zu begeben. Es war eine gute Idee gewesen, Reeve mit ins Boot zu holen. Er hatte eine lockere Art und verstand es, ohne Druck zu überzeugen.

Britt leerte ihre Teetasse, warf das letzte Stück eines Cantuccinos in die verbleibende Flüssigkeit, schob ihn mit einem Löffel hin und her, bis er weich wurde und ließ ihn dann genüsslich auf der Zunge zergehen. Dann hörte sie die nächste Nachricht ab. Sie stammte von Sheriff Bishop, der ihr in kurzen Worten mitteilte, dass es sich bei der aufgefundenen Leiche um Billy Kovac handelte. Er war nach neusten Erkenntnissen jedoch nicht der Urheber des Brandes. Sein Tod wurde als Unfall klassifiziert.

Britt lehnte sich zurück und schloss die Augen. Die Sache fand einfach kein Ende. Ihre Familie lebte in Larkville, ebenso Rae. Gab es Grund zur Beunruhigung? Sie hatte sich anfangs intensiv mit dem Fall beschäftigt, bis ihre knappe Zeit es nicht mehr zuließ. Der Verdacht würde vermutlich wieder auf die Söhne der Bakers fallen, denn es gab sonst niemanden mit einem Motiv. Seit einem Jahr war nichts mehr in Larkville vorgefallen, was deutlich machte, dass kein psychopathischer Mörder herumlief, der auf der Suche nach seinem nächsten Opfer war. Der Anschlag hatte Eileen und Frank gegolten, während Raes Zimmer am weitesten vom Brandherd entfernt gelegen hatte. Sie war nicht das Ziel gewesen. Britt konnte die Angelegenheit dem Sheriff überlassen. Er würde wissen, was zu tun war.

Raes Unterbringung bei der alten Dame war nicht ideal, aber sie schien sich dort wohlzufühlen und wirkte nicht traumatisiert.

Britt Weiss bog den Kopf zurück und gähnte. Alles war in Ordnung. Niemand bedrohte Rae. Sie war sicher.

Und schließlich gab es noch den großen schwarzen Hund.

Teil 7

Der Tod des Narren

27

Bereits am Abend meiner Rückkehr nach Larkville klingelte mein Handy dreimal – trotzdem rührte ich mich nicht. Stattdessen lag ich reglos auf dem Bett und wartete, bis alles wieder still wurde. Ich wollte nicht mit Agent Weiss reden, solange ich nicht wusste, was ich erzählen sollte. Ich war kein Genie im Lügen und brauchte ein Skript. Vielleicht wäre es gut zu behaupten, dass mich Lola abgewiesen hätte, dann würden sich alle weiteren Fragen erübrigen. Ich ging es im Kopf ein paarmal durch und war einigermaßen zufrieden. Am Telefon log es sich zum Glück viel leichter.

Ich drehte mich auf den Bauch, drückte mein Gesicht in das Kissen und stöhnte laut. Tante Britt war weiß Gott nicht mein Hauptproblem, ich musste mich einer ganz anderen Sache stellen, die mir schwer zu schaffen machte. Es war höchste Zeit, Harpers kaputtes Tagebuch zu suchen, da Mrs. Montgomerys Umzug kurz bevor stand. Doch nichts machte mir größere Bauchschmerzen, als die Vorstellung, Harpers Mutter gegenüberzutreten. Sie würde sich unterhalten wollen, vielleicht ein paar schöne Erinnerungen mit mir austauschen, mir etwas zu trinken oder zu essen anbieten und traurig lächeln, während ich in meinem Herzen die schlimmsten Gefühle nährte und ihr vermutlich nicht in die Augen schauen konnte. Ich war nahe daran, auf meinen Besuch bei ihr zu verzichten. Wozu alte Wunden aufreißen? Mrs. Barton hatte ganz recht, man musste im Leben nach vorn schauen. Und was hatte ich überhaupt gegen Mrs. Montgomery vorzubringen? Die melodramatische Äußerung ihrer fünfzehnjährigen Tochter, die sie mit einem Albtraum in Verbindung brachte. Was für eine Anschuldigung! Es war nicht einmal sicher, wer sich tatsächlich hinter dem Namen Aron verbarg. Zwei verrückte Teenager mit einer Vorliebe für Rätsel hatten sich etwas zusammengereimt. Je mehr ich darüber nachdachte, desto absurder erschien es mir. Niemand war so freundlich und besorgt wie Harpers Mum. Sie hätte alles für ihre Tochter getan, sie war am Boden zerstört, als diese starb. Ich durfte diese abartigen Gedanken nicht zulassen, es ging zu weit. Eine neutrale Einschätzung wäre gut, zum Beispiel von Orestes. Ich spürte eine jähe Sehnsucht nach ihm, die wehtat. Er war in der Lage meine Sorgen zu zerstreuen, sei es mit einem Augenzwinkern oder einem lockeren Spruch. Vielleicht würde er mich in seine Arme nehmen und festhalten, bis sich alles auf einen Schlag in Luft auflöste. Für einen Augenblick überlegte ich, ihn anzurufen, doch was sollte ich ihm sagen? Mein Problem war zu komplex für das Telefon. Bestimmt war er gerade anderweitig beschäftigt und verspürte wenig Lust, sich die düsteren Ahnungen eines Mädchens anzuhören, das ihn nicht allzu gut behandelt hatte.

War ich am Ende eine Außenseiterin, weil ich mich selbst zu einer gemacht hatte? Immer distanziert und abweisend. In der Schule und auch zuhause. Je mehr ich darüber nachdachte, desto mehr kam ich zu dem Schluss, selbst für meine Einsamkeit verantwortlich zu sein. Was stimmte nicht mit mir? Im Grunde hatte ich jeden Menschen außer Harper abgewiesen und nun maßte ich mir an, Harpers Mutter zu verurteilen. Mit Orestes konnte ich keinesfalls über die Angelegenheit sprechen. Er hatte ein Faible für Corinne Montgomery und würde mich für verrückt erklären. Blieb eigentlich nur Caleb. Seltsamerweise lief es am Ende immer auf ihn hinaus. Wie war es überhaupt möglich, dass ich gerade den Menschen, den ich jahrelang am meisten verabscheut hatte, immer wieder ins Vertrauen zog? Etwas hatte sich zwischen uns geändert, das war nicht von der Hand zu weisen. Er wusste Dinge über mich und ich über ihn – Geheimnisse, die sonst niemand kannte – das schmiedete uns zusammen. Bis zu einem gewissen Grad. Wenn es nötig wäre, würde mich Caleb jederzeit opfern, um seinen Hals zu retten, ganz gleich worum es ging. Ich durfte nicht glauben, dass ihm etwas an mir lag.

Am darauffolgenden Dienstag war ich keinen Schritt weiter, als ich zu Tommys Nachhilfestunde aufbrach. Ich war weder zu Mrs. Montgomery gefahren, noch hatte ich mit Caleb gesprochen, sondern schob das Problem vor mir her, in der Hoffnung, es möge sich von selbst lösen. Vogel-Strauß-Politik hätte es Mrs. Barton verächtlich genannt, ich nannte es insgeheim Feigheit.

Die Haustür der Gardeners öffnete sich gleich nach dem Läuten und Becca ließ mich herein, als hätte sie meine Ankunft sehnlichst erwartet.

»Meine Tante will dich sprechen«, kam sie ohne Umschweife auf den Punkt.

»Und weshalb?«. Ich tat ahnungslos, obwohl ich die Antwort kannte.

»Keine Ahnung. Ruf sie einfach zurück.«

»Klar. Werd ich machen. Du hast doch nicht mit ihr über mich gesprochen?«

»Nein, Rae. Ganz wie du es wolltest. Sie weiß nur, dass wir zusammen in Chicago waren.«

»Konntest du das nicht für dich behalten?«

»Sicher, aber sie wusste es schon. Bestimmt hat sie mit meiner Mum geredet. Offenbar macht sich die liebe Tante Britt pausenlos Sorgen um dich. Ist in Chicago irgendetwas vorgefallen? Du warst so schweigsam auf der Heimfahrt.«

»Ganz genau wie du. Nicht mal über Noah wolltest du sprechen.«

»Das geht dich auch nichts an, Rae.«

»Da sind wir einer Meinung. Ich werd mich bei deiner Tante melden. Sonst noch was?«

»Für heute war's das. Dann viel Spaß mit Tommy.« Sie wandte sich ab, doch ich konnte ein boshaftes Blitzen in ihren Augen sehen. Wir waren scheinbar an den Ausgangspunkt zurückgekehrt.

Als ich eine Minute später an Tommys Tür klopfte, blieb alles still. Ich gab den Kopfhörern die Schuld und öffnete unaufgefordert. Tatsächlich saß Tommy am Schreibtisch vor einem aufgeschlagenen Mathebuch und gab Zahlen in seinen Taschenrechner ein. Halleluja!

»Hi, Tommy. So hab ich dich ja noch nie angetroffen. Hast du eine schlechte Note bekommen?«

Er antwortete nicht, sondern rechnete stur weiter, als hätte er mich nicht gehört. Ich zog meine Jacke aus und ließ mich auf dem freien Stuhl neben Tommy nieder, aber er beachtete mich nicht. Das war mehr als komisch. Ich sah mich um. Sein Zimmer war verändert. Es dauerte einen Moment, bis ich erkannte, was fehlte, dann fiel es mir wie Schuppen von den Augen. Es gab keinen Fernseher mehr, keinen Computer, keine Playstation, kein Notebook – nicht einmal Tommys Smartphone lag auf dem Tisch. So war das also.

Becca wusste über das Nacktfoto Bescheid und jetzt hatte ich den Schlamassel. Armer Tommy. Deshalb hatte Becca so diabolisch gegrinst. Sie war sauer auf ihn – er war sauer auf mich. Na schön, es war ihr gutes Recht sich aufzuregen.

»Hey. Ich weiß, du bist nicht gut auf mich zu sprechen. Ich wollte es wirklich für mich behalten, das kannst du mir glauben, aber es wäre nicht richtig gewesen. Ich hatte Angst, dass deine Freunde das Bild vielleicht doch irgendwo posten oder darüber sprechen würden. Ich fand eben, Becca müsste es wissen.«

»Du hast mich verraten.«

»Ich wusste nicht, was ich tun sollte. Ich habe es mir lange überlegt. Aber es schien mir Becca gegenüber nicht fair.«

»Seit wann seid ihr beste Freunde? Sie kann dich nicht mal leiden.«

»Ich weiß, das erscheint dir unsinnig. Es ist sowas wie eine Loyalität unter Mädchen. Ich würde es auch wissen wollen, wenn jemand ein Nacktfoto von mir hätte.«

»Und du glaubst, Becca wäre dann loyal? Du spinnst doch! Sie würde mithelfen, es zu verbreiten.«

Was sollte ich darauf erwidern? Vielleicht schätzte er die Lage ganz richtig ein. Wenn er gewusst hätte, dass Beccas Narbe auf dem Bild zu sehen gewesen war, hätte er mein Verhalten besser verstehen können, so gingen mir langsam die Argumente aus.

»Kann ich irgendetwas tun, um es wiedergutzumachen?«

»Sag meinen Eltern, dass du keine Zeit mehr für den Nachhilfeunterricht hast.«

»Ist das dein Ernst?«

»Na sicher. Du hast mir alles weggenommen. Ich darf niemanden mehr treffen, keine Computerspiele machen, sogar das Eishockey-Training haben sie gestrichen. Ich bin erledigt.«

»Das tut mir wirklich leid«, stammelte ich verlegen und suchte händeringend nach weiteren Entschuldigungen für meinen Verrat. »Ich wollte bestimmt nicht, dass das passiert. Hoffentlich überlegen sie es sich bald anders.«

»Eher friert die Hölle zu. Die sind völlig ausgerastet. ›Erstmal bis Weihnachten‹, hat mein Dad gesagt. Zieh dir das rein! Bis Weihnachten oder länger. Das ist die Höchststrafe. Nicht mal mein Handy durfte ich behalten.«

»Ehrlich. Du hast mein Mitgefühl. Ich kann verstehen, dass du nicht mehr mit mir lernen willst.«

»Und weißt du, was das Allerschlimmste ist? Jeden Tag Becca zu sehen, die mich zufrieden angrinst. Ich könnte sie umbringen.«

Sein Tonfall zeigte keinerlei Spur von Sarkasmus. Was hatte ich nur angerichtet? »Klar, bist du wütend auf sie, aber die Sache beruhigt sich bestimmt schneller als du denkst. Ihr vertragt euch wieder.«

»Ich will nichts mehr mit ihr zu tun haben, sie war schon immer eine miese Intrigantin.«

»Sie meint es nicht so, glaub mir, sie hat sich geändert.«

»Der Teufel kann sich nicht ändern. Sie ist ein heimtückisches Biest. Ich wünschte, ich hätte das Foto auf Facebook gepostet. Dann könnte ich wenigstens verstehen, warum ich bestraft werde.«

»So redest du nur, weil du wütend bist. In ein paar Wochen sieht alles schon anders aus. Du kommst darüber weg.«

»Das will ich gar nicht. Ich hasse sie. Du kannst dir überhaupt nicht vorstellen, wie sehr ich sie hasse. Es würde mich nicht jucken, wenn sie morgen vom Zug überfahren wird.«

»Oh Mann. Sowas solltest du nicht sagen. Das klingt schlimm.«

»Ist mir scheißegal. Ich meine es genau so.«

»Und mir wünschst du wahrscheinlich dasselbe?«

»Nein. Dir wünsche ich, dein Leben lang mit Becca unter einem Dach leben zu müssen. Dann kapierst du es endlich.«

»Nein, danke. Dann nehm ich lieber den Zug.« Ich grinste ihn an, aber er zeigte keine Reaktion. Seine Verbitterung war eisern. »Okay. Wie soll es jetzt weitergehen? Willst du heute noch mit mir lernen oder möchtest du, dass ich gehe?«

»Lass mich einfach in Ruhe. Du kannst ja die Zeit nutzen, um irgendwas in dein Handy zu tippen. Wenn du jetzt gehst, krieg ich nur neuen Ärger.«

»In Ordnung. Und was ist mit nächster Woche?«

»Hm. Weiß nicht. Vielleicht ist es besser mit der Kündigung zu warten, sonst geben sie mir die Schuld daran.«

»Wie du willst. Sag Bescheid, wenn ich nicht mehr kommen soll.«

Er nickte stumm. Anscheinend hatte er sich noch nicht entschieden.

»Hey. Willst du vielleicht mein Handy haben? Sind ein paar Spiele drauf. Wenn wir sowieso nicht lernen, kannst du wenigstens ein bisschen zocken.«

Er sah mich missmutig an und schüttelte den Kopf. Mein Vorschlag kam wohl zu früh. Trotzdem ließ ich mein Smartphone eingeschaltet auf dem Schreibtisch liegen und begnügte mich damit, aus dem Fenster zu schauen, während Tommy sich auf die Rechenaufgaben konzentrierte. Er hatte seinen Stolz, wenn mir auch nicht entgangen war, dass sein Blick immer wieder über mein Display huschte. Ich hätte wetten können, dass er bereits ganz genau wusste, welche Spiele für ihn zur Auswahl standen.

Kaum war ich zu Hause angekommen, spürte ich, wie das Handy in meiner Hosentasche vibrierte. Ich zog es hervor und schaute auf die Anzeige. *Tante B.* – leuchtete mir entgegen. Ich seufzte innerlich. Bestimmt hatte ihr Becca gesteckt, wie lang die Nachhilfestunde mit Tommy ging. Ich tippte auf grün.

»Hallo Rachel. Hast du einen Augenblick Zeit?«

»Ja. Bin grad nach Haus gekommen.«

»Gut. Ich wollte dich fragen, wie dein Ausflug nach Chicago gelaufen ist. Meine Schwester hat mir davon erzählt.«

»Sie meinen, ob ich bei Lorna-Jean Mueller gewesen bin?« Warum kam sie nicht gleich auf den Punkt?

»Alles in Ordnung, Rae?«

Verdammt. Ich war zu schroff gewesen. »Ja sicher. Bin nur etwas außer Atem.«

»Also, was hat sie dir erzählt?«

»Leider nicht viel. Sie meinte, es passe ihr gerade nicht so gut und ob ich nicht ein anderes Mal wiederkommen könnte. Ich hatte den Eindruck, sie wollte nichts mit mir zu tun haben. Sie schien sich kaum an mich oder meine Mutter zu erinnern. Es kann auch sein, dass sie betrunken war. Sie roch ziemlich stark nach Alkohol.«

Brittany Weiss schwieg einen Moment, während ich angespannt die Luft anhielt. »Hm. Schade, Rae. Ich hatte mir mehr davon versprochen. Vielleicht war es keine gute Idee, dich so unvorbereitet dort hinzuschicken.«

»Was meinen Sie damit? So unvorbereitet?«

»Weißt du, Lorna-Jean hat damals schon getrunken. Ich hätte mir denken können, dass es im Laufe der Jahre schlimmer geworden ist. Tut mir leid, dass die Begegnung so unerfreulich war.«

»Ist ja nicht Ihre Schuld.« Ich spürte, wie mein Gewissen an mir zu nagen begann, aber ich blieb bei meinem Skript. Lola sollte keinen Ärger bekommen.

»Und wie läuft es sonst? Du weißt vermutlich, dass Billy Kovac als Brandstifter ausscheidet. Wie kommst du damit zurecht?«

»Ehrlich gesagt, wundert es mich nicht. Als ich damals mit ihm sprach, hat er mir bereits versichert, dass er ein Alibi hätte. Er war ziemlich überzeugend.«

»Ja, so läuft es manchmal. Man glaubt, man folgt der richtigen Spur, und dann zerschlägt sich alles. Ich hätte mir für dich gewünscht, dass der Schuldige schnell gefunden wird. Insofern ist es bedauerlich.«

»Glauben Sie, dass Sean und Tyler wieder verdächtigt werden?«

»Das könnte ich mir vorstellen. Leider existieren keine Zeugen, und nichts deutet auf einen Täter außerhalb der Familie hin.«

Mir fiel Billys Theorie wieder ein. Hatte mich der Brandstifter geweckt? Wie auch immer es sich verhielt, ich spürte kein Verlangen mit Agent Weiss darüber zu sprechen. Sie hätte es nur als Unfug abgetan. Was sie interessierte, war die kriminelle Vergangenheit meiner Eltern. Wüsste sie erst über die Identität meines Vaters Bescheid, käme sie bestimmt auf die Idee, ihm den Brand in die Schuhe zu schieben.

28

Zwei Tage später begann ich nach Caleb zu suchen, der in der Schule mal wieder durch Abwesenheit glänzte. Ich fuhr zum Schrottplatz, wo ich ihn leider nicht antraf, machte einen Abstecher zum Walmart, der ebenfalls erfolglos war, überlegte schließlich, zum Creek zu laufen – nur, wozu sollte ich mir diese Mühe machen? Ich wusste doch, wo Caleb lebte, also warum fuhr ich nicht gleich zum Trailer-Park? Sicher, es war ein Ort, den ich nicht besonders gut kannte, der nicht in bestem Ruf stand, aber was hatte ich schon zu verlieren? Über mich war weitaus Schlimmeres gesagt worden als über Caleb, und ängstlich war ich auch nicht.

Ich fuhr in hohem Tempo bis die ersten Wohnwagen in Sicht kamen. Hier wurde der Boden sandig, was es mühsam machte mit den schmalen Reifen des Rennrads voranzukommen. Ich geriet immer wieder aus der Spur und drohte wegzurutschen. Außerdem hatte ich Probleme, mich an den Standort von Calebs Trailer zu erinnern. Bei meinem einzigen Besuch nach Blackys Tod war ich so außer mir gewesen, dass ich nicht auf den Weg geachtet hatte. Ich war schon ein paarmal falsch abgebogen und fuhr deshalb langsam, als mir drei Jungen den Weg versperrten.

»Schickes Rennrad. Lässt du mich mal fahren?«

Ein ungefähr vierzehnjähriger Junge mit staubigem blonden Haar baute sich vor mir auf und spuckte provozierend auf den Boden. Er war kleiner als ich und ziemlich dünn, trotzdem fühlte ich mich unsicher. War es klug mein Fahrrad aus der Hand zu geben? Ich kannte diese Jungen nicht. Vielleicht hatten sie Lust, einfach damit abzuhauen.

»Ein andermal. Ich hab was zu erledigen.«

»Oho. Klingt mächtig wichtig. Geh doch zu Fuß weiter und erledige deinen Scheiß.« Er hielt meinen Lenker fest, während sich die anderen zwei seitlich von mir positionierten.

»Ich hab ›nein‹ gesagt, falls dir das entgangen sein sollte, also lass los!«

»Sie hat ›nein‹ gesagt, habt ihr das gehört? Als wenn sie hier was zu sagen hätte. Ich frag sie ganz höflich und sie kommt mir dumm. Ist nicht meine Schuld, wenn es gleich Ärger gibt.«

Seine Freunde lachten gehässig, während er den Lenker unter seine Arme klemmte und ihn ein Stück nach oben zog, sodass mein Vorderrad in die Schwebe geriet. Da ihm die Kraft fehlte das Gewicht länger zu halten, ließ er ruckartig los.

In so eine dumme Situation war ich noch nie geraten. Es kam überhaupt nicht in Frage, ihm mein Rennrad kampflos zu überlassen. »Hör sofort auf mit dem Scheiß, hast du verstanden?«

»Sonst was?«, äffte er meine Stimme nach.

»Sonst bist du derjenige, der gleich Ärger kriegt. Leg dich lieber nicht mit mir an.« Vielleicht hatte ich eine Chance gegen ihn allein, mit allen dreien konnte ich es sicher nicht aufnehmen.

»Jetzt hab ich aber Angst. Bist du etwa eine Bruce Lisa?«

Er lachte über seinen eigenen Witz und schnaufte dabei wie ein Esel. Meine Güte war er dämlich, es musste doch einen Weg geben, ihn einzuschüchtern. »Hör zu, Einstein. Du verschwindest jetzt mit deinen Kumpels und lässt mich in Ruhe, sonst ruf ich den Deputy Steve Hanson, der ist nämlich ein Freund von mir.«

»Wer soll das sein? Hab nie von ihm gehört. Besorgt er's dir etwa? Ich wette, du lässt ihn ran. Was glaubt ihr, Jungs?«

Heftiges Gegröle beantwortete seine Frage, es war nicht zu fassen.

»Verzieh dich endlich!« Ich drückte das Rad abrupt nach vorn, sodass es ihm in den Unterleib fuhr. Er stöhnte schmerzhaft auf.

»Dumme Schlampe! Das hättest du besser lassen sollen. Los haltet sie fest!«

Seine Freunde packten mich an den Armen, während ich nach ihnen boxte. Das Rennrad zwischen meinen Beinen machte es allerdings schwer, eine wirksame Verteidigung auszuführen. Es blieb mir nichts anderes übrig, als zur Seite zu kippen, um die Beine frei zu bekommen. Der Junge zu meiner Linken ließ mich los, der andere wich einen Schritt zurück, um dem Rad auszuweichen. Einstein krümmte sich noch immer, als hätte ich ihm in den Bauch geschossen. Meine Lage war unübersichtlich. Ich versuchte auf die Beine zu kommen, aber kaum stand ich, zog mich jemand so grob an meinem

Zopf, dass ich wieder auf die Knie ging. Verdammte Brut. Musste ich mich jedes Mal prügeln, wenn ich zum Trailer-Park kam?

»Hört endlich auf mit dem Mist, ihr blöden Idioten.« Ich war nahe daran zu schreien.

Plötzlich hallte ein lauter Pfiff durch die Luft. Wie hypnotisiert wandten wir alle den Kopf und hielten inne.

Caleb stand da, zwei Finger am Mund. Er betrachtete uns mit ausdruckslosem Blick. Den Bruchteil einer Sekunde später ließen die Jungen von mir an, obwohl er nichts zu ihnen gesagt hatte. Offenbar kannten sie seinen Gesichtsausdruck und wussten, was er bedeutete. Wir rappelten uns schweigend hoch, klopften den Staub von unseren Hosen, hielten die Köpfe gesengt.

»Wolltest du etwa zu mir, Adrian?«, fragte er zynisch.

Ich nickte verlegen. Dass er mich aus diesem Gerangel befreien musste, war mehr als peinlich.

»Es ist gleich da drüben links.« Er zeigte die Richtung mit seiner Hand und schüttelte unmerklich den Kopf. Scheinbar konnte er meine Dummheit nicht fassen.

Ich zog mein Fahrrad aus dem Dreck, während mich Einstein und seine Kumpels unverhohlen anstarrten. Die Neugier sprang ihnen förmlich aus dem Gesicht.

Caleb rührte sich immer noch nicht. Er hatte die Hände in seine Hosentaschen gesteckt und beobachtete uns mit wenig Interesse. »Hau ab, Mickey«, sagte er bedrohlich leise. Mehr war nicht nötig. Sie nickten kurz und machten sich schnell davon.

Ich folgte Caleb wortlos, bis wir den Trailer erreichten, dann verschwand er für einen Moment im Innern des Wohnwagens. Ich stand herum, sah hinter den Bretterzaun und entdeckte Joey, der am Boden hockend seine Spielzeugautos über den Sandberg fahren ließ. Ich kam ein paar Schritte näher, ohne dass er den Kopf gehoben hätte, dann sagte ich freundlich »Hallo«.

Jetzt sah er mich an. Seine Augen weiteten sich, seine Mundwinkel zuckten. Panisch schlug er die Hände vors Gesicht und begann zu wimmern. Er hatte offenkundig Angst vor der Furie, die auf seinen Bruder losgegangen war. Schande über mein Haupt.

»Bitte Joey, es ist alles in Ordnung. Ich werde dich bestimmt nicht schlagen.«

Sein Schluchzen wurde lauter. Ich begab mich außer Sichtweite auf die andere Seite des Zaunes, aber sein Weinen steigerte sich nur noch mehr. Mein Image bei Joey war wirklich ruiniert. Schließlich öffnete sich die Tür des Trailers und Caleb erschien auf der Bildfläche.

»Was verdammt machst du, Adrian?« Er stürmte an mir vorbei und kümmerte sich um Joey, der nach einigen Minuten verstummte. Ich konnte nicht hören, was Caleb zu ihm sagte, vielleicht flüsterte er ihm etwas ins Ohr. Es verging eine ganze Weile, ehe Caleb zu mir kam. Ich stand noch immer stocksteif an den Zaun gelehnt und traute mich nicht zu sprechen.

»Was zum Teufel willst du hier?« Er war wütend, wenn er sich auch bemühte ruhig zu bleiben.

»Ich hab wirklich nichts Schlimmes gemacht«, flüsterte ich, ängstlich darauf bedacht, Joey nicht aufzuregen.

»Das ist mir klar. Er will niemanden sehen.«

»Kein Wunder, so wie ich mich letztes Mal aufgeführt habe«, sagte ich leise.

»Das hat nichts mit dir zu tun. Er hat dich längst vergessen.«

»Aber er fing sofort an zu wimmern, als er mich sah.«

»Du brauchst nicht zu flüstern. Stimmen regen ihn nicht auf, solange sie nicht laut sind. Er will einfach in Ruhe gelassen werden.«

»Vielleicht sollte ich lieber gehen, falls er um die Ecke schaut.«

»Nicht nötig. Ich bin ja jetzt hier. Also. Was bringt dich auf die verrückte Idee, schon wieder hierherzukommen?«

Nach dem ganzen Aufruhr war mir mein Anliegen peinlich. Es erschien mir lächerlich, Caleb von meinen Sorgen zu erzählen angesichts seiner eigenen Probleme.

»Warum gehst du nicht zur Schule?«, fragte ich unsicher.

»Das ist es, was du wissen willst? Fällt mir ein bisschen schwer zu glauben, Prinzessin.«

»Ich dachte, du wärst vielleicht krank.«

»Ach ja? Und wolltest du meine Hand halten?«

»Okay. Vergessen wir das. Wie ich sehe, geht es dir hervorragend, auch wenn du ein wenig blass aussiehst. Aber du würdest mir sowieso nichts darüber erzählen. Hab ich nicht recht?«

»Ich wüsste nicht, was dich meine Gesundheit anginge.«

»Normalerweise nichts, nur seit ich weiß, dass du dich um Joey kümmerst, ist es mir nicht mehr egal.«

»Wie rührend. Willst du mir heiße Suppe bringen oder vielleicht dein Taschengeld?«

»Keine Ahnung. Brauchst du das denn? Ich wollte einfach nur nach dir sehen.«

»Sicher. Du selbstlose Rae! Kommst den weiten Weg zum Dorf des Abschaums, um dich nach mir zu erkundigen.«

Sein Sarkasmus ging mir auf die Nerven. »Ich wollte mit dir reden, aber das war wohl keine gute Idee. Ich kann verstehen, dass du schlecht auf mich zu sprechen bist, nach allem, was ich mir geleistet habe.«

»Du glaubst, das hätte mir etwas ausgemacht? Nimm dich nicht so wichtig.«

»Warum bist du dann so feindselig?«

»Weil ich keinen Ärger gebrauchen kann. Hierherzukommen ist das Dümmste, was dir je eingefallen ist. Das ist nicht deine Gegend, du kannst hier richtige Probleme kriegen.«

»Ja. Stimmt wahrscheinlich. Danke, dass du mir mit diesen Typen geholfen hast. Die waren ganz schön lästig.

Er sagte nichts dazu, sondern lehnte sich an den Zaun und schloss die Augen. Er war wirklich blass.

»Hast du Schmerzen, Cal?«

»Komm nicht wieder hierher, hörst du?«

»Ich war zuerst beim Schrottplatz, aber du warst nicht da.«

»Was zur Hölle ist so wichtig, dass du dir diese Mühe machst? Und komm mir nicht mit deinem schlechten Gewissen.«

»Na gut. Ich würde gern etwas mit dir besprechen. Selbst auf die Gefahr hin, dass du dich über mich lustig machst. Ich weiß nicht, mit wem ich sonst reden könnte. Es hat mit Harper zu tun.«

»Seit wann bin ich Spezialist in Sachen Harper Montgomery?«

»Na ja. Du weißt von den Tagebüchern, dem Knopf und den Fußspuren. Das ist mehr, als jeder andere weiß.«

Er seufzte. »Und was beschäftigt dich auf einmal so?«

»Ich habe einen Verdacht.« Meine Hände verknoteten sich. »Er ist schrecklich. Du wirst mich bestimmt für verrückt erklären.«

»Hab ich das nicht längst? Herrje. Nun rück schon damit raus!«

Ich sah mich kurz um und senkte die Stimme. »Könntest du dir vorstellen, dass Harpers Mum irgendetwas getan hat, ich weiß nicht was, etwas, das Harper vielleicht geschadet oder sie aus der Bahn geworfen hat?«

»Ihre Mutter? Die stadtbekannte Schönheit Corinne Montgomery?«

Ich schielte verblüfft zu ihm rüber. Standen eigentlich alle Kerle auf diese Frau? Aber natürlich hatte er recht. Mein Verdacht war einfach Schwachsinn.

»Wie kommst du auf diese verrückte Frage?«

»Also, Harper schrieb in ihrem Tagebuch von einem Schatten, der sie in ihren Träumen verfolgte. Sie glaubte, es wäre der Tod. Später nannte sie diesen Schatten Aron.«

»Aron? Ernsthaft? Und wieso lässt du mich nicht gleich verhaften, sondern beschuldigst ihre Mutter?« Er stellte sich jetzt vor mich hin, als wollte er mich einschüchtern; seine Augen, die zuletzt immer ruhig und kalt gewirkt hatten, funkelten angriffslustig.

»Es hat mich schon stutzig gemacht, dass dein zweiter Vorname Aron ist, das muss ich zugeben, aber ich kann mir beim besten Willen nicht erklären, was du in Harpers Träumen zu suchen hättest. Das würde keinen Sinn ergeben, es sei denn, sie hätte ein geheimes Doppelleben geführt. Habt ihr euch mal getroffen oder hast du mit ihr geredet?«

»Nicht seit der Grundschule, als ich die Frechheit besaß, ihr Pausengeld zu klauen. Aber das weißt du schon längst. Wolltest du das mit mir besprechen?«

»Eigentlich nicht. Es ist so. Wenn man den Namen Aron rückwärts liest, lautet er Nora, und das ist der Vorname von Harpers Mum.«

»Wie viel Zeit hast du eigentlich? Sitzt rum und denkst dir solchen Schwachsinn aus! Harper hat sich das Leben genommen. Finde dich endlich damit ab.«

»Die tausend Dollar waren von ihr. Sie hat sie mit einer geheimen Botschaft in ihrer Lieblingspuppe versteckt. Dort stand: Finde Tatum. Das ist ihre Halbschwester.«

Jetzt war er zum ersten Mal sprachlos. Ich konnte sehen, wie sein Verstand zu arbeiten begann. Vermutlich fragte er sich, welche

Schätze sonst noch bei mir zu holen waren.

»Sie hat dir tausend Dollar geschenkt? Mann, Harper war echt durchgeknallt.«

»Und glaubst du es nun? Kann eine Mutter ihrem Kind etwas antun?«

»Natürlich kann sie das. Eltern sind nicht zwangsläufig gut. Es gibt sogar richtig miese Exemplare, das kann ich dir versichern.« Sein Blick verfinsterte sich.

»Hattest du Ärger mit deiner Mutter?«

»Nicht mit ihr. Sie ist die meiste Zeit volltrunken. Nur die Kerle, die sie anschleppt, machen Probleme, da muss man hin und wieder einstecken.«

Ich konnte mir kaum vorstellen, dass irgendjemand so dumm war, sich mit Caleb anzulegen. »Wehrst du dich nicht?«, fragte ich ziemlich naiv.

»Für wie blöd hältst du mich? Es ist nicht immer so simpel, wie du denkst, Prinzessin. Man rechnet nicht damit, dass so ein Irrer auf die Idee kommt, dir ein Messer in den Rücken zu rammen.«

»Was?« Ich starrte ihn fassungslos an.

»Willkommen in meiner Welt.«

»Wann ist das passiert?«

»Vor zwei Wochen. War nicht dramatisch, aber es hat sich entzündet.«

»Bist du zum Arzt gegangen?«

Er schüttelte kaum merklich den Kopf. »Ich wollte keinen Ärger und habe ein paar Tage gewartet, deshalb hat sich die Sache hingezogen.«

Es war so ungerecht, womit Caleb zu kämpfen hatte, dass ich den Drang verspürte, meine Hand auf seinen Arm zu legen. Aber ich tat es nicht. So weit konnte ich mich nicht vorwagen. »Du solltest dich an die Behörden wenden, das ist kein Leben für euch.«

»Wir haben uns dran gewöhnt. Und komm nicht auf die Idee darüber zu reden, das würde ich gar nicht witzig finden.«

»Ich werd nichts sagen, versprochen. Also, was hältst du von meinen Verdächtigungen?«

»Schwachsinn! Nur weil Harper ihren Traum zu Tode analysiert, heißt das noch gar nichts. Sie hatte 'ne übersteigerte Fantasie. Wer weiß schon, was der Name Aron für sie bedeutete. Vielleicht hieß ihr Arzt so. Sie war doch ständig krank.«

»Ja, möglich.« Auf einmal kam mir die ganze Sache absurd vor. Warum verlangte Harper in einer geheimen Botschaft von mir ihre Schwester zu suchen? Sie hätte mir auch ebenso gut die Wahrheit über alles sagen können. Ich zog entnervt mein Handy hervor und googelte Dr. Stanowski. Sein Vorname war Charles. Dann fiel mir ein, dass Harpers Mutter einen neuen Arzt hinzugezogen hatte. Ich konnte mich nicht an seinen Namen erinnern und brauchte eine Weile, ehe ich ihn fand. Dr. A. Robbins stand auf seiner Website. Ich würde mich genauer erkundigen müssen.

»Was wirst du jetzt tun? Holst du dir das Tagebuch?«, fragte Caleb unvermittelt.

»Darauf kannst du wetten. Ich will wissen, ob es existiert.«

»Dann pass gut auf, dass dich niemand erwischt. Sowas kann schnell ins Auge gehen.«

Wollte er mich von meinem Vorhaben abbringen? »Warum versuchst du, mir Angst zu machen?«

»Tu, was du nicht lassen kannst, aber für mich sieht es so aus, als wärst du von Harper besessen.«

»Und wenn es um Joey ginge, würdest du nicht alles dafür tun, die Sache aufzuklären?«

»Das ist etwas anderes. Du bist nicht Harpers Schwester.«

Ich löste mich vom Bretterzaun und kam nah an Caleb heran. »Das bin ich eben doch, warum kapiert das niemand?«

Ich fuhr nach Hause, ohne dass ich Einstein und seinen Freunden begegnet wäre, stoppte kurz am Indian Park und setzte mich auf Harpers Bank. Der Creek floss ruhig dahin, leise plätschernd, sodass ich mich wieder entspannte. Caleb hielt meinen Plan und alles, was damit zusammenhing, für Schwachsinn. Vielleicht hatte er recht, und ich steigerte mich in etwas hinein, vielleicht hatte er aber auch Sorge, was ich in Harpers kaputtem Tagebuch finden könnte. Alles war möglich. Inzwischen verdächtigte ich jeden. Warum fuhr ich nicht direkt zu Mrs. Montgomery und erledigte endlich, worüber ich so viel nachgedacht hatte? *Bring es hinter dich!*

Es war halb sieben. Die Wahrscheinlichkeit, jemanden anzutreffen, war groß. Ich stieg auf mein Rad und durchquerte mit klopfendem Herzen die Straßen, blickte stur auf den Asphalt, sah nichts und niemanden um mich herum, bis ich nach kurzer Zeit Harpers Haus erreichte. Die Vorhänge waren noch nicht abgenommen, Fenster und Vorgarten sahen unverändert aus. Der Wagen in der Einfahrt verriet mir, dass Mrs. Montgomery daheim war. Alles fügte sich.

Ich drückte die Klingel und hielt den Atem an. Waren Schritte zu hören oder bildete ich es mir nur ein? Die Zeit verstrich quälend langsam, ich konnte mich nicht überwinden, ein zweites Mal zu läuten. Wie lange wartete man gewöhnlich? Mein rasender Herzschlag machte es schwierig, die Dinge richtig einzuordnen. Schließlich klingelte ich erneut und lauschte. War da nicht etwas? Ich beugte mich vor, lehnte mein Ohr an die Tür, als sie mit einem Mal aufsprang. Corinne Montgomery stand vor mir, überrascht mich so nah am Eingang zu sehen. Dann begann sie zu lachen.

»Du fällst ja förmlich mit der Tür ins Haus, Rachel. Komm doch bitte rein.« Sie trug ein geblümtes Kleid mit schmalen Trägern, hatte aber nackte Füße.

»Es war so still, als wäre niemand da.«, stotterte ich verlegen.

»Ich freue mich, dass du gekommen bist. Was möchtest du trinken? Vielleicht einen Eistee?«

»Ja, gern.«

Wir gingen zusammen in die Küche, die makellos sauber wirkte. Nur ein paar Selleriestangen und Kräuter lagen auf der Arbeitsfläche neben einem Brett.

»Wir essen abends meist nur einen Salat und ein Baguette mit Kräuterquark. Ich koche jetzt nur noch am Wochenende, obwohl ich es sonst immer gern getan habe. So ist es eben, wenn keine Kinder mehr im Haus sind …«

Ich wusste nicht, was ich darauf erwidern sollte. Es machte mich traurig hier zu sein.

Harpers Mutter zwang sich ein Lächeln ab. »Tut mir leid, Rachel. Es ist immer noch schwer. Vor allem, wenn du so vor mir stehst, dann muss ich unweigerlich an Harper denken. Wie sie wohl heute aussähe? Manchmal habe ich das Gefühl, sie kommt gleich heruntergelaufen, um an den Töpfen zu schnuppern. Die Zeit heilt eben nicht alle Wunden. Deshalb ziehe ich weg. Hier gibt es zu viele Erinnerungen. Cameron hat schon recht. Man darf das Leben nicht vergeuden.« Sie seufzte. »Aber lass uns von etwas anderem sprechen. Morgen beginnt das große Packen. Ich werde nur wenige Dinge aus Harpers Zimmer behalten. Ich muss einen Schlussstrich ziehen. Wenn dir also irgendetwas gefällt, was es auch sei, du kannst es dir gern nehmen. Ich würde mich freuen, wenn es bei dir wäre. Den Rest werde ich der Wohlfahrt spenden.«

Sie wurde traurig, sobald sie über Harper sprach. In dieser Beziehung unterschieden wir uns nicht. Wie konnte ich nur annehmen, dass sie ihrer Tochter hatte schaden wollen? Es war vollkommen absurd. Ihr Kummer war so echt wie der meine. Wir gingen hinüber ins Wohnzimmer und setzten uns vis-a-vis, den kleinen Couchtisch zwischen uns.

»Jetzt dauert es nicht mehr lang, bis du die Highschool abschließt. Das wird sicher sehr aufregend für dich. Hast du schon Pläne geschmiedet?«, fragte sie sanft.

»Nein. Noch nicht. Wenn meine Noten gut genug sind, möchte ich versuchen ein Stipendium zu bekommen.«

»Ja, das solltest du tun. Auch Harper wollte in die Welt hinausziehen. Wenn ihre Gesundheit nicht so fragil gewesen wäre, hätten wir viel mehr reisen können. Daran hätte sie Freude gehabt …«

Ich sah betroffen nach unten und überlegte meinen Plan aufzugeben. Jede Faser meines Körpers sträubte sich dagegen, in Harpers Zimmer die Möbel zu verrücken, um nach ihrem geheimen Tagebuch zu suchen.

»Ich würde mich wirklich freuen von dir zu hören, Rae. Sobald ich mich in Florida eingelebt habe, schreibe ich dir. Vielleicht magst du mir ein wenig von deinem Leben berichten. Harper hätte es sicher gern, wenn wir in Kontakt blieben.«

Auf dem Couchtisch lagen einige Magazine, die Mrs. Montgomery abonnierte. Das Oberste hieß House & Garden und zeigte eine prächtige Hortensie in einer kunstvoll verzierten Schubkarre. Darunter schob sich die Ecke einer weiteren Zeitschrift hervor. Ein kleines Stück des Adressaufklebers schaute heraus. Die Schrift stand auf dem Kopf, rechts wurde zu links … ARON. Der Rest wurde von House & Garden verdeckt. Mein Herz setzte einen Moment aus. Da stand es, schwarz auf weiß. ARON. Der Name echote in meinem Kopf, ich konnte nur noch an eins denken: NORA ist ARON.

»Alles in Ordnung, Rachel? Du siehst blass aus?«

Ich riss mich aus meinen Gedanken, versuchte zu lächeln. »Es geht schon. Ich hatte heute eine anstrengende Nachhilfestunde.«

»Bist du noch bei den Gardeners? Harper hat mir davon erzählt.«

»Ja. Tommy ist mein Schüler. Normalerweise läuft es sehr gut, aber heute hatte er wenig Lust.«

»Verstehe. Jungen in diesem Alter können vermutlich stressig sein. Ich war immer froh eine Tochter zu haben. Aber ich will dich nicht länger aufhalten. Sieh dir in Ruhe Harpers Sachen an. Ich mache inzwischen das Abendessen.«

Ich bedankte mich für den Eistee und stieg mit bleischweren Schritten die Treppe hinauf. Als ich schließlich Harpers Zimmer betrat, überfielen mich die Erinnerungen mit einer unerwarteten Heftigkeit: die scheinbar endlosen Nachmittage, das helle Lachen meiner Freundin, der Duft nach Limonade und frischgebackenen Pancakes, die Lieder, die uns zum Träumen gebracht hatten. Ich sah es vor mir, als wäre es gestern gewesen. Traurig setzte ich mich auf ihr Bett, strich mit der Hand über die Rosendecke.

Wo bist du jetzt?, flüsterte ich, denn alles um mich her wirkte, als käme Harper im nächsten Moment zurück. In diesem Zimmer war die Zeit stehengeblieben. Es brach mir das Herz.

Irgendwann rief ich mir meinen Plan ins Gedächtnis und begann meine Suche. Zunächst nahm ich mir die Kommode vor, kontrollierte alle Flächen, auch die Unterseiten der Schubladen, legte mich auf den Boden und leuchtete mit meinem Handy unter das Bett. Dann untersuchte ich den Schreibtisch, aber auch dort wurde ich nicht fündig. Blieb nur noch der Kleiderschrank. Hier gab es nicht viele Möglichkeiten, da die Seiten offen einsehbar waren. Es war ein alter, weiß gestrichener Bauernschrank mit schönen Verzierungen, auf dem ein Strauß getrockneter Rosen lag. Ich stellte mich auf den einzigen Stuhl im Zimmer und begutachtete die Oberseite, doch außer den Blumen und ein wenig Staub gab es dort nichts zu entdecken. Als letztes blieb die kleine Nische am Boden des Schrankes. Ich legte mich auf den Bauch und schielte in den flachen Hohlraum zwischen den ausladenden kantigen Füße. Da er schwer einsehbar war, tastete ich die Unterseite des Schrankbodens ab, jagte mir einen Holzspan ein, fand jedoch nichts außer klebrigem Staub.

Gab es dieses Tagebuch überhaupt oder hatte ich mich völlig verrannt? *Du musst etwas übersehen haben!* Ich begann von vorn, suchte noch gründlicher, zog die Matratze hoch und schaute darunter, nahm mir Zeit für den Hohlraum unter dem Schrank. Diese Stelle war am schlechtesten zu kontrollieren, da sie kaum zehn Zentimeter in der Höhe maß. Die großen, breiten Füße des Schrankes und eine querverlaufende Zierleiste ließen die Ecken des Hohlraumes im Dunklen verschwinden. Man konnte lediglich tasten. Ich streckte meinen Arm so weit es ging hinein und befühlte die Wände. Der Hohlraum war ungefähr doppelt so hoch, wie es von außen den Anschein hatte, da die Vorderfront des Schrankes aus optischen Gründen weiter heruntergezogen worden war. Insbesondere die Ecken waren schwer zu erreichen. Immer wieder befühlte ich sie, verbog meinen Arm, um in jeden Winkel zu gelangen. Ich konnte nichts entdecken. *Verflucht nochmal!* Hier musste es sein. Es war der perfekte Ort. Ich streckte mich bis in die Fingerspitzen, tastete blind die Seiten ab, befühlte die Form der Füße, versuchte die Wand darüber zu erreichen. Irgendetwas machte mich stutzig. Ich spürte, dass dort etwas war. Eine Stelle, an die ich nicht gelangte. Ich schloss die Augen, ging mit der Hand Zentimeter um Zentimeter weiter zur Ecke bis zum Fuß, der sich nach innen wölbte, versuchte darüber zu gelangen, aber mein Arm ließ sich nicht weiter verrenken.

Wenn Harper es geschafft hatte, musste es möglich sein. Ich drehte mich auf den Rücken, Schulter an die Öffnung, Kopf angewinkelt. Und auf einmal konnte ich die Richtung des Armes verändern, konnte mit der Hand über den Fuß reichen und eine Kante spüren, die sich darüber befand. Ich presste mich mit aller Kraft gegen den Schrank, streckte meine Finger in die Länge, fand eine Nische über dem Fuß. Und dort – seit Jahren vergessen – lag etwas Schmales, Seidiges, das mit einer feinen Staubschicht überzogen war.

Harper hatte das perfekte Versteck gefunden.

Wenig später verabschiedete ich mich von Corinne Montgomery, das Tagebuch in meinem Rucksack verborgen, die Hände eiskalt und feucht. Konnte sie mir meinen Diebstahl ansehen? Ich hatte das

Gefühl, kein Wort herauszubringen.

»Und Rachel, hast du etwas gefunden?«

Ja, das kaputte Tagebuch – antwortete jede Pore meines Körpers. Ich schluckte schwer und zeigte ihr meine Ausbeute: Harpers marineblaue Baskenmütze aus Wollfilz und die CD von Bruno Mars, die ich ihr zu Weihnachten geschenkt hatte.

»Das ist alles? Ich hatte gehofft, du würdest mehr behalten.«

»Es sind doch Harpers Sachen …«

»Natürlich. Aber sie braucht sie nun nicht mehr, Rachel.«

»Ja, ich weiß. Es macht mich nur so traurig.«

Corinne Montgomery nickte. »Du warst ihr immer eine gute Freundin. Sie hat viel von dir gehalten.«

Der Kloß in meinem Hals drückte schmerzhaft beim Sprechen. »Warum hat sie das getan? Haben Sie eine Erklärung dafür?«

Corinne sah mich überrascht an. »Du weißt doch, dass Harper krank war.«

»Ja. Aber ich hätte nie damit gerechnet, dass sie sich etwas antun würde. Das kam absolut aus dem Nichts.«

»Sicher. So ging es uns allen. Niemand konnte ahnen, wie schlimm …«, sie brach ab und senkte den Kopf.

»Ich werde jetzt gehen. Vielen Dank und alles Gute für Sie.«

»Ja, für dich auch. Ich melde mich.« Sie öffnete die Haustür und entließ mich in die würzige Luft eines Septemberabends.

Ich atmete so tief, als wäre ich kurz davor zu ersticken, kaum dass sich die Tür hinter mir geschlossen hatte.

Der Tag, an dem ich Harpers heiliges Tagebuch gestohlen hatte, stand mir noch deutlich vor Augen. Ich hatte lange gebraucht, um die erste Seite aufzuschlagen, aus Angst, was ich darin finden könnte! War Harper böse auf mich gewesen? Hatte Orestes' Kuss in Aurora ihr Leben vergiftet, war ich schuld an ihrem Tod?

Zwei Jahre später saß ich wieder mit zittrigen Händen in meinem Zimmer und fürchtete mich vor der Wahrheit. Harper hatte dieses Tagebuch so unglaublich gut versteckt. Niemand sollte davon wissen. Vielleicht erschienen ihr die Worte selbst unaussprechlich. Was immer dort geschrieben stand – es war nicht für mich bestimmt.

Lass die Finger davon, Rae!, hörte ich sie flüstern. Mein Herz zog sich zusammen.

Ich konnte ihr diesen Gefallen nicht tun.

Langsam zog ich das Tagebuch aus meinem Rucksack und betrachtete den Einband. Der Riss war deutlich zu erkennen. Ich befühlte seine rauen Ränder, die vom Staub gräulich schimmerten. Hatte Harper auch mit ihren Fingern darübergestrichen? Ja. Das hatte sie. Jedes Mal, wenn sie das Buch in ihren Händen hielt. Ich wusste es einfach.

Ohne zu zögern, nahm ich die Haarnadel, die ich bereitgelegt hatte und stocherte im Schlüsselloch des kleinen Schlosses herum, bis es schließlich aufsprang. So ging das. Man lernt dazu.

Dann schlug ich es auf.

Zu meiner Überraschung war die erste Seite verschmiert, die Tinte zerlaufen, weshalb ich Schwierigkeiten hatte, ihre Schrift zu entziffern. Das sah Harper nicht ähnlich. Ganz und gar nicht.

29

Juli 2012

Manche Dinge fügen sich auf seltsame Weise. Als ich heute etwas gelangweilt durch Santa Barbara lief, entdeckte ich ein kleines Geschäft, das mir ausnehmend gut gefiel. Es gab dort SOUVENIRS UND SELTENE SCHÄTZE, zumindest ließ der Name dies vermuten. Tatsächlich war es nicht übertrieben. In geschmackvollen Regalen und Auslagen fanden sich besondere Kleinode, Schmuck, verzierte Kaffeetassen, samtweiche Schals, ausgefallene Düfte und seidene Schlafmasken – Dinge, die niemand braucht, die aber wunderschön zu besitzen sind. Ein Laden zum Stöbern, in welchem man die Zeit vergisst. Ich wählte zwei prächtig gestaltete Schlüsselanhänger für Mum und Granny Suzie und wollte gerade bezahlen, als ich neben der Kasse einen Korb mit reduzierten Artikeln erblickte, auf dem ganz zuoberst mein Tagebuch lag. Was für ein Zufall! Wo ich doch vor lauter Aufregung meines zu Hause vergessen hatte. Ein Wink des Schicksals, so schien es mir, und ich kaufte es, trotz des langen Schnittes über dem Einband. Ich werde versuchen, den Schaden auszubessern. Vielleicht gelingt es mir mit transparentem Leim oder ich erkundige mich in einem Bastelgeschäft. Es wird sich schon bewerkstelligen lassen.

Mein Leben hier fängt an mir zu gefallen. Ich fühle mich frei. Das Desinteresse meiner Granny, das mich zuerst verunsichert hat, ermöglicht mir eine Unabhängigkeit, wie ich sie zuhause nie kannte. Ich stehe auf, wann es mir gefällt, frühstücke was immer ich möchte, gehe, wohin ich will. So muss es sein, wenn man erwachsen ist. Niemand schreibt mir etwas vor oder gibt mir gut gemeinte Ratschläge, ich brauche nur auf mich selbst zu hören. Natürlich hätte ich Mums Fürsorge nicht missen wollen, aber ich kann jetzt auf eigenen Füßen stehen. Ich bin stark genug. Es ist, als wäre meine Schwäche von mir abgefallen. Heute werde ich mein Tagebuch reparieren, den Leim habe ich besorgt.

Am Nachmittag machte ich einen langen Spaziergang und bin sogar ein Stück gerannt. Mein Herz raste wie wild, aber es fühlte sich gut an. Was für ein Übermut! Doktor Stan würde mich schelten. Ich darf mich nicht zu sehr verausgaben. Trotzdem genieße ich meine übersprudelnde Energie. Es ist, als würde mein Körper endlich mir gehören. Ich bin glücklich, doch nicht vollkommen. Etwas ist da, ich kann es spüren, eine Angst, die sich verborgen hält. Sie wartet. Sie lauert. Sie wird zurückkehren. Als ich am Nachmittag das Tagebuch verschönern wollte, hielt ich plötzlich inne. Meine Finger befühlten den Schnitt; man kann ihn mit geschlossenen Augen wahrnehmen. Auf einmal überfiel mich eine seltsame Unruhe, und ich gab mein Vorhaben auf. Es erschien mir falsch. Der Einband ist nicht perfekt, aber ich will ihn gerade so behalten. Ich weiß nicht, warum.

Es ist kaum zu glauben – ich habe Amisha getroffen. Und sie wusste noch, wer ich war. Sie ist so ein guter Mensch, sie beflügelt mich. Wir sprechen über Gott und die Welt ganz ohne jede Verstellung. Ihr Leben ist faszinierend. Sie ist eine richtige Abenteurerin.

Ich wünschte, ich könnte auch so offen sein. Amisha bestärkt mich darin, mich auszuprobieren, herauszufinden, was mir guttut, was ich mir vom Leben erwarte. Irgendwann fragte ich sie nach den Tarotkarten und der Bedeutung des Narren. Sie lächelte und sagte so etwas wie: »…du bist noch sehr jung, deshalb ist die Karte des Narren nicht so bedeutsam. In deinem Alter beginnt man erst die Dinge klarer zu erkennen. Naivität ist ein Vorrecht der Jugend. Und vergiss nicht: Das Gute vorauszusetzen kann auch ein Talent sein.«

Ihre Worte beruhigten mich, denn seit der Nacht von Beccas Party habe ich viel darüber nachgedacht. Trotzdem fürchte ich, zu wenig Erfahrung zu besitzen – auch im Vergleich zu anderen. Rae hätte niemals die Karte des Narren gezogen.

Heute Abend habe ich mit Granny Suzie gegessen und nichts von meinem Tag erzählt. Ich wollte sehen, ob sie mir Fragen stellte, was sie jedoch nicht tat. Wir saßen eine Weile am Tisch und schwiegen. Leider bin ich nicht gut darin, den Mund zu halten, wenn ich jemandem gegenüber sitze. Ich wurde immer zappeliger und sah unaufhörlich zur Uhr, während sie sich eine Flasche Rotwein öffnete und mehrere Gläser trank. Schließlich begann sie zu sprechen.

»Du solltest die Haare anders tragen. Deine Frisur ist viel zu kindlich. Wie alt bist du nun?«

»Im September werde ich fünfzehn.«

»Na also. Kein Grund, wie ein Mädchen vom Land herumzulaufen. Ich verstehe deine Mutter nicht. Man kann ja vieles über sie sagen, aber sie hatte immer einen guten Geschmack.«

Mein Bauernzopf gefiel ihr also nicht. Na, vielen Dank! Ich fühlte mich unbehaglich, wagte aber nicht, mich zu beschweren.

»Meine Güte. Sei nicht so empfindlich. Ich meine ja nur. Du bist ein hübsches Mädchen, Harper, auch wenn man es fast nicht bemerkt. Du könntest mehr aus dir machen. Deine Mutter hat es immer verstanden, sich in Szene zu setzen, das kannst du mir glauben. Sie war ganz anders als du. Ein anstrengendes Kind. Immer wollte sie Zeit mit mir verbringen, in meiner Nähe sein, mir ihre Bilder zeigen und von ihren Freunden berichten, ihren Schulalltag besprechen, als gäbe es nichts Wichtigeres. Sie musste im Mittelpunkt stehen, ließ mich nie in Ruhe. Als sie klein war, schlief sie keine Nacht durch. Es war nervenaufreibend. Mir blieb nichts anderes übrig, als ihr hin und wieder einen kleinen Schlaftrunk zu geben. Du weißt schon, was ich meine … Eine solche Belastung war einfach zu viel für mich. Wahrscheinlich hätte sie sich eine andere Mum gewünscht. Eine, die keine größere Erfüllung im Leben findet, als hinter ihren Kindern herzulaufen. Da hat sie wirklich Pech gehabt. Aber es ist, wie es ist. Wir stehen uns nicht besonders nahe. Bestimmt hat sie dir erzählt, wie furchtbar ich war. Habe sie nur einmal im Krankenhaus besucht, als ihr der Blinddarm herausgenommen werden musste. Ich litt damals unter Migräne und Krankenhäuser waren mir ein Gräuel. Schon der Geruch verursachte mir Übelkeit. Ich wusste, sie war dort sehr gut aufgehoben. Die Ärzte und Schwestern waren ganz vernarrt in sie. Trotzdem hat sie mir die Geschichte unzählige Male vorgehalten, als hätte ich ihr schweren seelischen Schaden zugefügt.« Granny Suzie sah mich abschätzend an, als würde sie Kritik von mir erwarten, die ich aber für mich behielt.

»Wie alt war Mum damals?«

»Ach, vielleicht zehn oder elf. Kein Kleinkind mehr. Sie kam zurecht. Es ist eben nicht von der Hand zu weisen: Nicht jeder ist dafür geeignet Kinder großzuziehen, also überlege dir gut, ob du welche haben möchtest.«

Arme Mum. Mein Herz blutete. Niemand hatte sie liebgehabt, als sie klein gewesen war, und bestimmt war ihr schmerzlich bewusst gewesen, dass sie ihrer Mutter im Weg stand. Wie konnte Granny Suzie nur so grausam sein? Ich fragte mich, was sie meiner Mum in den Schlaftrunk getan hatte. Vielleicht Alkohol oder Tabletten? Die Härchen auf meinen Armen stellten sich auf. Solche Dinge wollte ich lieber nicht erfahren.

»Siehst du Tatum manchmal?«, fragte ich ganz unschuldig, um ihre weingetränkte Redseligkeit ein wenig auszunutzen.

»Nein. Wir haben keinen Kontakt. Schon seit Jahren nicht mehr. Deine Mutter musste sie aufgeben und das Gleiche galt für mich. Tatums Vater stammte aus einer sehr einflussreichen Familie. Er war wirklich eine gute Partie. Attraktiv und wohlhabend und sehr verliebt. Die Hochzeit wurde im großen Stil gefeiert, sie waren ein schönes Paar. Sehr bedauerlich, dass es nicht hielt.«

»Was ist denn schiefgelaufen?«, fragte ich neugierig.

»Wer kann das schon sagen? Das Übliche, vermute ich. Erst scheint das Glück perfekt, ein Kind krönt die Liebe, und dann hält der Alltag Einzug. Man entfremdet sich, man stört sich an kleinen Marotten, man findet eine jüngere, hübschere Frau … wie es eben so geht. Das ist nichts Besonderes. Nur das Kind der Mutter zu entreißen ist für die Männer nicht üblich. Ich habe immer zu Nora gesagt, sie solle das Gute daran sehen. Ohne Kind ist es leichter, wieder von vorn anzufangen. Aber sie hat es schwergenommen, wollte unbedingt ans andere Ende des Landes ziehen, aus Angst, ihrem Mann oder der Kleinen zu begegnen. Na, vielleicht war es das Beste so. Am Ende hat sie dich bekommen.«

Mir wurde auf einmal bewusst, dass ich nie geboren worden wäre, wenn sich Tatums Vater nicht von meiner Mutter getrennt hätte. »Ich würde sie gern kennenlernen – ich meine Tatum.«

»Und wozu? Ihr habt nicht viel gemeinsam und seid euch völlig fremd. Deine Mutter würde das nicht wollen.«

»Aber vielleicht könnten sie sich wieder näherkommen, schließlich ist Tatum ihre Tochter.«

»Ihr Vater hat sie gegen Nora aufgehetzt, dazu hatte er jahrelang Zeit. Tatum weiß genau, wo ich wohne, schließlich leben wir im selben Bundesstaat. Wenn sie wollte, könnte sie mich besuchen. Sie ist längst

erwachsen, aber sie will nicht.«

»Wie traurig. Jeder Mensch möchte doch seine Mutter treffen.«

Granny Suzie sah mich mit zusammengekniffenen Augen an. Ich konnte förmlich spüren, für wie dumm sie mich hielt. Der Narr verstand mal wieder nicht, was um ihn herum vorging. Auch meine Mum war nicht versessen darauf Granny Suzie zu sehen. Es gab Töchter, die besser ohne ihre Mütter zurechtkamen.

September

Ich tue Dinge, die ich nicht begreife. Schon diese Notiz bringt mich aus der Fassung. Warum verspüre ich den Wunsch, ein zweites Tagebuch zu führen? Eines, das ich mühsam verstecke, als stünden dunkle Geheimnisse darin? Dabei habe ich nur wenige Seiten beschrieben und sicher nichts Wichtiges … aber. Da ist dieses Aber. Es tanzt um mich herum, doch ich kann es nicht zu fassen kriegen. Etwas bedrückt mich. Ich bin zurück und habe das Gefühl, nicht wirklich zurückgekommen zu sein. Als wäre ein Teil von mir verschwunden. Nein. Das trifft es nicht. Es geht mir gut. Vielleicht geht es mir sogar besser als früher. Ich habe ein schönes Zuhause, eine glückliche Mum, die sich mit Cameron versöhnt hat, eine treue Freundin in Larkville und eine in Santa Barbara, sogar ein Junge scheint sich für mich zu interessieren. Was ist es also, das mich bedrückt, wenn es doch nichts gibt, das mich bedrücken dürfte? Ich kenne die Antwort, aber ich kann sie nicht greifen. Der Narr will nicht hinsehen.

Ich habe etwas Furchtbares getan. Es macht mir Angst. Ich kann es nicht zu Papier bringen.

Heute war ich bei Dr. Robbins. Er ist freundlich und irgendwie schick, aber er kann Dr. Stan nicht das Wasser reichen. Er erklärte mir, dass aufgrund meiner defekten Herzscheidewand eine Operation unvermeidlich wäre. Das Loch in meinem Herzen würde irgendwann geschlossen werden müssen. Was ihn beunruhigte waren die Arrhythmien – der unstete Rhythmus, in welchem mein Herz zu schlagen pflegt, die Schwindel- und Fieberanfälle, die Übelkeit und Schwäche. Ich versicherte ihm, dass sich mein Zustand gebessert habe, aber er blieb skeptisch und meinte, dass meine Medikation verändert werden sollte. Am

Ende deutete er an, dass vielleicht eine Transplantation auf mich zukäme. Ich nickte nur. Erst später dachte ich darüber nach.

Ich will mein Herz nicht aufgeben. Auf keinen Fall. Was bleibt von mir, wenn irgendwann ein fremdes Herz in meiner Brust schlägt? Werde ich dann eine andere sein? Ich weiß doch jetzt schon nicht genau, wer ich eigentlich bin.

Ich habe mit Amisha über meine Gesundheit gesprochen. Sie riet mir vor allem auf meine Ernährung zu achten und schickte mir einige Rezepte per Mail. Ein guter Vorschlag. Ich will herausfinden, was mir bekommt und was ich weniger vertrage, auch angesichts der vielen Medikamente, die ich einnehmen muss. Ich werde darüber Buch führen und versuchen, selbst zu kochen. Das ist mein Plan. Er beschäftigt mich und gibt mir das Gefühl erwachsen zu werden.

Oktober
Ich habe es wieder getan. Warum, kann ich nicht sagen. Ich schäme mich. Es wird nicht das letzte Mal gewesen sein.

Die Albträume sind zurückgekehrt, obwohl es mir eigentlich gutgeht. Ich ernähre mich ausgewogen, gehe regelmäßig zur Schule, fühle mich gesund. Mein letzter schwerer Anfall ist Monate her. Warum also schlafe ich so schlecht? Die Angst will mich einfach nicht loslassen. Immer wieder komme ich in unsere Küche und sehe den Schatten, der meine Puppe auf mich abfeuert, bis ich schreiend erwache. Der Traum scheint sich nie zu verändern. Es fällt mir inzwischen schwer, Lorelai anzusehen. Ihr Gesichtsausdruck ist furchterregend. Ich habe sie in den Schrank verbannt, doch am liebsten möchte ich sie wegwerfen. Sie soll nicht länger in unserem Haus sein. Sie will mich töten.
Ich bin in Tränen ausgebrochen. Wie kann ich solche Verrücktheiten schreiben? Ich verstehe mich selbst nicht mehr. Wie sehr habe ich Lorelai geliebt!

November
Wo ist Harper? Rae sucht sie vergebens. Sie weiß, dass sie mich verliert. Ich beginne mich aufzulösen. Ich spiele Komödie, bemühe mich, ihr eine Freundin zu sein, aber sie spürt die Verstellung. Sie er-

kennt mich nicht mehr.

Manchmal frage ich mich, ob ich verrückt werde. Ich tue Dinge, die mir unbegreiflich sind.

Ich tue mir weh.

Ja. Es stimmt. Das habe ich getan. Und nicht nur einmal. Ich wollte es nicht aufschreiben, aber das Tagebuch fordert Ehrlichkeit. Der Riss war ein Omen.

Ich stand unter der Dusche und rasierte mir die Beine. Die Klinge war scharf. Ich schnitt zu tief. Das Blut rann in einem feinen Strahl herunter. Ich sah fasziniert dabei zu und begann von neuem. Diesmal vorsichtiger. Erst als ich fast fertig war, drückte ich plötzlich zu. Ich weiß nicht, warum ich es tat. Ich wollte noch einmal das Blut fließen sehen, den kleinen Schmerz spüren. Später redete ich mir ein, es wäre versehentlich passiert. Der Narr belügt sich selbst.

Es dauerte nicht lange, bis ich es wieder tat. Ich schälte einen Apfel auf meinem Zimmer, saß gemütlich in meinem Bett. Ich rutschte ab. Und schnitt mich. Vielleicht. Vielleicht auch nicht. Dann betrachtete ich meine Arme. Wie dünn die Haut auf der Innenseite ist, wie weiß und zart. Die Adern schimmern bläulich, verschleiern die kräftige rote Farbe. Ich wollte sie sehen. Nur ein wenig. Obwohl ich Angst hatte. Würde es weh tun? Würde ich es wagen? Mein Herz schlug schneller. Ich fühlte mich mutig, lebendig, dann zog ich die Klinge über die Haut. Oh ja. Es tat weh. Mehr, als ich geglaubt hatte, und trotzdem tat ich es wieder. Ich muss verrückt geworden sein.

Inzwischen habe ich viel darüber nachgedacht und gelesen. Man findet endlose Seiten im Netz über das Ritzen. Es ist nichts Besonderes, nur ein Ventil, um Spannung abzubauen. Menschen mit Depressionen und Angststörungen tun es, vor allem junge Mädchen. Wie erschreckend! Ich will meinem Körper nicht schaden, gerade ich will das nicht. Gesund zu sein, war immer mein Traum. Warum also tue ich mir das an? Mir wird bang ums Herz. Ich spüre, dass ich die Antwort kenne. Aber ich will nicht hinsehen.

Meine Fingerkuppen berühren den Riss, den Schnitt, die rauen Kanten quer über meinem Leben. Das Tagebuch hat mich gefunden. Alles ist seither anders geworden. Ich erkenne allmählich, was mir passiert ist.

Es geht mir gut. Das ist es, was nicht stimmt. Der Schmerz ist fort. Der Schmerz, der mich allzeit begleitete, an den ich mich gewöhnt hatte. Ich spüre ihn nicht mehr. Ich müsste jauchzen und springen, aber das tue ich nicht. Die Angst schnürt mir die Kehle zu, ich schneide in meine Haut, um den Schmerz zurückzuholen. Ich kann ihn nicht loslassen. Etwas lauert hinter dem Schmerz. Ich wende mich ab, verschließe die Augen. Ich will es nicht wissen. Ich will nicht mehr darüber nachdenken.

Dezember
    In der Nacht hatte ich schlimme Träume. Ich wachte schweißgebadet auf und spürte, wie mein Herz stolperte. Es klopfte zu schnell, es klopfte zu langsam, es machte Pausen. Mir wurde übel. Es gelang mir gerade noch rechtzeitig, zur Toilette zu kommen, dann musste ich mich erbrechen. Den ganzen Tag lag ich im Bett, zu müde und schwach, um aufzustehen. Dr. Robbins kam vorbei und gab mir eine Injektion. Ich weiß nicht, was es war, aber es half ein wenig. Mum weinte vor Sorge und ließ sich nur schwer beruhigen. Erst am Abend wurde es besser. Meine Kräfte kehrten langsam zurück.

Eines Tages wird es vorbei sein, dann schlägt mein Herz nicht mehr. Wie oft hatte ich diesen Gedanken? Nur nicht in letzter Zeit. Ich fühlte mich stärker, gesünder – trotz meiner Sorgen. Jetzt muss ich an Rae denken, die immer so tapfer ist. Ich will sie nicht verlassen. Vielleicht kann ich kämpfen, doch dafür muss ich endlich das Kleid des Narren abstreifen. Etwas braut sich zusammen. Sieh genau hin, du dummes einfältiges Kind!

Wir waren zusammen in Chicago: Mum, Cameron und ich. Was für eine Farce! Ich kann ihn nicht ausstehen, endlich ist es raus. Seine aufgesetzte Freundlichkeit, sein gelangweilter Blick, wenn ich etwas erzähle, seine suchende Hand, die sich heimlich Mums Arm nähert. Er kann es kaum erwarten mit ihr allein zu sein. Ich bin ihm nur im Weg. Immer habe ich versucht fair zu bleiben. Nachsichtig. Ich will Mums Glück nicht behindern. Trotzdem tut es gut die Wahrheit zu sagen. In meinem Heile-Welt-Tagebuch hatte ich nie den Mut. Nicht vor mir selbst und nicht vor Mum, die vielleicht versucht sein könnte, einen

Blick in meine Gedanken zu werfen. Zwar habe ich nie das Gefühl gehabt, sie würde mir nachspionieren, aber der Tag wird kommen. Spätestens wenn sie mich beerdigen muss, wird sie mein Tagebuch lesen. Ich möchte ihr dann keinen Kummer bereiten. Vielleicht werde ich dieses Tagebuch vernichten. Sollte es mir wieder schlechter gehen, muss ich mich dazu entschließen.

Was für morbide Gedanken ich doch hege! Morgen beginnt ein neues Jahr. Ich sollte hoffnungsvoll in die Zukunft schauen. Ich werde im Sommer sechzehn Jahre. Sechzehn! Meine Güte. Wie viele Fantasien ranken sich um diese Zahl. Was könnte alles geschehen?

Ach. Es ist sinnlos, sich etwas vorzumachen. Ich fühle keine Lebensfreude und weiß nicht wieso. Obwohl es mir besser geht als früher, denke ich an den Tod. Etwas frisst mich von innen auf.

Januar 2013

Ich habe mir vorgenommen, sachlich an die Dinge heranzugehen. Ich bin kein kleines Mädchen mehr, das hysterisch nach seiner Mummy ruft, wenn es Angst hat. Nach einer ausführlichen Internetrecherche zu meiner Erkrankung habe ich heute die Schulbibliothek aufgesucht und in medizinischen Fachbüchern gestöbert. Irgendwann bemerkte ich einen Zettel am Boden, der sich vorher – da bin ich mir sicher – nicht dort befunden hatte. Es war eine pinke, quadratische Post-it Notiz, die nur aus einem Wort bestand: ›Stellvertreter‹. Und dahinter ein Fragezeichen. Ich hob den Zettel auf, warf ihn in den Papierkorb und dachte nicht weiter darüber nach. Erst jetzt, zu Hause in meinem Zimmer, geht es mir nicht mehr aus dem Kopf. So belanglos das notierte Wort auch sein mag, es fängt an mich zu beunruhigen. Irgendetwas ist damit, das kann ich fühlen. Vielleicht ist es nicht die Bedeutung, vielleicht ist es die Schrift. Sie kommt mir bekannt vor. Sie macht mir eine Gänsehaut. Je mehr ich darüber nachdenke, desto überzeugter bin ich: Ich kenne diese Handschrift! Ich weiß nur nicht woher.

Ein lautes Rumsen klang durch die Stille des Hauses, gefolgt von einem Schrei. Mein Herz setzte aus. Für einen Augenblick gelang es mir kaum die Orientierung zu finden, so tief war ich in Harpers Welt versunken. Langsam kam ich zu mir, warf das Tagebuch in meine Nachttischschublade und lief hinaus in den Korridor. Alles war dunkel, aber ich bemerkte, dass die Tür von Mrs. Bartons Zimmer offen stand, der Raum verlassen war. Zögernd ging ich zum Badezimmer und rief mehrmals ihren Namen, aber sie antwortete nicht. Mit einem unguten Gefühl im Bauch klopfte ich schließlich an die Tür, drückte sie auf, wobei sie sich nur mühsam öffnen ließ. Ich schob meine Finger hinein und tastete nach dem Lichtschalter. Dann wurde es schlagartig hell.

Mrs. Barton lag direkt hinter der Tür und blockierte sie mit ihrem Körper, sodass ich mich dagegen pressen musste, um den Spalt weiter aufzuschieben. Eine kleine Blutlache hatte sich unter ihrem Kopf gebildet, ihre Augen waren geschlossen. Ich versuchte sie zu wecken, sprach sie an, stupste gegen ihre Schulter, aber sie rührte sich nicht. Schlagartig geriet ich in Panik. Ich musste Hilfe holen, ich brauchte mein Handy. Oh Gott. Hoffentlich war der Akku nicht leer. Ich hatte vergessen ihn aufzuladen. Angespannt riss ich das Smartphone aus dem Rucksack und wählte den Notruf 911. Der Klingelton dröhnte in meinen Ohren, Sekunden um Sekunden verrannen, genau wie damals, als ich im Keller des brennenden Hauses die Feuerwehr gerufen hatte. Fast schmeckte ich den Rauch auf meiner Zunge. Schließlich meldete sich die Notrufzentrale und man versprach, einen Rettungswagen zu schicken. Ich sollte inzwischen die Atmung der Verunglückten prüfen und sie in die stabile Seitenlage bringen. Aber bevor es mir gelang, kam Mrs. Barton bereits zu sich.

»Was treibst du da, Rae?« Ihre Stimme war schwach und undeutlich, aber mir fiel ein Stein vom Herzen.

»Gottseidank! Wie fühlen Sie sich?«

»Als hätte mir jemand ein Nudelholz über den Kopf gezogen. Hilf mir, mich aufzusetzen.«

»Ich glaube nicht, dass das klug wäre. Bleiben Sie bitte liegen. Der Notarzt kommt gleich.«

»Was redest du da? Ich brauche keinen Notarzt. Ich bin nur hingefallen. Hätte das Licht einschalten sollen. Der Badewannenvorleger hat mir ein Bein gestellt, er war vermutlich umgeklappt. Wie dumm von mir. So ist das, wenn man alt wird. Man schläft unruhig und tappt im Dunkeln herum. Ich wollte mir nur ein Glas Wasser holen und da ist es wohl passiert.«

»Sie bluten am Kopf. Das sollte man nicht auf die leichte Schulter nehmen.«

Sie tastete mit der Hand ihre Schläfe ab und stellte fest, dass ich recht hatte. »Na, ich denke, es ist nur äußerlich, trotzdem will ich mal auf dich hören. Bin schließlich keine zwanzig mehr.

»Haben Sie Schmerzen?«

»Mein Schädel brummt. Hm. Jetzt, wo du es sagst, könnte es sein, dass mir der linke Fuß wehtut. Sieht er verdreht aus?«

Tatsächlich war er merkwürdig angewinkelt. »Ich bin nicht sicher. Am besten bewegen Sie ihn nicht.«

Ich rannte in ihr Schlafzimmer, holte eine Wolldecke und breitete sie über ihr aus. Bald würden Fremde ins Haus kommen und selbst ich hatte sie nie in ihrem Nachthemd gesehen. Während ich vor lauter Aufregung die Hände nicht still halten konnte, schien Mrs. Barton die Ruhe selbst. War das das Zeichen einer fatalen Verletzung oder ihrer inneren Gelassenheit? Die Vorstellung, dass sie ernsthaften Schaden genommen hatte, machte mir Angst. Was würde dann aus mir werden? Als ich die blauen Lichter durch die Fenster zuckten sah, lief ich nach unten, ließ die Sanitäter ins Haus und begann, ein paar Sachen für Mrs. Barton zu packen, die sie im Krankenhaus benötigen würde, dann kehrte ich ins Badezimmer zurück, wo Mrs. Barton gerade angehoben wurde. Sie stöhnte laut auf, als man sie auf die Trage legte.

»Kann ich mit Ihnen ins Krankenhaus fahren?«, fragte ich schüchtern.

»Nein, Kind. Hier bist du besser aufgehoben«, sagte Mrs. Barton in einem Ton, der keinen Widerspruch duldete. »Wie sollst du sonst zurückkommen, noch dazu um diese Uhrzeit? Du gehst morgen zur Schule! Ich komme klar. Die werden sich schon um mich kümmern.«

Einer der Sanitäter hob den Kopf und nahm mich gründlich in Augenschein. »Wie alt bist du?«, fragte er mit ruhiger Stimme.

»Siebzehn. Bald schon achtzehn.«

»Gibt es jemanden, den du um diese Zeit anrufen kannst, der eventuell herkommen könnte?«

»Ich weiß nicht. Vielleicht Sean. Mein Stiefbruder. Aber ich komme allein zurecht. Geht es ihr bald besser?«

»Mach dir keine Sorgen. Das wird schon wieder. Nach meiner Einschätzung ist es nichts Ernstes. Der Bänderriss am Fußgelenk wird sicher ein paar Beschwerden machen und die Platzwunde muss genäht werden, aber das ist es auch schon. In ein paar Tagen wird sie bestimmt entlassen.« Er lächelte mir aufmunternd zu.

Kurze Zeit später sah ich dem Krankenwagen nach, bis er an der Ecke verschwand. Die Straße war menschenleer. Ich war allein. Mit klammen Fingern kehrte ich ins Haus zurück und zog die Tür heran. Das Geräusch schallte hohl durch den Flur, als sie hinter mir ins Schloss fiel.

Alles war so still. Mit wachsender Beklemmung setzte ich mich ins Wohnzimmer und sah mich aufmerksam um. Die dunklen Schatten, die das spärliche Licht warf, nahmen merkwürdige Formen an. Früher war mir das nie aufgefallen.

Sei nicht so ein Hasenfuß, versuchte ich mich zu beruhigen. Normalerweise neigte ich nicht dazu mir Horrorszenarien auszumalen, wieso sollte ich jetzt damit anfangen? *Nichts ist anders als sonst. Dieselben Wände, dieselben dicken Türen, und Mrs. Barton hätte dir auch keinen Schutz bieten können. Sie ist eine alte, gebrechliche Dame.* Trotzdem fühlte ich mich nicht wohl. Vielleicht hatten mich Harpers dunkle Sorgen infiziert. Ich schaltete jede Lampe ein, die in Wohnzimmer und Küche stand, und überprüfte die Fenster. Sie waren allesamt verschlossen. Dann schmierte ich mir ein Brot und setzte mich in Mrs. Bartons Sessel, von dem man den besten Blick auf den Fernseher hatte, drückte die Power-Taste der Fernbedienung und ließ mich von einer Folge *Friends* berieseln.

Inzwischen wurde es später und später, doch ich konnte mich nicht entschließen nach oben zu gehen. Ich musste unaufhörlich an den Brandstifter denken, der sich nachts in unser Haus geschlichen hatte. Sollte ich vielleicht doch Sean anrufen? Um 1:30? Immerhin war Mrs. Barton ins Krankenhaus gekommen, da galten andere Regeln. Ich wählte seine Nummer, überlegte bei jedem Klingeln aufzulegen, erreichte am Ende jedoch nur die Mailbox. Wer ging schon zu dieser Stunde an sein Handy? Möglicherweise Anaïs. Es war einen Versuch wert. Sie stand weit oben in meiner Anrufliste. Ich tippte ihren Namen an, wurde aber sofort von einer anonymen Stimme begrüßt, die ansagte, dass Ana nicht erreichbar war. Blieb nur Orestes. Er war nicht der Typ, der sein Handy nachts ausschaltete, aus Sorge, etwas Spannendes zu verpassen. Es klingelte etliche Male, dann hörte ich endlich seine verschlafene Stimme:

»Ist das wahr oder träume ich?«

»Tut mir leid. Ich dachte, du wärst vielleicht noch wach.«

»Wie spät ist es überhaupt?«

»Gleich zwei.«

»Und du schläfst noch nicht, Rae? Wie ungezogen.«

»Ich liege noch nicht mal im Bett.«

»Jetzt zerstör doch nicht meine Illusionen.«

»Sorry. Ich sitze vollkommen bekleidet im Wohnzimmer.«

»Hm. Und lässt sich da was dran ändern?«

»Lass deine Witze. Ich wollte nur mit dir reden.«

»Was für eine Enttäuschung.« Ich konnte das Lächeln in seiner Stimme hören. »Also Rae, was ist so wichtig, dass du mich mitten in der Nacht anrufst?«

»Im Grunde nichts.« Die Sache war mir auf einmal peinlich.

»Nun komm schon! Ist ja nicht so, als würdest du dich ständig bei mir melden.«

»Na ja. Mrs. Barton ist gerade ins Krankenhaus gekommen. Sie ist gestürzt. Ist wohl nichts Ernstes, aber sie muss ein paar Tage dort bleiben.«

»Und jetzt gruselst du dich im Haus von Lizzy Borden.«

»Ach hör auf. Ich fühle mich bei ihr wirklich wohl.«

»Warum rufst du dann an?«

»Keine Ahnung. Vermutlich bin ich irgendwie …«

»… einsam?«

»Ja. Vielleicht.«

»Du ahnst nicht, wie gern ich zu deiner Rettung eilen würde. Leider muss ich morgen früh raus.«

»Ich weiß. Ich wollte nur mit jemandem sprechen. Du kannst dir nicht vorstellen, wie still es in diesem Haus ist.«

»Und der Wievielte war ich auf deiner Liste?«

Die Frage brachte mich in Verlegenheit. Es war mir genauso unangenehm zu behaupten, er wäre der Erste gewesen, wie ihm die Wahrheit zu sagen.

»Genau genommen warst du der Dritte.«

»Das tut weh, Rae. Wie immer unbarmherzig ehrlich.« Sein ironischer Tonfall machte es mir leicht. Er konnte wirklich nett sein.

»Es fiel mir schwer, dich überhaupt anzurufen, erst recht zu dieser Stunde. Ich wollte nicht stören.«

»Dann gibt es also noch Hoffnung?«

»Mal sehen. Die stirbt ja bekanntlich zuletzt.«

»Du weißt, wie man jemanden bei der Stange hält. Wo ich doch schon seit Wochen dafür kämpfe, deinem Bann zu entkommen.«

»Ich kann mir gut vorstellen, auf welche Weise du das versuchst.«

»So so. Du verbringst deine Zeit damit an mich zu denken. Bist du etwa eifersüchtig?«

»Das hättest du wohl gern. Nein. Jetzt mal im Ernst. Wie gefällt dir das Collegeleben?«

»Wirklich nicht übel. Ich könnte mich daran gewöhnen, aber du weißt ja, dass ich andere Pläne habe.«

»Deinem Land zu dienen wie dein Bruder und dein Vater?«

»Ja, genau. Wir spielen eben gern den Helden. Jemandem das Leben zu retten, Bösewichten das Handwerk zu legen – das ist unser Ding. Was anderes kommt für mich nicht in Frage.«

»Zumindest weißt du, was du willst. Ich wünschte, ich wäre mir da auch so sicher.«

»Wie gesagt, es werden immer gute Leute gesucht. Du bist sportlich und mutig und bestimmt nicht auf den Kopf gefallen.«

»Deshalb rufe ich dich auch mitten in der Nacht an: weil ich so wahnsinnig mutig bin.«

»Na ja. Allein in einem düsteren Haus – das ist schon eine Herausforderung für eine Siebzehnjährige. Du solltest die Sache ganz kühl betrachten. Erstens weiß kaum jemand, dass du allein bist. Zweitens hast du wahrscheinlich dafür gesorgt, dass alle Fenster und Türen gut verschlossen sind. Fehlt also nur noch drittens: Bewaffne dich!«

»Und was würdest du da vorschlagen?«

»Ideal wäre ein Baseballschläger, aber ich vermute mal, dass Mrs. Barton keinen besitzt. Es sei denn, sie hätte noch einen von ihren Kindern im Keller stehen.«

»Du glaubst doch nicht ernsthaft, dass ich in den Keller gehe?«

»Realistisch betrachtet wäre das kein größeres Risiko, als in jeden anderen Raum zu gehen, aber ich versteh schon. Schusswaffen kann ich wohl ebenfalls ausschließen, bleibt nur das klassische Nudelholz oder ein langes Messer.«

»Du sprichst schon wie ein Detective. Und das um diese Uhrzeit.«

»Weck mich auf und ich stehe dir mit Rat und Tat zur Seite.«

Ich musste lachen. »Ehrlich gesagt weiß ich nicht, ob ich fähig wäre, jemandem ein Messer in den Körper zu stoßen. Bei der Vorstellung wird mir ganz anders.«

»Ich wette, du könntest es, wenn es die Situation erfordert. Dich zu verteidigen liegt dir im Blut. Außerdem ist es sehr beruhigend eine Waffe griffbereit zu haben, wenn man allein in einem großen Haus ist.«

»Ja, da könntest du recht haben. Ich glaube, ich werde deinen Rat befolgen.«

»Schön zu hören, dass ich helfen konnte, auch wenn ich nur die Nummer drei auf deiner Favoritenliste bin.«

»Du Armer. Wenn es dich tröstet, erzähle ich dir, wen ich zuerst angerufen habe. Das war Sean Baker, mein sogenannter Stiefbruder. Er ist hilfsbereit und wohnt nicht weit entfernt.«

»Und du traust ihm?«

»Warum fragst du das?«

»Soweit ich informiert bin, gehört er zu den Hauptverdächtigen im Fall der Brandstiftung. Vielleicht ist es besser, ihn nicht zu dieser Stunde in das dunkle Geisterhaus von Mrs. Barton zu holen. Wenn er tatsächlich seine Eltern töten wollte, um an das Erbe zu kommen, dann stehst du ihm sicherlich auch im Weg.«

»Ich glaube nicht, dass er es war. Hätte er mich umbringen wollen, wäre es ein Leichtes gewesen, das Benzin auch unter meinem Zimmer auszuschütten. Dann hätte ich es nicht mehr raus geschafft.«

»Sicher, aber vielleicht wusste er gar nicht, dass du einen Teil des Hauses erben würdest. Deshalb hat er dir eine Chance gelassen.«

»Verdammt, Orestes! Mach mich nicht fertig. Ich werde auch so schon kein Auge zukriegen.«

»Leg dich einfach ins Bett und lass das Handy eingeschaltet.

Dann reden wir, bis du eingeschlafen bist. Ich wollte schon immer eine Nacht mit dir verbringen.«

»Wie verführerisch. Du weißt, wie man die Mädchen rumkriegt.«

»Bisher hatte ich leider keinen Erfolg bei dir. Was für eine glückliche Fügung der Sturz von Mrs. Barton doch für mich ist …«

»*Wer ist Mrs. Barton?*« – hörte ich plötzlich eine verschlafene Stimme aus dem Hintergrund, die unverkennbar weiblich war.

»Hast du ein Mädchen bei dir im Bett?«, fragte ich entgeistert, doch er kam nicht dazu, mir zu antworten.

Stattdessen rief seine Freundin schrill: »*Flirtest du mit einer anderen am Telefon, Orry? Das kann doch wohl nicht wahr sein!*«

Dann brach die Verbindung ab. Ich starrte verdutzt auf mein Handy. Wie konnte er stundenlang mit mir telefonieren, während seine Freundin – oder wer immer sie war – neben ihm im Bett lag? Er ließ wirklich nichts anbrennen. Trotzdem konnte ich ihm nicht böse sein. Er war, wie er war. Vielleicht schmeichelte es mir auch, dass er einen Streit mit einem Mädchen riskierte, nur um mit mir zu sprechen. Es fühlte sich gut an, dass ich ihm nicht gleichgültig war.

Ich stand auf, löschte ein Licht nach dem anderen, nahm mir das längste Brotmesser und Mrs. Bartons altes Nudelholz und ging nach oben, wo ich mich in meinem Zimmer verschanzte. Das Gespräch mit Orestes hatte mir gutgetan, aber kaum saß ich im Bett, fing ich wieder an zu grübeln.

War Sean am Ende doch für das Feuer verantwortlich? Wartete er womöglich nur auf die nächste Gelegenheit, um mich zu beseitigen? Eins war klar: Ich würde kein Auge zubekommen. Dann konnte ich ebensogut Harpers Tagebuch lesen und mehr über den seltsamen pinken Zettel herausfinden. Auch wenn mich ihre Ängste bedrückten, erschienen sie mir im Augenblick weniger bedrohlich, als der Brandstifter. Was immer Harper geschehen war, es lag schon fast drei Jahre zurück und hatte nichts mit dem Feuer zu tun.

Also nahm ich das Tagebuch aus der Schublade, zog mir die Decke bis zum Kinn und begann über Dinge zu lesen, die mir mehr wehtun sollten, als alles, was ich je gehört hatte.

30

Januar 2013
Die Schrift ist mir so vertraut, ich verstehe nicht, weshalb ich sie nicht zuordnen kann. Ich gehe in Gedanken alle Menschen durch, die ich kenne und deren Schrift ich schon mehrfach gesehen habe und komme trotzdem zu keinem Ergebnis. Wen vergesse ich bei meinen Überlegungen? Es muss jemand sein, den ich vielleicht früher kannte, zu dem ich heute keinen Kontakt mehr habe, nur fällt mir leider niemand ein. Auch etwas anderes wundert mich. Wieso gibt es an unserer kleinen Schule überhaupt so ausgezeichnete medizinische Nachschlagewerke? Das ist bestimmt nicht üblich. Könnte es sein, dass der Zettel aus einem der Bücher herausgefallen ist? Es wäre die naheliegendste Erklärung. Ich werde noch einmal die Bibliothek aufsuchen und sehen, was ich herausfinden kann.

Schon als ich den Raum betrat, spürte ich eine Angst, die mich schwindelig machte. Die Bibliothekarin sah mich argwöhnisch an, fast als würde sie mich abweisen wollen, dabei kam ich ganz pünktlich zu den Öffnungszeiten. Ich wollte umkehren, wegrennen, den Narren spielen, aber ich biss die Zähne zusammen und folgte meinem Plan. Niemand außer mir befand sich im Leseraum, sodass ich mich ein wenig entspannte. Ich wählte dieselben Bücher wie zuvor, blätterte sie erst schnell und dann langsam durch, in der Hoffnung einen weiteren Zettel zu finden, aber vergeblich. Sie wollten ihr Geheimnis nicht preisgeben. Ich war ratlos. Obwohl ich eigentlich keinen Sinn darin sah, ermahnte ich mich zur Gründlichkeit und schlug eines der Bücher zum dritten Male auf. Der Stempel der Schule war alles, was die erste Seite zeigte. Aber halt! Wieso wirkte er derart verschmiert? Etwas stand unter dem Stempel geschrieben, unleserlich zwar, aber eindeutig zu erkennen. Ich öffnete das nächste Buch und auch hier verschwand etwas unter dem großen Schulsiegel. Ein Name. Buchstaben. Ich konnte ein ›Mi‹ und ein ›An‹ erkennen, der Rest blieb unleserlich. Dann im dritten Nachschlagewerk wurde ich fündig. Ich entzifferte ein ›Ja‹ und

ein großes ›G‹, bis es mir schließlich wie Schuppen von den Augen fiel:
Unter dem Stempel der Schule verborgen stand ›Jasmine Grant‹.
Ich weiß nicht, wieso mein Herzschlag aussetzte, denn eigentlich ergab
nun alles einen Sinn. Natürlich hatte ich die Schrift meiner Lieblings-
lehrerin erkannt. Ihre Widmung in meinem Buch »Der geheime Gar-
ten«, ihre ermunternden Kommentare unter meinen Tests und Klassen-
arbeiten hätten mich selbst darauf kommen lassen müssen. Zur Sicher-
heit befragte ich die Bibliothekarin und sie bestätigte meine Vermu-
tung. Die Eltern von Miss Grant hatten einen Teil ihrer Bücher der
Schule gespendet. Es ist also nicht verwunderlich, dass nun hochwerti-
ge medizinische Nachschlagewerke in den Regalen der Bibliothek ste-
hen. Schließlich hatte Miss Grant einige Semester Medizin studiert.

Als ich nach Hause zurückkehrte, war ich erleichtert. Es gab für
alles eine plausible Erklärung, beruhigte ich mich. Doch jetzt am
Abend suchen mich die dunklen Schatten heim, mit nagenden Zwei-
feln, die keinen Sinn ergeben. Ich werde den Gedanken nicht los, dass
jener Zettel mit mir zu tun hat, dass sich ein schreckliches Geheimnis
dahinter verbirgt. Ich weiß nicht, ob ich es lüften will.

Ein seltsamer Traum ließ mich heute Nacht hochfahren, obwohl er im
Grunde nichts Furchteinflößendes hatte. Ich lief über eine wunder-
schöne Wiese. Überall blühten Maiglöckchen und verströmten ihren
Duft, während ein kleines Mädchen, das wie ein Engel aussah, auf
einer Trompete spielte. Ich setzte mich und lauschte ihr, pflückte hier
und da ein paar Blumen und steckte sie zu einem Strauß zusammen.
Dann erschien Rae in einiger Entfernung und sah zu mir herüber. Sie
kam nicht näher, sondern lächelte mich mitleidig an und schüttelte ih-
ren Kopf. Das war alles. Wirklich kein Grund in Panik auszubrechen.
Wieso nur fühle ich mich so verunsichert? Als gäbe es eine tiefere Be-
deutung, die ich nicht sehen kann. Ich ziehe alles in Zweifel, ängstige
mich ohne Grund, als würde ich von einer Paranoia heimgesucht. Im
Grunde geht es mir doch gut. Ich bin gesund. Nur wenn ich in den
Spiegel schaue, sehe ich ein blasses, ausgezehrtes Gesicht, das kaum
noch lächeln kann. Einen Geist.

Warum schrieb Jasmine Grant das Wort ›Stellvertreter‹ auf einen
Zettel und klebte ihn in ein medizinisches Lexikon? Es muss doch eine
Bedeutung haben. Bloß scheint mir der Begriff so wenig medizinisch

wie nur irgendwas. Ich habe ihn gegoogelt und keine Antwort gefun-
den. Ich sollte aufhören zu grübeln. Es tut mir nicht gut.

Orestes hat Rae geküsst und alle haben es gesehen. Ich war verletzt
und wütend und habe mich schrecklich aufgeführt. Ich riss ihr die Ket-
te herunter und kündigte ihr die Freundschaft. Wie melodramatisch.
Das einzig Gute an der Sache war, dass es mich ablenkte. Meine düste-
ren Vorahnungen ersticken mich, ich brauche Normalität. Banale,
langweilige Teenager-Sorgen. Ich muss mich bei Rae entschuldigen.
Ich glaube, sie versteht die Welt nicht mehr. Manchmal habe ich mit
dem Gedanken gespielt, mich ihr anzuvertrauen, aber ich wage es
nicht. Ich will nicht, dass sie mich für verrückt hält.

Nur zwei Tage nach meinem Streit mit Rae traf ich Orestes in der
Stadt. Ich war gerade aus dem kleinen Schmuckgeschäft gekommen
und hatte Raes Kette reparieren lassen, als er plötzlich vor mir stand
und mir sein unwiderstehliches Lächeln schenkte. Augenblicklich ver-
zieh ich ihm den Kuss und stimmte zu, einen Kaffee mit ihm zu trinken
oder vielmehr einen Frappuccino. Es ist leicht mit ihm zu reden, das
Gespräch kommt nie ins Stocken. Er weiß, wie man flirtet, und es ge-
fällt ihm, angehimmelt zu werden. Mehr steckt nicht dahinter. Aber es
ist gut so. Ich habe es genossen. Ich hoffe, Rae verzeiht mir meinen
Ausbruch. Und alles andere. Ich bin ihr keine gute Freundin gewesen,
dabei möchte ich es so sehr.

Sie ist die einzige, die mir helfen könnte.

Warum habe ich diesen Satz geschrieben? Ich weiß nicht einmal,
wobei sie mir helfen sollte. Ach, der arme Narr!

Es lässt mir keine Ruhe. Ich werde heute noch einmal zur Bibliothek
gehen, obwohl wir Snowdays haben. Ich muss eine Spur finden, der
ich folgen kann.

Später: Meine akribische Suche wurde belohnt. Ich ging die Seiten
der Bücher mit einer Lupe durch, um Reste des Klebstoffs zu finden, die
von meinem Zettel stammten. Zwar fand ich keinen Klebstoff, aber
eine Unebenmäßigkeit auf einer einzigen Seite. Als hätte Miss Grant
dort mit festem Druck auf den Zettel geschrieben und Spuren auf dem
darunterliegenden Blatt hinterlassen. Am liebsten wäre ich mit einem

Bleistift darüber gefahren, um die verborgene Schrift offenzulegen, so wie man es in alten Hitchcock-Filmen sieht, aber natürlich konnte ich das Buch nicht einfach bekritzeln. Ich entschloss mich ein Foto zu machen, um die Seite zu Hause genau zu studieren. Vielleicht ist aber alles nur Einbildung und ein Fehler im Buchdruck. Das wäre die vernünftigste Erklärung.

Abends: Die Seite beschäftigt sich mit dem Münchhausen-Syndrom, benannt nach dem Lügenbaron Münchhausen. Geschildert wird eine seltene psychische Erkrankung, bei der ein Patient seine Symptome nur vorspielt oder selbst verursacht, um die Aufmerksamkeit der Ärzte zu erlangen. Über diese Krankheit zu lesen, hat mich betroffen gemacht. Bin ich vielleicht auf dem Weg, daran zu erkranken? Schließlich habe ich schon begonnen mich selbst zu verletzten, wenn auch aus anderen Gründen. Ich will das nicht mehr tun. Ich will nicht wahnsinnig werden.

Die Nacht war furchterregend. Ich starb in der eiskalten Küche, von Lorelai zerschmettert.

Noch bevor ich es in den Computer eingab, wusste ich es bereits. Ich wusste es. Tief in mir drin wusste ich es seit Wochen. Aber ich wagte es nicht zu denken. Es ist das Schlimmste, was ein Mensch nur denken kann. Lieber möchte ich sterben, als es auszusprechen.

Wem kann ich davon erzählen? Meine Welt stürzt ein. Ich war so ein guter Narr!

Fast in Zeitlupe tippte ich jeden Buchstaben in die Tastatur. Zunächst die merkwürdige Krankheit, dann das Wort: STELLVER-TRETER. Und da stand es. Eine Variante der Krankheit, die im Buch meiner Lehrerin nicht erwähnt worden war. Das Münchhausen-Stellvertreter-Syndrom. In diesem Fall sucht sich der Kranke einen Stellvertreter. Er schädigt nicht sich selbst, sondern einen anderen Menschen, fast immer sein Kind! Oder ihr Kind! Wie in meinem Fall. Manchmal wird das Kind verletzt, oft wird es vergiftet.

Aber ich war doch bereits krank! Weshalb sollte sie mich noch kränker machen? Es kann einfach nicht wahr sein.

Die Wahrheit ist grausam. Sie bringt mich um den Verstand. Wie sollte das möglich sein? Jemanden zu verletzen, den man liebt? Ihn so elend zu machen, dass er glaubt zu sterben. Manches Mal wäre ich fast gestorben. Nun weiß ich nicht mehr, woran.

Doch da ist noch mehr. Eine Kälte macht sich in mir breit, eine eiserne Klammer liegt stramm über meinem Herzen. Etwas Böses will an die Oberfläche, aber ich will es nicht sehen, ich will es nicht kennen. Trotzdem weiß ich, dass es da ist. Es wartet.

Miss Grant muss einen Verdacht gehabt haben. Ich erinnere mich, dass sie mir viele Fragen zu meiner Herzerkrankung stellte, sie wollte sich mit einem Spezialisten austauschen, den sie vom Medizinstudium kannte, wollte nachforschen. Vielleicht war ihr etwas an dem Verhalten meiner Mutter aufgefallen, ihr Bedürfnis nach Aufmerksamkeit oder ihr schien, dass nicht all meine Symptome zu meiner Herzerkrankung passten. Die Übelkeit, der Schwindel, die Schmerzen – was immer es war: Irgendetwas hat sie stutzig gemacht.

Aber. Es ergibt einfach keinen Sinn. Miss Grant hätte es nicht auf sich beruhen lassen, sie wäre eingeschritten. Also muss sich ihr Verdacht zerstreut haben. Das ist die einzige Erklärung. Es ist alles gut. Alles muss gut sein. Sonst ersticke ich daran.

Wie schön wäre es wirklich daran zu glauben, zurückzukehren in die Zeit der rosenroten Bettdecke. Doch ich kann es nicht! Mein Verstand schlägt furchtbare Wege ein. So dunkel. Wann schrieb Miss Grant diesen Zettel, wann hegte sie diesen Verdacht? Ich ahne, wann es gewesen ist. Im letzten Jahr, im Mai. Ich erinnere mich an jenen Abend. Es ging mir nicht gut. Nein, Mom. Gar nicht gut. Ein neuer Schub, meintest du. Du musstest es ja wissen. Und trotzdem bist du ausgegangen. Hast mich alleingelassen. Angeblich hattest du dein Portemonnaie bei einer Bekannten vergessen und musstest es unbedingt holen. Ich weiß noch, wie blass du warst, als du zurückkamst. Dir zitterten die eiskalten Hände. Und ich glaubte, es wäre aus Sorge um mich. Was für ein Hohn! Du hast es getan. Das schlimmste aller Verbrechen. Und du konntest danach zurückkehren und meine Hand halten, als wäre nichts geschehen.

Meine Gefühle sind tot. Vielleicht könnte ich dir verzeihen, dass du mich krank gemacht hast. Vielleicht könnte ich dich mit deiner lieblosen Mutter entschuldigen, die dich zu diesem Menschen hat werden lassen. Vielleicht. Aber nicht das! Nicht den Tod von Miss Grant.

Hat sie dich durchschaut? Hat sie mir helfen wollen? Ja. Das wollte sie, aber du hast es verhindert. Du bist eine Mörderin!

Februar 2013

Ich kann nicht mehr atmen. Es gibt keine Luft hier, die nicht verpestet wäre. Ich muss fort – aber weiß nicht, wohin. Gibt es einen Ort, an den ich mich flüchten kann, wo sie mich niemals findet? Wer wird mir glauben? Es gibt keine Beweise. Nichts. Ich weiß nicht einmal, wie sie mir das angetan hat. Nur gibt es keinen Zweifel mehr, keine Hoffnung auf einen Irrtum. Alles hat jetzt einen Sinn, sogar meine Träume. Der Tod in der Küche. Dort hat sie mein Essen vergiftet. Meine Puppe Lorelai, die zum tödlichen Geschoss wurde und die mir mehr und mehr Angst einjagte. Denke ich an meine Lieblingsserie, fange ich an zu zittern. Lorelai hieß die Mutter, die allein mit ihrer Tochter lebte. Wie sinnig. Seit ich selbst koche, geht es mir besser. Mum lässt mich in Ruhe. Vielleicht hat ihr der Tod von Miss Grant Angst gemacht. Seitdem hat sie mir nur kleinere Dosen ihrer Medizin verabreicht. Oder Cameron schenkt ihr genug Beachtung.

Was sie mir wohl gegeben hat? Ich bin mir ziemlich sicher, was es war. Am liebsten würde ich sie fragen. Ich habe viel darüber nachgelesen. Ich kenne mich aus im Land der Giftmischer.

Du hast alles im Garten gefunden, was du brauchtest. Deine Kräuter und Wurzeln, die herrlichen Maiglöckchen und Engelstrompete. Mitunter wunderte ich mich, wenn ich ein Sträußchen auf dem Schneidebrett liegen sah. Wächst nicht auch blauer Eisenhut im hintersten Winkel unseres Grundstücks? Du schlaue Hexe. Herzrhythmusstörungen und Krämpfe, Übelkeit und Halluzinationen – so wirken die giftigen Alkaloide, die du mir verabreicht hast. Wie einfallsreich von dir! Du hättest Applaus verdient. Was kann ich jetzt tun? Ich wünschte, ich könnte um Hilfe bitten, aber die Scham hält mich zurück. Ja, Mutter! Ich schäme mich für dich. Und tief in mir drin fühle ich einen Schmerz – die Angst, dass ich all das verdient haben könnte. War es so anstrengend mit mir? Am Ende ist es wahr, was der Philosoph Emerson *schrieb: »Kein Kind ist so brav, dass die Mutter nicht froh ist, wenn es endlich schläft.«*

Könnte ich die Zeit nur zurückdrehen. Noch einmal zu Beccas Party gehen, noch einmal mit Rae am Creek sitzen und über Kleider und Jungen reden. Noch einmal der Narr sein.

Ich habe Rae ein Geschenk gemacht. Ein sehr besonderes. Ein kleines Rätsel ist damit verbunden, mag sie es lösen oder auch nicht. Es war schön etwas Gutes zu tun. Ich habe noch einmal mein Kleid angezogen, mich noch einmal vor dem Spiegel gedreht. Wie leicht ging es früher. Jetzt zieht mich der Stoff zu Boden. Die Angst lähmt mich. Was könnte mir geschehen? Etwas zu viel von jenem, ein Hauch Bella Donna, dazu roter Fingerhut und schon ist es vorbei. Das Herz bleibt stehen. Ich sehe Jasmine Grants schöne Augen. Sie sehen traurig aus. Sie erinnern mich an meine.

Die Dunkelheit bricht herein. Ich beobachte die langen Schatten, die über den Boden wandern. Mein Kleid lässt mich frieren, aber ich will es nicht ausziehen, es wärmt meine Seele. Was wird sie mir antun, wenn sie erfährt, dass ich es weiß? Ich muss mich verstellen, ich muss vorsichtig sein. Ich darf es niemandem sagen, es gibt keinen Ausweg. Ich muss durchhalten, solange ich kann.

Es ist mein Zuhause. Ich will es beschützen. Wohin könnte ich auch gehen? Ich bin nur ein Kind …

Ich lausche angespannt. Da! Ein Geräusch. Das Brummen wird lauter. Der Wagen fährt vor.

Sie kommt!

Ich hatte nicht gespürt, dass ich weinte. Erst als ich die letzte Zeile las, fühlte ich meine nassen Wangen, fühlte den Schmerz in meiner Brust, der mich zu zerreißen drohte. Ich lief hinüber zum Bad und stürzte drei Becher Wasser hinunter. Meine Kehle brannte. Kein Feuer konnte so ein Brennen verursachen, kein Wasser konnte es löschen. Es war wie ein Gift, das meinen Körper durchströmte und überall versengte. Dann fiel ich auf mein Bett, kauerte mich zusammen, schluchzte. *Harper, Harper, Harper, Harper, Harper.* Nur dieses einzige Wort. Was für eine Hölle hatte sie durchlebt, was für eine Angst musste sie gehabt haben. Ich konnte es fühlen. Ihren tödlichen Schmerz, ihre Einsamkeit. Ich wollte meine Hand nach ihr ausstrecken, sie in Sicherheit bringen. *Harper, Harper, Harper …* Es hörte nicht auf, es drang durch meinen Körper, immer und immer wieder bis es nur noch ein Wimmern war und ich vor Erschöpfung einschlief.

Dunkle Felsen umschlossen mich in meinem Traum, unsichtbare Finger griffen nach mir, zogen mich in die Tiefe, hinderten mich daran, nach oben zu klettern, wo ein eisiger Wind tobte und heulte. Ich wurde hin- und hergerissen, kämpfte gegen einen unkenntlichen Feind, versank immer wieder in der Tiefe der Schlucht. Nichts ergab einen Sinn. Ich schrie und weinte und war vollkommen außer mir. Schließlich stürzte alles in sich zusammen und ich erwachte mit keuchendem Atem, mit rasendem Herzen, verkrampften Muskeln, als hätte ich wirklich alles durchlitten.

Die Stille war unerträglich. Wenn alles in dir rast und tobt ist die Abwesenheit jeden Geräusches eine Folter. Du hörst, wie dein Herz schlägt, dein Blut durch deine Adern strömt, deine Zähne aufeinanderschlagen, und fast ist es so, als wärst du noch immer in deinem Traum gefangen. Du weißt nicht mehr, was real ist. Ich brauchte unendlich lang, um mich zu orientieren. Zusammengerollt wie ein Kind starrte ich in die Dunkelheit. Lauschte.

War da nicht was? Leise, ganz weit entfernt. Ein hoher Ton, ein Ziehen. Oder nur der Wind? Nein, es war vollkommen still. Ich atmete auf, begann meine Muskeln zu lösen, Kopf und Beine zu strecken und suchte vergeblich den Schalter der Nachttischlampe, da ich am Fußende meines Bettes lag. Ich setzte mich auf und horchte. Da war es wieder. Sehr schwach und dumpf, kaum hörbar – ein unerklärliches Geräusch in der Tiefe des Hauses. *Bleib ruhig, Rae. Es muss eine Erklärung geben.* Nur welche konnte dafür herhalten? Das Pochen der Heizung war mir vertraut, auch das Summen des Kühlschrankes oder das Knacken der alten Wasserleitung. Ich wohnte jetzt seit einem Jahr hier und kannte mich aus. Konnte ein Tier durch den Keller eingedrungen sein? Das war mehr als unwahrscheinlich. Ich spitzte die Ohren. Nichts. Ich drehte langsam durch. Völlig verkrampft wartete ich. Wartete länger. Da! Mir stockte der Atem. Ein fremdes Geräusch in unserem Haus. Es gehörte nicht hierher. Es drang ein. Gespenstisch und leise. Aber wie wurde es erzeugt? Ich wusste es nicht. Es klang suchend, ich weiß nicht, warum ich das dachte. Wir hatten doch über diesen Autor im Englischunterricht gesprochen. Er hatte es perfekt beschrieben: *Ein Geräusch, wie wenn jemand versucht, kein Geräusch zu machen.* Das traf es. Mein Mund wurde schlagartig trocken. Jemand! Oh Gott! Ich stöhnte gegen meinen Willen. Jemand war im Haus. Jetzt kam Bewegung in meinen Körper. Panisch suchte ich nach meinem Handy, wagte aber nicht das Licht einzuschalten. Wo steckte das verdammte Ding? Es war hier gewesen, als ich Harpers Tagebuch gelesen hatte, daran erinnerte ich mich. Hektisch durchwühlte ich mein Bett, beugte mich schließlich nach unten und fand mein Handy auf dem kleinen Bettvorleger. Nicht angeschlossen! Der Akku war endgültig leer.

Mein Körper wurde starr vor Schreck, gleichzeitig hielt ich die Luft an, um besser in die Stille lauschen zu können. Vielleicht hatte ich mir alles nur eingebildet. *Denk nach!* Was hatte Orestes gesagt? Irgendetwas mit erstens, zweitens, drittens. Ach ja. Erstens. Niemand wusste, dass ich allein war. Zweitens. Alle Fenster und Türen waren verschlossen. Und wie ging es weiter? Mein rasender Puls machte es schwer die nötige Konzentration zu finden. Drittens? *Herrgott nochmal, kannst du dir nicht drei Dinge merken?* Da war es wieder! Und diesmal lauter. Näher! An der Treppe. Die Stufen knarrten. Jemand kam hoch. Himmel! Jemand kam hoch! Ich sprang aus dem Bett. Drittens!!!

BEWAFFNE DICH, RAE!!!

Eine samtige Dunkelheit erfüllte den Raum, der von einer einzigen Kerze erhellt wurde. Nur schemenhaft waren die Umrisse der Möbel und Stoffe zu erkennen, alles verschwand in einem warmen Zwielicht. Sie atmete tief ein. Morgen war es so weit. Um sieben Uhr in der Frühe würden sie kommen, würden ihr beim Packen helfen, würden alles, was wichtig war, in Kartons verstauen und das Übrige entsorgen. Bestimmt dauerte es Stunden, vielleicht den ganzen Tag, aber schließlich wäre es geschafft. Sie käme hier raus. Endlich!

Natürlich ließ es sich nicht vermeiden nach oben zu gehen. Dorthin, wo in letzter Zeit nur die Putzfrau einen Fuß über die Schwelle gesetzt hatte, um wenigstens einmal im Monat sauberzumachen. Das hatte ausgereicht. Ein verlassenes Zimmer brauchte wenig Pflege. Sie selbst hatte diesen Raum seit langem nicht mehr betreten. Er verursachte ihr Übelkeit. Alles daran. Der Geruch, die Einrichtung, die Farben in weiß und rosé. Zum Glück war sie die Puppe losgeworden, die ihr mit kalten leblosen Augen eine unerklärliche Furcht eingeflößt hatte. Sollte Rae sie haben. So war es am besten.

Rae. Sie schien ihr verändert. Erwachsener. Schöner. Aber auch zurückhaltender. Andererseits war sie immer recht schüchtern gewesen, das musste nichts bedeuten. Dennoch wurde sie den Eindruck nicht los, dass Rae ihrem Blick ausgewichen war und erleichtert gewirkt hatte, als sie schließlich gehen konnte.

Corinne schüttelte ihr Haar, versuchte die quälenden Gedanken zu zerstreuen. Wie schön würde es jetzt werden. Es musste fantastisch sein in Florida zu leben, nicht weit vom Strand, in einem eleganten Bungalow mit allem Komfort. Dort gab es keine gespenstischen Zimmer. Ein sonniger Neuanfang wartete auf sie. War das Haus erst einmal verkauft, gab es nichts mehr zu bedauern. Sie konnte aufatmen. Lange hatte sie für etwas gebüßt, das nichts anderes als ein Unfall gewesen war. Im Grunde hatte sie sich nichts vorzuwerfen. Es war nicht ihre Schuld. Nein! Diese verdammte Lehrerin! Weshalb hatte sie ihre Nase in Dinge gesteckt, die sie nichts angingen? Zitierte sie zu einem Gespräch und konfrontierte sie mit Vorwürfen und falschen Anschuldigungen. Corinne war unvorbereitet gewesen und entsetzt über den drohenden Tonfall dieser Person. Was maßte sich diese Lehrerin an? Sie hatte alles abgestritten. Es war zu lächerlich. Jeder wusste doch, dass Harper krank war. Sie hatte alles für ihr Kind getan, die besten Ärzte engagiert, ihr jeden Wunsch erfüllt, sie aufopferungsvoll gepflegt. Sie liebte ihre Tochter aus ganzem Herzen, das konnte jeder bezeugen.

Was sollten also diese Unterstellungen? Natürlich hatte sie sie weit von sich gewiesen. Nein, ihr war nie in den Sinn gekommen, Harpers Medikamente falsch zu dosieren oder ihr irgendwelche Drogen zu verabreichen. Das war lächerlich. Aber die Lehrerin ließ nicht locker, wollte den Rat eines Arztes einholen, wollte das Jugendamt informieren. Was für eine Frechheit! Nur Corinne allein hatte über ihre Tochter zu bestimmen. Nicht umsonst hieß es: ›Wer Wind sät, wird Sturm ernten‹. Jasmine Grant hatte ihren Sturm bekommen. Sie war selbst schuld daran. Ein Wort hatte das andere ergeben, bis der Streit schließlich eskaliert war. Die Lehrerin hatte zum Telefonhörer gegriffen und Corinne zu einer schweren Blumenvase. Nur so hatte sie sie von diesem Anruf abhalten können. Miss Grant hatte ja nicht hören wollen. Und dann war geschehen, was Corinne nie beabsichtigt hatte. Gab es nicht ein Recht auf Selbstverteidigung? Sie hatte sich nur gewehrt.

Die Wochen, die auf das Unglück folgten, waren schwer gewesen, das musste sie zugeben. Sie war eine sensible Frau. Wie hätte sie dieses Ereignis auch vergessen können? Es brauchte seine Zeit, aber schließlich war es ihr gelungen nach vorn zu schauen. Sie musste durchhalten – für sich selbst und für Harper. Das war ihre Pflicht. Dann war Cameron in ihr Leben getreten. Er hatte ihr so gutgetan, durch ihn war alles leichter geworden. Wie er sich um sie bemühte, sie verwöhnte, ihr kleine Aufmerksamkeiten zukommen ließ. Sie hatte wieder Schmetterlinge im Bauch. Ihr Leben war perfekt.

Damals hatte sie beschlossen, dass alles anders werden sollte. Harper war kein Kind mehr, sie konnte auf eigenen Füßen stehen. Sollte sie doch nach Kalifornien reisen und ihre Großmutter besuchen. Ja, sollte sie doch. Diese gefühlskalte Egomanin konnte sich ruhig einmal um ihre Enkelin kümmern, jetzt wo es Harper besser ging. Corinne hatte eine Auszeit verdient. Sie würde endlich ungestört mit Cameron zusammen sein, könnte mit ihm ein paar Tage ans Meer fahren, ein *kleines Haus mieten und das Leben genießen. Sie brauchte Erholung bei all dem Stress. Ja, so war es damals gewesen. Seither war eine Ewigkeit vergangen.*

Corinne blickte aus dem Fenster. Die Straße war dunkel. Niemand schien um diese Zeit unterwegs zu sein.

Morgen war es so weit. Cameron würde aus Florida zurückkommen, um ihr bei den Umzugsvorbereitungen zu helfen. Er hatte das neue Haus renovieren lassen, damit bei ihrer Ankunft alles perfekt wäre. Sie musste nur noch diesen einen Tag überstehen, noch einmal in dieses Zimmer gehen und alles entrümpeln. Ein paar Dinge von Harper würde sie mitnehmen, auch wenn es ihr widerstrebte. Cameron würde sie sonst für herzlos halten. Er verstand einfach nicht, dass sie keine dunklen Erinnerungen brauchte. Schließlich hatte sie ihr Kind verloren, war es da ein Wunder, dass man nicht immerzu daran erinnert werden wollte? Aber gut, sie würde schon etwas finden und in eine Kiste verbannen, die für immer geschlossen bliebe. Hauptsache, sie käme hier raus.

Zuerst hatte es sich gut angefühlt, von allen umsorgt und bedauert zu werden. Nie hatte sie so im Mittelpunkt gestanden wie in jener Zeit. Und Harpers Selbstmord hatte ihr Cameron geschenkt. Kurz darauf war er bei ihr eingezogen. Freude und Leid lagen so dicht beieinander, es war kaum zu glauben. Nach und nach hatte sie neuen Lebensmut geschöpft und den Schock überwunden. Inzwischen war sie es leid auf Harper angesprochen zu werden. Es stimmte sie traurig. Ein Kind zu verlieren war das Schlimmste, was einer Mutter zustoßen konnte, damit hatten die Leute recht. Wie schwer war sie vom Schicksal geprüft worden. Es war einfach ungerecht.

Die Erinnerungen ließen sie nicht los..

Es hätte so ein schöner Abend werden sollen. Sie wusste noch, wie sehr sie sich auf das Ballett gefreut hatte, das sie mit einer Freundin in Chicago besuchen wollte. War es nicht ›Romeo und Julia‹ gewesen? Doch dann kam alles ganz anders …

Das Haus war so dunkel, nur in Harpers Zimmer brannte Licht, und eine düstere Musik drang nach unten. Corinne lauschte …

»Oh Mother, I can feel the soil falling over my head…«

Sie bekam eine Gänsehaut. Warum hörte Harper so etwas? Sang dieser Mann von einem Begräbnis? Sie hielt den Atem an, horchte auf die nächsten Zeilen und schüttelte verständnislos den Kopf. Was war nur mit Harper los? Seit sie aus Kalifornien zurückgekehrt war, schien sie verändert. Eine Kälte ging von ihr aus, die Corinne beunruhigte. Hatte Harpers Großmutter ihre Enkelin aufgehetzt? Das sah ihr ähnlich. Der eigenen Tochter das Leben schwer zu machen, war eine ihre Lieblingsbeschäftigungen.

Corinne zögerte. Sie wollte sich den Abend nicht verderben und musste pünktlich los, denn die Straßenverhältnisse waren schwierig. Hoffentlich gab es keine Schneeverwehungen.

Die Musik wurde noch lauter gedreht, die Bässe dröhnten durch die Decke. Langsam fühlte Corinne eine gewisse Gereiztheit in sich aufsteigen. Sie war ein freundlicher, hilfsbereiter Mensch, der hin und wieder seine Ruhe brauchte, also warum zum Teufel musste Harper solch morbide Musik in übertriebener Lautstärke abspielen? Das sah ihr nicht ähnlich. Harper war kein renitenter Teenager, der zu provozieren wusste. Sie hatte ein angenehmes, ruhiges Wesen, und sie waren immer hervorragend miteinander ausgekommen. Eine innigere Mutter-Tochter-Beziehung konnte sich Corinne kaum vorstellen.

»Oh Mother, I can feel the soil falling over my head ...«

Jetzt reichte es ihr. Sie straffte die Schultern und stieg die Treppe hoch, klopfte kurz an und trat ein, ohne auf eine Antwort ihrer Tochter zu warten.

»Was ist denn hier oben los? Könntest du die Musik etwas leiser drehen, mein Schatz? In einer halben Stunde breche ich auf, dann kannst du meinetwegen deine Ohren malträtieren.«

Harper lag bäuchlings auf dem Bett, die Arme um ihr Kopfkissen geschlungen und rührte sich nicht. Hatte sie sie nicht verstanden oder weigerte sie sich eine Reaktion zu zeigen? Corinne durchschritt den Raum und drehte die Lautstärke herunter. Harper fuhr hoch und starrte sie mit ängstlichen Augen an.

»Du hast mich erschreckt.« Ihre Stimme klang zittrig.

»Das tut mir leid, mein Engel. Ich habe Kopfschmerzen und möchte mich noch kurz ausruhen, bevor ich nach Chicago fahre.«

»Du gehst aus?«, fragte Harper verdutzt.

»Aber natürlich. Weißt du nicht mehr, dass ich Ballettkarten habe. Ich treffe mich mit Sarah und übernachte wie immer bei ihr.«

»Oh, das muss ich wohl vergessen haben. Dann viel Spaß.«

Harpers Ton klang seltsam, fast ironisch. So kannte sie ihre Tochter nicht. »Kind, ist alles in Ordnung mit dir?«

Für einen Moment trat Stille ein, dann öffnete Harper den Mund, um ihn gleich wieder zu schließen. Mehr als ein Stöhnen brachte sie nicht zustande.

»Was ist nur los? Du liegst hier in deinem Bett und hörst deprimierende Lieder – hast du Liebeskummer?«

»Nein, Mutter. Das ist es nicht.«

Die spitze Antwort ihrer Tochter verunsicherte Corinne, es schwang etwas darin mit, etwas Unheilvolles: eine Anschuldigung. Corinne spürte, wie ihr kalt wurde. »Hast du mir etwas zu sagen?«

»Nein. Bestimmt nicht. Genieße deinen Abend mit Sarah.« Harper versuchte zu lächeln, aber es misslang. Ihr Gesicht wirkte geisterhaft.

»Es ist noch Lasagne im Kühlschrank. Ich denke, du solltest etwas essen.«

»Ich kümmere mich selbst darum, keine Sorge.«

Schon wieder war da diese unterschwellige Feindseligkeit. Corinne kannte ihre Tochter. Etwas stimmte ganz und gar nicht. Erst dieses Lied und dann … sie zuckte zusammen, als ihr klar wurde, was vor sich ging: Harper konnte ihr nicht in die Augen sehen. Sie war voller Abscheu.

»Willst du etwas trinken, vielleicht einen Tee?«, fragte Corinne mechanisch und ein Gedanke fuhr ihr durch den Kopf. Sie musste etwas unternehmen. Harper ging es wohl zu gut in letzter Zeit.

»Haben wir Eistee?«

»Eine Flasche ist noch da. Ich glaube Pfirsich.« Das war Harpers Lieblingssorte. Corinne wandte sich ab und ging nach unten in die Küche. Sie musste handeln, nur leider war sie nicht vorbereitet. Was sollte sie tun, wie konnte sie Zeit gewinnen? Sie öffnete den Kühlschrank, nahm den Eistee heraus und drehte vorsichtig den Drehverschluss auf. Dann zerstieß sie vier Schlaftabletten und füllte das Pulver in die Flasche. Jetzt wurde es knifflig. Vorsichtig träufelte sie zwei winzige Tropfen Sekundenkleber auf den Kunststoffring, drehte den Deckel auf die Flaschenöffnung und drückte Ring und Schraubverschluss fest zusammen, sodass die Flasche unversehrt erschien. Anschließend lief sie nach oben in ihr Schlafzimmer, nahm den schwarzen Hosenanzug aus dem Schrank und kleidete sich an. Bevor sie ging, verabschie-

dete sie sich von Harper.

»*Ich fahre jetzt los. Wer weiß, in welchem Zustand die Straßen sind. Lasagne und Eistee stehen im Kühlschrank. Du solltest wirklich etwas essen, so blass wie du aussiehst. Du bist schon wieder dünner geworden.*«

»*Da hast du recht, Mutter. Pass auf, dass du nicht ins Schleudern kommst, es ist eisig da draußen. Das könnte übel ausgehen.*«

Corinne nickte schwach. Die Worte ihrer Tochter verschlugen ihr den Atem. Nachdenklich ging sie hinunter, löschte das Licht in Küche und Flur, nahm die Autoschlüssel aus der kleinen Schale und schlug den Mantelkragen hoch.

Sie verließ das Haus mit pochendem Herzen, setzte sich hinter das Steuer und fuhr ein paar Straßen weiter, parkte schließlich hinter einem Lieferwagen, wartete. Wie lange würde es dauern, bis Harper in die Küche ginge, bis sie den Eistee trank und müde wurde? Länger als eine halbe Stunde auf jeden Fall. Sie musste sich gedulden. Die Zeit schien stillzustehen. Nach fünfundvierzig Minuten konnte Corinne ihre Anspannung nicht länger ertragen. Sie startete den Wagen und kehrte nach Hause zurück. Als sie in ihre Straße einbog, löschte sie das Abblendlicht, näherte sich langsam und parkte ein paar Meter entfernt auf der gegenüberliegenden Straßenseite. Sie beobachtete das Haus. Im unteren Stockwerk brannte unverkennbar Licht, Harper war also in die Küche gegangen. Die Frage war nur – wann? Vielleicht gerade eben, vielleicht vor einer halben Stunde. Dann – vollkommen unerwartet – öffnete sich die Haustür. Corinne hielt den Atem an. Harper stand mit Mantel und Tasche im Türrahmen und sah verzweifelt in die Dunkelheit. Es hatte aufgehört zu schneien, die Temperatur lag bei einem Grad unter Null. Was hatte ihre Tochter vor? Floh sie aus ihrem Elternhaus? Corinne wischte den Nebel von der Scheibe ihres Wagens und starrte in die Nacht. Jetzt rührte sich Harper. Sie setzte eine Mütze auf, zog die Haustür hinter sich zu und machte sich auf den Weg. Langsam und unsicheren Schrittes stapfte sie durch den Schnee, die Schultern hochgezogen, die Hände in den Taschen. Corinne ließ den Motor an und folgte ihr mit gebührendem Abstand.

Wohin um Himmels Willen ging Harper bei diesem Wetter? Es konnte nur eine Erklärung geben. Sie wollte irgendwo Zuflucht suchen, bei jemandem, der bereit war, fremde Kinder aufzunehmen. Na-

türlich. Sie wusste, auf welchem Weg sich ihre Tochter befand. Harper wollte sie verlassen, verraten, ins Unglück stürzen. Das durfte nicht geschehen. Wie viel hatte sie Rae bereits erzählt? Corinne drückte das Gaspedal weiter nach unten, sie näherte sich an. Dann plötzlich sah sie, dass Harper strauchelte und auf die Knie fiel. Mit Mühe stand sie wieder auf, zog ihre Mütze zurecht und machte ein paar vorsichtige Schritte, wobei sie sich an einem Gartenzaun festhielt. Wenige Meter weiter rutschte Harper aus und stürzte zu Boden. Es war an der Zeit einzuschreiten. Corinne brachte den Wagen neben ihrer Tochter zum Stehen und stieg aus.

»Was tust du hier, bei dieser Eiseskälte? Komm, ich helfe dir auf.« Sie packte Harper unter den Armen, zog sie hoch, führte sie zum Wagen und half ihr auf den Sitz.

»Was ist in dich gefahren? Willst du dir den Tod holen?«

Harper sah sie resigniert an. »Käme dir das nicht gelegen?«, brachte sie müde hervor.

»Was redest du da? Nimmst du Drogen?«

»Das weißt du wohl besser als ich – nicht wahr Mum?« Ihre Stimme klang schwach, sie kämpfte gegen den Schlaf. Corinne sah ihre Tochter fassungslos an. Wie war sie überhaupt angezogen?

»Ich verstehe dich nicht. Du gehst in einem Sommerkleid bei Eis und Schnee auf die Straße. Erklär mir bitte, was das Ganze soll!«

»Ich wollte nur Rae besuchen.«

»Mit einer gepackten Tasche?«

»Ein paar ausrangierte Sachen.«

»Lüg mich nicht an, Harper Delphine.«

»Na gut. Ganz wie du willst, Nora Corinne. Ich will einfach nur weg von dir. Das ist alles.«

»Was soll das heißen? Du bist fünfzehn Jahre alt. Du gehörst zu deiner Mutter.«

»Du meinst, ich gehöre dir, nicht wahr? Du kannst mit mir machen, was du willst.«

»Du redest dummes Zeug. Wir fahren jetzt nach Hause.«

»Nein, Mutter. Du bringst mich zu Rae. Sag einfach, es ist ein Familien-Notfall, du musst nach Kalifornien zu deiner lieben Mum. Hast du verstanden? Vielleicht halte ich dann meinen Mund und sage niemandem, was du bist. Du Monster!«

»Ich weiß nicht, was du dir eingeredet hast …«

»Nur die Wahrheit. Die verdammde Scheißwahrheit, die verdddamme trauiige Wahrheit …« Harpers Stimme war nuschelig, ihr Kopf sackte immer wieder auf die Brust, bis schließlich die blaue Baskenmütze herunterrutschte. Ihre Augenlider flatterten.

Corinne sagte nichts. Sie saß still im Wagen und beobachtete ihre Tochter. Was war aus ihrem kleinen Mädchen geworden? Wieso machte sie alles kaputt? Nichts war mehr zu retten. Sie musste ihr Kind aufgeben, so leid es ihr tat. Behutsam steuerte sie den Wagen über die schneebedeckten Straßen, während Harper in einen tiefen Schlaf sank. Kurze Zeit später erreichten sie den Parkplatz am Indian Creek, der einsam und verlassen im spärlichen Licht einer weit entfernt stehenden Straßenlaterne lag. Corinne griff hinter den Beifahrersitz, zog ihre alten Winterstiefel hervor, die sie dort aufbewahrte, um bei Schnee die Schuhe wechseln zu können, und stieg aus dem Wagen. Dann nahm sie ihr zartes, leichtes Kind auf den Arm und trug es durch die Nacht, setzte es auf eine Bank, zog Mantel und Schuhe aus und warf alles in den daneben stehenden Mülleimer. Sie küsste Harper zum Abschied, strich ihr das Haar aus dem Gesicht und kehrte zum Wagen zurück.

Es war höchste Zeit nach Chicago zu fahren. Den ersten Akt würde sie wohl verpassen. Nachdenklich betrachtete sie ihre Fußspuren, die unübersehbar vom Parkplatz zur Bank führten, und überlegte, sie mit einem Zweig zu verwischen. Aber sie tat es nicht.

Die Luft schmeckte nach Schnee. Sie musste nur warten, bis sich die Wolken öffneten und die Wege unter einer sauberen Decke begruben.

Alles, alles wurde wieder weiß.

Teil 8

Der Schatten des Turmes

Auge um Auge
(Lex Talionis – Das Gesetz der Vergeltung)

31

Ich war starr vor Angst.

Hin- und hergerissen zwischen der Sorge, entdeckt zu werden und dem Wunsch, zu fliehen, blieb ich reglos auf meinem Bett sitzen, während mir tausend Gedanken durch den Kopf flogen. Was sollte ich tun? Kämpfen? Mich unter dem Bett verkriechen? Dann säße ich in der Falle. Die Tür verbarrikadieren? Nur womit? Der große Schrank war zu schwer, die kleine Kommode zu leicht.

Da war es wieder. Die Treppe knarrte. Jemand kam hoch zu mir, Stufe um Stufe, Schritt um Schritt, immer näher. Die Zeit lief mir davon. Wer konnte es sein? War Mrs. Barton vielleicht zurückgekehrt und quälte sich mit eingegipstem Fuß nach oben? Nein. Ich kannte den Klang des ächzenden Holzes. Ich wusste, wie es sich anhörte, wenn sie auf der Treppe war. Es gab nur eine Erklärung: Ein Fremder war im Haus, dessen Schritt schwerer, aber auch leichter war. Ein Mensch mit größerem Gewicht als Mrs. Barton, der sich jedoch mühelos federnd bewegte. Ein Mann. Ein junger Mann. Wie sollte ich mit ihm fertig werden? War ich in der Lage ein Messer zu benutzen, nachdem ich auf Caleb eingestochen hatte? Ich wünschte, Orestes wäre bei mir gewesen. Er wusste, wie man eine Waffe führte, wie man zustechen sollte, wie man jemanden, der einem körperlich überlegen war, in Schach hielt. Ich selbst hatte keine Vorstellung. Meine Kampfsport Erfahrung erschien mir auf einmal nutzlos. Mit zitternden Händen nahm ich das große Messer, umklammerte den Griff, führte einige Stoßbewegungen zur Probe aus, während mir mein Herz zu zerspringen drohte. Dann näherte ich mich der Tür, überlegte, auf welcher Seite ich stehen sollte. Die Schritte hatten jetzt den oberen Treppenabsatz erreicht und wurden leiser. Der Teppich verschluckte sie nahezu, nur ein schwaches Knarzen war noch zu hören und zeigte mir, welchen Weg der Eindringling nahm. Er entfernte sich. Gott sei Dank! Er nahm den Korridor in entgegengesetzter Richtung, dorthin, wo Mrs. Bartons Schlafzimmer lag. Ich hörte das Knarren einer Tür. Er musste ihr Zimmer betreten haben. Wie viel Zeit blieb mir noch? Meine Hände schwitzten, ich konnte das Messer vor Angst kaum halten. War es möglich durch den Flur zu schlüpfen und in Windeseile die Treppe hinunterzuspringen? Dafür müsste ich ihm entgegenlaufen. Er konnte jederzeit in den Korridor treten und würde mir dann gegenüberstehen. Ich zögerte, zermarterte mir das Hirn, um endlich zu einer Entscheidung zu kommen, ließ viel zu viel Zeit verstreichen. Dann war es zu spät. Er kam. Ich hörte seine Schritte, hörte das Ächzen der Dielen. Näher und näher. In Panik ließ ich das Messer fallen und ergriff das Nudelholz. Vielleicht konnte ich es ihm über den Schädel ziehen. Dann wäre er nicht tot, nur außer Gefecht gesetzt. Ich musste ihn überraschen, mich hinter der Tür verstecken und zuschlagen. Und danach? Nur weg. So schnell ich konnte. Er war jetzt vor meinem Zimmer. Er drehte den Knauf. Die Tür glitt auf, erst einen Spalt, dann etwas weiter. Er schob sich hindurch. Jetzt sah ich ihn. Seinen Rücken, seinen Hinterkopf. Er war größer als ich. Breiter. Gefährlicher. Ich durfte nicht mehr warten. Noch ein paar Augenblicke und er würde mich entdecken. Ich hob das Nudelholz über den Kopf, biss die Zähne zusammen und zielte. Jeder Muskel meines Körpers war angespannt. Ich durfte ihn auf keinen Fall verfehlen. Mir blieb nur ein Schlag, der ihn k.o. setzen musste, sonst war ich ihm ausgeliefert. Ich ließ die Arme niedersausen, schlug mit all meiner Kraft zu, traf seinen Hinterkopf.

Das Geräusch war fürchterlich. Holz auf Knochen. Ich schrie. Und er fiel zu Boden. Mit einem dumpfen Knall schlug er auf. Bäuchlings. Die Arme unter sich begraben. Ich starrte ihn an, versuchte ihn in der Dunkelheit zu erkennen, wagte nicht das Licht einzuschalten. Seine Umrisse verschwammen. Er trug eine dunkle Jeans und eine Jacke. Wer war er? Ich beugte mich tiefer, um ihn besser zu sehen, das Nudelholz vor mir ausgestreckt. Welche Farbe hatte sein Haar? War es hell? War es dunkel? Ich konnte es nicht sagen. Ich musste noch näher heran. Gleich würde er aufwachen und mich packen. *Verschwinde, Rae, solange noch Zeit ist!* Sein Gesicht war verdeckt, aber sein Haar … sein Haar! Weder dunkel noch hell. Hatte es nicht einen Schimmer? Ich schreckte hoch. Orestes hatte mich gewarnt. Rote Haare. Ein Sohn der Bakers lag vor mir. Meine Kehle schnürte sich zu. Vielleicht war er nicht allein gekommen.

War das das ganze Geheimnis? Zwei Brüder, die sich gegen ihre Eltern verschworen hatten. Einer lag vor mir, aber wo war der andere? Vielleicht war er längst auf dem Weg zu mir. Ich hatte nicht mehr auf Schritte gelauscht. Ich musste sofort hier raus. Was hatte Billy nach dem Brand gesagt? *Warum bist du nicht aus dem Fenster gesprungen?* Diesmal würde ich es tun, auch wenn mein Zimmer nach vorn hinausging, wo keine Wiese, kein Fliederbusch meinen Sprung abfedern konnte. Unter mir lag nur ein Steingarten, der sich nicht gut für eine weiche Landung eignete. Ich schob das Fenster hoch, zwängte mich hindurch und kam auf einem kleinen Sims zu stehen. Die Straße war verlassen. Anscheinend machte sich noch niemand auf den Weg zur Arbeit, denn es brannte nirgendwo Licht. Wie spät mochte es sein? Ich wusste nicht, wie lange ich geschlafen hatte, aber die Nacht schien mir ein wenig heller. Vielleicht dämmerte es bald. Ich sah nach unten.

Was würde geschehen, wenn ich mich verletzte? Dann könnte ich nicht entkommen. Ich wäre ihnen ausgeliefert. Verdammter Steingarten. Wie zum Henker sollte ich unten landen, ohne mir etwas zu brechen?

Ein Stöhnen ließ mich zusammenfahren. Er wurde langsam wach. Gleich würde er sich hochrappeln, mich festhalten, mir die Kehle zudrücken ... Ich stieß mich mit aller Kraft vom Fenster ab. Die Beine weit auseinander, um den Steingarten zu überspringen, die Arme nach vorn, um mich abzustützen. Ich flog.

Dann prallte ich auf. Hart. Ich spürte keinen Schmerz. Das Adrenalin schützte mich. Trotzdem wusste ich, dass ich verletzt war. Einen Moment lang drehte sich alles. Ich war benommen. Hatte ich mich überschlagen? Ich konnte mich nicht entsinnen, wie genau der Sturz vor sich gegangen war, vermutlich hatte ich versucht über die Schulter abzurollen. *Du musst fliehen, Rae!* An etwas anderes konnte ich nicht denken. Vielleicht lag ich eine Weile am Boden, ausgestreckt, zermürbt, bewegungsunfähig. Das ist gut möglich. Aber mir schien, ich wäre gleich aufgesprungen und fortgelaufen, so schnell ich nur konnte.

Die Nacht war kühl. Soweit erinnere ich mich. Ansonsten fühlte es sich wie ein Albtraum an. Mein Atem rasselte. Nicht so sehr vom hohen Tempo meiner Schritte, denn obwohl ich glaubte zu rennen, war es wohl eher ein schnelles Humpeln. Ich keuchte vor Angst. War jemand hinter mir her? Mein bellender Atem, mein ungelenkes Getrampel waren so laut, dass ich nichts anderes hören konnte. Irgendwann überwand ich mich und blickte zurück. Die Straße lag verlassen im Schein der Laternen. Aber war da nicht etwas, eine Bewegung am Straßenrand? In Panik zog ich das Tempo an, stolperte, stürzte, rappelte mich hoch. Ich bog ab, ich bog wieder ab, ich fiel erneut. Ich hatte keine Ahnung, wohin ich überhaupt lief. Wer würde mich mitten in der Nacht aufnehmen? Niemand wollte das einsame Mädchen, das schuld war am Tod von sieben Menschen. Ich war allein.

Dann auf einmal bemerkte ich einen Lichtstrahl. Ich drehte mich um. Ein Auto kam auf mich zu. Es näherte sich langsam – zu langsam für die späte Stunde. Der Fahrer nahm mich ins Visier. Die Scheinwerfer strahlten gleißend hell, ich konnte den Insassen kaum sehen, aber ich bildete mir ein, dass sein Haar rötlich schimmerte. *Lauf schneller, Rae! Versteck dich!* Ich verließ die Straße und fand einen kleinen Weg. Er musste zum Creek führen. In die dunkelste Einsamkeit. Harper war dort gestorben, um ihrer Mutter zu entkommen. Würde es mir auch so ergehen? Ich wusste nicht, was ich tun sollte, also schlug ich den dunklen Weg ein. Kein Auto konnte mir hierhin folgen, das war ein Vorteil. Ich wollte mich ganz klein machen, mich irgendwo verkriechen, damit mich niemand fand. Abrupt blieb ich stehen, schaute mich um. Und da – in der Stille des vor mir liegenden Waldes – hörte ich ihn, hörte seine Schritte, die mit unglaublichem Tempo näher kamen. Er musste aus dem Auto gestiegen sein, er wollte mich fangen. Jetzt sah ich ihn auf mich zu rennen. Er war nicht mehr weit entfernt. Verzweifelt lief ich weiter, schlug mich in die Büsche und Sträucher, stürzte wieder. Mit letzter Kraft stand ich auf und humpelte davon. Vielleicht konnte ich durch den Creek schwimmen, der in dieser Gegend nicht sehr breit war, vielleicht würde ihn das abschrecken. Ich kämpfte mich durch das Dickicht, erreichte einen Trampelpfad und kam nun schneller voran. Ich hörte das sanfte Gurgeln des Flusses. Es war nicht mehr weit. Ich wollte rennen. Gleich wäre ich da. Aber die Schritte hinter mir wurden lauter. Er kam näher. Noch näher. Ich hörte ihn keuchen. Ich schrie.

Er packte mich um die Taille, zog mich hoch, bis meine Beine vom Boden abhoben, drückte so fest in meinen Bauch, dass mir die Luft wegblieb. All meine Kraft verließ mich. Sie war aufgebraucht. Ich strampelte müde, boxte ihn einige Male, aber es half nichts, es war nur das klägliche Gezappel eines Kindes.

»Beruhige dich, Rae!« Sein Mund war dicht an meinem Ohr, ich konnte seinen Atem spüren.

»Alles ist gut.«

Ich kannte diese Stimme.

»Ich lass dich jetzt los.« Er setzte mich auf meine Füße und löste seine Arme. Ich hob meinen Kopf.

Caleb stand vor mir, mit einem Gesichtsausdruck, den ich nicht an ihm kannte. Ernst. Besorgt. Ich verstand nicht mehr, was passierte. Meine Knie gaben nach. Er hielt mich fest. Ich spürte seinen Herzschlag, spürte seine Wärme, seine Arme um meinen Körper. Ich fing an zu weinen.

So standen wir eine Weile. Niemand sprach. Niemand bewegte sich. Als wäre die Zeit stehengeblieben. Mein Kopf war leer. Die Gedanken stumm. Ich hatte die Augen geschlossen. Dann war ich fort. Weit fort. Es fühlte sich an wie das Eintauchen in eine dunkle Höhle, in ein Nichts. Ich löste mich auf.

Wenig später kam ich zu mir. Zumindest glaube ich das. Ich lag auf etwas sehr Hartem. Es konnte nicht der Boden sein. Ich blinzelte. Caleb stand über mich gebeugt, seine Hand an meiner Wange. Kaum hatte ich es wahrgenommen, zog er sie fort. Ich setzte mich mühsam auf.

»Mach langsam.« Er hatte immer noch diesen ernsten Blick.

Sobald ich saß, wurde mir schwindelig. Ich beugte mich vornüber und stützte den Kopf in die Hände. Alles drehte sich. Die Welt trudelte um mich herum, als säße ich in einem Karussell. Dann war die Fahrt zu Ende. Das Karussell verlangsamte sich. Die Welt stand wieder still. Ich öffnete die Augen und sah mich um. Es dauerte einen Moment, bevor ich realisierte, wo ich mich befand. Eine kleine Böschung, das Gurgeln des Flusses. Die Bank.

Jetzt war ich also angekommen. Dieselbe Aussicht, dieselbe dunkle Nacht, dieselbe Angst. Ich sprang auf.

»Ich will hier weg.« Der Schmerz schoss in meinen Körper, sobald ich hochgekommen war, ich konnte mich nicht auf meinen Beinen halten. Meine Hände klammerten sich an Caleb. »Bitte, bring mich hier weg«, wimmerte ich müde.

»Beruhige dich erstmal und atme nicht so hastig. Niemand kann dir etwas tun.«

»Doch. Jemand ist hinter mir her.« Ich spürte, dass meine Lider schwer wurden. Alles wurde schwer.

Caleb schüttelte mich ein wenig. »Wer, Rae?«

»Ich weiß nicht genau. Sean oder Tyler oder beide. Sie wollen mich holen.«

»Haben sie dich angegriffen?«

»Sie haben es versucht.« Meine Stimme klang fremd, die Worte zogen sich wie Kaugummi.

»Ich möchte, dass du dich auf die Bank legst, nur für eine Weile, du bist sehr wackelig auf den Beinen.«

»Nein. Bitte nicht.« Ich klammerte mich fester an ihn. »Bitte, lass das nicht zu. Bitte, bring mich weg. Ich will nicht hier sterben. Bitte, Cal.«

»Langsam machst du mir Angst. Du redest wirr. Ich sollte dich zum Arzt bringen. Mein Handy liegt dummerweise im Wagen, also muss ich dich irgendwie dahin kriegen. Es ist ein gutes Stück zu Fuß. Du bist weit gelaufen.«

»Ich wollte nicht hierherkommen.«

»Du hast einen Bogen gemacht. Ich denke, du wusstest nicht so ganz, wo du warst.«

»Das ist mir noch nie passiert.« Ich nuschelte, als hätte ich getrunken.

»Hm. Glaub ich dir.

»Du bringst mich hier weg?«

»Ja. Das tue ich. Ich kann dich tragen, aber vielleicht muss ich dich über die Schulter legen.«

»Das tut mir so leid. Ich mach es wieder gut.«

»Hör mir zu. Bevor wir losgehen, möchte ich, dass du dich auf die Bank legst, nur für einen Moment.« Er hob die Hände, um meinen Protest abzuwehren. »Ich möchte sehen, wie schwer du verletzt bist.«

»Es geht schon. Es ist nicht so schlimm.«

»Da bin ich mir nicht so sicher. Du blutest am Kopf und am Bauch.«

»Ich will nicht auf die Bank. Harper ist hier gestorben. Ihre Mutter hat sie umgebracht.«

»Das ist mal eine Neuigkeit.«

»Du glaubst mir nicht? Aber es ist wahr. Sie ist schuld an Harpers Tod. Sie hat sie dazu getrieben oder sie hat sie ermordet. Ich weiß es einfach. Harper hat es aufgeschrieben.«

»Okay. Darüber sprechen wir noch. Aber jetzt ist niemand hier, der dir wehtun kann. Keine Mrs. Montgomery, kein Sean, kein Tyler. Niemand ist dir gefolgt. Die Straße war menschenleer.«

»Vielleicht verstecken sie sich.«

»Dann werde ich schon mit ihnen fertig. Nur ein einziger Mensch konnte es bisher mit mir aufnehmen.«

»Wer war das, Cal?«

»Oh Mann. Du musst einiges abbekommen haben. Ich meine natürlich dich. Hast du deinen glorreichen K.-o.-Schlag vergessen?«

»Ach das. Das war nur Anfängerglück. Ich wollte das überhaupt nicht. Tut mir leid.«

»Jetzt hör auf, dich ständig zu entschuldigen. Das ist eine Ewigkeit her.«

»Hasst du mich deswegen?«

»Morgen werden dir deine Fragen peinlich sein.«

»Hasst du mich?«

»Nein.«

»Aber du hast mich gehasst. Damals?«

»Vielleicht ein bisschen. Hätten wir das jetzt geklärt?«

»Ich habe dich auch ein bisschen gehasst.« Obwohl das Sprechen so mühsam war, konnte ich es nicht lassen. Jegliche Hemmschwelle war gefallen.

»Gut zu wissen. Kommen wir zurück zu unserem Problem. Ich bring dich, wohin du willst, aber erst legst du dich auf die Bank.«

»Nicht die Bank.«

»Dann eben auf den Boden.«

»Nicht an dieser Stelle.«

»Verdammt Rachel. So kommen wir nicht weiter.« Er schob seinen Arm unter meine Kniekehlen und hob mich hoch. Es ging so schnell, ich konnte nicht protestieren. Vielleicht war ich einfach zu müde. Er legte mich auf die Bank, beugte sich über mich und sah mir in die Augen. Ich hörte ein leises Klicken, eine Flamme erschien in meinem Blickfeld, ich erkannte ein Feuerzeug, das er von links nach rechts bewegte. Geblendet von der Helligkeit schloss ich die Lider.

»Hey, Rae. Mach die Augen auf. Nur einen Moment.« Er zog mein linkes Augenlid mit dem Finger nach oben und brachte das Licht nah heran. »Deine Pupille ist erweitert. Ich schätze, du hast eine Gehirnerschütterung.« Er drehte meinen Kopf zur Seite, strich meine Haare behutsam auseinander. »Okay. Das sollte genäht werden. Es geht aber nicht tief. Vielleicht acht Stiche, das wirst du überstehen.« Seine Stimme war so ruhig. Ich entspannte mich endlich ein wenig.

»Ich werde jetzt dein T-Shirt hochschieben. Es ist blutverschmiert und zerrissen. Vermutlich sind es nur ein paar Schürfwunden, aber ich möchte mich vergewissern.« Er löste vorsichtig den Stoff von meiner Haut und rollte das T-Shirt nach oben bis zur Brust. Dann fühlte ich, wie seine Finger mich berührten. Er schob mich ein wenig auf die Seite, betastete meine Rippen, führte das Feuerzeug nah an meinen Bauch.«

»Okay. Sieht gut aus. Aber man kann nie wissen. Vielleicht sind innere Organe verletzt. Irgendetwas hat dich unterhalb des Rippenbogens getroffen. Es blutet. Aber nicht so schlimm wie ich dachte. Auf jeden Fall sollte es sich ein Arzt ansehen. Die Rippen knirschen nicht. Ich denke, sie sind nur geprellt. Das wird eine Weile wehtun.«

»Danke, Doc.«

»Na siehst du, wie gut es ist zu liegen. Du kannst schon wieder Sprüche klopfen.«

»Das sollte kein Witz sein.« Auf einmal spürte ich die aufsteigenden Tränen. »Cal. Ich weiß nicht, wie ich hier wegkommen soll. Mir tut alles weh. Jede Bewegung.«

»Ich könnte Hilfe holen …«

»Nein. Bitte nicht. Lass mich nicht allein.«

»Das wird schon wieder. Ich leg dich über meine Schulter, dann komme ich schneller voran. Am Anfang hast du Schmerzen, aber es wird besser. Du gewöhnst dich daran oder du verlierst das Bewusstsein.« Er beugte sich zu mir herunter.

»Warte noch. Ich will mich noch einen Moment ausruhen.« Es begann zu dämmern. Die Nacht neigte sich ihrem Ende zu. Er sah mich nachdenklich an.

»Wie ist das passiert, Rae, wer hat dir das angetan?«

»Ich bin aus dem Fenster gesprungen. Da ist ein Steingarten vor dem Haus mit einem kleinen Zaun. Den muss ich irgendwie erwischt haben.«

»Ernsthaft? Warum hast du das getan?«

»Weil jemand im Haus war. Jemand kam hoch und öffnete die Tür zu meinem Zimmer.«

»Mrs. Barton?«

»Nein. Sie ist im Krankenhaus. Es war ein Eindringling.«

»Hast du ihn gesehen?«

»Ja. Aber nur von hinten. Es war dunkel. Ich konnte ihn nicht genau erkennen. Ich glaube, er hatte rote Haare.«

»Und dann bist du einfach aus dem Fenster gesprungen?«

»Erst habe ich ihn niedergeschlagen. Mit einem Nudelholz.«

»Und warum bist du nicht durch die Eingangstür geflohen?«

»Ich dachte, sein Bruder wäre auch im Haus.« Ich sah Caleb an, dass er mir nicht glaubte. »Du denkst, ich spinne. Oder?«

»Ich denke, du bist durcheinander. Wir sollten jetzt gehen.«

»Okay. Aber du brauchst mich nicht zu tragen. Ich fühle mich besser.«

»Da hab ich meine Zweifel.«

Er sollte recht behalten. Kaum war ich aufgestanden, fühlte ich den Schmerz wie eine Welle über meinen Körper schlagen. Ich schaffte ein paar Schritte, dann gab ich auf und ließ zu, dass Caleb mich wie einen nassen Sack hochhob und über seine Schulter legte. Mein Bauch und meine Rippen taten weh, mein Kopf baumelte hin und her, doch nach einer Weile war ich so benommen, dass ich den Schmerz nicht mehr spürte. Meine Gedanken flogen davon, bis ich vergessen hatte, wo ich war.

Eine Ewigkeit später saß ich in einem alten Auto, das weder Rückbank noch Sicherheitsgurte hatte und kam langsam wieder zu mir. Caleb wühlte in einem Haufen Sachen, die achtlos im Heck des Wagens verstreut lagen und zog eine Flasche Wasser hervor.

»Da bist du ja wieder! Trink erstmal. Flüssigkeit ist wichtig.«

Ich nahm die Flasche und stürzte über die Hälfte hinunter, bis mir bewusst wurde, dass Caleb ebenfalls Durst haben könnte.

»Sorry. Fast hätte ich alles getrunken.«

»Nimm, soviel du willst. Ich bring dich nach Morris, da gibt es ein kleines Krankenhaus. Ist nicht so weit wie Aurora.«

»Am liebsten möchte ich zu Dr. Stanowski.«

»Das reicht nicht, Rae. Außerdem öffnet der erst in einer Stunde.«

»Wie soll ich jemandem erklären, was passiert ist? Nicht mal du wolltest mir glauben.«

»Es ist nicht so, dass ich dir nicht glaube, es klang nur etwas konfus.«

»Du meinst verrückt?«

»Hattest du vielleicht Albträume?«

»Damit hat es nichts zu tun.«

»Seit wann ist Mrs. Barton im Krankenhaus?«

»Seit dieser Nacht.«

»Und du hast Harpers Tagebuch gelesen?«

»Ja, verdammt. Was willst du damit sagen?«

»Dass du durcheinander bist.«

»Schwachsinn. Ich weiß genau, was passiert ist. Ich habe jemandem ein Nudelholz über den Kopf gezogen. Er ist wie ein Baum umgefallen. Mitten in meinem Zimmer.«

»Dann lass uns nachsehen.«

»Du meinst, er liegt noch da?«

»Keine Ahnung. Wie fest hast du zugeschlagen?«

»Als ginge es um mein Leben.«

»Hm.«

»Was, hm? Glaubst du, ich habe ihn getötet?«

»Eher nicht. Kommt drauf an, wie hart sein Schädel war.«

»Was soll ich denn jetzt machen? Der Sheriff sieht mich sowieso schon misstrauisch an. Ich hab mich nur verteidigt.«

»Okay. Wir fahren hin. Ich geh rein und sehe nach. Du wartest im Wagen.«

Er startete den Motor und schon nach wenigen Minuten erreichten wir die Elder Street. Das Haus wirkte verlassen, nichts regte sich, dann fiel mir auf, dass das Fenster meines Zimmers heruntergezogen war. Wie war das möglich? Ich hatte das jedenfalls nicht getan. Inzwischen wurde es einigermaßen hell, nur ein Nebelschleier lag über den Wiesen. Caleb stieg aus, sah sich nach allen Seiten um und öffnete ohne Probleme die Vordertür. Sie war zu meiner Verblüffung nicht abgeschlossen. Meine Finger verkrampften sich schmerzhaft, während ich bis in den letzten Muskel angespannt auf Calebs Rückkehr wartete. Ich hatte alle Fenster und Türen verriegelt, da war ich sicher. Wie war der Einbrecher also ins Haus gelangt? Endlich trat Cal wieder nach draußen, kam mit wenigen Schritten zum Wagen und öffnete die Fahrertür.

»Niemand da. Kein Blutfleck, kein Nudelholz.«

»Das kann einfach nicht sein. Hast du ein Messer in meinem Zimmer gesehen?«

»Nicht dass ich wüsste.«

»Glaub mir! Ich habe mir das nicht eingebildet. Woher kämen sonst die Verletzungen?«

Er sah mich nachdenklich an. »Letzte Nacht ist viel passiert, Rae…«

»Na, klar. Und deshalb bin ich durchgedreht. Klettere aus dem Fenster, schiebe es wieder runter, damit es nicht zieht, springe in den Steingarten und renne wie eine Wahnsinnige davon.«

»Wo wolltest du hin?«

»Ich weiß es nicht. Nur weg. Ich hatte keinen Plan. Wenn du nicht aufgetaucht wärst, würde ich immer noch am Creek umherirren. Wieso warst du eigentlich um diese Uhrzeit unterwegs?«

»Ich hatte was zu erledigen.«

»Was zu erledigen? Mitten in der Nacht?«

»Es war früh am Morgen.«

»Und was treibst du so früh am Morgen?«

»Ich wüsste nicht, was dich das anginge, Adrian.«

Da war er wieder – sein spöttischer Tonfall. Obwohl ich noch immer benommen war, wurde mir klar, dass Caleb keine Lust hatte, zu antworten. Was immer er in der Nacht getan hatte, würde er für sich behalten. Wieso war er plötzlich aufgetaucht? Mein Schädel drohte zu platzen. Der hämmernde Schmerz ließ meine Nerven vibrieren. Caleb sah mich nicht an. Ich hatte den Eindruck, dass jegliches Mitgefühl von ihm abgefallen war. Nur eine einzige Frage hatte die Kälte zwischen uns zurückgebracht. Warum sagte er nicht einfach, was los war? Hatte er etwas zu verbergen? Ich warf einen Blick in das chaotische Heck des Wagens. Schmutzige Kleidung, Bierdosen, Werkzeug und alte Kartons lagen durcheinandergewürfelt auf einem Haufen. Ein gräuliches, verwaschenes Sweatshirt hing herunter und berührte den Boden. Es war an den Ärmeln dunkelrot verschmutzt.

»Ich will aussteigen!«

»Was soll das? Glaub mir, das ist keine gute Idee.«

»Lass mich sofort hier raus.«

»Nein. Ich bringe dich ins Krankenhaus.«

Ich zog verzweifelt am Griff der Beifahrertür, aber sie ließ sich nicht öffnen. »Entsperr die Verriegelung! Hast du mich verstanden?«, giftete ich ihn mit aufkommender Panik an.

»Die Tür ist offen. Niemand hindert dich, Prinzessin, wenn es das ist, was du willst.«

Trotzdem bekam ich die verdammte Tür nicht auf. Ich rüttelte, aber es führte zu nichts außer einem Gefühl von Paranoia. War es am Ende Caleb, der sich in unser Haus geschlichen hatte? Er trug eine dunkle Jeans, und ich hätte wetten können, dass auch eine dunkle Jacke bei dem Krempel im Heck lag. Vielleicht hatte er sich mit dem Ärmel des Sweatshirts eine Kopfverletzung abgetupft?

»Wenn du mich nicht sofort hier rauslässt, schreie ich die Straße zusammen.«

»Oha. Du fährst schwere Geschütze auf. Dann lass ich mal von meinem düsteren Plan ab und verschiebe deine Ermordung auf eine andere Gelegenheit.« Er stieg aus, umrundete den Wagen und zog von außen an der verbeulten Tür, wobei er sie gleichzeitig etwas anhob. »Du siehst: nicht abgeschlossen. Ist nur etwas verzogen. Kann ich dir beim Aussteigen behilflich sein?«

»Fass mich nicht an.« Ich quälte mich aus dem Wagen, kämpfte gegen den aufkommenden Schwindel.

»Was willst du jetzt tun? Du bist in keiner guten Verfassung.«

»Ich komm schon zurecht, ich muss mich nur hinlegen.«

»Ausgerechnet hier? Das macht keinen Sinn.«

»Nichts in meinem Leben macht Sinn. Lass mich einfach in

Ruhe.« Ich löste mich von Calebs Wagen und ging schwankenden Schrittes zur Haustür. Er folgte mir ein Stück, blieb dann aber stehen. Erschöpft schlug ich die Tür hinter mir zu, ohne mich umzusehen und suchte nach dem Schlüssel. Erst als ich zweimal abgesperrt hatte, spähte ich zwischen den Küchengardinen nach draußen. Caleb stand an seinen Wagen gelehnt vor unserem Haus und tippte etwas in sein Handy. Vielleicht steckte er mit Tyler unter einer Decke? Vielleicht hatte ich aber auch wirre Gedanken. Vollkommen abgekämpft ließ ich mich auf das Sofa fallen. Mir war alles egal. Sollten sie kommen und mich holen oder das Haus anzünden, ich würde mich nicht rühren.

Die aufgehende Sonne tauchte das Wohnzimmer in ein warmes Licht. Ich hatte keine Kraft mehr mich zu fürchten.

Wer kam schon am helllichten Tag, um ein Mädchen zu töten?

32

So tief hatte ich nicht oft in meinem Leben geschlafen. Stocksteif und ohne mich ein einziges Mal umzudrehen, lag ich auf Mrs. Bartons Couch, als mich ein dumpfes Klopfen weckte. Ich wollte mich aufsetzen, aber der Schmerz fuhr mir derart durch die Glieder, dass ich zurückzuckte. Mein Kopf dröhnte wie nach einem lauten Knall, mir wurde schlecht.

Es klopfte erneut, diesmal lauter. Jemand war an der Tür. Dann hörte ich, wie ein Schlüssel ins Schloss gesteckt wurde, hörte das metallische Klicken, das Drehen des Knaufes, kam mit einer unglaublichen Anstrengung ins Sitzen und starrte zur Tür. Sie öffnete sich langsam, eine Schulter, ein Arm, ein Kopf erschienen im Türrahmen. Es war Sean. Er blieb stehen und sah zu mir herüber.

»Rae? Kann ich reinkommen?«

Ich wollte antworten, aber der Schmerz war noch nicht vergangen. Ich rang nach Luft.

»Alles in Ordnung mit dir?«

»Bleib, wo du bist. Komm nicht näher«, keuchte ich erschöpft.

»Ich muss mit dir reden.«

»Nein.«

Er stand unsicher im Eingangsbereich und überlegte, was zu tun war. »Du brauchst keine Angst vor mir zu haben. Ich tue dir nichts. Ganz bestimmt nicht. Ich komme jetzt rein.«

Ich versuchte aufzustehen, aber der Schwindel kehrte sofort zurück. Es hatte keinen Sinn. Ich konnte mich gegen Sean nicht wehren, also gab ich auf. Sehr langsam kam er auf mich zu, die Stirn in Falten gelegt, den Rücken leicht gebeugt, als wollte er sich kleiner machen, um mich nicht zu erschrecken. Kaum hatte er das Wohnzimmer erreicht, nahm er in einem der Sessel Platz. Er sah mich an, suchte nach Worten.

»Wie geht es dir?«

»Was glaubst du wohl? Beschissen.«

Er zuckte zusammen. »Es tut mir so leid …«

Ich verstand nicht, was genau ihm leidtat, aber jetzt, wo er mir gegenüber saß, konnte ich nicht glauben, dass er mir etwas antun wollte. Es war Sean! »Du warst letzte Nacht hier?«

»Ja. Sicher.«

»Ich hab dich niedergeschlagen?«

»Kann man wohl sagen.«

Na, wenigstens war ich nicht verrückt. »Warum zum Teufel hast du dich hier reingeschlichen?«

»Ich dachte, du wärst vielleicht in Not.«

»Wie bitte?«

»Mrs. Barton rief mich aus dem Krankenhaus an und erzählte mir, dass du allein bist. Ich sollte heute morgen nach dir sehen. Aber ich bin sehr früh aufgewacht. Ich schlafe nicht so gut in letzter Zeit, du weißt schon, wegen all dieser Verdächtigungen. Ich grübel viel, frage mich, ob ich vielleicht ins Gefängnis muss … Jedenfalls bin ich aufgestanden, es war so gegen vier Uhr morgens, und dann sah ich, dass du versucht hattest mich zu erreichen – nachts, um 1:30 Uhr. Ich habe dich ein paarmal zurückgerufen, aber es ging immer gleich die Mailbox ran, also bin ich losgefahren. Ich wollte wissen, ob alles in Ordnung ist.«

»Wie bist du ins Haus gekommen?«

»Mit Mums Schlüssel. Sie hatte einen für Notfälle. Ich wollte dich nicht erschrecken, sondern einfach nur nach dem Rechten sehen. Ich dachte, du schläfst wahrscheinlich, aber ich wusste nicht in welchem Zimmer.«

»Das war alles?«

Er nickte nur.

Konnte es wirklich so einfach sein? Ich hatte meine Zweifel.

»Gib mir den Schlüssel!«

Er händigte ihn mir ohne Einwände aus, fast wie ein reumütiges Kind. »Was ist mit dir passiert, Rae? Du siehst nicht gut aus. Ist das Blut auf deinem T-Shirt?«

»Ich bin vom Fahrrad gefallen.«

»Wo wolltest du hin?«

»Zu einem Freund.«

»Hm.«

»Und du? Wie geht es deinem Kopf?«

»Brummt ein bisschen, aber das wird schon.«

»Tut mir leid. Ich dachte, du wärst ein Einbrecher. Schleich dich nie wieder hier rein.«

»Ganz bestimmt nicht.«

»Wo ist das Nudelholz?«

»Hab ich weggeräumt, genau wie das Messer. Zum Glück hast du mich nicht gleich erstochen.«

»Verdammt, Sean. Du hast mir wirklich Angst gemacht. Was ist mit dem Fenster? Es war geöffnet.«

»Ich dachte, ich sollte es schließen. Sah nach Regen aus.«

»An sowas denkst du, wenn du gerade niedergeschlagen worden bist?«

»Mums erfolgreiche Erziehungsmethoden.«

»Aber die Tür hast du nicht verschlossen, als du gegangen bist. Wie hätte sie das wohl gefunden?«

»Ich dachte, du hättest das Haus überstürzt verlassen, ohne an deinen Schlüssel zu denken. Ich wollte dich nicht aussperren.«

»Woher wusstest du, dass ich dich niedergeschlagen habe?«

»Na ja. Ich wusste es nicht genau, aber ich konnte mir nicht vorstellen, dass ein Einbrecher ein Nudelholz mitbringt.«

»Mann. Was für ein Schlamassel.« Ich stützte den Kopf in die Hände und atmete tief durch.

»Kann ich irgendetwas für dich tun, Rae?«

Ich sah ihn müde an. »Um ehrlich zu sein, ja. Bring mich bitte zum Arzt. Meine Rippen sind geprellt und ich blute am Kopf. Und ruf in der Schule an. Sag einfach, dass ich diese Woche nicht mehr komme, dass ich einen Fahrradunfall hatte.«

»Geht klar.« Er half mir auf die Füße, wobei ich lauthals stöhnte. Ich musste meinen Kopf an seine Schulter lehnen, sonst wäre ich zusammengesackt. Als wir den Vorgarten passierten, sah ich Seans skeptischen Blick auf mein Rennrad, das ohne eine einzige Delle am Zaun lehnte. Er sagte nichts. Vielleicht wusste er ganz genau, was letzte Nacht geschehen war.

Sean brachte mich nach Morris, wo man mich wieder zusammenflickte. Da Mrs. Barton noch immer im Krankenhaus war und man eine elternlose Siebzehnjährige mit Gehirnerschütterung nicht einfach nach Hause schicken wollte, blieb ich für zwei Nächte dort. Schließlich ging es mir besser und die Gedanken begannen zu kreisen. Erst langsam, dann immer schneller. Ich musste etwas wegen Harper unternehmen, aber wem konnte ich mich anvertrauen? Wenn schon Caleb an allem zweifelte, wie sollte ich Sheriff Bishop überzeugen? Er würde Harpers Notizen als paranoide Wahnvorstellungen abtun und hatte bestimmt kein Interesse daran, die Ermordung von Jasmine Grant neu aufzurollen. Das hätte seine Ermittlungsmethoden in ein schlechtes Licht gerückt. Immerhin hatte er den Täter gefasst und das nach unglaublich kurzer Zeit. Nein, in diese Richtung konnte ich nicht gehen.

Dann war da noch die Sache mit Caleb, unsere seltsame nächtliche Begegnung. Ich hatte das untrügliche Gefühl, ihn schlecht behandelt zu haben. Und nicht zum ersten Mal. Er hatte mir geholfen, als ich am Boden war. Er hatte sich wirklich um mich gekümmert, mich getragen, mich untersucht, mir wurde schwindelig, wenn ich daran dachte. Wieso nur spürte ich immer diese Angst in seiner Nähe? Als würde ich mich in Gefahr befinden? Jedes Mal, wenn ich glaubte, er wäre ein guter Mensch, beschlich mich das Gefühl einen Fehler zu machen. Ich sah etwas in seinem Blick, das ich nicht verstand, hörte einen Tonfall, der mich erschreckte, und wollte weg von ihm. Aber wem vertraute ich schon? Die Liste war kurz. Selbst bei Mrs. Barton wusste ich nicht immer, woran ich war, machte mir Sorgen, sie würde mich verstoßen oder für Blackys Tod verurteilen. Vertrauen bedeutete, dass man sich immer sicher fühlte, selbst wenn jemand böse auf einen war, selbst wenn man einen Fehler gemacht hatte. Leider gab es keinen Menschen, der immer zu mir halten würde, ganz gleich, was ich anstellte. Harper hatte es getan, das wusste ich jetzt, aber auch sie hatte es nicht geschafft, mir ihre schlimmsten Ängste anzuvertrauen.

Ich wollte mit Caleb ins Reine kommen. Einmal mehr musste ich mich entschuldigen. Und wer, wenn nicht er, wäre daran interessiert, den wahren Mörder unserer Lehrerin zu überführen? Sein Bruder Corey saß seit drei Jahren unschuldig im Gefängnis.

Als ich in der darauffolgenden Woche wieder zur Schule ging, gelang es mir nicht mit Caleb zu sprechen. Er war abweisend und zeige keine Reaktion, als ich ihn bat, sich irgendwo mit mir zu unterhalten. Ich hätte zum Schrottplatz oder zum Trailer-Park fahren können, aber ich wagte noch nicht auf mein Fahrrad zu steigen, denn die Rippenprellung machte mir wirklich zu schaffen. Mrs. Barton und ich verbrachten unsere freie Zeit im Liegen, ernährten uns von Dosensuppen, Toastbrot und einer Kiste Äpfel, die Sean vorbeigebracht hatte, und regenerierten uns nach und nach. Da ich sowohl den Unterricht bei Tommy als auch den Job im Diner für zwei Wochen abgesagt hatte und meine Teilnahme am Kung-Fu-Kurs auf unbestimmte Zeit gestrichen war, ging ich abgesehen von der Schule kaum noch aus dem Haus. Inzwischen hatten wir Anfang Oktober, die Blätter verfärbten sich golden, die Felder waren abgemäht, die Temperaturen fielen und ich hatte noch immer nichts für Harper getan.

Am Ende rang ich mich durch, ergriff die Initiative und wählte die Nummer von Tante Britt. Wenn es jemanden gab, der professionell und gewissenhaft mit meinen Informationen umgehen würde, dann war es Agent Weiss – vorausgesetzt, sie hatte nichts Wichtigeres zu tun. Es klingelte lange, ohne dass sich die Mailbox eingeschaltet hätte, dann brach der Anruf ab. Ich überlegte, ob eine SMS nützlich wäre, wusste aber nicht, wie ich mein Anliegen formulieren sollte. *Ich hätte da den Verdacht, dass die Mutter meiner Freundin eine Mörderin ist. Was halten Sie davon?* Ich ließ es sein.

»Rachel? Könntest du einmal nach unten kommen?«

Mrs. Barton lebte seit ihrem Sturz im Erdgeschoss des Hauses. Sie war schon wieder ganz gut zu Fuß, musste sich aber auf einen Rollator stützen. Ich hatte die Couch im Wohnzimmer bezogen und ihre Bettdecke nach unten gebracht, sodass sie es ganz gemütlich hatte.

»Was kann ich für Sie tun?«

Sie saß in ihrem Sessel, studierte das Fernsehprogramm und blickte überrascht auf. »Würdest du einmal im Keller nach meinem Krückstock suchen? Ich will mich gar nicht erst an dieses Ding gewöhnen« – sie schlug mit der flachen Hand auf den Griff des Rollators und brachte ihn ins Wackeln. »Ich komme auch so zurecht. Der Stock ist im großen Schrank oder er hängt an einem der Haken. Schau einfach nach. Viel ist ohnehin nicht im Keller, nur ein paar alte Sachen von Michael. Alles andere habe ich ausgemistet. Ich bin nicht so eine sentimentale Alte, die jedes löchrige Kissen als Heiligtum betrachtet. Sowas liegt mir nicht.«

Ich lief nach unten und fand den Stock, der tatsächlich an einem Haken unter der Decke baumelte, nach wenigen Augenblicken. Mrs. Bartons Keller war der sauberste des ganzen Landes, man hätte vom Boden essen können. Ich öffnete einen Schrank, in welchem alte Mäntel und Jacken hingen, ordentlich nach der Länge sortiert. Darunter standen ein Paar Gummistiefel, Wanderschuhe und eine Werkzeugkiste. Gartengeräte bewahrte Mrs. Barton draußen in einem Schuppen auf, Wäsche wurde in einem Anbau neben der Küche getrocknet, wo sich auch ihre Einmachgläser befanden. Ansonsten gab es eine große Truhe, in die ich noch nie einen Blick geworfen hatte. Ich öffnete sie aus lauter Langeweile und stellte fest, dass sie mit Spielsachen gefüllt war. Autos, Flugzeuge, Eisenbahnen, aber auch kleine Pferde, samt Ställen und Zäunen, Wagen, Cowboys, Indianer und ein Saloon. Sogar ein Brunnen mit Schaufelrad war dabei. Die Sachen waren trotz ihres Alters gut erhalten, wahrscheinlich waren sie mit Sorgfalt behandelt worden. Ich schloss die Kiste und ging nach oben.

»Ah. Du hast ihn gefunden. Wo war er denn?«

»An einem Haken, wie Sie gesagt haben. Es ist wirklich sehr ordentlich in Ihrem Keller.«

»Ich habe so viel Platz in diesem Haus, ich brauche den Keller gar nicht. Auch Michaels Spielsachen wollte ich längst weggeben. Vielleicht spende ich sie einem Waisenhaus. Dann sind sie wenigstens zu etwas nütze.«

Mir kam eine Idee. »Dürfte ich ein paar von den Sachen verschenken? Ich kenne einen Jungen, der sich darüber freuen würde.«

»Natürlich darfst du das. Michael hat diese Sachen geliebt, aber ich dachte, die Kinder von heute würden sich gar nicht für solchen Kram interessieren. Die spielen lieber Tendo oder wie das heißt.«

»Nicht alle.« Mein Handy vibrierte in der Hosentasche. Es war Tante Britt. »Ich muss kurz telefonieren, bin gleich wieder da.«

»Keine Eile, Rae. Ich lauf schon nicht weg.« Sie lachte auf ihre raue Art und widmete sich wieder der Fernsehzeitung.

Ich nahm zwei Treppenstufen auf einmal, obwohl mir dabei die

Rippen wehtaten, schloss hastig die Zimmertür hinter mir und nahm das Gespräch atemlos an. »Hallo? Hier ist Rae.«

»Bist du gerannt?«

»Ja, wirklich. Ich wollte ungestört mit Ihnen sprechen.«

»Du machst mich neugierig. Was gibt es denn?«

»Erinnern Sie sich an meine Freundin Harper Montgomery? Sie hat sich vor knapp drei Jahren das Leben genommen.«

»Ich habe davon gehört.«

»Sie hat ein Tagebuch geführt, von dem niemand etwas wusste. Es war sehr gut versteckt. Nun ja, ich habe es gefunden und gelesen. Sie schreibt, dass ihre Mutter sie vergiftet habe. Jahrelang. Und nicht nur das. Ihre Mum soll auch unsere Lehrerin getötet haben. Sie hieß Jasmine Grant. Die Sache wurde damals sehr schnell aufgeklärt. Man verurteilte Corey Fuller, einen achtzehnjährigen Jungen. Er ist aber unschuldig.« Ich machte eine Pause und konnte hören, wie Tante Britt die Luft einzog.

»Das klingt nach einer unglaublichen Geschichte«, sagte sie vorsichtig. »Du bist im Besitz dieses Tagebuchs?«

»Ja. Und ich denke, dass es niemand außer mir gelesen hat.«

»Folgender Vorschlag: Mach Fotos von den Seiten. Ich würde mir das gern einmal ansehen. In zwei Wochen komme ich ohnehin nach Larkville, dann können wir darüber sprechen.«

»Ist gut. Ich schicke sie Ihnen noch heute.«

»Hast du jemandem von diesem Tagebuch erzählt?«

»Einem Freund.«

»Wem genau?«

»Er heißt Caleb. Er ist der Bruder von Corey Fuller.«

»Hm. Es ist besser, die Sache noch nicht an die große Glocke zu hängen. So einen Verdacht kann man nur schwer zurücknehmen. Trotzdem halte dich von Harpers Mutter fern.«

»Sie ist gerade weggezogen, nach Florida, soweit ich weiß.«

»Gut. Ich werde mich damit beschäftigen, wir sehen uns in zwei Wochen. Ist sonst alles in Ordnung?«

»Ja. Keine Probleme.«

Sie war offensichtlich in Eile, also legten wir auf. Ich hätte mich sowieso nicht überwinden können, ihr von meinen nächtlichen Eskapaden zu berichten.

Ein paar Tage später verließ ich das Haus, um mir von Dr. Stan die Fäden ziehen zu lassen, als ein schwarzer Ford Mustang vor unserer Eingangstür hielt und fröhlich hupte.

»Genau die, zu der ich wollte. Kann ich dich irgendwohin mitnehmen?« Orestes grinste, als säße er in einem Raumschiff. Ich musste zum ersten Mal seit Tagen wieder lachen.

»Hey! Schicker Wagen. Was machst du denn hier? Und das mitten in der Woche.«

Er stieg aus, kam zu mir herum und umarmte mich so fest, dass ich vor Schmerz zusammenzuckte.

»Was ist los, Rae? Hab ich dir wehgetan?«

»Nur ein bisschen. Weißt du, ich bin gestürzt und habe eine Rippenprellung.«

»Wie ist das passiert?«

Für einen Moment überlegte ich, die Geschichte mit dem Fahrradunfall zu erzählen, aber ich wollte ihn nicht anlügen. Es war Zeit für ein bisschen Vertrauen.

»Ich bin aus dem Fenster gesprungen und nicht besonders geschickt. Ich war in Panik, wollte über den Steingarten, aber ich hab's vermasselt. Ich dachte, jemand wäre hinter mir her. Es war in der Nacht, als ich dich angerufen hatte. Sean kam vorbei, um nach mir zu sehen. Ich hielt ihn für einen Einbrecher.«

»Sean Baker hat sich in euer Haus geschlichen?«

»Er hatte einen Schlüssel.«

»Warum hat er nicht geläutet?«

»Er wollte mich nicht wecken.«

»Was genau wollte er denn?«

»Ich weiß nicht. Sehen, wie es mir ging. Ich hatte versucht ihn auf dem Handy zu erreichen.«

»Ist er in dein Zimmer gekommen?«

»Allerdings. Und ich hab ihm das Nudelholz über den Kopf gezogen, wie du es mir geraten hast.«

»Ist nicht wahr!«

»Oh doch. Ich war in Panik.«

»Volltreffer?«

»Könnte man sagen.«

»Na, etwas anderes hätte ich von dir auch nicht erwartet. Gute

Entscheidung. Er hat es nicht besser verdient.«

»Mag sein. Trotzdem tut es mir leid.«

»Das sollte es aber nicht. Wenn dein Stiefbruder auf die Idee kommt, sich nachts in fremde Häuser zu schleichen, muss er damit rechnen. Jeder würde sich verteidigen, wenn er fremde Schritte vor seiner Tür hört. Du hast alles richtig gemacht.«

»Abgesehen von der Rippenprellung und der Platzwunde am Kopf.«

»Scheiße, Rae.« Er legte vorsichtig den Arm um mich. »Ich hätte zu dir kommen sollen.«

»Du warst ja anderweitig beschäftigt. Gab's Ärger mit deinem Mädchen?«

»Sie war nicht begeistert. Wollte nicht glauben, dass wir nur Freunde sind.« Er zwinkerte mir zu. »Wohin hast du dich nach deinem Sturz geflüchtet? Bist du zum Sheriff gerannt?«

»Nein, das nun gerade nicht. Ich bin einfach durch die Gegend gestolpert, ohne so recht zu wissen, wohin ich lief, bis …« Ich stockte. Orestes hob fragend seine Augenbrauen. »… bis Caleb mich gefunden hat. Er hat mich nach Haus gebracht.«

»Du triffst Caleb Fuller rein zufällig mitten in der Nacht?«

»Sieht so aus.«

»Was hat er getrieben?«

»Da hab ich keine Ahnung, aber er war nett.«

Orestes zog die Augenbrauen zusammen. »Das sollte dich erst recht stutzig machen. Ich trau dem Kerl nicht.«

»Ich glaube, er ist gar nicht so übel, aber er hat etwas Undurchsichtiges.«

»Das ist noch milde ausgedrückt. Es gibt einige Gerüchte über ihn. Es heißt, dass er seinen kleinen Bruder ertränken wollte. Ist schon eine Ewigkeit her. Keine Ahnung, ob das stimmt. Vielleicht ist es nur Gerede. Also. Was ist? Wohin kann ich dich bringen?«

»Ich wollte gerade zu Dr. Stanowski …«

»Kein Problem. Steig ein und lehn dich zurück. Du wirst feststellen, dass das ein wunderbarer Wagen ist. Acht Zylinder! Ledersitze. Speziallackierung. Der geht richtig ab.«

Seine Begeisterung war ansteckend. »Und woher hast du ihn?«

»Er gehört Leo, meinem Bruder. Ich darf 'ne Runde fahren.« Er ließ den Autoschlüssel wie eine Trophäe vor meiner Nase baumeln und grinste mich augenzwinkernd an.

»Wieso seid ihr überhaupt in Larkville?«

»Unsere Mum hat Geburtstag. Wir wollten sie überraschen.« Orestes startete den Motor, ließ ihn ein paarmal aufheulen und strahlte dabei wie ein kleines Kind. »Na, dann mal los.« Er drückte mit seinem Fuß das Gaspedal herunter und beschleunigte derart, dass ich in den Sitz gepresst wurde. Was für ein Gefühl! Mit quietschenden Reifen fuhren wir um jede Ecke und hatten in kürzester Zeit die Praxis von Dr. Stan erreicht.

»Rasanter Fahrstil. Danke, fürs Mitnehmen.«

»Immer wieder gern. Wir sehen uns in den Weihnachtsferien, vielleicht kannst du dich dann überwinden mit mir auszugehen?«

»Ist gut möglich.« Ich drückte ihm einen Kuss auf die Wange. »Brich in der Zwischenzeit nicht zu viele Herzen.«

»Ich werd sehen, was ich tun kann. Sei wachsam, Rae! Deine Brüder sind mir suspekt.«

Wenig später hatte ich das Fädenziehen hinter mir und ging gemütlich nach Hause, wobei mir Orestes' Bedenken im Kopf herumschwirrten. Hatte Sean wirklich nur vorgehabt nach dem Rechten zu sehen oder verhielt es sich ganz anders und ich war mit knapper Not einem Angriff entkommen? Was für eine frustrierende Situation! Immer, wenn ich begann einen Menschen zu mögen, wurde ich durch irgendetwas in mein Misstrauen zurückkatapultiert. Nur wusste ich nie, ob es sich um krankhafte Paranoia oder angemessene Vorsicht handelte.

Was empfand ich eigentlich für Caleb? Orestes' Andeutungen klangen beunruhigend. Doch wenn ich genau darüber nachdachte, war ich sicher, dass Caleb seinem Bruder niemals etwas antun würde. Kümmerte er sich denn nicht aufopferungsvoll um Joey? Ich wollte mir nichts anderes einreden lassen. Caleb war ein guter Mensch. Er hatte mir geholfen, als ich verzweifelt gewesen war, verletzt, am Boden. Dafür hatte er etwas gut.

Am nächsten Tag ging ich hinunter in den Keller, steckte zwei Müllsäcke ineinander und stopfte sie randvoll mit Michaels Spielsachen. Ich suchte die besten Stücke aus, zurrte das Band zu einem Knoten, warf mir den Sack über die Schulter und schleppte ihn nach oben. Danach befestigte ich ihn mit einem Expander auf meinem Gepäckträger und stieg vorsichtig auf mein Rennrad. Ich ließ mir Zeit, achtete mehr als sonst auf Schlaglöcher und fuhr langsam zum Schrottplatz. Ich hatte Glück. Caleb saß auf einem Stapel Autoreifen und aß ein Sandwich. Sein Blick bei meiner Ankunft sagte mir allerdings, dass ich nicht erwünscht war. Und zwar überdeutlich.

»Was willst du schon wieder?«

»Ich stör dich nicht lang. Ich wollte nur kurz mit dir sprechen.«

»Und geht es nicht in deinen Schädel, dass ich kein Interesse daran habe?« Er sah mich wütend an.

»Tut mir leid, Cal, dass ich so abweisend …«

Er ließ mich nicht aussprechen, sondern sprang auf die Füße und baute sich vor mir auf. »Verschwinde, Rachel. Muss ich es dir buchstabieren?«

Mein erster Impuls war zurückzuweichen, aber ich blieb stehen. Er sollte sehen, dass ich keine Angst vor ihm hatte.

»Gib mir eine Minute.«

»In einer Minute kann viel passieren.« Er kam jetzt so nah, dass ich seinen Atem spürte. »Der alte Hobbs ist nicht da. Du bist ganz allein mit mir. So ein Risiko solltest du nicht eingehen. Ich könnte über dich herfallen, dich erwürgen, deine Leiche verscharren. Also sieh zu, dass du Land gewinnst.«

Ich sah die dunklen Flecken in seiner blauen Iris, die zu tanzen schienen, sah seinen Hass auf mich. Er würde mir nicht zuhören. Er schnaubte vor Wut. Es machte mich traurig. Ohne nachzudenken, legte ich meine Hand auf seine Brust. Als könnte ich ihn so besänftigen. Wie naiv. Sie blieb dort keine Sekunde liegen, er schlug sie weg, als wäre sie ansteckend. »Caleb …«

Er packte mich an den Oberarmen und stieß mich mit so viel Kraft weg, dass ich auf dem Boden landete. Es war kein schlimmer Sturz, aber der Schmerz schoss von meinem linken Rippenbogen durch den gesamten Körper. Mir trat der Schweiß auf die Stirn. Caleb sagte nichts. Er stand nur reglos da und beobachtete mich mit einem undurchdringlichen Blick, der nichts von seinen Gefühlen verriet. Wenigstens hatte er sich etwas abreagiert.

»Bist du jetzt zufrieden? Du hast keine Ahnung, wie weh das tut. Die Rippenprellung macht mich fertig. Aber wem erzähl ich das.

Wahrscheinlich weißt du das besser als ich. Du kennst dich ja mit allen möglichen Verletzungen aus.«

Caleb schwieg. Er hatte die Arme vor der Brust verschränkt und sah kühl auf mich herab. Immerhin ließ er mich ausreden.

»Ich bin nur hier, um dir zu sagen, dass Corey zu Unrecht verurteilt wurde. Harpers Mutter hat Miss Grant getötet. So steht es jedenfalls in Harpers Tagebuch.« Wenn ich gehofft hatte, dass diese Information Calebs Interesse wecken würde, hatte ich mich geschnitten. Er zeigte keine Regung.

»Was ist los mit dir? Willst du nicht, dass Corey freikommt? Er sitzt unschuldig im Gefängnis, ist dir das egal?«

Caleb sah mich ungerührt an. *Dann eben nicht.* Mit etwas Mühe stand ich auf und klopfte mir den Sand von der Hose. »Tut mir leid, dass ich deine Zeit verschwendet habe. Ich dachte, es wäre eine gute Nachricht. Corey könnte entlassen werden und dir mit Joey und deiner Mutter helfen. Willst du das nicht?«

Er schüttelte verächtlich den Kopf, wobei er den Mund zu einem kalten Lächeln verzog. »Du scheinst ernsthaft zu glauben, dass Corey die Art Bruder ist, die einem hilfreich zur Seite steht. Das war er nie und wird er nie sein. Wenn er eines Tages rauskommt, wird es nicht lange dauern, bis er wieder im Knast landet. Darauf wette ich. Was das Geschreibsel deiner verkorksten Freundin angeht: Das interessiert mich nicht. Niemand, der bei Verstand ist, wird das ernst nehmen. Was wusste sie denn schon? Hatte sie Beweise? Nur du fällst auf diesen Bullshit rein.«

»Ja. Ganz genau. Ich glaube jedes Wort, das sie geschrieben hat. Ich dachte, du würdest mir vielleicht helfen, die Sache aufzuklären, aber da hab ich mich wohl verkalkuliert. Macht nichts. Ich komme auch ohne dich zurecht.«

»Und was willst du jetzt tun? Zum Sheriff rennen? Ich kann schon hören, wie er sich über dich totlacht. Er hat kein Interesse daran einen Fuller aus dem Knast zu holen.«

»Mag sein, dass es schwierig wird, aber ich werde nicht die Hände in den Schoß legen. Ich kann Harpers Mutter nicht ungeschoren davonkommen lassen. Sie ist schuld an Harpers Tod.«

»Weil es so in ihrem Tagebuch steht? *Mommy ist schuld!*«

»Weil ich es weiß. Was immer du sagst, es wird nichts daran ändern. Ich weiß es einfach.«

»Das wird einen Richter mit Sicherheit überzeugen. Geniale Argumentation, Prinzessin.«

»Okay. Du willst mir nicht zuhören. Du bist sauer, und ich kann dich sogar verstehen. Ich weiß nicht, warum ich mich so seltsam verhalten habe. Du hast mir geholfen, als es mir wirklich schlecht ging. Und dann, auf einmal, habe ich Angst bekommen. Ich kann mir das selbst nicht erklären. Es tut mir leid. Ich hatte nur Angst.«

»Dann verschwinde. Bring dich in Sicherheit. Es könnte sonst übel für dich ausgehen.«

»Deinen Sarkasmus kannst du dir sparen. Nimm es einfach nicht persönlich. Seit unser Haus abgebrannt ist, traue ich niemandem. Ich fühle mich bedroht, ich reagiere panisch, laufe vor dir weg, ziehe Sean ein Nudelholz über den Kopf und schlafe schlecht. Ich kann nichts dagegen tun. Ich habe Angst, dass etwas Schlimmes passiert.«

»Und was willst du dann ausgerechnet von mir?«

»Nichts. Nur wissen, warum du nicht mehr mit mir sprichst.«

»Wo ist da die Logik? Erst hast du Angst vor mir und dann kommst du hierher. Du solltest einen Arzt aufsuchen …«

»Ja, vielleicht. Denn ich habe das Gefühl, dass sich etwas zusammenbraut. Entweder ist es wahr oder ich verliere den Verstand. Das Furchtbare ist, dass ich nicht weiß, welche Möglichkeit mir lieber wäre.«

»Du denkst zu viel nach, siehst Gespenster, wo keine sind. Fahr jetzt nach Hause, Rae. Es wird bald dunkel.« Er wandte sich ab und ließ mich stehen, wie er es schon oft getan hatte, nur diesmal schien ihm meine Gegenwart wirklich zuwider zu sein. Ich hatte nicht mehr den Mut ihm das Spielzeug zu geben, also fuhr ich davon.

Auf dem Rückweg wurde ich schneller und schneller, fuhr über rote Ampeln, machte eine Vollbremsung und schlitterte quer über eine Kreuzung. Das Adrenalin schoss durch meine Venen und vertrieb Wut und Enttäuschung, die sich in mir angestaut hatten. Ich fühlte mich besser. Gut. Caleb war sauer. Und nicht zum ersten Mal. Unsere Beziehung war kompliziert. Sollte er mich ruhig verachten, ich würde darüber hinwegkommen. Ich musste auf mein Bauchgefühl, meine Instinkte hören. Sie waren es, die mich bisher geschützt hatten. Ich brauchte keine Freunde, ich war daran gewöhnt allein zu sein. Einer Eingebung folgend fuhr ich zum Trailer-Park. Es hatte inzwischen zu nieseln begonnen, der Himmel verdunkelte sich mehr und mehr. Zu meiner Erleichterung begegnete ich keiner Menschenseele. Auch Joey war nirgends zu sehen. Ich stellte den Müllsack hinter dem Bretterzaun ab, verteilte ein paar von Michaels Autos und Flugzeugen auf dem Sandhaufen zwischen Joeys alten Spielsachen und überlegte, den Sack komplett zu entleeren. Caleb brauchte nicht zu wissen, woher diese Dinge stammten. Ich hatte das untrügliche Gefühl, er wäre nicht gewillt Spenden von mir anzunehmen. Der stärker werdende Regen hielt mich jedoch davon ab. Die Eisenbahnwagons waren für schlechtes Wetter nicht geeignet. Ich ließ den Rest des Spielzeugs im Sack und lehnte ihn an den Zaun. Vielleicht hatte ihn Caleb bei meinem Besuch auf dem Schrottplatz gar nicht bemerkt. Zufrieden stieg ich auf mein Rad, betrachtete mein Werk und stellte mir vor, wie Joey die neuen Sachen am nächsten Tag entdecken würde. Ich freute mich, als hätte ich selbst etwas geschenkt bekommen.

Es vergingen ein paar Tage, in denen Caleb nichts zu mir sagte, weshalb ich schließlich überzeugt war, er hätte mich nicht in Verdacht, Joey beschenkt zu haben. Dann fiel mir etwas auf. Caleb hatte eine neue Jacke. Sie war orange-braun-kariert und sah wie ein besonders dickes Holzfällerhemd aus – eine von diesen neuen Jacken, die gerade in Mode kamen. Das passte nicht zu ihm. Seine Kleidung war weder besonders stylish noch besonders neu. Im Grunde kannte ich ihn nur in verwaschenen Jeans und Kapuzenpullovern, über die er im Winter eine zerschlissene Bomberjacke zog. Wie konnte er sich etwas Neues leisten? War er vielleicht auf die Idee gekommen Michaels Spielzeug zu verkaufen? Ja, das sah ihm ähnlich. Auf diese Weise wollte er mir in die Suppe spucken. Ich hätte ihn nur zu gern gefragt, aber so, wie es zwischen uns stand, hielt ich es für keine gute Idee. Ich beobachtete ihn argwöhnisch und wartete auf eine Gelegenheit mit ihm ins Gespräch zu kommen. Leider ging er mir nach wie vor aus dem Weg, verschwand nach dem Unterricht mit tief ins Gesicht gezogener Footballmütze und hochgeschlagenem Kragen, die Augen stur auf den Boden gerichtet, als wäre ich Luft für ihn. Es blieb mir nichts anderes übrig als abzuwarten.

Dennoch tat es weh, dass er so sauer war.

33

Gegen Ende Oktober wurde das Wetter noch einmal schön. Die Temperaturen stiegen, die Sonne fühlte sich warm an – ich hätte alles darum gegeben, mit Fletcher einen langen Spaziergang zum Creek zu machen. Inzwischen arbeitete ich wieder im Diner und nahm am Sportunterricht teil. Zwar spürte ich noch immer ein unangenehmes Ziehen in der Rippengegend, aber ich brauchte Bewegung. Also schnürte ich meine Turnschuhe, lief bis zum Country Club und nahm den Rückweg durch das Stadtzentrum, vorbei an Chens Reinigung und dem kleinen Café.

»Hey, Rae. Wart mal einen Moment.« Lee war gerade aus dem Auto gestiegen und winkte mir zu. Seit unserer Begegnung im Kraftraum der Schule hatte ich ihn nicht mehr gesprochen.

»Wie geht's? Viel zu tun in der Reinigung?«

»Kann man wohl sagen. Mein Vater ist noch immer nicht auf dem Damm.«

»Oh. Das tut mir leid.« Ich spürte den Anflug eines schlechten Gewissens, weil ich mich nie nach Mr. Chen erkundigt hatte.

»Grüß ihn von mir.«

Lee überging meine Bemerkung. »Du joggst? Es scheint dir ja wieder gut zu gehen.« Offenbar hatte er von meinem »Unfall« gehört und störte sich irgendwie daran.

»Ja, aber erst seit dieser Woche. Die Rippenprellung macht mir noch ganz schön zu schaffen.«

»Ist das so? Vielleicht hast du einfach keine Lust am Kung Fu Kurs teilzunehmen, jetzt wo ich ihn leite.« Er warf mir einen vorwurfsvollen Blick zu, der mir gehörig auf die Nerven ging.

»So ist das nicht, Lee. Ich war wirklich angeschlagen.«

»Es war doch deine Idee, dass ich übernehmen soll, jetzt zeig mal etwas Einsatz. Uns laufen langsam die Teilnehmer davon. Vor allem die Mädchen. Im Augenblick macht keine Schülerin mit.«

»Was ist mit Mariah?«

»Keine Ahnung. Sag du's mir. Ich hab sie seit meinem Abschluss nicht mehr gesehen.«

»Okay. Ich werd mit ihr reden. Tut mir leid, dass ich nicht kommen konnte. Es ging wirklich nicht.« Je mehr ich es beteuerte, desto unglaubwürdiger klang es in meinen Ohren und bestimmt auch in seinen. Ich konnte seinen Argwohn spüren. »Nächste Woche bin ich wieder dabei. Versprochen.«

»Das wäre gut. Schließlich wolltest du, dass der Kurs bestehen bleibt. Ohne dich hätte ich die Leitung nie übernommen.«

Ich fühlte mich in die Enge getrieben. Was wollte er von mir? Es war doch seine Entscheidung gewesen, nicht meine. »Okay. Also bis nächste Woche.« Ich nickte ihm zu. Warum war es immer so schwierig mit Lee? Wir hatten damals so gut begonnen.

Ich kam nach Hause, duschte und hatte mich gerade umgezogen, als es an der Tür läutete. Eilig lief ich die Treppe hinunter, damit Mrs. Barton nicht aufstehen musste, und öffnete.

Da stand sie. Hochgewachsen, mit kurzen blonden Haaren, dunklem Hosenanzug und einer Sonnenbrille. Exotischer hätte niemand vor unserer Haustür wirken können.

»Hallo, Rae. Schön, dass du zuhause bist.« Sie lächelte beinahe.

»Ähm, kommen Sie doch rein. Ich kann uns einen Tee kochen oder einen Kaffee, ganz wie Sie möchten.«

»Ein Kaffee wäre perfekt. Macht es dir etwas aus, wenn wir uns nach draußen setzen? Das Wetter ist so schön. Ich nutze jede Gelegenheit, um rauszukommen.«

Auch bei ihrem Besuch im Krankenhaus hatte sie es vorgezogen, im Klinikpark auf einer Bank zu sitzen, dabei passte Agent Weiss so wenig in die Natur wie ein Kühlschrank. Ich bat sie herein, stellte ihr Mrs. Barton vor und kochte Kaffee. Dann holte ich die Sitzkissen aus der Truhe und deckte den kleinen Gartentisch ein. Als hätte sie gespürt, dass ein vertrauliches Gespräch bevorstand, erklärte Mrs. Barton, sie wolle im Wohnzimmer ein wenig ausruhen. So blieb ich mit Tante Britt allein, rührte verlegen in meiner Kaffeetasse und wartete, bis sie zu sprechen begann.

»Ich habe das Tagebuch gelesen, Rae. Eine aufwühlende Lektüre. Hast du mir alle Seiten geschickt?«

»Ja. Soll ich es runterholen?«

»Später. Ich werde es mitnehmen, da es ein Beweisstück ist – falls es zu einer Untersuchung kommt.«

»Werden Sie es mir irgendwann zurückgeben?«

»Das kann ich dir leider nicht versprechen. Von Gesetzes wegen gehört es Harpers Mutter.«

»Sie soll es bekommen?«, fragte ich fassungslos.

»Nun. Wir werden sehen. Das hängt von vielen Faktoren ab. Zunächst muss der Urheber ermittelt werden, wofür ein Schriftvergleich nötig ist. Es gilt zweifelsfrei zu klären, dass Harper Montgomery tatsächlich dieses Tagebuch geschrieben hat.«

»Ich kenne ihre Schrift. Hundertprozentig. Da ist kein Irrtum möglich. Außerdem war es in ihrem Zimmer versteckt.«

»Versteh mich nicht falsch, Rae, ich glaube dir, aber eine Überprüfung ist unerlässlich. Sollte es zu einem Prozess kommen, darf es keinen Spielraum für Bedenken geben. Da Harper es nicht selbst bestätigen kann, brauchen wir ein Experten-Gutachten. Daran führt kein Weg vorbei. Aber das ist nicht unser Hauptproblem. Selbst wenn sichergestellt ist, dass Harper dieses Tagebuch verfasst hat, findet sich darin nur ihre persönliche Meinung. Die Meinung einer Fünfzehnjährigen. Sie vermutet, sie fühlt, dass ihre Mutter Jasmine Grant ermordet hat. Sie ahnt, dass sie vergiftet wurde. Das sind keine Beweise. Sie schreibt nirgendwo, sie habe gesehen, wie ihre Mutter ihr eine Substanz ins Essen tat. Genauso wenig hat sie den Mord an ihrer Lehrerin beobachtet.«

»Denken Sie etwa, dass sie alles nur erfunden hat?«

»Nein. Das denke ich nicht. Ihre Worte haben mich berührt. Sie war in einer furchtbaren Situation. Dennoch muss ich die Sache objektiv betrachten. Ich kannte Harper nicht persönlich. Ich weiß nicht, ob sie labil war, ob sie dazu neigte Geschichten zu erfinden oder depressiv war.«

»Harper war ein freundlicher, bescheidener Mensch. Sie liebte ihre Mum. Sie hatten nie Streit. Deshalb fiel es ihr so unglaublich schwer, die Wahrheit zu sehen. Sie fühlte sich zuhause behütet.«

»Ich weiß. Es ist erschütternd. Ich will dir nur klarmachen, dass wir keinen wirklichen Beweis in den Händen halten.«

»Was ist mit dem pinken Zettel und dem medizinischen Nachschlagewerk? Harper hat auf einer Seite Druckspuren gefunden, vielleicht kann man sie entziffern.«

»Dieser Sache könnte man nachgehen, aber ich bezweifle, dass sie als Beweis zugelassen wird. Es bestätigt lediglich, dass Jasmine Grant jene Seite gelesen hat. Es gibt keinen direkten Bezug zu Harper. Außerdem sind wir nicht im Besitz des pinken Zettels. Letztlich wäre auch er nur ein Indiz.«

»Man muss doch etwas tun können.«

»Ich habe den Obduktionsbericht angefordert. Bedauerlicherweise hilft er uns nicht weiter. Alles, was der Pathologe notiert hat, bestätigt die Selbstmordtheorie. Eine geringe Dosis Schlaftabletten, Sommerkleidung im tiefsten Winter, Spuren von Selbstverletzung an den Armen, Tod durch Erfrieren.«

»Vielleicht wurde etwas übersehen? Ich dachte, man könnte alles Mögliche in einem Körper nachweisen, Gifte und Drogen und so weiter. Man muss nur gründlich suchen.«

»Sicher gibt es Unterschiede in der Qualität einer Autopsie. Gesucht wird meistens nach Anzeichen von Gewalt, nach gängigen chemischen Substanzen, nach Auffälligkeiten in der gesamten Physis. Harper war unterernährt, nicht altersgemäß entwickelt, zu klein. Vermutlich wurde das als Auswirkung ihrer Herzkrankheit und jahrelanger Medikation interpretiert. Soweit ich ihre Tagebucheinträge verstanden habe, wurde sie zuletzt nicht mehr vergiftet oder nur selten und in geringer Dosis. Deshalb wurden vermutlich keine Spuren im Blut und in den Organen gefunden.«

»Also kann nichts bewiesen werden. Ihre Mutter kommt damit durch?« Meine Stimme klang schrill, ich konnte meine Wut kaum zügeln.

»Jetzt, wo der Verdacht einer Vergiftung besteht, könnte man genauere Untersuchungen anstellen, doch dafür wäre eine Exhumierung nötig. Du weißt, was das bedeutet?«

»Man müsste sie aus der Erde holen?«, fragte ich matt.

»Ja. Niemand tut das gern. Und ich fürchte, bei der dünnen Beweislage werden wir keinen Richter finden, der bereit ist, eine Exhumierung anzuordnen.«

»Und nur ein Richter kann das tun?«

»Auch die Angehörigen eines Opfers können zur Abklärung der Todesursache darauf bestehen. Aber dazu wird es in Harpers Fall wohl nicht kommen. Ihre Mutter hat sicherlich kein Interesse daran.

Und auch bei ihrer Großmutter habe ich meine Zweifel. Für mich klang es, als hätte die Großmutter äußerst dubiose Erziehungsmethoden angewandt. Man verabreicht einem Kleinkind keine Schlafmittel, um seine Ruhe zu haben.«

»Was ist mit Tatum, Harpers Halbschwester? Dürfte sie eine Exhumierung beantragen?«

Tante Britt sah mich nachdenklich an. »Das wäre eine Möglichkeit. Es könnte nicht schaden mit ihr zu sprechen.«

»Leider kenne ich nur ihren Vornamen. Tatum Justine. Sie war etliche Jahre älter als Harper. Ich glaube, sie lebt in Kalifornien.«

»Nun. Ich denke, das wird nicht allzu schwierig werden. Ich weiß, wie man jemanden findet, das kann ich dir versichern.«

»Und Sie glauben wirklich, dass eine neue Obduktion Harpers Verdacht bestätigen könnte. Nach so vielen Jahren?«

»Auf jeden Fall muss bald etwas geschehen. Harper verstarb im Februar 2013. Es bleibt nicht mehr viel Zeit. Nach vier Jahren ist der Verwesungsprozess meist abgeschlossen. Wir finden dann keine Haare oder Fingernägel mehr, nur noch das Skelett. Gerade aber in den Haaren können Gifte noch nach langer Zeit nachgewiesen werden. Es gilt also, sich zu beeilen.« Sie sah mich eindringlich an. »Entschuldige, dass ich so offen darüber rede. Ich weiß, dass es dir etwas ausmacht über eine Obduktion oder eine Exhumierung nachzudenken. Das ist keine schöne Vorstellung.«

»Das kann ich aushalten. Ich denke an unsere gemeinsame Zeit, so wie sie damals war, wie ihr Gesicht ausgesehen hat, wenn sie lachte, nicht an ihr Grab. Was ich nicht ertragen kann, ist die Aussicht, dass niemand dafür bestraft wird, dass ihre Mutter in Florida in der Sonne liegt und ein neues Leben anfängt.«

»Ich werde mein Bestes tun, um zu helfen. Die Angelegenheit beunruhigt mich auch aus einem anderen Grund. Könntest du dir vorstellen, dass Harpers Mutter etwas mit dem Brand zu tun hatte? Sie glaubte möglicherweise, dass du eine Bedrohung für sie wärst. Harper hätte dir einiges erzählen können. Ihre Mutter wollte bestimmt nicht von dir beschuldigt werden.«

Für einen Moment wusste ich nicht, was ich sagen sollte. In diese Richtung hatte ich nie Überlegungen angestellt. »Hätte sie das Feuer dann nicht eher im Wohnzimmer gelegt?«, fragte ich schließlich.

»Wusste sie denn, welches dein Zimmer war?«

»Keine Ahnung. Um die Wahrheit zu sagen, lag mein Zimmer jahrelang neben dem von Frank und Eileen. Ich bin erst einige Monate vor Harpers Tod auf die andere Hausseite gezogen.«

»Vielleicht hat Harper das nie erzählt. Gibt es sonst noch einen Grund, warum sie glauben könnte, dass du ihr auf der Spur bist?«

Mein Mund wurde trocken, die Worte kamen nur zögernd hervor. »Da war mal was ... tja, ähm ... ich bin in ihr Haus eingestiegen, als sie auf einer Schulveranstaltung war.«

»Was meinst du mit *eingestiegen*?«

»Na ja. Es war kein Einbruch, aber vermutlich würden Sie es auch nicht gutheißen. Nach Harpers Selbstmord ging es mir furchtbar schlecht. Ich konnte nicht verstehen, warum sie das getan hatte. Ich brauchte Antworten. Deshalb bin ich durch ein offen stehendes Fenster in ihr Zimmer geklettert und habe ihr Tagebuch gestohlen – das erste, in dem sie nur über Alltägliches schrieb. Später habe ich es zurückgebracht.«

»Könnte Corinne Montgomery etwas bemerkt haben?«

»Ich weiß es nicht. Sie war immer freundlich zu mir.«

»Trotzdem ist es eine Möglichkeit, die wir nicht ausschließen können. Wer einmal getötet hat, dem fällt es beim zweiten Mal nicht mehr so schwer. Sie legt ein Feuer, und als sie ihr Ziel verfehlt, wagt sie nicht etwas Neues zu versuchen. Die Polizei ermittelt, sie hält es für klüger sich ruhig zu verhalten. Dann verlässt sie die Stadt. Ich sage nicht, dass es so war, aber es würde Sinn ergeben. Falls du von ihr hörst oder sie siehst, melde dich umgehend bei mir. Man kann nie wissen, wozu Menschen fähig sind.«

Brittany Weiss sah auf ihre Uhr, legte die Stirn in Falten und erhob sich. Ihre kostbare Zeit war aufgebraucht. Ich lief nach oben, holte das Tagebuch und überreichte es ihr mit einem seltsamen Gefühl von Traurigkeit. Mir wurde bewusst, dass ich es für immer aus den Händen gab.

»Ach Rachel, woher wusstest du eigentlich von dem zweiten Tagebuch?« Ihr Blick hatte wieder diesen Zug, den ich von früher kannte. Aufmerksam, skeptisch. Traute sie mir etwa zu, Harpers kaputtes Tagebuch selbst verfasst zu haben? Angespannt erzählte ich ihr von dem Schmetterling über den Buchstaben i und g, von dem Riss, der verschwunden war, und dem Namen des Schattens.

»Du verblüffst mich, Rae. Das war gute Arbeit. Ich verspreche dir, am Ball zu bleiben. Sobald ich etwas erreicht habe, melde ich mich bei dir. Pass auf dich auf!«

Ich sah ihr nach, wie sie mit langen Schritten die Fahrbahn überquerte und in einen schwarzen Wagen mit dunkel getönten Scheiben stieg. Mit leisem Motor fuhr sie davon und hinterließ eine leergefegte Straße. Ich konnte kaum glauben, dass sie wirklich hier gewesen war. Nachdenklich schloss ich die Tür.

Hatte Corinne Montgomery tatsächlich versucht mich zu töten? War sie in unser Haus gekommen, hatte Feuer gelegt und den Tod unschuldiger Menschen in Kauf genommen? Jemand, der sich in die Enge getrieben fühlte, würde vielleicht so weit gehen. Was für eine niederschmetternde Erkenntnis! Frank und Eileen wären meinetwegen gestorben. Zwei Menschen mehr auf meinem Gewissen. Aber Sean wäre aus dem Schneider. So hatte alles sein Gutes.

In der Nacht träumte ich schwer.

Ich irre durch die Wälder auf der Suche nach einem Unterschlupf. Es ist dunkel und kalt, Schnee beginnt zu fallen. Obwohl ich sicher bin am Creek zu sein, scheint mir nichts vertraut. Ich laufe und laufe, höre ein Schnauben hinter mir, höre brechende Zweige, als würde ich verfolgt, doch jedes Mal, wenn ich mich umschaue, ist da nur die Einsamkeit der nächtlichen Natur. Schließlich komme ich zu einer Hütte. Der Schornstein raucht, die Tür geht auf. Ein Mann tritt in den Schnee. Er sieht zu mir herüber. Es ist Billy mit seinem eigentümlichen Lächeln.

»Was machst du hier, Rae? Im Schnee ist kein Holz zu finden. Du suchst an der falschen Stelle.« Wie kalt es ist, geradezu eisig, aber er wird mich nicht in die Hütte lassen, wo ein warmes Feuer brennt. Ich weiß es. Er wendet sich ab, er lässt mich allein.

»Bitte, nur für eine Nacht. Ich friere. Ein Wolf ist mir auf der Spur.«

Billy schüttelt den Kopf. Er sieht müde aus. *»Dies ist kein Ort für dich. Komm niemals wieder. Halte dich von hier fern.«*

Ich beginne zu schluchzen: *»Dann wird er mich kriegen, er wird mich zerreißen. Er ist hungrig. Ich brauche ein Versteck.«*

Billy steht mit dem Rücken zur Tür, seine Umrisse verschwimmen, er verschmilzt mit dem Holz. Gleich ist er nicht mehr zu erkennen. Er löst sich auf.

»Du musst den Wolf erlegen. Dir bleibt keine andere Wahl. Es gibt nur diesen einen Weg. Finde den Wolf! Du weißt, wo er ist.«

Das Unterbewusstsein geht seltsame Wege. Viele Jahre hatte ich mich kaum an meine Träume erinnert, dann, nach und nach, bekamen sie etwas Rätselhaftes. Ich sah den Turm – ein Bruchstück meiner frühkindlichen Vergangenheit, ich sah Harper, die mich vor der Wahrheit warnte, ich sah das Feuer. Oft hatte ich das Gefühl, Antworten in meinen Träumen zu finden. Sie zeigten mir Dinge, die ich vergessen hatte. Doch nicht nur das. Sie zeigten mir auch, dass ich genauer hinschauen musste.

Was wollte Billy von mir? War es wirklich so einfach – musste ich nur zwei und zwei zusammenzählen? Sein Tod bereitete mir Bauchschmerzen. Jemand wie Billy stürzte nicht ab und brach sich das Genick. Er war clever. Er war geschickt. *Er weiß, wie es geht.* Deshalb träumte ich von ihm. Mein Instinkt sagte mir, dass etwas nicht stimmte. Billy kannte den Wolf und ich kannte ihn auch. Wenn ich nur genug darüber nachdachte, würde ich verstehen. Es gab Hinweise, die ich ignoriert hatte, ich musste mich nur erinnern. Sie lagen da, unter einer dünnen, verschwommenen Schicht grauen Nebels, der mir die Sicht versperrte. Ich konnte es fast greifen. Ich konnte es fühlen.

Etwas reimte sich nicht zusammen.

Jemand hatte gelogen.

34

Der November überzog das Land mit Raureif und Wind, er überzuckerte die letzten gelbbraunen Blätter, brachte die Grashalme zum Schimmern, versilberte die dunklen Zweige. Ich liebte diese Zeit, die niemand mochte. Wie oft war ich mit Fletcher über die Stoppelfelder gerannt, meilenweit, ohne eine Menschenseele zu treffen. Die Natur hatte etwas Wildes. Sie bäumte sich auf, bevor der Winter kam, sie schüchterte ein. Sie zeigte ihre ganze Kraft.

Ich konnte nicht widerstehen. Mit Mütze, Winterjacke und Schal ging ich zum Creek, wanderte weit am Ufer entlang, ließ ein paar Steine über das Wasser springen und horchte auf die Geräusche der Wildnis. Das Gurgeln des Flusses, dessen Strömung Fahrt aufgenommen hatte, der Wind, der zwischen die kahlen Äste fuhr, das hektische Flattern der letzten verbliebenen Vögel. Der Frost würde bald kommen, sehr früh in diesem Jahr, ich war mir sicher. Als ich bereits auf dem Heimweg war und den Indian Park durchquerte, sah ich hinüber zu Harpers Bank. Jemand hatte dort Platz genommen, trotz der kalten Temperaturen nur mit einem Hoody bekleidet, die Kapuze tief ins Gesicht gezogen. Kleine grauweiße Wolken stiegen in die Luft. Er rauchte. Etwas an ihm kam mir vertraut vor, vielleicht seine Körperhaltung, die Art, wie er seinen Rücken beugte, den Kopf ein wenig hängen ließ, sich ganz zusammenzog, um Schutz vor der Kälte zu haben. Wahrscheinlich spürte er meinen Blick, denn plötzlich sah er sich um. Es war Declan. Oft genug hatte ich ihn bei Wind und Wetter hinter der Sporthalle sitzen sehen. Zusammengekauert, rauchend. Sollte ich weitergehen? Für gewöhnlich hatten wir uns nicht viel zu sagen. Bestimmt war er nicht zum Creek gekommen, weil er auf Gesellschaft aus war. Ich nickte ihm zu.

»Hey, Rae. Du auch hier?«

Da er mich angesprochen hatte, kam ich näher heran. »Ist dir nicht kalt, so ganz ohne Jacke?«

»Geht schon. Wenn ich im Auto rauche, müffeln meine Klamotten noch stundenlang. Meine Eltern haben entschieden, dass ich besser Nichtraucher werde.«

»Ah. Wie klug von ihnen. Sie machen sich Sorgen um deine Gesundheit. Was für eine Ironie, wenn du am Ende eine Lungenentzündung bekommst.«

»Ich bin nicht empfindlich«, sagte er düster und trat die Kippe aus. Ich sah, dass bereits zwei weitere am Boden lagen.

»Kommst du oft hierher, Declan?«

»Gelegentlich.«

»Und warum ausgerechnet zu dieser Bank?«

»Schöner Ausblick, und der Parkplatz ist direkt daneben.«

»Und es stört dich nicht, dass … ich meine, du weißt schon … dass Harper hier gestorben ist?« Die Worte kamen mir nicht leicht über die Lippen, meine Stimme klang brüchig.

»Nein. Nicht wirklich. Aber ich frage mich manchmal, wie es wohl gewesen ist. Ich meine, wie es sich angefühlt hat in der Kälte. Ich glaube, es war friedlich.«

Wie oft hatte ich mir genau diese Situation vorgestellt. Das Wort friedlich war mir dabei nie in den Sinn gekommen. Traurig, verzweifelt, einsam waren die Begriffe, die ich benutzt hätte. Zumindest damals, nachdem es geschehen war. Jetzt, wo ich mich fragte, ob Harpers Mutter schuld an allem war, verspürte ich nur noch Abscheu und Angst. Ich starrte ihn sprachlos an, aber er schien nichts davon zu bemerken.

»Ich hab ihr nie das Geld zurückgegeben, du weißt schon, die fünfzig Dollar, die ich mir auf Beccas Party geliehen hatte. Meinst du, das hat ihr etwas ausgemacht?«

Ich war überrascht, dass er solche Überlegungen anstellte.

»Nein. Sie hat es nie erwähnt.«

»Vielleicht fühlte sie sich ausgenutzt?«

»Ich glaube, sie hatte andere Sorgen.«

»Ja, vermutlich. Es ging mir nur durch den Kopf. Es war das einzige Mal, dass ich mit ihr gesprochen habe.« Er stand auf und schlug sich mit den Händen auf die Oberarme. Seine Finger schimmerten bläulich im fahlen Novemberlicht. »Man sieht sich, Rae.«

»Ja. Man sieht sich. Ein halbes Jahr noch, dann haben wir es hinter uns.«

Er nickte mir zu, lächelte schüchtern und setzte sich in Bewegung. Erst jetzt registrierte ich etwas Rötliches, das seitlich an seiner Hose baumelte. Mit einem Schlüsselring an der Gürtelschlaufe seiner Jeans befestigt hing ein Fuchsschwanz, geschmeidig und glänzend wie eine Trophäe. Wie aufs Stichwort ließ Declan seine Finger langsam durch das Fell streichen, dann stieg er in seinen Camaro und fuhr mit dröhnendem Motor davon. Natürlich wusste ich, dass ein Fuchsschwanz nichts Besonderes war. Viele schmückten ihr Auto oder Fahrrad damit oder befestigten ihn eben an der Hose. Es hatte nichts zu bedeuten. Trotzdem ließ mich der Gedanke nicht los. Declan liebte es, das weiche Fell zu streicheln, vielleicht liebte er es ebenso, einen Hundeschwanz auf seiner Haut zu spüren oder den langen Zopf eines Mädchens. Das seidige, dunkle Haar, welches er selbst abgeschnitten hatte.

Am Wochenende fuhr ich mit Seans Frau Debbie nach Ottawa, um Einkäufe zu machen. Unsere Vorräte waren verbraucht und Mrs. Barton bestand darauf, sie umgehend aufzufüllen. Man konnte nie wissen, ob Schnee kommen würde. Außerdem stand Thanksgiving bevor. Da es ihr endlich besser ging, wollte sie uns ein festliches Mahl bereiten. Sie schrieb mir eine endlos lange Liste, bei der ich ohne Debbie in arge Entscheidungsnot gekommen wäre. Welcher Truthahn war der beste? Wie frisch sahen die Maiskolben aus? War der Kürbis nicht viel zu groß für einen einzigen Kuchen? Sollten die Cranberries frisch, tiefgefroren oder aus dem Glas sein? Und waren die kleineren Süßkartoffeln schmackhafter? Wir brauchten eine Ewigkeit, bis wir alles zusammen hatten, aber es machte Spaß. Nach zwei Monaten Genügsamkeit lief mir bei all den Leckereien im Einkaufswagen das Wasser im Mund zusammen. Ich hatte mich gerade von Debbie verabschiedet und war im Begriff, die Lebensmittel in den Vorratsschränken zu verstauen, als es an der Tür läutete. Ich glaubte, Debbie wäre zurückgekommen, deshalb riss ich die Tür lebhaft auf. Aber ich irrte mich. Eine Frau stand vor mir, die ich noch nie gesehen hatte. Ihr Anblick zog mir den Boden unter den Füßen weg, ich musste mich am Türrahmen festhalten.

Sie lächelte verlegen. Mir wurde schwindlig.

»Ist alles in Ordnung?« Ihre Stimme klang weit entfernt. Meine Gedanken kreisten, zogen mich fort in eine andere Zeit. Erst als ich ihre Hand auf meinem Arm spürte, öffnete ich die Augen.

»Du bist bestimmt Rae.« Wieder lächelte sie zaghaft, während ich sie wie hypnotisiert ansah. Ihre Augen waren von einem dunkleren blau, ihr Gesicht war rundlicher, ihr Haar blonder. Aber ich liebte sie sofort. Fast hätte ich sie umarmt.

»Und du bist Harpers Schwester, nicht wahr?«

»Ja. Das bin ich wohl. Ich muss mich erst an den Gedanken gewöhnen, eine Schwester zu haben. Anscheinend sehe ich ihr ähnlich. Das wusste ich nicht. Ich wollte dich nicht erschrecken.«

»Für eine Sekunde dachte ich, sie wäre zurückgekehrt. Als hätte ich die letzten drei Jahre in einem schlimmen Albtraum festgesteckt. Vielleicht sähe sie heute genauso aus wie du.«

Ich konnte nicht aufhören Tatum anzustarren. Es tat so gut, aber gleichzeitig tat es weh. Eine Zeit lang sagten wir nichts, schließlich wurde mir bewusst, dass wir noch immer vor der Haustür standen.

»Komm doch bitte rein, wir können im Wohnzimmer ungestört reden. Mrs. Barton ist gerade nach oben gegangen, sie will sich ein bisschen ausruhen. Ich wohne bei ihr, schon seit mehr als einem Jahr. Meine Eltern sind … tot.« Ich lächelte paradoxerweise, in der Hoffnung, meine schroffe Antwort abzumildern und starrte Tatum weiterhin an. »Tut mir leid, ich bin sonst nicht so … so aufdringlich. Ich kann einfach kaum glauben, dass du hier bist. Ich dachte, ich würde eine Ewigkeit nach dir suchen. Hast du meine Adresse von Brittany Weiss?«

»Ja, genau. Sie sagte, du würdest mich gern kennenlernen. Wir hatten ein langes Gespräch. Ich bin hier, um die Dinge auf den Weg zu bringen.«

»Du meinst die Exhumierung?«

»Ja, und alles, was nötig ist. Jemand muss diese Frau aufhalten.« Trotz ihres elfenhaften Aussehens wirkte Tatum plötzlich hart. Sie war nicht so zerbrechlich, wie es den Anschein hatte.

»Ich wünschte, Harper könnte dich sehen. Sie hat sich immer gefragt, wie es dir geht, warum du sie nie besuchst. Sie war so neugierig auf dich. Es ist schade, dass ihr euch nie kennengelernt habt. Nach ihrem Tod bekam ich ihre Lieblingspuppe Lorelai. Harper hatte es so bestimmt. In ihrem Körper waren tausend Dollar versteckt, zusammen mit einer verschlüsselten Nachricht. Sie lautete *Finde Tatum*. Und jetzt hat dich Tante Britt gefunden.«

»Sie ist deine Tante?«, fragte Tatum überrascht.

»Nein, sorry. Das ist sie nicht. Ist eine lange Geschichte. Sie ist die Tante einer Mitschülerin.«

»Das war bestimmt eine Art Hilferuf. Wenn ich mir vorstelle, wie sie gelitten hat, welche Angst sie hatte, zerreißt es mir das Herz. Ohne dich wäre ich heute nicht hier und niemand wüsste, was im Haus meiner Mutter vor sich gegangen ist. Du hast das Tagebuch aufgespürt und Agent Weiss davon erzählt. Du hast dich für Harper eingesetzt, du warst mutig. Ich wünschte, ich wäre es auch gewesen.« Sie brach ab und senkte den Blick. Ich konnte ihre Erschütterung spüren.

»Es ist nicht deine Schuld. Du wusstest doch nichts von ihr.«

»So einfach ist das nicht. Ich hätte ihr helfen können, ich hätte es verhindern können, aber es war bequemer zu schweigen. Ich habe mir niemals vorgestellt, dass so etwas passieren würde. Ich war dumm. Mein Vater war dumm. Wir haben nur an uns gedacht.« Sie sah mich mit traurigen Augen an. »Ich kann mich kaum an meine Mutter erinnern. Ich war drei Jahre alt, als sie uns verließ. Lange Zeit glaubte ich, sie hätte mich verstoßen, wäre auf und davon mit einem anderen Mann, ohne je wieder an mich zu denken. Dad sprach nicht gern über sie. Er nannte sie selbstsüchtig und falsch. Mit diesem Bild wuchs ich auf und stellte nicht viele Fragen. Erst als ich achtzehn wurde, gestand mir mein Vater die Wahrheit. Er erzählte mir, dass ich häufig krank gewesen war. Der Arzt konnte die Ursache nicht finden. Eines Tages überraschte Dad meine Mutter, als sie mein Essen zubereitete. Er sah, dass sie seltsame Kräuter hinzufügte, und anstatt mir das Essen zu bringen, aß er es selbst. Er bekam Fieber und Herzrasen und musste sich übergeben. Er war fassungslos. Meine Mutter liebte Maiglöckchen. Sie züchtete sie im Garten, stellte sie in Vasen, obwohl sie giftig waren und ein kleines Kind im Haus lebte. Anscheinend zerkleinerte sie die Blumen und fror sie ein wie Schnittlauch. Mein Vater stellte sie zur Rede und verlangte die Scheidung. Er wollte einen Skandal vermeiden, deshalb verzichtete er auf eine Anklage. Sie musste ihm zusichern, Kalifornien zu verlassen und nie wieder mit mir in Kontakt zu treten. Sie willigte ein und verschwand. Wir haben nichts mehr von ihr gehört. Als mein Vater mich schließlich aufklärte, war ich schockiert. Ich spürte kein Verlangen sie zu sehen oder ihre Ausflüchte zu hören. Mein Leben war ohne sie einfacher, also verdrängte ich jeden Gedanken an sie. Leider habe ich nie darüber nachgedacht, welche Konsequenzen mein Schweigen vielleicht hätte. Meine Mutter war damals noch jung und sie war eine Schönheit. Warum kam es uns nicht in den Sinn, dass sie ein zweites Mal heiraten könnte, ein weiteres Kind haben würde, dem sie dasselbe antun wollte wie mir? Wir hätten Harper beschützen müssen.«

Sie brach ab und strich sich die Tränen aus den Augen. Ich sah, wie ihre Hand zitterte. Was hatte Corinne Montgomery ihren Töchtern angetan! Der einen wie der anderen. Es war abscheulich.

»Willst du Harper sehen? Ich habe Fotos auf meinem Handy.«

Ich zeigte sie ihr allesamt, erzählte von unseren Nachmittagen, den Ausflügen zum Creek, Harpers Angst vor Blacky und wie sehr er ihr schließlich ans Herz gewachsen war, von Beccas legendärer Party und Amishas Tarotkarten. Mir fielen plötzlich tausend Einzelheiten ein, Dinge, über die wir gelacht hatten, Songs, die wir leidenschaftlich mitgesungen hatten, Bücher und Filme und Jungen, alle unwichtigen kleinen Begebenheiten, die Mädchen beschäftigen. Tatum hörte aufmerksam zu. Es war für sie die einzige Möglichkeit ihre Schwester kennenzulernen.

»Was wird jetzt geschehen?«, fragte ich sie schließlich.

Sie sah mich nachdenklich an. »Es wird eine Exhumierung geben, dafür lege ich meine Hand ins Feuer. Ich habe dem Sheriff alles über meine Mutter erzählt, und er ist im Besitz des Tagebuchs. Er kann es nicht verweigern.«

»Und wie lange wird das noch dauern?«

»Ich rechne nächste Woche damit. Jeder Tag, der verstreicht, erschwert die Untersuchungen. Anfang Dezember sollten erste Ergebnisse vorliegen.«

»Glaubst du, dass sie etwas finden werden? Das Ganze liegt schon einige Zeit zurück.«

»Agent Weiss hat mir versprochen einen Experten mit der Obduktion zu betrauen. Es hängt von vielen Faktoren ab, der Beschaffenheit des Bodens, dem Zeitpunkt der Beerdigung. In dieser Hinsicht sind die Voraussetzungen gut. Die Grablegung erfolgte bei Frost, wodurch sich die Fäulnis verlangsamt. Harpers Körper war nie warmen Temperaturen ausgesetzt. Ich glaube, wenn es etwas gibt, wird der Forensiker es entdecken.«

»Wirst du zum Friedhof gehen, wenn sie sie holen?« Die Vorstellung verursachte mir eine Gänsehaut.

»Ja. Ich will dort sein. Ich habe das Gefühl, ihr wenigstens das zu schulden. Die Vorstellung, dass sie ganz allein ist, wenn sie das Grab öffnen, ist schrecklich. Ich war nicht einmal bei ihrer Beerdigung. Natürlich weiß ich, dass sie tot ist und dass sie nichts von all dem spüren wird, aber es fühlt sich falsch an, wenn ich einfach abreise. Zumindest dieses eine Mal will ich ihr zur Seite stehen.«

Ich wusste genau, was Tatum meinte. Ihr blieb nur diese eine Gelegenheit. Meine Entscheidung stand ebenfalls fest. Ich würde der Exhumierung nicht beiwohnen. Der Friedhof barg viele schlimme Erinnerungen, ich wollte nicht noch eine hinzufügen. Nach allem, was geschehen war, kam es mir vor, als würde Harper zum zweiten Mal sterben – ermordet von ihrer eigenen Mutter. Das Leben war grausam. Niemand hatte Harper geliebt. Niemand außer mir.

Die nächsten Tage verbrachte ich in einem Zustand innerer Unruhe. Ich wusste nichts mit meiner Zeit anzufangen, sah jedoch ständig auf die Uhr, als hätte ich einen wichtigen Termin. Mal meinte ich die Türglocke zu hören, mal glaubte ich, Mrs. Barton hätte mich gerufen. Ich war immer auf dem Sprung, konnte nicht stillsitzen, durchstöberte sogar den Keller. Am Ende gab ich die Rennerei auf, verzog mich in eine Ecke und begann sinnlose Spiele auf meinem Handy, die ich nie zu Ende brachte. Dann summte es schließlich – eine Nachricht von Tante Britt war eingegangen. Hektisch öffnete ich sie, wobei mir fast das Handy herunterfiel. Es war nur eine Zeile. Der Tag der Exhumierung stand fest.

Von da an zählte ich die Stunden, während die Anspannung schlimmer und schlimmer wurde. *Denk nicht darüber nach, denk bloß nicht darüber nach*, war mein neues Mantra. Immer wenn sich meine

Fantasie aufmachte die Szene zu entwerfen, brach ich ab und schimpfte mit mir. Ich wollte es nicht sehen und ich wollte es mir nicht vorstellen. Es war wie Maden unter meiner Zunge.

Das Thanksgivingfest lenkte mich ein wenig ab. Mrs. Barton war glücklicherweise nachsichtig, sagte nichts über meine Schusseligkeit und zwang mich nicht zu reden. Ich hatte sie nach Tatums Besuch über Harper und die Exhumierung aufgeklärt. Zum ersten Mal, seit wir uns kannten, war sie mir fassungslos erschienen. Immer wieder hatte sie den Kopf geschüttelt und dabei vor sich hingemurmelt, dass es nicht wahr sein könne. Auch für sie war es einfach nicht zu begreifen.

Da alle Vorratskammern zu bersten drohten, der Kühlschrank kaum noch schloss, blieb uns nichts anderes übrig, als zu kochen. Wir luden Sean und Debbie ein, erhielten jedoch eine Absage. Unsere Beziehungen waren angespannt. Auch Tatum zog es vor, allein in ihrer Pension zu sitzen und die Wände anzustarren. Genau wie uns war ihr nicht nach üppigem Essen zu Mute. Wir machten das Beste daraus und feierten leise zu zweit. Am Ende hatten wir einen schönen Abend. Wir sahen Football, aßen, soviel wir konnten und stapelten die Reste für die kommenden Tage im Kühlschrank.

»Es wird andere Jahre geben«, sagte Mrs. Barton am Ende, »dann feiern wir ein fröhlicheres Thanksgiving.« Ich nickte und wünschte ihr eine gute Nacht. Vielleicht hatte sie recht, aber ich spürte leichte Zweifel. Fröhliche Feiertage machten gewöhnlich einen Bogen um mein Leben.

Schließlich war es so weit. Ich erwachte früh am Morgen und hatte nur einen Gedanken. Um 11.00 Uhr würden sie kommen, um das Grab zu öffnen. Wie viele Spatenstiche waren nötig, bis sie den Sarg erreichten? Oder kamen sie mit einem Bagger? Ich setzte mich auf, versuchte die Vorstellung wegzuschieben, aber es gelang mir nicht. Ein vermoderter Sarg, Harpers Überreste in einer Baggerschaufel, die sie unsanft auf einen Laster fallen ließ, begleitet von einem klirrenden Geräusch, ihr bleiches Haar ausgerissen in den Zacken der Schaufel hängend. Ich schlug die Hände vor mein Gesicht. *Nicht daran denken, bloß nicht daran denken …* Das Klingeln des Handys riss mich schließlich aus meinen qualvollen Visionen. Es war Orestes.

»Hi Rae. Du bist schon wach. Dann störe ich ja nicht.«

»Nein. Ich konnte nicht länger schlafen. Mir geht viel im Kopf herum.«

»Hm. Dann weißt du vermutlich Bescheid. Ich meine, was so vor sich geht in Larkville wegen …«, er zögerte kurz, »… na, wegen Harper.«

Ich musste schlucken. »Heute ist der Tag. Heute holen sie sie raus.«

»Ich weiß. Und wie geht es dir damit? Du warst ja immer überzeugt, dass etwas an ihrem Selbstmord nicht stimmte.«

»Einerseits bin ich froh. Nun werde ich endlich Antworten bekommen, aber ich wünschte, es würde auf andere Weise geschehen.«

»Kann ich mir denken. Ist ziemlich gruselig.«

»Ich stelle mir vor, wie sie jetzt aussieht, was noch von ihr übrig ist. Es ist alles schon so traurig, und nun muss sie auch das noch ertragen. Ich weiß, dass sie nichts mehr spürt, trotzdem habe ich Angst um sie. Vielleicht reißen sie sie in Stücke.« Die letzten Worte hatte ich fast geflüstert.

»Hey. Du solltest das ganz nüchtern betrachten. Harpers Tod muss aufgeklärt werden und das ist der einzige Weg. Sie werden sehr sorgsam sein, das kann ich dir versprechen. Es dürfen nämlich keine Spuren zerstört werden. Mein Bruder geht davon aus, dass ein Forensik-Team vor Ort ist. Die fahren wirklich schwere Geschütze auf. Da wird nichts beschädigt. Vermutlich ist der Sarg noch intakt. Soweit ich mich erinnere, war es ein hochwertiger Eichensarg. Der hält bestimmt fünf, sechs Jahre.«

»Klingt bei dir wie ein spannender Kriminalfilm.«

»Tut mir leid. Du weißt, wie ich ticke. Am liebsten wäre ich live dabei, aber Schaulustige sind nicht zugelassen. Schade. So oft hat man nicht die Gelegenheit eine Exhumierung zu erleben. Versteh mich nicht falsch, ich weiß wie furchtbar die ganze Sache ist, aber solche Dinge interessieren mich. Aus kriminalistischer Sicht ist der Fall außergewöhnlich.«

»Kennst du den Grund für die Exhumierung, Orestes?«

»Hm. Hat mich ganz schön umgehauen. Kennst du ihn?«

Ich hielt es für besser, meine Mitwirkung herunterzuspielen. »Ja. Harpers Schwester war vor Kurzem hier. Durch sie kam alles ins

Rollen.«

»Ist wirklich schwer zu glauben, dass Corinne Montgomery ihrer Tochter etwas angetan hat. Das hätte ich ihr niemals zugetraut. Da siehst du, wie naiv ich bin. Wie es Lee wohl geht, wenn er davon hört?«

»Ist mir ehrlich gesagt egal. Mich interessiert nur Harper. Ich hoffe, dass sie ihre Mutter überführen. Wenn sie davonkommt, drehe ich durch.«

»Nun hab mal ein bisschen Vertrauen in unsere Gesetzeshüter. Die werden was finden, sonst hätten sie diesen Aufwand nie betrieben, und dann verschwindet Mrs. M. hinter Gittern.«

»Glaubst du das wirklich?«

»Na klar. Da sei mal ganz sicher. Das wird schon.«

»Danke. Deine Zuversicht tut gut. Ich dachte vorhin, ich werd den Tag nicht überleben.«

»Lenk dich ab, geh zur Schule oder 'ne Runde laufen. Sitz bloß nicht zuhause rum und starr die Wände an.«

»Mach ich nicht. Also, bis bald an Weihnachten.«

»Darauf kannst du wetten.«

Ich konnte mir sein Schmunzeln vorstellen, seine schelmischen Augen, seine unsymmetrischen Grübchen und musste dabei lächeln. Vielleicht war es wirklich an der Zeit, ihm eine echte Chance zu geben.

Anfang Dezember wurde es kalt. Der Fluss begann zuzufrieren, die Natur erstarrte. Ganz anders war die Stimmung unter den Schülern. Es brodelte. Hatte der Leichenfund auf unserer Fahrt nach Elgin bereits die Gemüter erhitzt, so löste die Exhumierung brandheiße Spekulationen aus. Jeder fragte sich, warum Harpers Leiche ausgegraben wurde. Schließlich war Harper, so schüchtern sie auch zu Lebzeiten gewesen war, ein Mädchen aus unserer Mitte. Sie hatte zu unserem Jahrgang gehört, hätte mit uns den Abschluss gemacht. Billy war nur ein Unbekannter gewesen, dessen Unfalltod niemanden außer mir sonderlich interessiert hatte. Jetzt dagegen überschlugen sich die Mutmaßungen. Manche glaubten an einen Serienmörder, andere schrieben Harper ein geheimes Doppelleben zu. Selbst die abwegige Theorie, Harper könne lebendig begraben worden sein, hielt sich hartnäckig unter den Schülern, nur hörte ich nie einen Verdacht gegen Corinne Montgomery.

Es konnte nun jeden Tag so weit sein. Ich sah ständig auf mein Handy, aus Angst eine Nachricht von Tante Britt zu verpassen. Was würde im Obduktionsbericht stehen? Gab es Spuren, die Harpers Vergiftung bewiesen? Tatums Aussage würde für eine Verurteilung nicht reichen. Wir brauchten handfeste Beweise.

Dann kam die erlösende Nachricht. In einem kurzen Telefonat teilte mir Agent Weiss mit, dass Rückstände von Alkaloiden in Harpers Haaren gefunden worden waren. Ein Haftbefehl lag vor. Nach fast drei Jahren würde es endlich Gerechtigkeit geben. Harper konnte in Frieden ruhen.

Schon kurze Zeit später machten erste Gerüchte die Runde, bis schließlich alle erfuhren, was Corinne Montgomery vorgeworfen wurde. Man war entgeistert und sah die Dinge plötzlich mit anderen Augen. War Harper nicht auffallend kränklich und zart gewesen? Selbst jene, die nie an Harpers Suizid gezweifelt hatten, meinten jetzt, sie hätten geahnt, dass etwas nicht stimmen würde.

Ich hielt mich aus allem raus, verließ das Schulgebäude als eine der letzten und machte mich auf meinen Weg nach Hause. Es war beinahe dunkel, nur ein paar Lichterketten erhellten die Bürgersteige und verströmten weihnachtliche Stimmung. Die Luft war eisig, aber es lag kein Schnee, sodass ich meine Sohlen auf den gefrorenen Pfützen knirschen hörte. Eine solch klirrende Kälte war ungewöhnlich, meist fielen die Temperaturen im Januar oder Februar. Ich ging langsamer als gewöhnlich (die Prellung steckte mir noch immer in den Knochen), obwohl ich gern über die glatten Eisflächen geglitscht wäre. Deshalb sah ich ihn schon von weitem. Seine orangebraune Jacke war auch bei Dunkelheit gut zu erkennen. Wartete er auf mich? Die Elder Street lag an der nächsten Ecke. Weshalb sonst sollte er bei dieser Kälte auf der Straße stehen? Er sah mich an. Ja, er wartete. Ich spürte, wie sich mein Puls beschleunigte. Seit Wochen war er mir aus dem Weg gegangen, ich konnte mir nicht vorstellen, weshalb er mit mir sprechen wollte.

»Hallo Caleb.« Ich blieb einen Meter vor ihm stehen und versuchte zu lächeln. Keine Reaktion. Er war ernst, reglos, betrachtete mich, als hätte er mich noch nie gesehen. Ich strich mir verlegen über mein Gesicht. Hing dort vielleicht ein Stückchen Apfelschale? Er schaffte es, dass ich mich unbehaglich fühlte, obwohl wir vor nicht einmal zwanzig Minuten im selben Klassenraum gesessen hatten.

»Du warst im Trailer-Park und hast meinem Bruder Spielsachen gebracht. Ich hatte dir doch gesagt, dass du dich nicht mehr dort blicken lassen sollst.«

Was für ein Gesprächsauftakt! Scheinbar war das kein Freundschaftsbesuch. »Entschuldige, dass ich meine eigenen Entscheidungen treffe. Ich tue, was ich für richtig halte.«

»Und das führt dich dann mitten in der Nacht mit blutender Kopfwunde zum Creek.«

Eins zu null für ihn. Ich versuchte es freundlicher. »Eigentlich wollte ich dir die Spielsachen auf dem Schrottplatz geben, aber da du so sauer auf mich warst, hielt ich es für sinnlos. Du hättest dich nur darüber lustig gemacht.«

»Wir kommen auch ohne deine Almosen zurecht.«

»Klar. Ich wusste, dass du es so siehst. Ich wollte etwas gutmachen, nach allem, was vorgefallen ist. Mrs. Barton hätte die Sachen ohnehin weggegeben. Ich dachte, Joey würde sich freuen. Was ist daran so schlimm?«

»Lass es in Zukunft bleiben, hast du das verstanden?«

»Ich bin ja nicht taub. Also: Keine Geschenke, kein Besuch im Trailer-Park. Richtig?«

»Du hast es erfasst.«

»Erklärst du mir auch, warum?«

»Ich sorge nur vor. Für den Fall, dass dir irgendwas passiert.«

»Wie meinst du das?«

»Du bist gefährdet, Adrian. Du bringst dich in schwierige Situationen. Brichst in Häuser ein, legst dich mit Jungs im Trailer-Park an, versuchst eine Giftmischerin zu überführen, schlägst deinen Stiefbruder nieder ... die Liste ist lang. Ich würde nicht darauf wetten, dass du hundert wirst.«

»Willst du mir drohen?«

»Nein, Prinzessin. Wie immer verstehst du mich völlig falsch. Ich will nur nicht mit dir in Verbindung gebracht werden, für den Fall, dass eines Tages deine Leiche gefunden wird. An meine Tür klopfen sie dann nämlich zuerst.«

Seit dem berühmten Faustschlag vor vielen Jahren hatte Caleb mich nicht mehr so provoziert. Ich spürte die gleiche Wut, ich hätte mich auf ihn stürzen können, ich sehnte mich geradezu danach, aber ich behielt die Kontrolle. Ich hatte dabei nichts zu gewinnen, soviel wusste ich inzwischen. Er war stärker als ich. Vielleicht legte er es gerade darauf an, mit mir in den Clinch zu gehen. Die Genugtuung würde ich ihm nicht geben, also ging ich ganz treuherzig auf seine Bemerkung ein.

»Du glaubst, dass mir jemand etwas antun wird? Wieso?«

»Weil du gefährlich lebst. Du riskierst zu viel.«

»Aber ich hatte recht. Niemand wollte mir glauben, und jetzt ist es amtlich. Corinne Montgomery hat ihre Töchter misshandelt, und ich wette, sie ist auch für den Tod von Miss Grant verantwortlich.«

»Und hat sie auch deinen Hund getötet?« Sein Blick war dunkel. Wieder spürte ich einen Anflug von Furcht, so wie in jener Nacht, als ich in Panik vor Caleb weggelaufen war.

»Warum erwähnst du das jetzt? Du machst mir Angst, wenn du mich so ansiehst.«

»Du solltest Angst haben und du solltest vorsichtig sein, aber das ist natürlich deine Sache. Ich kann dir nur raten, dich nicht in üblen Gegenden rumzutreiben oder allein durch die Nacht zu laufen. Das könntest du bereuen.«

»So siehst du das? Ich finde, du könntest froh sein, dass ich nicht tatenlos zugesehen habe. So hat Corey eine Chance freizukommen.«

»Ob das so eine gute Sache ist, wird sich noch herausstellen.«

Warum gelang es ihm jedes Mal mich wütend zu machen? »Wie auch immer. Ich hab keine Dankbarkeit von dir erwartet. Auch nicht für die Spielsachen. Wahrscheinlich hast du sie Joey weggenommen und verkauft. Ist doch so, Caleb?«

Er machte einen Schritt auf mich zu und brachte sein Gesicht beunruhigend nah an meines heran. »Das denkst du also? Warum überrascht mich das jetzt nicht?«

»Ach, hör doch auf. Du bist in unser abgebranntes Haus eingebrochen und hast mein Geld gestohlen. Ich weiß, dass du pragmatisch bist.«

»Gut erkannt. Aber du bist nicht Joey. Du kannst auf dich selbst aufpassen, zumindest bis zu einem gewissen Grad. Dir etwas wegzunehmen, das du nicht dringend brauchtest, hat mir keine schlaflosen Nächte bereitet.«

»Also hat Joey das Spielzeug behalten? Hat er sich gefreut?« Ich wollte nicht mehr mit Caleb streiten. Ich hasste das Gefühl von ihm verabscheut zu werden. Ich wollte, dass er etwas Nettes sagte und mich nicht mit seinem drohenden Blick einschüchterte. Leider ging er nicht darauf ein.

»Ich will dich nicht mehr bei uns sehen, geht das in deinen Kopf, Rachel?«

»Ja, sicher. Ich hab nicht vor mich aufzudrängen.«

»Ich hoffe, es ist dir Ernst damit. Bis jetzt hast du dich nie sehr einsichtig gezeigt. Glaub mir, du willst mich nicht wütend erleben.«

Langsam hatte ich genug von seinen Drohungen. »Du brauchst mir keine Angst zu machen, ich halte mich von euch fern. Ich will mich nicht mit dir anlegen.«

Sein Gesicht zeigte keine Regung.

»Ich werde nicht vergessen, dass du mir geholfen hast. Anscheinend tut es dir heute leid, aber ich bin dir dankbar. Ich wollte Joey nur eine Freude machen. Sonst steckte nichts dahinter.«

Caleb kniff die Augen zusammen, als bemühte er sich, seine innere Ruhe wiederzufinden. Ich verstand ihn nicht. Was ging nur in ihm vor? Vielleicht war es wirklich besser, Abstand zu halten. Ich wandte mich um. Unser Gespräch hatte einen toten Punkt erreicht.

Ich hatte noch keine zwei Schritte gemacht, als ich plötzlich seine Stimme hörte. »Joey hat sich gefreut«, war alles, was er sagte, dann lief er über die Straße und stieg in seinen rostigen Wagen. Er startete den Motor, fuhr jedoch nicht los. Das Licht der Scheinwerfer erhellte den Weg bis hin zur Elder Street. Ich ging mit großen Schritten bis zur Ecke, begleitet vom Dröhnen seines Autos, das kurz hinter mir in unsere Straße bog und mich erst überholte, als ich die Haustür erreicht hatte. Er war mir gefolgt.

Nur Gott allein wusste, warum Caleb so etwas tat.

35

Die Tage vergingen wie im Flug, es war nicht mehr weit bis Weihnachten. Zum ersten Mal in meinem Leben fieberte ich darauf hin, obwohl es wenig mit dem Fest zu tun hatte. Ich wollte das Jahr hinter mir lassen, in dem so vieles geschehen war, wollte nur noch nach vorn schauen. Ich hatte Harper zum zweiten Mal verloren, hatte meinen Hund beerdigt und von Tante Britt erfahren, wie meine Mutter gestorben war. Es reichte. Ich sehnte mich nach einem Zufluchtsort, nach Ruhe und Geborgenheit, die ich niemals in Larkville finden würde. Jetzt stand ich kurz vor der Zielgeraden. Ich würde am Neujahrstag achtzehn werden und wenige Monate später die Schule verlassen. Ein neues Leben lag vor mir. Irgendwo. Weit weg.

Mrs. Gardener hatte mich wie im Vorjahr gebeten bei einer Geburtstagsfeier zu helfen und ich sagte ohne Bauchschmerzen zu. Jetzt, wo ich meine Vergangenheit kannte, gab es kein Misstrauen mehr. Ich gestand mir ein, dass ich Beccas Familie mochte.

Ich hatte gerade mein Fahrrad vor dem imposanten Haus angeschlossen, als sich die Tür mit einem Mal öffnete. Zu meiner Überraschung trat Noah Johnson heraus, groß gewachsen und breitschultrig, die Jacke offen, ein strahlendes Lächeln auf seinem Gesicht, das nicht sofort verschwand, als er mich sah.

»Hallo Rae.«

Er kam näher und blieb vor mir stehen. Offenbar wollte er Konversation machen. Wie verblüffend.

»Du hilfst bei den Gardeners aus? Ich hoffe, du kriegst etwas von den Lammrippchen ab. Es duftet schon im ganzen Haus.«

Er war bester Stimmung. Sein Besuch bei Becca musste ein voller Erfolg gewesen sein. Hatte sie ihm endlich die Wahrheit über das Baby gesagt?

»Letztes Jahr war eine Menge übrig«, erwiderte ich befangen und bemühte mich, nicht so ernst auszusehen.

»Das kann ich mir vorstellen.« Er blickte betreten zu Boden. »Du. Ich hab mich nie bei dir entschuldigt. Ich war ziemlich, na ja, abweisend ist noch milde ausgedrückt. Ich hätte nicht so viel auf das Gerede geben sollen. Das war nicht korrekt. Du hast nichts falsch gemacht. Ich hätte mir eigentlich denken können, dass du nicht der Typ bist, der Gerüchte verbreitet.«

»Schon okay. Das war nicht das Schlimmste meiner Probleme.«

»Trotzdem. Es tut mir leid. Es ist nicht meine Art unfair zu sein, gerade dir gegenüber, ich meine, du hattest eine schwere Zeit mit allem, was so passiert ist. Also wenn du mal Hilfe brauchst, dann wende dich ruhig an mich. Du hast etwas gut.«

Noah lächelte reumütig und sah mich mit ehrlichen Augen an. Nichts an ihm wirkte aufgesetzt. Mein Gott sah er gut aus. Ich konnte verstehen, warum Becca ihn zurückwollte.

Drinnen duftete es tatsächlich unwiderstehlich, sodass mir das Wasser im Mund zusammenlief. Ich half Mrs. Gardener bei den Vorbereitungen, deckte den Tisch, stellte Platzkärtchen vor jeden Teller und zündete die Kerzen an. Die Tafel war festlich geschmückt, das Geschirr mit Silberrand verziert, die Tischdecke glänzte strahlend weiß, Blumengestecke standen in der Mitte des Tisches – es musste ein runder Geburtstag sein. Nach und nach trudelten die Gäste ein, während ich den Aperitif servierte und Mineralwasser einschenkte. Soweit ich mich erinnern konnte, waren dieselben Freunde wie im vergangenen Jahr gekommen. Sie brachten Geschenke, Weinflaschen, Sträuße und Spezialitäten mit, die auf der großen Teakholz Kommode abgelegt wurden. Dann wurde gegessen, und nicht nur Becca sondern auch Tommy nahm Platz, um die Runde zu vervollständigen. Ich war überrascht, wie ungezwungen er sich mit den Erwachsenen unterhielt, die er vermutlich gut kannte. Er trug einen dunklen Anzug mit weißem Hemd, grinste immer wieder zu mir herüber, raunte mir manchmal zu, wie langweilig es sei oder versuchte mich in ein Gespräch zu ziehen. Am Ende half er mir beim Abräumen, während Becca die Gäste nach ihren Kaffeewünschen fragte und sogar die Espressotassen aus dem Wohnzimmer in die Küche trug. *Es geschehen noch Zeichen und Wunder,* so oder ähnlich hätte Mrs. Barton die Szene kommentiert, aber ich glaubte nicht an Wunder. Wahrscheinlich war Becca von ihren Eltern schlicht und ergreifend zum Mithelfen verdonnert worden.

Nach dem Dessert wurde mir von Mrs. Gardener aufgetragen,

wenigstens eine große Portion des Hauptganges zu vertilgen und eine noch größere mit nach Hause zu nehmen. Tommy leistete mir Gesellschaft, wobei er sich einen zweiten Nachtisch und – um die Sache abzurunden – einen extra großen Mars-Schokoriegel einverleibte. Er hatte gerade einen Wachstumsschub hinter sich und musste ununterbrochen essen, um die zusätzlichen Zentimeter zu kompensieren.

»Du kannst wirklich gut servieren. Wie kriegst du das hin, so viele Teller gleichzeitig zu tragen?«

»Reine Übungssache. Du weißt doch, dass ich im Diner arbeite.«

»Aber nicht immer. Letztens warst du nicht da. Ich hab mich dort mit Freunden getroffen.«

»Natürlich arbeite ich nicht immer. Meistens samstags oder auch sonntags. Wie ist eigentlich dein letzter Test gelaufen?«

»B Minus. Mum und Dad waren überglücklich, das kann ich dir sagen, deshalb haben sie ein paar von den neuen Schrottregeln zurückgenommen. Ich hab mein Handy wieder und darf am Wochenende zwei Stunden an die X-Box.«

Ich war erleichtert, schließlich hatte er diese Strafen mir zu verdanken gehabt. »Bald ist bestimmt alles vergessen, dann bekommst du deinen Computer und deine Konsolen zurück.«

»*Ich* vergesse das bestimmt nicht, das wird ihr noch leidtun.«

Seinen mühsam unterdrückten Zorn kanalisierte er in eine geballte Faust. So aggressiv hatte ich ihn noch nicht erlebt.

»Lass es doch einfach gut sein. Es bringt nichts, die Fehde immer weiter in die Länge zu ziehen. Vertrag dich lieber mit ihr.«

»Eher friert die Hölle zu.«

»Und die Nachhilfestunden? Jetzt wäre ein guter Zeitpunkt sie zu beenden. Soll ich mit deinen Eltern sprechen?«

»Nein«, blaffte er hitzig, »sie würden nur jemand neues suchen, weil es in der Schule zum ersten Mal einigermaßen läuft. Da lerne ich lieber mit dir.«

»Okay. Ist ja nur noch für ein halbes Jahr, dann bist du mich endgültig los.«

»Wer sagt, dass ich das will?«

»Ich dachte, du hättest genug von mir, weil ich Becca von diesem Foto erzählt habe.«

»Hm. Du bist eben zu gutgläubig. Du kennst sie nicht. Ist nicht deine Schuld.«

»Ja, mag sein. Auf jeden Fall wollte ich dir nicht schaden.« Ich blickte auf. Becca stand in der offenen Küchentür und sah argwöhnisch zu uns herüber.

»Störe ich etwa?«, fragte sie spitz.

»Ja. Wie immer. Das kannst du doch am besten«, ätzte Tommy und warf seiner Schwester einen genervten Blick zu.

»Bin gleich wieder weg«, säuselte sie mit zuckersüßer Stimme. »Rae, ich wollte dich nur fragen, ob du einen Moment Zeit hast. Ich würde gern mit dir sprechen. Oben auf meinem Zimmer.«

Beide Geschwister starrten mich an, während ich erfuhr, was es bedeutete, zwischen den Stühlen zu sitzen. Ich sah von einem zum anderen und fühlte mich furchtbar unbehaglich. »Ja. Sicher. Ich stell noch die letzten Teller weg, dann komm ich rauf.«

Sie nickte mir zu und verschwand, während Tommy seinen Stuhl geräuschvoll zurückstieß und grußlos aus der Küche ging. Die Schlacht war nicht zu gewinnen gewesen.

Wenig später klopfte ich an Beccas Tür und betrat ihr Zimmer. Von der üblichen Ordnung war nichts zu sehen. Das Bett war zerwühlt, Kleidungsstücke lagen herum, Schuhe standen verstreut auf dem Boden. Becca hatte sich wohl nicht entscheiden können, welches Outfit sie wählen sollte. Bei der Vielzahl an Kleidern in ihrem Schrank wunderte mich das nicht. Hatte sie Noah in diesem Chaos empfangen? Bestimmt war sie selbstbewusst genug, sich nicht darum zu scheren. Und vielleicht hatte es ihn überhaupt nicht gestört. Was wusste ich schon?

»Worum geht's?«, fragte ich kurz angebunden.

»Noah war vorhin hier.«

»Ich weiß, ich hab ihn getroffen, als ich gekommen bin.«

»Und? Wie kam er dir vor?«

»Tja. Ich würde sagen, gut gelaunt.«

»Meinst du wirklich?«

Ich seufzte. »Er war bester Stimmung.«

»Hast du mit ihm gesprochen?«

»Nur zwei Sätze. Er war sehr freundlich.«

»Hat er etwas über mich gesagt?«

»Ich glaube nicht. Aber er lächelte, als er aus der Tür kam.«

»Weißt du, er ist ganz spontan vorbeigekommen. So wie früher. Als wäre nichts passiert. Es war wirklich wirklich schön.«

Ich wusste nicht so recht, wie ich darauf reagieren sollte und hielt erstmal den Mund.

»Er hat mich zum Abschied geküsst. Ich dachte, ich falle in Ohnmacht.«

»Sieht so aus, als wolle er dich zurückhaben.«

»Meinst du? Ich bin so unsicher, was ihn betrifft. Zwei Jahre lang dachte ich, dass er mich hasst.«

Warum nur erzählte sie mir das alles, seit wann war ich ihre Vertraute? »Und, willst du dich wieder mit ihm einlassen, nach allem, was war?«

»Ich will es schon, aber ich weiß nicht so recht, wie das gehen soll. Ich meine, falls er mehr möchte, als nur einen Kuss. Du verstehst schon.«

Im ersten Moment verstand ich tatsächlich nicht, was sie mir sagen wollte, dann dämmerte es mir.

»Du hast Angst, dass er die Narbe sieht?«

»Ja. Das macht mich einfach fertig. Er darf nichts wissen.«

»Ehrlich, Becca. Ich finde, es ist sinnlos eine Beziehung mit ihm anzufangen, wenn er das nicht weiß.«

»Wenn ich es ihm sage, ist er auf und davon. Ich kenne ihn. Er wird mir das nie verzeihen.«

»Das kannst du nicht wissen. Vielleicht hat er sich geändert.«

»Nein. Du verstehst das einfach nicht. Komm bloß nicht auf die Idee, ihm etwas zu erzählen. Du hast es mir versprochen.«

Beccas Gesicht war wie versteinert. Sie sah müde aus, als wäre sie es leid dieses Gespräch zu führen.

»Noah ist nicht der Vater von deinem Baby. Deshalb willst du es ihm nicht sagen.«

Sie blieb stumm, saß zusammengesunken auf ihrem Bett und starrte auf ihre Fingernägel. Ich hatte sie noch nie so niedergeschlagen erlebt.

»Okay. Ich weiß bestimmt nicht, was in solchen Fällen zu tun ist, aber wenn man bedenkt, dass Noah dich einfach fallen ließ, um sich mit deiner besten Freundin zu amüsieren, hast du nichts Unverzeihliches getan. Er hat mit dir Schluss gemacht. Du hattest jedes Recht andere Jungs zu treffen. Wenn du ihn zurückhaben willst, musst du es ihm sagen.«

»Er wäre von mir enttäuscht. Ich weiß es. Ich habe einen Fehler gemacht. Damals, als wir zusammen waren, ist es nie so weit gegangen. Ich habe mich geziert, ihn vertröstet. Ich wollte noch warten. Du weißt, was ich meine. Und dann. Kurz nachdem er mich abserviert hat, gehe ich mit einem anderen ins Bett und werde schwanger. Es war nur eine Nacht, nur einmal. Und ich hab es wochenlang nicht gemerkt. Ich wollte es nicht wahrhaben.«

So passte alles zusammen. »Ist Gracie in Wahrheit dein Kind?«, fragte ich schließlich.

Becca senkte den Blick. Sie brauchte mir nicht zu antworten, ich konnte ihr ansehen, dass ich richtig lag. Die Gardeners hatten Beccas Baby nicht weggegeben.

»Und weiß Gracies Vater Bescheid?«

»Oh Gott, nein. Niemand darf das wissen. Es war so dumm. Aber was tue ich jetzt? Ich will Noah nicht verlieren.«

»Dann lass es drauf ankommen. Mach einfach das Licht aus! Jeder hat das Recht auf Fehlentscheidungen. Er wollte es dir mit Madison heimzahlen und du wolltest deine Enttäuschung bei irgendeinem One-Night-Stand loswerden. So ist das Leben. Manchmal muss man eben pokern. Wenn er die Narbe sieht, sag ihm, dir wurde der Blinddarm entfernt.«

Sie musste schmunzeln. »Das schluckt er nie. Allerdings … wenn Jungs das Eine wollen, setzt häufig der Verstand aus …«

Plötzlich klopfte es an Beccas Tür. Für einen Moment hielten wir beide die Luft an und starrten gebannt auf die weißgetünchte Zimmertür, die sich jedoch nicht öffnete. Dann klopfte es wieder.

»Ja. Herein!«, rief Becca ungeduldig, und wir sahen zu unserer Überraschung Tante Britt eintreten, natürlich im dunklen Anzug, nur diesmal mit einem Seidentuch um den Hals.

»Hallo, ihr beiden. Tut mir leid, dass ich störe. Tommy sagte mir, ihr wärt hier oben.«

»Du bist also doch noch gekommen! Mum hat sich bestimmt

gefreut.« Becca stand auf und umarmte ihre Tante. Es war ein seltsamer Anblick. Ich hatte mir Agent Weiss nie in solch familiärer Atmosphäre vorstellen können, dafür wirkte sie zu unnahbar. Die Umarmung dauerte jedoch nicht lange, dann schob Tante Britt ihre Nichte sanft von sich weg, um den Grund ihres Erscheinens zu erklären. Sie sah mich ernst und eindringlich an. Ich wusste sofort, dass sie etwas Schwerwiegendes zu sagen hatte.

»Hallo Rae. Es trifft sich gut, dass du hier bist. Ich hätte etwas mit dir zu besprechen. Es geht euch im Grunde beide an. Genau genommen geht es jeden an. Setzt euch bitte!«

Wir nahmen auf Beccas breitem Bett Platz, während Tante Britt den Bürostuhl wählte. Es entstand eine Pause, in der man eine Stecknadel hätte fallen hören. Wir waren mucksmäuschenstill.

»Becca, du hast sicherlich von den Gerüchten um Harper Montgomery gehört. Es ist inzwischen amtlich, dass man ihr giftige Substanzen verabreicht hat. Vermutlich über Jahre. Ihre Mutter wurde verhaftet und hat die Tat gestanden. Damit meine ich nicht nur die Vergiftung« – sie warf mir einen vielsagenden Blick zu – »sondern auch die Tötung ihrer Tochter.«

Obwohl ich seit Wochen davon überzeugt gewesen war, fühlte es sich wie ein Schlag in die Magengrube an. Das Blut schoss in meine Beine. Hätte ich nicht gesessen, wäre ich ins Schwanken geraten. Harper war ermordet worden. Sie wollte nicht sterben. Sie wollte bei mir bleiben, ihren Schulabschluss machen, sich verlieben, ihre Schwester finden, studieren, die Welt kennenlernen. Nie würde sie die Gelegenheit dazu bekommen. Sie durfte nur fünfzehn Jahre alt werden, dann stahl Corinne Montgomery ihr Leben.

»Rae? Geht es einigermaßen?«

Ich nickte mit aufeinander gepressten Lippen.

»Du hast mit allem richtig gelegen«, fuhr Agent Weiss fort. »Harpers Mutter gestand ebenfalls, eure Lehrerin getötet zu haben. Es kam zum Streit, als Jasmine Grant die Vermutung äußerte, dass bei Harper eine Vergiftung vorliegen könnte. Corey Fuller wurde fälschlich beschuldigt und verurteilt und sie hat dabei seelenruhig zugesehen. Nur leider …«, sie warf mir wieder einen ihrer speziellen Blicke zu, »… weist Corinne Montgomery jede Beteiligung an der Brandstiftung zurück. Bei allem, was ihr vorgeworfen wird und was sie zugegeben hat, neige ich zu der Ansicht, dass sie in diesem Punkt die Wahrheit sagt. Wir müssen uns also mit der Situation abfinden, den Täter nicht zu kennen. Er läuft frei herum. Er hat getötet. Er wird bereit sein wieder zu töten. Ihr müsst euch klarmachen, dass hier kein Versehen vorliegt, kein Unfall. Wer nachts ein Haus in Brand steckt, weiß, dass dort Menschen schlafen. Aufgrund der Menge an Brandbeschleunigern, die verwendet wurde, muss davon ausgegangen werden, dass die Absicht zu töten bestand. Seid deshalb vorsichtig, seid misstrauisch! Wir können nicht ausschließen, dass der Täter aus Larkville stammt, dass er hier lebt, dass es jemand ist, den ihr kennt. Sollte euch etwas auffallen, euch jemand verdächtig erscheinen, zögert nicht, mich oder Sheriff Bishop zu informieren. Habt ihr das verstanden?«

»Was meinst du mit auffällig? Viele an der Schule kiffen oder nehmen Schlimmeres. Sind sie deshalb verdächtig?«, fragte Becca.

»Das hängt davon ab, wie sie sich verhalten. Sind sie aggressiv oder paranoid? Neigen sie zu Gewalt? Konsumieren sie abartige Videos im Übermaß? Äußern sie radikale Ansichten? Tragen sie Waffen? Ihr sollt nur einfach genauer hinschauen.«

»Aber ich dachte, der Brand hätte etwas mit den Bakers zu tun. So hieß es die meiste Zeit«, sagte Becca verwundert.

»Sicher. Das ist am wahrscheinlichsten, aber der Täter kann für jeden gefährlich werden. Sollte er sich in die Enge getrieben fühlen, wird er sich zur Wehr setzen.« Britt Weiss erhob sich und straffte ihre Schultern. »Ich muss mich jetzt unter die Gäste mischen. Dummerweise habe ich das Essen verpasst, dabei knurrt mir ununterbrochen der Magen. Becca, meinst du, dass es noch Reste gibt?«

»Ja, ganz bestimmt. Mum kalkuliert immer für zwei Footballteams. Soll ich mal nachsehen?«

»Das wäre nett. Ich möchte gern noch kurz mit Rachel allein sprechen. Dauert nicht lang.«

»Kein Problem.« Becca wandte sich zu mir um und sah mich mit strengen Augen an. »Wir haben eine Abmachung«, flüsterte sie in warnendem Ton, während Britt Weiss in ihr Handy schaute, dann verließ sie das Zimmer und schloss die Tür.

»Das war sicher ein Schock für dich, Rae«, eröffnete Tante Britt unser Vieraugengespräch. »Es ist eine Sache, etwas zu vermuten, eine ganz andere, die Gewissheit zu erlangen, vor allem bei einer so schwerwiegenden Tat. Wie geht es dir damit?«

»Ich weiß nicht. Ich bin traurig, dass ich es nicht verhindern konnte. Ich hätte Harper helfen müssen.«

»Und ich bin froh darüber, dass du es nicht getan hast. Jasmine Grant wollte helfen. Es ist ihr nicht gelungen. Sie hat mit ihrem Leben bezahlt. Ich kann mir vorstellen, wie du dich fühlst. Diese Dinge sind schwer zu ertragen. Du willst andere schützen, du willst Gerechtigkeit, du hast für deine Freundin gekämpft. Ohne dich wäre das nicht aufgeklärt worden. Corey Fuller würde viele Jahre im Gefängnis verbringen. Du solltest stolz auf dich sein.«

Ich blieb stumm. Meine Gefühle waren meilenweit von Stolz entfernt, ich spürte nichts als Müdigkeit.

»Du kannst dir sicher vorstellen, dass deine Brüder hochgradig verdächtig sind. Halte dich von ihnen fern. Das ist wirklich wichtig, Rachel.«

»Tyler habe ich schon seit Ewigkeiten nicht mehr gesehen und Sean … ich kann nicht glauben, dass er etwas damit zu tun hat.«

»Trotzdem. Du bist in Gefahr. Du warst im Haus. Der Brandstifter wollte dich genauso töten wie Frank und Eileen Baker. Er könnte einen zweiten Versuch unternehmen.«

»Billy glaubte, jemand hätte mich geweckt. Ich war nicht das Ziel.«

»Das kann niemand mit Sicherheit sagen. Billy kannte den Täter nicht, es sei denn, er hätte den Brandstifter eigenhändig beauftragt, um selbst ein Alibi zu haben.«

»Nein. Billy hegte keinen Groll. Ich hab mit ihm gesprochen.«

Agent Weiss' Blick blieb skeptisch. »Er kam zur Beerdigung, er war in der Ruine. Sein Interesse an diesem Brand macht ihn verdächtig.«

»Das klingt so logisch, wenn Sie es sagen, aber ich glaube es nicht. Billy war kein Mörder, auch wenn es mir fast lieber wäre, ihm die Schuld in die Schuhe zu schieben. Er hat es nicht getan. Ich weiß nicht, wie ich Ihnen das erklären soll. Vergessen Sie Billy. Sie sind auf der falschen Fährte.« Ich hatte zu laut gesprochen und blickte verlegen zu Boden.

»Sagt dir das dein Bauchgefühl?«, fragte Tante Britt mit hochgezogener Augenbraue.

»Nennen Sie es, wie sie wollen. Ich weiß es einfach. Und noch etwas. Ich denke, dass Billy den Mörder kannte und dass er deshalb sterben musste.«

»Würde das nicht meine Theorie bestätigen? Er könnte jemanden für die Brandstiftung bezahlt haben und später mit ihm in Streit geraten sein.«

»Nein. So war es nicht. Für mich gibt es nur eine Erklärung. Es war jemand aus Larkville. Jemand, der Tiere tötet.«

»Was für Tiere meinst du?«

»Alle möglichen. Kaninchen, Vögel, den Hund von Mrs. Barton, Beccas Katze.«

»Davon hast du mir nie erzählt.«

»Weil ich es erst jetzt verstehe. Jemand übt sich im Töten. Erst Tiere, dann Menschen.«

Agent Weiss sah mich nachdenklich an. »Da hast du etwas sehr Wahres gesagt. Die Kombination von Brandstiftung und der Misshandlung von Tieren ist ein beunruhigendes Muster, das wir bei unseren Ermittlungen häufig im Zusammenhang mit Serientätern oder schweren Gewaltverbrechen finden. Es stellt quasi eine Vorstufe zu späteren kapitalen Straftaten dar. Ist dir in der Vergangenheit jemand aufgefallen, der oft in körperliche Auseinandersetzungen verwickelt war oder sich abfällig über Tiere äußerte?«

Ich musste sofort an Caleb denken, aber ich sagte nichts.

»Rae, hast du eine Idee, wer dahinter stecken könnte?«

»Ich weiß es nicht. Vielleicht …«, ich hatte das Gefühl zu ersticken. »Vielleicht ist es Tyler gewesen.«

»Das ist gut möglich. Also sei vorsichtig, Rae«, sagte sie ernst. »Nimm keine einsamen Wege und geh nicht allein spazieren. Vor allem nicht bei Dunkelheit. Versprich es mir!«

Ich nickte nur. Meine Kehle schmerzte, als hätte ich mich an einem spitzen Knochen verschluckt. Mir war zum Heulen zumute.

Ich hatte Eileens Sohn des Mordes beschuldigt.

Die Nacht war eiskalt und klar wie viele Winternächte in Illinois. Am Himmel, der mit unzähligen Sternen übersät war, gab es nicht eine Wolke. Kein Nebel lag über den Feldern. Es hätte nicht schöner sein können. Alles war perfekt.

Seitdem mich Beccas Vater mit seinem ausladenden Grand Cherokee nach Hause gefahren hatte (mein Rennrad im Kofferraum verstaut), hatte ich am Fenster gesessen und hinausgeschaut. Von Zeit zu Zeit schob ich es hoch, um besser atmen zu können, aber es änderte nicht viel. Ich spürte noch immer den Druck in meiner Kehle, der einfach nicht nachlassen wollte.

Warum hatte ich Tyler beschuldigt? Es gab so viele Dinge, die dagegen sprachen. Hatte er nicht ein Alibi? Zumindest behauptete er in der fraglichen Nacht in Rockford gewesen zu sein. Und was hatte ihm die Brandstiftung eingebracht? Nichts als Ärger. Er lebte auf der Flucht, versteckte sich, war zu einem der Hauptverdächtigen geworden. Auf der anderen Seite hatte sich Tyler nie als besonders klug erwiesen. Ein Streit mit seinen Eltern konnte ihn dazu verleitet haben, etwas Dummes zu tun. Ja. Darin hatte er Erfahrung. Er war das schwarze Schaf der Familie, sogar wenn man mich miteinrechnete. Soweit passte er ins Bild. Man konnte Tyler nicht trauen. Er hatte sich die Axt aus meinem Schrank geholt und seltsame Anspielungen über Feuerholz gemacht – am Abend vor dem Brand.

Was war mit Billys Theorie? Tyler hätte mich niemals geweckt, soviel war klar, aber ich konnte mir gut vorstellen, wie er sich beim Ausschütten des Benzins verschätzt hatte. Vielleicht war er im Eifer des Gefechts in der Küche zu großzügig damit umgegangen und hatte deshalb nicht mehr genug für das Wohnzimmer übrig behalten. Das klang stimmig. So war Tyler eben.

Warum fühlte ich mich dann so mies? Ich schämte mich. Tief in mir drin wünschte ich mir, dass Tyler der Täter war, damit es ein Ende hatte. Unterm Strich sah ich lieber ihn als Sean im Gefängnis. Ansonsten gingen mir und dem Sheriff langsam die Verdächtigen aus. Dass Caleb hinter allem steckte, war ein Gedanke, den ich weit von mir wegschob. Nein! Nicht er. Was sollte dann aus Joey werden? Dann wollte ich schon eher Declan verdächtigen, der seinen Fuchsschwanz zur Schau stellte, Drogen konsumierte und mir lange Zeit ganz und gar nicht wohlgesonnen gewesen war. Oder Lee, durchtrainiert und effizient, mit seinem Hang, mir feindselige Blicke zuzuwerfen. Da war auch noch Orestes, der sich bestimmt oft über mich und meine Abfuhren geärgert hatte. Vielleicht steckte in ihm das kranke Herz eines Tiermörders und Brandstifters. – Nein. Das war doch an den Haaren herbeigezogen. Warum sollte er meinen Hund töten und mir anschließend einen Welpen anbieten? Dann konnte ich ebenso gut Noah beschuldigen oder Nate oder Mr. Darnell … jeder kam in Frage. Oder eben keiner. Es war zum Verzweifeln. Seit eineinhalb Jahren wurde der Täter vergeblich gesucht. Manche Fälle wurden leider nie gelöst.

Ich sah in den Himmel. Die Sterne erschienen mir so hell wie selten zuvor, es musste eine Neumondnacht sein. Samtig Schwarz. Der Mond trat zurück und überließ den Sternen seinen Platz. Auch damals, nach dem Schulball, war die Nacht schön gewesen. Ich erinnerte mich jetzt daran. Nichts hatte verraten, was geschehen würde, nichts hatte den schrecklichen Brand angekündigt. Ich war glücklich gewesen – war das mein Verhängnis? Durfte ich nicht glücklich sein? Aber es war nicht meine Schuld. Jemand hatte es auf Frank und Eileen abgesehen, das vermuteten alle. Der Sheriff, Agent Weiss – sogar Mrs. Barton. Trotzdem stimmte etwas nicht, etwas passte nicht ins Bild. Tief in meinem Kopf gab es eine Stimme, die flüsterte. Leise und stetig. *Du bist der Grund. Deinetwegen wurde der Brand gelegt. Du warst das Ziel.* So furchtbar es war, es fühlte sich richtig an. Doch wie konnte ich das Ziel gewesen sein, wenn ich die einzige Überlebende war? Der Brandstifter hatte mir die größte Chance gegeben, das brennende Haus zu verlassen. Er hatte so gut wie keinen Brandbeschleuniger unter meinem Zimmer verteilt. Und dann war da dieses Geräusch gewesen. *Pock, Pock, Pock.* Der Ball an den Fensterläden. Immer wieder. *Pock, Pock, Pock.* Stimmte Billys Theorie? War ich geweckt worden? Ja. Genau so war es. Ich wusste, dass es sich so verhielt. Man träumte nicht von einem seltsamen Klopfen. Nacht für Nacht. Ich musste es wirklich gehört haben.

Jemand hasste mich genug, um das Haus in der Nacht in Brand zu stecken, aber er weckte mich trotzdem auf? Er wollte mich vielleicht verletzen, er war wegen mir gekommen, aber er hatte mir nicht das Leben genommen. Er tat mir auf andere Weise weh. Er zerstörte mein Zuhause, nahm mir alles, was mir Sicherheit gab, ließ mich allein zurück. Und weidete sich daran.

Er hasste mich zu sehr, um mich zu töten.

36

Als ich am Morgen aufwachte, schien die Sonne hell in mein Zimmer und vertrieb meine nächtlichen Hirngespinste. Ich nutzte das schöne Wetter für einen Spaziergang, wobei ich mich nicht auf einsame Wege begab, so wie es mir Tante Britt geraten hatte. Stattdessen lief ich flussaufwärts und erreichte nach zwanzig Minuten den Inoca Point, eine Stelle, die besonders gut zum Schlittschuhlaufen geeignet war. Der Creek war hier breit wie ein See und hatte wenig Strömung, sodass eine stabile Eisfläche entstehen konnte. Angesichts des herrlichen Wetters tummelten sich viele Kinder und Jugendliche auf dem Eis, drehten Kreise oder spielten Hockey, weshalb ich fasziniert stehen blieb. Tyler und Sean hatten Schlittschuhe besessen und waren hier im Winter eisgelaufen. Ich sah sie vor mir, wie sie durchgefroren und mit roten Nasen nach Hause kamen, die Schlittschuhe tropfnass und mit Resten von Schnee an den Kufen. Sie hatten in der Küche die Hände unter lauwarmes Wasser gehalten und dabei gejammert und gezetert, so sehr brannten die Finger, während Eileen fluchend hinter ihnen her wischte. Ich selbst hatte nie Schlittschuhe besessen, war immer mit Ehrfurcht aufs Eis gegangen und hatte dem Knacken unter den Füßen gelauscht. Schade. Es musste ein schönes Gefühl sein, dahinzugleiten, Fahrt aufzunehmen und ohne große Anstrengung schneller und schneller zu werden.

Ich betrat die Eisfläche, die Dank des fehlenden Schnees schillernd glänzte und rutschte ein wenig herum. Es war verdammt glatt. Danach schlenderte ich am Ufer, entfernte mich immer weiter von den Schlittschuhläufern, folgte einer Biegung und entdeckte einen im Eis festgefrorenen, umgestürzten Baum, der seine Äste hilflos in den Himmel streckte. Hier war ich noch nie in meinem Leben gewesen. Ich setzte mich auf den dicken Stamm des Baumes und ließ den Blick schweifen, betrachtete jeden Strauch, jede Uferbiegung und Anhöhe, jede Schattierung des Eises. Plötzlich stutzte ich. War da nicht eine Erhebung mitten auf dem Fluss, kaum sichtbar durch die reflektierenden Sonnenstrahlen? Ich hielt die Hand über meine Augen. Es sah aus wie ein schwebender Stein. Und daneben noch ein anderer. Ich drückte mich vom Stamm des Baumes ab, rutschte vorsichtig über das Eis, um die Steine besser betrachten zu können. Auch als ich näher kam, blieb der Eindruck bestehen. Zwei größere Steine, flach und oval, schwebten wie verzaubert in der Luft. Erst als ich mich hinunterbückte entdeckte ich, dass sie auf einem schmalen kurzen Eisstiel ruhten, der kaum zu sehen war. Die Sonne musste das übrige Eis unter ihnen weggeschmolzen haben, bis sie zu schweben schienen. Ich machte ein paar Fotos, betastete mit meinen Fingern vorsichtig den dünnen Eispin unter den Steinen und freute mich wie ein Kind. Der kurze Wintertag neigte sich bereits seinem Ende zu, doch erst als die Sonne hinter den Bäumen verschwand, spürte ich die Kälte in meinen Gliedern. Das Eis lag nun im Schatten einer großen Tanne, der wie ein Turm über den Fluss ragte. Hatte ich nicht davon geträumt – auf der Zugfahrt nach Chicago?

Der zugefrorene See, Harper auf Schlittschuhen, der Schatten des Turmes. Das brechende Eis. Hastig machte ich mich auf den Weg zum Ufer. Es war spät geworden. Ich sollte hier nicht allein sein. Mit einem unguten Gefühl im Bauch zog ich mein Tempo an, sah mich immer wieder um, glaubte, Schritte hinter mir zu hören oder ein Rascheln in den Sträuchern, die jetzt dicht am Ufer standen. Erst als ich die breiteste Stelle des Flusses erreichte, entspannte ich mich wieder. Vier oder fünf Schlittschuhläufer drehten noch immer ihre Runden, wenn auch die meisten schon gegangen waren. Die Sonne stand tief über dem Wasser. Bald würde es dunkel sein.

Auf der Straße fühlte ich mich sicherer – und was bedeuteten Träume schon? Sie waren nur das Produkt meiner Fantasie. Es gab keinen dunklen Schatten des Turmes, der nach mir greifen wollte, keine Warnungen von Harper und Billy. All das waren Hirngespinste, die es abzuschütteln galt. Trotzdem wurde ich das Gefühl nicht los, auf meine Träume hören zu müssen. Etwas bedrohte mich. Ich musste es nur erkennen, die Hinweise richtig deuten. Jemand hatte mich belogen, und ich hatte es nicht bemerkt. Ich war nicht stutzig geworden. Zwei Dinge passten nicht zusammen. Nur leider hatte ich keine blasse Ahnung, worum es dabei handelte.

Die Weihnachtstage gingen schnell vorbei. Genau wie im vergangenen Jahr wurde nicht großartig gefeiert. Mrs. Barton bemühte sich, ihre traurigen Erinnerungen zu vergessen, kochte ihr Irish Stew und bakte Plätzchen, war aber außergewöhnlich schweigsam. Ich akzeptierte ihre Stimmung und schenkte mir selbst zu Weihnachten brandneue schwarze Schlittschuhe. Was für eine grandiose Idee. Jeden Tag ging ich zum Creek und übte wie ein Weltmeister, obwohl meine Oberschenkel mit blauen Flecken übersät waren. Ich wollte es gut können, nicht nur ein bisschen. Ich lernte das Übersetzen, wagte mich an eine Drehung und begann noch vor dem Jahreswechsel rückwärts zu laufen, wenn auch nicht schnell.

Endlich meldete sich auch Orestes. Ich hatte mich schon gefragt, was aus unserer Verabredung werden würde. Hatte er mich vergessen? Seine Stimme klang fröhlich wie immer.

»Hallo Rae. Hattest du schöne Weihnachten?«

»So einigermaßen. War auszuhalten. Und was ist mit dir?«

»Hatte ich mir wirklich anders vorgestellt. Unerwartete Familienverpflichtungen.«

»Verstehe. Deshalb warst du beschäftigt.«

»Yep. Ich komme erst übermorgen nach Larkville. Dieses Jahr haben wir Weihnachten bei meinem Onkel gefeiert.«

So verhielt es sich also. Ich fühlte mich erleichtert, nicht von ihm versetzt worden zu sein.

»Und, wie vertreibst du dir die Zeit, Rae, jetzt wo du Harpers böser Mutter das Handwerk gelegt hast? Hut ab. Du solltest dir überlegen in den Polizeidienst einzutreten.«

Ich musste lachen. Offenbar war etwas von meiner Mitwirkung durchgesickert. »Ich gehe jeden Tag eislaufen. Macht mir richtig Spaß, obwohl ich es gerade erst gelernt habe.«

»Perfekt. Ich liebe Eislaufen. Wie sind die Bedingungen?«

»Super. Kein Schnee und eine spiegelglatte Fläche. Es soll aber Tauwetter geben.«

»Das Eis ist bestimmt sehr dick, also kann man noch eine Weile laufen, dann bring ich dir meine Tricks bei. Wie sieht's aus? Am zweiten Januar nachmittags?«

»Das passt perfekt. Wenn das Wetter hält, kann ich dir etwas Besonderes zeigen. Ist nur 'ne Kleinigkeit. Man nennt es Zen-Steine. Sie schweben über dem Eis.«

»Dann muss ich mir wohl auch etwas einfallen lassen. Ich hab schon eine Idee. Mal sehen, ob es klappt. Ein kleines Abenteuer sozusagen.«

Ich konnte mir sein breites Grinsen vorstellen und musste selber schmunzeln. »Du machst es wirklich spannend. Also bis dann. In drei Tagen.«

»Okay. Ich hol dich bei Mrs. Barton ab.«

Ich war nie von einem Jungen abgeholt worden. Hatte ich jetzt ein Date oder gingen wir nur Schlittschuh laufen? Ich hätte viel darum gegeben, es genau zu wissen. Die Welt war kompliziert.

Am Silvesterabend ging Mrs. Barton früh zu Bett, während ich allein auf den Jahreswechsel wartete. Es machte mir nichts aus. Ich hörte Musik, schmiedete Pläne für die Zukunft und dachte an Orestes. Was würde am Samstag geschehen? Ich malte mir den Nachmittag aus, sah uns zusammen eislaufen, sah, wie er meine Hand nahm, erinnerte mich an seinen Kuss. Ich sehnte mich danach, aber gleichzeitig hatte ich Angst. Es gab so viele Wege sich zu blamieren, wie sollte ein Mädchen wie ich, dass sich immerzu versteckte, alles richtig machen?

Schließlich verrannen die letzten Sekunden. Es war Mitternacht. Ein neues Jahr begann. Mein Jahr. Ich war achtzehn. Erwachsen. Frei. Niemand konnte mich zwingen zur Schule zu gehen oder in Larkville zu bleiben. Ich konnte einfach verschwinden und nie zurückkehren, die Toten vergessen, ein neues Leben beginnen. Jederzeit. Es tat gut die Wahl zu haben.

Am Morgen begrüßte mich Mrs. Barton mit einem ungewöhnlich freundlichen Lächeln. Sie hatte ein fürstliches Frühstück bereitet, ich konnte es riechen, bevor ich es sah. Es duftete nach Kaffee und Pancakes, Spiegeleiern und Speck, frischem Orangensaft und heißem Toast und einem Feuer im Kamin. Ich war überwältigt. Mehr als ein halb gestottertes Dankeschön brachte ich nicht hervor, wobei es Mrs. Barton ähnlich ging. Sie sah verlegen zu Boden, murmelte ein raues »Nicht der Rede wert« und machte sich daran, die Eier aus der Pfanne zu holen. Erst als wir zusammen am Tisch saßen, gratulierte sie mir und legte ein kleines Geschenk vor meinen

Teller.

»Alles Gute, Rae. Ich wusste nicht, was Mädchen in deinem Alter gernhaben. Sind ja nun andere Zeiten. Als ich achtzehn wurde, hatte ich schon einen Verlobungsring am Finger. Da redete man über Aussteuer und Haarkämme mit Perlen. Du weißt ja, dass ich nicht mehr gut zu Fuß bin, deshalb war es mir nicht möglich etwas Neues für dich zu besorgen. Genau genommen ist es eigentlich ganz neu. Ich wollte es damals meiner Katie schenken – an Weihnachten, aber es kam ja nun nicht mehr dazu. All die Jahre hab ich es aufbewahrt. Ich konnte mich nicht davon trennen, obwohl sie es nie getragen hat. Es ist an der Zeit, damit Schluss zu machen. Ich möchte, dass du es bekommst. Dann habe ich es wenigstens nicht vergeblich gekauft.«

Sie verstummte plötzlich, obwohl es den Anschein machte, als wollte sie noch etwas hinzufügen. Vorsichtig löste ich die Schleife, hob den Deckel des kleinen Kartons und sah in die Schachtel. Ein filigranes silbernes Armband mit kleinen grünen Perlen lag darin. Ich nahm es heraus und entdeckte einen Anhänger, auf welchem das Wort *Mangala* eingraviert war.

»Es ist wirklich sehr schön. Vielen Dank. Ich weiß gar nicht, ob ich es annehmen kann.«

»Nun red keinen Unsinn! Natürlich kannst du es annehmen. Man wird nur einmal im Leben achtzehn. Wenn ich mich richtig erinnere, bedeutet das Wort so etwas wie *Viel Glück*. Ich glaube, es ist diese altertümliche Gelehrtensprache, Sanskrit heißt sie. Meine Katie interessierte sich damals für alles, was mit Indien zu tun hatte, deshalb habe ich das Armband ausgesucht. Die Perlen sind aus Jade. Sie sollen der Trägerin Mut verleihen und vor Unfällen schützen, wenn man denn daran glauben will. Wahrscheinlich ist es nur Hokuspokus. Trotzdem habe ich mich damals eine Zeit lang gefragt, ob das Armband meine Katie hätte retten können. Warum hatte ich es ihr nicht schon zu Thanksgiving geschenkt? Doch solche Gedanken führen zu nichts. Man muss sich abfinden. Jetzt soll es dich beschützen, Rae.«

»Das ist wirklich nett. Sie haben schon so viel für mich getan.«

»Ach woher denn. Nur das, was sich für einen anständigen Menschen gehört. Wie kann ich ruhigen Gewissens in einem großen leeren Haus schlafen, wenn du kein Dach über dem Kopf hast? Wo ich dich schon seit deiner Kindheit kenne und du mir immer mit Fletcher geholfen hast. Nein. Nein. Das wäre nicht richtig. Ich weiß, ich bin eine knurrige alte Frau. Ist bestimmt nicht immer leicht für dich, wo du eine so angenehme Mitbewohnerin bist. Ohne dich hätte ich nach meinem Sturz stundenlang am Boden gelegen. Du siehst, wir haben beide etwas davon. Und jetzt wird gefrühstückt.«

Das Thema war für sie erledigt, während ich mich mit einem schlechten Gewissen quälte. Noch in der vergangenen Nacht war ich so herzlos gewesen, von meinem Auszug zu träumen.

»Ach, Rae. Bevor ich es vergesse. Hast du heute Abend Pläne?«

Ich schüttelte den Kopf, unfähig ein Wort hervorzubringen, so voll hatte ich mir den Mund gestopft.

»Das trifft sich gut. Sean möchte dich zum Pizza Essen einladen. Er holt uns um sechs ab.«

Ich verschluckte mich fast bei dieser Ankündigung, doch Mrs. Barton schien nichts davon zu bemerken. Sie ahnte nicht, wie zwiespältig meine Gefühle waren. Weder Sean noch ich hatten ihr etwas von dem nächtlichen Zwischenfall erzählt, der unser Verhältnis belastete. Das Misstrauen war gesät. Auch die Warnungen von Tante Britt und Orestes gingen mir noch immer im Kopf herum. Trotzdem konnte ich seine Einladung nicht ausschlagen. Nach allem, was er durchmachte, wäre es grausam gewesen. Seine Eltern zu verlieren und gleichzeitig einer der Hauptverdächtigen zu sein, musste ihm schwer zusetzen. Ich durfte ihn nicht abweisen. Schließlich waren wir eine Familie gewesen, hatten einst jeden Tag am selben Tisch gesessen und unter demselben Dach geschlafen. Solange seine Schuld nicht feststand, musste ich fair sein. Und welches Risiko ging ich schon ein? Er würde mir in Gegenwart von Debbie und Mrs. Barton niemals etwas antun.

Es war bedrückend still im Auto, als wir am Abend nach Morris fuhren. Von Zeit zu Zeit ließ Debbie eine Bemerkung über das Wetter oder die Straßenverhältnisse fallen, aber das war es auch schon. Niemand ging darauf ein. Es hatte zu regnen begonnen. Die Scheibenwischer glitten von rechts nach links und wieder zurück, in unaufhörlichem Wechsel. Sie lullten mich ein, drückten auf meine Stimmung. Mit jedem Regentropfen wuchs meine Enttäuschung, nun doch nicht mit Orestes Schlittschuh laufen zu können. Das Eis war im Begriff zu schmelzen.

Das Restaurant in Morris, welches Sean für uns ausgesucht hatte, war eine Filiale der Pizza Hut Kette, mit roten Lederbänken, rot-weiß-karierten Tischdecken und einem Ventilator unter der Decke. Es war am Neujahrstag, noch dazu einem Freitag, besonders gut besucht, nicht nur von Familien sondern auch von jungen Leuten, sodass wir eine Weile warten mussten, bis ein Tisch frei wurde. Dann bestellten wir die Karte rauf und runter (ein Vorschlag von Debbie), damit jeder von allem probieren konnte. Vierundzwanzig Chicken Wings mit Sauce, eine große Portion Knoblauchbrot, vier riesengroße Pizzen und Eis zum Nachtisch waren am Ende schwer zu bewältigen. Wenigstens machte es jetzt nichts mehr aus, dass wir nicht reden wollten. Wir kauten mit vollen Backen und genossen den Überfluss.

Ein kalter Luftzug strömte plötzlich durch die aufgestoßene Tür – eine weitere Gruppe Jugendlicher trat ein und nahm unweit unseres Tisches Platz. Sie zogen ihre dicken Jacken aus und sahen verblüfft zu uns herüber. Erst jetzt erkannte ich sie. Es waren Declan, Lee, Orestes und Mariah in Begleitung eines vierten jungen Mannes, den ich noch nie gesehen hatte. Auch er beobachtete uns, als wüsste er, wer wir waren. Unsere traurige Berühmtheit musste sich zu ihm herumgesprochen haben. Er wandte mir sein Gesicht zu, hielt inne und blickte mir für einen Moment direkt in die Augen. Nachdenklich. Interessiert. Fast glaubte ich, ihn doch zu kennen. Dann setzte er sich mit dem Rücken zu uns an den runden Tisch, während Orestes mir lachend zuzwinkerte.

Auch Sean hatte die Gruppe bemerkt, wenngleich ihm Jugendliche meines Alters nicht persönlich bekannt sein durften. Aber vielleicht hatte er Lee in der Reinigung gesehen oder war in der Autowerkstatt auf einen von ihnen getroffen. Sein Blick verfinsterte sich, als säße Sheriff Bishop am Nebentisch. Er starrte auf sein Essen, fuhr sich immer wieder durch sein Haar und klopfte mit dem Fuß in schnellem Rhythmus auf den Boden, sodass ich die Vibration spüren konnte. Armer Sean. Bestimmt war er extra mit uns nach Morris gefahren, um niemandem zu begegnen. Und jetzt das! Genau wie er fühlte ich mich unwohl, warf immer wieder heimliche Blicke zu meinen Mitschülern und hatte den Eindruck, dass sie über uns sprachen. Besonders Lee verrenkte sich mehrfach den Hals, um Sean in Augenschein zu nehmen, während er mich geflissentlich übersah. Ich konnte mir vorstellen, was sie sich ausmalten. Der Hauptverdächtige und das vermeintliche Opfer steckten unter einer Decke und feierten ihre Erbschaft. Ging jetzt alles wieder von vorn los oder litt ich unter Verfolgungswahn?

»Kennst du die Jugendlichen?«, fragte Debbie unvermittelt. Sie musste meine verstohlenen Blicke bemerkt haben.

»Ja, aus der Schule«, war meine knappe Antwort. Ich hatte keine Lust, ihr die Namen zu nennen, auch wenn ich wusste, dass sie nur Konversation machen wollte. Angestrengt suchte ich nach einem unverfänglichen Gesprächsthema, um die erdrückende Stille an unserem Tisch zu zerstreuen.

»Wart ihr über die Feiertage bei deiner Familie, Debbie?« Etwas Besseres war mir nicht eingefallen.

»Nein. Dieses Jahr nicht«, sagte sie vage.

Leider hatte ich nicht gehört, was zwischen den Zeilen stand. »Und weshalb nicht?«, bohrte ich nach.

Sie presste die Lippen aufeinander. »Weil es nicht ging. Du weißt doch, dass Sean Illinois nicht verlassen darf.«

Ehrlich gesagt, hatte ich mir nie darüber Gedanken gemacht. *Gratuliere, Rae!* Wenn man so selten wie ich den Mund aufmachte, sollte man nicht auch noch ins Fettnäpfchen treten. »Oh. Tut mir leid. Ich wollte nicht unhöflich sein.« Ich sah verzweifelt von Debbie zu Sean und zog nervös an meinem neuen Armband.

»Ist schon gut. Machen wir keine große Sache draus.« Seans Ton hatte eine düstere Färbung, weshalb wir wieder verstummten. Der Abend war einfach nicht zu retten.

Nicht weit entfernt, am runden Tisch, war die Stimmung dagegen fröhlich. Sie alberten herum, genossen ihr Zusammentreffen, diskutierten lautstark oder zeigten sich Videos auf ihren Handys. Mariah hatte sich nah an Orestes herangeschoben. Lag ihre Hand nicht auf seinem Arm? Ich konnte ihre Vertrautheit spüren, als sie ihm etwas ins Ohr flüsterte. Es versetzte mir einen Stich. Was wollte er überhaupt von mir, wenn er Mariah hatte? Sie war schön. Es überraschte mich, wie schön sie war. Wir kannten uns schon eine Ewigkeit, waren in derselben Klassenstufe und ich sah sie noch immer als kleines Mädchen. Wie zierlich und schmal sie damals gewesen war, sie hatte über viele Jahre meine aussortierten Sachen getragen. Von Becca zu mir und zu ihr. Ich musste an das Disneyland-T-Shirt denken. Ehrlich gesagt, hatte ich ihr damals nicht gerade zur Seite gestanden. Wie feige von mir. Im Grunde hatten Mariah und ich doch viel gemeinsam. Wir hätten Freundinnen sein sollen, aber es war nie dazu gekommen. Obwohl unsere Mütter zusammen im Diner arbeiteten, wir dieselben Sachen trugen, als einzige Mädchen am Kung Fu Kurs teilnahmen, hatten wir uns nie angenähert. Es lag an mir, an meiner Unnahbarkeit – das wurde mir bewusst. Nach Harpers Tod war ich hochmütig und kalt zu Mariah gewesen und hatte sie einfach abgewimmelt. Kein Wunder, dass sie mich verabscheute. Sie hatte sich stattdessen Becca zugewandt, frei nach dem Motto: *Der Feind meines Feindes ist mein Freund.*

Und jetzt wollten wir denselben Jungen. Ich sah, wie sie sich an ihn schmiegte. Ihre dunkle Haut schimmerte samtig im rötlichen Schein der Deckenbeleuchtung, er strich ihr über den Arm, seinen Mund direkt an ihrem Ohr, verräterisch nah.

Sollte sie ihn haben. Ich wollte nicht um einen Jungen kämpfen, nicht mit ihr und mit keiner anderen.

Sean sah zum hundertsten Mal auf die Uhr und schließlich zu mir. »Wollen wir gehen?«, fragte er resigniert.

»Ja. Gern. Wir treffen uns auf dem Parkplatz, ich muss zur Toilette.« Ich sprang auf und lief zu den Waschräumen, ohne noch einen Blick auf den runden Tisch zu werfen. Dort ließ ich mir Zeit und wartete eine Weile (alte Gewohnheiten hängen einem immer nach), bevor ich schließlich ging. Inzwischen hatte Sean die Rechnung beglichen und war mit Debbie und Mrs. Barton vorausgegangen. Es hatte aufgehört zu regnen, aber die Luft war immer noch feucht. Wo hatten wir geparkt? Ich konnte mich nicht gleich erinnern. Erst als Sean die Lichter seines Wagens einschaltete, fiel es mir wieder ein. Zigarettenrauch wehte herüber, zwei Männer standen nicht weit entfernt und sahen mich an. Es waren Declan und der Fremde. Doch jetzt bei Dunkelheit erschien er mir mehr und mehr vertraut – seine Augen, sein Mund, die Art, wie er mich betrachtete. Es war absurd. Eilig lief ich über den Parkplatz und setzte mich auf die Rückbank neben Mrs. Barton. Als es im Wagen warm zu werden begann, spürte ich, wie die Anspannung langsam nachließ. Endlich waren wir da raus. Sean fuhr ruhig seinen Weg durch die Nacht und sagte kein Wort. Niemand sagte etwas, stattdessen lauschten wir den sanften Folksongs im Radio. Ich sah Sean von der Seite an, sah, wie seine Kiefermuskeln spannten. Nur für mich war er hierhergefahren und hatte sich den bohrenden Blicken fremder Menschen ausgesetzt. Ich wusste, wie unwohl er sich gefühlt hatte, wie froh er war, endlich nach Hause zu kommen.

»Danke«, sagte ich leise und lächelte ihm kurz zu.

Mochte Sean auch ein verdächtiger Mörder sein, er war ein guter Bruder.

37

Am nächsten Morgen erwachte ich ausgeruht und fröhlich, so als hätte es die unangenehme Begegnung in Morris nie gegeben. Meine Sorgen waren verflogen, mein Herz war leicht, ich spürte eine Vorfreude, wie selten in meinem Leben. Ich wollte Orestes sehen, auch wenn er mir niemals ganz gehörte. Was machte es schon? Wir konnten Freunde sein oder mehr, es würde sich schon finden. Ich sah aus dem Fenster. Selbst der leichte Regen schaffte es nicht mir die Laune zu verderben. Wir würden ein anderes Mal eislaufen gehen, vielleicht in wenigen Wochen. Der Winter fing erst an.

Arme Rae. Wie wenig du doch verstanden hast. All das Grübeln, all die Vorsicht waren vergebens. Nie wirst du mit ihm eislaufen gehen, denn dir bleibt keine Zeit mehr. Dein letzter Tag ist angebrochen. Der Tag deines Todes.

Vielleicht gibt es Menschen, die morgens erwachen und fühlen, was ihnen bevorsteht. Bei mir war es nicht so. Ich hatte keine Ahnung, ich hatte keine Angst. Fast war ich glücklich an diesem Morgen, dem letzten Morgen meines Lebens. Ich wusch mir die Haare besonders gründlich, föhnte sie trocken, bürstete sie drei dutzendmal, bis sie glänzten, band sie zum Zopf, aber löste ihn wieder, trug etwas Wimperntusche auf und den blassroten Gloss.

Auch wenn ich mich sonst nie schminkte und abgesehen von Harpers Kette nie Schmuck anlegte, wollte ich an diesem Tag ein wenig leuchten. Mariah hatte so schön ausgesehen, vielleicht versuchte ich mitzuhalten. Ich weiß es nicht. Es ist so unwichtig geworden. Furchtbar unwichtig.

Mrs. Barton verließ das Haus gegen drei, um eine Nachbarin zu besuchen. Sie stand bereits in Hut und Mantel an der Tür, als sie sich zu mir umdrehte. »Es ist noch Eintopf im Kühlschrank, Rae. Nimm dir, soviel du möchtest. Ich werde nach Kaffee und Kuchen pappsatt sein, du brauchst mir nichts aufzuheben.«

Auch sie war nicht mit Vorahnungen gesegnet. Sie ging ohne Gruß, als würden wir uns gleich wiedersehen. Gleich oder im nächsten Leben – welchen Unterschied macht das schon? Wir müssen alle diesen Weg gehen. Manchen fällt es leicht, manchen nicht. Zumindest kann ich dankbar sein, dass ich nicht wusste, wie schwer es werden würde. Wie quälend langsam und schmerzhaft.

Ich konnte nichts Besonderes anziehen, dafür war das Wetter zu schlecht. Praktische Kleidung besaß für mich nun einmal den höchsten Stellenwert, ich hatte nicht vor mich lächerlich zu machen. Also trug ich eine Jeans, meine blaue Winterjacke, dicke Stiefel, Handschuhe und wollte gerade nach meiner Mütze greifen, als mir Harpers Baskenmütze in den Sinn kam. Zwar wärmte sie nicht so gut, aber ich war bereit für einen kleinen Kompromiss. Ich warf einen letzten Blick in den Spiegel. Einen allerletzten.

Ich sah ein Mädchen mit grünen Augen, sehr dunklen Haaren und rotem Mund. Sie trug die Wimpern heute lang, die Haare offen unter der blauen Mütze ihrer toten Freundin. Ich erkannte sie kaum. Vielleicht hatte ich mich schon von ihr entfernt, sah sie als Fremde, von der ich mich trennen musste. Man gibt so vieles im Leben auf. War das der Moment, an dem ich es hätte ahnen müssen? Die kleine Chance, mich zu retten? Wenn es so war, ergriff ich sie nicht. Ich sah es nicht kommen. Ich machte mich auf, zu sterben – und nicht allein.

Es war ein verfluchter Tag.

Orestes hupte schamlos laut, ich musste lächeln. Eilig schloss ich die Tür zweimal ab, als er mir durch das heruntergelassene Fenster etwas zurief.

»Wo sind deine Schlittschuhe, Rae?«

»Nicht dein Ernst! Es ist viel zu gefährlich.«

»Lass uns erstmal nachsehen. Das Eis ist über die letzten Wochen ganz schön dick geworden. Ansonsten bleibt uns noch der kleine Weiher.«

Ich zuckte mit den Schultern und holte meine Schlittschuhe.

»Mich kriegst du nicht auf's Eis. Ich hab wirklich keine Lust einzubrechen.«

»Der Weiher ist nur einen Meter tief, da kann man nicht ertrinken.«

»Nein, danke. Weißt du wie kalt das Wasser ist?«

»Okay, okay. Wir sehen uns die Sache an. Ich will dich auf jeden Fall heil und in einem Stück zurückbringen.«

»Da bin ich aber beruhigt.«

Er öffnete den Kofferraum und nahm mir die Schlittschuhe ab.

»Was hast du gestern in Morris gemacht, ich dachte das Diner wäre dein Stammlokal.«

»Sean hat uns eingeladen.«

»Gab es etwas zu feiern?«

Ich wollte nicht, dass er schlecht über Sean dachte, deshalb blieb mir nichts anderes übrig, als die Wahrheit zu sagen. »Es war mein Geburtstag.«

»Gestern? Warum hast du mir das nicht erzählt? Ich hatte keine Ahnung. Dein Achtzehnter?«

»Hm. Ist aber nicht so wichtig.«

»Mir schon. Also muss ich mir heute noch etwas für dich einfallen lassen, wo ich schon kein Geschenk habe.«

Wir hielten am Inoca Point und starrten auf den See.

»Sieht doch recht stabil aus, meinst du nicht?«

»Deshalb ist auch kein Mensch auf dem Eis. Das kann man vergessen. Lass uns ein bisschen spazieren gehen, es hat endlich aufgehört zu regnen. Vielleicht sind die Zen-Steine noch da.«

»Gut. Ganz wie du möchtest. Ist schließlich dein Geburtstag.«

»Der war gestern.«

»Egal. Ich richte mich nach dir, alles andere wäre unhöflich.« Er schenkte mir sein umwerfendes Lächeln.

Ich spürte, wie ich dahinschmolz. Es war kalt und regnerisch, doch meine Stimmung hätte nicht besser sein können. Wir parkten an der Straße, ließen die Schlittschuhe im Wagen und machten uns auf den Weg. Die Luft war prickelnd kalt, sie stach wie kleine Nadeln ins Gesicht, aber es störte mich nicht. Ich war glücklich hier zu sein, ein bisschen zu laufen, die Gegend zu erkunden, die ich nicht kannte, zusammen mit Orestes, dessen Wangen wunderschön rot geworden waren. Wir erreichten den umgestürzten Baum, auf dem ich vor wenigen Tagen gesessen hatte und hielten Ausschau nach den schwebenden Steinen. Sie lagen platt auf dem Eis, schwebten nicht mehr.

»Wie schade. Ich wollte sie dir so gern zeigen. Sie sind wirklich selten.«

»Ist kein Weltuntergang. Lass uns noch etwas weiter flussaufwärts gehen, dort gibt es Stromschnellen. Manchmal frieren sie ein und bilden seltsame Formen, fast wie Skulpturen. Bist du schon mal da gewesen?«

»Nein. Ich hab immer die andere Richtung genommen, südlich vom Indian Park. Hierher bin ich nie gekommen.«

Wir folgten dem Weg, der immer schmaler wurde und bald nur noch ein kleiner Trampelpfad war, von Gehölz und Baumwurzeln überwuchert. Mal verlief er direkt am Ufer, mal konnte man den Fluss nur erahnen. Irgendwann erreichten wir eine Biegung und hielten an. Wir hörten es rauschen und gurgeln, das Eis musste gebrochen sein. Wir verließen den Weg, bogen ein paar Äste und Zweige zur Seite und erreichten eine kleine Lichtung direkt am Creek. Hier gab es einige größere Felsen, die aus dem Fluss ragten und ein kleines Gefälle bildeten, an dem das Wasser herunterfließen konnte. Jetzt war alles vereist. Vom Regen glatt gewaschen glitzerten dicke Eiszapfen und Wasserstränge wie bizarre Kostbarkeiten an den Felsen, aber es hatten sich bereits Rinnsale gebildet und auch einige Löcher unterhalb des Gefälles. Trotzdem sah es wunderschön aus. Ich machte Fotos, während Orestes stolz grinsend am Ufer posierte.

»Es gefällt mir wirklich sehr. Danke, dass du mich hierher gebracht hast.«

Er kam auf mich zu und zog mich überraschend an sich.

»Herzlichen Glückwunsch zum Geburtstag. Du bist ein echtes Naturkind.«

Ich spürte seinen Atem an meinem Ohr, seine Wange an meinem Gesicht, seine Arme um meinen Körper. Es fühlte sich gut an. Doch seltsamerweise schoss mir ein Bild durch den Kopf, das alles zunichte machte. Das Bild eines anderen Jungen. Der mich noch fester gehalten hatte. Viel fester und gleichzeitig sanft. Ich war verrückt. Warum nur dachte ich an ihn? Wir konnten uns nicht mal leiden. *Hör damit auf, Rae! Du wirst es ruinieren.* Ich wollte gerade meine Hand durch Orestes' Haar streichen lassen, als er mich unerwartet losließ.

»Ich hab dir was mitgebracht, vielleicht hast du Lust auf ein kleines Abenteuer?« Er machte den Reißverschluss seiner Jacke auf und zog eine Pistole hervor. Überraschter hätte ich wirklich nicht sein können.

»Du hast eine Waffe dabei? Was willst du damit?«

»Na, ich dachte, du wärst eine Draufgängerin. Eine Art Amazone.«

»Ich hab noch nie in meinem Leben auf einem Pferd gesessen, das kann ich dir versichern.«

»Da hast du was verpasst. Ich wette, du könntest hervorragend reiten. Ist für unsere nächste Verabredung vorgemerkt. Ich werd's dir beibringen. Unsere Nachbarn haben Pferde – zwar keine edlen Vollblüter, aber für einen kleinen Ausritt über die Felder reicht es. Für heute begnügen wir uns mit Schießübungen.«

»Ich weiß nicht, ob das etwas für mich ist. Ich will keine Tiere töten.«

»Aber essen tust du sie schon, nicht?«

»Das ist allerdings wahr.«

»Man sollte nichts essen, was man nicht auch töten könnte. Das ist der Preis des Fleisches. Was du im Supermarkt kaufst, hat auch ein schlagendes Herz gehabt, nur durfte es nie durch die Wälder springen, sondern blieb sein Leben lang eingesperrt in einem engen Stall. Jagen ist ehrlicher.«

»Trotzdem möchte ich es nicht. Es würde mir nicht gefallen.«

»Da mach dir mal keine Sorgen. Ich will dir nur zeigen, wie es geht. Wir schießen auf Baumstämme und Äste, mehr nicht. Es ist gut, zu wissen, wie man mit einer Waffe umgeht. Das kann sehr nützlich sein, gerade für ein Mädchen.« Er legte die Pistole auf seine flache Hand und begann mir die Funktionsweise zu erläutern. »Das ist eine Glock siebzehn – eine sehr verbreitete Waffe. Viele Sportschützen und Jäger verwenden sie, aber sie ist auch bei Polizisten oder den Feds beliebt. Sie hat einen hohen Kunststoffanteil, weshalb sie sehr leicht ist. Du wirst keine Schwierigkeiten haben sie zu halten. Ein weiterer Vorteil ist, dass sie siebzehn Patronen fasst. Das ist eine ganze Menge. Außerdem ist sie preisgünstig.«

»Willst du mir eine verkaufen? Ich bin schon richtig interessiert. Woher hast du sie?«

»Mein Bruder hat sie mir letztes Jahr zu meinem achtzehnten Geburtstag geschenkt. Du weißt schon – Leo. Der gestern mit uns im Pizza Hut war.«

»Deshalb kam er mir so bekannt vor. Ihr seht euch ähnlich.«

»Na ja, ein bisschen. Er kommt sehr nach unserem Dad.«

»Ich hätte mich bei ihm bedanken müssen. Er hat doch Nachforschungen über mich angestellt und herausgefunden, dass ich als Kind nach Deutschland gereist bin.«

»Mach dir keinen Kopf. Den Gefallen hat er mir gern getan.«

Ich erinnerte mich, wie aufmerksam mich Leo am Tag zuvor beobachtet hatte. Er hatte gewusst, wer ich war. Sein Interesse war offensichtlich gewesen. »Sag mal, wie hat er eigentlich herausgefunden, dass ich in Deutschland gewesen bin?« Etwas beunruhigte mich daran, auch wenn ich nicht verstand, wieso. Mir wurde kalt.

»Keine Ahnung. Ich schätze, er hat deinen Namen in einen Computer getippt. Sowas in der Art. Es gibt immer Spuren … Visaanträge … Flugtickets … was weiß ich.«

Seine Worte dröhnten in meinem Kopf … deinen Namen in einen Computer … deinen Namen … dein Name … ich sah ihn scharf an. »Es ist nur so, dass Rachel Adrian nicht mein richtiger Name ist. Wie konnte er mich also im Computer finden?«

Orestes hob seinen Kopf, wollte etwas erwidern, aber er zögerte einen Moment zu lang. Erst dann stellte er mir die Frage, die jeder auf meine Erklärung gestellt hätte.

»Du hast in Wirklichkeit einen anderen Namen?«

Ich nahm ihm seine Verblüffung nicht ab. »Dein Bruder kennt ihn, nicht wahr? Er hat alles herausgefunden. Er weiß, was damals passiert ist, und natürlich hat er es dir erzählt. Warum hast du es mir verschwiegen?«

Orestes kratzte sich am Kopf. »Ich dachte, es wäre besser so. Ich wollte nicht der Überbringer der schlechten Nachricht sein. Schließlich ging es nicht um Fahrraddiebstahl.«

»Das ist wahr. Früher glaubte ich, ich müsste alles über meine Vergangenheit wissen, aber das war ein Irrtum. Es tut weh. Ich fühle mich schuldig.« Die letzten Worte hatte ich nahezu geflüstert. »Wie ist es Leo gelungen, all das in Erfahrung zu bringen?«

Orestes sah mich nachdenklich an. »Es gab unter deinem Namen eine Datei, auf die er aber keinen Zugriff hatte. Das hat ihn natürlich neugierig gemacht. Er musste ziemlich tricksen, um sie zu öffnen. Ich glaube, er nutzte die Zugangsdaten eines Kollegen, aber das behältst du besser für dich. Könnte ihn sonst seinen Job kosten. Leo war wirklich verblüfft, als er sah, worauf er gestoßen war ...«

Orestes trat auf mich zu, legte seine Arme um mich und zog mich zu sich heran. Er wollte mich trösten, aber ich konnte mich nicht entspannen. Die Gedanken flogen durch meinen Kopf. Er wusste Bescheid, er wusste, was ich getan hatte, was meine Mutter getan hatte, er kannte die schreckliche Wahrheit. Ich schämte mich vor ihm, doch gleichzeitig hatte ich Angst, er könnte darüber reden. Hatte er vielleicht längst seine Freunde über mich ins Bild gesetzt, hatten sie deshalb so unverhohlen zu uns herübergestarrt? Ich hörte sie lachen und Witze reißen, fasziniert von dem Mädchen, das für den Tod so vieler Menschen verantwortlich war. Und Leos Blick! Wie er mich angesehen hatte! Beunruhigt. Entsetzt. Als wäre er persönlich betroffen. Er hatte mir den Rücken zugewandt. War ihm mein Anblick unerträglich gewesen? Ich spürte wie mein Herz zu rasen begann, ich konnte nicht mehr ruhig atmen. Leo machte mir Angst. Etwas an ihm war furchterregend. Die Art, wie er mich angesehen hatte, seine Augen, sein Mund, seine große Statur. Ich kannte ihn. Ich hatte ihn gekannt. In einer dunklen Nacht vor langer Zeit war er mir begegnet.

Hoch oben im Turm, der jetzt seinen Schatten warf.

Mein Herzschlag setzte aus. »Nein!« Ich stieß Orestes mit aller Kraft von mir weg und geriet selbst ins Taumeln. Er war verblüfft, dennoch griff er meinen Arm, damit ich nicht fiel.

»Was ist los, Rae? Geht's dir nicht gut?«

»Fass mich nicht an, hörst du?«, zischte ich atemlos.

»Hey. Ganz ruhig. Es ist doch nichts passiert. Wir reden nur.«

»Ich will gehen. Sofort. Und zwar allein.«

Er sah mich verständnislos an. »Was ist nur in dich gefahren? Machst du dir Sorgen, weil ich über deine Vergangenheit Bescheid weiß? Ich werde es für mich behalten. Darauf kannst du dich verlassen.«

»Danke. Das ist wirklich nett von dir. Aber ich muss jetzt nach Hause. Es ist schon spät.«

»Wir wollten doch schießen …«

»Ein anderes Mal. Mir ist heute nicht danach. Tut mir leid.« Ich wandte mich um, hatte nur eines im Sinn: von ihm fort zu kommen. Aber er packte mich am Handgelenk.

»Warte, Rae. Sag mir, was auf einmal los ist!« Er sah mich mit einem Blick an, den ich noch nie an ihm gesehen hatte. Er würde mich nicht gehen lassen.

»Bitte, Orestes. Ich muss erst darüber nachdenken …«

»Dann nimm dir Zeit. Ich kann warten.«

»Es ist nicht so einfach … wir können uns morgen sehen.«

»Nein, Rae. Jetzt!« Er hielt mein Handgelenk noch immer fest umschlossen. Zu fest für einen Freund. Er bedrohte mich. Mein Gott, er bedrohte mich. Ich musste mich wehren. Ein fester Tritt zwischen seine Beine und ich konnte ihn außer Gefecht setzen, ich musste mich nur überwinden. Ich nahm all meinen Mut zusammen, atmete tief ein. Zögerte zu lange. Dann, gerade als ich ihn treten wollte, riss er an meinem Arm, drehte mich um und zog meine Hand den Rücken hoch, riss sie bis ganz nach oben, sodass ich lauthals schrie. Der Schmerz zog grell durch meine Schulter. Ich kannte diesen Schmerz. Ich hatte ihn schon einmal gespürt, vor vierzehn Jahren, als ich durch eine Luke gepresst wurde, die viel zu klein war. Die Erinnerung überwältigte mich, ich konnte nicht mehr klar denken. Verzweifelt schrie ich um Hilfe.

Ein paar Enten rauschten empor, ein paar Zweige wogten auf und ab – die Stille der Natur war gestört.

Auf einmal sah ich ihn. Nicht weit entfernt. Er musste uns längst bemerkt haben. Er hatte hinter einem kleinen Felsvorsprung am Ufer gesessen und war nun aufgestanden, die Angel in der Hand, seine Footballkappe auf dem Kopf, den Kragen seiner orange-braunen Jacke hochgezogen. Ich sah ihn nur für den Bruchteil einer Sekunde, er hatte nicht einmal Zeit sich umzudrehen, dann gellte ein Knall durch die Einsamkeit, so laut wie ein Kanonenschlag. Etwas dröhnte, vibrierte, ich schlug die Hände vor die Ohren, begriff nicht einmal, dass sie frei waren. Zusammengekauert saß ich am Boden, die Augen fest geschlossen, den Kopf zwischen den Knien. Nichts außer dem dumpfen Dröhnen war noch zu hören. Alles zerfiel in der Abnormität eines Schusses.

Jetzt kann die Zeit nicht mehr zurückgedreht werden, jetzt kann die Zeit nicht mehr zurückgedreht werden, das war mein einziger Gedanke. Es war wirklich geschehen. Niemand konnte etwas daran ändern. Orestes hatte einen Weg eingeschlagen, von dem es keine Umkehr gab. Ich wollte nicht aufstehen, wollte nicht sehen, was der Schuss angerichtet hatte, wünschte mir, aufzuwachen. Aber es gab kein Erwachen, nur die Hand an meinem Kragen, die mich unerbittlich hochzog.

»Steh auf, Rae!«

Seine Stimme war stark gedämpft, doch ich hörte, dass sie bedrohlich klang. Der laute Knall in meinen Ohren ging langsam in ein Summen über. Ich stand auf wackligen Beinen vor ihm, den Blick auf den Boden geheftet, aus Angst, Caleb zu sehen. Vielleicht ging es ihm gut, der Schuss konnte ihn verfehlt haben, aber ich glaubte nicht daran. Schließlich hob ich den Kopf, sah hinüber zu dem Felsvorsprung, hinter dem Caleb für einen Moment aufgetaucht war. Alles wirkte unberührt, als wäre nichts geschehen. *Bitte, lass ihn davongekommen sein.* Er durfte nicht tot sein, er durfte nicht sterben. Nicht er. Es kam mir auf einmal wie das Schlimmste vor, Caleb zu verlieren. Er war ein guter Mensch. Er konnte kämpfen. Er käme mich holen. Er würde mich nicht aufgeben.

»Los, Rae! Sehen wir nach.« Orestes packte mich am Arm, schob mich vor sich her, die kleine Anhöhe hinauf, bis wir das Ufer hinter den Felsen sehen konnten.

Und da lag Caleb, vornüber gefallen wie ein Baum, das Gesicht auf dem Eis. Reglos. Ich sah ein Loch in seiner Jacke, sah einen dunklen Fleck, sah, wie sich das Eis ganz langsam verfärbte.

»Nein. Nein. Caleb, bitte, nicht.« Ich wollte zu ihm hinrennen, sehen, ob er noch atmete, aber Orestes riss mich so heftig zurück, dass ich zu Boden fiel. Mühsam rappelte ich mich hoch, während er über mir stand und mich ausdruckslos ansah.

»So sehr hängst du an Fuller? Du bist verrückter, als ich dachte.«

Mir wurde schlecht, sehr schlecht. Ich glaubte, ich müsste spucken. *Mach die Augen zu, mach einfach die Augen zu! Tu so, als wenn er nicht da wäre.* Ich wollte ihn nicht ansehen. Ich hatte Angst vor seinem Blick. Er musste wahnsinnig sein.

»Jetzt flennst du wegen ihm. Er hat eben Pech gehabt. Zur falschen Zeit am falschen Ort. Warum konntest du auch keine Ruhe geben. Du hast mich dazu gebracht.«

Wie hatte ich je etwas für ihn empfinden können? Er war verrückt. Als hätte er meine Gedanken gelesen, packte er mich wieder am Oberarm und zog mich weg von Caleb, verrenkte mir die Schulter. Ich schrie vor Schmerz.

»Na, also. Ich dachte schon, es hätte dir die Sprache verschlagen. Erzähl mir was. Ich bin neugierig. Wie bist du drauf gekommen?« Er holte die Pistole aus der Jackentasche und legte sie von einer Hand in die andere. »Sind noch sechzehn Patronen drin.«

»Willst du mich auch erschießen?«

»Das wird sich zeigen. Reden wir ein bisschen!« Er stupste mich mit der Waffe an. Mein Körper erstarrte.

»Es ist Leo. Dein Bruder. Ich habe ihn vorher nie gesehen. Bis gestern in Morris. Er erinnert mich an jemanden, den ich vor langer Zeit getroffen habe. Jemanden aus meiner Vergangenheit. Er sieht aus wie Jack.«

»Du nennst ihn Jack? Das steht dir nicht zu.«

»Mehr weiß ich nicht über ihn, nur seinen Vornamen. Er hat mich gerettet. Er zog mich aus einem brennenden Haus, als ich ein Kind war. Ich hätte nie geglaubt, dass du ihn kennst, aber so muss es wohl sein. Denn er sieht aus wie dein Bruder. Was ist mit Jack geschehen?«

»Er kam in deinem Feuer ums Leben.«

Meine Lippen zitterten. »Das wusste ich nicht. Es tut mir leid.«

Sieben Menschen waren damals gestorben, unter ihnen ein Feuerwehrmann, so hatte es Brittany Weiss erzählt. Nie war mir in den Sinn gekommen, es könnte sich dabei um Jack handeln. Gerade er, dem ich mein Leben verdankte, hatte sich nicht in Sicherheit bringen können.

»Er hätte dich sterben lassen sollen. Du bist an allem schuld.«

Vielleicht war ich das tatsächlich. Ich hatte nie einen Menschen gerettet. »War er dein Vater?«

»Du hast es erfasst.«

»Aber ich dachte, dein Vater wäre bei der Polizei gewesen, genau wie Leo.«

»Das hab ich nie gesagt. Er diente unserem Land so wie mein

Bruder, so wie ich es tun werde. Er arbeitete für das Chicago Fire Department, das größte im Mittleren Westen. Er rettete Menschen das Leben. Das war sein Job. Er war mein Vorbild, mein Dad, und du hast ihn auf dem Gewissen. Wegen dir ist unsere Familie zerbrochen. Mum hat dann diesen kleinkarierten Loser geheiratet, und wir zogen weg aus Chicago in dieses Dreckskaff.«

»Ich wollte niemandem wehtun. Ich war nur ein Kind, das furchtbare Angst hatte.«

Er sah mich spöttisch an. »Ja, Rae. Ich bin kein Idiot. Ich hab dir vergeben. Ich war gnädig.«

Was meinte er damit? Es war schwer einen klaren Gedanken zu fassen, während ich am ganzen Körper zitterte. Orestes drehte die Waffe auf seiner Handfläche wie einen Kreisel.

»Du erinnerst dich bestimmt an den Abend des Schulballs. Du hattest mich mal wieder weggestoßen, obwohl ich alles für dich getan hätte. Als ich nach Hause kam, rief Leo an. Er erzählte mir, was er herausgefunden hatte. Er musste mit jemandem darüber sprechen. Schließlich war Jack auch sein Vater. Ich hab ihm versichert, dass du ein nettes Mädchen bist und dass wir Freunde sind. Aber das Ganze ging mir nicht mehr aus dem Kopf. Du warst an allem schuld … trotzdem wollte ich nicht, dass du stirbst. Ich wollte dich nur bestrafen, dich fühlen lassen, wie es ist, seine Familie zu verlieren, sein Zuhause aufgeben zu müssen, allein gelassen zu werden. Soviel hattest du verdient.«

»Du hast Frank und Eileen getötet? Du warst das? Sie waren gute Menschen. Sie waren unschuldig.«

»Ja. Es trifft immer die Guten. Glaubst du mein Vater hatte den Tod verdient?«

»Nein. Aber er wusste, worauf er sich einließ, es war sein Job, sein Berufsrisiko. Er ging zurück in das brennende Haus. Seine Entscheidung!«

»Pass auf, was du sagst! Verdreh mir nicht die Worte im Mund! Ich war so nett dich zu verschonen. Du willst bestimmt nicht, dass es mir leid tut.«

»Du hast etwas an mein Fenster geworfen. Davon bin ich aufgewacht. Ich glaubte immer, es wäre ein Traum gewesen.«

»Ein Traum weckt dich nicht auf, wenn es brennt. Ich hab in

eurem Garten gestanden. Ich wollte sicher gehen, dass du heil rauskommst, aber dein Fenster ging nicht auf. Deshalb hab ich einen Ball an die Läden geworfen – um dich zu beschützen. Ich hätte nie gedacht, dass du in den Keller läufst. Ich hab mir ernsthafte Sorgen gemacht. Erst als ich die Feuerwehr kommen hörte, bin ich verschwunden.«

Ich bezweifelte, dass Orestes auch nur annähernd wusste, was ernsthafte Sorgen waren. Er sprach von seiner Brandstiftung wie von einem Schulexperiment.

»Billy hatte mit allem recht. Warum habe ich nicht verstanden, was es bedeutete?«

»Billy? Wer soll das sein?«

»Er lebte bei den Bakers, bevor ich in die Familie kam.«

»Ach, Kovac? Er hätte seine Nase nicht in Dinge stecken dürfen, die ihn nichts angingen. Schnüffelt in meinem Kofferraum herum. Tja, dumm gelaufen. Aber wer vermisst diesen Herumtreiber schon? Er war nur ein nutzloser Kleinkrimineller.«

Was sollte ich darauf erwidern? Es war sinnlos, von Orestes Mitgefühl zu erwarten, er war dazu nicht fähig. Sein Rechtssystem kannte nur eine Regel: Schadest du mir, schade ich dir. Schuld und Reue waren ihm fremd, und er verstand sie nicht. Ein Soziopath hatte kein Gewissen.

»Du hast mir die Haare abgeschnitten, ist es nicht so?«

»Ach komm schon, Rae. Das ist eine Ewigkeit her. Es waren nur Haare. Sah nicht mal übel aus.«

»Aber warum? Ich hab dir nichts getan.«

»Glaubst du, es hat mir gefallen, mich von dir abweisen zu lassen? Ich lade dich ins Kino ein, du stößt mich weg, ich küsse dich hinter der Turnhalle, du stößt mich weg, ich will dich zum Abschlussball mitnehmen, du gibst mir keine Chance, spielst die Hochnäsige. Immer und immer wieder. Du brauchtest einen Denkzettel.«

»Warum hast du es nicht einfach aufgegeben?«

»Ist nicht meine Art. So schnell lass ich nicht locker. Und du siehst – es hat sich ausgezahlt. Jetzt sind wir hier, bei unserem ersten richtigen Date. Aber du musstest es vermasseln …«

Es machte mir Angst, ihn reden zu hören. Er hielt diesen Nachmittag für ein vermasseltes Date. Wie stellte er sich vor, würde es enden?

»Du siehst blass aus, Rae. Fürchtest du dich? Ich weiß nicht, was wir jetzt machen sollen, es ist eine vertrackte Situation. Ich hatte nie vor, dir weh zu tun, und ich hab es nie versucht. Dein Fahrradsturz war Pech. Ich hatte eher mit ein paar aufgeschürften Knien gerechnet.«

»Warum hast du Becca den Zopf geschickt?«

Er grinste mich an, nur jetzt empfand ich es als furchterregend. »Ich dachte, sie würde ihn zu schätzen wissen. Du kannst dir nicht vorstellen, wie sehr sie dich gehasst hat. Sie konnte gar nicht mehr aufhören, über dich herzuziehen, als wir zusammen waren. Ich war kurz davor ihr den Mund zuzuhalten. Sie ist wirklich ein Miststück. Du siehst, ich war immer auf deiner Seite.«

»Ach ja? Warst du auch auf meiner Seite, als du Fletcher getötet hast?« Es fiel mir schwer, meine Wut im Zaum zu halten.

»Du brauchtest eine Lektion. Solche Dinge passieren nun mal, wenn man andere schlecht behandelt, Rae. Du warst immer zu stolz. Wie zum Teufel konntest du einem Scheißköter den Vorzug geben? Du hättest ihn sehen sollen, wie schnell er angerannt kam. Ich brauchte nur einmal zu pfeifen. Als er das Futter sah, hatte er dich schon vergessen. Er leckte mir die Finger ab, machte sich über alles her, bis zum letzten Krümel. Ich konnte in Ruhe auf seinen Hinterkopf zielen ... – Jetzt sieh mich nicht so an. Ich wollte nur, dass du etwas verlierst, das du liebst. Genau wie ich. Auge um Auge.«

Mein Kopf tat weh, ich fühlte mich ausgehöhlt und wund. Nichts würde wieder gut werden. Caleb lag blutend am Ufer, während wir hier standen und redeten. Vielleicht lebte er noch, vielleicht hatte er sich absichtlich nicht geregt, um Orestes in Sicherheit zu wiegen. Vielleicht hatte er einen Plan ... *Bitte, Caleb* ...

»Was soll ich jetzt mit dir tun, Rae? Du hast alles verdorben. Es hätte so ein schöner Nachmittag werden können. Weißt du, ich hatte dich ziemlich gern. Von Anfang an. Kannst du dich noch an Beccas Bat Mizwa Feier erinnern? Da bist du mir zum ersten Mal aufgefallen. Du hattest immer etwas Geheimnisvolles an dir. Niemand konnte dir nahe kommen. Das hat mich gereizt. Es hat sich gut angefühlt, jemanden zu mögen. Ja, wirklich. Es hat Spaß gemacht, dich aus der Fassung zu bringen, dir in die Augen zu schauen, die sich immer versteckten …«

Ich hörte ihm nicht mehr zu. Was immer er sagte, würde keine Rolle spielen. Jetzt waren wir hier – am toten Ende einer Sackgasse. Bald wäre es ihm klar, wenn er es nicht schon längst wusste. Er konnte mich nicht gehen lassen.

Was also blieb mir zu tun? So ausweglos es schien, ich musste versuchen zu entkommen, ich durfte nicht kampflos aufgeben. *Denk nach, Rae! Er redet jetzt, er zögert es hinaus, vielleicht wartet er nur darauf, dass du ihm einen Grund gibst. Sieh genau hin! Er hält die Waffe in seiner Hand, aber der Finger ist nicht am Abzug. Er bewegt den Arm, die Hand schlenkert ein wenig – du musst nur den richtigen Moment abpassen. Warte, bis ihn etwas ablenkt. Ein Geräusch, ein Rascheln im Unterholz. Dann trittst du zu. Aber wohin? Mit voller Wucht gegen die Hand, damit er die Waffe fallen lässt. Es wird ihn überraschen, und du bekommst die Gelegenheit nach der Waffe zu greifen. Sie ist das Gefährlichste hier. Oder nicht? Was ist, wenn du nicht schnell genug bist? Wenn er sich auf dich stürzt, bevor du mit der Waffe auf ihn zielen kannst? Du hast nie geschossen, du weißt nicht, wie es geht. Sie könnte gesichert sein. Und er kann kämpfen. Du weißt, wie gut er geworden ist. Früher konntest du es mit den Jungen aufnehmen, als sie noch klein und schmächtig waren. Aber jetzt wird es schwer. Er ist größer als du, muskulöser, brutaler. Er ist das Gefährlichste hier. Vergiss die Waffe. Du musst ihn ausschalten. Ein Tritt in seine Kronjuwelen ist noch immer das beste Mittel. Dort liegt sein Schwachpunkt. Er wird sich vor Schmerzen krümmen – selbst die härtesten Kerle tun das. Für einen Moment ist er außer Gefecht. Vielleicht lässt er die Waffe fallen, dann greifst du sie dir – wenn nicht, musst du laufen. Du hast einen Vorsprung und du bist eine gute Läuferin. Das ist deine beste Chance. Wie weit sind wir gegangen? Es war wohl eine Dreiviertelstunde vom Inoca Point. Vielleicht fünfzehn Minuten, wenn du rennst. Eine lange Zeit für ihn, um dich einzuholen. Er könnte es schaffen, vor allem könnte er auf dich schießen. Verdammt! Es gibt keinen anderen Weg. Dir bleibt noch dein Handy. Sobald du einen Vorsprung hast, wählst du den Notruf. Es kann funktionieren. Konzentrier dich. Pass den rechten Moment ab …*

»Hörst du mir zu, Rae?« Ich starrte ihn an, wie das Kaninchen die Schlange. Was hatte er zu mir gesagt? Ich hatte nicht den Hauch einer Ahnung. *Du musst improvisieren. Spiel ihm was vor. Versuch, Zeit zu gewinnen.* Leider war ich nicht gut darin mich zu verstellen, schon gar nicht, wenn ich vor Angst kaum Luft bekam.

»Ich kann nicht klar denken. Alles dreht sich in meinem Kopf.«

»Dann bringen wir es jetzt hinter uns.« Er hob die Waffe, drückte sie mir direkt auf die Brust. Ich hatte zu lange überlegt, zu lang gewartet. Meine Chancen standen auf Null.

»Was willst du jetzt tun? Mich erschießen? Glaubst du wirklich, dass du damit durchkommst? Sie werden dir unangenehme Fragen stellen.«

»Da hab ich meine Zweifel. Sie werden die Waffe nicht finden, wie sollen sie dann den Täter überführen? Und Fuller kennt eine Menge seltsamer Gestalten. Niemanden wird es groß wundern, vor allem jetzt, wo Corey wieder auf freiem Fuß ist.«

»Sie werden dich nach mir fragen, schließlich hatten wir ein Date.«

»Und wer weiß davon? Ich hab es niemandem erzählt und du auch nicht, so wie ich dich kenne.«

»Mrs. Barton weiß es«, schleuderte ich ihm entgegen, obwohl es nicht stimmte. Ich wollte ihn verunsichern – was für ein Fehler. Er sah mich mit kalten Augen an.

»Ist das wahr, Rae? Hast du es ihr erzählt? Dann müsste ich ihr vielleicht einen kleinen Besuch abstatten.«

»Nein. Lass sie bitte in Frieden. Das war gelogen. Bitte! Tu ihr nichts!«

»Dann geh aufs Eis, Rae. Tu mir auch einen Gefallen.«

»Warum verlangst du das? Ich versteh nicht …«

»Du verstehst sehr wohl, du bist klug. Die Strömung wird dich flussabwärts ziehen. Vielleicht dauert es Tage, bis man dich findet. Vielleicht Wochen oder Monate. Man wird denken, es wäre ein Unfall gewesen oder ein Selbstmord. Nach allem, was du erlebt hast, was du über Harper erfahren musstest, würde es niemanden wundern. Selbst wenn sie einen Zusammenhang mit Fuller sehen, gäbe es vermutlich nur eine Schlussfolgerung: Jemand hat ihn wegen irgendeiner dubiosen Geschichte abgeknallt, du bist in Panik aufs Eis geflüchtet und eingebrochen. Klingt logisch, nicht?«

»So einfach ist das? Was, wenn du dich verrechnest? Die vielen Fußspuren könnten für Zweifel sorgen.«

»Es gibt immer ein Risiko, aber morgen soll es schneien. Dann verschwindet alles unter einer sauberen weißen Decke. Also, Rae.

Du hast die Wahl. Die Kugel oder der Fluss.« Er drückte die Pistole direkt gegen meine Stirn. Wir waren am Ende angekommen. Es gab nichts mehr zu besprechen. Langsam setzte ich einen Fuß hinter den anderen und bewegte mich rückwärts auf das Ufer zu. Selbst wenn einem nur wenige Minuten bleiben, wählt niemand den schnellen Tod. Die Hoffnung stirbt bekanntlich zuletzt. Vielleicht war es möglich unter dem Eis zu schwimmen und in einiger Entfernung wieder aufzutauchen, vielleicht konnte ich Zeit gewinnen oder um Hilfe rufen. Die Chance war klein, aber es war meine beste Option.

Als ich das Ufer erreichte, blieb ich stehen. Er war jetzt zwei Meter von mir entfernt, ich konnte mich nicht mehr auf ihn stürzen, aber ich konnte noch mit ihm sprechen, den Moment hinauszögern, der mich das Leben kosten würde.

»Bist du sicher, dass du das willst? Es gibt noch eine andere Möglichkeit. Du kannst an diesem Punkt Schluss machen und dich stellen. Ich weiß, wie schwer das ist, aber am Ende hättest du das Richtige getan. Du wolltest zur Polizei gehen, einen Beitrag leisten, Leben retten. Genau wie dein Vater. Jetzt hast du die Gelegenheit, ein Opfer zu bringen.«

»Glaub mir, ich werde Menschen retten und die Bösen jagen. Ich denke, ich werde richtig gut sein. Dein Tod ist also nicht umsonst. Er versetzt mich in die Lage, noch vielen anderen zu helfen.«

Es war sinnlos. Sein Überlebensinstinkt kannte keine Moral. Er würde nach Hause gehen, sich zu seiner Familie an den Tisch setzen, Freunde treffen, als wäre nichts geschehen und mich und Caleb vergessen. Er hob die Waffe, legte den Finger an den Abzug. Jetzt also war es so weit. Ich machte einen Schritt nach hinten, trat auf das Eis. Es knackte. Ein großer Riss bildete sich, aber es hielt. Vielleicht konnte ich die andere Seite des Flusses erreichen, vielleicht war das Eis dick genug. Ängstlich behielt ich Orestes im Auge, der fasziniert zu mir herübersah. Ich tat einen weiteren Schritt, dann noch einen, bis ein lautes Knarren meinen Körper in Anspannung versetzte. Ich spürte, wie sich das Eis bewegte, als hätte es ein schlagendes Herz. Es ächzte förmlich unter meinem Gewicht. Ich hielt den Atem an. Genau wie Orestes. Fragte er sich, wann ich in den Tiefen des Flusses verschwinden würde? Genoss er die Spannung?

Nach zwei weiteren Schritten war ich über die felsige Bucht hinaus, sodass ich Caleb vollständig sehen konnte. Er lag vor einem kleinen Loch im Eis, dass vermutlich zum Fischen eingeschlagen worden war. Er hatte sich nicht gerührt, nur die Blutlache auf dem Eis war angewachsen. Dunkelrot und gespenstisch groß erstreckte sie sich wie ein Tuch unter seinem Körper. Bewegte sich sein Rücken nicht ein wenig? Atmete er vielleicht noch? Ich spürte, wie mir die Tränen kamen. Er rührte sich einfach nicht mehr. Sein Herz hatte aufgehört zu schlagen.

»Geh weiter, Rae! Geh zu dem Eisloch bei den Felsen.« Orestes stand am Ufer und fuchtelte mit der Pistole. Langsam schien er die Geduld zu verlieren. Das Eis hielt länger, als er gedacht hatte. Vorsichtig setzte ich den Fuß zurück, ein ums andere Mal. Je weiter ich von ihm wegkam, desto höher war die Wahrscheinlichkeit, dass er daneben schießen würde. Das Loch lag in der Mitte des Flusses, wenn ich es erreichte, musste ich mich entscheiden. Fliehen oder ins Wasser springen, wo meine Chancen verschwindend gering waren. Ich drehte den Kopf. Nur noch ein guter Meter trennte mich von der Stelle, die Orestes für mich vorgesehen hatte. *Mach noch einen Schritt. Er will bestimmt sehen, wie du untergehst, also rechnet er nicht mit deiner Flucht. Er ist aufgeregt und er kann nicht auf das Eis. Dann drehst du dich um und rennst hinüber zum anderen Ufer. Beug deinen Kopf nach vorn. Mach dich klein, lauf im Zickzack. Jetzt Rae! Noch einen Schritt!* Ich setzte den Fuß zurück, verlagerte das Gewicht und drehte mich um. Doch bevor ich den zweiten Fuß auf das Eis bekam, fühlte ich, wie ich das Gleichgewicht verlor. Ich taumelte, fiel, verlor den Boden unter den Füßen, der sich auf einmal zu öffnen schien. Das Eis brach weg. Ich ruderte mit den Händen in der Luft, versuchte Halt zu finden, aber es gab nichts, woran ich mich hätte klammern können. Ich tauchte hinab.

Kalt, kalt, eisig kalt – es verschlug mir den Atem. Nichts, was ich je gefühlt hatte, war so kalt gewesen wie dieses Wasser, das meinen Körper gleich einer stählernen Klammer umschloss. Die Wucht des Sturzes hatte mich weit nach unten gedrückt. Ich spürte den Boden unter meinen Füßen. Der Fluss war hier nicht tief. Panisch stieß ich mich ab, trieb nach oben, schlug mit dem Kopf an die Eisdecke und begann hektisch mit den Armen zu schlagen. *Nur raus hier. Luft holen.*

Schnell, Rae! Dann fand ich das Loch. Mit letzter Kraft klammerte ich mich an den brüchigen Rand des Eises und zog gierig den Sauerstoff ein. Mein Herz tat weh. Es wollte rasen, aber die Kälte zurrte es fest, machte jeden Schlag zu einer Anstrengung, zu einem Schmerz. Meine Finger brannten wie Feuer, sobald sie das Eis berührten. Sie wollten loslassen, aber ich zwang sie zum Festhalten. Nur das zählte noch. Ich sah das Armband von Mrs. Barton an meinem bleichen Handgelenk: Es konnte mich nicht beschützen. Ich kam nicht mehr hier raus. Jedes Mal, wenn ich versuchte mich hochzuziehen, brach das Eis weiter ein. Das Loch wurde größer und größer wie ein riesiger Schlund. *Niemals kannst du unter dieses Eis tauchen, du wirst erstarren. Die Kälte lähmt jede Bewegung.* Ich sah zum Ufer. Orestes stand reglos da, die Waffe gesenkt, seinen leeren Blick auf mich gerichtet. Vielleicht empfand er ein kurzes Bedauern. Er hatte anderes mit mir vorgehabt. Doch nichts auf der Welt würde ihn dazu bewegen, seine Meinung zu ändern. Er würde zusehen, wie ich starb.

Meine Beine taten weh. Die Kälte fraß sie auf. Ich spürte ihre scharfen Zähne in meinem Fleisch. Langsam rutschte ich ins Wasser. Meine Finger konnten mich nicht mehr halten, sie fühlten sich bereits tot an, als gehörten sie nicht mehr zu mir. Mit letzter Kraft bewegte ich die Arme, zog die Hände auf das Eis, presste mein Kinn auf die gefrorene Fläche, um mich zu stützen.

Wie schnell hatte mich die Kälte außer Gefecht gesetzt, ich war vollkommen hilflos. Mir blieben nur noch wenige Minuten, dann würde ich für immer verschwinden. Es gab keine Rettung mehr. Meine Zeit war abgelaufen. Wer würde mich vermissen? Die Menschen, die mir etwas bedeutet hatten, waren schon vorangegangen. Jetzt war ich an der Reihe. Ich hätte nie geglaubt, so wehrlos zu sterben, so gedemütigt unter den Blicken meines Mörders. Er durfte nicht das Letzte sein, das ich im Leben sah, diesen Gefallen würde ich ihm nicht tun. Ich wandte den Kopf zur Seite und schaute hinüber zu Caleb. Hier ging es also für uns zu Ende. Hier am Creek. Oft genug waren wir uns am Fluss begegnet, an schöneren Tagen. Ich hätte freundlicher sein können, das wusste ich. Vielleicht wäre dann alles anders gekommen. Vielleicht.

Ich spürte, dass ich müde wurde. Jede Bewegung war nun unglaublich schwer, als wäre ich eine alte Frau. Ich hätte mein kurzes Leben besser nutzen müssen, ich war zu viel allein gewesen. Wenn ich ihm eine Chance gegeben hätte, ihm ein Lächeln geschenkt hätte, Vertrauen gehabt hätte ... aber ich hatte niemandem vertraut, die Zeit ließ sich nicht zurückdrehen. Nur einmal hatte ich in seinen Armen gelegen, seine Finger in meinem Haar gespürt, seinen Atem an meinem Gesicht. Jetzt lag er tot auf dem Eis. Ausgelöscht in einer Sekunde. Nie wieder würde er mich Adrian nennen. Nie wieder. Ich wünschte mir, bei ihm zu sein, mich an ihn zu schmiegen, seinen Arm um meinen Körper, mich noch einmal geborgen zu fühlen. Warum war ich nicht zu ihm hingelaufen? Wir hätten zusammen sterben sollen, nicht jeder für sich allein. So nah bei einander, so unerreichbar weit entfernt.

Caleb, bitte. Heb deinen Kopf. Schau mich noch einmal an, dann kann ich loslassen. Aber er rührte sich nicht. Nichts bewegte sich am Ufer des Flusses, nichts ... außer einem Zweig, weit hinter dem kleinen Felsvorsprung, wo Caleb geangelt hatte. Ich sah, wie er schaukelte, leicht federnd, als wäre er gerade noch zur Seite geschoben worden. Und dann sah ich es wieder. Ein wenig näher, ein wenig weiter links. Etwas bewegte sich dort auf uns zu. Langsam und stetig. War da nicht ein Schatten hinter der großen Tanne? Ich konnte einen Umriss erkennen. Eine Gestalt. Jetzt war ich sicher. Jemand kam. Mein müdes Herz jubilierte. Nur noch ein paar Meter, dann würde er die Lichtung erreichen.

Hilfe! Hilfe! Hierher!, schrie mein ängstliches Herz, aber mein Mund öffnete sich nicht. Kein Ton entschlüpfte meinen Lippen. Ich blieb stumm. Etwas in mir sträubte sich zu schreien. Ich durfte es nicht. Dieses eine Mal musste ich verzichten. Denn was würde geschehen, wenn ich es tat? Ein Mensch würde sterben. Orestes würde sich umdrehen und schießen. Ein weiterer Toter läge auf meinem Gewissen, und wozu wäre es gut? Ich kam hier nicht mehr raus. Es war zu spät. Sieben Menschen bei einem Brand in Chicago, Frank und Eileen in ihrem eigenen Haus, Billy und Caleb – es waren zu viele. Ich konnte keinen mehr hinzufügen. Zweimal hatte ich überlebt und andere zurückgelassen. Aber nicht heute. Nein. Ich wollte jemanden beschützen, wer immer er auch war. Ich würde nicht schreien. Dieser Fremde sollte nicht meinetwegen sterben. Nicht an diesem Tag.

Ich sah wie meine Finger sich lösten, bleich und wächsern wie bei einer Toten. Sie fanden keinen Halt mehr, sie gehorchten mir nicht länger. Nur mein Kinn hielt noch fest, aber ich spürte wie es zu rutschen begann. Millimeter um Millimeter. Die letzten Sekunden verrannen.

Mein letzter Blick gehörte ihm. *Es tut mir so leid, Cal.* Dann glitt ich ins Wasser.

Schwer wie ein Stein sank ich zu Boden, berührte den felsigen Untergrund, versuchte mich abzustoßen, doch mir gelang nur eine kläglich schwache Bewegung, die wie ein Streicheln war. Ich spürte die Strömung des Flusses. Sie zog mich davon. Ich konnte mich nicht dagegen wehren. Alles an mir war steif und taub. Vielleicht hätte ich schwimmen können, als ich nach meinem Sturz das erste Mal untergegangen war, aber jetzt besaß ich keine Kraft mehr, die Kälte hatte mich gelähmt. Willenlos trieb ich unter dem Eis, berührte es immer wieder, wurde in die dunkle Tiefe gespült, schlug gegen Steine und vermoderte Äste, auf und ab, ohne mich zu rühren. Wie lange würde ich die Luft anhalten können? Womöglich zwei Minuten. Im Höchstfall. Aber es würde nicht reichen. Der Fluss war überall zugefroren, es gab keine Hoffnung Atem zu holen, nicht in diesem Leben. Allenfalls an der Brücke. Aber bis dorthin war es viel zu weit. Kein Mensch auf dieser Welt konnte eine halbe Stunde auf Sauerstoff verzichten, nicht die besten Schwimmer und Tauchspezialisten, geschweige denn ich. Doch so lange würde es mindestens dauern, bis ich die Brücke erreichte, unter der es vielleicht eine eisfreie Fläche gab. Es war aussichtslos. Die Strömung ließ bereits nach, ich wurde langsamer und langsamer. Niemand würde mich entdecken, niemand bemerkte die unsichtbare Rae. Ich trieb leise davon – wie ein Blatt im Wind – nur nicht so anmutig, nicht so leicht. Nein. Es zog an mir, es zerrte, gleich würde es unerträglich werden. Ich spürte den quälenden Druck im Hals, der von Sekunde zu Sekunde stärker wurde. *Gib nicht nach! Press die Lippen fest zusammen! Kämpf dagegen an!* Nichts existierte mehr in meinem Kopf als der Gedanke an Luft, Atem holen, auftauchen, schreien – ich be-

507

gann die Kontrolle zu verlieren. Es tat so weh. Als legte jemand seine Hände auf meinen Kehlkopf und drückte mit aller Kraft zu. Ich konnte es nicht mehr aushalten. Es quälte mich zu sehr. Ich würde aufgeben. Verlieren. Ich wusste, es würde bald geschehen. Niemand besiegt die Urinstinkte seines Körpers, den Reflex des Atmens. Alle Ertrinkenden geben am Ende nach und saugen das Wasser in ihre Lunge. Nehmen den letzten Atemzug. Auch ich würde es tun.

Dann spürte ich meinen Körper nicht mehr. Die Kälte des Wassers hatte ihn besiegt. Ich gab ihn auf. Da, wo ich hinging, konnte ich ohne ihn auskommen. Vielleicht war es besser dort. Ich war nicht mehr allein. Ich würde die Mädchen finden – nach all der Zeit. Laura, Jasmine, Harper, Eileen und schließlich Rae. Wie würde es dort sein? Friedlich, warm? Eine Welt ohne Angst, wo man sich wirklich sah? Könnte ich ihm dort begegnen? Ich wünschte es mir. Er war nur einen Schritt entfernt, ich fühlte sein Lächeln. Mein Körper zitterte. Wie schattig und kalt war es hier. Jeder wird eines Tages dorthin kommen. Der Weg ist schwer. Aber man muss ihn gehen. Es gibt keine Rettung unter dem Eis.

So endet es nun. Gleich bin ich da. Noch einen Moment muss ich warten, noch einen Moment kämpfen, dann ist es vorbei. Mein Gesicht schlägt gegen einen scharfen Ast. Vielleicht ist es der umgekippte Baum, der im Wasser liegt – eingefroren bis zum Frühjahr. Dort habe ich gesessen und die Zen-Steine entdeckt. Wie lange ist es wohl her? Ein paar Tage? Nein. Nein. Es war im letzten Jahr. Oder damals, als ich klein war. Vor einer Ewigkeit. Ich spüre etwas Warmes auf meinem Gesicht. Ich kann etwas fühlen. Wie seltsam. Es ist kein Schmerz. Es streichelt meine eisige Haut. Vielleicht ist es mein Blut. Es will meinen sterbenden Körper verlassen, solange es geht.

Ein kleines bisschen Leben steckt noch in mir. Ich reiße die Augen auf. Weit. Weit. Sofort dringt die Kälte ein, schiebt sich in meine Augenhöhlen und von da in die Stirn. Es ist so dunkel unter dem Eis. Der Tag neigt sich dem Ende zu. Kalt und schwarz. Wie Harpers Tod. Sie hat es ausgehalten, sie hat mir gezeigt, wie es geht. Bald werde ich die Bank erreichen, vorbeifließen an diesem grauenvollen Ort, der uns im Sterben vereint. Vielleicht in einer Stunde, vielleicht erst morgen. Ich werde dann nicht mehr leben. Es ist zu weit weg.

Mein Herz schlägt schwer. Langsam und schwer. Ich spüre, dass etwas mit mir geschieht. Ich werde weich. Ich gebe nach. Ich kann die letzten Muskeln, die mir bleiben, nicht mehr kontrollieren. Keinen einzigen. Mein Mund zittert. Er will sich öffnen. Mein Kopf ist so kalt. Er spiegelt mir seltsame Dinge vor.

Ich sehe Bilder, die ich nicht verstehe. Die Sonne scheint auf eine Wiese. Der Himmel ist blau. Die Mädchen warten, jemand angelt im Fluss. Es muss Caleb sein, aber er dreht sich nicht um. Ich kann sein Gesicht nicht erkennen. Dieser Ort ist so schön, so strahlend und nur einen Herzschlag entfernt. Harper lacht, sie winkt mir zu. Der Moment ist gekommen. Ich muss jetzt gehen.

Mit letzter Kraft reiße ich meine Lippen auseinander und atme gierig ein. Trügerische Luft. Sie kann mir nicht helfen. Sie breitet sich aus wie eiskaltes Wasser, fließt schmutzig-nass in meine Lunge, strömt durch meinen sterbenden Körper, lässt meinen Blutstrom gefrieren. Überspült meinen letzten Gedanken. Zieht mich in die Tiefe des Flusses. Mein Herz erfriert. Überall ist Wasser. Eiskalt. Um mich herum. In mir.

Lass endlich los!

Es ist vorbei.

Jetzt und für immer.

Mein Herz steht still.

Auf Wiedersehen, Rae.

Er lief zurück zum Wagen, ärgerlich, dass er nicht gleich an die Mehlwürmer gedacht hatte. Zum Glück hatte er nicht am Inoca Point geparkt, sondern war von der Straße in einen unscheinbaren Sandweg abgebogen. Hier hatte er den Wagen gut versteckt zwischen den Büschen abgestellt, nur eine Viertelstunde vom Angelplatz entfernt. Er hatte sich für künstliche Köder entschieden, mit denen es immer am leichtesten war, ein paar Black Crappies oder einen Steinbarsch anzulocken, aber heute lief es nicht. Er brauchte etwas, um die Jigging Spoons zu würzen: die verdammten Mehlwürmer, die im Auto lagen!

Wenigstens regnete es nicht mehr, was man als gutes Zeichen werten konnte, wenn man denn daran glaubte. Er tat es nicht. Er rechnete stets mit dem Schlimmsten, nicht zuletzt aus Erfahrung. Die Jacke, die er trug, war eng und feucht, sie schnürte ihn beim Laufen ein, sie passte einfach nicht, aber er trug sie mit Stolz. Sie war Teil des Deals. Er musste lächeln. Endlich erreichte er seinen Wagen, fand die Dose mit den Ködern im Kofferraum, trank noch einen Schluck Wasser aus einer alten, verbeulten Plastikflasche, die einen miefigen Geruch verströmte.

Dann hörte er den Schuss.

Er hob den Kopf. Waffen waren ihm nicht fremd. Er hatte schon auf alles Mögliche geschossen, mit einem Gewehr und einer Pistole. Ein Jäger benutzte Schusswaffen, hier und überall auf der Welt, daran war nichts Erstaunliches. Trotzdem gab ihm der Schuss zu denken, er konnte nicht sagen warum. Er blieb am Wagen stehen, lauschte einen Moment dem Echo und schlug den Kofferraum zu. Danach machte er sich auf den Rückweg. Nichts war zu hören. Der Schuss musste weit entfernt gefallen sein, wobei die Richtung nicht leicht zu bestimmen war. Am Creek gab es nicht viel zu jagen, doch jeder konnte sein Glück versuchen.

Er hatte keinen Grund sich zu sorgen, nur eine Ahnung. Er zog sein Tempo an. Vielleicht war etwas passiert, vielleicht hatte es einen Unfall gegeben, einen Prellschuss. An nichts glaubte er so sehr wie an Murphys Gesetz. »Alles, was schiefgehen kann, wird auch schiefgehen«.

Er begann zu laufen und erreichte nach einigen Minuten die Stelle, an der ein umgefallener Baum im Wasser lag. Er hielt einen Moment inne. Hier hatte er fischen wollen, mit baumelnden Beinen bequem über dem zugefrorenen Fluss, aber das Eis war zu dick gewesen. Wieder lauschte er, doch alles blieb still. Fast glaubte er, den Schuss nie gehört zu haben. Vielleicht war er am anderen Ufer gefallen oder weiter flussabwärts. Es gab viele Möglichkeiten, viele Erklärungen, aber seine innere Unruhe ließ nicht nach. Im Gegenteil. Jagdunfälle gab es zuhauf. Im trüben Licht eines Januarnachmittags waren Wild und Mensch nicht immer zu unterscheiden. Er verlangsamte sein Tempo. War da nicht ein Geräusch gewesen? Eine Art Knarren, ein Klatschen? Er konnte sich nicht erklären, worum es sich handelte.

Jemand war hier in der Einsamkeit, jemand mit einer Waffe.

Es war nicht vernünftig auf Konfrontation zu gehen, aber ihm blieb keine Wahl. Er hatte eine Pflicht übernommen. Leise schlich er voran, verließ den Pfad, versteckte sich hinter Bäumen, kam dem Angelplatz näher und näher. Auf einmal sah er den Schützen am Ufer stehen, sah wie er auf den Fluss schaute, sah die Waffe in seiner rechten Hand. Der Schütze wandte ihm den Rücken zu, sodass er eine Weile brauchte, bis er ihn erkannte. Es war Orestes.

Was zur Hölle tat er hier allein? Es schien nicht so, als würde Orestes jagen. Nein. Im Gegenteil. Orestes wirkte angespannt, verkrampft. Etwas war geschehen. Mehr als ein harmloser Schuss.

Er dachte an Murphys Kriegsgesetz. Wie lautete die erste Regel? »Friendly fire – isn't«. Nichts hatte je zutreffender geklungen. Es gab keinen freundlichen Schuss. Nicht hier, nicht heute. Er zog sein Messer aus der Scheide, die an den Schlaufen seiner Jeans befestigt war. Ein wirklich gutes Jagdmesser, dass Tommy Gardener achtlos hatte liegenlassen. Es war ihm schon vielfach nützlich gewesen, doch nicht im Kampf gegen eine Pistole. Er bog den Ast zur Seite und näherte sich an. Orestes stand noch immer bewegungslos am Fluss, schien etwas zu beobachten. Vielleicht ein Tier auf dem Eis? Alles war still, bis auf das leise Rauschen des Wassers, das unsichtbar seinen Weg nahm. Nichts rührte sich. Nichts … er stutzte. Da, in der Mitte des Flusses, am Rande einer aufgebrochenen Stelle, war da nicht etwas zu sehen? Nein. Er musste sich irren. Es ergab keinen Sinn. Und dennoch. Er meinte, einen Kopf zu erkennen, oder war es vielleicht das stumpfe Ende eines Astes, welches sich nahe der Stromschnellen im Eis verfangen hatte?

So musste es sein. Es bewegte sich nicht. Ein Mensch würde doch wohl um Hilfe schreien, konnte man meinen. Gleichwohl machte es ihn stutzig. Es sah aus wie ein Kopf, sehr klein und dunkel, der aus dem Wasser ragte und vollkommen unbeweglich auf der Eisfläche lag. Nur ein Kopf. Er hielt den Atem an. Das war nicht möglich. Er musste sich das einbilden. Im Zwielicht gab es seltsame Spiegelungen. Doch dann, ohne jedes Geräusch, kam etwas in Bewegung, so langsam, so sanft, es schien ihm absurd. Der Kopf schwebte zurück, drehte ein wenig in seine Richtung, sodass er ihn besser in Augenschein nehmen konnte, dann versank er, verschwand ohne jedes Geräusch in den dunklen Tiefen des Flusses, war wie ausgelöscht.

Es war kein Stück Holz. Er spürte, wie sich sein Körper anspannte. Wieso stand Orestes reglos am Ufer und sah dabei zu? Wieso half er nicht? Er schien nicht einmal den Notruf zu wählen, er tat rein gar nichts. Es gab nur eine Erklärung dafür. Orestes wollte, dass dies passierte. Er hielt seine Waffe fest umklammert, er hatte geschossen. Nur so ergab alles einen Sinn. Panik ergriff ihn. Wo verdammt steckte Joey? Friendly fire – isn't!

Caleb sah auf seine Uhr. 4:33. Dann rannte er los.

Es gelang ihm bis auf einige Meter lautlos an Orestes heranzukommen, aber er war noch nicht in Schlagdistanz. Es würde heikel werden, doch das Überraschungsmoment lag auf seiner Seite, also überlegte er nicht lange und beschleunigte sein Tempo auf ein Maximum, sodass seinem Gegner, selbst als er sich umdrehte und ihn kommen sah, nicht mehr genug Zeit blieb, um zu reagieren. Er stürzte sich auf Orestes, riss ihn mit seinem Gewicht zu Boden, wobei er die Waffe fallen hörte, und drückte ihm das Messer an die Kehle.

»Was hast du verdammt nochmal getan? Wo ist mein Bruder?«

Orestes sah ihn erschrocken an, geradezu entsetzt, als hätte er einen Geist gesehen. Er rang nach Luft. Caleb presste das Messer weniger tief in seine Haut. Es hatte bereits zu bluten begonnen.

»Jetzt rede schon! Wo ist Joey? Ist er gerade ertrunken?«

»Nein, Mann. Lass mich los. Du regst dich völlig übertrieben auf. Geh runter von mir, und ich erzähl dir, was passiert ist.«

Caleb wusste nicht, was er glauben sollte. Hatte er wirklich jemanden untergehen sehen? Er zog das Messer zurück, verlagerte sein Gewicht nach hinten. Was zur Hölle tat er hier? Doch bevor er Zeit fand, darüber nachzudenken, welche Schwierigkeiten ihm drohten, warf sich Orestes auf die Seite, griff nach der Pistole und bekam sie zu fassen. Caleb ging in Deckung. Ein Schuss löste sich, traf ihn, aber er spürte ihn kaum. Die Kugel hatte den Ärmel seiner Jacke gestreift und einen Teil seiner Haut zerfetzt. Es tat nicht sehr weh. Mechanisch riss er das Messer hoch und rammte es Orestes in den Bauch. Dann nahm er die Pistole an sich.

Sein Atem raste, sein Herz pumpte schneller als nach einem Dauerlauf, aber er drehte sich um, überließ Orestes seinem Schicksal und lief hinüber zum Felsvorsprung. Dort hatten sie gefischt. Es war erst eine halbe Stunde vergangen, seit er Joey alleingelassen hatte. Man konnte Joey alleinlassen. Er tat stets, was man ihm sagte. Er machte keinen Unsinn. Er wollte mit Caleb Eisfischen, er wollte Calebs Jacke tragen, er wollte so sein wie er. Das hatte er sich zu Weihnachten gewünscht. Ein harmloser Wunsch, der zu einer Tragödie wurde, Caleb spürte es. Dann sah er ihn. Die Blutlache auf dem Eis war so groß, er wusste das Joey nicht mehr lebte. Orestes musste das getan haben, er hatte ihm einfach in den Rücken geschossen, als besäße er keinen Wert. Caleb beugte sich zu seinem Bruder herunter und fühlte den Puls. Er konnte ihn nicht mehr finden. Es war zu spät.

Eine Welle von Wut ergriff ihn, er spürte den Wunsch zu töten. Dieser Scheißkerl sollte nicht davonkommen, sich nicht herausreden können. Er rannte zurück, packte Orestes am Hals und drückte zu, so fest er konnte. Er legte die Daumen auf seinen Kehlkopf, wollte ihn zerquetschen, als ihm plötzlich ein Gedanke kam. Er hatte sich doch nicht geirrt. Der dunkle Kopf im Eis. Das blasse Gesicht, die glänzenden nassen Haare…

»Ich bring dich um, du Schwein, wenn du mir nicht sofort sagst, was du getan hast. Die eine Chance hast du. Wem hast du beim Ertrinken zugesehen? Und erzähl mir keinen Scheiß!« Er lockerte seinen Griff ein wenig. Orestes keuchte.

»Es war Rae.«

»Rae? Das kann doch nicht …« Bis hierher hatte Caleb nichts verstanden, doch jetzt dämmerte ihm etwas. Schon seit langem hatte es jemand auf sie abgesehen. Zu viele Dinge waren ihr zugestoßen. Er hatte keine Ahnung, was Orestes damit zu tun hatte. Es spielte auch keine Rolle. Rae ertrank im Fluss. Es war schon viel zu viel Zeit ver-

gangen. Während er mit Orestes gekämpft hatte, während er nach Joey gesehen hatte, war sie gestorben. Warum hatte er nicht gleich verstanden? Sie war in diesem Eisloch gewesen, sie war untergegangen. Er hätte sie retten können. Caleb sah auf die Uhr. Zwölf Minuten unter dem Eis. Er nahm sein Handy aus der Tasche und wählte 911.

»Drei Kilometer nördlich vom Inoca Point. Eiseinbruch um 4:33 Uhr. Achtzehnjähriges Mädchen. Sie braucht Intensivversorgung, einen Hubschrauber, ECMO. Ich versuche sie zu finden.«

Caleb wusste alles über das Ertrinken. Immer wieder hatte er sich gefragt, ob man Joey damals mit einer schnelleren, intensiveren Behandlung hätte helfen können. Er hatte vieles darüber gelesen. Er war Spezialist. Jetzt durfte er keine Zeit verlieren. Je eher man sie fand, desto besser. Bald würde die Dunkelheit hereinbrechen, dann war alles vorbei. Er überlegte. Die Strömung am Eisloch hatte sie weggezogen, doch sie ließ später nach. Der Fluss wurde ruhiger und ruhiger bis zum Inoca Point, wo er in eine Art See mündete. Dort herrschte die geringste Strömung. Er rannte los. Bei ihrem Gewicht wurde sie mitgezogen, davon konnte man ausgehen, aber vielleicht war sie irgendwo hängengeblieben. Auf dem Grund des Creeks gab es so manches, woran sich ein Körper verfangen konnte. Wie weit war sie gekommen? Hatte sie versucht unter dem Eis zu schwimmen? Nein. Das konnte er ausschließen. Der Kälteschock hatte ihr zugesetzt, das war deutlich zu sehen gewesen. Selbst gute Schwimmer ertranken in Ufernähe, wenn das Wasser zu kalt war. Man verlor die Fähigkeit, Bewegungen zu koordinieren, man hyperventilierte, man konnte mitunter nicht einmal um Hilfe rufen. Viele verloren das Bewusstsein schon gleich nach dem Eintauchen, erlitten nach wenigen Sekunden einen Herzstillstand. Rae hatte sich offenbar festhalten können, doch nur für begrenzte Zeit. Jetzt lief die Uhr ab. In rasender Geschwindigkeit. Er musste sie finden. Wo hatte sie eine Chance? Am Inoca Point würde es ewig dauern die Eisfläche abzusuchen. Nur der Hubschrauber konnte vielleicht etwas erreichen, ihm selbst war es nicht möglich, das Eis zu betreten. Es wäre Wahnsinn. Dann fiel ihm der umgefallene Baum ein. Seine Äste ragten ins Wasser, bildeten eine Art Netz, in dem sich ein Körper verfangen konnte. Hier würde er suchen.

Er rannte los. Den Waldweg entlang, immer schneller, bis seine Lungen brannten. Nur wenig später erreichte er die Stelle, sprang auf den Stamm, balancierte bis zum äußersten Punkt der Krone und begann mit der Taschenlampe seines Handys das Eis abzusuchen. Das Tauwetter und der Regen machten die Oberfläche glasklar. Er sah Steine, Zweige, sogar eine kleine Forelle, die unter dem Lichtstrahl davonhuschte. Aber keine Spur von Rae. Vielleicht hatte die Strömung sie fortgezogen oder sie lag in der Mitte des Flusses irgendwo am Grund, die langen Haare verfangen in altem Geäst. Er richtete den Lichtkegel weiter hinaus. Selbst wenn er sie nicht erreichen konnte, war es wichtig zu wissen, wo sie sich befand. Der Hubschrauber brauchte dann keine Zeit bei der Suche zu verlieren. Immer wieder leuchtete er das Eis ab, konzentrierte sich auf jede Veränderung im dunklen Grün des Flusses. Im Winter trug sie eine blaue Jacke und ihre Haare waren fast schwarz, lag sie mit dem Gesicht nach unten, würde er sie übersehen.

Sie war längst tot. Natürlich wusste er das. Aber sie lag im Eis. Dort gingen die Uhren anders. Dort lebten Organe länger, dort brauchten sie weniger Sauerstoff, dort konnte es Wunder geben.

War das ein heller Fleck oder spiegelte sich das letzte Tageslicht? Er richtete den Strahl seiner Taschenlampe weiter nach links. Er musste näher heran. Wie tief war der Fluss an dieser Stelle? Vielleicht nur eineinhalb, höchstens zweieinhalb Meter, so nah am Ufer. Selbst wenn er einbrach, konnte er nicht ertrinken, zumindest war die Gefahr geringer. Er ließ sich vorsichtig vom Baum hinabgleiten und legte sich flach auf das Eis. Für einen Moment hielt er die Luft an. Kein Knacken oder Knistern war zu hören. Das Eis musste wirklich dick gewesen sein, bevor das Tauwetter eingesetzt hatte. Mit seinen Händen und Knien zog er sich vorwärts, robbte über die glatte Fläche bis hin zu dem hellen Fleck. Jetzt war er direkt darüber. Er leuchtete ins Halbdunkel und erschrak.

Da lag sie – direkt unter ihm, mit weit aufgerissenen Augen, als sähe sie ihn an, als flehe sie um Hilfe. Es schnürte ihm die Kehle zu. Er strich mit seiner Hand über das Eis, als könnte er sie berühren, dann riss er sich los. Er wählte erneut den Notruf, gab den Standort durch und überlegte kurz. Gab es eine Möglichkeit das Eis aufzubrechen? Ihm fiel nur eine Sache ein. Vorsichtig setzte er sich auf, zog die Pistole aus der Tasche und schoss auf das Eis. Die Kugel prallte ab. Er hatte den Winkel zu flach angesetzt, aus Angst, Rae zu treffen. Ihm blieben noch vierzehn Schuss. Vierzehn Versuche, das Eis zu perforieren und schließlich einzuschlagen. Er brauchte sie allesamt, aber es gelang ihm.

Das Loch war nicht besonders groß, gerade etwas breiter als sein Oberkörper. Er holte tief Luft, schob sich kopfüber hinab, die Arme nach vorn ausgestreckt. Dann setzte der Kälteschock ein. Sein Herz begann zu rasen, er fühlte, wie das Blut in seinen Adern pulsierte, als wollte es sie zum Platzen bringen. Ihm blieben nur zwanzig Sekunden, bevor er die Kontrolle verlieren würde. Ein kräftiger Beinstoß, er fuhr nach unten und bekam Rae zu fassen. Ihm blieb keine Zeit ihre Haare zu entwirren, die sich um einen Ast gewickelt hatten. Er riss sie hoch, zog sie mit sich und kehrte zum Eisloch zurück, das er auf Anhieb fand. Gierig nahm er einen tiefen Atemzug. Er musste sich beeilen. Bald würde er sich nicht mehr herausziehen können, die Kälte ließ ihm nur einen Versuch. Er packte Rae, stemmte sie hoch und legte sie auf die Eisfläche. Er hechelte jetzt, als würde er keine Luft bekommen, so sehr begann ihm jede Anstrengung zu schaffen zu machen. Doch nun kam erst der schwierigste Teil. Er musste sich aus dem Wasser ziehen, ohne das Eis zu zerbrechen. Mit Schwung zog er sich auf die Unterarme, wollte sich hochdrücken, aber das Eis gab nach. Mit einem leisen Knacken warf es ihn zurück ins Loch, ließ ihn erneut untertauchen, zermürbte ihn. Er spürte, wie seine Kraft nachließ, wie seine Finger taub wurden, wie die Beine seinen Köper schwer und schwerer nach unten zogen. Gleich konnte er sich nicht mehr rühren, sich nicht mehr halten. Er würde sterben wie Rae, davongespült werden, verschwinden.

Mit letzter Kraft zog er sich hoch, brachte nur Kopf und Arme über die Kante, stützte sich vorsichtig ab, um nur ja nicht das Eis zu zerbrechen, zog seinen Oberkörper nach und schließlich die Beine. Völlig erschöpft blieb er liegen und rang einen Moment nach Luft. Nur kurz. Zeit war kostbar. Er musste ihr jetzt helfen. Time is brain. Andernfalls gab es keine Rettung für sie. Der Sauerstoffmangel würde jede Zelle ihres Gehirns abtöten.

Niemals im seinem Leben hatte er etwas getan, das schwerer gewesen war. Sich zu bewegen, obwohl die Muskeln nicht gehorchen wollten, sich behutsam voranzuschieben, obwohl die Zeit drängte, Rae in den Armen zu halten, obwohl sie tot war. Er wusste nicht, wie es ihm letztlich gelang, aber er erreichte das Ufer. Nun durfte er keinen Fehler machen. Die horizontale Bergung war oberstes Gebot. Rae musste liegenbleiben. Er zog sie in eine geschützte Ecke und öffnete ihre Jacke. Raes Herz schlug nicht, sie war kalt und bleich, ihr Atem stand still, aber er wusste, dass es nach schwerer Unterkühlung keine sicheren Todeszeichen gab. Er begann mit der Reanimation, konzentrierte sich mit aller Kraft. Er hatte Videos gesehen und viel darüber gelesen, doch nie selbst eine Herzdruckmassage ausgeführt. Er tat es, ohne zu zögern. Dreißigmal mit übereinandergelegten Händen auf den Brustkorb drücken, zweimal durch den Mund beatmen, dreißigmal auf den Brustkorb drücken, zweimal beatmen … und immer so weiter. Es würden viele Stunden vergehen, bis sich zeigte, ob Rae zu retten war; er machte nur den Anfang. Das Zählen fiel ihm schwer, aber er zwang sich dazu, die Zahlen laut auszusprechen, obwohl ihn die Kälte zittern ließ. Die nassen Sachen klebten auf seiner Haut, schnürten ihn ein, hinderten ihn an der Bewegung, bis er schließlich die Jacke und das Sweatshirt auszog. Er beugte sich über Rae, beatmete sie, versuchte ihre eiskalte Haut zumindest für einen Moment zu wärmen, dann drückte er seine Hände auf ihr Herz.

Und eins und zwei und drei und vier … Joey war tot. Er lag einsam auf dem Eis in der hereinbrechenden Dunkelheit. Niemand war bei ihm gewesen, als er starb. Er hätte ihn nicht allein lassen dürfen … und siebzehn und achtzehn und neunzehn … ihre Haut war weiß mit einem bläulichen Schimmer, ihre Lippen so blass, als hätte sie keinen Tropfen Blut in ihrem Körper. Er hatte nie einen Toten aus der Nähe gesehen, aber genau so stellte er sich eine Leiche vor. Wie sollte es möglich sein, dass sie wieder atmete, sich wieder bewegte? Nach so langer Zeit?

Es gibt keine sicheren Todeszeichen bei einem Ertrinken im Eis – so lauteten die Regeln zur Lebensrettung aus dem Wasser. Er wollte daran glauben, auch wenn es ihm schwerfiel. Er würde alles versuchen, bis Hilfe eintraf.

Warum war es ihm nicht gelungen, ihr klarzumachen, dass sie in großer Gefahr schwebte? Sein Stolz war ihm im Weg gewesen. Er hatte ihr nicht sagen wollen, dass er Nachtschichten im Schlachthof übernahm – eine Arbeit, für die er sich vor ihr schämte. Blutig und roh. Stattdessen machte er ihr Angst, warnte sie davor zum Trailer-Park zu

kommen, damit ihr nichts auf dem Weg geschehen konnte, aber sie hat-
te ihn falsch verstanden. Sie glaubte, er würde ihr drohen. Sie hatte
keine Ahnung, was er wirklich empfand. Er fürchtete, ihr seine Gefüh-
le zu offenbaren, indem er ihr seine Sorge zeigte. So war es bei ein
paar Andeutungen geblieben, und sie hatte ihm nicht geglaubt. Die
Chance war vertan. Ihr war etwas Schlimmes zugestoßen. Nun lag sie
vor ihm: eiskalt und tot. Er hatte sie nicht beschützt.

Ein Wind kam auf und fegte die klirrende Kälte zu ihm herüber.
Caleb zitterte. Er blickte nach oben, hörte den Klang von Motoren, sah
das Licht des Helikopters, der auf der Suche nach einem Landeplatz
war. Jetzt ging es zu Ende. Er würde sie nie wiedersehen. Fast Sieben-
unddreißig Minuten hatte sie unter dem Eis gelegen. Ihr Herz stand
still, ihr Körper war kalt und bleich.

Rae war nicht mehr hier. Sie war längst bei Joey.

Frühsommer 2017

Der Himmel ist endlos blau, so wie in meinen Träumen, er scheint im warmen Sommerlicht fast mit dem Boden zu verschmelzen, weit hinten am Horizont, wo man nur noch ein Flirren sieht. Es ist ein wunderschöner Tag, an dem ich nach langer Zeit zurückkehre. Die Maisfelder stehen halbhoch und wiegen sich im leichten Wind, die Straße ist leer, die Luft schmeckt nach Zuckerrüben und Staub, sie zieht durch das offene Fenster in den Wagen.

Gleich werde ich nach Hause kommen, dorthin, wo alles geschah, wo ich wohnte, zur Schule ging, lachte und weinte, und wo ich sterben musste. Früher. In einem anderen Leben.

Die Zeit heilt alle Wunden, sie lässt uns vergessen. Die Dinge sind geschehen, sie sind vergangen. Ich kann mich kaum daran erinnern, so weit scheint es mir entfernt. Ein anderes Mädchen, eine andere Welt, die ich verlassen habe.

Und doch zieht es mich zurück wie unsichtbare Fäden. Ein Sehnen schwingt in meinem Herzen, als hätte ich etwas vermisst. Ich kenne mich nicht aus. So fühlt man sich wohl, wenn man gestorben ist. Man findet sich nicht zurecht, man lässt sich treiben.

Eine neue Zeit ist angebrochen. Sie ist heller und freundlicher, vielleicht auch ein wenig blass. Sie wird mit jedem Tag an Farbe gewinnen. Nach und nach. Ich warte darauf, ich habe keine Eile. Die Ungeduld ist mir abhanden gekommen – an einem Tag im Eis. Manche Dinge geschehen langsam, quälend langsam. Man kann sich nicht dagegen wehren.

Ich starb am zweiten Januar 2016 um 4:33 Uhr im Wasser des Big Indian Creek, Larkville, Illinois. Es war ein Samstagnachmittag, regnerisch trüb, mit Temperaturen knapp über dem Gefrierpunkt. Nach siebenunddreißig Minuten unter dem Eis wurde ich schließlich geborgen, jedoch ohne jegliche Anzeichen von Leben. Ich atmete nicht mehr, mein Herz stand still, die Körpertemperatur betrug nur vierzehn Grad Celsius. Man versuchte vergeblich, mich zu reanimieren, erst mit Herzdruckmassage und Beatmung, dann mit einer Defibrillation, einem Elektroschock, der jedoch erfolglos blieb. Ich wurde an eine Herz-Lungen-Maschine angeschlossen, die außerhalb des Körpers mein Blut zum Fließen bringen sollte. Gleichzeitig begann man eine sanfte Wiedererwärmung. Tatsächlich erreichte ich nach vielen Stunden eine Körpertemperatur von vierunddreißig Grad, die einen Tag gehalten wurde, erst im Anschluss wurde ich weiter erwärmt. Man handelte nach dem wichtigsten Grundsatz bei der Rettung von Ertrunkenen: *No one is dead, until he is warm and dead*. Schließlich gelang es durch zahlreiche Schocks, mein Herz zum Schlagen zu bringen, wenn auch mein Kreislauf schwach blieb. Über Tage hielt mich die ECMO am Leben, oder zögerte sie meinen Tod hinaus? Ich kann es nicht sagen. Ich war so kalt, dass ich mich nicht zu erinnern vermag.

Sie haben mir ein neues Leben eingehaucht. Mit all ihren Mitteln. Über Stunden, über Tage. Maschinen und Menschen. Sie verstanden ihre Kunst. Am Ende nahm ich es an, so schwer es mir fiel. Ich entschloss mich, einen Versuch zu machen. Wieder zu atmen, zu fühlen und zu leiden. Wie ein Reh trat ich aus dem dunklem Wald, geblendet von der Helligkeit der Sonne. Ich wollte sehen, was auf mich wartete.

Der Weg war lang. Ich musste vieles neu erlernen, manches ging leicht, manches schwer, aber ich kann mich nicht beklagen. Ich hatte Glück, ich bekam eine zweite Chance. Nur die Erinnerungen waren verschwunden. Eine Zeit lang sah es so aus, als wollten sie nicht zurückkehren. Ich konnte sprechen und rechnen, kannte die fünfzig Staaten meines Heimatlandes, verstand die deutsche Sprache, aber ich wusste nicht, wen ich vor mir sah, sobald sich die Tür zu meinem Zimmer öffnete. Sean und Debbie und Mrs. Barton waren so freundlich, sie brachten mir kleine Geschenke, erzählten mir, was geschehen war, doch es klang wie die Abenteuer aus einem anderen Leben. Ich merkte mir die Einzelheiten, notierte mir sogar die Namen, aber ich fühlte nichts dabei, als wäre es einer anderen passiert. Ich konnte niemanden erkennen, nicht sie, nicht Becca und Tommy, nicht einmal Anaïs, die wütend ihre Augenbrauen zusammenkniff. Vielleicht ballte ich die Faust unter der Decke aus Vorsicht, vielleicht erinnerte sich mein Körper mehr als mein Geist, denn ich spürte, dass sie kämpfen konnte, aber ich wusste nicht, wer sie war. Die Ärzte glaubten, es läge daran, dass ich keine Bezugsperson hatte. Niemand war über einen langen Zeitraum wichtig für mich gewesen, jedenfalls niemand, der noch lebte. Sie dosierten die Wahrheit, um mich nicht zu überfordern und ließen mir Zeit, bis eines Tages etwas geschah. Dann war es Tante Britt, die einen Weg zu mir fand. Ich glaube, ein Mensch wie sie, kann sich nicht damit abfinden, vergessen zu werden. Sie schenkte mir einen ihrer durchdringenden Blicke, die ich als Kind so gefürchtet hatte, und auf einmal hörte ich Rae. *Sei auf der Hut! Sie weiß alles über dich.* Ich fühlte, wie mir die Tränen kamen, nicht wegen Agent Weiss, sondern wegen der Stimme in meinem Kopf. Wie sehr hatte ich Rae vermisst. Sie war so weit weg gewesen.

Von da an ging es bergauf. Ein junger Mann kam mich besuchen, an den ich mich nicht erinnerte. *Wow!* Ich fuhr hektisch durch mein Haar und versuchte es glatt zu streichen. Er setzte sich auf die Kante meines Bettes und nahm tatsächlich meine Hand. Himmel, war er womöglich mein Freund? Ich wagte nicht ihn zu fragen, aber er klärte mich geduldig auf. Sein Name war Noah Johnson und er wollte mich um Verzeihung bitten. Er schien das Gefühl zu haben, an allem schuld zu sein. Ich sah ihn überrascht an. Natürlich hatte man mir erklärt, was vor vielen Wochen am Fluss geschehen war, doch ich konnte mich nicht daran erinnern. Ein Junge namens Orestes hatte einen anderen erschossen und mich gezwungen, das Eis zu betreten. Wie konnte also Noah dafür verantwortlich sein? Er erzählte mir eine Geschichte aus seiner Kindheit von einem Ausflug zum Creek – zusammen mit jenem Orestes. Sie hatten mit selbst gefertigten Lanzen gejagt und Fallen aufgestellt – Dinge, die Jungen eben so tun. Noah hatte damals gesehen, wie Orestes ein Tier tötete und genussvoll zerstückelte. Es war ihm abartig vorgekommen. Doch seither waren Jahre vergangen. Er hatte nicht mehr daran gedacht, erst durch die Ereignisse am Creek war ihm der Vorfall wieder bewusst geworden und es bedrückte ihn. Er würde mir jeden Gefallen tun, wann immer ich wollte, sagte er ernst. *Du hast etwas bei mir gut!* An diesen Satz konnte ich mich erinnern. Vielleicht, weil es nicht lang her war, seit ich ihn das erste Mal gehört hatte. Ich schloss die Augen, sah ihn vor dem Haus der Gardeners stehen, hatte den Duft von Lammrippchen in der Nase, sah sein Lächeln. Es sind nur kleine Bruchstücke, die am Ende das Bild zusammensetzen. Auch wenn es mich wundert, dass gerade Noah, den ich kaum kannte, einen Weg in mein Gedächtnis fand, ist es so gewesen. Mitunter reicht ein einziges gutes Gefühl, um sich an etwas zu erinnern. Nach und nach füllten sich die Lücken, auch Tatum trug viel dazu bei. Ich hätte mich freuen können. Seltsamerweise ergriff mich eine wachsende Traurigkeit, je mehr mein Gedächtnis zurückkehrte. Ich lag in meinem Bett, weinte ohne Grund und verlor die Lust, meine Übungen zu machen. Das Schlimmste war, dass ich nicht wusste, woran ich verzweifelte, und niemand konnte es mir erklären. Ich hatte das Gefühl wieder unterzugehen.

»Was ist mit dir, Rae? Was bedrückt dich? Du musst versuchen es herauszufinden. Gib jetzt nicht auf. Du hast so viel erreicht.« Tante Britt sah mich eindringlich an. Ich musste ihr antworten, obgleich es mir schwerfiel.

»Ich bin so traurig. Es ist ein Schmerz, als hätte ich jemanden verloren. Jemand der mir wichtig war.«

»Du hast etwas Traumatisches erlebt. Es ist kein Wunder, dass du Ängste hast.«

»Aber es fühlt sich wie Trauer an.«

»Gut. Gehen wir sachlich an das Problem heran.«

Ich lächelte ein bisschen. Mir gefiel ihre sachliche Art. Dabei war sie ganz in ihrem Element.

»Also. Deine Pflegeeltern sind gestorben. Es ist schon eine Weile her, aber erst jetzt hast du erfahren, wer dafür verantwortlich ist. Dadurch könnte der Verlust wiedererwachen. Das Gleiche gilt für Billy. Ich weiß, dass du ihn mochtest. Auch sein Tod steht kurz vor der Aufklärung. Und dann ist da noch die Sache mit Harper. Ich würde sagen, du musstest eine Menge aushalten. Objektiv betrachtet, würde das jeden aus der Bahn werfen.«

»Ich weiß nicht. Ich glaube, es ist am Creek geschehen.«

»Hm. Du hast mitangesehen, wie ein Junge erschossen wurde. So weit ich es verstanden habe, kanntest du ihn kaum.«

»Er hieß Joey Fuller, nicht wahr?«

»Das ist richtig. Er war mit seinem Bruder fischen. Vielleicht erinnerst du dich an Caleb? Er hat dir das Leben gerettet. Ich glaube, er ging mit dir zur Schule.«

»Man hat es mir erzählt, aber ich weiß nicht, wer er ist. Ich kann sein Gesicht nicht sehen. Er hat mich nicht besucht.«

»Doch. Er war hier. Ich habe mit ihm gesprochen. Es war am ersten oder zweiten Tag nach deiner Einlieferung. Du warst noch im Koma.«

»Er ist nicht wiedergekommen.«

»Wir hatten viele Fragen an ihn. Der Tathergang ist bis heute nicht gänzlich geklärt. Er wollte Illinois verlassen, seinen Abschluss an einer anderen Schule machen.«

»Ich kann mich nicht an ihn erinnern, auch nicht an Joey oder Orestes. Aber jemand ist gestorben. Jemand, den ich … den ich geliebt habe. So fühlt es sich an.«

»Nur Joey starb an diesem Tag und du, wenn man es denn so nennen will. Es war sicher nicht leicht, auf diese Weise zu überleben.« Sie sah mich nachdenklich an. »Hör zu. Ich habe einen Vorschlag für dich. Es könnte gut oder schlecht für dich sein. Hör es dir einfach an. Du kannst dir für die Entscheidung so viel Zeit nehmen, wie du möchtest. Es geht um Orestes. Er befindet sich in Untersuchungshaft und verweigert jegliche Aussage. Allerdings ist er bereit ein Geständnis abzulegen, unter der Voraussetzung, dass du ihn besuchst. Er will dich sehen. Denk darüber nach. Vielleicht hilft es dir, dich zu erinnern.«

Ich versprach, mir dir Sache zu überlegen, brauchte jedoch einige Zeit, um mich zu entscheiden, denn ich fürchtete mich vor ihm. Obwohl ich ihn vollkommen vergessen hatte, wusste ich, dass er mich abgrundtief hasste. Tante Britt hatte sich viel mit ihm befasst und seine Verbindung zu Jack und Leo entdeckt. Ich kannte also seine Motive. Das genügte mir. Wozu sollte es gut sein sich an mehr zu erinnern?

Ich war in eine neue Klinik verlegt worden, in der ich meinen Körper und mein Gedächtnis trainierte und langsam meine Kräfte wiederfand, als mich ein ungewöhnlich dicker Brief von Caleb erreichte, den Mrs. Barton an mich weitergeleitet hatte. Ich hielt ihn eine Weile in den Händen und überlegte. Gerade Caleb, an den ich mich unbedingt erinnern wollte, machte sich nicht die Mühe mich zu besuchen. Ich wusste nicht, wie er aussah, ich wusste nicht, ob uns etwas verband, aber er hatte mich gerettet und dabei sein eigenes Leben aufs Spiel gesetzt. Ich stand für alle Zeit in seiner Schuld. Als ich schließlich den Inhalt des Briefes sah, war ich verwirrt, vielleicht auch enttäuscht. Er enthielt eine belanglose Genesungskarte, die nicht einmal unterschrieben war und zehn Hundert-Dollar-Noten. Warum schickte er mir so viel Geld? Erst einige Zeit später, nach einem Besuch von Anaïs, fand ich das nächste Puzzleteil. Ein magisches Wort verhalf mir dazu. Erst als sie Tunfatidem sagte, kam die Erinnerung zurück. Ich sah die Steine des Scrabble-Spiels, sah Lorelai und unser Zimmer, begriff, woher das Geld stammte, aber nicht, was es mit Caleb zu tun hatte.

»Er hat es dir gestohlen«, versuchte Ana mir zu erklären, doch ich wusste nichts mehr davon. Waren Caleb und ich Freunde gewesen? Ich wollte mich an ihn erinnern. Etwas Trauriges verband uns, ich wusste nur nicht, was es war.

Mein Wunsch, endlich Klarheit über alles zu erlangen, führte schließlich zu meiner Entscheidung. Ich wollte Orestes besuchen. Vielleicht konnte eine Begegnung mit ihm mein Gedächtnis anschieben, auch wenn es beängstigend war. Außerdem würde ich Tante Britt damit helfen.

Eine freundliche junge Frau, von Agent Weiss beauftragt, begleitete mich nach South Lawndale auf die West Side von Chicago, wo sich die Haftanstalt Cook County befindet. Es ist ein riesengroßes Gelände, das selbst, wenn man sich nicht vorstellt, was hinter den Türen und Fenstern geschieht, unfassbar einschüchternd wirkt. Ein Gefängnis zu besuchen, mit all den Stacheldrahtzäunen, Gitterstäben und Sicherheitskontrollen, ist keine Kleinigkeit. Ich musste mich zusammenreißen, um nicht Reißaus zu nehmen. Mit klopfendem Herzen betrat ich schließlich den Raum, in welchem Orestes auf mich wartete. Er trug keinen klassisch orangefarbenen Overall, wie ich ihn aus dem Fernsehen kannte, sondern Shirt und Hose in Khaki, und war zum Glück mit Handschellen an seinen Platz gekettet. Kaum sah er mich hereinkommen, begann er strahlend zu lächeln. Man hätte es ein wunderschönes, einnehmendes Lächeln nennen können, doch seine Augen blieben kalt. Es gab mir einen Stich. Ich hätte schwören können, dass er mich früher auf andere Weise angesehen hatte, aber ich konnte mich nicht erinnern. Vielleicht war auch er ein anderer geworden. Ich legte das Aufnahmegerät auf den Tisch, schaltete es ein und setzte mich ihm gegenüber.

»Du bist also hier. Sehr mutig, Rae. Bestimmt warst du noch nie in einem Gefängnis.«

Ich musste schlucken. So viele Dinge lagen zum Greifen nah unter der Oberfläche – traurige Erinnerungen, Angst und Panik – ich spürte, dass sie jeden Moment hervorbrechen würden.

»Hey, du weißt, dass ich dir nie etwas antun wollte. Ich hatte immer eine Schwäche für dich. Ehrlich gesagt freut es mich, dass es dir gutgeht. Nach allem, was geschehen ist, wäre dein Tod vollkommen sinnlos gewesen. Ist auch günstiger für mich.«

Ich konnte ihm nicht ganz folgen. Glaubte er ernsthaft, es machte einen Unterschied für sein Strafmaß, ob ich am Leben war? Schließlich hatte er Joey, Frank und Eileen auf dem Gewissen. Da spielte ich kaum noch eine Rolle.

»Du hast Joey erschossen und meine Pflegeeltern getötet. Das ist genug für dreimal lebenslänglich.«

»Du redest nicht lang um den heißen Brei, Rae, das hab ich immer an dir geschätzt, aber du solltest das alles nicht überbewerten. Ich hatte nie vor, Joey zu erschießen. Ich kannte diesen Schwachkopf kaum. Jagdunfälle geschehen nun mal, so bedauerlich das ist. Er tauchte plötzlich aus dem Nichts auf. Es war eine Art Reflex.«

»Und der Brand? War das auch ein Reflex?« Zum Glück wusste Orestes nicht, dass ich mich nicht an sein Geständnis am Fluss erinnerte, sonst hätte er alles abgestritten.

»Ich konnte nicht wissen, dass ihr keine Rauchmelder hattet. Es war eine dumme Idee. Ich war wütend auf dich und wollte es dir ein bisschen heimzahlen, das geb ich zu, aber ich hatte nie vor jemanden zu töten.«

»Dafür war es eine Menge Benzin. Außerdem konntest du sehen, dass es keine Rauchmelder gab, aber das hat dich nicht abgehalten. Und was war mit Billy? Er geht auch auf dein Konto.« Ein Schuss ins Blaue konnte nicht schaden.

»Ach, Rae. Nach dem kräht doch kein Hahn. Er hat mir in der Nacht aufgelauert und in meinem Wagen rumgeschnüffelt. Was sollte ich tun? Ich hab mich nur verteidigt.«

»So siehst du das also. Und das mit mir – war das auch nur ein kleiner Unfall?«

Er legte den Kopf auf die Seite und schaute mich nachdenklich an. »Ich wollte das nicht. Glaub mir, es ist mir schwergefallen. Ich sah keinen anderen Weg. Du warst so außer dir, als du dachtest, ich hätte Caleb erschossen, da war mir klar, dass es nicht anders ging. Er schien dir ja viel zu bedeuten.«

Caleb lag blutend auf dem Eis … Auf einmal brach alles hervor. Der Tag am Creek, der Schuss, die Angst – und Caleb tot am Ufer des Flusses. Wie aus dem nichts hatte Orestes geschossen und Caleb getötet. Mein Herz war gebrochen. Ich schloss die Augen und sah ihn tot und reglos vor mir liegen. Ich fühlte die Verzweiflung, fühlte die Sehnsucht, noch einmal zu ihm zu gelangen und ihn festzuhalten. Auf einmal wusste ich, was er mir bedeutet hatte, was ich am Creek verloren hatte. Aber er war nicht tot. Joey war an seiner Stelle gestorben … ich erinnerte mich an die orange-braune Jacke, die Footballkappe der Chicago Bears. Joey musste Calebs Kleidung getragen haben, an diesem eisigen Tag. Er hatte dafür mit seinem Leben bezahlt. Mir traten die Tränen in die Augen. Wo war Caleb gewesen? Hatte er Joeys Tod mitansehen müssen? Nein. Er hätte es niemals zugelassen. Ich erinnerte mich jetzt an jede Begebenheit, spürte die kalte feuchte Luft, den Geruch von Schnee. Die Zweige bewegten sich. Jemand stand dort im Schutz der Bäume, aber ich wollte nicht schreien. Ich wollte ihn beschützen. Es war Caleb. Er kam immer näher. Ich konnte ihn retten. Es war das letzte, was ich sah, bevor ich losließ. Das letzte Bild. Ich erinnerte mich daran. Ich erinnerte mich an ihn.

Weinend stand ich auf und schob den Stuhl zurück. Ich hatte alles erfahren. Noch länger mit Orestes zu sprechen war sinnlos, denn er verstand nicht, was er getan hatte, er war zu keinem Mitgefühl fähig. Ich sah ihn noch einmal an. Er wirkte seltsam traurig. Als wäre er der einsamste Mensch auf der Welt.

Viele Monate sind seither vergangen. Ich habe meinen Schulabschluss nachgeholt, bin aber nie nach Larkville zurückgekehrt. Ich führe jetzt ein neues Leben in einer völlig neuen Welt. Ich lerne viel, ich arbeite, ich versuche, in Britts Fußstapfen zu treten. Sie sind sehr groß, aber meine Tante glaubt an mich. Vielleicht werde ich ihr vertrauen, werde ihr von meinem Vater erzählen und sie bitten, ihn zu suchen. Ich denke, es ist an der Zeit.

Vor einigen Nächten hatte ich einen Traum, der mich nach Hause zieht. Ich träumte von Caleb. Ich sah sein Gesicht wie durch dickes Glas, weit weg, doch unheimlich nah. Es schimmerte grünlich, es schien zu verschwimmen, es wirkte so traurig. Dann sah ich seine Hand. Flirrend über dem kalten Wasser. Sie strich sanft über das Eis, als wollte sie mich liebkosen.

Vielleicht ist es nur ein Traum, vielleicht ist es wirklich geschehen. Ich will ihn danach fragen, auch wenn es mir schwerfällt. Einmal muss man sich überwinden. Die Karten zeigen, die Maske fallen lassen. Ich weiß, was mein Herz fühlt, aber nicht, wie es um seines steht. Er hat sich nie mehr gemeldet.

Ich setze den Blinker und biege nach links auf den Parkplatz neben der Kirche. Die Luft ist hier kühler, die Wege schattiger, so haben es Friedhöfe an sich. Mein Kofferraum ist voller Blumen. Ich habe nur eine Sorte gekauft: Vergissmeinnicht. Es wird Zeit, Harpers Wunsch zu erfüllen. Sie soll ein Meer von blauen Blüten haben, wild und bescheiden, wie unsere Träume waren. Es ist das Letzte, was ich für sie tun kann.

Lange Zeit wusste ich nicht, wo Caleb lebt. Ich habe nicht danach gefragt, ich ließ ihn in Ruhe. Am Ende bat ich Britt es herauszufinden. Er arbeitet auf einer Bohrinsel im atlantischen Ozean, wo er nicht schlecht verdient. Wenn er zum Festland kommt, lebt er zurückgezogen in einem einfachen Zimmer mit Bad. Er spart sein Geld, so wie er es kennt. Vielleicht hat er Pläne, etwas aus sich zu machen. Er könnte alles tun, wenn er nur will.

Erst vor Kurzem starb seine Mutter, so hat es mir Mrs. Barton erzählt. Nur deshalb machte ich mich auf den Weg. Ich weiß, er wird zurückkehren. Er wird ihr trotz allem die letzte Ehre erweisen. So ist Caleb. Er lässt niemanden im Stich. Unter seiner harten Schale steckt jemand, den ich vermisse. Ich will ihn wiedersehen. Ich will ihm endlich vertrauen. Und ich will so viel mehr.

Es ist an der Zeit nach Hause zu kommen, ich habe es seit Wochen gespürt. Wie wird es sein, in unsere Straße zu fahren, das neue Haus zu sehen, das Sean und Debbie gebaut haben? Vielleicht höre ich ihren Hund bellen, der jetzt ihr Heim bewacht, vielleicht flattert ein schmales Band im Wind. Gelb und neu. Das Grundstück gehört nun den beiden allein. Sie haben Tyler ausbezahlt, der sich nicht viel daraus machte. Ich überließ ihnen meinen Anteil mit dem Gefühl, das Richtige zu tun. Es reicht mir zu wissen, dass ich dort immer willkommen bin, es gibt sogar ein Zimmer, das nur mir gehört. Sie sind jetzt meine Familie. Sie und Mrs. Barton. Oft dachte ich, ich hätte kein Zuhause, dabei habe ich in Wahrheit zum vierten Mal eines gefunden.

Besonders freue ich mich darauf zum Creek zu gehen. Nicht unbedingt flussaufwärts, aber zum Indian Park. Ich will laufen, ich will schwimmen, ich will ohne Angst meinem Weg folgen. Vielleicht gibt mir Sean seinen Hund, vielleicht wird mich jemand begleiten, mir seine Hand reichen oder den Arm um mich legen. Ich wünsche es mir, aber ich habe Zweifel.

Noch immer grübel ich nach, stelle mir vor, was hätte sein können, wenn nur eine einzige Sache anders gewesen wäre. Es lässt mich nicht los. Nicht ganz. Hätte Miss Grant über ihren Verdacht gesprochen, hätte Harper sich jemandem anvertraut, hätte Becca mir erzählt, dass sie ein Kind von Orestes bekam. Vielleicht hätte es etwas geändert. Aber sie haben geschwiegen. Aus Angst. Vor der Wahrheit. Oder aus Scham. Niemand gibt gern seine Geheimnisse preis. Wir bleiben stumm. Verstecken den Schmerz. Tief im Verborgenen.

Die Narben unsichtbar.

Wie viel Zeit ist vergangen? Mir kommt es vor wie ein ganzes Leben. Ich sehe den blauen Himmel, schmecke die weiche Luft, fühle den Wind auf meiner Haut.

Gibt es diesen Moment wirklich? Oder habe ich ihn vor langer Zeit erlebt? Vielleicht ist alles ein Traum. Ich wache auf, laufe hinunter in die Küche, wo Eileen ihre Sachen packt, bevor sie zur Arbeit geht. Später werde ich Fletcher holen. Ich freue mich schon auf den Weg zum Creek. Auf das kalte Wasser, auf die zwitschernden Lerchen, auf Harper an der Badestelle.

Wach auf, Rae! Lass es gut sein!

Mein Leben hat sich verändert. Ich trage ein neues Kleid, das nicht zum Verstecken gemacht ist. Ich will die Augen offenhalten, die Wärme der Sommersonne spüren, die Schatten endlich hinter mir lassen.

Und da ist Caleb, der vielleicht auf mich wartet. Ich werde ihm sagen, dass ich ihn kenne, wie deutlich ich seinen Atem in meinem Mund spüre, seine Hände auf meinem Herz. Die tanzenden Punkte in seinen Augen. Ich werde nicht schweigen. Dieses Mal nicht. Bis er versteht. Bis er es weiß.

Die Straße fliegt dahin, die Häuser ziehen vorüber, die Luft weht zum Fenster herein.

Gleich bin ich da.

Es ist nicht mehr weit.

Nur noch einen Moment … dann komme ich an.

Jeder kann sich vorstellen, wie Raes Leben weitergeht, wobei ich überzeugt bin, dass es eindeutige Hinweise gibt.

Für jene unter Euch, die gern noch ein wenig mehr gehabt hätten, habe ich eine allerletzte Szene geschrieben. Ihr findet sie auf meiner Website www.emilyschwing.de unter dem Stichwort

Untold.

Viel Spaß beim Lesen

Danksagung

Nach zwei umfangreichen Bänden ist es an der Zeit, meinen Dank auszusprechen. Auch wenn ich als Selfpublisherin viele Funktionen selbst übernehmen musste, hatte ich doch wertvolle Hilfe, insbesondere durch meine Familie, vor allem durch meine Tochter.

Ohne dich, Tony, hätte ich es nicht geschafft. Du hast mir immer mit Rat und Tat zur Seite gestanden, meine Texte lektoriert, mein Cover mitentworfen und mich motiviert, weiterzumachen, wenn ich an technischen Problemen gescheitert bin. Deine Expertise hinsichtlich Plottwists, Lovetropes und Social Media ist unbezahlbar für mich. Das Beste ist aber, dass wir so ein tolles Team sind und die Zusammenarbeit mit dir so viel Spaß macht.

Nils, mein bester Freund und Ehemann, du hast mich auf deine Weise unterstützt, sogar meine Bücher gelesen (obwohl du keine Leseratte bist) und immer Verständnis gezeigt, wenn ich mal wieder in »meine Welt« abgetaucht bin und alles stehen und liegen ließ. Du bist und bleibst mein Fels in der Brandung.

Finn, du hattest stets ein offenes Ohr für mich, hast dich mit meinen Software-Problemen herumgeschlagen und warst so geduldig gegenüber meiner Begriffsstutzigkeit. Deine Ruhe ist unvergleichlich.

Mama, du bist einfach die Beste. Du hast dich auf jedes meiner Manuskripte gefreut, mit Begeisterung Korrektur gelesen und mit mir über alle Details diskutiert. Papa wäre stolz auf uns.

Und nicht zuletzt Marina. Vielen Dank für deine fachliche und moralische Unterstützung. Deine Korrekturen verliehen den letzten Feinschliff. Die Gespräche mit dir sind immer tiefgehend und bereichernd. Danken möchte ich auch dem Team von Books on Demand, insbesondere Casandra. Ohne euch wäre mein Traum nicht in Erfüllung gegangen.

Quellen

Alice's Adventures in Wonderland, 1865, Lewis Carroll, Harper-Perennial Classics, 2013.

Hey Rube: Blutsport, die Bush-Doktrin und die Abwärtsspirale der Dummheit, Hunter S. Thompson, Edition Tiamat, 2006.

»Ein Geräusch, wie wenn einer versucht, kein Geräusch zu machen«, Witwe für ein Jahr, John Irving, Diogenes Verlag Zürich, 1999.

»I know it's over«, The Smiths, 1986, Universal Music Publishing Group, Warner Chappell Music, Inc.

»Sag mir, wo die Blumen sind«, Marlene Dietrich, 1962, Liedtext von Max Colpert, basierend auf dem amerikanischen Folksong »Where have all the flowers gone« von Pete Seeger, 1955. Wikipedia.

»Der Wolf trachtet nach einem unbewachten Schafstall«, Ovid, Tristia 1,6,10, 8-12 n. Chr.

»Journals of Ralph Waldo Emerson«, 1836, Alpha Editions, 2020, Libri GmbH, Bad Hersfeld.